1984—2013
《当代作家评论》
30年文选

华语文学印象

林建法◎主编

辽宁人民出版社

图书在版编目（CIP）数据

华语文学印象 / 林建法主编. —沈阳：辽宁人民出版社，2014.1
（《当代作家评论》三十年文选）
ISBN 978-7-205-07724-2

Ⅰ. ①华…　Ⅱ. ①林…　Ⅲ. ①华文文学—文学评论—世界—文集　Ⅳ. ①I106-53

中国版本图书馆CIP数据核字（2013）第209817号

出版发行：辽宁人民出版社
地址：沈阳市和平区十一纬路25号　邮编：110003
电话：024-23284321（邮　购）　024-23284324（发行部）
传真：024-23284191（发行部）　024-23284304（办公室）
http://www.lnpph.com.cn
印　　刷：辽宁星海彩色印刷有限公司
幅面尺寸：170mm×240mm
印　　张：28.75
字　　数：490千字
出版时间：2014年1月第1版
印刷时间：2014年1月第1次印刷
责任编辑：时祥选
装帧设计：丁末末
责任校对：窦起红
书　　号：ISBN 978-7-205-07724-2

定　　价：58.00元

序　言

林建法

《当代作家评论》创刊三十年前夕，几位朋友相约在常熟举办了一场座谈会，其中有的朋友几乎是给《当代作家评论》写了三十年的稿子。在这之前，我对是否办这样的活动颇为踌躇。我大学毕业后的职业生涯几乎都是在以杂志为平台研究别人，现在突然由别人来讨论我主编的《当代作家评论》，感觉不适应。但转念之间，又觉得《当代作家评论》并非我个人的事业，换一个位置聆听朋友们的教诲，于我于杂志都大有裨益。出席座谈会的朋友有批评家、作家，再加上我这个编辑，形成了一个关于文学与批评杂志的对话空间。如果忽略那些对于杂志和我的溢美之词，朋友们在座谈会上的发言，其实并不局限于《当代作家评论》，涉及到批评与创作、杂志与作品的经典化等诸多问题，这本杂志以及我本人只是近三十年文学生产中的一个环节或者个案。

二十世纪八十年代是文学的时代。这个时代在我们这一代人身上留下了太深的印记。在文学发生革命性变化的时期，一九八四年一月《当代作家评论》在辽宁创刊。其时，我在福建编辑另一本评论杂志《当代文艺探索》。两年以后，我从南方的福州到北方的沈阳，成为《当代作家评论》的编辑，在这个编辑部度过了我的青年、中年时期，又在退休后延聘至今。在某种意义上说，我最好的时光都是在杂志社度过的。尽管这么多年来有这样那样的艰辛和困难，但比起这本杂志的价值，这些都可以忽略不计。如果说这个编辑部也曾经有这样那样的故事，而我则把自己的所有都编辑在这本杂志的字里行间。我在一九八七年一月担任杂志副主编，二〇〇一年担任主编，协助其他主编或独立主编杂志。在《当代作家评论》创刊三十年时，我想起为这本杂志作过贡献的历任主编思基、陈言、张松魁、晓凡和陈巨昌几位先生，特别缅怀在晚年仍然关心杂志的陈言先生。用自己的生命和信仰呵护这本杂志，在我和我前辈们是一以贯之的，虽然办刊的思路并不完全一致。

从九十年代开始，特别是新世纪以来，文学和文学的语境都发生了剧烈的变化。这一变化首先是文学不再处于中心位置，也即所谓的边缘化现象。但这并不意味着文学的消失甚至死亡，恰恰相反，文学一直以自身的方式生长，优秀的作品始终是一本批评杂志发展的基础。在这样的语境中，如何以新的办刊方式应对新的文化秩序，确实是一个很大的难题。另一个变化是市场的兴起和发展，消费主义意识形态对任何一家杂志的影响都是不可低估的。我不能说自己没有困惑和犹豫，特别是在受到一些人为的干扰时；但是，我觉得我和杂志的同仁方寸未乱。无论人事、语境等有了怎样的变化，文学、文学批评以及以此为中心的批评杂志，其意义就在于超越现实的困扰，坚持文学的理想，严格批评的尺度，坚守敬畏文字的立场。这几个方面把持住了，杂志就不会随波逐流。可以说，正是在应对新的危机中，《当代作家评论》完成了历史转型，既传承了曾经的特点，但更多地呈现了新的风貌，而我个人的办刊风格也是在这个时期逐渐成熟。就像有许多人肯定我一样，不可避免地有另外一些人不赞成我的办刊风格，我觉得这都不重要。一份杂志不可能不留下主编的个人印记，重要的是它留下了几代人观察和思考中国当代文学的痕迹。

在这次座谈会上，王尧兄建议我编辑一套《当代作家评论》三十年文选，以学术的方式纪念曾经的岁月。这是个非常好的建议。从二〇一二年九月，我便着手这一工作，几乎重读了三十年的《当代作家评论》。现在呈现给读者的这套文选有十种：《百年中国文学纪事》，收录的论文侧重二十世纪中国文学史研究，包括文学史著作的撰写等问题；《三十年三十部长篇》收录了关于三十部长篇小说的文论，以及讨论“茅盾文学奖”的文章；《小说家讲坛》以小说家在苏州大学的讲演为主，还收录了部分小说家的讲演或文论；《诗人讲坛》收录了关于诗歌研究的论文，诗歌研究是本刊近几年来重点编发的内容，试图改变目前以小说研究为中心的状况；《想象中国的方法》是关于作家、学者的谈话录，从中可以管窥作家、学者或批评家用写作想象中国的方法；《讲故事的人》是关于莫言研究的专辑，《当代作家评论》自创刊以来发表研究莫言的论文一百余篇，这本书收录了小部分相关论文；《信仰是面不倒的旗》是研究贾平凹、张炜、张承志、韩少功、李锐、尤凤伟、王安忆、铁凝、范小青、阿城、刘恒、叶兆言、刘震云、王朔和史铁生的合集；《先锋的皈依》和前两卷一样，同样是收录了反映《当代作家评论》主要特征之一的作家论，涉及到的作家有阎连科、余华、格非、阿来、残雪、林白、陈染、李洱、毕飞宇、孙甘露、北村、吕新、艾伟、劳马、马原、刁斗和王小波；重视辽宁和东北作家研究也是本刊的特色和使命，《新生活从这里开始》大致反映了当代辽宁作家的研究状况；《华语文学印象》侧重收录了研究港澳台作家及海外华人作家的论文。

所谓"挂一漏万"的说辞同样适合这套书。尽管有十卷的篇幅，但相对三十年《当代作家评论》发表的论文，仍然有很大的局限。我以分类的方式来编选论文，难免疏漏掉一些无法归类的论文。因此，这十本书虽然大致反映了《当代作家评论》三十年的面貌，但研究者不必受此限制。

在文选付梓之际，我要特别感谢辽宁省委常委、宣传部长张江同志。张江同志对处于困难中的《当代作家评论》如何办刊给予了很多指导性的意见，并且给予了经费支持。张江同志爱文学、懂文学、重批评，给我和国内的同行留下了深刻的印象。我还要向出版文选的辽宁人民出版社、协助我编选的李桂玲以及关心文选出版的朋友致谢。

目 录

金庸小说在二十世纪中国文学史上的地位

刘再复

五十年代中期，金庸首次执笔写武侠小说，前后约十七年，他笔无停辍，总共发表了十四部作品。他把书名的第一个字连缀成一副对联：“飞雪连天射白鹿，笑书神侠倚碧鸳。”其后又经过作者封笔之后花了十年工夫认真修订，现今刊行的版本比当初在报纸连载时精致了许多。尽管人们对金庸的作品有各种各样的评价，但有一个事实我们必须承认，金氏作品拥有最多的读者。他的作品先是在殖民地一隅香港产生影响，继而流布至东南亚地区，广受欢迎，七十年代本开始有坊间的盗版本盛行大陆，至九十年代才有全套正式授权版在大陆发行。可以说问世以来四十年间，读者对金庸作品的喜好未曾衰减。我们虽然不能仅仅据此论定金庸作品的质量，也不能仅仅据此论定他对二十世纪中国文学的贡献，这样做有失文学研究的严谨。但是我们必须面对这个现象，作出学术上的解释。因为由读者广泛喜爱和支持的金庸作品在文学上的重要性，是任何试图重写二十世纪中国文学史的人不得不重视的。我们有理由相信，缺少充分评说金庸作品的二十世纪中国文学史是残缺不全的文学史。如果我们能够在二十世纪中国文学变迁史的大背景下看金庸的作品，如果我们不囿于对二十世纪中国文学史的一般解释去看金庸，如果我们能够不带偏见看问题，就会看到金庸对二十世纪中国文学作出了独特的贡献。他真正继承并光大了文学剧变时代的本土文学传统；在一个僵硬的意识形态教条的无孔不入的时代，保持了文学的自由精神；在民族语文被欧化倾向严重侵蚀的情形下创造了不失时代韵味又深具中国风格和气派的白话文；从而将源远流长的武侠小说传统带进了一个全新的境界。

一

以往的文学史对二十世纪初文学变革的解释带有强烈的启蒙意识形态色彩，它把那个时代凡不具启蒙意识的文学一律看作是“封建文学”，或带有贬义地称之为“旧文学”。其实，如果平心静气看二十世纪初文学的变革，就会看到，由于社会变化和外来文学影响，中国文学已逐步分裂为两种不同的文学流向：一种是占据舞台中心位置的五四文学革命催生的“新文学”；一种是保留中国文学传统形式但富有新质的本土文学。新文学以启蒙意识、外来文学的形式、欧化的白话文为其核心因素。它与此前文学的联系是次要的，充其量是某些作家采用了某些古代技法。它以前所未见的面貌出现于文学舞台，为那些赞同和倾向于“新思潮”的都市知识分子所认同，可以说新文学是表现这批活跃于都市的知识分子思想感情的。在新文学崛起的同时，另一种文学，即植根于古代文学悠长传统的那部分文学也在发生缓慢的蜕变。它虽然不能像新文学那样以耳目一新的形象示人，但文学史家戴着启蒙意识的眼镜，把它描绘成“封建文学”在清末民初的垂死没落，是不合适的。我们姑且把这种文学命名为本土传统的文学，它与新文学一起构成了二十世纪中国文学的两大实在，或者说两大流向。本土传统的文学是在缓慢的积累中构造自己的文学大厦的，在本世纪初有苏曼殊、李伯元、刘鹗作为其代表，三四十年代则有张恨水、张爱玲等作家，而金庸则是直接承继本土文学的传统，并且在新的环境下集其大成，将它发扬光大。

清末以来，口岸通商，催生了现代的都市，写作的环境和条件都在发生变化。例如，现代印刷业的传人，使报纸、杂志大量涌现，发行网不断扩大，书肆有如商业网点，随处可见。写作从有赖传抄和坊间刻印逐渐变为现代出版事业的一部分，从而也是都市消费文化的一部分。又如，稿费制度的建立，使写作由纯粹兴趣、个人目的更添一重商业交往，既大大刺激写作的欲望，又大大动摇了写作的严肃性。尤其是都市读者的分层和流动特点，对写作构成了很大的影响力。一时此一趣味的小说流行，一时彼一趣味的小说流行，使写作的风向随读者的口味而转移。范烟桥在《民国旧派小说史略》里曾经谈到这种“随着读者的口味而时相转换，汇成‘潮流’”的现象。在都市环境下，本土传统的文学有它不健康的地方，这是很正常的。正如“新文学”传统同样会产生一些劣作一样，不同文学传统不是一个孰优孰劣的问题。看重古代文学传统的作者，必须在一个逐步成长的都市环境中为文学寻求新的出路，就是说他们既不能墨守古代传统，但又必须在已经改变的环境下使写作不失传统的魅力。本土传统的文学以继承古代章回体和话本的遗产作为自己的使命，可以想见，这样一个文学和它的环境都处在不断演变的过程中，必须要经过漫长的积累与酝酿，才可能期望产生比较成熟的佳作。所以，判断本土传统的文学在二十世纪的成就，一定要以较大跨度的时间去看它的转变，不能以一段短时间出现的大量粗制滥造之作，便断定这个传统没有生命力。无论话本体还是章回体，它的趣味都比较固定，怎样既表现光怪陆离都市的故事而又不失传统的趣味；话本与章回都是“文备众体”，集韵散于一炉，但在读者欣赏习惯改变的情形下，韵与散怎样才是最合适的平衡；现代都市读者会产生一些与古代不同的价值观与关怀，怎样寻求这些价值观融入话本与章回这些古代的表现体制之中；怎样创造既能承托传统文化价值又能表现当代人思想感情的白话文等等，这些都不是容易解决的问题。而且，采取章回体制写作的人未必有如此的意识，加之都市环境对文学的侵蚀，直到三十年代以前，本土传统的文学没有很出色的作品问世，这是可以理解的。

不像“新文学”那样以耀眼的光芒在五四新思潮运动中突然显露于文坛，本土传统的文学事实上从清末民初起就沿着缓慢的轨道演化。例如，章回体制在清末民初就变得更富有弹性，随意按照故事的长度来编排，不受明末经典的百回规例及固定部位的情节高潮的限制；作家有意识透过翻译小说的影响，学习其中某些描写的手法；结构故事的方式也开始多样化，不拘一格，有些则是明显体现了外来的影响；韵文，如诗、词、联句等在章回体制中的角色起了变化，使故事的节奏感进一步增强；白话文的写作也与时俱进，如令胡适赞叹不已的《老残游记》就是一例；某些在清代小说中正在发育的故事套路，“言情”、“武侠”等，在民国年间取得长足的进展。到三四十年代产生了李寿民、张恨水、张爱玲等作家，使本土传统的文学令人刮目相看。即使是新文学作家还将它们称为“鸳鸯蝴蝶派”，但也乐于承认此“鸳鸯蝴蝶派”非彼“鸳鸯蝴蝶派”。因为这一文学传统脱出了“黑幕”、“色情”等低俗趣味的境界，能够在现代都市的环境下重新延续本土文学的生命力。

政治的急剧变化，中断了本土传统的文学在大陆的演化。它们对章回与话本体制的认同以及对政治非入世式的态度使它们不利于在新环境下生存，被主流政治认为是旧时代的“余孽”，因而随着江山一统而风流云散。当年主持过拥有大量读者的此派文学刊物的文坛宿将和作家，如周瘦鹃、张恨水、李寿民、张爱玲等人，不是远走他方，就是隐姓埋名，从此不再写作。其中周瘦鹃还因为“文化大革命”中张春桥一语而惊惧自杀。本土传统的文学从五十年代起在大陆算是暂时打上了句号。

金庸的意义在于在香港殖民地一隅延续并光大了本土文学的传统。当老一辈的作家因政治急流而退出写作生涯的时候，金庸却在香港异军突起。文化的种子因严寒的政治气候不能生长于大陆，却在殖民地的土壤又破土而出。这个事实本身就有文化的存亡绝续的意味。金庸的写作相当自觉地继承了本土文学的传统而又在新的环境下持续探索和创新。五六十年代的都市毕竟不同于以往的上海、天津和北京，香港读者毕竟不同于那个时代的读者，大陆政治又非常微妙地影响着香港。金庸的写作虽然说认同于本土的传统，但毕竟要面对新的环境、新的读者。我们看到，金庸的小说一方面并没有失去悠久的文学传统所造就的独特趣味，尤其是清代至民国年间本土传统的文学演变过程中产生的成功的地方被金庸继承下来了；另一方面，他又有许多创新的地方，尤其是他注意刻画和表现人性——这虽然是古今中外优秀作品所具有的，但在民国时期本土传统的文学是不多见的——全面提升了这一传统中作品的品质，达到了雅俗共赏的至高境界。例如，他既保持了传统章回形式“文备众体”的一贯特点，又作出了符合现代阅读的弹性改变；既在作品中坚持善恶是非分明的价值传统，又为表达分明的具体价值观念带来新的时代内容；既继承了表达平易、绝无欧化弊端的白话文风格，又使白话文与时俱进，达到新境界；既秉承了传统武侠小说的题材形式，又极大地拓展了武侠题材的表现空间。这些都是他对本土文学传统的继承和发展，他的贡献使他成为本土文学传统在二十世纪的集大成者。

二

众所周知，二十世纪文学史的一个显眼现象是文学的意识形态化，五四时期短暂的自由氛围转眼便烟消云散，文学自觉或不自觉转变成党派的工具，作家自觉或不自觉改变立场成为党派中人。特别是新文学中的左翼作家，不仅将教条化的马克思主义意识形态当成解释生活的唯一信条，当成观察生活的唯一角度，而且更将作家组织化，作家的思想、生活、写作从此都置于一个非个人的机构的统制之下。就像本土传统的写作易于屈就都市商业的压力一样，新文学传统的写作在五四退潮之后便屈就了意识形态的压力。文学成了意识形态、政治权力的婢女，这是一个事实。从二十年代后期，经过三十年代左翼文学和四十年代延安文学，到五十年代直至“文化大革命”结束，前后六十余年时间里，文学就像得了不治的绝症一样，在意识形态的统制之下奄奄一息，了无生机。

从历史学的角度，我们不难找到二十世纪文学意识形态化的解释。例如，李泽厚先生就提出“从启蒙到救亡”来解释现代思想史从五四到马克思主义兴起的现象。这是言之有理、持之有故的。同样适合于解释现代文坛为何五四之后不久便趋于一律的现象。不过，除了社会环境变迁对写作的影响这一令人信服的理由之外，我们还是要追问作家本人的立场和价值观念在这种转变中扮演了什么角色没有？只要我们追问到更深一层，就可以发现中国的写作传统中相对地缺少自由的精神。中国不是没有支撑自由精神的思想资源，而是这种思想资源过于微弱。无论古代还是现代，作家都受“载道”观念的熏陶，写作中的“头巾气”历代都有，数之不尽。一遇到合适的气候，各种各样的“载道”文字纷出，在现代更是打上“使命”、“服务”等好名称而粉墨登场。救世之心良苦而真文学之心阙如，好名称之下掩盖的是“独立之精神，自由之思想”的贫乏。难怪陈寅恪当年感叹精神的沦亡而以此为大学问的先决条件。其实这何尝不是大文学出现的先决条件。然而，我们反观历史，不得不承认作家的价值观念中自由的精神是相当缺乏的。如果说二十世纪中国文学有什么值得深入反省的，由文学的意识形态化导致它由精神的丧失恐怕是其中之一。自由精神的丧失，给二十世纪中国文学留下了极为深刻的教训：能够写作的作家写下的是缺少人性光辉但充满“斗争”和“血腥”的文字；不能继续写作的作家在投笔罢书的苦闷中聊度余生。不论哪一种结局，都是抽空了写作的意义。

金庸的写作与新文学的意识形态化形成了鲜明的对比。五六十年代，文学的写作万马齐喑，大陆作家纷纷洗心革面，重新做人，而金庸在香港一隅保持了文学的自由精神，这是极其可贵的。他像他笔下虚构出来的武侠大英雄一样，凭着一身胆识、一身武艺，敢爱敢恨，无拘无束，堂堂正正做事，本本色色做人。假如我们追问金庸何以写得出如此脍炙人口的作品，那答案自然在除了文学的本领外，还在于他对文学的这种信念。伟大的创作无不根源于自由的精神。当然，或许有人会说，金庸生活于人身自由度较大的香港，政治生态环境不至于如当时大陆那般恶劣，写作自由本来就存在。这只是一个大体上的事实。应当注意到，社会体制赋予的写作自由并不等于文学的自由精神。在一个充分商业化的社会，束缚自由精神的压力较少来自政治，但更多来自商业利益、大众趣味，来自心灵的自我束缚。不错，金著武侠初刊报纸时就获得了读者的喜爱，但他正当写作的盛年便决定封笔，等于放弃了巨大的后续商业利益，又费时十年，全面修订已刊作品。这在武侠小说史上也是仅此一例，足见金庸对文学的信念。六十年代初，因大陆三年自然灾害引发难民潮；六十年代中期，因红卫兵运动引发左翼学潮、工潮。查先生其时主持《明报》，持论均逆潮而上，他成了众矢之的，受到人身安全威胁而处之泰然。这种“虽千万人吾往矣”的勇气与信念，既见于他的做事，也见于他的写作，而这正是自由精神的体现。作品所写，不必尽是作者的经历，然必与作者的品质精神息息相关，有着曲曲折折的关联。我们在金庸作品中体会到的独立不拘气息、任情自由的精神，正是金著武侠成就的因由本身最好的注脚。

金庸写作的自由精神，不仅使他的小说能够以自觉自创的文体，把本属于俗文学的武侠小说提升到与新文学同等的严肃文学的水准，而且使他的小说在审美内涵上突破了中国现代文学的单维现象（只有“国家、社会、历史”之维），增添了超验世界（神奇世界）和内自然世界（人性）的维度，使“涕泪飘零”（刘绍铭语）的中国现代文学出现了另一审美氛围，并在很大程度上弥补了二十世纪中国文学缺少想象力的弱点。而在描写“国家、社会、历史”维度时，用现代意识突破狭隘的“民族-国家”界限，消解汉族主义，质疑了通行的本质化了的“中国人”定义，使得金庸小说成为全球华人的共同语言和共同梦想。

三

新文学初兴的时候，胡适想通过提倡白话文造成“国语的文学”，与古典文学不同的新文学；通过提倡新文学造成“文学的国语”，即他心目中的白话文。五四提倡白话文当然有积极的意义，它推进了自清末以来的语体文运动，使得白话文在教育领域迅速普及，扩大了新思潮在知识阶层的影响力。但是，从当时语言与文学的关系来说，胡适的话只对了一半。白话文源远流长，宋元时代起中国自有白话文学的传统，并无待于新文学来造成“文学的国语”。所以，后来胡适写《白话文学史》就把白话文学的源头追溯到宋元话本，就是说，“文学的国语”是一个已经存在的事实。文学事实与所提倡口号的差异只能解释为新思潮的倡导者另有所指。事实上，五四文学革命所造成的并不是普通意义的白话文，而是新体白话文，它与当时的启蒙思潮有密切的关系。大量意译或音译新词、欧化的语句表达、新思潮的价值观，构成这种新体白话文明显的特征。都称为白话文，而文坛上存在的是两种不同的白话文。本土文学传统所造就的是道地的白话文；新文学传统所造就的是欧化的白话文。由于新文学在文坛的绝对主流地位，欧化的白话于是就成了书面语言的主流，加上新文学采取外来的文学形式，如新诗、话剧、短篇小说等，它的欧化程度更加严重。新文学登场不久，文坛就有“新文艺腔”的批评。就算是提倡新文学的人，也不能满意新文学在白话文问题上的表现。从造就一种健康的民族书面语文角度来说，新文学的贡献大有问题。因为它基本上是用欧化白话写出的西洋形式的文学，特别是三十年代以前，“新文艺腔”的问题更加严重。

新文学产生于社会中上层的知识圈子，它的使命是启蒙，尽管它的意图是使社会大众都懂得新思潮，接受新思潮，但事实上却无法做到。新体白话文与社会大众依然是悬隔的。这不仅仅因为语言问题，而是价值观念的问题。新体白话文在整个二十世纪都只能在知识圈子发生影响而难以深入社会大众。二三十年代新思潮的先锋如胡适、鲁迅、郑振铎等人热烈提倡民谣，三四十年代又有“大众形式”探讨以及延安文学，但这只是体现了中上层知识圈子对社会大众的“入侵”，并不等于社会大众本身的“承认”，悬隔的问题依然未能解决。五十年代之后，新思潮不再新了，社会主流思想趋向单一，新体白话又有了它的变体。但是，总而言之，新体白话与社会大众总是格格不入。从“新文艺腔”到“党八股腔”、“社论腔”，新体白话文始终改变不了舶来的毛病与高高在上的社会身份。如果说新思潮及其主导意识形态对二十世纪社会进程还有重大正面作用的话，那么，它们的语言表述——新体白话文——对民族语文的建设则没有留下太多有价值的遗产，至少它们的语言遗产不像它们声称的那么多。

其实，二十世纪文学的白话文努力还来自另一方面，这就是本土传统的文学。它们没有大事声张要建设什么“国语”，也没有宣称要建设什么文学，因为这一切都是不言而喻的。白话文学的读者自宋元以来一直是社会大众，大众使用的语言、大众喜好的形式、大众认同的趣味，与白话文学保持着最密切的关系。明白了新体白话文的缺陷，明白了悠久的白话文学的语言取向，在这个基础上才可以探讨金庸对二十世纪白话文的重大贡献。他不但是本土传统在文学上最为杰出的代表，而且也是本土文学对白话文有最大贡献的作家。清末民初的时候，本土文学的白话文虽然也有清新自然的，但市井气味较浓的不在少数。没落的才子在都市里舞文弄墨，文字自然矫情做作。到三十年代，这种情况逐渐改观。例如张恨水小说的白话文，不但能流畅地叙事，也能自然地描写。金庸小说的白话文，承继了这个语言传统接近社会大众的特点，祛除了它们在早期矫情、俗艳的毛病，丰富了白话文的表现力，造就了一个现代白话语文的宝库。与新体白话文相比，它没有各种各样的“腔”，既没有欧化腔，也没有社论腔，纯然是道道地地的白话。在各种文化相互冲突和交流的时代，知识分子都为如何保持民族价值观和跟上时代潮流而煞费苦心，二十世纪文学语言的选择同样烙上了知识分子努力的印迹。新体白话文是新文学作家交出的一份答卷；金庸小说的白话文是金庸交出的另一份答卷，同时也是本土文学作家中交出的最好的一份答卷。两者的孰优孰劣恐怕还会有争论，但是无疑金庸的白话文比新体白话文负荷着更多的民族文化价值。假如我们要从语言观察、体认、学习汉语本身的文化价值，金庸的白话文肯定比新体白话文提供更多有益的启示。金庸透过写作，不但提高了白话文的表现水准，而且在西潮滚滚的时代，在中国文化价值备受挑战的时代，用他一以贯之的语言选择承担了重振民族文化价值的使命。

金庸对武侠小说的贡献是人们谈论得比较多的一个问题。武侠小说的成型是在清代，民国年间有了大的发展，被称为旧派武侠。旧派武侠在叙事描写、塑造人物上都有可观的成绩，但它们的最大不足在欠缺表现人性。金庸对武侠小说的最大发展是将非现实的武侠题材同探索人性结合起来，于无处可寻的江湖看出社会，于无处可见的英雄大侠读出丰富无比的人性，于神奇怪异的功夫显出文化特征。在他的笔下，武侠小说既有娱乐趣味，又有深入严肃的思考；它的题材纯粹是文学传统的产物，但在荒诞不经的想象里又蕴含丰富的社会现实内容。金庸将武侠小说带入了全新的境界，被公认为新派武侠最杰出的作家。武侠小说大概会为钟情于它的作家一直写下去，如果我们不能断言后无来者的话，那么金庸武侠的成就属于前无古人之列，应当不是什么夸大其词。

书写出来的现代文学史有太多的扭曲和偏见，在这样的框架下根本不可能认识金庸小说的价值，也不可能公正评价金庸在二十世纪中国文学史上的重要地位。本论试图摆脱以往关于中国现代文学史框架的偏见，在新文学传统与本土文学传统两条线索分流演变的认识下，重新检视二十世纪中国文学史，并以此背景理解金庸对二十世纪中国文学的特殊贡献，确认金庸在文学史上的地位。他以自己杰出的文学才华成为与新文学传统相对的本土文学传统的集大成者，使本土文学再次发扬光大；在政治权威侵蚀独立人格，意识形态教条干预写作自由的年代，金庸的写作本身就是文学自由精神的希望；他对现代白话文和武侠小说都做出了出色的贡献。金庸的杰出成就使他在二十世纪文学史上享有崇高的地位。

《当代作家评论》一九九八年第五期

超越“雅俗”
——金庸的成功及武侠小说的出路

陈平原

金庸的成功，对于世纪末中国的文坛和学界，都是个极大的刺激。所谓雅俗之争、所谓大小传统之别、所谓高等文化与大众文化的分野，由于《笑傲江湖》等小说的出现，变得更加复杂。在上述三对概念中，“雅俗”的历史无疑最为久远，边界也最为模糊。选择相对含混的“雅俗”作为论述的主线，缘于金庸对传统中国文化的迷恋，以及二十世纪中国文学演进的特殊性。也就是说，在我看来，谈论武侠小说在本世纪的命运，作为参照系的，不只是“新文学”的迅速崛起，或者工业文明的横扫千军，还必须将“旧文学”之“被压抑”以及“不绝如缕”考虑在内。

时至今日，称金庸的贡献在于其以特有的方式超越了“雅俗”与“古今”，不难被学界认可。难以说清的是，金庸的成功，到底是不可重复的奇迹，还是能够转化为一种新的文学传统？若是后者，则敢问“路在何方”？大作家的出现，可以提升一个文学类型的品格，这点早被中外文学史所证实。追问金庸是否提升了武侠小说的品格，或者设想武侠小说到底还能走多远，主要不是为了预测未来，而是从另一侧面理解这一小说类型的潜力，并进而破译金庸获得巨大成功的“秘诀”。

谈论本世纪中国武侠小说的兴衰，无法绕开其与“新文学家”的尖锐对立。金庸自然也不例外。唯一不同的是，金庸不满足于自坚营垒，而是主动出击，对新文学家的选择颇多微词。因而，本文的写作，不能不时时回应五四以来新文学家对作为一种小说类型的武侠小说的严厉指责。

一

作为本世纪最为成功的武侠小说家，金庸从不为武侠小说“吆喝”，这点值得注意。在许多公开场合，金庸甚至“自贬身价”，称“武侠小说虽然也有一点点文学的意味，基本上还是娱乐性的读物，最好不要跟正式的文学作品相提并论”[①]。如此低调的自我陈述，恰好与在场众武侠迷之“慷慨激昂”形成鲜明的对照。将其归结为兵家之欲擒故纵，或者个人品德之谦虚谨慎，似乎都不得要领。

在几则流传甚广的访谈录（如《长风万里撼江湖》、《金庸访问记》、《文人论武》、《掩映多姿跌宕风流的金庸世界》）中[②]，金庸对于武侠小说的基本看法是：第一，武侠小说是一种娱乐性读物，迄今为止没有什么重大价值的作品出现；第二，类型的高低与作品的好坏没有必然联系，武侠小说也和其他文学作品一样，有好也有坏；第三，若是有几个大才子出来，将本来很粗糙的形式打磨加工，武侠小说的地位也可以迅速提高；第四，作为个体的武侠小说家，“我希望它多少有一点人生哲理或个人的思想，通过小说可以表现一些自己对社会的看法”。如此立说，进退有据，不卑不亢，能为各方人士所接受，可也并非纯粹的外交辞令，其中确实包含着金庸对武侠小说的定位。

可是，请别忘了，撰写“娱乐性读物”的，只是文化人查良镛的一只手；还有另外一只手，正在撰写“铁肩担道义”的政论文章。据我猜想，在很长时间里，查氏本人更看重的是后者，而不是前者。据说，“《明报》不倒闭，全靠金庸的武侠小说”；这话用在查氏创业之初，当不无道理。为了吸引广大读者，查良镛以《神雕侠侣》等作为诱饵——如此陈述，很容易消解小说家金庸的“意义”。但我宁愿相信，这是实情。因为，在我眼中，查先生是个有政治抱负的小说家。也正是这一点，使其在本世纪无数武侠小说家中显得卓尔不群。

五四以降，创作态度稍为认真的武侠小说家，面对新文学家义正词严的道德讨伐，

---

① 林以亮等：《金庸访问记》，《诸子百家看金庸》第三册。

② 上述诸文载《诸子百家看金庸》第三、第四册，台北：远流出版公司，1987；费勇等著《金庸传奇》附录，广州：广东人民出版社，1996；《金庸研究》第2期，海宁市金庸学术研究会，1997。

只有招架之功，而无还手之力。敢于理直气壮地为自家创作辩护的，寥寥无几，而且也都说不出什么大道理。原因是，著名的新文学家多为“大知识分子”[①]，政治上举足轻重，在文坛上更是能够呼风唤雨，其社会地位及影响力，绝非卖文为生的平江不肖生们可比。另外，新文学家之批评“旧派小说”的“金钱主义”以及以“消闲”为唯一旨趣，基本上击中要害。在本世纪末以前的中国，文人无论新旧，对于纯粹“游戏”、“消闲”的作品，评价历来不高。一句“基本上还是娱乐性的读物”，便足以使金庸放弃为武侠小说辩护的责任。至于金庸本人，为何一面自贬身价，一面乐此不疲，因其另有崇高志向——具体说来，便是《明报》的事业。

有了《明报》的事业，金庸与无数武侠小说家拉开了距离。一个武侠小说家，不只是娱乐大众，而且可以引导社会舆论，在金庸奇迹出现以前，实在不能想象。据说，金庸撰写的社评与政论，总共约两万篇。倘若有一天，《查良镛政论集》出版，将其与《金庸作品集》参照阅读，我们方能真正理解查先生的抱负与情怀。

查氏之政论文章，读者面自然远不及其武侠小说，可备受学者及政治家的关注。前者以金耀基为例：在率领香港中文大学诸学者“文人论武”时，金氏大谈对于查先生所撰社论之热爱，称其“知识丰富，见解卓越，同时有战略，有战术，时常有先见之明，玄机甚高，表现出锐利的新闻眼”[②]。后者则有查氏《北国初春有所思》记录的与江泽民的会谈为证：“没有仔细读过”金庸的武侠小说的“江总书记”，却很关注查先生发表在《明报》上的政治见解[③]。

作为小说家的金庸早已金盆洗手，而作为政论家的查良镛仍然宝刀不老，表面上二者有时间差，可这不妨碍我们将其相提并论。因为，在金庸创作的高峰期，左手政论，右手小说。我关注的是，这种写作策略，使武侠小说家金庸一改“边缘”姿态，在某种程度上介入了现实政治与思想文化进程。

既不完全认同新文学家的“雅”，也不真正根基于武侠小说家的“俗”，而是两面开弓，左右逢源。支撑起如此独立不羁的言说的，乃是其作为“舆论家”的自我定位以及

---

① 见杜南发《长风万里撼江湖——与金庸一席谈》，《诸子百家看金庸》第四册。

② 见刘晓梅《文人论武——香港学术界与金庸讨论武侠小说》，《诸子百家看金庸》第三册。

③ 查良镛：《北国初春有所思》，见《侠之大者——金庸评传》附录，北京，中国社会出版社，1994。

由此而派生的“道义感”。晚清以降，文学的雅俗之争，有审美趣味的区别，但更直接的，还是在于社会承担：一主干预社会，一主娱乐人生。查氏起步之处在新闻，现代中国的新闻事业，恰好与武侠小说有千丝万缕的联系（绝大部分武侠小说，都是先在报刊连载，而后才单独刊行的）。可是，同在一张报纸，头版的社论与末版的副刊，各有各的功能，几“不可同日而语”。金庸之自办报纸，并且“赤膊上阵”，下午褒贬现实政治，晚上揄扬千古侠风。有商业上的野心，但更有政治上的抱负。长期坚持亲自撰写社评，实际上认同的是新文化人的担当精神——这才能理解金庸为何对作为一种“娱乐性读物”的武侠小说评价并不高。

金庸曾表示，当初撰写武侠小说，固然有自娱的成分，主要还是为了报纸的生存。如此“动机不纯”，难怪其对于仅局限于此的同道，不太恭维。时至今日，金庸仍是第一个在小说之外还有显赫功绩的武侠小说家。查氏本人对此十分自豪。在北京大学授予名誉教授仪式上，出现一个有趣的局面：校方表彰的是“新闻学家”，金庸演讲的是“中国历史”。至于武侠小说，依然“不登大雅之堂”。“大家希望听我讲小说，其实写小说并没有什么学问，大家喜欢看也就过去了。我对历史倒是有点兴趣。”[①] 如此立说，确实让无数“金迷”大失所望。不愿意只是被定义为“武侠小说家”，金庸于是不时提醒读者，请关注他真工的“学问”。

其实，关于金庸的传记或著作，大都会提及其值得夸耀的“《明报》的事业”。本文只是将常见的“并列句”改为“因果句”，而且不是从《神雕侠侣》对于《明报》销量的决定性影响立论，而是反过来，强调办报纸、写社评对于《笑傲江湖》等小说创作的意义。社论与小说，一诉诸理性与分析，一依赖情感与想象；前者需要“现实”，后者不妨“浪漫”。如此冷热交替，再清醒的头脑，也难保永远不“串行”。只要对当代中国政治略有了解，都会在《笑傲江湖》和《鹿鼎记》中读出强烈的“寓言”意味；可金庸本人偏偏极力否认其有所影射。在《笑傲江湖》的《后记》中，金庸称：

这部小说通过书中一些人物，企图刻画中国三千年来政治生活中的若干普遍现

① 《金庸的中国历史观》，原载《明报月刊》，期数不详；这里依据的是《金庸研究》创刊号的转载本，海宁市金庸学术研究会，1996。

象。影射性的小说并无多大意义，政治情况很快就会改变，只有刻画人性，才有较长期的价值。

其实，小说家之追求普遍意义，与政论家的注重现实感慨，并不完全抵牾。说“影射”或许过于坐实，但对“千秋万载，一统江湖”的极度反感，毕竟包含着明显的现实刺激。

即便小说家无意影射，政论家的思路也不可能严守边界，不越雷池半步。就在左右手交错使用之际，不可避免地，“串行”发生了。说者无心，听者有意，有无影射，二说皆可。就像六朝人娴熟藻绘骈偶，即便无意为文的著述，在后人眼中，也都颇有“文章”的韵味。同时写作政论与小说，使得金庸的武侠小说，往往感慨遥深。撰写政论时，自是充满入世精神；即便写作“娱乐性读物”，金庸也并非一味“消闲”。理解查君的这一立场，不难明白其何以能够“超越雅俗”。儒道之互补、出入之调和、自由与责任、个人与国家，在金庸这里，既落实在大侠精神之阐发，也体现为小说与政论之间的巨大张力。

二

武侠小说与《明报》社评，二者不可通约，可也并非完全绝缘。强调金庸的小说与政论之间的互补关系，其实是为了指向武侠小说之特色：极大的兼容性。很难想象言情小说或侦探小说也能如此“兼容”政治与社会、文化与历史。篇幅巨大，有足够的空间可供小说家纵横驰骋，这并非主要原因；关键在于，作为一种小说类型，武侠小说从一诞生起，便趋向于“综合”。

同是武侠小说家的古龙，自觉意识到这一点，在一次与金庸的座谈时，曾称：

> 武侠小说有一点不易为人公认，甚至武侠小说的作者也鲜少意识到的，那就是武侠小说可以融合各种小说类型及小说写作技巧。①

古龙举出金庸的小说对于历史小说、推理小说和爱情小说的借鉴。其实，这并非金

① 王力行等：《掩映多姿跌宕风流的金庸世界》，见《金庸传奇》附录。

庸个人的独创，而是小说类型的内驱力决定的。

在我的论述框架中，游侠文学源远流长，但作为小说类型的武侠小说，则只能说是后起之秀。清代侠义小说在其走出混沌状态的过程中，从公案小说学来长篇小说的结构技巧，从英雄传奇学来打斗场面以及侠义主题，又从其对手风月传奇那里学来了“既侠又情”[①]。进入二十世纪，武侠小说的声威日渐壮大，其综合能力也日渐高超，以至逐渐成了章回小说的代表。六十年代范烟桥改订《民国旧派小说史略》时，论述的次序是言情小说、社会小说、历史小说、武侠小说、侦探小说；九十年代王先霈等主编《八十年代中国通俗文学》，武侠小说已经成了通俗文学的排头兵，而后才是侦探小说、言情小说、历史小说等[②]。后起的武侠小说，有能力博采众长，将言情、社会、历史、侦探等纳入其间，这一点，其他小说类型均望尘莫及。这就难怪，世人之谈论“仍然健在”的传统中国小说，很容易举出武侠小说作为代表。

武侠小说之日渐走向综合，必定对作家的学识与修养提出较高的要求。可以像古龙那样凭借个人天赋出奇制胜，但武侠小说的“名门正派”，非金庸莫属。《碧血剑》之附人物论《袁崇焕》，《射雕英雄传》书后之成吉思汗家族诸传记，《倚天屠龙记》之描写明教及元末历史，还有《鹿鼎记》中大量的注释，都只是金庸学识的冰山一角。凡读过金庸小说的，无不对其历史知识与文化修养之丰厚留下深刻印象。这里举两篇文章为例。冯其庸在《读金庸》中称：“一个小说家具备如此丰富的历史、社会知识，而且文章如行云流水，情节似千寻铁链，环环相扣，不可断绝，而且不掉书袋，不弄玄虚，平平叙来，而语语引人，不可或已，这已是十分难得的了。”严家炎的《一场静悄悄的文学革命》则曰：“我们还从来不曾看到过有哪种通俗文学能像金庸小说那样蕴藏着如此丰富的传统文化内容，具有如此高超的文化学术品位……金庸的武侠小说，简直又是文化小说，只有想象力极其丰富而同时文化学养又非常渊博的作家兼学者，才能创作出这样的小说。”[③]

---

① 见陈平原《千古文人侠客梦——武侠小说类型研究》第三章，北京，人民文学出版社，1992。

② 范烟桥：《民国旧派小说史略》，收入魏绍昌编《鸳鸯蝴蝶派研究资料》上册，上海文艺出版社，1984；王先霈等主编《八十年代中国通俗文学》，武汉，湖北教育出版社，1995。

③ 见冯其庸的《读金庸》和严家炎的《一场静悄悄的文学革命》，这里使用的是《金庸研究》创刊号的转载本。

金庸小说的这一特征，又因新文学家之“主动弃城”而显得格外突出。小说家必须承担传播文史知识的重任，这在古代中国，乃天经地义。罗烨的《醉翁谈录》、凌云翰的《剪灯新话序》以及“袁宏道”的《东西汉通俗演义序》等，其谈论的对象，分别指向话本、传奇和章回小说，可都强调作家必须“好古博雅”，方能满足读者获得文史知识的需求。可惜的是，新文学家主要关注现实世界，或突出理解与干预，或追求夸张与变形，放弃如“古已有之”的传播知识的功能。其结果是，小说家过于依赖一己有限的生活积累，而不太注重自身的文化修养。以至到了八十年代中期，也是新文学家的王蒙，必须站出来大声呼吁“作家的学者化”。这一呼吁，直接针对的，便是著名作家“没文化”这一奇异现象。反而是武侠小说家主张“知识面越广越好”，尤其应具备古典诗词、宗教学、历史学、地理学、民俗学等方面的基本修养①。在传播传统中国的文史知识方面，新文学家明显“不负责任”，这就难怪不少人将好的武侠小说作为了解中国历史与文化的入门书来阅读与品味。

金庸之值得格外关注，主要不在于文化知识的丰富，而是其对于中国历史的整体把握能力。查先生对此颇有自信，在北京大学讲历史而不讲文学，正是此心态的最佳表现。将外族入侵与民族复兴联系起来，称中国历史上七次大的危机，同时也是七次大的转机——此说据说在加拿大英属哥伦比亚大学演讲时大获好评，教授们“觉得我的这些观念比较新”②；可在北大演讲时，则未见大的反响。主要原因是，关注种族冲突与文化融合，乃史家陈寅恪一以贯之的学术思路，其入门及私淑弟子周一良、唐长孺以及众多再传弟子，对此均有很好的发挥。因此，当查先生称“我想写几篇历史文章，说少数民族也是中华民族的一分子……这些观念我在小说中发挥得很多，希望将来写成学术性文字”时，未能博得满堂掌声。

可话说回来，作为小说家，金庸突破严守华夷之辨的正统观念，确实十分难得。与曹禺之接受周总理嘱托写作“歌颂民族大团结”的《王昭君》大不一样，金庸是在自己的阅读与思考中，逐渐形成独立的“中国历史观”的。更重要的是，这些观念，在小说中发挥得非常出色。在《金庸作品集“三联版”序》中，金庸如此自述：

---

① 梁羽生：《从文艺观点看武侠小说》，收入韦青编《梁羽生及其武侠小说》，香港，伟青书店，1980。

② 见《金庸的中国历史观》。

> 我初期所写的小说，汉人王朝的正统观念很强。到了后期，中华民族各族一视同仁的观念成为基调，那是我的历史观比较有了进步之故。这在《天龙八部》、《白马啸西风》、《鹿鼎记》中特别明显。

金庸小说的背景，大都是易代之际（如宋辽之际、元明之际、明清之际）。此种关注家国兴亡的思路，既有政论家的人生感慨，也有“乱世天教重侠游”（柳亚子诗）的现实考虑，还包含章太炎、周作人所说的纲常松弛时思考的自由度。可所有这些，均不及最后一点值得注意：金庸小说中的“易代”，往往纠合着激烈的民族矛盾，而这，正是其驰骋学识与才情的大好疆场。

不过，对于金庸的史学修养，不应估价过高。这里强调的是，对于中国历史的独立思考，乃金庸小说成功的一大关键。对于此类“横通”的本事，专家们往往不太以为然。比如，学者们常以讥讽的口气谈论林语堂的长处是“对外国人讲中国文化，对中国人讲外国文化”[①]。这其实很不容易。跨越不同文化领域，所需的学养与胆识，非只有“一技之长”的专家们所能想象。据说，戴高乐也曾戏称雷蒙·阿隆为“法兰西学院的记者和《费加罗报》的教授”[②]。此说表面刻毒，却并非一无可取。在某种意义上，擅长跨越既有学科边界，乃各行各业“大家”共同之拿手好戏。正是政论家的见识、史学家的学养，以及小说家的想象力，三者合一，方才造就了金庸的辉煌。

三

不只是具体的学识，甚至包括气质、教养与趣味，金庸都比许多新文学家显得更像传统中国的“读书人”。五四一代新文学家中，像周氏兄弟那样学养丰厚的，并不少见；问题是，三四十年代以后，从事新文学创作的，更强调“生活积累”而不是“文化修

---

① 在我早年的著述中（《在东西方文化碰撞中》，浙江文艺出版社，1987），也曾如此讥评林语堂，随着年龄与见识的渐长，方知此中甘苦。

② 见尼古拉·巴维雷兹著、王文融译《历史的见证——雷蒙·阿隆传》，第442页，北京，北京大学出版社，1997。

养”。这里有家庭经济及教育水平的限制，但同样不容忽视的是，五四新文化思潮对传统中国的激烈批判，使得以“进步”自居的后生小子，往往低估了祖先的智慧与才华。不能说没读书，也并非真的把线装书统统扔进茅坑，而是以西方文化剪裁中国文化的大思路，使得作家们普遍对传统中国缺乏信心与兴趣。

就在这新文学家主动放弃的大片沃土上，金庸努力耕耘，并得到丰厚的回报。金庸对自家工作的意义，有足够的自信。屡次发言，均在此大做文章。在《文人论武——香港学术界与金庸讨论武侠小说》中，金庸直截了当地称：“也有人问武侠小说为什么那么多人喜欢看，我觉得最主要的大概是武侠小说比较根据中国的传统来着手。”章回小说的结构方式、简洁高雅的文学语言、再加上描写的是传统中国的社会生活、小说中体现的又是国人乐于接受的价值观念，金庸的武侠小说于是不胫而走。至于新文学家写作的“文艺小说”，在金庸看来，“虽然用的是中文，写的是中国社会，但是他的技巧、思想、用语、习惯，倒是相当西化”[①]。称鲁迅、巴金、茅盾等人是在“用中文”写“外国小说”，未免过于刻薄；但新文学家基于思想启蒙及文化革新的整体思路，确实不太考虑一般民众的阅读口味。

具体到武侠小说的评价，新旧文学家更是如同水火。这里必须将近在眼前的庚子事变的惨痛教训考虑在内。郑振铎称新文化运动初起之时，“‘新人们’是竭了全力来和这一类谬误的有毒的武侠思想作战的”，原因是义和团的降神仪式及“刀枪不入”记忆犹新，不由人不对其“使强者盲动以自戕，弱者不动以待变”保持高度警惕[②]同样将关于游侠的想象作为“民族性”来理解，金庸与郑振铎的态度截然相反。后者称“注重‘人情’和‘义气’是中国传统社会特点，尤其是在民间与下层社会”；“武侠小说中的道德观，通常是反正统，而不是反传统”[③]。大力张扬处于民间的、反正统的游侠精神，在金庸看来，符合现代人对于传统的选择与重构，并无不妥之处。

“一箫一剑平生意”（龚自珍诗），千古文人之侠客梦，并不完全认同于某一具体的人物或事件。游侠作为一种民间文化精神，之所以活跃在古往今来无数文人笔下，因其容易成为驰骋想象、寄托忧愤的对象。不同时代、不同文体、不同作家，对于游侠精神，

---

① 见杜南发《长风万里撼江湖——与金庸一席谈》。

② 郑振铎：《论武侠小说》，《海燕》，上海，新中国书局，1932。

③ 金庸：《韦小宝这小家伙》，见《侠之大者——金庸评传》附录。

会有截然不同的诠释；但这并不妨碍“游侠”对于中国文人的巨大感召力。现代学者中，不乏对游侠情有独钟的，倒是新文学家基于思想斗争的需要，完全舍弃对于游侠的追怀。

不以武侠小说见长的张恨水，在《我的写作生涯》中，有一段话值得关注：

> 倘若真有人能写一部社会里层的游侠小说，这范围必定牵涉得很广，不但涉及军事政治，并会涉及社会经济，这要写出来，定是石破天惊，惊世骇俗的大著作，岂但震撼文坛而已哉？我越想这事越伟大，只是谢以仆病未能。[①]

张氏心目中理想的武侠小说，应是“不超现实的社会小说”，故将目光锁定在“四川的袍哥、两淮的帮会”上。李劼人的长篇小说《死水微澜》、《大波》等，倒是以四川袍哥为主要描写对象，但其对于传统中国文学的借鉴，取艳情而非武侠[②]。

另外两位有可能写作武侠小说的新文学家，一是老舍，一是沈从文。前者不只有《离婚》中的赵二爷或短篇小说《断魂枪》可作样稿，据说还真有闯荡江湖的打算；后者极力赞赏湘西混合着浪漫情绪与宗教意识的游侠精神，甚至称“游侠精神的浸润，产生过去，且将形成未来”[③]。很可惜，以长篇小说见长的沈、舒、李诸君，虽则对游侠精神、世俗生活以及民间帮派深有体会，却不曾跨越雅俗之门槛，介入武侠小说的写作。否则，当不至于让金庸独步天下。

二三十年代新旧文人关于武侠小说的争论（准确地说，是“讨伐”，因理论上旧文学家绝非新文学家的对手），使得占据文坛主导地位的新文学家，轻易不肯“浪迹江湖”。只有像宫白羽那样到了山穷水尽的地步，方才“改行”写起武侠小说来。让章回小说家垄断关于游侠的想象，在我看来，乃五四新文化人的一大失策。现实中的武侠小说不如人意，这不应该成为放弃游侠的充足理由。在我看来，理解中国历史与中国社会，大传

---

① 张恨水：《我的写作生涯》第56页，成都，四川人民出版社，1981。

② 李劼人的小说创作，深受法国作家左拉的影响，这点学界早有论述；至于其对传统艳情小说有强烈兴趣，则得益于《中华书局收藏现代名人书信手迹》（中华书局，1991）的出版。参见李君1995年5月12日致舒新城信。

③ 沈从文：《湘西・凤凰》，《沈从文散文选》，北京，人民文学出版社，1982。

统如儒释道固然重要，小传统如游侠精神同样不可忽视。作为一种民间文化精神的游侠，在本世纪许多一流文人的视野中消失，这对现代中国的思想史及文学史，都是难以弥补的损失。

游侠精神之值得关注，与武侠小说的发展前景，二者并不完全等同。金庸的成功，既是武侠小说的光荣，也给后来者提出巨大的挑战：武侠小说能否再往前走？文学史家及金庸本人均承认，大作家的出现，可以提升一个文学类型的品位。这自然没错，可还必须添上一句：能否继续发展，取决于文类的潜力及预留空间的大小。从《三侠五义》到《笑傲江湖》，一百多年间，武侠小说迅速走向成熟。鲁迅《中国小说史略》称“侠义小说之在清，正接宋人话本正脉，固平民文学之历七百余年而再兴者也”。接下来的话，可就令人泄气了：“惟后来仅有拟作及续书，且多滥恶，而此道又衰落。”[①] 金庸等人的崛起，又使得此“宋人话本正脉”再度接续，且大有发展余地。鲁迅所说的“平民文学”，包括精神和文体。前者定位在庙堂之外，自是十分在理；后者局限于“话本正脉”，则略嫌狭隘。

或许，下个世纪武侠小说的出路，取决于“新文学家”的介入（取其创作态度的认真与标新立异的主动），以及传统游侠诗文境界的吸取（注重精神与气质，而不只是打斗厮杀）。某种意义上，金庸已经这么做了；但我以为，步子可以迈得更大些。毕竟，对于史家与文人来说，游侠精神，是个极具挑战性且充满诱惑力的“永恒的话题”。

一九九八年五月十三日于京北西三旗

《当代作家评论》一九九八年第五期

---

① 见《鲁迅全集》第9卷，第278页，北京，人民文学出版社，1981。

无奈与悲哀

——张爱玲的小说基调

张　洪

一

“写小说，是为自己制造愁烦。我写小说，每一篇总是写到一个地方便觉得不能写下去了……人生恐怕就是这样的罢？生命即是麻烦，怕麻烦，不如死了好。麻烦刚刚完了，人也完了。”这是张爱玲一九四四年在《论写作》一文中沉湎于人与文学这个大题目时所发的感慨。现实生活中，她自觉犹如“废物”，处处感到痛苦；只有到了她的文学王国，她才成为当之无愧的宠儿。她以小说去救世，并希望于其中救赎自己；她用创作的圣膰去献祭，受苦受难的真实人生在仪式中牺牲掉了，希望赢得不朽的张爱玲用故事里人物的血泪净化了她的灵魂。张爱玲对不幸的存在怀着特殊的敏感，特别是深深感受到她生活于其中并十分熟悉的洋场贵族社会的崩裂：“时代是仓促的，已经在破坏中，还有更大的破坏要来。”[①]

张爱玲出身名门，可血管里流淌的贵族血液并未给她带来什么幸福。父母不和直至离婚，母亲游历欧洲，清朝遗老的父亲沉溺烟榻，还同后母虐待得她不堪折磨，终于离家出走。尽管张爱玲后来笔调轻松地述说这一切对她并无甚么影响，实则不然。

①《传奇·再版序》。

精神分析未免有些偏执，但人从某种意义上说都难免是童年冲突的受害者。弥漫在张爱玲作品中的没落感及随处可见的畸形婚恋已证明了，她在散文中掩饰抑制的情绪于小说里无可替代地投射出来。母亲黄逸梵是身处幽暗的她拼将全力握住的一缕阳光，微弱又执着地哺育着她的精神园地。孤寂封闭的环境熏陶出她的内倾性格，在没有人与人交接的场合，她充满了生命的欢悦。匮乏爱意的现实淹没不了她与生俱来的超凡创造力，在痛苦的海洋中，她紧紧抓住了文学这个救渡的方舟。“生命是一袭华美的袍，爬满了虱子”①；“长的是磨难，短的是人生”②。张爱玲独自把玩的人生境界竟至如此凄凉，她的文学是她悲观精神的俘虏，七岁时写的第一部小说便是一曲家庭悲剧。张爱玲把感觉到的生命与艺术中的矛盾纠葛的诸元素荟萃起来，把盏品味着“我们的日子短促的苦味”③。她与她笔下的人物一起带着神秘的目光从我们面前翅然走过，笑看着我们的无奈与张皇。

如若苛刻地只允许用两个字来包容张爱玲的创作，几乎所有人选择的都会是——人性。张爱玲之所以关注人性这个大题目，目的在于救渡国人孱弱的魂灵。她毫不避讳正面揭露古老腐朽文化对人性的销蚀，也敏于捕捉现代文明给人心蒙上的尘埃。不少人左冲右突，仍无从在现实中矗立起自我的人格大厦。挽住时代巨轮，关起门来做小型慈禧太后的梁太太（《沉香屑·第一炉香》）丑恶到荼毒自己亲生侄女的地步；生长在资本主义价值观念下的范柳原（《倾城之恋》），只思满足刺激，不负责任，没有真情。张爱玲按人之所以为人的标尺去衡量人性沦丧的这一群，端详扭曲、畸形的人性百态，谁都无法摆脱精神上的抽搐、震颤与痉挛。

遍布其作品的男男女女，仿佛都是在鬼蜮的疆界中出出进进，阴森恐怖，满裹一身邪气。“硕大无朋的自身和这腐烂而美丽的世界，两个尸首背对着背拴在一起，你坠着我，我坠着你，往下沉。”④我们的阅读感受用她自己这段话来描述，再合适不过了。张爱玲的作品看来不拘于济世救时的实际问题，事实上她时刻也未放松对人生要义的苦苦思索。张爱玲传神地描摹女性内心深处的软弱、愚昧、不自持、图虚荣等阴暗面，在社会

①《张看·我的天才梦》。

②《流言·公寓生活记趣》。

③ 引自张爱玲等译《美国现代七大小说家》，第263页，北京，生活·读书·新知三联书店，1988。

④《传奇·花凋》。

中撞得满是疮痍，遍体鳞伤，背后是深切的痛悼与凄怨，更有默默无声的誓言：这种惨状再不能容忍继续下去了。

我们也不同意说张爱玲笔力触及的都是非正常的人性，她执着于人性的真实，畸形、扭曲、变态尽收眼底，“就因为他们存在，他们是真的”，“他们有什么不好我都能够原谅，有时候还有喜爱。”[①]《十八春》中的祝鸿才是个彻头彻尾的恶人形象，他霸占了曼璐、曼桢姊妹俩，毁掉了好几个人的幸福。张爱玲作品中如此彻底的人物几乎没有，大多呈示出表里矛盾、名实冲突的特征，这是若明若暗的魅力。最典型的莫过于《红玫瑰与白玫瑰》中的佟振保了。事业成功，家庭幸福，侍奉母亲，提拔兄弟，办公认真，热心待友，“他做人做得十分兴头”。从常人眼光看，的确是一个地道好人。在巴黎失去童贞后，他不像郁达夫小说的主人公，执溺于道德法网与情感满足的两难中无处排遣，而是顺应世俗口碑，赢得了好名声。“从那天起振保就下了决心要创造一个‘对’的世界，随身带着。在那袖珍世界里，他是绝对的主人。”他戴着面具扮演着角色，善的外衣紧裹着恶的本质，通观全篇后，又觉他并非十恶不赦的元凶，而是个可拎的人，某种程度上还带有悲剧意味。第二个闯入他生活的是混血姑娘玫瑰，他爱她，可又怕她的随便在中国行不通，后来又未尝不懊悔。同朋友的妻子娇蕊恋上了，对方一旦要与丈夫离婚，他又懦弱得要死，害怕失去些微的东西。不愿付出，只想索取，他认为自己堕落了，其实他一直如此。心理的压力与行动的欲望首尾相伴，灵肉无法统一，本我与超我在搏斗，这一切又岂是佟振保所能承受的。于是，他匆匆忙忙选了个好女子烟鹂结婚，不爱她，便开始宿娼，回家还打她。他终于知道，“砸不掉他自造的家，他的妻，他的女儿，至少他可以砸碎他自己。”省悟到没法把握自己，于是只好按照别人的眼光去生活。小说结尾时，他又后悔了，“改过自新，又变了个好人。”其生命不过是一具空壳，他要充实生命，却被视为坏人进而危及生存，逼得他必须重新去做“好人”。这大概就是我们身边“真人”特别匮乏的原因。从自我建立到自我依赖，最后是自我毁灭，佟振保按照外界对生命的各种诠释生活，犹如翻译的圣经，虽然美好却不真实。

合乎礼法的，佟振保不喜欢，不合传统的又不敢爱，结果害了三个人。由此可见传统观念根之深，蒂之固。从文化学角度看，会对其悲剧个性有更深的把悟。伦理与道德

---

①《我看苏青》，转引自《张爱玲卷》，第190页，香港，艺文图书公司，1982。

等常常钳制着人性的自然生长，人的非理性的感性的要求易被置于低下的地位，目的是使个人服从群体，自我走向社会。张爱玲的这部小说无疑具有文化批判的意义。当然，从精神分析及心理学方法着手，还可以推演振保的恋物癖或自照性倾向之类。自视清高，声名亦佳的大好人佟振保，受到“自以为是”和“社会认同”等心理的利用摆布，逐步走向堕落和毁灭。自己以为后面更隐藏着作家的另一副眼光，佟振保一步步从包裹他的沉重外壳走出来，不再自戕自虐，还一个稍近真实的自我，未见得不是好事。传统的人性美在张氏的笔锋下现出了丑的原形，一针见血，不瘟不火，感情上暂时难以接受，但无论如何是令人欢喜的事。

真实地看取人生尚做不到，更休谈展示人的非理性世界。张爱玲相当欣赏鲁迅对国人性格阴暗面及劣根性的暴露，“这一种传统等到鲁迅一死，突告中断，很是可惜。因为后来的中国作家，在提高民族自信心的旗帜下，走的都是文过饰非的路子，只说好的，不说坏的，实在可惜”。[①] 她的论断不免偏颇，一定程度上却也道出了某种真实境况。她似乎忘却了时代，时代也抛弃了她，她的悲哀毕竟也嘶哑地唱出了属于自己的声音，浅吟低唱不是她的风范。人生的荒谬，时空的混杂在其作品中向读者一齐压来，令人窒息。然而现实本来如此，作家是怨不得的。她的敏感与讽刺在现代文学史上都是无人替代的，她的哀婉与无奈尽管远离时代政治的主流，读者阅读时依然涌起同情和理解。张爱玲以女性的纤弱和宽泛的人道主义目光无法洞悉复杂的世态人生，对世界的焦虑不安代替了对世界本身的关注。张爱玲是无力的，她知道没有力量实施心中的理想，因而她的悲剧困境是缺乏行动的，但又是超越行动的。对周围环境的淡化乃至对立是高扬个人的沉重代价，特立独行，不趋同，不矫饰，这就是张爱玲。

婚姻与爱情是人生旅途的城堡。里面的想冲出来，外面的想冲进去，置身其中的人将天性表演得最为充分。飘逸俊美、灵思飞动的感情乐章她很少演奏。相反，张爱玲作品中遍布着不完美，甚至谈不上真诚的爱恋与家庭。爱情似网，婚姻如枷，这便是张爱玲的独到透视。矛盾又确凿的是，寻找爱情，又是她作品中凌驾于一切之上的主题。

绵延已久的女性婚恋自由的被剥夺造成的恶果是可怕的。张爱玲在《谈女人》中

---

① 转引自水晶《张爱玲的小说艺术》，第28页，台北，大地出版社，1985。

说，“女人在为男人活着，对于大多数的女人，‘爱’的意思就是‘被爱’”。作家痛心疾首，责任都推在男子身上，也非彻底的答复。几千年的积习，不是一朝一夕可以改掉的。长时期来，女性在名与实上根本未争得自己应有的权力。偶尔有一丝耀眼的碰撞之光，也转瞬即逝，淹没在暗夜里。五四以后，“婚姻自由”、“恋爱至上”的口号挂在男女青年的嘴边，张爱玲对这种“咸与维新”的浪潮抱着怀疑态度，始终冷眼旁观着。冰心、庐隐、苏雪林等女作家呐喊出女性解放的第一声，她们让人懂得在爱情中追求人生之意义。随着视野的扩展，陈衡哲、冯沅君以及丁玲等人都不约而同地把笔锋转向下层妇女婚姻家庭的不幸，对社会黑暗的揭露与指斥是她们作品中的重要成分，强烈的使命感及参与意识帮助他们获得了声誉。爱情与婚姻的分离可以说是女性文学的最大母题，堕落或回来成为出走后的两块路标。女性披枷戴锁匍匐生长着，自我意识的萌发领略着来自各方的摧残，自伤自悼，横加指责，道德观念的突出及背景材料的渲染冲淡了对婚恋本体的注意，许多作品可以作为明证。当然，也不乏佼佼者，如丁玲的《梦珂》、《莎菲女士的日记》等。张爱玲赞赏苏青“伟大的单纯”，看中的也正是这一点。

张爱玲盼望着理想两性关系的降临，慨叹着现实遭遇的痛楚。《留情》中千疮百孔的感情，《鸿鸾禧》中繁荣、气恼、为难的生命，《等》中的婚姻不过是无休止的妥协。人生竟如此无聊空虚，生命可不管它，自顾自走着，是叹息人生的荒谬，还是惆怅生命的短暂，抑或兼而有之，读者尽可随意联想。张爱玲小说中的不少人物陷在生活的泥潭里，不能自拔，尴尴尬尬，不明不白，这是生活的真实。“实生活里其实很少黑白分明，但也不一定是灰色，大都是椒盐式。”[①] 也是她艺术上的真实。她本人如履薄冰地俯视着这一切，唯恐掉了进去，两者的矛盾是智慧的代价，用钱钟书的妙语做解，这是人生对于人生观开的玩笑。

斗胆下一断言，张爱玲从父母及自身不圆满的经历中戳穿了婚恋面纱下的可笑与龌龊，“现代人多是疲倦的，现代婚姻又是不合理的”。[②] 她的生活经历是不完美的，但她的艺术却是精湛的。《十八春》中的几对婚姻都没有爱意，爱成就不了婚姻，但又无法摆脱

① 《张看·谈看书》。

② 《流言·自己的文章》。

爱之诱惑。婚姻是枷锁，妄想用它锁住别人，锁住爱情，都是办不到的，结果只能毁了自己。人与人的难于沟通，不全因为外在力量对人的捆绑，而是由于人性自身情与理、爱与欲的搏斗与厮杀，甚至自己都很难清醒地意识到。无意的流露，有心的隐藏相缠绕，行动与结局的背道而驰……不一而足。张爱玲操起锐利的手术刀，无情地剖析着现代人的灵魂，不放过传统与现时代的冲突以及人性中固有的可笑与荒谬的本质。《封锁》中安分守己，兢兢业业的两个"好人"——会计师吕宗祯与助教吴翠远在待闭的电车里摘下了各自的沉重假面，蓦地捕捉到了生命本身的律动，平时懵懵懂懂，此刻好像从沉睡中苏醒。终日谨严，不敢越雷池一步，其结果是逐渐将血肉之躯风干，变成整齐划一的标本。莫非只有在非常态的条件下才能迸发出率真自然的感情，可见已被扼杀到何种程度。结婚的吕会计对妻子不中意，未嫁的吴助教怨恨着家里，婚姻家庭与爱情幸福的悖反着实推出了作家的不解困惑。

对性的长期蒙昧陡然加重了张爱玲小说的分量，她的创作是化入了蔼理斯及弗洛伊德等理论后开出的耀眼的罂粟花。《沉香屑·第二炉香》、《心经》、《茉莉香片》等篇都或隐或显地带有一种暗示性的恐怖，作者有意如此震撼读者。"第二炉香"燃尽的是英籍教授罗杰安白登与愫细密秋儿的婚姻，甚至生命。罗杰与愫细的新婚之夜，愫细仓皇逃跑，未尝受过"爱的教育"的愫细认为罗杰是畜生，结果掀起轩然大波。早有仇隙的同僚趁机敦促校长逼迫罗杰辞职，又进而在上流社会败坏其名声。相当看重声誉的罗杰精神坍塌了，愫细的回心转意也支撑不起来他，他吮吸着煤气的幽幽甜味，葬身于异国他乡。有爱而无知的悲剧戕害了人的正常生活，这只有在古老的国度才会发生的惨事是两种文化冲撞的悲剧，文明被愚昧吞噬了。张爱玲不沿袭传统，写那些羞羞怯怯的两性接触，生离死别，悲欢离合，"用现代的眼光看来，那一点事实是平淡得可怜。"[①]

张爱玲笔下的婚姻岂只是坟墓，有些简直如同地狱。推而广之，其小说中不少地方阴森恐怖，鬼气缭绕。她讨厌大团圆的收场，也不愿意遵照古典的悲剧原则来创作。大量的事实令她认识到，人在兽欲或说生物性以及习俗等的挤压下，不可能再像古典悲剧人物那样发挥崇高的情感之类，如果撤掉虚荣和欲望的支撑，人还剩下了什么东西？无所依傍，又与鬼、兽何异？张爱玲是彻底的悲观主义者，又同时是一个活泼的讽刺作

---

①《传奇·茉莉香片》。

家。大到牺牲理想，迁就现实，小至可笑滑稽的小奸小坏，有失高贵，都贯穿着作家这两方面的思维轨迹。

二

如果没有张爱玲，现代文学史的人物画廊上将逊色不少，起码要空缺几个栩栩如生的形象，如《金锁记》中的曹七巧，《倾城之恋》的范柳原、白流苏等。

曹七巧当然同常人一样，希望去寻找幸福。婚姻是改变生活的捷径，她嫁给官宦人家，甘愿侍候一个残废。正当的生理需求得不到满足，精神上也成了残废。沉重的黄金枷锁压得她心理畸形。她容不得任何人染指她的财产，为此她宁可牺牲哪怕短暂的快乐。她嫉妒所有人的和睦婚姻，甚至亲手扼杀了亲生儿子和女儿的爱情和家庭，性压抑导致了性变态，令人毛骨悚然，不寒而栗。现实生活中最差的情境莫过于一个人的敌人就是他亲人，但它却是悲剧的最佳情境。七巧“一级一级，走进没有光的所在”，她的存在方式是以毁掉自己的生命为代价的，最终走向了堕落和毁灭。如若没有现代心理学的基础，至多把七巧描写成一个闺怨的大家媳妇或可怜的孀居者便要搁笔。“三十年前的月亮早已沉下去了，三十年前的人也死了……”“说不尽的苍凉的故事”。《倾城之恋》中的白流苏与范柳原，一个是寻依靠的离婚女子，一个是调情戏笑的公子哥，两人彼此耍弄着，既斗智又斗勇，然而后来竟缔结了婚约，也仅只是契约而已。“香港的陷落成全了她，但是在这不可理喻的世界里，谁知道什么是因，什么是果?”在倾城中爱恋，恋爱使城市倾圮。他们是现代文明制造出的垃圾，整天忙于谈恋爱的柳原根本不是在恋爱，他毫不隐讳地承认，我们的文明整个毁掉了，也许会对流苏有一点真心。极端自私的他们吝啬到连些许的情爱都不想付出，张爱玲已没有劳伦斯那般的信心，借爱的宗教以拯救现代文明对人性的摧残。她无力地注视着故事的尾巴被炸掉，怅惘是流苏的感觉，也是作家的。虚伪欺骗、尔虞我诈的两性世界，“肮脏、复杂，不可理喻的现实”，“荒诞、精巧、滑稽”的老中国，焙成了“第一炉香”的底蕴。原本纯洁浪漫的葛薇龙为求学迈进姑母“鬼气森森的世界”，道德的大坝即刻便被享乐的潮水冲垮，步入魔网中，蜕变成为人弄人、弄钱的玩偶。“从前的我，我就不大喜欢；现在的我，我更不喜欢”，她恍然发现自己的影子“缩小的，而且惨白的”。

放弃旧有的故事秩序，建立属于自己的新的讲述方式，每个有追求的作家概莫能外。有的作家甚至不惜在章法外面对失败，独守冷落与寂寞。张爱玲则既在限制内赢得了成功，又想在法则外走出捷径。大多采用全知叙事，又喜欢让人知道不过是虚构，两篇“沉香屑”的开头，即宣布我要讲故事，恭请诸位洗耳一听。结尾拎起故事的外衣，绵长幽远也好，短促有力也罢，神龙见首不见尾，神秘和命定盘桓不去，笼罩着读者的心灵。“隔着那灰灰的，嗡嗡的，蠢蠢动着的人海，仿佛有一只船在天涯叫着，凄清的一两声”；“漂泊流落的恐怖关在门外了，咫尺天涯，很远很渺茫。”《多少恨》与《浮花浪蕊》的结束即是明证。时空在张爱玲那里仿佛被冻结，不去着意经营。读者也仿佛忘记了这一切，最后幻觉的打破往往由作家亲手操作。《封锁》是这样开篇与收场的，“每一个‘玲’字是冷冷的一小点，一点一点连成一条虚线，切断了时间与空间”。“封锁期间的一切，等于没有发生。整个的上海打了个盹，做了个不近情理的梦。”张爱玲在叙述中尤其偏好内视角的运用，景语皆情语，物由人生。《金锁记》描画的日出景象是惨淡的，“地平线上的晓色，一层绿一层黄。又一层红，如同切开的西瓜——是太阳要上来了。”再来看看《倾城之恋》中两段景情交融、物我难分的描写，“望过去最触目的便是码头上围列着的巨型广告牌，红的、橘红的、粉红的，倒映在绿油油的海水里，一条条，一抹抹刺激性的犯冲的色素，窜上窜下，在水底下厮杀得异常热闹”；“墙是冷而粗糙，死的颜色。她的脸，托在墙上，反衬着，也变了样——红嘴唇、水眼睛、有血有肉、有思想的一张脸”。她的笔调恰如山水画的技法，有时渲染，有时点缀，泼墨收拾，更兼大量空白，气韵不断，透过人物的眼睛看世界，经由作家的目光观人物，消长起伏，演奏着复调的曲律。

张爱玲擅长别出心裁地制造象征，连作品的题目都不放过，如匠心独运的《金锁记》、《花凋》、《连环套》等。不懂暗示和隐喻，就无法体味象征的奥妙所在。七巧觉得她这牺牲“是一个美丽的、苍凉的手势”；《倾城之恋》的舞台上，陆续登台的“他们唱歌唱走了板，跟不上生命的胡琴。”直觉、幻觉、通感等感应方式贯注张爱玲的小说当中，向人扑面而来。“山外又是海，海外又是山。海上、山上、树叶子上，到处都是呜呜咽咽笛子似的清辉”，“黑暗从小屋里暗起，一直暗到宇宙的尽头，太古的洪荒——人的幻想，神的影子也没有留过踪迹的地方，浩浩荡荡的和平与寂灭。屋里和屋外打成了一片，宇宙的黑暗进到他屋子里来了。”薇龙的恐怖神伤是对一切存在的怀疑，所有信念都摇摇欲坠。奇异的比喻，非常的感觉以及大胆的变形在张爱玲小说中常常起到渲染气氛，衬托情节或暗示性格的作用，诸如此类的例子，随手可以摭拾。

比喻的出新出奇源于感觉的独特。试看《红玫瑰与白玫瑰》中的两句妙喻，回味无穷："风吹着的两片落叶踏啦踏啦仿佛没人穿的破鞋，自己走上一程子"，"整个的脸拉杂下垂像拖把上的破布条"。张爱玲的比喻，往往与意象紧密相连，《茉莉香片》中传庆的母亲碧落，违心地与不爱的人结了婚，小说几句话便传神地概括出她的境遇，既是比喻，又是意象："她不是笼子里的鸟。笼子里的鸟，开了笼，还会飞出来。她是绣在屏风上的鸟——悒郁的紫色缎子屏风上，织金云朵里的一只白鸟。年深月久，羽毛暗了，霉了给虫蛀了，死也还死在屏风上。"另外，张爱玲不管本体和喻体跨度多大，只要得心应手，就攫为己用。《色，戒》中失败的预感犹如"丝袜上一道裂痕，阴凉的在腿肚子上悄悄往上爬"。《封锁》中写吴翠远的外貌，"她的整个人像挤出来的牙膏，没有款式"。《红玫瑰和白玫瑰》中，"雨的大白嘴唇紧紧贴在玻璃窗上。"《创世纪》中的匡仰彝游手好闲，"很气派的一张长脸，只是从鼻子到嘴一路大下来，大得不可收拾，只看见两肩荷一口。"流苏做了范太太后，掩饰不住激动，"她觉得她可以飞到天花板上，她在空空荡荡的地板上行走，就像是在洁无纤尘的天花板上。"一旦接受了现代主义的艺术观念，那么，无论如何新奇的形式都会被视作正当的。

语言是存在的家园，逻辑法则根本无法穷尽它的可能与功能，它是自足的，独立的，而非摹仿的，第二性的。张爱玲对文言文的全盘被抛弃始终遗憾不已，句子中常常顽固地保留着文言句法，语言风格相当接近《红楼梦》等小说。同时，西洋文化对她的影响更是不消说，一九三八年正式发表作品即刊登在英文的《大美晚报》上，至于她办《泰晤士报》、《二十世纪》等英文报刊所撰的文章，她则有意隐匿，背后潜藏着她的良苦用心。根扎在中国，渊源于民族，虽饱浸欧风美雨，可念念不忘的仍是这些。

三

张爱玲的文学路途中竖立着几重矛盾的路标，她有过逡巡与徘徊，走过歧途和曲径；她曾自信执着地我手写我心，也伤感惆怅地回顾着旧日的可笑；踏遍万水千山，留下真情一片。贯穿创作生涯始终的几个突出问题一直困扰着我们，是探测其创作基调不可逾越的屏障。譬如与时代、社会、政治的错位与同步，创作中的自审与自恋倾向，探索求新与迎合从俗的协调等等，都是张爱玲创作领域内极具特色的景观，机巧所在，寓意颇深，万万不可漏过。

假若透过狭隘单一的社会历史批评的窗口，便会对张爱玲的作品发出指责的口吻，从而遗落许多闪光之处。张爱玲设计的《传奇》封面很能看出作家的心理趋向。一个太太坐在桌边幽幽地摸弄骨牌，旁边奶妈抱着孩子，安谧和谐的一幅晚清时装仕女图，却突兀地从窗口探进一个蒙面的现代人来，比例不对的人形，像鬼魂一般，窥视着这一切。“如果这画面有使人感到不安的地方，那也正是我希望造成的气氛。”（《传奇》增订本，《有几句话同读者说》。）“我用这手法描写人类在一切时代之中生活下来的记忆。而从此给予周围的现实一个启示。我存着这个心，可不知道做得好做不好。一般所说‘时代的纪念碑’那样的作品，我是写不出来的”，“人是生活于一个时代里的，可是这时代却在影子似地沉没下去，人觉得自己是被抛弃了。为要证实自己的存在，抓住一点真实的、最基本的东西，不能不求助于古老的记忆。”（《流言·自己的文章》）。张爱玲的作品是耸立在现代都市的神话与寓言，寻找灵魂的现代人无情地撕下自己身上披着的伪装，对现实的嘲弄与逃避催促张爱玲为疲惫的心灵寻找停泊地。悲剧是落后于时代的，社会和权力也把持不住，更休论个人。我们不必苛求她未给我们带来什么现成的答案，浅薄的回答还莫不如深刻的困惑更有意义。恐惧茫然，悲天悯人是她的心理定势。

张爱玲关注人的本性在外界力量冲击下的种种反应，留意不同人格间的纠缠与摩擦，她无心表现个人与集体的冲突，更很少扫描个人如何归附社会时代潮流。七巧的一步步堕落直至毁灭，根本因素在她自己，悔恨愤怒也无奈。为恋爱而恋爱的潘汝良偏巧碰到的是为结婚而结婚的沁西亚（《年轻的时候》），结局可想而知。男主人公沉浸在悲哀中，女主角无动于衷，读者只能嗟叹，却无从怨艾。对世界摒弃道德感的投入，即常流露出陌生迷惑的神情，现代主义诸风格流派莫不如此。张爱玲除了倾听到的域外新声外，耳旁还萦绕着传统文人遗留下来的出世与入世的呢喃。在风云变幻中，她自知孱弱，虽然向往着“文官执笔安天下，武将上马定乾坤”的场面，可又只能暗自啜泣而已。

一九五二年张爱玲由大陆抵香港，然后赴美国，相继创作了《秧歌》和《赤地之恋》两部长篇小说。其中的偏见作家后来自己也意识到了。她把怀疑态度和理想主义紧密相连，唯独忘记了注视现实艰难前行的脚步。文学是社会敏感的神经，关键是能否拿出发自内心的见解来。统而观之，她为时代的飞旋和社会的剧变而困扰，甚至夹带着一丝恐惧。固守个人主义的张爱玲力图甩掉意识形态的侵袭，谁知竟是个怪圈。在一九八八年出版的《张爱玲续集》的封套上，赫然印着“我仍旧继续写作”，但我们终究不得不遗憾地说，张爱玲以《传奇》创造的奇迹，竟没有好收场，傅雷先生最担心的结局无可逆转地出现了。公允地说，张爱玲最具风采的作品集中在早期和中期，至于后期，她大多是改写整理以前的旧作，兼搞翻译及研究。将《金锁记》延扩为长篇《怨女》，紧凑的结构线索变成舒徐从容的叙述故事，两者都署上作者的大名，恐怕无益名声。《十八春》之变成《半生缘》更是简单，仅仅把一些措词鲜明，政治色彩浓厚的句子章节去掉，即宣布大功告成。“然而三十年前的故事还没完——完不了。”我们翘首以待，期望着张爱玲再奉献出璀璨夺目的篇章来，以点缀这个时代的星空。

一九九〇年三月

《当代作家评论》一九九四年第三期

从反文典到后文典时期的超文典：作为文本和神话的张爱玲①

张英进 著 林 源 译

引言：文典、学科、教学

本文标题的灵感来自戴若什的《后文典、超文典时期的世界文学》。为回应美国比较文学协会二○○四年度学科报告，戴若什建议把世界文学中老式的“主要作家”和“次要作家”两分法改为三个等级划分的新系统：一是超文典（即那些老一辈的主要作家，他们历经岁月的考验，再至现今所谓的“后文典”时期，魅力依然不减），二是反文典〔即“庶民的”（subaltern）和“抗争性的”作家，他们要么使用并不普及的语言，要么创作强势语言之内的次要文学〕，三是影子文典（即那些老一辈的次要作家，他们正渐渐地

① 本文英文首发信息：Yingjin Zhang，“From Counter-Canon to Hypercanon in a Postcanonical Age: Eileen Chang as Text and Myth，” *Frontier of Literary Studies in China* 2011，5（4）：610—632. Higher Education Press and Springer-Verlag 2011. Doi 10.1007/s11702-011-0144-8（《中国学术前沿》2011年第5卷，第4期，高等教育出版社与德国施普林格公司合作出版）。

退出研究者的记忆）。[①]毫不奇怪，即使借用戴若什的世界文学三分法，中国作家的运气也令人大失所望。[②]美国现代语言协会参考书目列出一份杂志文章中非西方作家出现频率的统计表，几十年来这些作家已经成为北美的著名作家，但其中鲁迅的排名却低于萨尔曼·拉什迪、纳丁·戈迪默和纳吉布·马哈富兹：一九六四至一九七三年鲁迅出现三次，一九七四至一九八三年十二次，一九八四至一九九三年十九次，一九九四至二〇〇三年二十二次，而拉什迪一九六四至一九七三年出现零次，一九七四至一九八三年六次，之后激增至一九八四至一九九三年的二百五十九次和一九九四至二〇〇三年的三百九十四次。[③]

当然，现代中国文学在北美的学术地位是高是低，戴若什引用的数字仅仅是一个指标。我写这篇文章的目的既不是批判世界文学中处于支配地位的西方超文典，也不是探寻“确立作家地位的方法”（technologies of recognition），这些方法的存在支撑了跨国时代的文化政治领域，包括最近“全球文学”的讨论，其结果使得欧洲中心的主导地位续而不坠。[④]

相反，我引用戴若什与文典相关的术语，目的是回顾现代中国文学文典形成的历史，以此来探索文学史的复杂性及其中的困惑，尤其是张爱玲（一九二〇～一九九五）作品地位的变迁。二十世纪四十年代之初，青年作家张爱玲在日本占领下的上海一夜成名。一九五〇年后，中华人民共和国的官方文学史将张爱玲拒之门外，之后在二十世纪六十年代初的美国，张爱玲却成为著名的五四传统之外的另类文典，可谓死而复生。此后，虽然有时张爱玲被当成反文典，尤其是在以意识形态为目的的文学论战中，但她已

① Damrosch，David（戴若什），“World Literature in a Postcanonical，Hypercanonical Age,” in Haun Saussy（苏源熙），ed.，*Comparative Literature in an Age of Globalization*，Baltimore，Md.：Johns Hopkins University Press. 2006，p.45. 另见 Saussy，Haun，ed.，*Comparative Literature in an Age of Globalization*，Baltimore，Md.：Johns Hopkins University Press. 2006，p.3—42。

② 在其他地方，戴若什试图加入有关北岛的讨论，以此找到平衡；见 Damrosch，David，*What Is World Literature*? Princeton，N.J.：Princeton University Press. 2003，p.19—24。

③ Saussy，Haun（苏源熙），ed.，*Comparative Literature in an Age of Globalization*，Baltimore，Md.：Johns Hopkins University Press. 2006，p.49.MLA 是美国现代语言协会的缩写。

④ 见 Shih，Shu-mei（史书美），“Global Literature and the Technologies of Recognition，” *PMLA* 119（1），2004，16—30.

经赢得了普遍的读者和批评界的接受，以致从二十世纪九十年代开始，她已被牢固地定位在现代中国文学的超文典行列之中。

在中国文学研究中，张爱玲之所以命运多变，还不仅仅是文本创造和批评评估这些美学因素造成的，这其中还显示出——虽然不乏历史辛辣的讽刺——文学批评的不可预见性和沧桑感，以及批评概念和价值取向周期性的自我重构。与此同时，作为文本和神话，那别开生面的“张爱玲现象”迫使我们再度关注经典、学科和教学等问题，所谓“张爱玲现象”，是指她现在的超文典性（hypercanonicity）和她在一代代自封的“张迷”那里似乎还在提高的声望（张迷：英语中的fan“迷”取自fanatic“疯狂”）。

在分析“张爱玲现象”之前，我们先简要回顾一下“文典”（canon）及与之相关的概念。Canon源自希腊语kanon，指测量用的“芦苇”或“杆子”，其第二层含义是“规矩”或“规律”，之后又衍生出一系列其他相关的含义，如标准（即“衡量他物”的东西）、崇高的真理（如宗教的正统性）、一部杰作（如波利克里托斯的《准则》或他的“持矛者”雕塑）、一种艺术模式（虽然对于未来的创造，与其说是“规划”，还不如说是一粒“种子”），还有就是最近在北美的“文化大战”中所指的一种大学教育的必读书目。文典一词虽然在欧洲语境中有一段漫长的历史，但据推算，直到二十世纪八十年代，该词才被用作文学批评的关键概念。①

在作品的内涵价值和真正价值之外，“canon”还与两个重要概念相关：学科和机构。一、canon表示一种特有的要遵循的规矩，一种要达到的崇高标准，一种驾驭（或实际上是监管和控制）文学实践的普遍规律。后一点中西皆然，所以文学规律继续在中国的人文学科领域（如文艺学）充当合法的以及能使他物合法的概念。在欧洲的传统中，文典规范他人的性质已经暗藏在普洛斯彼罗的形象之中，“一件强迫他人而非用来

---

① 见Gorak，Jan（简·格拉克），*The Making of the Modern Canon*：*Genesis and Crisis of a Literary Idea*，London：Athlone. 1991，p.ix，5，10—11. Guillory，John（约翰·杰洛瑞），“Canon，” in Frank Lentricchia and Thomas McLaughlin，eds.，*Critical Terms for Literary Study*，Chicago：University of Chicago Press，1990，p.233—249. 关于文化大战，见Jay，Gregory S.（杰伊），*American Literature and the Culture Wars*，Ithaca，N.Y.：Cornell University Press. 1997.

变魔术的工具”。[①]

因为文典的强迫性机制，这件工具的特点是强制的（虽然有时是固执的）、系统的排他性，一种严格的纪律和处罚形式。因此，文典的选取标准更多的是政治和意识形态，而不是艺术和美学，其贯彻与实行更是社会化的（如选拔的关系网），而不是个人化的（如依赖的个人趣味）。二、文典由机构生产出来，又反过来制约机构。通过机构的控制和赞助，文典达到其“高人一等”的目的：保护“合法”的文化遗产，再造主流文化价值。在诸多极为重要的机构里，约翰·杰洛瑞强调学校及其大纲与课程的机构化形式，而不仅仅强调更著名的文学团体、国家机构、出版社。他指出：“在文典形成的过程中，评价性判断是必要的，但还不是充分的条件，而且，只有理解学校的社会功能和机构化程序，我们才能理解作品是如何被保护、再创造和一代又一代、一个世纪又一个世纪地传播下去的。”[②]杰洛瑞把文典形成的问题重新定义为（布迪厄提出的）文化资本的建构和传播的问题，[③]从而凸显出学校在以不平等的方式进入文学的生产和消费，以及在创造明显的语言和社会分级之中所扮演的真正角色。按照这种理解，文典的形成既有巨大的力量（生产自己的能力）又能因果相生（产生长远的影响）。与强迫性和评判性功能有所不同，文典的教学功能不仅要确保昔日“伟大”作品的文学性，而且要确保将来的作品在思想上和美学上与文典一脉相承，这后一点尤为重要。如此一来，文典才能“使繁荣自己的条件长存下去”，[④]从而把生产力变成再生产力（即，未来自我再生的能力）。

文典在中国的形成：文学典籍与文学史

在中国文学史上，与文典形成并行的轨迹是不乏证据的。儒家“经”久已有之，足

---

① Gorak，Jan（简·格拉克），1991，p.x.

② Guillory，John（约翰·杰洛瑞），*Cultural Capital*：*The Problem of Literary Canon Formation*，Chicago：University of Chicago Press. 1993，p.vii.

③ Bourdieu，Pierre（布迪厄），*The Field of Cultural Production*：*Essays on Art and Literature*，ed.and intro.by Randal Johnson，New York：Columbia University Press. 1993.

④ Smith，Barbara Herrnstein（巴巴拉·史密斯），*Contingencies of Value*：*Alternative Perspectives for Critical Theory*，Cambridge，Mass.：Harvard University Press. 1988，p.50.

以称为中国文典的著名范例（如《诗经》），汉语里一些与“canon”相当的词语（如经典、文典或典律），语义范围与文典不相上下，凸显出“标准”、“规则”和“法律”等涵义。在汉语语源学中，“经”是指创造的经纬（从织造到写作），强调在中文语境下文典的规范性和强迫性。[①]毫不奇怪，儒家经典被家庭、学校、科举考试制度视为道德的、教学的、美学的教材，其深远影响与传统早为世人所知。

现代以来，文典的基本功能变化不大。对于中国古代经典来说，现代文典是反传统的。鲁迅有个著名的提法，说古代经典本质上是“吃人的”。虽然如此，五四新文化运动敏锐地意识到建立新文典的重要性，即使当时大部分白话文学在语言上的成就未必能实现原来的抱负。如同在传统文化中，文学选集成为走向文典的第一步，这能解释意识形态和文学趣味不同的批评家和作家（如胡适、鲁迅、茅盾、郁达夫）何以联起手来——即使并不总以面对面的方式——共同推出中国现代文学史上的第一部文选，十卷本《中国新文学大系：一九一七至一九二七》。这部大系一九三五至一九三六年经赵家璧主编完成，[②]表明了现代作品的合法化（即什么文章和哪些作者能进入新文典），其影响之大，不容低估。[③]

让作品变成文典，还有另一个行之有效的办法，就是把作品写进文学史。在这方面令人称道的尝试，二十世纪三十年代出现过几次，但要等到五十年代初，严格意义上的现代中国文学史才能出现。此时的中国开始从数十年的恶战中走向和平，学者们也开始学习如何才能迎合最新的政治期待。王瑶在一九五一至一九五二年编写的《中国新文学史稿》，适时地填补了中国高校在教学上的空白，此时现代中国文学已被定为所有中文专业的核心科目。[④]回望过去，虽然王瑶的著作被看作现代中国文学文典的里程碑，但我们不能无视这两卷文学史的出版环境，当时的政治审查制度才刚刚开始。

---

① 见Francis，Mark E.（马克·弗朗西斯），“Canon Formation in Traditional Chinese Poetry,” in Yingjin Zhang，ed.，*China in a Polycentric World*：*Essays in Chinese Comparative Literature*，Stanford，Calif.：Stanford University Press. 1998，p.50—70.

② 赵家璧能汇聚一线作家——毋庸置疑，作者无一不是五四新文化的一时之选——来编选各卷，如文学评论、小说、诗歌和戏剧等。

③ 有关赵家璧选集的研究，见Liu，Lydia H（刘禾），*Translingual Practice*：*Literature*，*National Culture*，*and Translated Modernity—China*，1900—1937，Stanford，Calif.：Stanford University Press. 1995，p.183—213.

④ 王瑶：《中国新文学史稿》两卷，上海，上海文艺出版社，1951—1952。

一九五二年八月，第一卷八千册首次出版后，一群资深的批评家和作家开会批判王瑶的错误立场和观点。同年，作为党的文化政策的著名阵地，《文艺报》刊发批判文章。黄药眠批判王瑶的“资产阶级”立场；吴组缃反对王瑶均衡对待革命作家与“小资产阶级”作家；丁易指责王瑶容忍“反革命”作家，过多引用他们的原文；李广田建议王瑶减少文学分析，加强阶级斗争这一主题。[①] 事实上，大概王瑶自己也意识到他在政治上不堪一击，所以在一九五一年就加入了一个协作组，为现代中国文学史撰写提纲，其结果是重新定义现代中国文学的特点，清除欧美文学观念的影响，强调以中国“无产阶级思想”为指导，朝着统一战线、大众文学、新现实主义精神高歌猛进的主流。[②]

我这里扼地要回顾了中国文典的形成过程，读者对这一过程未必不熟悉，但其中有三点值得注意。一、文典化直接听从教学的需要：“文典的问题就是教学大纲和课程设置的问题，通过机构化的形式，作品被当成伟大的作品保护下来。”[③] 在五十年代越来越浓的政治气氛中，王瑶等自由学者很清楚，只有“革命的”（最好是共产主义者）作家们（如鲁迅）才能写出“伟大的”作品，只有他们和他们的支持者（如老舍）才有资格写进文学史。二、文典化同时也是——虽然经常以伪装的形式出现——拒之门外，扫地出门，把“没有价值的”作家从文学史里清除出去，并最终把他们从大众文化记忆中删除。写到这里，不妨再次借用约翰·杰洛瑞的推断：“文典形成的历史好似一种阴谋，企图默默地或有意地打压另外一些作家作品，因为他们不是社会或政治强势集团的一员，或因为他们的作品不能或明或暗地表达强势集团的‘意识形态’。”[④] 令人惋惜的是，这里所说的“阴谋”不是约翰·杰洛瑞的“推断”，而是中国文学研究中粗暴的历史，是从二十世纪五十年代初到八十年代初从未改变的事实，在那些年月里，众多五四女作家（如庐隐），更不用说“反动”作家（如沈从文），已经从文学史中消失。三、“阴谋论”不能也无法耗光文典形成中的所有可能性，因为在特定的历史时刻，一种另类文典可能被发现，一种反文典可能被后人建构出来。张爱玲正好出现在这个话语空间里，成为现代中国文学

---

① 见《文艺报》1952年第24—30号。

② 李何林等：《中国新文学史研究》，第3—4页，北京，新建设杂志出版社，1951。

③④ Guillory John（约翰·杰洛瑞），“Canon,” in Frank Lentricchia and Thomas McLaughlin, eds., *Critical Terms for Literary Study*, Chicago: University of Chicago Press, 1990, p.233—249.

史上与众不同的声音，承担起重塑文学价值的重任。她的形象因此也显得越发的高大，结果使其作品达到了“不朽”的高度，她的生活变成了传奇，甚至神话。

作为反文典的张爱玲：范式转换与不确定性

张爱玲在北美出现，历经两个时期，先是在图书市场，之后是学术界，两次都在冷战的高峰期。就英语图书市场而言，张爱玲的第一本英文小说《秧歌》（一九五五）取得了一个“不大的成功”。一九五二年张爱玲离开她挚爱的上海后客居香港，《秧歌》是在香港美国信息服务署的资助下写成的。① 但她第二部委托出版的“反共小说”《赤地》（一九五七）“结果令读者和她自己都感到失望”。②《赤地》是她一九五五年移民美国，一九五六年与剧作家赖雅结婚后出版的。张爱玲再接再厉，但第三本英文小说《北地胭脂》（一九六七）又遭遇“读者的冷漠”。相反《北地胭脂》的中文版《怨女》在六十年代的后期得到香港和台湾读者的盛情接纳，此时经作者授权的再版中文小说重新巩固了她在汉语读者中的地位，在此后的几十年里，为她赢得了大批的读者。③

在学术领域，张爱玲也获益匪浅，说是从冷战的环境中捡来的，也无不可。此时的现代中国研究——以“区域研究”为模式——在教学上急需“了解你的敌人”（以苏联为首的社会主义阵营）。在中国研究中起支配作用的历史和社会科学的方法论培养出一种习惯性的教学观：“把文学文本当成历史材料的来源”，学者以文学为依据，不分青红皂白地探求中国的社会生活和政治现实。④ 处在美国学科边缘的现代中国文学，直到一九六一年夏

---

① 见王德威序张爱玲《北地胭脂》，Chang，Eileen，*The Rouge of the North*，Berkeley：University of California Press. 1999，p.vii—xxx。1955年纽约斯克里布纳父子公司出版《秧歌》英文版的第1版。中文版《秧歌》1968年由台北皇冠首次发行，现在作为张爱玲全集的第1卷再版。

② 见王德威序张爱玲《秧歌》，Chang，Eileen，*The Rice-Sprout Song*，Berkeley：University of California Press. 1999，p.xvii。《赤地》1957年发行第1版；1964年香港友联出版社新版发行。张爱玲的中文版《赤地之恋》，现在由台北皇冠作为张爱玲全集的第2卷再版。

③ 见王德威序张爱玲《北地胭脂》，1999，p.ix。1967年伦敦卡塞尔公司出版第1版英文版。张爱玲的中文版《怨女》1966年由台北皇冠发行，现在作为张爱玲全集的第4卷再版。

④ Link，Perry（林培瑞）（1993），“Ideology and Theory in the Study of Modern Chinese Literature，” *Modern China* 19（1），1993，p.4—12.

志清那“纪念碑式的开创性著作”《中国现代小说史》出版后才渐渐占有了一个机构化的阵地，夏志清仅凭一部著作，就向世人证明一个新学术领域的价值和一个新的文学方法论。①

下面几个因素指导了夏志清对中国文学研究范式所作的根本性的转换。一、夏志清并不隐瞒其政治倾向，坦陈其“主要目的是批驳而不是同意现代中国小说里的共产主义观点”，这一目的自然促使他在现代中国文学中寻找另类文典——“一种不同于主要由左翼和无产阶级作家书写的文学传统”。②二、为了证明这个另类的、非共产主义传统的合理性，夏志清先使其“文学意义”合法化，从方法论角度来说，这种意义为当时流行的新批评所拥有，而夏志清的耶鲁导师布鲁克斯正是新批评的一位主将。③三、在伦理方面，夏志清借用D.H。劳伦斯的座右铭——“不要为理想浪费时间；为圣灵服务；千万别为人类服务”——从而提出，“中国现代文学水平普遍一般，其原因必是过度关注人类，分散注意力造成的”，这也是他在第二版中提出的著名的“中国焦虑症”。④用“文学表现中具体的、现实的、个体人性的与抽象的、理想主义的、刻板的”两相对照，⑤夏志清希望用想象压倒政治，既要从混乱的社会现实中，又要从僵化的无产阶级文学史里，拯救“文学的纯洁”。

夏志清从根本上转变了文学范式，有人担心如此一来可能瓦解当时的中国文典，以至夏志清的著作才一出版，东欧一位著名汉学家和执着的马克思主义批评家普实克就把锋利的矛头指向夏志清。普实克在欧洲著名刊物《通报》上刊发四十七页的评论文章，指责夏志清炫耀“个人的偏见和成见”，“毫不宽容的固执，对人类尊严的无视”，以及“刻毒的恶意”，甚至“政治敌意”。⑥如此强烈的措辞表明，普实克有所警觉，担心夏志

---

① 所引文字来自王德威序Hsia，C.T.（夏志清），*A History of Modern Chinese Fiction*，third edition，Bloomington：Indiana University Press.，1999，p.viii，xxxii。第1版和第2版由耶鲁大学出版社出版，分别在1961年和1971年；第3版是第2版的再版。中文版由15个学者合译，刘绍铭和李欧梵也在其内，1979年香港友联出版社出版。刘绍铭在中文版的序言中称夏志清的作品为“经典”。夏志清在中文版中也回忆到他历史性的初次研究，此时他还是耶鲁的博士生，他与饶大卫合作研究美国政府资助项目《中国：地区手册》，是为美军撰写的三卷读物。

②③④ Hsia，C.T.（夏志清）1999，p.498、499、533.

⑤ Hsia，C.T.（夏志清），“On the ‘Scientific’ Study of Modern Chinese Literature：A Reply to Professor Prusek（普实克），” T'oung Pao（《通报》）50（4—5），1963，p.428—474.

⑥ Prusek，Jaroslav（普实克），“Basic Problems of the History of Modern Chinese Literature and C.T.Hsia，A History of Modern Chinese Fiction，” *T'oung Pao*（《通报》）49（4—5），1961—1962，p.357—359、403.

清向权威的马克思主义现代中国文学观发出的严峻挑战将在西方学术界发散开来，因为普实克相信，马克思主义文学观才是“科学的”、“客观的”。

两年之后，夏志清在《通报》上撰文，以相同的长度反驳普实克，指出：“他自己才是‘毫不宽容的固执’，在官方的共产主义观之外，理论上不能接纳其他任何现代中国文学观。”[①] 夏志清指出，马克思主义（或共产主义）的文学批评并不“科学”，因为这种文学批评可能跌入新批评所谓“意图的谬误”的陷阱，也就是说，马克思主义是通过主题或作者的意图来判断作品的。[②] 夏志清从新批评家（如小W.K. 维姆萨特）的角度宣称：“一部文学作品不是通过其写作意图，而是通过实际表现来评判的：其聪灵与智慧、感性与风格。”[③] 尽管构成“文学纯洁”或“上品”的成分未必如夏志清所说，但他依旧不为所动，而且据理力争：“我不容忍恶劣的作品，这便是我对文学标准执着所致，而不是我的政治偏见所致。”[④]

现在来看，夏志清和普实克就文学史上“科学”方法的论战，似乎是不可思议的，因为，无论是夏志清依托新批评“文学”标准的执着，还是普实克对马克思主义反映论的固守，其实质都是政治性的，都是为了各自的教学目的。夏志清那里的“文学纯洁”到底所指何物，这才是深入探讨这次论战的意义所在。夏志清再次借用D.H.劳伦斯那句“千万别为人类服务”来为自己辩护：“文学——想象性的文学——若以抽象的方式描写人类，必然破坏作为文学的特性；文学只能面对个人。文学不能仅仅用来点缀或证明理想；文学要在具体的人类环境状态下验证理想才行。”[⑤] 一旦夏志清新的“个人中心”文学评估范式确立之后，他觉得权柄在握，一方面默默地筛汰拙劣的作品，另一方面确立另类文典。[⑥]

按照夏志清的另类文典，张爱玲在重新排位的作家中位居前列，夏志清后来将其定为“五四以来最优秀的作家”，一位“必读”的中国作家，其实力与李白和曹雪芹旗鼓相当，是与现代西方极少数一流作家不相上下的在世中国作家。[⑦] 张爱玲在夏志清的新文典中占有最显赫的地位，因为她是夏志清理想化的文学纯洁的典范：“一位抗拒时代潮流的独行人，这等才女才可能对那个时代提出终极概括，其意义绝非一群二流作家所能比拟，他们不过是跟在时代后面亦步亦趋。”[⑧] 作为再度发现的才女，张爱玲必定是“孤独

---

①②④⑤⑥⑧夏志清，1963，p.431、437、434、434（外加重点），437、439。

③ 夏志清，1999，p.506。

⑦ 见夏志清给水晶写的序（水晶：《张爱玲的小说艺术》，第6—7页，第3版，台北，大地出版社，2000），水晶的第1版1973年出版。又见夏志清，1999，p.xviii。

的”，在此后的几十年中她将退隐得越来越深，但在夏志清现代中国文学研究的新范式里，张爱玲几乎成了“打破文典”的人物。

张爱玲的再度出现及六十年代初夏志清与普实克的论战，两者可以用来说明巴巴拉·史密斯的文学评估和文典形成的理论。普适克认为“主观阐释”是“次要的”，夏志清认为文学的“纯洁”是首要的。史密斯与他们两人不同，她的理论强调在动态系统里“不确定性”（变数）与“恒定性”（不是固定的“普遍性”，但在变数的关系里还能找到）之间的辩证关系。在史密斯那里，文学评估“总是打折扣的、不纯粹的、不确定的，随着变异的出现而发生变异”。[①] 据此推演出，“如同所有的价值，文学价值不是一物或一人的财产，而是一个动态系统的产物。身为读者和文学批评家，我们也在那个系统之中”。[②] 夏志清和普实克自然也在这个动态系统之中，他们代表冷战时期两个对立的文学评估阵营。他们的论战，以及新批评和马克思主义理论的兴衰，在漫长的文学史上，不过是几个戏剧性的事件，见证了一个动态的、偶然的文典化过程，在这一过程中，文学价值被构建、质疑、传播、消解，最终又必将以不同的形式再度构建。

作为超文典的张爱玲：文学价值和重估

王德威在夏志清《中国现代小说史》英文第三版的前言中指出，尽管批评之音不绝于耳，但这部文学史“颇有先见之明”。[③] 事实上，“偶然发现”张爱玲才是夏志清最显著的“先见之明”，也是最令他自己感到满足的，[④] 因为张爱玲在现代中国文学史上的地位发生了根本性的变化，从四十年代的流行女作家变为六十年代有效的反文典，进入二十一世纪之后又一跃成为超文典。就连对夏志清范式持批评态度的新一代马克思主义者刘康，也在一九九三年承认——可能令普实克感到悲哀——“经过三十几年的传播，夏志清的几个鲜明的概念已被普遍接受，一个以讽刺的、人道的现实主义为传统的名副其实的

---

①② Smith，Barbara Herrnstein（巴巴拉·史密斯），*Contingencies of Value*：*Alternative Perspectives for Critical Theory*，Cambridge，Mass.：Harvard University Press. 1988，p.1，15—16.

③ 夏志清，1999，p.xxix、389。

④ 夏志清所读张爱玲早期作品为盗版，是其朋友在20世纪50年代末从香港送来的。见水晶，2000，p.6—7。

非左翼的文典也已经建立”。[①]

二十世纪九十年代张爱玲已经获得超文典地位，证据来自两个方面：一、她的作品在汉语书市中几乎无处不见；二、关于她的学术研究有增无减，以她为题撰写的博士论文越来越多。[②] 如果我们接受以上观点，那就有必要继续探究：此前是哪些因素使张爱玲无法进入超文典的行列？再有，九十年代初之后，环境发生了怎样的变化才使她的文学价值适合了读者和批评家的口味，她的哪种文化资本才能被读者和批评家连连称道？

让我们先从张爱玲在教学方面的价值入手。在冷战时期的北美，张爱玲英语小说作为“反共”文本的政治价值，不仅令她的赞助人也令她自己感到失望。尽管夏志清在一九六一年宣布：“《秧歌》已经在中国经典小说中占有一席之地”，[③] 尽管后来这部小说被推到了先知先觉的高度，“预见到无情的荒诞即将横扫中国人”，特别是“中国历史上最严重的饥荒”，吞噬了至少三千万生灵，[④] 但是，批评界普遍认为，张爱玲更大的文学价值还是她“苍凉的美学”，她缜密的风格，她精心构建的意象与象征，以及她在道德分析和同情心上为人称道的能力，而不是为冷战意识形态推波助澜的“民族寓言”结构。文风“一流”、语言娴熟，但这些优秀品质在她的中文小说中比在英语小说中更为读者称道。这能解释张爱玲为何要等到九十年代之后才在英美文学界赢来盛名，虽然此前先有夏志清在文学史上的提携，后有英文小说集将她的作品收入其中，研究者也从美学的角度分

---

① Liu Kang（刘康），“Politics，Critical Paradigms：Reflections on Modern Chinese Literature Studies，” *Modern China* 19（1），1993，p.17.

② 如见这些博士论文：Huang，Hsin-ya（黄心雅），“The Poetics of Hysteria：Feminine Madness in Victorian English and Modern Chinese Women's Literature，” Urbana-Champaign：University of Illinois.1994.Kingsbury，Karen Sawyer（金凯筠），“Reading Eileen Chang's Early Fiction：Art and a Female Sense of Self，” Madison：University of Wisconsin. 1995. 用汉语写张爱玲的博士论文更是不胜枚举。

③ 夏志清，1999，p.xxix、389。

④ 这是王德威读出来的数字；见张爱玲《秧歌》，1999，p.xxiii—iv。后来王德威分析小说中“饥饿女性”，文中能找到更多精细的描述；见Wang，David（王德威），*The Monster That Is History：History，Violence，and Fictional Writing in Twentieth-Century China*，Berkeley：University of California Press. 2004，特别是第131—137页。20世纪60年代初，因饥荒死亡的人数可能高达4500万；见Dikötter，Frank（迪克特），*Mao's Great Famine：The History of China's Most Devastating Catastrophe*，1958—1962，London：Walker & Company，2010.

析她的写作。[①] 其实，夏志清早在一九七三年就预言，在北美大学里读中国文学的学生要从《诗经》读到张爱玲（不妨将此视为在中国文学中确立张爱玲文典地位的标志），但是要直到九十年代之初，一项“从鲁迅到张爱玲”的现代中国文学研究才变成北美大学课程设计中可行的教学大纲。[②]

重新定位张爱玲再次凸显出价值的问题。二十世纪八十年代之后，当研究领域在多元文化论和普遍的后结构主义的作用下发生了深刻的变化后，把张爱玲列入北美的必读书目，这在教学上有何目的？此外，文典如何构成，如何“重写文学史”，不仅是英美文学史，还有其他国别文学史，为此发生的激烈辩论也极大地改变了研究领域，那么在这样一个研究领域里，张爱玲的作品表现或再度表现出怎样的价值？从中发现或再度发现了哪些价值？又有哪些价值从她的作品里凸显出来？从六十年代到八十年代，从夏志清到水晶再到耿德华，新批评式的细读挖掘了“美学”价值（如想象和讽刺），显现了一条方法论的轨迹。九十年代初以来，张爱玲一再被重新解读（这说明她的“成就”被普遍承认），目的是颠覆现代性那些宏大概念，如“启蒙”和“革命”，从女性主义的角度横

① 如见《金锁记》，Lau，Joseph S.M（刘绍铭），C.T.Hsia（夏志清），and Leo Ou-fan Lee（李欧梵），eds.，*Modern Chinese Stories and Novellas*1919—1949，New York：Columbia University Press. 1981；Gunn，Edward（耿德华），*Unwelcome Muse*：*Chinese Literature in Shanghai and Peking*，1937—1945，New York：Columbia University Press. 1980. 近几年我们才发现读者再次对张爱玲新版英译作品表现出明显的兴趣。见Chang，Eileen（张爱玲），*Traces of Love and Other Stories*，ed.Eva Hung，Hong Kong：Research Centre for Translation，Chinese University of Hong Kong.2000；Chang，Eileen（张爱玲），*Love in a Fallen City*（《倾城之恋》），trans.Karen Kingsbury and Eileen Chang，New York：New York Review Books. 2007. Chang，Eileen（张爱玲），Lust，Caution：*The Story*（《色·戒》，trans.Julia Lowell，New York：Anchor Books. 2007. 这个故事近来颇受欢迎，与一部同名流行电影（导演：李安，2007）不无关系，据张爱玲短篇小说改编，描写日踞上海时期的一次色诱。

② 见夏志清序水晶，2000，p.7。夏志清出此预言，原因是白芝的两卷《中国文学选集》的出版（Birch，Cyril，ed.，*Anthology of Chinese literature*，New York：Grove Press，1972），其中收入《北地胭脂》的前两章。1965年白芝先出版了上卷，而后又与下卷一同出版，但是从教材选收的角度来说，下卷远不及上卷。在20世纪90年代，李欧梵（作为正式教授）和严家炎（作为访问学者）都在美国加州大学洛杉矶分校的教学中探索出“从鲁迅到张爱玲”脉络。此时，颇有影响的北大教授严家炎把张爱玲定位在“心理小说”名下。见严家炎《中国现代小说流派史》，第166—174页，北京，人民文学出版社，1989。

扫中国的父权制，甚至走向双重的反殖民主义、反民族主义的角度。

张爱玲在“理论上的”被重塑及被再度发现方兴未艾，这里简单举几个例子。周蕾以大量的文本细节为依据，推崇张爱玲就“‘人’、‘自我’或‘中国’等一系列理想主义概念”提出的拷问，相信张爱玲视历史为废墟和苍凉的观念“迫使我们从形式的细节出发，反省现代性等同革命的推断，这些细节还不是美学上的技术问题，而是历史上产生的但在认识论上未予承认的矛盾所造成的碎片式的症状”。① 为了扩大张爱玲的颠覆性，林幸谦支持张爱玲一以贯之的“女性主义”视角，其表现形式是以不同的手法反抗“父权”，如象征性的阉割、肢解、婴儿化、女性化及以其他形式“妖魔化”各个年龄的男性人物。② 黄新春也为张爱玲散文的批判精神喝彩：“将男性的虚妄变成叙述技巧，利用男性的声音渲染作品的戏剧效果，在这一过程中，张爱玲为文学领域及其周围更大的社会，送上了大胆且又自信的性别批判。”③ 在更加激进的重构中，梁秉钧指出，张爱玲的香港小说表明，“就连那些殖民者”也是殖民“心态”的“受害者”，不仅如此，她的小说还警告我们，“民族主义的同化和排外等特点……可能是殖民主义成功的一大因素”。④

从表面上看，九十年代重估张爱玲，将其视为“文典颠覆者”，这其中的一些观点颇有争议，要深入探讨这些问题非本文篇幅所及。这次的重估表明，北美学术界迫切并强烈地希望出现新的范式转变，质疑并拒绝新批评（起初是夏志清的模式）超验的“美学的”、“人道主义的”观点，提倡新式的意识形态批评（与普实克大不相同）。文学研究经此剧变，其讽刺意味自不必言，张爱玲的确沾上了后结构主义理论的光，还可能以后现

---

① Chow，Rey（周蕾），*Woman and Chinese Modernity*：*The Politics of Reading Between West and East*，Minneapolis：University of Minnesota Press. 1991，p.114、120.

② Lam Chin-chown（林幸谦），“Reading ‘The Golden Cangue’：Iron Boudoirs and Symbols of Oppressed Confucian Woman，” Renditions（45），1996，p.141—149. 又见林幸谦《女性主体的祭奠：张爱玲女性主义批评II》，桂林，广西师范大学出版社，2003。

③ 见黄新春（Nicole Huang）对张爱玲的介绍，Chang，Eileen，*Written on Water*，trans. Andrew F. Jones，intro. Nicole Huang，New York：Columbia University Press 2005，p.xviii.

④ Leung Ping-kwan（梁秉钧），“Two Discourses on Colonialism：Huang Guliu and Eileen Chang on Hong Kong of the Forties，” in Rey Chow，ed.，*Modern Chinese Literary and Cultural Studies in the Age of Theory*：*Reimagining a Field*，Durham，N.C.：Duke University Press. 2000，p.89—95.

代主义作家的身份再度出现（或者至少是一位具有后现代感知力的“现代主义”作家），虽然——或正是因为——她早在四十年代就对“文学理论”抱有深深的怀疑。[①] 在王德威看来，张爱玲“在后现代主义的游戏里，是个无意的游戏者”，她晚年躲避书迷，在洛杉矶过上了传奇式的隐居生活，最后又用《对照记》发出的“神秘灵光”来诱惑他们，这部写有说明文字的影集一九九四年出版，次年张爱玲逝世。[②]

在最近学术研究中也有人把张爱玲勾画成与“后现代主义者”相仿的形象。在王斑看来，张爱玲标签式的“女性”细节在功能上如同“自由飘浮的符号”，装饰着“没有深度意义的仿象的表层”，张爱玲大概属于独特的“寓言”写作之列，与鲁迅的《野草》有异曲同工之妙：“共同怀疑语言表达现实的能力，以幽暗的文字念念不忘死亡、废墟、凄凉和万物的多变性”。[③] 据后现代的重估评断，张爱玲之所以可能达到了“崇高”的境界，正是因为(其中不乏矛盾的机制)她念念不忘“平凡的小事”，念念不忘那个实质上荒凉的、多变的世俗世界，以此与五四追随者们允诺的“英雄的”、理想主义的(姑且说不是纯粹乌托邦的)世界抗衡。[④]

张爱玲可能的“后现代”倾向在比较之后可能找到额外的印证：她对中国小说传统里的“凡人”和琐碎的细节无法忘怀，而后现代主义对petite histories（小故事）也格外关注，就算他们还没有刻意对抗历史这座大厦。王德威照中文字面将小说定义为small talks（闲聊），其用意有三：一、强调小说作为文学类型的异质性；二、把小说的虚构能力重新设定为与民族和历史面对面的叙述性对话（就算不总是干预）；三、用小说来对抗民族救亡和历史发展等“大说”，借此在现代中国文学里消弭“中国焦虑症”。[⑤] 不消说，

① 见张爱玲《自己的文章》，《流言》，第17—24页，张爱玲全集第3卷（台北：皇冠，1991）；张爱玲的英文版，Chang，Eileen，*Written on Water*.2005，p.15—22.

② 见王德威序张爱玲《秧歌》，1999，p.x。又见Chang，Eileen（张爱玲），*The Rice-Sprout Song*（《秧歌》），Berkeley：University of California Press. 1999.

③ Wang，Ban（王斑），*The Sublime Figure of History*：*Aesthetics and Politics in Twentieth-Century China*，Stanford，Calif.：Stanford University Press. 1997，p.97—99、90.

④ 见Chang，Eiteen（张爱玲），2005，p.16—17。唐小兵的副标题指涉张爱玲在20世纪40年代的反驳，Tang，Xiaobing（唐小兵），*Chinese Modern*：*The Heroic and the Quotidian*，Durham，N.C.：Duke University Press. 2000.

⑤ 王德威：《小说中国》，《想象中国的方法：历史，小说，叙事》，北京，生活·读书·新知三联书店，1998。

张爱玲完全符合王德威对小说的再定义，正是因为张爱玲有意疏离“大说”（后结构主义把宏大叙事贬得一文不值），她又可能成为柏佑铭所说的“反证历史”的典范。[①]

鉴于张爱玲长期的隐居生活，我要说她可能也代表一种另类的立场，即“历史之外的见证”——这种时空之“外”的立场，与其说来自反抗（或是真实的或是象征性的，如柏佑铭“反证历史”所暗示的），不如说来自变异。在此有必要引用巴巴拉·史密斯对萨缪尔·韦伯阅读德里达所作的复述，是为后结构主义批评又一例：

> 戏剧里最近产生了一种从戏剧转向叙述的变化。过去，（西方的思想）历史被表现为只在一个舞台上演出的对抗场景，如今叙述把见到的东西当成无始无终的故事来讲述，故事里存在“不用反抗的变异”……原来那个单一的舞台、场景或“统一化的地点”被“不停运动的或移动的诸多地点”所替代了。[②]

张爱玲可能也实现了与“不用反抗的变异”相仿的成就。令人感到惊奇的是，她的这一成就不是通过全然无视目的（现代性的目的论）来实现的（如她对五四精神的批判所表明的），其实现的方式是，达到“每个目的……走上一段距离，但又要留下‘从未弥合的缝隙’”；而这段没走完的或永远也走不完的距离，还要一次次地讲述，“讲述一个说不完的故事，这故事自己的角色就是不可避免的重复——然而，如同其他所有的重复，这重复又总有不同，可能总是拥有……‘改变的、变异的力量’……和‘破坏力’”。[③]张

---

① Braester, Yomi（柏佑铭）, *Witness Against History: Literature, Film, and Public Discourse in Twentieth-Century China*, Stanford, Calif.: Stanford University Press. 2003. 王德威以更玄妙的方式考证梼杌的演变，此人是中国的神话人物，是多种形象的化身，如恶魔、占卜者和预言家，之后提出如下问题：“历史既是恶魔的化身，又是正义的化身，这可能吗？果真如此的话，历史思考在多大程度上能引发真知灼见或冷漠无情？”见王德威《张爱玲再生缘：重复，回旋与衍生的叙事学》，选自刘绍铭、梁秉钧、许子东《再读张爱玲》，第7—19页，济南，山东画报出版社，2004。

② Smith, Barbara Herrnstein（巴巴拉·史密斯）, *Contingencies of Value: Alternative Perspectives for Critical Theory*, Cambridge, Mass.: Harvard University Press. 1988, p.116。韦伯阅读德里达，见Weber, Samuel（萨缪尔·韦伯）, *Institution and Interpretation, expanded edition*, Stanford, Calif.: Stanford University Press. 2001, p.85—101.

③ Barbara Smith（巴巴拉·史密斯）, 1988, p.117、119；外加重点。

爱玲的写作就这样隐藏着生成多元价值和矛盾的动力：以其一次次的、几乎上瘾的复述行为（如长期以来在其各种翻译和以不同的语言、不同的形式及类型改写的作品里），[①]她已经生产出一系列从目的变异成距离的写作，每次（再）叙述和（再）评估都使其作品的意义实现（再）构建。

作为文本和神话的张爱玲：多元价值和矛盾

二十世纪九十年代以来重估张爱玲的批评轨迹朝着双向运行，令人始料不及，耳目一新。一方面张爱玲被构建成内涵极为丰富的文本，真正成为开放的话语空间，新价值不断凸显出来，投放进去，让人称颂。另一方面，她的生活和作品也被重新塑造成涓涓不息的神话，成为众人可以进入的话语机制，历史的特殊性（如她在上海日据时期的出现，她在冷战时期的再度出现）照例被抛到了一边（姑且说这不是有意为之），目的是在她的读者中营造出一系列强烈的、甚至狂喜的经验，这些经验中充满了心理迁移、超然以及超越历史的认同感。

作为超文本，张爱玲被幻化成韧性十足的文本和神话的所在；不仅如此，她还变异成影响极大的原型和再生力极强的超文本空间。首先，张爱玲的韧性表现为她“神话般的”生存能力，面对敌对势力，她依旧故我能在不友善的社会政治和理论环境里我行我素。近来研究者们急着接纳并分析她才被认可的成就，已如上文所述。此外，在当代中国繁荣的消费社会里，“张爱玲热”又达到了一个新的高度，她的作品销路大畅，被视为高品位的绝好标志，是高级时尚文化的不二选择，是新兴文化资本那令人艳羡的象征。张爱玲在小说里提到的品牌和昔日闲适的生活方式——日常生活中那些标志性的符号——被有心人挑选出来，当成被人礼拜的文本四处发行，为的是滋养怀旧的记忆，或者是为了满足都市物质文化的普遍需求。[②]

其次，作为“原型”的张爱玲，其影响力之大，已被王德威确定为“张派”谱系，

---

① 讨论张爱玲反复复述她自己的写作，见王德威《张爱玲再生缘》，第7—19页，2004；林幸谦编：《张爱玲：文学，电影，舞台》，第97—161页，香港，牛津大学出版社，2007。

② 与张爱玲作品相关的物品如咖啡、冰淇淋、丝袜、收音机、留声机和洋油灯，见魏可风《张爱玲的广告世界》，上海，文汇出版社，2003。

一大批台湾和大陆的当代作家（如白先勇、施淑青、朱天文，还有苏童和叶兆言）都成为张爱玲的“传人”，把张爱玲当成“祖师奶奶”或“祖师爷”，顶礼膜拜。[①]张爱玲闪光的作家身份，令人无法望其项背，以至成了神话般的人物，被尊为海派文学或老上海典型的代言人。当今上海的流行美文作家余秋雨以如下文字悼念张爱玲的仙逝：“是她告诉历史，二十世纪的中国文学还存在着不带多少火焦气的一角，正是在这一角中，一个远年的上海风韵犹存。”[②]

最后，张爱玲的再生力在新一代“张迷”那里更是活灵活现的，他们与其前辈相比，“发烧”程度不减，甚至更有过之。这些人模仿张爱玲的小说风格，用张爱玲式的语言炫耀他们的创造力，但这一次不是在私密的书房或卧室里，而是在公共的“超文本的”（所以更具“神话”色彩的）网络空间。一项评估表明，至二〇〇二年年初，有二百一十三个网站和三万零七百零五个网页是专为张爱玲设立的，“网络张爱玲”已经变成充满乐趣、排遣自我、表达崇拜的游戏，不仅对执着的张迷如此，对未来的张迷也是如此。但是，与高级化妆品摆放在一起的张爱玲小说，足以引起我们的反思：“现代的女人要比当年的张爱玲幸福多了，有无数的地方追求感官的享受，数不清的名店名牌，还有珠宝、香水、鲜红的蔻丹或是莹粉的口红，而且有张爱玲的话在面前，更是可以理直气壮了。”[③]对当代读者来说，这里还有新发现的或者再度发现的价值：因为有了张爱玲，阅读和写作的乐趣便与物质消费的乐趣相似（虽然还不相同）——不难想象，这个价值在贫困时代（如四十年代末至六十年代中的香港和台湾，或四十年代末至八十年代中的中国内地）是无法想象的。

张爱玲被视为超文典的文本，表面上拥有神话般的能力，能同时或分别演绎、渗透、包容、瓦解、超越一系列话语和实践，对此我们不必兴高采烈。如果张爱玲的作品能被用来从不同的或时常相互矛盾的理论结构中成功地提取所希望的证据，那么其作品的多样性或多元价值就可能掩盖当代文学研究中一些根本性的矛盾。当然，巴巴拉·史

① 王德威：《落地的麦子不死：张爱玲与“张派”传人》，第i—iv、40—48页，济南，山东画报出版社，2004。

② 余秋雨：《张爱玲之死》，金宏达主编：《回望张爱玲：华丽影沉》，第285—287，北京，文化艺术出版社，2003。

③ 葛涛：《网络张爱玲》，第7页，北京，人民文学出版社，2002。

密斯的价值偶然论表明，文学价值既不是客体（文本）也不是主体（作者）的财产，而是动态评估系统的产物；但是，当一种现象，如张爱玲现象，能同时为相互矛盾的理论提供“令各方满意的”解读时，我们可能要怀疑，在作为文本和神话的张爱玲那里已经存在着很多（因此生成力很强）相互矛盾的东西。此外，文学评估披上神话般的或创造神话的外衣之后，就开始滋生虚妄的想象力（即使不是臆断）。所以，在新世纪里，张爱玲的价值似乎仍然是“取之不尽的”，而且总是充满文学价值，这也凸显出她的独特性和不断重估的必要性，对此我们不必感到意外。

视张爱玲为“取之不尽”的超文典，这种想当然的做法掩盖了现代中国文学中一系列令人费解的矛盾。因版面所限，这些矛盾无法一一深究，这里列出其中的五项。一、一九八五年柯灵说，现代中国文学史没有张爱玲的“位置”，除了战争时期当大多数在上海的老作家三缄其口；与柯灵的说法相反，张爱玲在当代的商业和学术市场（大学课程在内）上大行其道。二、从一九四四年傅雷那篇名文开始，张爱玲被推向边缘（若不是贬低），列入“通俗”文学；与之相反，从一九六一年的夏志清开始，经过文典化的张爱玲被视为“纪念碑式的”严肃文学，虽然张爱玲自己此前早就说过，不相信任何永恒的纪念碑文学。三、张爱玲年轻时追逐名望（“出名要趁早”），之后她以个性化的、几乎是以自恋的（若不是英雄的）方式追求传奇生活；与此相反，她又为普通人的平凡生活大唱颂歌，因为大众生活才能更“真实地”表现“时代的总量”。四、张爱玲自称（而胡兰成也证明）在其写作中喜好“安稳”与“和谐”；与此相反，在她的普通人物那里，自虐、他虐式的勾心斗角俯拾皆是。五、张爱玲对父权制采取“女性主义”的颠覆（林幸谦坚持这一点），但在生活中和作品里她又不停地向父权价值妥协，从四十年代末到六十年代初，她在上海和美国创作的电影剧本里表现得尤其如此。

我们还能指出更多的矛盾。如张爱玲的小说好评不断，与此相反，她的电影剧本一再被贬（若不是不折不扣的无视），虽然在四十年代末的上海和五六十年代的香港，根据她剧本拍摄的流行影片很是成功。其他不论，仅张爱玲染指电影就足以证明，在战后和上海时期之后的几十年里，她还有很高的生产力，说明她承认视觉艺术（如电影和时装）的重要性，乐意在“严肃”文学与“流行”文学，在“高雅”文化和“低俗”文化，在“神圣的”文字与“骗人的”画面之间来回游弋。她逝世后出版的那部自传性的

《小团圆》(二〇〇九)证明:[①]张爱玲还有能力制造意外,甚至震惊。这一切迫使我们反省我们的学科方法和教学价值,至于我们是不是已经走入后文典时代,她根本毫不在乎。

结论:在后经典时代的超文典性和世界文学

我在上文就张爱玲所列的种种矛盾,与其说是为了挑战她现在的超文典性,还不如说是为了指出她作为文本和神话那令人目眩的多产性(因此才有“取之不尽”一说)。张爱玲的例子表明,超文典与文典不同:文典占有单一的、清晰的价值,与特定时代流行的意识形态不分彼此(即使还不是一家);而超文典的特点是,价值具有极大的多元性(因此才有多元价值),超文典还能生成出不同的、甚至互相矛盾的评估(因此才有矛盾中的暗示)。如果说文典在文学评估中探寻的是固定的意义和既定的规则,那么超文典就要超越规则,超越界线,在更宽阔的话语领域里再生意义。这就是说,在特定的语境里,超文典可能既是另类文典又是反文典,其功能的多样性又反过来使超文典性更为合理。

回到文章开头引用的戴若什的文典系统,显然,他使用“后文典”是以如下推断为依据的:文学经典中拥有长久不变、无可争议的单一文典的时期即使不是一去不返,至少也已告一段落,在后结构主义和多元主义批评之后暂时终结了。然而,“后文典”一词并不等于文典已不存在,而是表明,为回应文学机构和市场中存在的权力和知识的力场,文典还要周期性地进入重构过程。老的“经典”无法经受新的批评剖析,退入后台,变成“影子经典”;与此同时,在种族、国家、区域、性别或宗教等方面发出另类声音的文本,寻求以“平等”代表的方式得到承认,则开始进入反文典。但是,唯有那些在时间长河里经过一次次锤炼的文本,那些“在文学天地里不怕风吹浪打的、在一系列地质板块漂移中生存下来”[②]的文本,才能在超文本里占有一席之地——这些文本以当下及将来的再生产性为特点,其过去的生产性已无足轻重。

---

① 张爱玲:《小团圆》,台北,皇冠,2009。

② Damrosch, David(戴若什), *What Is World Literature*? Princeton, N.J.: Princeton University Press. 2003, p.187.

作为超文典，张爱玲的价值还有必要进行新一轮的评估和凸显。这里不妨再提出一个评估的角度：张爱玲与世界文学。在现代中国文学中张爱玲可能已经取得与鲁迅相同的超文典性，但在世界文学中她似乎还鲜为人知。借用戴若什的世界文学“三重定义”来对比张爱玲，结果让人豁然开朗：

（1）世界文学是对各民族文学省略式的折射。

（2）世界文学是能够在翻译中得益的创作。

（3）世界文学不是一套固定文本的文典，而是一种阅读模式：一种与我们的时空之外的世界进行超然交往的方式。[①]

先说定义一，张爱玲有意疏离“民族文学”，这使得她在世界文学中不能成为中国的“代表”，虽然她的地位将来可能改变，但这要等“民族”两字的定义发生变化，与她的写作相称之后。再说定义二，下面的问题更有挑战性：为什么张爱玲作品英译之后，没有沾上当时强势语言的光，包括她亲自英译的作品？是什么促使张爱玲的作品没有资格成为“生长在世界文学里的作品，要与两种文化相通，又不受其中任何一种文化的限制”？她在世界文学中之所以少为人知，是不是说明她仅为中国文化所限，尽管她生活在两种文化里，而且英汉皆通？[②]定义之三，张爱玲没有进入世界文学，原因大概是她在汉语和英文里都不能引发“超然交往”：在英文里，原因是大多数读者似乎发现她那个苍凉的世界还不够“诱人”；在汉语里又正相反，阅读她的作品已经成为时尚，而且总是充满热情——若不是太狂热的话（所以才有张迷）——以至难以“超然”（因此便有往年普适克和夏志清语言激烈的论战）。

---

① Damrosch，David（戴若什），*What Is World Literature*? Princeton，N.J.：Princeton University Press. 2003，p.281.

② 在她以上出版的英文小说之外，她20世纪60年代的两部英文小说最近被宋以朗发现并在2010年经香港大学出版社出版：《雷峰塔》和《易经》。新闻报道见Lau，Joyce Hor-Chung（乔伊斯·刘），“Chinese Writer Cement a Legacy，” Oct.1，2010. http：//www.nytimes.com/2010/10/02/arts/02iht-chang.html？_r=1. 批评阅读见王德威《雷峰塔下的张爱玲》，《〈雷峰塔〉、〈易经〉与“回旋”和“衍生”的美学》，《印刻文学生活志》2010第7卷第2期，第72—93页。

诚然，戴若什的世界文学定义未必适合张爱玲超文典性这一特定的问题。只有时间的推移才能判定张爱玲能不能打破戴若什的定义，经过戏剧性的变异，不仅把自己送入世界文学的反文典，还要送入超文典，以此再来一次颠覆。现在我们引用戴若什论世界文学文典性一文的最后几句话，以此结束本文：

> 我们已经走了很长的距离……但是我们轻易就屈服于时代的压力和超文典名人们的吸引……也许（我们应该划上）不止一条线，而是好几条线：让连接线超越民族和文化那麻烦频发的边界，世界文学中的超文典和反文典彼此分明，互不相让，让新划出来的对比之线从上面超越过去。[①]

作为现代中国文学的超文典，张爱玲正巧站在众多批评探索之线的结合部。作为文本和神话，张爱玲依然是个挑战，比六十年代夏志清那里最先提出的挑战还要严峻，她继续挑战我们在文学研究中反复遇到的那些基本概念：文典、学科、民族。

《当代作家评论》二〇一二年第六期

① Damrosch, David（戴若什），"World Literature in a Postcanonical, Hypercanonical Age," in Haun Saussy, ed., *Comparative Literature in an Age of Globalization*, Baltimore, Md.: Johns Hopkins University Press. 2006, p.9.

刘以鬯：中国意识流小说的先驱

孙宜学

在中国二十世纪文学史上，刘以鬯是第一个自觉地站在中西文化交汇的中心，以自身继承的五四新文化传统和中国传统的审美习惯，对西方意识流小说进行全方位借鉴并进而创造出具有中国特色的成熟的意识流小说的中国作家，可以说他是中国意识流小说的真正先驱。刘以鬯小说的创新特点则在于：因为西方意识流小说的新技巧和艺术方法正与他的文学见解吻合，从而他自觉地、主动地、有选择地将西方意识流作为一种文学精神和美学原则来学习，并根据自己的审美趣味，运用规范的现代汉语创作出具有独特的审美形态的意识流小说。从这个角度讲，把他看作中国意识流小说的先驱应该是不会引起争议的。

一

刘以鬯可以说是接受了两种不同的文化传统和社会体制的作家：一九四八年以前他生活在大陆并开始了文学创作和编辑活动，接受的是五四新文化传统；一九四八年后他到了香港，直接面对着西方二十世纪文坛上汹涌澎湃的现代主义思潮。这就使他比大陆和台湾作家更有优势在两种不同的传统中进行选择，并成功地成为一名既继承了新文学传统而又能在更进一步的层次上进行发展和创造的、既属于香港也属于中国内地的作家。可以说，就是在香港这块虽然说不上肥沃却生机勃勃的现代主义思潮的土壤上，刘以鬯在汲取异域营养的基础上，创造性地成长为一位中国土生土长的现代派作家和中国第一位成熟的意识流小说家，并以自己的创作丰饶了这块土地，使它给出了最丰硕的果实。他与这块土地的关系是互动的，土地促生了他，他也改善了土地的质地。而香港社会的迅速西化和现代意识的滋生，则为刘以鬯的小说提供了所必需的精神养料。西方意识流小说所需要的天时、地利、人和刘以鬯都具备了，这才使他能经过艰苦的耕耘和探索而成就了“意识流小说先驱”这一重要角色。

生活在商品社会的香港，刘以鬯也不得不像许多作家一样以文为生，为适应市场大量“生产”畅销小说，但他的文学理想和追求又使他在不得不“娱乐别人”的同时又时时不忘“娱乐自己”。实际上，在半个多世纪的文学道路上，他始终是在不断追求探索、突破创新的。他的每一部新出现的严肃作品都新意迭出，与众不同，也与自己其他作品不同。

早在一九六三年出版的《酒徒》中，刘以鬯就已借主人公之口大胆地提出了自己的艺术主张，他说：“现实主义早就落伍了……现实主义单方面发展绝对无法把握全面的生活发展”，要想真实地反映现实，首先就要知道“表现错综复杂的现代社会应该用新技巧……主张作家写内在真实，并描绘自我与客观世界的斗争，鼓励任何具有独创性的、摒弃传统文体的、打破传统规则的新锐作品出现；吸收传统的精髓，然后跳出传统，在‘取人之长’的原则下，接受并消化域外文学的果实，然后建立合乎现代要求而能保持民族作风民族气派的新文学……从某一种观点来看，探求内在真实不仅也是‘写实’的，而且是真正的‘写实’。……换一句话说：今后的文艺工作者，在表现时代思想和感情时，必须放弃表面描摹，进而做内心的探索。”[①] 既然“反映事物表面所得的真实”并不是真正的“写实”，那么，刘以鬯就要“大胆探索，刻意创新”，在创作中不断努力追踪新的小说观念，潜心探求小说创作的新风格，勇于尝试小说形式的新技巧，从而奠定了他作为实验小说家的地位。实际上，刘以鬯的每一部严肃小说都带有实验与创新的意味，其最早的小说集《天堂与地狱》（包括二十三部短篇小说），采用拟人化、寓言化的艺术手法及环式结构，以揭示香港社会的龌龊不堪。到六七十年代，他又打破传统小说以人物和故事反映社会生活的手法，创作了一些或者没有故事，或者没有人物的小说，以及用现代意识流手法写传统题材和当代题材的小说，如《酒徒》、《对倒》、《链》、《吵架》、《寺内》、《除夕》、《镜子里的镜子》、《犹豫》、《蛇》、《蜘蛛精》等。八九十年代，他又创作了轰动一时的探

① 《酒徒》，北京，中国文联出版公司，1985。

索小说《打错了》、《黑色里的白色，白色里的黑色》、《盘古与黑》等。在这条探索的道路上，刘以鬯实际上始终是企图借鉴西方现代艺术手法，探索出一条能更真实的揭示出当代香港人的内心世界的道路。他并非不关心现实，只不过他关心的是现代人的精神真实，关注的是物质文明高度发展的现代社会对人性的挑战和考验，以及人在这些挑战和考验下人性弱点的流露，描写的是随着竞争的日益加强而急剧膨胀起来的欲望给人心造成的压力，以及人们为了摆脱这些压力而不断挣扎的精神过程。现代人的孤独无依，心无定所，人格变态，人欲横流，本就是进入高科技商品时代的社会的典型特征，刘以鬯作为一个敏感、且时时感受到商品社会对人性的无情挤压的作家，对现代人的这种现代情感尤为知之深，感之切，并采用了最适合表现这种生活的真实症状的现代艺术手段，特别是意识流手法对人性的挣扎，作了香港式但又世界式的沉痛而淋漓尽致的现代艺术展示。

二

西方现代主义文学中有一个主题是表现人在精神茫茫无依中追求某种自己也不知道的偶像过程中的精神痛苦。“上帝死了！”人们失去了精神上的父亲，在寻找一个新的父亲，希望重新确定自己的身份的过程中，人充分表现出自己的渺小和精神的卑琐。刘以鬯对商业社会里人的这种灵魂痛苦是深有感触的，他在自己的作品里不停地阐发现代人的这种精神痛苦。中篇小说《镜子里的镜子》里有这样一段话：“在人群中挤来挤去。人群变成一座黑森林。有如琼斯皇在森林中逃亡，恐怖的鼓声像魔鬼一般追逐着他。这似乎是不合情理的事情。挤在成千成万的人群中，怎会产生孤寂的感觉？然而林澄却有这样的感觉。当他在人群中追求热闹而得到的仍是孤寂的时候，他想起梦兰在信中写的那几句话：‘忽然感到无比的寂寞，仿佛四壁皆是镜子，见到的只是自己’。”林澄是这篇小说的主人公。在茫茫如潮的万花筒般的香港社会里，人与人之间缺乏最基本的情感交流，每个人都只生活在自己的世界里，越是人多的地方反而越发衬托出人的孤独。就以林澄来说，他是个事业成功的男人，但他的妻子只知道打牌，三个孩子又都有各自的世界，他左冲右突，但就是突不破孤独这堵无形的墙。他不禁发问：“人生当真如萨特所说的：毫无意义？人生当真如福克纳所说的：是痴人说梦？”否则为什么明明活着却一点也感受不到生的乐趣呢？现代人应付这种无聊的惯用方法是回忆，林澄也不例外，小说中充满了他的无意识的纵横流动；他的另一个不例外是这种回忆也无法给他带来精神的安宁，因为过去、现在和未来并不是截然可分的："'现在'极易消逝成为'过去'。……'过去'既无起点，也无终点。……'现在'是什么？'未来'与'过去'之间的一霎那。就在这一霎那中，'未来'变成'过去'。"在瞬息万变的大宇宙中，人可能都无法确知自己是真人还是虚构的人。对人的存在价值的思索，是这部小说的基调，也是刘以鬯所有严肃作品的现代主题。苏格拉底早就警告人要"认识自己"，但人似乎并没能弄清这个问题。人真像哈姆雷特所说的是万物的灵长，宇宙的精华？在林澄看来这更是神话。因为"人类是痛苦的"，"是造物主的玩具"。但更糟糕的是，同为造物主玩具的人类之间尚不能互相安慰以抵抗外力的压迫；相反，更可怕的是人类之间的互相残杀（包括精神的和肉体的）。就如林澄做出的结论："在这个世界上，最可怕的动物不是毒蛇与狮子，而是'人'。毒蛇噬人时，不会露出笑容。狮子吃人时，也不会露出笑容。'人'是可以露着笑容杀人的。"存在即是一种痛苦，他人就是地狱，刘以鬯笔下的现代主题，与萨特对人类存在的真实状况的概括不谋而合。人，就是在这种生存处境中一步步成为非人的，但却眼看着自己一步步成为非人而无可奈何。这是现代人的悲哀，一种正麻木得没有悲哀的感觉的悲哀。

刘以鬯是以忧郁的眼光观世的，在他的刺世的目光下，商品社会繁华帷幕下透出人性的龌龊和卑鄙。《天堂和地狱》是一部以苍蝇为主角写成的讽世寓言小说。一只"青年苍蝇"生活在龌龊肮脏的垃圾桶里，叹息自己命运不济，向往着外面世界的美好。终于有一天，它跟随老苍蝇一起飞到天堂一样美好的高楼大厦间的咖啡馆，正好看到人间发生的一幕：一个小白脸从自己的老情人、一个徐娘半老的女人手里骗取了三千元钱，转手又向漂亮的年轻女郎买笑。而这个女郎本是和大胖子合伙做诈骗生意的，那位徐娘半老女人则是大胖子的妻子，她正好看到了女郎和大胖子的勾当，于是大胖子就把那三千元交给了老女人以示讨好。这三千元钱，从半老女人——小白脸——卖笑女人——大胖子——半老女人，依次转手，形成一条人物关系链，每个链上的人心中都有不可告人的鬼胎，只有在咖啡厅里的苍蝇是清白的，它比较了自己生活的垃圾桶和咖啡厅这个人间天堂后做出结论说："我觉得这'天堂'里的'人'，外表干净，心里比垃圾还龌龊。我宁愿回到垃圾桶里去过'地狱'里的日子，这个'天堂'，龌龊得连苍蝇都不愿意多停留一刻！"这种人味的蝇语，把香港社会里人与人之间尔虞我诈的本质和赤裸裸的金钱关系暴露得一览无余。在另外一部象征主义小说《蟑螂》中，刘以鬯以富有哲理的手法，表现出现代人受到外部世界的压迫时所感到的恐惧，并对人的命运提出了思考。主人公丁普是个有点变态的男人，他以折磨和打杀蟑螂为乐，并以操纵了蟑螂的生杀大权而自以为神人。但在梦里，他却感到有千千万万只硕大无朋的蟑螂在围攻并折磨自己，欲死不能。在他的梦魇里，还出现了祖母被车轧断腿的情景，上刀山、下火海的情景，以及关于战争、自杀、核战争的种种幻觉。小说以艾略特的一句诗作结：世界并不是砰的一声就结束的，它将在抽抽噎噎的呜咽中结束。小说在一派忧患意识和伤感情调中，对人的存在处境的艰险和生存危机进行了反省。小说亦真亦幻，将人内心深处种种不可告人的潜意识毕现出来，展现人的可悲与可鄙。

《酒徒》中的酒徒以酒逃避现实，也是一个游离在社会边缘的异化人。整部小说就是写他怎样以自我虐待的方式去求取继续生存。“我”本是个很有艺术造诣和进取心的作家，对艺术有很高的要求。然而，在现实生活中，他的艺术主张却屡次碰壁，结果沦为一个靠写黄色猥亵色情小说为生的流行小说家，做与他的精神追求完全背道而驰的知识卖淫，最终对生活完全失去了信心，成为光怪陆离的社会的可怜虫，唯有在酒精中麻醉自己，在色欲中浮游逐波。在感情生活方面，他也并不真的爱别人，也不会真的为别人所爱。他只是一个感情上的过客，一个懦夫，一个无所适从的胆小鬼。他在这个世界上得不到温暖，唯一关心他、把他当作儿子看待的雷老太太，最后也因他戳穿真相而自杀。小说中的其他人物也都带有“我”的这种世纪末情绪，就拿与酒徒有交往的四位女性来说，她们也都可以称为是世纪病患者。张莉年轻美丽，但却势利，她衡量爱情的唯一标准是金钱，所以当贫穷的酒徒向她求婚时，她就坚决地拒绝了。最让人震惊的是司马莉：她崇拜“莎冈”，赞美“纳博科夫”的小说《波丽妲》（即《洛丽塔》），她也有起码的文学修养，但她在十七岁时就跟男人上了床，坠过胎，她就像一匹美丽的兽，“喜欢将爱情当作野餐”，不止一次恬不知耻地要酒徒的身子；其他还有包租婆，杨露，都是不知情为何物，只知感官享受、物欲享受的多余人。在这些人的心灵世界里，只有眼前的享乐才是现实的，才能证明自己的存在，因为周围的一切都在瞬息万变，一切都是虚幻的残酷。就如酒徒自己所说：“现实仍然是残酷的东西，我愿意进入幻想的天地。如果酒可以叫我忘掉忧郁，又何妨多喝几杯。”二十世纪西方文学思潮的主要特征就是表现人的焦虑、不安、苦闷、失落的精神面貌，酒徒及其周围的人，表现的就是这种典型的现代人的精神状态。

《他有一把锋利的小刀》描写的是一个青年亚洪怎样因贫穷而成为一个杀人犯的故事。亚洪杀人的动机很简单：就是想讨好水性杨花的少女冼彩玲的欢心；他杀人，也是因为社会的诱惑：报纸每天都登载大量有人持刀杀人的事。贫穷使其变得贪婪，最终使其铤而走险，杀人劫财，一场春梦也随之成为乌有。在杀人劫财，讨得冼彩玲的欢心，和继续做穷人，失去冼彩玲这两种选择中，亚洪犹豫不决，进退两难，欲罢不能，欲行又止，贪欲和良知的冲突使他精神几欲崩溃。就拿他一心想讨好的冼彩玲来说，她只不过是个可以同时跟几个男人好的少女，而亚洪想从她身上得到的也只是一点点浮若轻云的欲望，这就衬托出亚洪杀人的毫无价值，就如加缪《局外人》中的莫尔索持枪杀死阿拉伯人一样的毫无价值。小说围绕亚洪杀人前后的内心冲突展开故事，造成一种极端的张力，不但亚洪自己成为这种张力的牺牲品，连读者也不由得觉得窒息。特别是亚洪杀人后逃入山上森林的那一部分，我们跟踪他的踪迹，就像跟着一个被猎人追得无处躲藏的野兽一样，一切都让他恐惧，而这个追逐他的猎人不是别人，就是他内心的恐惧。在树林里逃亡这一段描写，颇像奥尼尔笔下被咚咚的鼓声赶进原始森林中的琼斯皇的心理过程，所不同的是琼斯皇的恐惧来自外在的逼迫引发他的幻觉，而亚洪的恐惧则来自他自己的内心。

三

刘以鬯的实验小说，有意突破传统现实主义文学的局限，致力于实践他自己提出的更适于探求人的内在真实世界的“现代现实主义”的文学主张。他认为，“只有运用横断面的方法去探求个人心灵的飘忽，心理的变幻并捕捉思想的意象，才能真切地、完全地、确切地表现这个社会环境及时代精神”，而“潜意识对每一个人的思想和行为所产生的影响，较外在的环境所能给予他的大得多”[1]。对人的精神世界的关注，是刘以鬯实验小说的主脉，也是他不断探索小说新风格、新技巧的动力源。

那么，如何才能表现人类的内在真实呢？既然他认为传统的现实主义已经落伍，自然他便从自己一向关注的西方现代主义文学中吸取营养，其中尤其钟情于西方的意识流小说。一九六九年十一月十九日他曾对《香港青年周报》的记者说：“他（指乔伊斯）给

① 刘以鬯：《〈酒徒〉初版序》，《刘以鬯研究专集》第63页，成都，四川大学出版社，1987。

我的影响最大，我读书时已开始阅读《尤利西斯》。此外，伍尔夫、卡夫卡、海明威、福克纳等都是我崇拜的作家。”[①] 他欣赏乔伊斯的写作技巧，称《尤利西斯》以完全反传统的面貌使读书界见到了新的方向。意识流小说关注人的潜意识世界，往往采用人物的意识流动和内心独白的表现手法，自然能比传统小说更真实、自然地表现人的内心世界。刘以鬯对这一点是心有灵犀的，他的一些重要的实验小说，如《酒徒》、《对倒》、《寺内》、《除夕》、《蛇》、《蜘蛛精》、《盘古与黑》、《黑色里的白色，白色里的黑色》、《第二天的故事》、《副刊编辑的白日梦》等都可称为意识流小说或采用了意识流的技巧的小说，代表着刘以鬯文学探索的实绩。

《酒徒》一九六三年在香港出版，这是刘以鬯最重要的实验小说，也是中国最早的一部具有乔伊斯风格的中国意识流小说，是“自五四以来，穆时英以后，心理小说上的一次新的转机，一种大胆的尝试，一个创新的实验”[②]。小说采用第一人称的抒情式内心独白手法，写“一个因处于这个苦闷时代而心智不十分平衡的知识分子怎样用自我虐待的方式去求取继续生存”[③]。小说主人公是个博识、敏感、苦闷，时时要滑向堕落的地狱，但又有良知不愿堕落的知识分子，是个典型的世纪病患者。小说以时空交叉、梦幻与现实交叉、醉与醒的交叉的结构方式，多层次、多角度地揭露了酒徒这个世纪病患者的病态心理世界。在这个世界，梦幻与现实、回忆交织在一起，现在与过去、意识与潜意识之间也完全没有清晰明确的过渡桥梁，唯有思想的跳跃、事件的跳跃，思想与思想、事件与事件之间完全没有合理的联系，只有酒徒飘忽的心灵，心理的变幻和潜意识的浮游。这是意识流小说典型的“没有情节的情节”，是超逻辑，而非“不合逻辑”，因为人的心理世界根本没有时空的藩篱存在。如小说的第三十八章，酒徒因极度绝望，只有在酒精中麻醉自己的灵智。喝了“第一杯酒”后，他想到了曹雪芹的身世，头脑还清醒；等他喝到第二、第三杯酒后，他想到的是香港的交通和五四新诗，神智已开始有点混乱；喝第五、第六杯酒后，他的精神已经迷乱起来，在他的幻觉里出现了地狱中的跳舞，看到酒瓶在桌面上踱步；一杯杯酒喝下去后，他已经完全沉醉了，觉得自己在和颜色交战……小说通过对语式、句法、意象、情调、结构的巧妙安排，把酒徒在清醒、微

---

①《刘以鬯先生访问记》，《香港青年周报》150期。

② 振明：《解剖〈酒徒〉》，《中国学生周报》，1968年8月23日

③《香港文坛的一员宿将》，《刘以鬯研究专集》第59页。

醺和烂醉时的各种各样不同的意象的跳跃、交叉，连绵不绝地流泻而出。小说以酒为媒介，构筑了酒徒生活于其中的两个世界，一个是幻觉世界，梦的世界，在这个世界，他能原谅自己的堕落和怯懦，在酒精织就的迷雾中沉下去，沉下去；另一个世界是现实世界，是个比幻觉世界更残酷的世界，在这个世界，他是个失败者，他就像一只时时将头探出水面换气的海豚，每一次都只是被眼前的世界惊吓得再一次更深地潜入幻觉之海，梦幻之海，潜得唯恐不快，不深。

中篇小说《对倒》堪称一篇精巧的意识流小说。小说的两个主人公：淳于白与亚杏，一个是渐渐衰老的老头子，“只能在回忆中寻求失去的欢乐”，只能将“回忆做燃料”，一个是豆蔻年华、睁大眼睛做梦的少女，两人沿着不同的心理轨迹，让在现实中无法实现的幻想在白日梦中恣意张扬荡漾。两个主人公没有目的的游荡，恰似《尤利西斯》中布罗姆的漫游，他们都是在寻找某种他们自己也说不清的人生目的。两人的幻想世界表面上截然对倒：一个追忆过去，一个憧憬未来，在实质上并无区别。小说最后通过两人在电影院相遇和在梦中的交合，让两人的梦想都在瞬间得到实现：淳于白恢复了青春，亚杏的幻想和性欲也得到了满足，时间和空间的差距也在这一瞬间完全消失。这种结构颇似巴赫的复调音乐，两条旋律线逆向而行，却又和谐地交织为一体，而这种音乐式的结构，则是意识流小说家常常采用的一种结构技巧。《对倒》是一部非常准确的意识流手法的小说，在时间和空间层面，过去、现在和未来互相交叉、重叠；在心理流动层面，亚杏被压抑的强烈的本能冲动及她不切实际的白日梦，淳于白对自己一生的回忆与内省，都是用内心独白的手法表现的。

刻意追求内心真实的文学观，使刘以鬯总能根据创新的需要不断打破常规，这表现在对待一些传统题材时，也能以现代人的心理体验，把新的生命气息吹进旧的躯壳，让人获得新的愉悦，这就是他的一系列“故事新编”小说：“我觉得用新的表现手法去写家喻户晓的故事，在旧瓶中装些新酒，至少可以给读者一个完全不同的感觉。或许若干年后，人们谈及小说的发展时，会发觉到二十世纪七十年代的时候曾经有人用新手法来写大家熟悉的故事，这不是很特别吗？”[①] 这些小说以现代意识消解历史人物和故事，既可以使人获得一种新的审美体验，更重要的是把被堂皇的历史遮蔽了的人性的卑琐予以毫不

① 《刘以鬯谈创作生活》，《刘以鬯研究专集》第37页。

留情的揭示，借古人往事阐发现代人的精神世界。

《寺内》以现代意识新编《西厢记》旧故事，以诗化的语言和情景，通过梦境、内心独白等手法揭示了张君瑞、崔莺莺这两个千古风流人物内心的情感激荡和梦幻苦思。小说对满脑子封建思想的相国夫人的内心潜意识的描写，更是独特。她虽然反对女儿嫁给张生，但她毕竟是一个女人，一个“额角还没有皱纹”的寡妇。当她得知莺莺“每夜都去西厢狂欢以荒唐”时，一股不可告人的潜意识使她把烦躁郁闷的情绪都发泄到侍女红娘身上，精疲力尽之后，又做了那个与一个看似张生的男子同床的荒唐梦，使那个原先人们眼中保守严厉的相国夫人蒙上了一层性变态和性虐待的嫌疑。整部小说诗意朦胧，梦幻连绵，人的潜意识犹如弥漫流动的雾霭，笼罩在小说中的每一个人的身上。《蜘蛛精》也是以探究人的潜意识为主的小说。在《西游记》中，唐僧是个“目不视恶色，耳不听淫声”，断了七情六欲的人，但在现代人看来，却未必如此，他毕竟还没有真正取得真经，毕竟还是血肉之躯，在他内心还有某种潜在的欲念，在正常情况下，这种欲念是不会显露出来的，只有在极端的特定的情况下，才会表现出来，这正是人性的弱点。在这部小说中，唐僧被化成美女的蜘蛛精捉住后，刚开始是竭力逃避的，但当美女一再坚持让他看自己的身子，并用“玉指在他的脸颊上轻轻抚摩”时，他的血肉之躯开始颤动，灵魂开始对美女的身子产生反应：“熠耀似的宝石的眼睛，白嫩透红像荷瓣的皮肤。她确实是很美。”事情在继续进行着，“蜘蛛精身上的香味具有特殊的诱惑力”，“她将嘴巴凑近在他的耳边，从她嘴巴呵出来的气息，也有兰之芬芳”；更糟糕的是，蜘蛛精开始动手动脚，“柔唇印在脸颊上，脸颊痒孜孜的”；唐僧开始把持不定：“哎呀，这是么回事，我的心会跳得这么快，阿弥陀佛……”；“糟糕，我的心跳得更快了，咚咚咚……好像打鼓”。这时的唐僧尚有所自持，一再告诫自己：不能看不能看，但蜘蛛精却步步进逼，与唐僧“唇唇相印”，“玉臂紧若铁箍”，“四片嘴唇再一次印在一起”，再加上蜘蛛精言语挑逗：“和尚，我喜欢你！”“和尚，你头上的头发削去了，下面的呢？有没有削掉，让我摸摸！”“手指像十个顽童，在戏弄中获得狂喜。”“就算我上天做了神仙，我也会为你生个小和尚！”“来呀！和尚！我为你传宗接代！”“蜘蛛精已将他的袈裟解开，羞耻失去遮羞”；唐僧在竭力挣扎，在抗拒蜘蛛精的诱惑：“我要死了！越想越紧张，心似刀绞般难受。”潜在的欲念最终浮出海面：“唐僧心一横，睁开眼来仔细端详这个美丽的妖精。”（既是最后的一刻，何不趁此多看几眼）“唐僧在慌乱中睁开眼睛，见到了从未见过的部分。”（该死！我怎么会……）在这部小说中，刘以鬯对唐僧在特定情景中的潜意识做了新奇而独特的揭示，从而把一个家喻户晓的故事渲染出现代意味，使我们从新的角度对传统小说中的人物加深了了解。其他还如《副刊编辑的白日梦》，小说自始至终描绘了编辑的一个没有时间标志的梦境，借梦境表现主人公内心数不清的辛酸与痛苦。《第二天的故事》的主题和表现手法颇似美国诗人托·史·艾略特的《阿·普罗弗洛克的情歌》，通篇以内心独白的手法，写出一个青年人在求爱途中患得患失的意识流动，小说将主人公的外在生活和内在生活分开来写，以不同的字体标出，并将两种叙述至于同一时空之中，互相交叉、渗透，使过去与现在、幻觉与现实叠化在一起，和盘托出人物每一瞬间的思想变化和心理矛盾，艺术构思别出心裁。

四

通观刘以鬯的意识流小说，可以发现这些小说使用最频繁、运用最圆熟的结构手法有两种，一是精心选取现实生活中的一个点、一个横切面，在最小的“空间时间”层面展示人物的心理、潜意识、幻觉或梦境，如《蜘蛛精》、《副刊编辑的白日梦》；一是在描写流淌的现实生活之流的同时，以生活中某人某事某物作为触媒，激发并透析人物的表层意识或深层潜意识活动，在“心理时间”中把过去、现在和未来彼此重叠，如《酒徒》、《寺内》、《第二天的故事》。这两种手法在西方意识流小说中都属常见，但刘以鬯始终注意在借鉴的基础上创造自己独特的风格。就如他在介绍《酒徒》时所说：“《酒徒》虽然用的是意识流技巧，却是我自己的写法，并不摹仿《尤利西斯》或《喧哗与愤怒》或《浪》”[①]；“我无意临摹西方的意识流小说……意识流既是一种技巧，任何人都可以利用这种技巧写出具有个人风格的特色的小说”；他一贯主张：写小说应在“取人之长的原则下，接受并消化域外文学的果实，然后建立合乎现代要求而能保持民族作风民族气派的新文学”[②]。刘以鬯在借鉴西方意识流小说技巧的同时，总能基于中国传统的审美习惯、艺术风格，加以创造性的改造和发展，从而形成具有自己独特风格的意识流小说。

---

①《刘以鬯的一席话》，《香港文学》创刊号，1979。

②《酒徒》。

西方意识流小说侧重表现人的无秩序的内心非理性活动，即使反映现实，也是经过人物潜意识折射后的扭曲的主观的杂乱的现实。而刘以鬯小说中人物的潜意识和现实世界则往往分开来写，人物的潜意识流动也并非如西方意识流小说中那样放任蔓延，而是往往由作者出面代为叙述、疏导。如《酒徒》中酒徒的醉和醒就分别代表了现实世界和无意识世界，醒后的酒徒还往往以冷静的客观批判态度，对社会上的种种不平发表见解。作者甚至还采用了传统的叙事手法，交代情节的发展，并且常常刻意描写人物的内心无意识，结果常常使人不知道人物的无意识流动是主人公自己的呢，还是作者强加给他的；是作者的主观投影呢，还是主人公内心的“客观真实”。如《酒徒》第四章写酒徒醉后从童年一直回忆到现在，若非作者刻意描写，酩酊大醉后的主人公的回忆又怎会如此系统、有序？这种故意雕琢的痕迹，既说明刘以鬯意识流小说的不成熟，也表明他为追求独特性所作的艰苦努力。

西方意识流小说是以一种全新的姿态对传统文化表示反叛，而刘以鬯的意识流小说则是在努力超越传统的同时又带有本民族文化的特点，这和三十年代的新感觉派是一致的。这种民族性既表现在他以“旧瓶装新酒”的方式改变传统故事，更表现在他创造性地运用了中国传统小说的文中有诗、诗中有故事的叙述方法，以东方式的富于诗意的意象和比喻，含蓄抽象地表现人物的内心波动，这种“意识流的东方诗话”是刘以鬯意识流小说的突出特色。他相信：“如果小说家不能像诗人那样驾驭文字的话，小说不但会丧失‘艺术之王’的地位；而且会缩短小说艺术的生命。”[①] 刘以鬯的意识流小说少了乔伊斯、福克纳的艰涩和狂乱，而多了一些东方式的诗意和明净。在这方面最有代表性的小说是《寺内》。这篇小说在表现人物隐蔽的情欲时，就借助了大量的诗化意象、象征、比喻来烘托，而且描写性的方式也纯粹是东方式的。再看这篇小说中的人物的内心对白，也是对传统戏剧中的对白手法的创造性运用，以这种方式将人物见不得人的潜意识（主要是性意识）像戏剧中的对白一样一一道来，这种对白，既可发生在现实情境中，如第七卷张、崔月下相会；也可发生在梦境中，如第七卷结尾“墙是一把刀，将一个甜梦切成两份忧郁”的大段意识活动。这种“意识对白”可说是刘以鬯借鉴传统戏剧的对白手法而独创出的一种意识流技巧。

---

① 刘以鬯：《小说会不会死亡?》，《天堂与地狱》，广州，花城出版社，1981。

刘以鬯善于构建一种诗意朦胧的意境，在现实与幻想的交织中表现人物的内心世界，在情与景的融合与冲突中渲染人的隐秘世界。如《寺内》中的老夫人赖婚后，张生月夜诉琴的描写：

月阑朦胧和尚打哈欠。是一朵厚厚的乌云，掩去喜悦，使他感到寒冷。心已迷失路途，怅惜太浓，何日可将忧愁化成榕树，让乱飞的燕子们飞来歇脚。

"琴呀，"张生说，"请你将我的眼泪飞送过墙去。"

"弹吧。寂寞的人，大胆弹吧，"琴说，"我将为你画一幅灰色的图画。"

"声音也会误入歧途。"张君瑞说。

"潦倒的书生，太多的顾虑，因此不再记得初春的狂妄，"琴说。

"琴呀，给我力量！"

"胆小的猎者，快快拿出不爱穿彩衣的勇气。"

值得说明的是，刘以鬯的诗意语言并非格律化的语言，而是平易直露的散文化的语言，但由于他总能根据人的心理流动的节奏安排人物的语言、动作，所以即使他的这些直露的语言也透出浓浓的诗意。《蛇》中的白素贞和许仙清明节在西湖相遇，两人一见怦然心动的情绪和西湖的湖光山色的节奏完全融为一体，就在西湖美景的流动中，叠印上人物的情绪跳动，在这样的情景交融中，人的平平常常的语言也都似有了天外神韵，具有淡淡的诗意。下面是随便从《酒徒》中摘取的几句话，这些话典型地代表了刘以鬯诗化语言的特色：

屋角的空间，放着一瓶忧郁和一方块空气。

魔鬼骑着脚踏车在感情的图案上兜圈子。感情放在蒸笼里，水汽与篱外的访客相值，访客的名字叫作：寂寞。

缝纫机的唱针，企图将脑子里的思想缝在一起。

风拂过，海水作永久重逢的寒暄。

脑子里只有固体的笑。

思想凌乱，犹如用尖刀剪出来的纸屑。这纸屑临空一掷，一变而为缓缓下降的思想的雪。

在这些句子里，作者并没有生造什么生拗的词语，而是将日常语言加以锤炼，使之充满耐嚼的诗味，并让人耳目一新。刘以鬯一直相信小说和诗结合是一条可走的道路，他以诗歌之长补小说之短，以意境的诗意，凝重、含蓄、整饬和节奏开创了诗和小说结合的一条新路。也许正是得益于他大量写流行小说，他的小说行文非常自由适意，喜欢跳跃；他的具有探索意味的小说从不对人的外观形象作精确刻画，而是以虚代实，以似疏松的结构孕含严整一气的情绪。如《除夕》写曹雪芹寒夜酒醉赶路的情景，就是通过写他眼前不停出现的幻觉来表现这个旷世奇才内心的寂寞和凄苦，那种浓重的气氛让人无法畅气。

刘以鬯意识流小说对诗意语言的追求，与西方意识流小说刻意追求用新技巧打破诗与散文的界限的努力显然有异曲同工之处。就拿西方意识流小说的先驱夏丹一八八七年发表的长篇小说《被砍的月桂树》来说，这部小说写一个叫丹尼尔·普林斯的花花公子生活中的六小时，他与一风骚女演员蕾阿有暧昧关系。当男主人公躺在蕾阿的怀抱里时，他有一段沉思：

她正看着我……我们将要进晚餐，对了，在小树林里吃饭……一女佣人……搬来桌子……蕾阿……她正在摆餐具……我父亲……看门人……一封信……是她来的信吗……谢谢……一阵波动，一阵嘈杂声，天空越升越高……啊，你，永远是唯一的，远古的爱情，安东妮娅……万物都在闪烁……你在大笑吗……一排排的街灯伸展到无限的远方……啊！夜……冰冷，夜……

人的意识流动本就是断断续续的，用这种诗的形式，不但准确地捕捉到了人的内心世界，而且减弱了诗与小说的界限，使小说的技巧性更加明显。所不同的是，西方意识流小说的诗歌特色主要表现在形式上和技巧上，而刘以鬯的意识流小说的诗化语言更具东方的简洁和明净色彩，具有东方的诗意和意境。

《当代作家评论》二〇〇〇年第五期

“通俗的现代派”
——论徐訏的当代意义

吴义勤

引 论

徐訏是中国现代文学史上一位曾经红极一时但却又被湮没尘封了近半个世纪的著名作家。一九六六年至一九八〇年，台湾正中书局出版了《徐訏全集》共十八集，其中小说十集，散文与文论四集，新诗二集，戏剧二集，再加上未收入全集的文学作品和学术著作，总计有二千万言，称得上著作等身。徐訏一九五〇年由上海移居香港。对于中国最广大的作家来说，一九五〇年无论如何都是有特殊意义的年头。许多作家既为社会天翻地覆的变化而欢欣鼓舞，又不能迅速调整自己的创作心理以适应这种变化，因而有时不免手足无措，出现了创作断层现象，茅盾、巴金、老舍、曹禺等现代文学史上的大家都曾有过这种困惑。相反，徐訏大概由于身处香港，与“十里洋场”旧上海的政治文化环境反差不大，反而在创作上出现了一个持续而稳定的创作高潮。就小说而言，他就有《彼岸》、《江湖行》、《时与光》、《悲惨的世纪》等长篇小说和《盲恋》、《痴心井》、《炉火》等一批中篇小说，此外还有《鸟语》、《结局》、《花束》、《有后》等许多短篇小说集。一九六一年，香港的上海印书馆出版了徐訏的长篇小说《江湖行》。在此之前，这部小说已在香港的《祖国周刊》等几家大期刊上连载过，受到了读者和评论界的热烈欢迎。司马长风认为：“《江湖行》尤为睥睨文坛，是其野心之作。”[1] 赵聪也说：“《江湖行》是他来港后的巨构。据说曾构思三年，又经过五年的写作与修改，然后才定稿的，这部《江湖行》应是他的代表作，远远超过以前的《风萧萧》。”[2] 陈纪滢则推崇它为“近二十年来的杰作”[3]。萧辉楷称它为“足以反映现代中国全貌的史诗型伟大著作”[4]。而徐讦本人对《江湖行》亦有偏爱，自称：“我最喜欢《江湖行》。……这部小说虽然缺点很多（原因是搁搁写写，不够统一，连笔触都不一致），但内容结实。”[5] 显然，长达一千多页的《江湖行》不仅是徐讦创作生命的高峰，也是对他人生经验的最全面、最深刻的总结。它不仅对于徐讦个体的生命和文学历程具有特别重要的意义，而且还具有更为深远的文学史意义。比较同时大陆当代文学日益狂热的政治化倾向，《江湖行》这样的充满个人性、抒情性和艺术魅力的纯文学作品无疑是对中国当代文学史的特殊馈赠。大致看来，香港时期徐讦的小说题材主要有两类：一类是以回忆为主，写大陆上的生活，以《江湖行》为代表；一类是写香港移民的生活，以《女人与事》、《结局》为代表。总的来说，徐讦香港时期的创作呈现出的是典型的现代主义特征。但同时，由于徐讦一直把香港当作一个漂泊地，他的怀乡情结使他对香港的现实也有了特殊的体验，这某种程度上也加强了他小说的现实性。比如他的小说中就有写江湖传统的《传统》；有借对神偷的描写暴露旧中国黑暗的《神偷与大盗》；有表现香港社会拜金主义、“文化沙漠”的《失恋》；有写人心势利、世态炎凉的《舞女》；有写在香港找不到职业，用玩具手枪行劫被捕的《手枪》等等，这些具有“现实主义”特征的小说即使从今天的眼光来看其现实意义和认识意义也仍然是巨大的。这里尤其应该提到的是作者写于一九六〇年前后、收在短篇小说集《小人物的上进》中的一组直接反映大陆社会现实的小说。一般论者由于政治原因皆对其忽略不论，而我认为，公正地说，这些小说自有其特殊的认识价值和审美价值。徐讦向来讲究写作“距离”和“情感过滤”，大陆当时的社会生活对徐订来说虽没有时间距离，但有着显而易见的“地理距离”和“文化距离”。站在今天的历史或艺术的高度审视当时大陆的当代文学作品，我们必须承认其对社

① 司马长风：《书刊评介》。
② 赵聪：《徐讦先生》。
③ 陈纪滢：《徐讦先生的生平》。
④ 萧辉楷：《天孙云锦不容针》。
⑤ 林海音：《徐讦“笔端”下》。

会现实的反映是违背现实主义的真实性原则的，而且还带有极浓的“伪饰”倾向。而徐訏对当时中国内地的大跃进乃至抗美援朝等重大事件的反映以及大陆人婚姻状况的描写，却具有相当的真实性和深刻性。按照现在评论界的分析，大陆文学对大跃进那段历史的认识是在七十年代末、八十年代初的伤痕文学和反思文学中才真正达到公正和客观的。如果我们把徐訏的《康悌同志的婚姻》与鲁彦周的《天云山传奇》作一比较，就会有许多有趣的发现。两部小说虽然同样表现政治权力对于爱情婚姻的主宰以及由此而来的人性异化，但写作时间上前者却整整早了二十年。有人称徐訏为一个具有“超前意识”的先锋作家，也不是完全没有根据的。另外，写于一九六六年，脱稿于一九七二年的长篇小说《悲惨的世纪》，以寓言的形式描写大陆的“文化大革命”，避开其政治偏见不谈，其最早用文学形式表达了“文化大革命”是一场灾难的思想，这无疑也是具有先锋性的。

在港台评论界徐訏被视为是一个“世界级”作家，认为“徐訏先生是文坛鬼才，也是全才，小说、新诗、散文、戏剧样样都来，也样样都精”[①]。在三四十年代的文坛上，徐訏作为“后期浪漫派”的代表作家，其小说声誉斐然。长篇小说《风萧萧》一九四三年被列为“全国畅销书之首”，“风靡大后方”，有人因而称这一年为“徐訏年”。[②] 林语堂曾指出，徐訏与常被认为是“中国的高尔基”的鲁迅同为二十世纪中国的杰出作家。虽然林氏对中国新诗一般都无好评，但却赞誉徐訏为唯一的中国新诗人，称其诗“自然而有韵律”，发自内心深处。西方汉学家伯图西奥里（Gillian · Bertuccioli）和帕里斯特莱（K · E · Priestly）也有同感，认为徐訏在二十世纪中国作家中稳固地居于领先地位[③]。司马长风甚至把他与鲁迅和郭沫若相比：“环顾中国文坛，像徐訏这样十八般武艺件件精通的全才作家，可以数得来的仅有鲁迅、郭沫若两人，而鲁迅只写过中篇和短篇小说，从未有长篇小说问世，而诗作也极少，郭沫若也没有长篇小说著作，他的作品除了古代史研究不算，无论诗、散文、小说、戏剧、批评，都无法与徐訏的作品相比，也许在量的方面不相上下，但在质的方面，则相去不可以道里计。”[④] 虽然这样的评论不见得就很公允，我们也很难完全认同，但它们至少从一个角度证明了徐訏在二十世纪中国文学上不可或缺的地位。但长期以来由于种种主、客观的原因，徐訏这样一位作家却一直以

①②③④ 陈乃欣等著：《徐訏二三事》，台北，尔雅出版社，1980。

“通俗作家”、“反动作家”或“逆流作家”的名义被排斥在我们的现、当代文学研究视野和文学史之外，直到八九十年代徐訏的价值才开始引起学术界的广泛重视。通过许多学者的努力，徐訏对于中国现代文学的贡献与价值已经形成了许多共识，但是对于徐訏的当代意义，以及徐訏对于中国当代文学的特殊价值似乎还重视不够。本文对徐訏香港时期小说创作现代主义特征的研究就是试图在此领域做初步尝试，抛砖引玉，希望引起学术界的注意。

徐訏小说的现代主义主题表征

徐訏早在大学时代就对现代主义的世界图式有着独特的体验与认同，他对心理学尤其是心理分析学的研究、对西方现代派文化和文学的大量吸纳也都不断强化着他的现代主义情绪。而到香港后，“在生活上成为流浪汉，在思想上成为无依者”[①]的困窘，更使他在探究“宇宙的广袤和时间的去处”等形而上问题时陷入了与西方现代主义者相同的悲观境地。徐訏的最终皈依基督教也可以说是他现代主义思想发展的必然结局。这方面，他一九五三年出版的《彼岸》和一九六六年出版的《时与光》作为两部直接表现作家对人生哲学化思考的小说，为我们理解徐訏的现代主义心态和宗教意识提供了很好的路径。

在徐訏一生的创作中，《彼岸》是一个非常特殊的文本。它集中了徐訏晚年对于人生、社会、爱情、宗教、文学，政治等的思考与探问。作为一种思想的载体，它某种程度上已经悖离了长篇小说的文体特征，熔诗歌、散文、故事、哲学于一炉，成为一部具有综合性的叙事作品。小说没有传统意义上的故事情节，整部作品都是主人公“我”——一个幻灭的灵魂对“你”倾诉。全书二十六章，前十五章是纯粹的人生哲理的冥思，是对生命和宗教境界的追问，有很强的形而上色彩和思辨意味；后十一章叙述了“我”的爱情故事，并借此来验证和阐释前一部分的哲学思索。可以说，真正意义上的“小说”是从第十六章才正式开始的。在这个部分里，小说展开了“我”与露莲、裴都和“你”的爱情关系，并通过爱情悲剧的展示，传达了对于人生、人性和命运的参悟。“我”本是一个准备自杀的悲观厌世者，出了疯人院来到海边，正是为了蹈海自杀。但露

① 徐訏：《回到个人主义与自由主义》。

莲拯救了“我”，她的纯真、热烈的爱情使“我”放弃了自杀的愿望。可是一个偶然的机会，“我”又遇上了裴都，并抵挡不住她的诱惑而赴了约会，这使露莲决绝地驾船出海自杀了。而。“我”再次沦入永劫不复的绝望苦海里。“我”忏悔，“我”绝食，“我”克制睡眠……精神与心理上都已濒临崩溃而疯狂的境地。这时，“你”又来到“我”身边，让“我”去看守灯塔，侍奉大海……从某种意义上说，《彼岸》的结构是一种纯粹的倒装结构，后十一章的人生故事是“因”，而前十六章的人生顿悟和思索则是“果”，小说的重心就在这“果”里面。如果说作品的后一部分旨在描绘生命的尘世境界的话，那么在前一部分里作者则探索的是生命的彼岸境界。作者的心态在这两部分也有着从世俗关怀向宗教和神性关怀的升华，他最终追问的目标是人、神、物三者完美结合的状态和理想关系。

与《彼岸》相似，《时与光》的故事情节也是围绕着主人公郑乃顿的爱情悲剧而展开的。作者旨在通过对不同的爱情体验、爱情观念、爱情经历的探索，寻求爱情与人生的意义。如果说《彼岸》展示了人超越此岸奔向彼岸的绝望救赎图景的话，那么《时与光》则更直接地对于人生意义、存在本质进行了形而上追问。两部小说的叙述者和精神主体“我”是一脉相承的，只不过在《彼岸》中“我”的精神超越之路尚未完全穿透尘世的生存地狱，而在《时与光》中“我”已彻底弃置生命，从而成为一个实实在在的孤独灵魂。两部小说都用第二人称倾诉的方式，但《彼岸》的诉说对象还是一个尘世生活中的“你”，而《时与光》的诉说对象却是神性的上帝，它的故事纯粹是一个刚把痛苦的肉体遗留于尘世而在虚空里飘荡的灵魂向上帝的倾吐。小说分为三部，第一部是“传记里的青春”，第二部是“舞蹈家的拐杖”，第三部是“巫女的晶衬”。三个部分象征着人生的三个阶段，象征着在“时与光”中人由青春走向衰老，最终奔赴死亡之门的生命历程。在作家看来，人只有“凭爱养活自己”。爱情之于人生正是一条“拐杖”，而舞蹈家的“拐杖”则是一种反讽，舞蹈家而不得不用拐杖正是一种无法消解的人生痛苦，它暗示出恋爱既是人生的必然，同时又是不幸和痛苦的渊薮。在小说中众多的人物及其错综复杂的关系也多具有象征性。萨弟美娜夫人是一个活在过去靠记忆而生存的生命；尤美达是一个自然安详的女子，她和郑乃顿的关系是一种朋友式的具有男性向母亲依恋色彩的关系；林明默象征着爱情理念的一面，是人所追求的美好事物和理想的化身……至于郑乃顿、林明默和罗素蕾三个人之间错综变化的爱情则象征着人生的必然和偶然。显然，在小说为“爱”所联结的人物背后，还有一个形而上的主宰，一把人生偶然与必然的钥匙，它统辖着书中的“时与光”。

可以看出，《彼岸》和《时与光》把神和上帝正式引入了文学存在，表现了对于人类精神困境的巨大忧患。而小说对于时间与空间、循环与轮回、此岸与彼岸、必然与偶然等终极问题的形而上思考，试图通过对人生残缺的反省与自审，在宗教的意义上提升和关怀人的灵魂，这也是徐讦晚年心态和思想轨迹的真实记录。联想到我们的当代文学史，直到九十年代北村等人才在小说创作中表现“终极关怀”，并引起了文学界的巨大反响，我们更应对徐讦这两部小说的先锋性给以足够的重视。如果说，这两部小说代表了徐讦作为一个典型的现代主义小说家的心态特征和精神特征的话，那么这种现代主义思索其实是涵盖了他香港时期的所有创作的。从主题层面上看，徐讦香港时期的小说对于现代主义思想主题的言说除了在《彼岸》与《时与光》所阐扬的之外，还在其他一些层面上契合着现代主义文学的精神情绪。其一，孤独感。孤独感一直是贯穿西方现代主义小说的一个重要主题。卡夫卡、加缪、萨特等现代主义大师都极善于在作品中刻画人物孤独的精神状态。徐讦香港时期的小说对孤独情绪的刻画也极其引人注目。《星期日》对一个老处女孤独寂寞心态的渲染、《黄昏》对老父亲因孤独寂寞而产生的变态心理的揭示都有着西方现代主义文学所独有的那种精神深度。另外，徐讦小说的主人公选择以“流浪”、“退隐”为生命的存在方式或归宿，其实也正是一种收缩内心的孤独感的体现。其二，失落感。徐讦小说的主人公毕生追求着“理想与梦”、追求着“爱”与“美”，但现实总给他以嘲弄与讽刺，满腔热情换来的往往是一杯苦酒。因而追寻的失落感也贯穿他小说的始终。徐讦说：“我还有许多恋恋难舍之执，如对于故乡旧游之地，对于久违的亲人，对于已逝的爱，甚至对于失去的赠物，每一想起我都痛苦哀念。”[①]《期待曲》中许云霓呕心沥血追求的女人终于不能等他回来；《百灵树》中男女主人公缠绵的爱情却因一场肺病而成永恒的残缺；《马伦克夫太太》中“我”童年的女神偶像再次出现时已是一个老鸨……徐讦香港时期的小说几乎全是一种“悲剧”和“准悲剧”。他的失落感源于一种深层的悲剧意识，对人生、理想、爱情、婚姻、家庭，他都有过执着的理想建构，但他最终摧毁了自己建造的空中楼阁，只好怀着一腔无奈的哀婉，追忆那逝去的梦。这似乎也正可以解释徐讦的小说时间总指向“过去”而不涉及将来的“定向选择”。其三，流放

① 徐讦：《书籍与我》。

感。对于西方人来说，当尼采宣布“上帝死了”的时候，他们就已经陷入了“无家可归”的境地。寻找精神家园的途程中，每个人都有一种被逐的痛苦。徐讦一生足迹遍布世界各地，“我一生都在都市里流落，我流浪各地，我到了美洲、欧洲，我一个人卖唱、卖文、卖我的衣服与劳力……如今我流落在香港”[①]。对于他来说思念故乡而不能回归是他永恒的遗憾。香港时期小说的背景，或是大陆的上海、北京、家乡农村等，或是香港当地。前者所写人物总是大陆人或大陆移民；后者的主人公也都是流落到香港的人物，但他的流亡心态则几乎是相同的。在流放感和放逐意识中生活的移民，其精神困境往往是无以克服的，想不开的如《过客》中的王逸心用自杀的方式来逃避；想得开的如《黄昏》中的吴觉逊，在钻石山造了一座房子，就心灰意冷地住下来。其四，虚无感。徐讦对自己的生命有很强的悲观感受，在一首诗中他写道：“翻两个跟头，一声叹息，几十度春秋就成了七拼八凑的生命。”[②]在香港时他还曾说：“自杀还用得着问为什么吗？我也天天想自杀，只是没有勇气。”[③]在《幻觉》、《江湖行》、《炉火》等小说中他把这种人生的虚无感上升为一种支配人物生命方式的人生态度，而在《盲恋》、《烟圈》等小说中，他则通过象征把虚无感抽象为一种人生哲学。《盲恋》宣称世上没有爱情，只有“盲目才配有爱情”;《烟圈》中把人生比作一个个虚幻而短暂的“烟圈”,作者的心已很冷了。不过,在徐讦的小说中,他的虚无感和宿命感是紧紧联系在一起的。他关注人生的偶然性,强调命运与轮回、因果与报应等等,这无疑在西方现代主义哲学中又融进了某种东方哲学的酵素。

需要指出的是，我们上文对徐讦小说现代主义主题倾向的分析是建立在他小说的一个贯穿性母题之上的，这个母题就是对于丑恶人生的批判。徐讦算得上是一个“性恶论者”，他笔下的男人世界和女人世界都是灰暗一片，出现了不少“男子恨者”和“女子恨者”。他甚至认为“所有女人的犯罪都是男子的罪恶”。《旧神》叙述一个杀人案件：王微珠到上海后与三个人恋爱，留美学生程协旦始乱终弃，王微珠受到刺激后以自己的身体做交易找程报仇，杀死了三个男人。小说既写了男子的荒淫、无信的恶性，又表现了女子的轻佻、复仇欲和疯狂性，而且两者互为因果，突出了人性皆恶的主题。《杀机》则在人物的心理忏悔中，写出了人本能中兽性与人性的厮杀，并借故事主人公的口吻说出了

① 徐讦：《鸟语》。

②③ 雨萍：《心香——献给徐讦先生》。

“每个人都有杀机”的主题。含章、遥敏两个朋友都爱晓印，而晓印则爱的是遥敏。但偏偏命运让晓印嫁给了含章。多年以后，三人重逢，含章发现晓印仍爱遥敏。夜间失火，晓印置女儿于不顾而救遥敏，含章出于本能的嫉恨用梯子堵住窗口企图置遥敏于死地。而逃离火海的遥敏却因误以为敲门的是含章而故意没有救她。两个男人就这样“谋杀”了一个美丽女性。如果说晓印的执着的“爱”是一种美好的人性的话，那么她被烧死则是一种象征，既象征着男子的性恶对于“美”和“善”的毁灭，又象征着他们伪饰的面纱被烧毁，而暴露出了本性中的丑。总的来说，人性恶的母题和孤独、失落、漂泊、虚无的情绪是互相联系又互相深化的，他们共同建构了徐訏小说现代主义的主题模式。

徐訏小说的现代主义艺术表征

徐訏的现代主义除了在主题模式上契合了西方现代主义时世界图式之外，相应的在艺术表达上也有着与西方现代主义近似的艺术范式。而也正是在艺术传达上徐訏的现代主义显示出了他卓尔不群的艺术个性，既超越了西方现代派大师们艰深晦涩的风格，也超越了同时代和他之后的中国作家进行现代派式模仿的观念化痕迹。他成功的艺术经验就在于对现代主义进行了中国化、浪漫化和通俗化的创造性改造。

首先，现代主义的浪漫化。徐訏是一个对浪漫主义情有独钟的作家，同时他又是一个对西方现代主义哲学和文学有精深研究的作家，这为他把现代主义融化进浪漫主义提供了条件，他的小说中对各种现代主义的艺术技巧诸如意识流、心理分析、感觉描写等当然是使用得炉火纯青，但现代主义在他的小说中实在是高度浪漫化了的。其一，精神分析的浪漫型运用。随着弗洛伊德心理分析学说建立，现代作家对人物精神世界探索分析可以说达到了一个前所未有的深度。徐訏也是一个对弗洛伊德学说有过系统研究的作家，他的文本世界某种程度上说正是对弗氏人性哲学的一个有效验证。徐訏极其善于对人物生存心理的刻画，尤其对人物恋爱心理的刻画方面二十世纪中国作家中出其右者实不多见。《盲恋》写人物的心理冲突惊心动魄而又极具艺术感染力，用司徒卫的话说，“无论是利他和自私，欢乐与忧愁，或希望或失望，都生动细腻而深刻”[①]。徐訏还特别热

① 司徒卫：《五十年代文学论评》。

衷于描写病态人格，深入人物的深层潜意识，表现人的本能冲突。他的小说中精神病患者也很多，作家常常在对他们精神状态进行剖析的同时，直接借精神病人之口来分析社会人生与人性。《期待曲》、《彼岸》、《婚事》、《犹太的彗星》等小说都以刻画精神病患者的心灵历程见长，而《彼岸》中的“我”，更是对自己的精神病症进行了犀利解剖。这些小说对病态人物、病态人性和病态心理的分析可谓丝丝入扣，惊心动魄，但徐讦的高明之处在于他总是把对人性意识和精神冲突的剖析融于具有故事性和浪漫色彩的文本中。在他的小说中精神分析仍为故事情节和情绪所决定与左右，并时常成为浪漫主义主题演进的一种方式和途径，这就很大程度上把精神分析浪漫化了。其二，意识流与唯美主义、浪漫主义的高度融合。徐讦是一位深得意识流精髓的作家。《炉火》、《逃亡》、《彼岸》等小说中意识流的运用已经具有了结构性功能，它已不再仅仅是一个艺术手法或技巧的问题，而是成了决定小说风格和面貌的根本性因素。徐讦小说中的叙述者常常处于独白状态，这种“自言自语”某种意义上正是意识流的外化。《炉火》写画家叶卧佛从精神病院回家后因寻找一幅画而引起的意识流动。一幅画勾起一个动人的故事，在精神错乱的状态中时空跳跃幅度很大，而人物的意识流也最终把主人公投入大火之中。这篇小说最能代表徐讦运用意识流手法的成就。但是徐讦的意识流又不是纯粹意义上的现代主义意识流，而是一种融入了唯美主义和浪漫主义的意识流。徐讦总是以第一人称视点来叙事，通常采用“独白”的形式，倾诉、忏悔、反省莫不如泣如诉，感人心脾。这种意识流极有利于凸现小说抒情主人公的形象和强烈的主观色彩。他小说中之所以能始终矗立一个伤感而多情的抒情主人公形象，并赋予小说以情绪化、心理化的色质，应该说作家对意识流的抒情化功不可没。而且，徐讦的意识流总是能还原为一个浪漫而美丽的故事，即使《炉火》、《逃亡》这样纯粹的意识流小说也都植根在一个带着梅里美式美感与神秘的浪漫故事之上。这也许正体现了徐讦唯美主义的艺术态度，他对美好人性和爱情的讴歌甚至借助于最善暴露心理丑恶的意识流手法来实现，这在很大程度上完成了对意识流艺术旨趣的唯美主义改铸。其三，荒诞派思维与魔幻色彩的浪漫主义渲染。现代主义强调对生活的非理性的直觉的把握，“所表达的外界是紊乱歪曲的人生，所表达的是压抑错综的感觉”[①]。徐讦也极重视刻画人物的感觉、幻觉与直觉。《盲恋》写一个盲人对音

① 徐讦:《回到个人主义与自由主义》。

乐的感受力达到了出神入化的地步；《江湖行》对海伦弹琴的描写，与白居易的《琵琶行》有异曲同工之妙；《气氛艺术的天才》写人的特异嗅觉功能更是具有神奇魔力……可以看出，徐讦对各种感觉、幻觉的描写已更多地融入了荒诞派的思维和魔幻色彩，这可以说是对现代主义和浪漫主义的双重契合，不但丰富了浪漫主义的艺术技巧，而且也使现代主义的荒诞性与魔幻性注入浪漫主义血液后获得了新的生命活力。应该说，徐讦小说创作中对现代主义艺术手法的运用是广泛而深入的，但徐讦的艺术目的似乎更多地是为了用现代主义来充实和丰富浪漫主义的艺术体系，在这种情况下现代主义情绪被包容在浪漫主义情绪之中，现代主义的表现手法被浪漫化地加以改造是一件十分必然的事情。事实上，徐讦对现代主义的浪漫型运用，不仅丰富和提升了浪漫主义的艺术品位，使浪漫主义的滥情倾向得以有效地被克服，从而具有了深刻的哲学内涵和厚度，而且也为现代主义的推广和运用，为现代主义走向读者作了有益的尝试。

其次，现代主义的通俗化。徐讦对现代主义艺术的融化和创造性转化除了表现在对现代主义的浪漫型运用之外，另一个重要方面就是对现代主义小说形式的通俗化转换。对于徐讦来说，深刻的现代主义主题、浓烈的浪漫主义情绪、通俗化的小说形式是水乳交融地联系在一起的，徐讦艺术世界的全部魅力和奥秘也正可以从这种联系中去寻找。关于徐讦在现代主义通俗化方面的追求，我们也可从下述几个层面加以分析：

其一，现代主义主题与传奇浪漫故事的遇合。徐讦的小说总是表现对于世界对于存在的深刻的现代主义追问，但这些追问总是依傍着传奇性的浪漫故事而发生的。他从不作玄奥的哲学抽象和玄想，而总是把形而上的思索融化在故事情节中，从故事的变幻曲折中透视、折射出现代主义的思想和情绪。可以说离开了充满传奇性的故事情节就没有了徐讦的小说，也没有了他的现代主义风格。徐讦小说故事的传奇性集中体现为这几个方面：一是故事背景的异域格调和边缘色彩。他小说背景总的说来有异域他乡、都市“特区”和旅途世界三种类型。异域他乡以特有的“新奇”和“诗味”，传达出一种浪漫情调和神秘色彩；都市“特区”、夜总会等消费性的边缘生活也正是一种浪漫心态的表现；“旅途世界”中，“人在旅途”的流浪既是主人公被迫的命运，又是他主动的选择，这是一种超越现实的努力。因为孤独的心灵，需要变动的生活去充实、刺激。一方面，这三种背景无疑是传奇、浪漫故事发生的温床；另一方面，这三种背景又为主人公宣泄表达孤独、绝望、漂泊等现代主义情绪提供了机会。二是人物的传奇性。徐讦小说中的主人公都是超脱现实生活轨道的“奇人”，有和尚、尼姑、巫女、精神病患者，还有舞女、白痴、交际花等，这些人既以富有传奇色彩的经历给小说一种浪漫神秘的气氛，同时在他们特殊的人生体验和遭遇中，又深切地传达出一种现代主义式的生存感受。三是情节的传奇性。徐訏的小说总是充满曲折生动的故事，有人就曾评价说：“他的小说充满浪漫色彩，情节富有戏剧性，他从故事的角度，写生命的哲理和宇宙的玄奇……”[①] 徐訏确实有编造故事的才能，他在中外传统小说故事格局的基础上，以增强故事传奇色彩的艺术手法，使小说中的故事具有很强的新鲜感，奇异感，陌生感，从而增强了作品的可读性。《痴心井》、《百灵树》、《盲恋》等小说虽然演绎的是现代主义的哲学主题，但也同样充满了故事悬念的设置和解扣，并由此获得了巨大的传奇性。然而，徐訏小说的传奇性又与作为通俗小说杰出表征的传奇性有本质的不同。徐訏的传奇故事不是为传奇而传奇，为故事而故事，在传奇之外更多的却是人生思索和生命的感悟，以及那种浓得化不开的现代主义生存意念。传奇的哲学化，使得徐訏的小说既有了一般通俗小说的可读性，同时又更有一般通俗小说所缺乏的深刻的思想蕴涵。在这个意义上，徐訏的传奇故事只是传达现代主义主题的思想框架，但他又与所要传达的现代主义情绪无法分离，到了你中有我、我中有你的境地，这不能不说是一种很高的艺术境界了。

其二，语言的哲理化和通俗化的结合。徐訏之所以被人称为“通俗的现代派”，不仅在于他善于以生动、传奇的故事演绎现代主义的主题情绪，而且更在于他能以清新、优美、通俗的文学语言阐述对形而上和现代主义情绪的思考。徐訏的诗歌在这方面算得上是杰出的代表。进入徐訏诗歌的语言世界，我们首先就会有一种强烈的反差感。他诗歌的主题意识呈现出一种鲜明的现代派情绪，表现了对现代派艺术和人生哲学的认同，而他的诗歌语言形态却表现出对现代派语言方式的拒绝和抛弃。他不但不求现代派诗歌的晦涩、朦胧、模糊的艺术效果，反而提倡一种清新、自然、朴素的风格。他的诗歌不但不存在“读不懂”的问题，而且更具有一种通俗化色彩。他的小说语言就更是如此。徐訏的小说文体呈现出新鲜清丽的优美风格。他的“文笔极秀丽，有一种清新之趣”，而且“笔清如水，诗意洋溢”[②]。他的小说语言明显地烙上了诗歌语言方式的烙印，词语清新朴

① 陈乃欣等著：《徐訏二三事》。

② 王集丛：《怀念徐訏》。

实、活泼明快，同时又善于抒发生存的哲理，但这种哲理不是以现代派式的深奥艰涩呈现，而是以诗性的哲语、美丽的色彩画面渲染传达出来。因此，他的小说虽然具有强烈的哲学化倾向，在《彼岸》、《时与光》等小说中几乎通篇贯穿着对宇宙、时间、生存、意义等哲学问题的思考，但文字上读来却流畅明快，毫无沉重滞涩之感，这是因为徐讦已经把现代主义的思想情绪用通俗化的语言之网进行了美学过滤。这使读者在通俗性文本的阅读中迅速地获得的是现代主义的哲学体悟，徐讦使现代主义通俗化的良苦用心大概也正在于此。

结 语

徐讦无疑是二十世纪中国文学史上一位具有不可替代性成就与风格的作家，他对于二十世纪中国文学的贡献是多方面的。本文对于徐讦的解释视角实际上是非常片面的，但即使如此的以“第三只眼”看徐讦，徐讦也仍然呈现出了他巨大的不可替代的文学史价值。我个人认为，徐讦对于中国当代文学的意义至少体现在下述几个层面：

其一，对比于五六十年代大陆文学创作的单一模式和“空白”景象，徐讦等移民作家在香港的创作，无疑是同时代中国当代文学最有成就最值得珍视的部分，它们对整个当代中国文学的版图来说是一种难得的修补和充实。我们要感谢徐讦这样的作家在那个贫乏的文学时代以他们不同的“声音”为中国文学做出的特殊贡献。

其二，徐讦香港时期的创作完成了他个人创作的新发展与高潮，这与同时代大陆作家的“创作断层”现象形成鲜明对比，这对研究中国作家的创作心态和文学生命力无疑极其有益。二十世纪许多中国作家的文学历程中都可以明显地看到一条“向下滑行”的文学轨迹，这其实也是许多西方学者否定中国作家文学水平的一个原因，他们认为一个作家不能持续向前发展提高而是在某个创作高峰之后迅速呈现“下降”趋向，这只能表明这个作家还不具备一个大作家的真正素质。而徐讦在这方面提供了一个相反的例证，他的经验值得珍视。

其三，从二十世纪中国文学发展的完整线索看，徐讦等移民作家较好地在当代文学阶段延续了国统区和五四文学精神传统，而同时代的大陆文学则基本上割断了与五四文学的血缘联系只是片面地延展了延安文学的传统。如果我们要完整梳理二十世纪中国文学的精神线索，要完整理解二十世纪中国文学的发展道路，徐訏这样的移民作家的参照价值是无以替代的。

其四，徐訏在香港时期的创作取得了丰硕的成就，被称为“香港第一作家”，还一度有人提名让他竞争诺贝尔文学奖，他在艺术探索上的功力当然是相当深厚的。但徐訏同时又是一个极受欢迎的“畅销作家”，徐訏把现代主义浪漫化、大众化的努力应该说是二十世纪中国文学值得珍视和总结的一条艺术经验。他真正为我们拆除了“雅”、“俗”对峙的樊篱，其“雅俗共赏”的成功经验甚至对我们八十年代以来的那些先锋派作家如何走出困扰中国文学数十年的所谓“曲高和寡”的艺术怪圈也有着有益的启示。

其五，在纷繁混乱的二十世纪，我们的作家为历史、现实、政治等等而付出了沉重的文学代价。徐訏的成功为中国作家如何保持艺术上的纯洁性、创作风格的独立性和对于现实的超越性提供了异常宝贵的经验。

《当代作家评论》一九九九年第一期

当代启示录
——高行健话剧世界面面观

夏　刚

编辑同志：您好！

寄上拙稿《当代启示录——高行健戏剧世界面面观》，请审阅。

撰写此文的动机，与其说是对高行健几部引起争鸣的作品表态，不如说是想填补一个空白——从戏剧美学的角度、根据他（而非单个作品）的总特征，指出是非得失。在高行健作品随“创作自由”之风复活、《野人》产生莫衷一是的巨大反响、《现代折子戏》（原载一九八三年《钟山》，从未受到评论家注意，但恰恰是理解高氏世界的钥匙，因此本文以较多篇幅展开论述）拟议上演之际，相信本文会起到抛砖引玉的效果。

和发表在贵刊上的三篇拙文相比，本篇有意识地采取了一种新的写法，试图追求新的风格。评论方法不仅取决于评论者的主体条件，也要取决于批评对象的客体条件，这是我的一贯主张，因此评《绿化树》时重思辨和严谨，评《腊月·正月》时重灵性和文采，评一九八四年中篇小说时重气势和“热点”。至于评高行健时是否做到了形式最大限度地容纳内容、主体最大限度地接近真实，就有待你们评说了。

有几点需要说明：(1) 结构是采用新闻五要素分析法，每大段中的若干小段又各自形成“意味群”（而且力求简短，以取得快节奏和大信息量），力求在各断面的组合反映全貌，文中加重点号的“不连续的连续”、“非逻辑的逻辑”……厦门讨论会的结论之一是“运用某一种研究方法的最高境界应该是‘看不见方法’”，本文正是想达到这一目标。(2) 文中若干段落有意取消标点符号，是想将“意识流”引入评论领域。我认为评论者也有一些潜意识的东西，如上升到表层意识就可能因种种考虑（如是否紧密扣题或合乎时宜）而删除，其实这种未经开发的处女地上倒可能结出硕果来。另一点考虑是想吸引读者，就像单调的长距离公路上时而出现一些特异的布置（路标，粘贴画，雕塑……）可消除疲劳一样。事实上，不带标点的部分可能给读者留下更深的印象，因为他们要逐字去理解。

祝贵刊顺利发展！

夏 刚 一九八五年七月一日

话剧的发展受众多清规戒律和物质条件限制，话剧在鼎盛期过后陷入低潮而少见回升趋势，话剧传入中国后长期被传统趣味和政治、经济功利主义束缚，——因之，做剧作家难，做当代剧作家更难，做中国当代剧作家则难上加难。

如果把戏剧艺术之门也比作地狱入口，那么，对于不守旧、不训政、不媚俗、不愿重复自我的求索者来说，像骆驼穿过针眼般地入门之后，展现在面前的，绝不会是坦荡的阳关大道。高行健正是在遍布荆棘的夹缝中知难而上的。

他在现实中恰好处于三面被围的境地：右边，“时髦姑娘把头发一甩”，向他索取可口调料；左边，“忧郁症患者鄙夷地瞪了这主儿一眼”，怪他忽略说教功用；后边；“长者则旁若无人，目不斜视，更为尊严地”[①] 要他恪守经典法则。

在与环境的冲突中，他别无选择。“那前面的声音叫我走。”（鲁迅语），但他决非天马行空，而是时时清醒地意识到理想与生活的距离。须知他面临的课题，首先便是怎样做中国当代剧作家，其次才是怎样做当代的剧作家和纯粹的剧作家。

他在六个半剧作中进行实验，把突破口放在话剧艺术观念体系的更新上，把精力投入思维空间和表现手段的拓展上，把希望寄托在接受者鉴赏水平的提高上，试图用以虚击实的战法，打破阻碍话剧独立为高级艺术的闭锁现状。

天下之至柔驰骋天下之至坚（《道德经》）硬件总是无条件地执行软件指令观念的变革是最隐蔽而又最彻底的变革就像权威营养师的意见会产生新的消费需求由此影响国民

① 高行健：《模仿者》。

经济宏观布局而从根本上调整集团性饮食结构甚至能改变整个人种素质。

面对积重难返的病症，古老针灸疗法的精髓，很能给人以启迪。温和而持续地刺激要害部位，可促使机体积极地自我调节。高行健选择了艺术形式的穴位，这就能立足于飞地，徐缓但执着地谋求治本。

当然“台风眼”的平静也不是绝对的。你知道他为什么大写人们在“秋风冷雨”中、在风口和低气压下挣扎吗？[①]《躲雨》中涉世未深的少女“恨不得脱光衣服，让雨水淋一场”时，旁边的老人又为什么“立刻站起，咳嗽”呢？

历代迁客骚人深知风流总被雨打风吹去只有不识时务的郑板桥狂呼任尔东西南北风再离群索居的文士也至多退到龙蛇影外但又置身于风雨声中要没有风声雨声风雨声声声入耳的习性高行健恐怕也无法以敏锐的感受构筑多声部世界

大凡听觉发达的艺术家，对现实多采取观照而非凝视的姿态。旨在摒弃表象干扰的虚静，有别于“耳听为虚”的虚妄。当台词的混合音响在鸟瞰整体的频道上汇聚时，我们就发现了高行健的制高点——“从三十三天上发想”。[②]

这天与地的距离，正和他与现实的距离成正比。他犹如从地面走上立体交叉桥的顶端，这里，“沉默的人的音乐象一种宇宙声，飘逸在众多的车辆的轰响之上”。它以“宏大然而诙谐”（《车站》）的基调，展示了一个混沌而又透明的天地。

高行健戴着入世和出世的复合眼镜，在高层次上透视现实世界和艺术世界的立体图面。在穿越他设置的迷宫时，唯一的捷径也许是避“实”就“虚”，着眼于作品中五W要素各自和相互的主次、远近、明暗、清浊、静等微妙关系。

在他散文化的写意剧及其心理现实主义指导思想中，在他降低戏剧世界各种成分的绝对地位以提高整体表现能力和效果的“反戏剧”追求中，隐藏着一个保证其人其戏安身立命的支点，即协调、平衡、融合上述差异的相对主义。

高行健爱在演出建议中和盘托出意图，这就迫使评论家揣摩他的深层思路。要想做到爱伦·坡小说《窃信案》中的神童那样百发百中，几乎是奢望。好在文学研究允许在实像外制作虚像，至于推论恰如其分与否，“我把自己交给未来裁决”（左拉语）。

---

① 高行健：《车站》、《喀巴拉山口》。

② 廖燕云：“作文亦然，须从三十三天上发想，得题中第一义，然后下笔，压倒天下才人。”

当今中国话剧的症结之一，是实像高远而虚像浅近，大写的WHAT（要写的主题）轻于小写的What（所写的题材）。这种失调症令人忆起往昔的倒错：“青山着意化为桥”的诗心用于务实的建设，检验标语口号效果的尺度即拿来要求文艺。

用“准确、鲜明”等虚亦实之的入世眼看，即使是包含道德训诫的《绝对信号》、《车站》和《野人》，也显得空泛、轻飘。至于通过偶然事故感慨生命力之顽强的《喀巴拉山口》，简直就是前不露头、后不见尾的软体动物了。

高行健不用“纲举目张”的主题去剑拔弩张地追求立竿见影的实用效益。他不呈上贴“十全大补”标签的浓烈药酒，而安排你在林间散步。你不必留意简约的路径和树木，只需放松地呼吸新鲜空气，自然地舒筋，活血，开窍。

斯氏的表演贴近生活主义被视若神明，也是由要求思想贴近生活的正统艺术观决定的。“难道我们女人就是象您画的这样吗?”某贵妇抨击马蒂斯的变形处理，但她却不懂得：虚则实之，实则虚之，是艺术家和鉴赏者的共同特权。

正如生态学家被误认为“找野人的”，艺术家往往被当成照相师或布道师。但如果不去庸俗地直奔主题，就能悉心体会到动机的分量。如《野人》的本意，不单是呼吁保护环境，更在于表达对原始力量蒙昧、纯朴两面性的思考。

高行健追求高超的立意，或许是基于如下判断：在观念转换的时代感到精神饥渴的人们，既然不吝金钱和时间走进剧场，想必是希望得到不同凡响的启示，以调换被影视搞腻的胃口，而且他们对不变形的日常多半抱有逆反心理。

于是，他借助日常现象与超日常寓意的价值反差——无穷小与无穷大，唤起人们的美感享受——惊奇。《车站》就从青萍之末观天地万象：众人进城、等车、走开都平淡无奇，但借此讥讽依赖心理，礼赞进取精神，可谓言近旨远。

高行健对离间效果的融会贯通，已超出技巧范畴。他将“日常的陌生化”（布莱希特语）原则运用于内容，鼓励人们在意念化的现实中参与现实的意念化。为此，他拒绝以悬念、巧合等机关出奇制胜，而通过客观真实的折射求得主观真实。

传统戏剧期望以具体情节造成持续紧张，随时抓住观众的注意。但在今天，单靠集中人工编造的异变高潮，话剧也还是无法与影视抗衡。高行健则想在形而上领域发挥话剧优势，所以用无形的心理冲突替代有形的戏剧冲突。

"这个寓言是什么意思呀?""要您自己领会去。"[①] 他以无为唤起观众的有为。减少情节可能丢掉市场，但会使观众更注重其他戏剧因素。多用象征可能引起误解，但在成为剧场真正主人的观众心中，作品将获得更多样的感受。

从高行健的戏剧世界中，很难剔出单一的主眼。作品的多中心、主题的多义性、思想的多无论、逻辑的多值、观察的多角度、内容的多样化，既是在内涵上追求极致的结果，又是争取观众的手段——让他们从多棱镜中各取所需。

高行健在形而下世界里只掺进最低限度的人工想象力，而着力发掘普通人在与内心或外界对立时的隐秘意识。这样，艺术结晶反而更接近想象力的初始目的。形象思维和逻辑思维系统地同步运转，无疑会使观众得到更大的收益。

平凡的心理冲突若能引起广泛共鸣，首先要归功于其特定性小、即时性弱和覆盖率大。譬如《车站》中或去或留的决策，就是人人心中皆有的"人生的难题"。[②] 似曾相识的心象风景，很容易挠到观众的痒处，唤起种种微妙联想。

高行健的心境戏剧，好比玄妙的无标题音乐，似乎缺乏将所有旋律密接为一体的内聚力，但散文化的结构却像疏而不漏的天网，总会在因观者而异的一点或若干点上，闪烁出内容不同的生活真谛（真理）和艺术真谛（诗意）之光。

高行健对受口头故事文学熏陶的市民趣味的反拨，未使他与市民生活井水不犯河水。《躲雨》的美学议论和感情分析便透露出，他的超日常欲望正是来自日常。在他的辞典里，"心理现实主义"定义中的"心理"，是修饰语而非中心语。

《躲雨》遍布哲理，但句句落在生活的实处；《喀巴拉山口》充满险情，却处处隐蔽着意念的影子。在抒情和叙事的糅合中，如同《野人》末尾怪兽登场的高潮一样，高行健推出自然界内的超自然力量，造成催人顿悟的冲击波。

强烈的变革意识，有时会驱使艺术家走向概念化的极端。《行路难》和《这主儿》同是尝试以冲突形式为内涵，前者在四个丑角的相互掣肘中，兼顾了心理的具象化和现实的抽象化，后者却因假想对立面的符号化而失之于过"虚"。

质朴的外衣若是刻意为之而成，岂不与非情节化的美学依据——艺术手法及其效果

① 贝克特：《等待戈多》。

② 王蒙也在《高原的风》中借"越等越不能不等"的复杂心态，触及了等车行为中的决策论。

的返归自然——南辕北辙?《野人》对理性泛滥的抑制，未见得是受《绝对信号》因戏剧冲突获好评的鼓舞，而是要以自己的情动于中打动观众。

形而下世界与形而上世界、情节与主旨、作品与观众的关系，就好比水和船——水枯船搁浅，水涨才能船高，水猛则船覆没。高行健对水位的调整，像是要使浮力恰好够船轻快地游弋，那光景令人想到“水静河深”的古老谚语。

“文以载道”的命题，必然伴随“道”的表露方式课题。传统话剧多将冲突的浓缩液纳入直线管路，通过连续单向冲击爆出高潮。高行健的外射渠道，却像旋转式多孔浇灌机，全方位地、均匀地、细腻无声地渗透着、滋润着。

他的艺术气质似乎属于外冷内热型，创作方式则像外松内紧的水鸟运动。他的丰厚可用“包子有肉不在褶上”来形容。《野人》“粘在一起分不开来的馄饨皮”般的结构，与非情节化的淡泊色调一样，象征着他那大巧若拙的深沉。

他在《绝对信号》和《车站》中大胆地取消场次，旨在分别强调同一时间内的空间移动和同一空间内的时间流转。这两种调节时空的手法在《野人》中得到并用，以求将《绝对信号》的现实感和《车站》的时代感合成为历史感。

《车站》的时间哲学和《野人》的环境哲学，有助于理解他的结构法。“日常的历史化”（布莱希特语）法则的扩大运用，使日常的空间随时间的超日常进行变化。较之具象的社会——凝固的历史形态，他更注重抽象的时代——流动的存在场所。

《野人》以“章”划分场次，以歌谣贯穿全剧，是很值得玩味的。高行健的结构模式，较之建筑（凝固的音乐）型，更接近音乐（流动的建筑）型。不把握住时空各自内部和相互间的对位距离整体流动感，我们就不可能深入其间。

埋伏在无场次结构时空运行中的另一机微，是调节时代感和现实感之间距离的节奏感。高行健戏剧的内在活力是弹性，顿挫有致的信息传递速度，参差交错的情景组合方式，同时满足了现代生活运动和古典艺术韵味的双重需求。

高行健戏剧时空的理想状态，正如他对情节的要求一样，是自如流畅，避免断然分割。随着冲突发展的结构黏合力减弱，时空运转本身作为结构主线得到强调，这就在个人的具体命运之上，浮雕般地突出了环境的抽象支配力量。

高行健对道具和布景的简化处理，不仅从技术上保证了时空运转，更从哲学上体现了环境的日常化和寓意化。空间静止造成的视觉印象与时间流逝触发的思绪动摇，使观众遨游于波普的世界之间，参与历史——艺术化的生活。

正如高行健对舞台空间要求的那样，他宁愿放弃纵深度以拓宽横断面的广度。纷纭繁杂的生活浪花大跨度地涌来退去，与其说是为着发挥话剧作为连续流动的造型艺术的极致，不如说是要解消从固定窗口管窥的局限性和压抑感。

他把观众拉到大写的WHEN和WHERE上，审度自己所处的小写的When和Where，由此产生大而化之的幽默感，将种种令人沮丧的现象付之一笑。在感情奔向沸点的途中，他能以发散紧张的清凉剂及时压抑，达到怨而不怒的效果。

仁者乐山知者乐水仁者静知者动（《论语》）动生于静非风动非旗动乃心动人在桥上走桥流水不流（禅宗语录）我乘风而来随水而去我又是风我又是水（川端康成）飘飘何所似天地一沙鸥/时间七八千年前至如今地点一条江河的上下游城市和村庄（《野人》）轻舟已过万重山

"逝者如斯，不舍昼夜"的感慨，既可以包含"浮生若梦"的无常，也可能归于"逝者如斯，而未尝往也，盖将……自其不变者而观之，则物与我皆无尽也"[①]的达观。高行健的历史感就不同于拘泥个人内心的西方现代颓废话剧。

《等待戈多》在形式上毋宁是拘谨的，仅仅"迈着僵硬的，小小的步子前进"。它至少没有以钟长的错乱构成四维空洞，——同是运用这种怪诞手法，高行健的《车站》要比他译的《秃头歌女》（尤内斯库）更活跃、开放和有真实感。[②]

戏剧中的心理冲突，是高行健与现实间矛盾的缓冲表露。同样，时空的剪裁，组合和规模、内涵，可以觅见他与世界交流的方式：以"坐地日行八万里"的浪漫想象多角度地环观人类，而非坐井静观天动般地向壁倾吐些微心事。

高行健看似随西方现代文学潮流而动，但由东方写意文学的精髓栽培的根底却不轻易动摇。他所受的法语教育未影响本民族语言的纯正运用，就很耐人寻味。《车站》可以称为中国的《等待戈多》，但决非《等待戈多》的中国版。

高行健和贝克特一样，正视并反映了大动荡给本民族带来的精神危机，但前者含蓄

① 苏轼：《前赤壁赋》。

②《秃头歌女》的挂钟根据人的情绪改变力度和节奏，但现实时间并不因此错乱。《车站》的人物却实在地相信十年在一瞬间逝去而变得苍老，作者也使了障眼法："人物的年龄均为出场时的年龄"。

的表情中隐藏着向上的焦躁感，后者外向的饶舌掩盖不住颓唐和冷漠——这种心如枯井的不可知论，又导致创作观察点的凝固和舞台时空的静止。

由此看来，冠以“现代”之名的《模仿者》等四出“折子戏”，倒是在封闭的结构形态中显出了保守性。“返归传统”的《野人》，反而发挥了主观能动性，因此，过去、现在和将来安排句式的对位复调重叠，在瞬间中道出了永恒。

作家的时空观取决于思考方式。高行健的运动视点和跳跃结构，最符合中国古典艺术发想——散点透视。“三一律”的焦点透视法被奉为洋教条，除放弃对“文明戏”的民族化改造等原因外，恐怕还与土教条八股的线性思维有关。

如果不摆脱三维空间感觉，《清明上河图》和毕加索的《格尔尼卡》就难以获得超日常的艺术魅力。高行健以点染法拼接多个生活断间，于是在分子水平上垒起巨观世界。我们不得不深入种种背反现象，从中寻找他的弦外之音。

运用色彩音乐原理描述高行健的戏剧世界，总光谱上大概会随机地分布着斑驳杂色。与局部细微而整体晦涩的近距离观感不同，旋转的大型七巧板在远距离上呈白色基调——这是他将生活和艺术的本质加以提纯的恬淡心境使然。

白色似色非色透明似无实有万物生于有有生于无有名天地之母无名天地之始（《道德经》）兵无常势水无常形兵形象水水之形避高而趋下兵之形避实而击虚形兵之极至于无形（《孙子兵法》）无法之法是为至法（郑板桥语）作家东一笔西一笔读者不知不觉受到感染[①]

高行健戏剧世界的确立、表达和接受，需要一种近乎无心的有心态度。没有貌似不自觉的自觉审美眼，各局部剖面很难熠熠闪光。正如剧中无所不在的语言风格所显示，他以杂乱的点、线和大段空白，创造出无序中的有序意境。

高行健以角色的琐语闲话扩充舞台广度，以自己的无言之教补充纵深度。因此，当语言分子的胡克运动告一段落后，混浊的液体就得到澄清，现出某种本原性动机——或是为着表现巴比伦塔中的隔阂，或是为着宣泄内心的意志。

高行健的语言有很强的符号功能，如点彩画的细孔，既构成整体的意义，脱离整体后又会失去意义。《车站》的语言信息观——“沉默为金”，与作者在情节上的不故作惊人之笔相合拍，形成空白中的充实——言有尽而意无穷的效果。

---

① 高行健：《现代小说技巧初探》。

语言是话剧的基本要素，但“话剧性‘话’”的认识，是否会削弱“话”对“剧”的服务作用呢？经高行健淡化处理的台词，自然不如传统话剧那样字字珠玑，但他正是想通过更接近生活的随意挥发，追求小信息量中的大信息量。

高行健的深意很少形之于字面，就像他的价值很难从单纯的情节中发掘。他给人的最大启示，恐怕是通过某种缥缈的整体风格，构筑“整体戏剧”的整体发想。他的实验的最大意义，则是改变二维平面扁虫式的思维和接受方式。

在甩开单细胞单向运动的惯性后，我们就更能理解，为什么他那里既没有按图索骥的头绪，也没有“芝麻，开门”的咒语，而是以一把钥匙开百把锁的灵感思维，在无规律的渐进积累中，打通自己和接受者顿悟的开放曲线通路。

在高行健的与常理相悖的时空调度中，我们已经领教过某种超自然力量。自由联想使作品呈非连续的连续，《野人》的广阔规模正出于此，如象征生态学家与妻子“吹了”的口哨，触发旱天知了的呼应，再引出直升飞机的盘旋声。

高行健的总构思，在细部上又守着不对称的对称。《车站》就由三个意味群等分长度：人们的无聊和不自觉，引起沉默的人失望走开⟶人们在动摇和错乱中，逐渐觉出他的高明⟶人们在他的无形感召下，统一认识并走向自觉。

想解开他随心所欲草就的繁琐公式，需要在反刍式的再创造中以创造的原点为原点，即HOW（如何）和WHY（为何）的内核——非理性的理性。这里顺便指出他与西方现代派的本质差异——没有虚无的“纯粹的精神自动主义”[①]。

从高层次的历史、生活和艺术观点来看，“怪诞是对完美的一种追求，非逻辑则也是对理性的一种追求”[②]。《车站》中公共汽车要么迟迟不来，要么发疯似的接踵而来，这类“反常”现象可视作非逻辑的逻辑，或非条理化的条理。

《躲雨》中少女说，男友“要我出差期间给他回信，可我一个字也没写，所以他见到我的时候，觉得压抑。他哪知道我最盼着下雨。因为我们知青在农村插队的时候，下雨就可以不下地干活了”。这段话堪称非因果的因果的例证。

三层跳跃其实都未离开两个前提：雨能冲涤灵魂；雨的审美属性排斥功利属性。该

---

① 布雷顿：《超现实主义宣言》（1924）。

② 高行健：《现代小说技巧初探》。

命题继续贯穿于结构：汽车溅起积水，近似海涛声→老人痛苦地站起→甜蜜的声音："就想让雨水冲刷他自己。我觉得他胸中有许多郁闷……"

因此，"二锅头泡的复方枸杞子福尔马林安神补气养荣散"或"Open your Pigs"(《车站》)之类的语言，就是似非通而通了。至于"您这没什么意思就是没有什么意思不是没意思"的辩论，则露出《庄子·秋水篇》的影响痕迹[①]。

东方古典美学和西方现代艺术之间，并没有不可逾越的海峡。空谷来风般的时空随意性，只是两者的同类项之一，更要紧的是其深层发想——以潜在情思撩动接受者第一、二信号系统的共振，丰富地展示不确定的确定理念世界。

人类似乎有追求完美的天性，因而，尽管维纳斯的断臂能激发起无穷想象，但仍有不少痴心者要将其还原为确定形态。高行健则以不同的方式追求极致，他听任各种分力自由发展，颇有几分"以有涯随无涯，殆也"[②]的味道。

就总体而言，高行健戏剧世界的美，具有未完成的完成之特征。他时时中断某条重要线索，如承前启后的史诗《黑暗传》因老歌师去世戛然而止，但野人在该剧结尾亮相，又使三十多个碎片串成大连环，形成了多中心的中心。

高行健没有为主干挺拔而把枝叶剪得过于干净，这反使他的艺术之树显得繁茂。习惯了易卜生或契诃夫模式简明风格的观众，一旦发现高行健未让第一幕挂在墙上的刀在最后一幕出鞘（或者干脆忘了这刀)，新奇会大于困惑吗?

《绝对信号》取得的是常识的胜利：注重心理活动的意图未妨碍故事的紧凑进展，人物遵循图解式的对位设计[③]事件也没有越过善恶之争的雷池。该剧的指导思想也较混乱，既提倡即兴性，又要求动作准确，表演层次鲜明[④]。

不妨假定，高行健对这一合作项目的责任有限。他独立创作的几部产品，就很少科

---

①"惠子曰：'子非鱼，安知鱼之乐?'庄子曰：'子非我，安知我不知鱼之乐?'惠子曰：'我非子，固不知子矣；子固非鱼也，子之不知鱼之乐全矣'。"

②《庄子·养生主》。

③ 五个人物组成两个三角关系：黑子——蜜蜂姑娘——小号；黑子和车匪——蜜蜂姑娘——车长和见习车长小号。

④ 高行健：《本剧〈绝对信号〉演出的几点建议。》

学时代文艺的特性，与追求高效率、精密度的合成法、写实法大相径庭。他试图排除福楼拜式的排他性表达法[①]，以挣脱促进收缩的某种向心力。

带纯“高氏”标记的人物，设定原则是意念的类型化，而非具象的典型化。《车站》和《喀巴拉山口》的角色年龄呈任意规定的降幂排列（50、45、40、35、30、25……），值得认真对待。看得出，高行健比“这一个”更注重“这一类”。

《喀巴拉山口》和《躲雨》的人物，或是身份（乘务人员和乘客）的符号，或以声音特征（甜蜜，明亮）命名，个别形象的深度为群像的广度让了位。人的物化是日常的历史化的手段，就像历史的日常化要通过观念的人化实现。

外部特征减少到最小限度后，角色假托主题的职能便得到增强。《模仿者》的配角都是某种心态的化身，《野人》甚至让半人半神的神秘动物登场。说得夸张些，高行健的话剧中没有担任再现对象的人物，只有作为表现工具的角色。

“这故事敢情只有行当没人物”，——《行路难》的小丑、方巾丑、武丑、老丑，很像用寓意的黏土捏成的木偶。戏剧角色而不是其内涵或外延占据舞台中心，就展开了一张辐射网——舞台前后、上下、左右、内外的各种距离。

《模仿者》虽有沉闷枯燥之嫌，却是高行健戏剧观的活标本。它的可看之处，在于若干组主、客体的自他对比：“这主儿”与“模仿者”；他们与另外三人；三人相互之间以及与各自的影子；作者与角色；演员与角色……

《躲雨》和《喀巴拉山口》也建立在多角关系上，各组对比时时发生流动的主次变化，对大写的WHO（寓意性的角色）和小写的Who（具象性的人物），作者施行了简捷的黄金分割，使两者在虚实间仅隔着一副随时可卸下的假面。

戏剧角色的特殊性之一，在于它是通过演员的扮演，以等身大的活人形象直接出现在观众眼前。提高角色对演员的地位，就防止了后者的喧宾夺主或反客为主，将角色和人物形象谨慎地分开，就保持了艺术与生活的离合式调和。

话剧世界各环节成员，从作者到观众，都得面对舞台幻觉和假定性的相生相克，即美与真的二律背反：“人说这花多美，象做出来的，可你要看到一枝塑料花的时候，又会说这花多好看，象真的一样。多矛盾，一点也不符合逻辑。”（《躲雨》）

① 如一个动作只能由一个动词表现，一个特定事物只能由一个相应的形容词修饰。

高行健协调矛盾的惯用手法，是让演员间或脱离剧中角色，以中性评述者的口吻提醒观众：戏有别于生活。这种审美效应的倾向性，归根结蒂来自艺术家的气质。鲁迅学医时把血管位置画偏，其实也是因为受美的法则支配之故。

高行健不是以“形”归纳“意”，而是以“意”演绎“形”。在他心中，“神似”的“似”较少摹仿成分，因为“神”不是按参照物造出的。从《躲雨》可以看出，他不拘笔法、笔画，而仅仅要求整体风格（如角色的内向型或外向型）。

共性确实寓于个性但个体是否必须平均地或万能地承担共性呢这种承担是否要自始至终做到一丝不苟以至角色像不得不在前呼后拥中沿指定路线移动的大人物呢力主逼真地摹仿自然的斯氏体系是否容易在严密操作中形成舞台腔呢

斯氏体系的原点，是缩短艺术与生活的距离，以尽力接近实在的“无我之境”激起观众的忘我共鸣。激情担当了戏剧的日常要素，艺术被改造成饱满、充实的生活。精巧匠心出自对崇高的憧憬，这和好大的儒家美学倒相合拍。

有趣的是，斯氏体系的性格化、程式化本色表演，又离不开精确的人工计算。高行健的“有我之境”——“假作真来真亦假，无为有时有还无”，实际上是对这种理性的潜在作用的正当化，一如他把斯氏体系的潜台词变成明确台词。

高行健的表演法则是假定性强的暗喻——在局部的逼真和整体的模糊之间，施展庄生梦蝶般的魔法。在一次性表演过程中提倡即兴，要求在浓厚的戏剧气氛中以动作的淡化取得空灵，这使人感到无为而无不为的道家美学在抬头。

篮球靠投入目标筐内得分，跳高以征服高度为目标，高行健的实验接近后者。这样，规则方面自由虽多，但无形引力越来越阻碍发展。他减轻了夸父追日般的临摹作业，然而，被松绑的演员要在白纸上写字，绝不比用格纸轻松。

如《喀巴拉山口》的演员丁，在瞬间内即可完成角色形体转换（戴上帽子是乘务员，换上纱巾是乘客妻子），但变形前后语言风格的跳跃（从冷静的诗体到热切的口语），却要求演员胜任更艰巨的任务——适应分身之间的内心裂变。

频繁的人称转化，建立起新型人际关系——作者对演员、演员对观众的强制，被诱导方式取代。角色这一中心形成牵制力量，使他们像初恋中的青年，怀着一腔纯真的热情，却又难以向对象启齿，一种寓深沉于稚拙的美意识。

浪漫派与古典三一律格格不入在于对直觉即早熟的理智的推重人们将以不成熟面貌出现的恍惚不安当作人类天真时期的质朴加以返归但焉知众人皆醒我独醉不是一种高级境界犹如围棋高手以第六感漠然地投子倒比长考验算更奏效

着眼戏剧世界内外各要素的“活的联系”[1]，表现出重视整体效果的全局观。甚至角色本身也是可有可无，《喀巴拉山口》和《野人》中的妻子，就完全随丈夫的主观想象，好像加入跳大绳游戏一样，身不由己地出现、行动、消失。

高行健的剧作，对演员有着无限制的限制：一方面在细部上慷慨地给演员以创造余地，同时又在总体上冷酷地剥夺演员通过角色施展身手的可能性，因为在艺术世界的环境这一超自然力量面前，再重要的角色，终究也只是龙套。

在演员与角色，人物与观众间的感情移入、输出过程中及其前后，作者试图突出与其互为因果的情势。“英雄造时势，时势造英雄。”英语中英雄（hero）一词，又有文艺作品主人公之意。而高行健作品的最高主人公，恰恰就是时势。

情势是测不准的心理空间和氛围（mooa），就像“表演过程即戏”等众妙之门一样，很难描述它调节戏剧世界节拍的机制，这里只考察高行健的硬件程序，即怎样（how）发挥话剧的自身优势，积极运用辅助技术手段配合造成情势。

他用以提示演员行动和调动观众想象的主要手法是：减少舞台装置的规定性，丰富寓意性的表现功能，将主观色彩浓厚的音响、光影加以重叠、变幻，以纷繁的视听刺激造成缥缈的印象，扩大表演区，促进观众与演员直接交流。

即使是以场景命名的《车站》，布景和道具也是漫不经心，——作者有意拒绝以形容词界定栏杆的用意。正如《模仿者》的虚拟镜子象征的，舞台设计中超现实主义风格占主导。写实布景也确实适应不了以主观意志为转移的时空转换。

“象是有……那么点意思”（《模仿者》）就行的透明表演空间，会催眠般地使演员“让那点意思到了就得”（《野人》）。高行健期望以松弛的表演[2]“来造成环境的真实”（《野人》），防止陷入“优等生循环症”——过于逼真的环境，引起过强的显示欲和过激的反应。

① 高行健：《本剧〈绝对信号〉演出的几点建议》。

② 如《躲雨》“退休老人上。悠闲地散着步，抹脸，脱帽，站着，看天，看地。”

至于肆意倾泻的特权，似乎唯独音响这一“编外演员”享有。和《哦，美好的日子》（贝克特）那种喋喋不休的平面独白不同，高行健爱堆积强弱交织的多声部（有时至七个），从不同的叙述角度上，或明或暗地抒发对世界的感受。

《车站》中沉默的人的音乐层次①，最能体现高行健的作曲家构思方式。配器的语汇在总乐谱上组成气氛——如《野人》以居民的喧嚣和抗洪者的报告明示水位剧增，以生态学家宣读论文和老歌师击鼓高歌暗喻历史长河的漩流。

高行健的声纹极细腻，即使在《车站》结尾杂烩般的七嘴八舌中，甲、乙、庚的台词仍能串成完整的句子。从《车站》的混声到《现代折子戏》的独白或复调，再到《野人》中的音诗对位，可看出他按播音内容调节音频的意趣。

音响越脱离语言的意味限制，抽象的写意作用就越增强。而且，由于难以清晰无误地接受到最小单位的全部音响，观众就会像广播剧听众那样依重听觉残像，并将它在脑海中还原成次生图像，——自然要和同步视言印象重叠。

高行健在有声的实况和无声的闪回间树立第五堵墙，使客观记忆和主观判断并存于同一空间，这大约是受现代传播媒介之王的启示。电视的合成图像方式——辑录现场声并给无声画面配上解说，能使观众获得全知全能的优越感。

在高行健手中，灯光的强弱和色彩变化等视觉手段，不妨说是介入性很强的编外声部。它给“虚”的音响包上“实”的装潢，又以特写式的强烈聚光串起寓意碎片，就像以寡言的焦点人物（车长、沉默的人）来表达倾向一样。

在通常舞台固定的大剧场内，因位置而异的接受效果只是表演效果的平均值，而各位置的接受效果又总是一成不变。随着表演区向观众席延伸，演员和观众的物理距离得到缩短，观众在观照和介入之间移动的心理距离得到调节。

这种安排使观众对戏剧产生陌生感，对演员产生亲切感，对作者产生信任感。以多次反馈共同创造情势的基本条件，是参与者处在同一起跑线上。圆锥尖端的构思点如不海阔天空地投影至底部平面，对观众无疑是新的提首命面。

在剧场趋于缩小和技术走向现代化的同时，高行健以丰富表演手段和恢复戏曲传统

---

① 微弱飘忽→探索的节奏→嘲讽的意味→激越的情调→宇宙声般的飘逸→宏大然而诙谐的进行曲。

术得平衡。从悠久的文人和非文人文化中，他汲取到“耳得之而为声，目遇之而成色”[①]的灵性和野性，因此《野人》沿阿基米得螺旋线超越起点。

文明古国的土壤，理应宜于哲学和诗歌的繁荣。但“废黜百家，独尊儒术”不啻是灾难性的水土流失。高行健注重悟性与灵性，想必是不甘于思辨和浪漫精神继续成为无花之果。他的深沉含蓄，也正是民族文化心理传统的沉淀。

高行健其实深谙中庸之道，他偏激地在天花板上凿洞，只是要换取打开被“非礼勿动”主义封住的窗户的权利。他的实验归根结蒂是调和型的：无形有声的语言是土的，有形有声的手段是洋的，无形无声的观念则是土洋结合。

当我们把西方传来的法定指导思想的观念体系推广到艺术领域时，现代西方艺术家却对神秘的东方文化顶礼膜拜起来。这是不是较低文明被较高文明同化呢？高行健实验的意义之一，也许在于培养与本民族DNA组织亲近的口味。

话剧似乎不可逆转地变作供少数人欣赏的艺术，高行健在沙龙中的独自摸索，倒很富于时代气息。但他的阻力未免太大。首先遭遇的难关是，商品经济法则和其他人为限制，能允许他将“痛苦而执拗的探求”（《车站》）推进到何种地步呢？

高行健的实验颇有些自讨苦吃。凭现有的演员功力和技术条件，很难达到他要求的高难度。[②]在碱水和盐水里各泡上三遍后，他的心血结晶还剩多少妙味呢？《野人》上演时若干精彩部分被删，[③]不正说明“智者千虑，必有一失”吗？

更值得忧虑的是，就主顾们的平均水平而言，他的感受和表达方式曲高和寡。他或许可以高傲地宣称：“用不着他们理解，他们也无法理解”。但“如果周围的人都不理解你，有时候会断送人的……”（《躲雨》）。勇士也会因孤寂患心身症的。

他以二流小说家和“不三不四”流理论家的头脑构思一流戏剧，为给“斜阳族”的话剧输血，引入了现代小说和戏曲、音乐、舞蹈、电影的观念、手段，固然促进了话剧

---

① 苏轼：《前赤壁赋》。

②《野人》中原始人扮的巨树被砍倒时发出揪心的撕裂声，像阿城《树王》的类似情节一样，呼唤出超自然的精灵。可惜这一计未能实现，据说是超出了现有音响合成水准所能承担的限度。

③ 如为照顾观众终场后能赶上末班车而将演出时间缩短，删去准备以现代化手段搅乱自然宁静的中外考察队集结出发等重要情节。

的开放，但是否因过多负担美学和其他文艺的功能而艰涩呢？

实验目的的一味先行[①]，很难免除过分雕琢或故弄玄虚的弊病。走得最远的《现代折子戏》，就有些为角色而角色，为表演而表演，为戏剧而戏剧。须知，无论是莎士比亚或贝克特，都是靠剧作的实在分量支撑起其戏剧史地位的。

高行健多按体裁（喜剧、闹剧、抒情剧、叙事剧等）设内容，无疑是对形式“第二性”理论的挑战，但是否过多地将精力投入技巧实验，而使剧作成为展销理论的样品呢？他是否信奉形状美优先于实质内容的“大竹美学”[②]呢？

他每走一步都要轻灵地转身，像华丽的“大模样”围棋布局。那么，在各要点上遥相呼应的棋子，有多少成算围出可观的实地，而不是只剩“如七宝楼台，炫人眼目，拆碎下来，不成片段”[③]的空架子，或局部的新定式和妙手呢？

高行健有幸成为新闻人物，但争议的触发点不幸却很平庸。要是写了乘客的牢骚就有影射时事之嫌，那刘宾雁等辈早该二次发配到“再生之地”去了。关于高行健在理论、实践上的是非得失，不是还有许多更值得深思的课题吗？

在莫衷一是的纷纭声中，“这主儿茫然苦涩的样子”（《模仿者》），是想“你批你的，反正我看见美的东西了”呢？还是想“小孩子不跌跤，是学不会走路的。做母亲的，就得有这份耐心”，抑或“真想开开刀，把我自己那颗心跳着拿出来”（《躲雨》）呢？

“不应把果戈理降到人民的水平上来，而应把人民提高到果戈理的水平上去”。高行健被指责为脱离大众，能否借契诃夫的名言替他辩护呢？假如进入《车站》情势，你是随多数人留在原地呢，还是跟独往独来的个别人走呢？

不朽名曲《春祭》一九一三年首演时，作者斯特拉夫斯基在全场起哄下跳窗逃走，但一年后该作品便大走红运；贝克特从被视作异端到成为偶像，用了二十多年；司汤达则干脆宣称，他抽的是一九三五年的签……那么，高行健呢？

以高行健为代表，话剧界不安于现状的中、青年开拓者，已经滚雪球地形成了强力集团。对“第二十二条军规”的迷信被打破后，刻板的齿轮开始变速。当它的运转递进

① 最富于象征意义的莫过于《行路难》的表演过程即构思创造过程——先决定演出，再商讨名称和内容。

② 日本当代超一流围棋手大竹英雄的风格：为追求棋形的美感而不惜牺牲实利。

③ 南宋张炎评吴文英语。

到一定程度时，也许会出现沧海一夜之间化作良田的奇迹。

那迷蒙的天空下面，只要还有生命，
就闪烁着希望，
是的，
就闪烁着
希望。
——《喀巴拉山口》

一九八五年五月北京，中国社会科学院
《当代作家评论》一九八六年第二期

“浪子的悲歌回到老家来唱了”

——评聂华苓近年来在国内出版的几部小说

唐金海

“浪子的悲歌回到老家来唱了”，“和老家的读者见面啦”——当八十年代初国内相继出版小说《台湾轶事》、《失去的金铃子》和《桑青与桃红》之际，它们的作者，著名的旅美女作家聂华苓在书的前言、后记中这样激动地写着。我们打开这些浸透着作家爱和恨的书，仿佛看到了一幅幅悲欢离合的图画，听到了“从大陆流落到台湾的”、“失掉根的人”（《台湾轶事·写在前面》，北京出版社，一九八○）的呼号，感触到作家苦心经营的艺术匠心。书中跳动着作家一颗憎恨黑暗、向往光明、热爱艺术、热爱祖国的燃烧的心，我们这些“老家”的读者也被深深地激动了。

“我是湖北人”

聂华苓是早已闻名台港和海外的旅美作家，但国内读者在一九七九年《上海文学》上才第一次读到她的短篇小说《爱国奖券》，一九八○年她的三部小说相继出版后，大家就希望更多地了解她的生平和创作活动了。

聂华苓祖籍在湖北，一九二五年生于宜昌一个官宦之家。祖父中过举，辛亥革命爆发后，参加了讨袁运动。父亲从伍，是桂系的（不是蒋介石的嫡系），战乱中被红军处决。这以后，家境渐趋中落。十四岁当过流亡学生，以后以优异的成绩进了中央大学。一九四九年，在南京时曾用“远思”的笔名发表过一篇讽刺散文《变形虫》，针砭时弊。不久，妈妈带着他们姐弟一行五人，流落台湾。聂华苓在雷震主编的《自由中国》半月刊当文艺编辑，作文抨击台湾时政。一九五三年出版了第一部中篇小说《葛藤》，开始迈入文坛。

一九五六年，台湾当局为蒋介石所谓“七十整寿”吹吹打打，雷震、聂华苓等在刊物的“祝寿专号”里批评“老头子”人格上的一些缺陷，并揭露了台湾黑暗的特务统治。“专号”受到了台湾人民和进步人士的热烈欢迎，再版了七次。但不久刊物被查封，主编雷震被判十年徒刑，聂华苓等被隔离，遭到了特务的严密监视。一九六二年，台静农冒了很大风险，邀请聂华苓到台大中文系任创作和现代文学副教授。她利用备课之便，在地下室里读了许多鲁迅等祖国革命和进步作家的书，进一步认清了台湾黑暗社会“吃人”的本质。她在一篇谈鲁迅的文章里写道：在白色恐怖下，她不得不用《中央日报》包着鲁迅的著作，在上、下班的火车上偷偷地看，但“《中央日报》掩藏下的鲁迅却在‘呐喊’。我听见狂人说：‘我是吃人的人的兄弟’，听见九斤老太咕噜：‘一代不如一代’，听见阿Q大声叫嚷，‘造反了！造反了……得得，锵锵，得，锵锵锵！我手执钢鞭将你打……，我甚至看见小栓吃着浸了死人血的红馒头……”表现了对台湾黑暗统治的极大的愤怒。一九六四年被迫离开台湾，去了美国，到衣阿华大学从事教学、写作和翻译工作。

六十年代初期，台湾大学外文系白先勇等创办了一个刊物叫《现代文学》，他们受流行于欧美的现代派的文艺观影响很大，除介绍西方现代派的文艺理论外，还发表现代派作家的作品，他们自己也创作了不少作品。这些作家大部分是台湾大学外文系毕业生，有白先勇、於梨华、叶维廉、张振翱、郑愁予等。聂华苓就是其中较有代表性的一个。她的小说也受到欧美现代派的影响。到了六十年代中期，聂华苓和美国著名诗人、她的丈夫保罗·安格尔到处旅行、写信，筹备了三百万美元的写作基金，在世界上首创了闻名于世的写作组织《国际写作计划》，每年九月到十二月，把世界各国一些知名作家请到美国衣阿华，让他们写作、讨论，进行文化交流。一九六八年，“国际写作计划”邀请台湾“乡土文学”作家陈映真去美国，陈临行前，被台湾当局非法逮捕。聂华苓等联名写信给蒋经国，提出抗议，并动员进步舆论声援。聂华苓的正义行为得到了世界进步人士的支持。一九七七年，三百多位世界各国作家提名“国际写作计划”的创始人——聂华苓和保罗·安格尔为诺贝尔和平奖候选人。

一九七〇年底，聂华苓和保罗·安格尔一起，开始翻译《毛泽东选集》，深入研究中国现代历史，逐步明白了中国共产党人“为了几万万人民，为了子孙，为了建设一个合理的社会，什么艰险也不怕。爬雪山、吃皮带，是真正的理想主义者”（萧乾：《湖北人聂华苓》）。一九七八年回国探亲，踏上了阔别三十年的故乡的土地，以真挚的感情写了《三十年后》，动人地记述了故乡武汉解放后的翻天覆地的变化。一九七九年，她又邀请了两位中国作家和一些台湾、香港和旅美的中国作家到衣阿华欢聚。聂华苓说，虽然大家来自不同的地区，但“还是有相同的地方——那就是我们对整个中华民族的感情，我们对中国文学前途的关切。”一九八〇年五月，聂华苓夫妇又一次回祖国探亲，说：“……这次重新回来，觉得国家在各方面的变化实在太大了，这些变化真是令人兴奋。”“我爱中国，因为它是一个不满足现状、永远向上的国家。”

聂华苓已出版过十三本书。一九八〇年，人民文学出版社、中国青年出版社、北京人民出版社分别出版了她的《失去的金铃子》、《桑青与桃红》、《台湾轶事》。聂华苓兴奋地说：“我的书在台湾已被禁，现在可在国内出版，对我个人而言，是作为作家的我又复活了。”她表示今后“要为故乡的亲人而写”。她曾说自己是“浪子”，其实她是中华民族的赤子，祖国的赤子。

“我所追求的目标是写真实”

聂华苓说，她“追求的目标是写真实。……是外在世界的‘真实’和人物内心世界的‘真实’溶合在一起的客观的‘真实’”。敢于面对现实，追求“客观的‘真实’”，这正是聂华苓这几部小说思想闪光的重要内容。

聂华苓是一位善于用语言勾勒和反映真实社会生活的画家。她描绘的不是枪林弹雨、炮火纷飞的激烈的战场，也不是光怪陆离、天马行空的虚幻的梦境，而是善于真实地、自然地、细腻地展现日常生活的场景，摄取个人、家庭和社会外在的生活画面“而求突入内象”——即透露他们（或它们）内在的道德、精神等。读完小说，我们眼前就会展现丰富、复杂但却异常清晰的生活图画：有四十年代中期封建礼教、旧的习惯势力还是那样顽固地束缚人们头脑的三星寨的生活场景，有帝国主义的侵略战争给人民带来痛苦和灾难的镜头，有特务横行、“蒙着灰尘和蛛网”的台湾社会的画面，有“从大陆流落到台湾的小市民”在生活中挣扎、绝望的惨相。这些真实的图画，仿佛信手勾勒，作家由她笔下的人物去行动、说话，“作者不加评论，不加分析。作者根本不露面”（《桑青与桃红》“前言”)，而是由读者通过形象画面自己去体会、去思索。两个老同学在大陆分手，若干年后又在台湾相遇，一个说“这个社会呀，还不是大虫吃小虫，小虫吃毛虫，毛虫吃沙子?”(《一朵小白花》，载《台湾轶事》) 丫丫冲破封建礼教去寻求幸福，但在现实面前碰了壁，回来对苓子说：“到处乌鸦一般黑。”(《失去的金铃子》) 桑青迫于台湾当局的法西斯统治逃到了美国，美国移民局问她递解出境后到哪儿去，她回答说：“不知道!”桑青无家可归，精神分裂，陷入半疯癫状态。人们在作家展现的一长列画卷上，看到了漂泊、饥饿、痛苦、死亡……也“突破外象”看到了造成这一切灾难和罪恶的根源：帝国主义的侵略战争和蒋介石集团在台湾的黑暗统治。

“作者根本不露面”而能揭露得如此尖锐、深刻，这是生活在台湾法西斯统治下的女作家敢于“写真实”，“敢于直面惨淡的人生，敢于正视淋漓的鲜血”(鲁迅:《记念刘和珍君》) 取得的成就。

女作家的这几部小说，叙述的是桑青的流浪生活和精神分裂，苓子在生活中成长的痛苦的过程，以及从大陆流落到台湾的小市民各种各样的悲惨命运，没有以很多的篇幅去正面描绘人民的反抗，这恰恰是作家这几部作品反映生活的一个特点。但作者的笔触没有孤立地局限于一个家庭或一村一寨，而是在读者面前展现了较为复杂的生活画面，勾勒了时代的风云，透露了强烈的时代气息。在日本帝国主义的侵略战争面前，一群孩子沿江乞讨，要去抗战救国，流亡学生带头唱起了“起来，不愿做奴隶的人们”的战歌；在美国爆发了反越战、反死亡大游行；在悲苦的生活泥淖中苓子对象征青春、爱情、生命、希望、光明的金铃子和杜鹃的“执拗地爱……执拗地追求”；特别是那些流落台湾和海外的“失掉根”的人“思念故乡故土”、“追怀亲人和往事”、渴望“回老家”的描写，弥漫全书，感情深沉，真实动人。作家的笔力开掘到人物的内心深处，反映的不是个别人的“思乡”病，而是那些“失掉根”的一代人的苦闷和希望，他们痛恨黑暗，渴望祖国统一。《桑青与桃红》中象征进步和希望的流亡学生喊道：“野兽呀！乌鸦呀！你们毁得了人吗？你们毁了人的身体，毁不了人的精神呀!”好一个“人的精神”！——这是黄河和长江的儿女们共同的精神，这是中华民族的精神，这就是爱国主义的精神！作家真实地反映生活，“由外象而突入内象”，对生活作了正确而深刻的解释和评价。罗丹说，优秀的艺术家是“用自己的眼睛去看别人见过的东西，在别人司空见惯的东西上能够发现出美来”(《罗丹艺术论》)。聂华苓就是在日常的生活场景和普普通通的人物的活动中，发现了那些“失掉根”的人内心闪光的思想：爱国主义的精神美。

“小说中最重要的还是‘人’”

聂华苓说：“小说里的事件很重要，但它的重要性只限于它对于人物的影响以及人物对它的反应。小说中最重要的还是‘人’。”

聂华苓的这几部小说，和现代派的作家有类似之处，即不太注意故事情节，——我们在她的作品里看不到惊心动魄的故事或曲折离奇的情节；但又和某些现代派作家不同，聂华苓很注重对人物性格的刻画。仅在这几部小说里，作家就刻画了众多的富有性格特征的人物形象——特别是女性形象：苓子、巧巧、新姨、玉兰、丫丫、黎家姨妈、杨尹之、庄家姨爷爷、桑青（桃红）、女校长谭心辉、珊珊、婵媛、李环等。读着这些作品，我们仿佛看到作家以女性特有的眼光，娴熟的技巧，在细腻而传神地雕刻着她笔下的人物。

善于通过人物丰富、曲折、细腻的心理活动刻画性格。聂华苓擅长于心理表现，但她不是进行冗长的心理描写，而是伴随着人物的行为和动作，以及人物在规定情境中的心理活动的逻辑，在表现心理活动的同时，也雕刻着人物的性格特征。苓子的性格单纯、直率、狭隘，有男孩子似的“野性”。她中学毕业回到三星寨，悄悄地对中年医生杨尹之萌生了爱情。但她没有直接吐露，因为她虽然很少旧思想的束缚，但她毕竟是个女孩子。她在心里默默地反复地揣摩着和杨尹之一起照相的“高高的、瘦瘦的”女人是否像自己，又几度试探杨尹之对她的感情。当她以女性特有的敏感发现杨尹之和巧巧有情之后，她“心都往下一沉”，由爱恋渐渐变为妒忌和报复，最后，当她发现自己的恶作剧促成和加剧封建旧礼教对无辜的杨尹之和巧巧的迫害之后，她对生活的认识深刻了，她的性格也有了变化和发展。聂华苓笔下的李环，本来性格很开朗，成了老处女之后，别人无意间说的话，她就猜测是否用来讽刺自己，看见年轻的姑娘内心就烦躁。随着这种变态心理的表现，李环的性格也逐渐变得孤独了。

读聂华苓的小说，我们不能不为作家出色的心理表现所吸引。这使我们想起了古人说的话：“写照非画物比：盖写形不难，写心维难也。”（陈郁：《话腴》）文学创作也是如此。聂华苓通过“写心”表现了特定人物在特定环境下的性格，人物形象才那样丰满、栩栩如生。

善于通过对比来刻画人物性格。聂华苓在一篇谈《失去的金铃子》写作过程的文章中说：“为了要陪衬巧巧的个性，我必须加进一个狂放、野性的女孩子。”（《苓子是我吗》，《失去的金铃子》“附录”）又说，修改时又在“小说中加进两个角色：玉兰姐和丫丫”，也是让她们的性格在对比中更鲜明。杨尹之和庄家姨爷爷，一个对传统礼教具有“叛逆性格”，忠厚而大胆；一个是封建礼教的信徒，顽固而狠毒；巧巧和苓子，一个渴望自由但没有勇气独立冲破封建罗网，文静而纤弱；一个浑身散发着朝气不受封建礼教的束缚，野性而狂放。再如新姨和黎家姨妈的对比（《失去的金铃子》），女校长谭心辉和丁一燕的对比（《一朵小白花》），祖母和孙子的对比（《绿窗漫笔·祖母和孙子》），流亡学生和老先生的对比（《桑青与桃红》）等等。这些人物在错综复杂的生活环境中活动，相互比较，性格区别得更加鲜明。

作家运用对比是娴熟的。不仅善于在不同人物之间进行对比，而且对同一个人的前后、表里、言行等也进行对比。不但人物在前后比较中性格更加突出，可以看出人物性格发展变化的脉络，而且通过这种性格的变化和“折光”，人们看到了促使这种性格变化的复杂的社会原因，揭示了更为广阔、更为深刻的内容。同一个桑青，经过社会的动乱和生活的折磨，由原来的文静、胆怯、安分守己的性格，一变而为自甘堕落、大胆、狂放不羁；珊珊本来天真、有朝气，若干年后变得庸俗、无聊；读过大学的中年妇女为了养活孩子出外讨饭，起初十分羞怯、对社会不满，而几年后仍在讨饭，却有些狡黠、安于现状了。为什么同一个人，性格前后判若两人？是什么促使她们发生如此剧变？聂华苓说：“文学除供人欣赏的乐趣之外，最重要的是使人思索，使人不安，使人探究。”（“苓子是我吗”，《失去的金铃子》“附录”）作家还通过同一人物性格的剧变，挖掘了深刻的社会内容，促使人们去“思索”、“探究”充斥着“僵尸吃人”的台湾社会的本质。女作家锋利的雕刻刀在雕塑人物性格时闪出了思想的火花。

作家还善于通过性格化的叙述语言和对话刻画人物性格。聂华苓小说的语言造诣是很深的：针砭时弊的语言辛辣而双关，叙述人物初恋心情时语言深情而含蓄，写自然景色时语言色彩明丽，写有象征性的金铃子的叫声时语言入微传神。但是，最精彩的，还是女作家刻画人物性格的语言。

《桑青与桃红》写的是一个经历了人世的动乱又遭流放的中国人精神分裂的悲剧。随着桑青变为“桃红”，人物的精神状态和性格发生了激烈的变化，作家用语言对比作了生动的表现。原来表现桑青的语言和一般人正常的语言一样，也有逻辑性，到桑青一家人逃避警察追捕而躲在一间阁楼里时，语言的张力加强、加快了，有时一字一句，简单、短促，直至后来语句跳跃很大，甚至不连贯了。这种语言生动地表现了受过很大精神刺激，有些精神分裂的人的恐惧、绝望、控制不住的性格特征。

我们读聂华苓的几部小说，虽然它们的成就不一，但作家在运用对话刻画人物性格方面，也是付出了艰辛的劳动并取得了令人赞叹的成就的。仅以《失去的金铃子》为例，穿戴妖艳的新姨作为小老婆初进黎家大门，要向大老婆黎家姨妈行礼，她怯怯地不敢进房门。作家紧接着写道：

> "怕？丑婆娘总是要见公婆呀，走，我陪你！"一个女人推着新姨，嘴里冒着唾沫。那是玉兰姐，就是庄家姨婆婆讲过的那个守望门节的苦命人。
>
> "大婶，新姨来行礼啦！"玉兰姐的粗嗓子大嚷着。"新姨月份重了，行个文明礼吧！"
>
> 新姨站着没动，握着两只手，低着头，偶尔从眼角向床上瞟一眼。黎家姨妈背朝外地躺在床上。
>
> "行礼呀！木头人！"玉兰姐推着新姨。"三鞠躬！"
>
> 新姨放下手，鞠了躬，黎家姨妈骨碌一下坐了起来，沉着脸：
>
> "好啦，免了罢，死人才躺着受礼呢，我还没死呀！"
>
> "新姨给大婶装袋烟吧！"玉兰姐忙不迭地燃了一根纸煤子，递给新姨。
>
> "新姨呀，听说你跟黎大哥就是烟袋姻缘，他到你店里歇脚，抽了一袋烟，就吊上你了。对不对？"
>
> 一个男人斜觑着眼笑，望着新姨荡着水的身子。
>
> ……

这一段仅二三百字，玉兰说了四次话，黎家姨妈和卸任县长（那男人）各说了一次，而新姨无一言语，但四个人的声音笑貌、身份地位都跃然纸上，活脱脱写出了四个人的性格：新姨胆怯、惯于放荡，玉兰粗俗、工于奉迎，黎家姨妈泼辣、尖刻，卸任县长淫秽、轻浮。我们不能不赞叹作家的笔力。类似这样的语言在这三部小说中还有不少。读完这些作品，苓子、桑青（桃红）、谭校长等形象如在眼前。

“我所奉行的是艺术的要求”

如前所述，聂华苓小说的基本倾向是属于现代派的。现代派认为，文艺家是通过艺术形象创造客体，表现主体，这时的客观世界只有提供素材的作用。因而，艺术应该表现，应该创造，而不是再现，更不是模仿。捧读聂华苓的三部小说，总感到作家在艺术上有新的探索、新的创造。这种新的艺术创造到底是什么呢？女作家自己说得好，“我所奉行的是艺术的要求；艺术要求什么写法，我就用什么写法”（《浪子的悲歌》，载《桑青与桃红》）。一切从文艺反映生活的特性出发，一切从文艺表现作家对生活的认识、评价出发，聂华苓研究艺术方法和表现手法，但不受任何五花八门的艺术方法和表现方法的框框束缚，“在小说中追求客观的‘真实’”，因而在艺术手法上，聂华苓作出了新的探索，取得了新的成就。

聂华苓在一篇文章中说，她在自己的小说创作中“尝试的是溶和传统小说的叙述手法、戏剧手法、诗的手法和寓言的手法”（《浪子的悲歌》，载《桑青与桃红》）。我们无法读到作家的全部小说，但就现已出版的三部小说而论，虽然《失去的金铃子》和《台湾轶事》较多地运用了“传统小说的叙述手法、戏剧手法”，《桑青与桃红》更多地运用了“诗的手法和寓言的手法”，但总的来看，这四种艺术手法在作家的三部小说中都有所表现，这就形成了她在这三部小说创作的艺术手法上个人的鲜明特色。

这种特色之一是写实基础上的象征手法。即如作家自己所说的她小说中的“两个世界：现实的世界和寓言的世界”。作家很注重小说中人物、事件、细节的真实，但象征性很强。《失去的金铃子》中对苓子寻找金铃子和杜鹃的多次的细腻的深情的描写，象征着作家对爱情、青春的留恋和赞美，对光明、理想的向往和追求。《桑青和桃红》中的象征性就更强烈了，它已不是作为整部作品的一个细节或插曲，而是成为整部作品的基本内容、基本情节，在形式上也发展成为类似寓言的写法，但它仍然与现实紧密联系，以写实为基础。

《桑青与桃红》中表现了不少生活实景。“罢工，抢购，抢米，罢课，示威游行，流血暴动，警察抓人，把年轻人装在麻袋里往江里丢！”甚至还在书中照录了几则台湾新闻剪报的内容。这一切都和寓言式的象征手法糅合一起，以表现和加强象征内容的生活实感。书中以寓言体形式表现的象征手法是非常丰富的。作家用桑青等人乘的木船要经过

“鬼门关、百牢关、黑石滩、洪水滩”等，象征前进道路上的艰险；用木船被“困”在沙滩上，象征抗战时期百姓遭到的灾难；用沈老太太的死亡和“九龙壁倒了”，象征国民党统治、旧制度的崩溃；用桑青等一家三人藏身的小“阁楼”，象征台湾国民党政权的摇摇欲坠；又用“阁楼”上老鼠尖利的牙齿“啃人的骨头”，“从头顶啃下去，啃进我的内脏”，象征台湾人民的悲惨命运；用“僵尸吃人”的民间传说，象征台湾法西斯统治的白色恐怖。以上内容作家都是以一则则寓言或近似寓言的小故事来表现的，“作者不加评论，不加分析”，让形象来表现一定的内容。我们从这些寓意丰富而深邃的形象中不难看出，作家对旧制度、旧势力，对台湾法西斯政权是痛恨的。但作家内心深处追求光明的火焰没有熄灭。北平解放前夕，作家对风筝的描写：“一眨眼，风筝变成了一个大火球，红通通的，在天上照着空空的蔡家庄。”——流露了作家对光明、对未来、对新社会的向往和追求，特别是该书“跋”中描写太阳神炎帝的女儿女娃变为帝女雀之后，发誓要衔小石子把东海填平的神话寓言，动人地表现了作家渴望祖国统一，回到祖国母亲的怀抱的感情和百折不挠的志向。作家有力地、深情地写道：“‘那怕就是百万年，千万年，万万年，一直到世界末日，我也要把你大海填平！’……直到今天，帝女雀还在那儿来回飞着。”这些寓言味浓郁的象征手法，都以扎实的现实生活和人的精神世界为基础，厚实而不浅露，含蓄而不晦涩，因而读来动人心弦，耐人回味。

特色之二是写实基础上的诗的手法。作家说，她书中“诗的手法”，就是“用诉诸感官的具体‘物象’和‘意象’，由外向人物内在放射，而照明人物的内心世界”。聂华苓的小说中，山、水、江、海、花、草、虫、鱼、鸟、云、风、雨、鼓、楼、船、车等等景和物，不是纯粹的自然景象或人物的生活环境，而是作家和作品中特定人物在特定生活境遇中的内心感情的“放射”，它们都蕴含着作家或人物的内心感受。作家写台湾社会“灰苍的墙。灰苍的天。婵媛就像一个无生命的美丽的标本，贴在一个灰苍的大匣子里”。把台湾的社会写成“大匣子”，台湾的生活景象写成“灰苍”的色调，这是“诗的手法”，带着强烈的主观爱憎的色彩，是作者和小说中受侮辱的婵媛内心感情的一种“折光”。其他如祖母“浑浑沌沌地望着那苍茫的流水”和“漂浮在河上的小船”，以及桃红（桑青）逃到美国，一次又一次兜搭顺风车，任由路人带她往别处去……，这些都是“诗的手法”，表现了作者和人物思念故乡和被台湾统治者逼得到异国流浪的某些中国人的悲剧。作家运用这种手法的高明之处在于，作品中作家和人物的“直觉”或“幻觉”，是个人的，也是时代的。台湾的骨肉同胞，四十年代末从大陆流落到台湾的人们，在异国漂流的中国人，他们都日夜思念故乡和亲人，渴望着祖国的统一。在九百六十万平方公里的土地上生活的十亿人民也强烈地思念在台湾的骨肉同胞，思念在异国生活的亲人。作家和作品中人物对外在物质世界的主观感受，正是时代的思潮在他们内心的反映或“折光”。这种“诗的手法”的运用，不仅使作品更有魅力，而且更深刻了。

特色之三是写实基础上的戏剧手法。戏剧反映生活较之小说来说，虽然要受到时间和空间的限制，却有更浓缩、集中、强烈的特点。聂华苓的三部小说，没有对人物作冗长的介绍，也没有对人物的一生的生活遭遇作详尽的交代，而是像一幕一幕戏一样，截取人物漫长的生活长河中有代表性的一个或几个片断。长篇小说《失去的金铃子》就集中表现了苓子中学毕业回到三星寨后，遇到的种种矛盾纠葛；短篇《一朵小白花》，表现了两个老同学在中国内地分了手，十多年后在台湾重新相见的那一刻，两人的友谊、时代风云在她们身上留下的痕迹等，至于分手后十多年的情况只一笔带过；长篇《桑青与桃红》的故事发生在一九四五年到一九七〇年之间。要全面表现桑青这一漫长的生活道路，要有多卷本的大部头才行。然而聂华苓有自己的结构方式。她截取了主人公桑青的四个生活片断：船困石滩、围困北平、藏匿阁楼和搭车流浪。这就像舞台剧一样，它们“各自成为一个独立的故事；但在表现主题那个目的上，四个故事又有统一性、连贯性。”作家运用的“戏剧手法”，使她的小说在结构上更加灵活、清楚、集中，从而有助于表现作家要突出表现的对现实生活的主观感受。

自然，她的小说也难免会有这样那样的不足，比如有些作品在反映现实生活时还可再挖掘得深一点，有些象征性的描写过分隐晦了一些，另外，作为小说，还应注意增强故事性和情节性等。

国内已出版了聂华苓的三部小说，她的作品为越来越多的国内的读者所了解、所欣赏了。聂华苓说，她今后“要为故乡的亲人而写”，创作出“既有艺术性又为广大人民所喜爱”的小说。“老家”的读者读到她的新作时，也和她得知自己的小说在国内出版时的心情一样，那一刻将“是非常美丽、非常动人、非常有意义的一刻。”

一九八三年九月一日于复旦园

《当代作家评论》一九八五年第一期

《梦回青河》:“抗战记忆”中的人性叙事

黄万华

於梨华的第一部长篇小说《梦回青河》一九六三年问世时，被徐讦称为自己“读到的第一部以敌伪时代地区为背景的长篇小说”，尤为“值得我们珍视”[①]。徐讦的话表明，在於梨华写作《梦回青河》的五六十年代，人们期待着读到描写刚刚成为历史的抗战时期生活的作品。我们已经熟悉了五六十年代中国内地抗战时期生活题材的小说，《苦菜花》、《铁道游击队》、《烈火金刚》等抗战生活题材“经典”立足于阶级战争的立场，刻画抗日战争中的共产党人形象，高扬革命英雄主义，“抗战史”成为“党史”的一种注释。那么，在境外的五六十年代文学中，抗战时期生活是如何得到表现的呢?《梦回青河》提供了一个值得审视、回顾的文本。

《梦回青河》一九六三年写完后，就被台湾广播电台买走了小说连播的版权，改编成广播连续剧后广受欢迎。四十多年后，《梦回青河》又被改编成电视连续剧，再次引起不俗反响。但比较小说原著和改编后的电视连续剧，还是于差异中让人觉得有点遗憾。电视连续剧《梦回青河》强化了人物悲剧的抗战时代背景，例如马一鸣的身份被改成投靠日军的汉奸，与此相关的事件直接构成了造成人物悲剧命运的冲突。这让人想起，抗战期间曹禺写《北京人》时，有人建议他联系抗战现实，具体写明愫方最终从曾公馆出走

---

① 徐讦:《梦回青河·序三》，台北，皇冠出版社，1963。

去了哪里（就如当时郭沫若的《屈原》写明屈原从东皇太一庙的大火中出走，去了"北方"一样），但曹禺拒绝了，他说："这么一个写法，戏就走了'神'，古老的感觉出不来"，"一写出那些具体的东西，这个戏的味道就不同了。"（《曹禺谈〈北京人〉》）於梨华对抗战时期生活有自己的真切记忆，但她写《梦回青河》，跟曹禺写《北京人》一样，没有将人物置于具体的抗日事件中，而只是在"青河依旧，只是人面换了，旧的熟的面孔不见了，有的躲了起来，有的被捉了，有的身头分了家，有的在旧面孔上套了一个新的壳子"的故乡叙事中，显露出沦陷这一严酷的抗战背景。即便是"祖发当了山里游击队的头"，导致大嫂家被查封的"抗日事件"，小说叙事关注的重心也是在家门查禁中，十六岁的定基病重得不到及时救治而身亡，母亲丧子之痛中咒"我"（小说女主人公，十五岁的定玉）"老天爷为什么没有眼睛，怎么不找你而找他呢"，引起"我"对"家"的"一种切骨的恨混合着切骨的痛"；而正是这种对"家"的恨、痛交织的情感导致了"家"的悲剧。小说虽没有直接涉笔于沦陷区抗日和媚日的生死搏斗，只是描写着日常生活中的种种平凡人生，但这些极普通的人表现出来的善恶、义利交战的心理，愚昧和天真相杂的性情，个人恩怨中的失足，都通向沦陷区根本性的人生难题，隐含着战争时期根本性的人生考验。於梨华说："舞台上的景被拆了，舞台上扮演的演员不在了，但故事没有被忘记。也不会，我希望。"[①]《梦回青河》就是这样一个故事，时过境迁，但故事的"神"始终在人性善恶的纠结中闪耀着。

五六十年代的台湾，也是一种高度意识形态化的环境。国民党在"痛定思痛"之中反省，资深外交官蒋廷黻曾作这样的感叹："二十年来，国民党握到的是军权和政权，共产党握到的是笔权，而结果是笔权打垮了军权和政权。"[②]时任台湾"国防部"总政治部主任的蒋经国也强调："文艺是一个很大的力量，因为文艺是产生信心的源。"[③]这种反省促使国民党当局"积极有为"地去开展文艺工作。蒋介石在一九五五年也正式提出了"战斗文艺"的口号，其内容就是"战斗的时代，带给文艺以战斗的任务"[④]。国民党当时在

---

① 於梨华：《梦回青河·序》，西安，太白文艺出版社，2000。

② 丁淼：《中共文艺总批评》，第51页，香港，香港亚洲出版社，1958。

③ 吴东权：《国军文艺运动三十年》，《当代中国新文学大系·史料与索引》，第944页，台北，天视出版事业有限公司，1981。

④ 李牧：《新文学运动历程中的关键时代》，《文讯月刊》第9期，第152页。

思想领域中的一元主导，使官方对台湾文学的“控制”性影响很大，乡愁题材、抗日题材等创作也难以摆脱其影响。而一九四九年后去台湾的大陆省籍人在思想上很难跟国民党意识形态构成直接的抗衡。在这种情况下，文学的现实主义精神面临着严峻的考验。

为了说明问题，这里插进来说一下姜贵一九五二年在台湾创作、一九五七年自印出版的长篇小说《旋风》。这本后来入选“台湾文学经典三十部”和“二十世纪中文小说一百强”的作品当年出版后，就被高阳称赞为“近代中国小说中最杰出的一本”[①]。夏志清在他颇有影响的《中国现代小说史》中称姜贵“是晚清、五四、卅年代小说传统的集大成者”[②]，而《旋风》则“是糅合了中国传统‘家庭小说’和‘侠义小说’技巧”的“成功”之作[③]。姜贵自述《旋风》是“从一个大姓家庭的衰微和没落，写出那一时期的社会病态”[④]。小说的两个主要人物，读书人出身的方祥千有着儒家文化的背景，对中国的前途颇为关心；他的远房侄子方培兰则“是个旧小说中‘侠盗’之类的人物，疏财仗义”[⑤]。姜贵以一种文化“残缺”意识，描写了方祥千、方培兰如何在中国传统文化分崩离析中成为“失魂者”的过程，而这一过程又被置于方姓大家庭道德沦丧、血脉衰微的背景中，从而表现出对“苍苔黄叶地，日暮多旋风”的犀利讽刺。艺术表现上，《旋风》发挥了章回体的种种长处，场景、人物描写尤有传统小说“雅俗共赏”的优长，而讽刺寓于人物自我心理的剖露中则较熟练地融合了传统和西洋的小说资源，这些都是《旋风》的不凡之处。然而，当小说将那个时代的“社会病态”跟共产党的活动联系在一起时，不仅小说带上了国民党意识形态的色彩，而且由此产生的焦灼感影响了作品的“讽刺”力量，让人感觉到，作者过多地为自己的经历所拘囿，过于急切地要将自己的沮丧感转化为对共产主义在中国内地胜利缘由的分析，“天真”地想以儒家人文思想和江湖社会的“侠义”之风去改变历史……在中国历史的转折时期，姜贵对政治势力胜负的焦灼还是冲击了他对人性、人的命运、人的本质等创作“本义”的关心。这无疑损害了《旋风》的艺术力量，也影响了它的经典性。

《旋风》的对照再次说明了，在意识形态对峙的年代，有时现实关注、现实描写太具体了，现实主义的“味”反而出不来，甚至会走了现实主义之“神”。现实主义之“神”

---

① 高阳：《关于〈旋风〉的研究》，《文学杂志》6卷6期，1959年8月。

②③⑤ 夏志清：《中国现代小说史》，第556、557页，台北，传记文学出版社，1985。

④ 姜贵：《旋风·自序》，第3页，台北，传记文学出版社，1959。

是文学的批判精神，这种批判精神因为进入了对人的存在的根本性困境的关注而显得深邃、丰厚。《梦回青河》正是在这点上让人回味不已。它也描绘一个大家族在抗战这样一种困难时期的流散离析，也凸显了每次中国社会大变动中，家庭命运总是最变化多端的历史情境，但关注的重心始终在人性、人之命运的批判性审视上。异族的侵占、家庭的变动，都是悲剧的缘由，但悲剧最致命的根由生植于人性之中。小说中"我"在理性上明了良知所在，但"我"一觉察到国一和美云眼神互望中的相遇是那样全心全意地互相倾倒、互相占有，就会被嫉恨"一口口吞没母亲给我的好的品格、正直不屈和宽容"。"我"嫁祸于美云，加深祖善对美云的仇恨，又"勾结"抢掳生事的张老大，定下正月初一借跳花脸抢掠美云之计。此时，"我自己的良知还是跟我丑恶的那面格斗，把我的身体朝两个方向撕裂"，然而国一对美云的体贴，"把我最后一丝良知赶跑了"，终于让祖善同马一鸣串通抢走了美云。事后，"我"在忏悔中也曾答应大舅今后说老实话，然而，三天后美云如乞丐般归来，又把"我心中存在的怜惜赶得光光"，"我的工于心计，我的刁刻，我的卑鄙，平时都看不出来，唯有和她在一起时，才全盘暴露。因为和她一对照，才看到了自己的本色。因为看到了自己的本色，所以恨她之心简直达到了炸裂之点"。于是，"我"再次把美云送上了不归路。这就是"我"，"一个能辨善恶，而没有勇气从善，也没有勇气完全从恶"的人。《梦回青河》将"我"这种"敌""友"相杂、"伴侣""刽子手"相冲撞的心理活动刻画得大起大落，撼人心魄。人性在情感、欲望的漩涡中会有如此复杂的纠结，甚至时隐时现于人的下意识让人无法抗拒，这又令人想到，这种日常生活中义利、善恶纠结的人性一旦面临民族大义公理的考验又会有怎样的结果，不免更让人感到惊心动魄。而小说中亦实亦虚的环境设置，又深化着这种人性之悲剧。

环境（人物关系）的亦实亦虚，实际上是《梦回青河》追求的一种审美距离。小说并未回避战争环境的严酷，如镇海沦陷了，县立中学"课程中加了日文，由一个留日的文学界里已很有成就的人来教"，日文的课本"多半是一些歌颂日本人的文选，千篇一律……幸好王先生给我们出的（作文）题目还是和以前一样，十分挑逗文思"，如"梦"、"家人归来"……然而不久王先生就被解聘了。在这种把人摧灭、让人沉沦的环境中，"出走"去内地，成了唯一的出路。但政治环境描写之"实"也就到此为止，让人"梦回青河"的是"我"大姨的家宅，那幢王新塘"最有气派"，"雄伟中含有线条的美"，醒目而不俗气的院落。它包容起人的诸多欲望、性情，以其虚实相生的存在距离观照出战争中人性的分化。它第一次这样出现在小说中："只有一细条夕阳懒懒地卧睡在灰墙角上，半个身子斜在塘面上，塘里水一动，夕阳就软软地伸着懒腰。等我们走完河堤，向右转了两个弯来到大姨家门口，那一抹夕阳已从塘上卷起，照在那扇暗红的细漆的小门上了。门一开，它就泻了一条淡光到后廊铺着四方形小块的花砖上。门一关，它不见了，只剩下一廊暮色，混着天井里梅花盆景中的花香，向我们扑来。"欲望、人性的分化就发生在这样一种古旧而柔弱的气氛中。大姨夫早逝，留给女儿美云一笔成年后才能取用的嫁妆，引发了这幢气派轩昂的大宅第中的矛盾，美云的后母、宅子的主人大姨和她的儿子祖善利用了"我"的嫉恨，最终葬送了美云。美云在这座大宅第中显得格外温文贤良，她甚至对"我"也是"长姐的味道"掺杂"仆人的恭敬"，自觉着"苦在骨头里，要改面换骨才可以出头的"。她的安顺忍耐，换得的回报却是祖善的贪婪、"我"的自私。在中国读者最熟悉的家族纷争中，人性有了最激烈的冲突、最深刻的分化。即便小说去掉诸如祖善自诩"本人和东洋人混得十分好呢"那样的政治性环境的点染，大姨宅第里发生的一切也足以让人强烈感受到，人性的弱点是怎样在严酷的战争环境中摧灭着生命，战争环境中最可怕的消亡并非肉体，而是人性、自我。在"我"对美云的最后一次致命的陷害中，祖善恰恰是利用了"我"的恐惧心理和"面子"观念（"我"害怕阿姆知道事情真相，"她的正义感是这样强，性子是这样烈，面子是这样要……怎么受得了"）。虚荣、胆怯、嫉恨，使"我"充当了刽子手。大姨家的宅第以其容纳的善恶正邪的人性分化映现出了战争环境中生活的本质。

跟王新塘大姨家宅映衬的另一个生活场景是镇海县中的女生宿舍，它弥漫着闺房脂粉气，但更有着人性的沉浮，尤其是慧英那种在"被男性玩弄"中的"享用"，已经"突破"了日常生活的女性感受，竟染上了女奴气息，甚至使人嗅到了亡国奴的气息。小说在种种"闺房"趣味的真切描写中，感慨"女人都有那么多面具"，而几乎所有的面具最终都被揭下，使人不得不思考，战争最终要摧灭的就是人性、自我，而人性的光芒也会在战争这一非常环境中闪耀（在小说人物宋曼如、张东民身上都有这种人性的光芒，甚至生活沉沦中的父亲俊明也在"没有给鬼子当走狗"的挣扎中闪耀出善良的人性）。小说的最后一笔是，"我""走向静止的青河"，"是朋友，是敌人，是伴侣，还是刽子手，我不知道……""敌友"这样一种战争中凸显的关系，以人性的复杂纠结成为"我"面临的人生难题，其中的意味深长丰富。这样的战争生存环境的呈现，的确在虚实相生中散发出独异的艺术魅力。

《梦回青河》作为台湾第一部描写抗战时期沦陷区生活的小说，以人性善恶的分化、家族命运的沉浮来揭示战争对人的生活的巨大影响，不仅使它得以摆脱五十年代冷战意识形态的拘囿，而且事实上进入了思考战争的人类本质（而非单一的阶级本质、民族本质）的层面。有论者认为，“我们反映和表现内战的作品比抗战的作品更多更成熟也更有影响”[①]。其实，长期以来我们描写抗战题材的思路跟“我们反映和表现内战的作品”是一样的，抗战中的“英雄”形象跟内战中的“英雄”形象并无太大差别，战争给个人造成的伤痛都被漠视，战争的根本性根源得不到深刻揭示，国共对峙的历史阴影始终制约着战争题材的创作，阶级战争的叙事替代了关于人类战争本质的思考。

池莉在谈到出版当年就获得了龚古尔文学奖的法国二战小说《恺木王》（米歇尔·图尼埃著）带给自己的震撼时说：“战争启蒙了一个人，造就了一个人，同时却又葬送了这个人。战争最酷烈的悲剧性就在于：催开了一朵鲜花然后碾碎它。再抽象一点，便是非常事件对于个体生命的提升与粉碎。非常事件有着命运般的魔力，它迫使我们凝望它并且不寒而栗：做人的不易，获得知觉的不易，而毁灭却来得易如反掌。奇妙的是，与此同时，我们却又充分地感觉到了人性的光芒，生命力量之美丽，智慧和思想之美丽：战争可以消灭个人，但永远征服不了个人的意志。”[②]《恺木王》是战后许多年一位法国作家呈现的战争体验，池莉的感慨是战后更多年一位中国作家对战争与自我、人性关系的认识。其实，战争的当年，中国作家直接置身于战争阴影中，他们的战争体验也曾抵及人性、自我的毁灭，并将之视为战争的人类本质。例如，张爱玲曾在她战时最重要的散文《烬余录》中特意写到了香港大学历史教授佛朗士（英籍），“一个豁达的人，彻底地中国化”，“对于英国的殖民地政策没有多大同情”，“研究历史很有独到的见地……我们从他那里得到一点历史的亲切感和扼要的世界观，可以从他那里学到的还有很多很多”，可这样“一个好先生，一个好人”，却在战争中“最无名目”地死去了。太平洋战争爆发，佛朗士应征入伍，然而他未来得及上战场“为国捐躯”，就在一天黄昏回军营时，因沉思未听见哨兵发问而被自己的哨兵枪杀。正是佛朗士那样的人在战争中那样死去，使张爱玲

① 孟繁华：《战争本质的国族叙事与个人体验》，《山东社会科学》2006年第4期。

② 池莉：《〈恺木王〉读后》，《南方周末》2002年4月7日。

领悟了战争超越交战国双方政府立场的本质：普通民众平凡甚至卑微的死亡，才构成了战争最广大最深沉的背景；也许正是这一点，战争才是更应该被制止的。这种认识抵达了战争的人类本质。再如，丘东平的战地小说一开始就直逼了战争对人性的巨大冲击，它可以闪耀出人性的光辉，也可以诱发出人性的沉沦。他笔下的战场悲剧呈现了战争对人性和自我的毁灭力量往往就在于它强化了环境对人的支配作用，以种种强制的外部力量构成对人性和自我最巨大的挑战。又如，丁玲的延安小说《我在霞村的时候》（一九四二）实际上以多重女性视角，对整个社会（包括贞贞为之工作的抗日阵营）发出了质疑：为什么要让贞贞以女性的苦难方式去从事抗日情报工作，为什么贞贞在这之后会被视为“不洁”？这种质疑揭示了战争如何强化了女性传统“定位”中包含的巨大不平等，从而从“战争与人”的角度思考着战争的本质。还有台湾作家杨逵在其小说《泥娃娃》（一九四二）中表达的忧患，“不！孩子，再没有比亡国的孩子去亡人之国更残忍的事了……”也是对战争泯灭自我、扼杀人性的悲剧的揭露。

但这些战争体验、思考在战后中国文学中变得淡薄甚至消失了。在东西方意识形态冷战局面和东亚现代性展开曲折的背景下，国共对峙的紧张局面引发的战争思维占了主导地位，抗日战争被演绎为国共之间进步和倒退、团结和分裂、积极抗战和消极抗战的斗争，战争的阶级本位立场完全替代了关于战争的人类本质的思考（一直到二〇〇五年世界反法西斯战争胜利六十周年之际，我在一篇文章中论及“战争的人类本质”，还遭到了一刊物主编的笔责：“难道还有战争的兽类本质？”）。在这种思维状态中，抗战这一丰富的历史资源得不到开掘，今天重读《梦回青河》，也格外引起人们的一些思考。

《梦回青河》包含有於梨华自己抗战时期在浙江故乡的生命记忆，又写成于她五六十年代从台湾去美国又回台湾的辗转中，是於梨华半个多世纪创作生涯中第一部长篇小说，它真切呈现了一个作家战争时期的生命体验，也揭示了文学真正应该关注的是什么。它诞生于一九六〇年代初期的台湾文坛，有对抗战时期人生正邪是非的揭示，更有对人性善恶存亡的深切关注，从而摆脱了官方意识形态关于抗战历史的政治诠释的阴影，进入了对人性的复杂性理解、悲悯的层面。二次大战是中华民族唯一直接卷入的壁垒分明的世界性战争。数千年中华文化自足调适的生存体系，加上近代以来外患内忧的民族危机，使得我们民族关注的重点一直落在中国特殊的国情上，我们民族的文学想象和艺术模式也一直着力于从中国社会内部的纷争、变动来呈现中国人的心灵轨迹，揭示中国人的历史逻辑，也就容易受到现实政治集团意识形态的制约，而极少从人类悲悯和人性拯救的层面，关注人类存在的危机、困境，去"将人类文化和人类一切游戏规则洞察，将存在本身洞穿"，并以人性抚慰、终极关切的光辉来温暖人类心灵。然而，二次大战使我们民族直接置身于跟整个人类息息相通的环境中，数千万人的迁徙、逃亡，数百万血肉生命的残损、消失，使整个民族第一次将民族、国家的存亡和人类文明的危机感受连到一起，也就使文学获得人类悲悯和人性拯救的新视野。二次大战、抗日战争题材创作的价值也在于此。而要开掘好抗战时期生活这一创作资源，就要走出国家主义的战争价值判断，摆脱政党意识形态的框架，去关注战争（环境）对具体人造成的精神影响、心灵创伤。《梦回青河》还称不上战争小说，但它极大地关注了战争（沦陷）环境中人性的分化，写出了义利、善恶在人性中的交战，实际上抵达了战争时期人生的深处，触及到了如何从根本上制止罪恶（战争）发生的问题。《梦回青河》让人再三萦回心怀的正在于此。

最后想说的一点是《梦回青河》的语言。於梨华的文字感觉丰盈清畅，她非常善于汲取各种语言资源，《梦回青河》是她的早期作品，她很自然地从家乡（浙东）方言中吸收了富有表现力的成分，用于人物心理的刻画和场面气氛的控制，涉词见趣，情味盎然。她后来的小说又大胆引入西洋文学的语词句法，跟感觉丰富的日常白话融合在一起，不仅没有欧化之印象，反而显得更清畅有力。读《梦回青河》，不禁有这样的想法，文字感觉丰富的人是不太会被功利主义、意识形态教条束缚住的，敏锐丰富的语言感觉必然会把创作者引入人性关注之层面。五六十年代文学的许多失落也是语言的失落。

《当代作家评论》二〇〇六年第五期

“如此悲伤，如此愉悦，如此独特”①
——齐邦媛与《巨流河》

王德威

齐邦媛教授是台湾文学和教育界最受敬重的一位前辈，弟子门生多恭称为“齐先生”。齐邦媛的自传《巨流河》今夏出版，既叫好又叫座，成为台湾文坛一桩盛事。在这本二十五万字的传记里，齐邦媛回顾她波折重重的大半生，从东北流亡到关内、到西南，又从大陆流亡到台湾。她个人的成长和家国的丧乱如影随形，而她六十多年的台湾经验则见证了一代“大陆人”如何从漂流到落地生根的历程。

类似《巨流河》的回忆录近年在海峡两岸并不少见，比齐邦媛的经历更传奇者也大有人在，但何以这本书如此受到瞩目？我以为《巨流河》之所以可读，是因为齐邦媛不仅写下一本自传而已。透过个人遭遇，她更触及了现代中国种种不得已的转折：东北与台湾——齐邦媛的两个故乡——剧烈的嬗变；知识分子的颠沛流离和他们无时或已的忧患意识；还有女性献身学术的挫折和勇气。更重要的，作为一位文学播种者，齐邦媛不断叩问：在如此充满缺憾的历史里，为什么文学才是必要的坚持？

---

① 齐邦媛引自覃子豪诗歌《金色面具》。齐书引用覃诗的情境，覃诗的原文是：“活得如此愉悦，如此苦恼，如此奇特”。齐邦媛：《巨流河》，第131页，台北，天下远见出版股份有限公司，2009。以下引文皆出自此书。

而《巨流河》本身不也可以是一本文学作品？不少读者深为书中的篇章所动容。齐邦媛笔下的人和事当然有其感人因素，但她的叙述风格可能也是关键所在。《巨流河》涵盖的那个时代，实在说来，真是“欢乐苦短，忧愁实多”，齐邦媛也不讳言她是在哭泣中长大的孩子。然而多少年后，她竟是以最内敛的方式处理那些原该催泪的材料。这里所蕴藏的深情和所显现的节制，不是过来人不能如此。《巨流河》从东北的巨流河写起，以台湾的哑口海结束，从波澜壮阔到波澜不惊，我们的前辈是以她大半生的历练体现了她的文学情怀。

东北与台湾

《巨流河》是一本惆怅的书。惆怅，与其说是齐邦媛个人的感怀，倒不如说是她和她那个世代总体情绪的投射。以家世教育和成就而言，齐邦媛其实可以说是幸运的；然而表象之下，她写出一代人的追求与遗憾，希望与怅惘。齐邦媛出生于辽宁铁岭，六岁离开家乡，以后十七年辗转大江南北。一九四七年在极偶然的机会下，齐邦媛到台湾担任台大外文系助教，未料就此定居超过六十年。从东北到台湾，从六年到六十年，这两个地方一个是她魂牵梦萦的原籍，一个是她安身立命的所在，都是她的故乡。而这两个地方所产生的微妙互动，和所蕴藉的巨大历史忧伤，我以为是《巨流河》全书力量的来源。

东北与台湾距离遥远，幅员地理大不相同，却在近现代中国史上经历类似命运，甚至形成互为倒影的关系。东北原为满清龙兴之地，地广人稀，直到一八七〇年代才开放允许汉人屯垦定居。台湾孤悬海外，也迟至十九世纪才有大宗闽南移民入住。这两个地方在二十世纪之交都成为东西帝国主义势力觊觎的目标。一八九五年甲午战争后，中日签订马关条约，台湾与辽东半岛同时被割让给日本。之后辽东半岛的归属引起帝俄、法国和德国的干涉，几经转圜，方才由中国以“赎辽费”换回。列强势力一旦介入，两地从此多事。以后五十年台湾成为日本殖民地，而东北历经日俄战争（一九〇五）、“九一八事变”（一九三一），终于由日本一手导演建立满洲国（一九三二～一九四五）。

不论在文化或政治上，东北和台湾历来与“关内”或“内地”有着紧张关系。两地都是移民之乡，草莽桀骜的气息一向让中央人士见外。两地也都曾经是不同形式的殖民地，面对宗主国的漠视和殖民者的压迫，从来隐忍着一种悲情和不平。《巨流河》对东北和台湾的历史着墨不多，但读者如果不能领会作者对这两个地方的复杂情感，就难以理解字里行间的心声；而书中串联东北和台湾历史、政治的重要线索，是齐邦媛的父亲齐世英（一八九九～一九八七）。

齐世英是民初东北的精英分子，早年受到张作霖的提拔，曾经先后赴日本、德国留学。在东北当时闭塞的情况下，这是何等的资历。然而青年齐世英另有抱负。一九二五年他自德国回到沈阳，结识张作霖的部将、新军领袖郭松龄（一八八三～一九二五）。郭愤于日俄侵犯东北而军阀犹自内战不已，策动倒戈反张，齐世英以一介文人身份慨然加入。但郭松龄没有天时地利人和，未几兵败巨流河，并以身殉，齐世英从此流亡。

“渡不过的巨流河”成为《巨流河》回顾忧患重重的东北和中国历史最重要的意象。假使郭松龄渡过巨流河，倒张成功，是否东北就能够及早现代化，也就避免“九一八”、西安事变的发生？假使东北能够得到中央重视，是否满洲国就无法建立，也就没日后的抗战甚至国共内战？但历史不是假设，更无从改写，齐世英的挑战才刚刚开始。他进入关内，加入国民党，负责东北党务，与此同时又创立中山中学，收容东北流亡学生。抗战结束，齐世英奉命整合东北人事，重建家乡，却发现国民党的接收大员贪腐无能，听任俄国人蹂躏东三省。中共崛起，东北是首先失守的地区，国民党从这里一败涂地，齐世英再度流亡。

齐世英晚年有口述历史问世，帮助记录他与国民党中央的半生龃龉，但是语多含蓄，而他的回忆基本止于一九四九。[①]《巨流河》的不同之处在于这是出于一个女儿对父亲的追忆，视角自然不同，下文另议。更值得注意的是《巨流河》叙述了齐世英来到台湾以后的遭遇。一九五四年齐世英因为反对增加电费以筹措军饷的政策触怒蒋介石，竟被开除党籍；一九六〇年更因与雷震及台籍人士吴三连、许世贤、郭雨新等人筹组新党，几乎系狱。齐世英为台湾的民生和民主付出了他后半生的代价，但骨子里他的反蒋也出于东北人的憾恨。东北还是台湾，都不过是蒋政权的棋子罢了。

渡不过的巨流河——多少壮怀激烈都已付诸流水。晚年的齐世英在充满孤愤的日子里郁郁而终。但正如唐君毅论中国人文精神所谓，从“惊天动地”到“寂天寞地”，求仁得仁，又何憾之有？[②]而这位东北“汉子”与台湾的因缘是要由他的女儿来承续。

---

① 林忠胜、林泉、沈云龙：《齐世英先生访问纪录》，台北，“中央研究院”近代史研究所，1990。

② 唐君毅：《中国文化之精神价值》，《唐君毅全集》第4卷，第366页，台北，学生书局，1991。

齐邦媛应是台湾光复后最早来台的大陆知识分子之一。彼时的台湾仍受日本战败影响，二二八事件刚过去不久，国共内战方殷，充满各种不确定的因素。就在这样的情况下，一位年轻的东北女子在台湾开始了人生的另一页。

齐邦媛对台湾的一往情深，不必等到九十年代政治正确的风潮。她是最早重视台湾文学的学者，也是译介台湾文学的推手。她所交往的作家文人有不少站在国民党甚至“大陆人”的对立面，但不论政治风云如何变换，他们的友情始终不渝。齐邦媛这样的包容仿佛来自于一种奇妙的，同仇敌忾的义气：她“懂得”一辈台湾人的心中，何尝不也有一道过不去的巨流河？现代中国史上，台湾错过了太多，也被辜负了太多。像《亚细亚的孤儿》和《寒夜三部曲》这类作品写的是台湾之命运，却有了一位东北人作知音。

巨流河那场战役早就灰飞烟灭，照片里当年那目光熠熠的热血青年历尽颠仆，已经安息。而他那六岁背井离乡的女儿因缘际会，成为白先勇口中守护台湾“文学的天使”。蓦然回首，齐邦媛感叹拥抱台湾之余，“她又何曾为自己生身的故乡和为她而战的人写过一篇血泪纪录？”（496）《巨流河》因此是本迟来的书。它是一场女儿与父亲跨越生命巨流的对话，也是齐邦媛为不能回归的东北，不再离开的台湾所作的告白。

四种“洁净”典型

《巨流河》见证了大半个世纪的中国和台湾史，有十足可歌可泣的素材，但齐邦媛却选择了不同的回忆形式。她的叙述平白和缓，即使处理至痛时刻，也显示极大的谦抑和低徊。不少读者指出这是此书的魅力所在，但我们更不妨思考，这样的风格之下，蕴含了怎样一种看待历史的方法？又是什么样的人和事促成了这样的风格？

在《巨流河》所述及的众多人物里，我以为有四位最足以决定齐邦媛的态度：齐世英、张大飞、朱光潜、钱穆。如上所述，齐世英的一生是此书的“潜文本”。政治上齐从巨流河一役到国民党撤离大陆，不折不扣的是个台面上的人物，来台之后却因为见罪领袖，过早结束事业。齐邦媛眼中的父亲一身傲骨，从来不能跻身权力核心。但她认为父亲的特色不在于他的择善固执；更重要的，他是个“温和洁净”的性情中人（54）。

正因如此，南京大屠杀后的齐世英在武汉与家人重逢，他“那一条洁白的手帕上都是灰黄的尘土……被眼泪湿得透透地。他说：‘我们真是国破家亡了。’”（87）。重庆大轰炸后一夜大雨滂沱，“妈妈又在生病……全家挤在还有一半屋顶的屋内……他坐在床头，一手撑着一把大雨伞遮着他和妈妈的头，就这样的等着天亮……”（144）晚年的齐世英郁郁寡欢，每提东北沦陷始末，即泪流不能自已。这是失落愧疚的眼泪，也是洁身自爱的眼泪。

齐世英的一生大起大落，齐邦媛却谓从父亲学到“温和”与“洁净”，很是耐人寻味。乱世出英雄，但成败之外，又有几人终其一生能葆有“温和”与“洁净”？这是《巨流河》反思历史与生命的基调。

怀抱着这样的标准，齐邦媛写下她和张大飞（一九一八～一九四五）的因缘。张大飞是东北子弟，父亲在满洲国成立时任沈阳县警察局长，因为协助抗日，被日本人公开浇油漆烧死。张大飞逃入关内，进入中山中学而与齐家相识；“七七事变”他加入空军，胜利前夕在河南一场空战中殉国。张大飞的故事悲惨壮烈，他对少年齐邦媛的呵护成为两人最深刻的默契，当他宿命式地迎向死亡，他为生者留下永远的遗憾。

齐邦媛笔下的张大飞英姿飒飒，亲爱精诚，应该是《巨流河》里最令人难忘的人物。他雨中伫立在齐邦媛校园里的身影，他虔诚的宗教信仰，他幽幽的诀别信，无不充满青春加死亡的浪漫色彩。但这正是齐邦媛所要厘清的：他们之间的关系不容如此轻易归类，因为那是一种至诚的信托，最洁净的情操。我们今天的抗战想象早已被《色·戒》这类故事所垄断。当学者文人口沫横飞地分析又分析张爱玲式的复杂情事，张大飞这样的生，这样的死，反而要让人无言以对。面对逝者，这岂不是一种更艰难的纪念？

二十世纪末，七十五岁的齐邦媛访问南京阵亡将士纪念碑，在千百牺牲者中找到张大飞的名字。五十五年的谜底揭开，尘归尘，土归土，历史在这里的启示非关英雄，更无关男女。俱往矣——诚如齐邦媛所说，张大飞的一生短暂如昙花，“在最黑暗的夜里绽放，迅速阖上，落地”，如此而已，却是“那般无以言说的高贵”，“那般灿烂洁净”（584）。

朱光潜（一八九七～一九八六）是中国现代最知名的美学家，抗战时期在乐山武汉大学任教，因为赏识齐邦媛的才华，亲自促请她从哲学系转到外文系。一般对于朱光潜的认识止于他的《给青年的十二封信》或是《悲剧心理学》，事实上朱也是三十年代“京派”文学的关键人物，和沈从文等共同标举出一种敬谨真诚的写作观。但这成为朱日后在大陆学界争议性的起源。一九三五年鲁迅为文攻击朱对文学“静穆”的观点，一时沸沸扬扬。的确，在充满“呐喊”和“彷徨”的时代谈美、谈静穆，宁非不识时务？

齐邦媛对朱光潜抗战教学的描述揭开了朱较少被提及的一面。朱在战火中一字一句吟哦，教导雪莱、济慈的诗歌，与其说是与时代脱节，不如说开启了另一种回应现实的境界——正所谓“言不及己，若不堪忧”。某日朱在讲华兹华斯的长诗之际，突有所感而哽咽不能止，他“快步走出教室，留下满室愕然”（185）。就此令人注意的不是朱光潜的眼泪，而是他的快步走出教室。这是种矜持的态度了。朱的美学其实有忧患为底色，他谈“静穆”哪里是无感于现实？那正是痛定思痛后的豁然与自尊，中国式的“悲剧”精神。然而狂飙的时代里，朱光潜注定要被误解。五十年代当他的女弟子在台湾回味浪漫主义诗歌课时，他正一步一步走向美学大辩论的风暴里。

钱穆（一八九五～一九九〇）与齐邦媛的忘年交是《巨流河》的另一高潮。两人初识时齐任职国立编译馆，钱已隐居台北外双溪素书楼，为了一本新编《中国通史》是否亵渎武胜岳飞，一同卷入一场是非；国学大师竟被指为为“动摇国本”的学术著作背书。极端年代的历史被极端政治化，此又一例。但钱穆不为所动。此无他，经过多少风浪，他对传承文化的信念惟“诚明”而已。

此时的钱穆已经渐渐失去视力，心境反而益发澄澈。然而大陆经过“文革”摧残殆尽，台湾的本土运动山雨欲来，“一生为故国招魂”的老人恐怕也有了时不我予的忧愁。有十六年，齐邦媛定时往访钱穆，谈人生、谈文人在乱世的生存之道。深秋时节的台湾四顾萧瑟，唯有先生居处阶前积满红叶，依然那样祥和灿烂。然后一九九〇年在“立法委员”陈水扁的鼓噪、“总统”李登辉的坐视下，钱被迫迁出素书楼，两个月之后去世。

钱穆的《国史大纲》开宗明义，谓“对其本国历史略有所知者，尤必附随一种对其本国以往历史之温情与敬意”。但国家机器所操作的历史何尝顾及于此？是在个人的记录里，出于对典型在宿昔的温情与敬意，历史的意义才浮现出来。二十世纪的风暴吹得中国满目疮痍，但无论如何，“世上仍有忘不了的人和事”（434），过去如此，未来也应如此，这正是齐邦媛受教于钱穆最深之处。

知识的天梯

由三十年代到九十年代，齐邦媛厕身学校一甲子，或读书求学，或为人师表，在在见证知识和知识以外因素的复杂互动。她尝谓一生仿佛“一直在一本一本的书叠起的石梯上，一字一句的往上攀登”。但到头来她发现这石梯其实是个天梯，而且在她“初登阶段，天梯就撤掉了”(383)。这知识的天梯之所以过早撤掉不仅和半个多世纪的历史动荡有关，尤其凸现了性别身份的局限。

“九一八事变”后，大批东北青年流亡关内。齐世英有感于他们的失学，多方奔走，在一九三四年成立国立中山中学，首批学生即达两千人。这是齐邦媛第一次目睹教育和国家命运的密切关联。中山中学的学生泰半无家可归，学校是他们唯一的托命所在，师生之间自然有了如亲人般的关系。“楚虽三户，亡秦必楚”成为他们共勉的目标。抗战爆发，这群半大的孩子由老师率领从南京到武汉、经湖南、广西，再到四川。一路炮火威胁不断，死伤随时发生，但中山的学生犹能弦歌不辍，堪称抗战教育史的一页传奇。

中山中学因为战争而建立，齐邦媛所就读的南开中学、武汉大学则因战争而迁移。南开由张伯苓于一九〇四年创立，是中国现代教育的先驱，校友包括周恩来、温家宝两位国家总理，钱思亮、吴大猷两位中央研究院院长，和无数文化名人如曹禺、穆旦、端木蕻良等。武汉大学是华中学术重镇，前身是张之洞创办的自强学堂，一九二八年成为中国第一批国立大学。抗战爆发，南开迁到重庆沙坪坝，武大迁到乐山。

齐邦媛何其有幸，在战时仍然能够按部就班接受教育。即使在最不利的条件下，南开依然保持了一贯对教学质量的坚持。南开六年赋予齐邦媛深切的自我期许，一如其校歌所谓，智勇纯真、文质彬彬。到了乐山武汉大学阶段，她更在名师指导下专心文学。战争中的物质生活是艰苦的，但不论是南开“激情孟夫子”孟志荪的中文课还是武大朱光潜的英美文学、吴宓（一八九四～一九七八）的文学与人生、袁昌英（一八九四～一九七三）的莎士比亚，都让学生如沐春风，一生受用不尽。在千百万人流离失所，中国文化基础伤痕累累的年月里，齐邦媛以亲身经验见证知识之重要，教育之重要。

然而战时的教育毕竟不能与历史和政治因素脱钩。齐邦媛记得在乐山如何兴冲冲地参加“读书会”，首次接触进步文学歌曲；她也曾目睹抗战胜利后的学潮，以及闻一多、张莘夫被暗杀后的大规模抗议活动。武汉大学复校之后，校园政治愈演愈烈；在“反内战、反饥饿”的口号中，国民党终于将军队开进校园，逮捕“左派”师生，酿成“六一惨案”。

半个世纪后回顾当日校园红潮，齐邦媛毋宁是抱着哀矜勿喜的心情。她曾经因为不够积极而被当众羞辱，但她明白理想和激进、天真和狂热的距离每每只有一线之隔，历史的后见之明难以作判断。她更感慨的是，许多进步同学五十年代即成为被整肃的对象，他们为革命理想所作的奉献和他们日后所付出的代价，往往成为反比。这就不能不令人深思知识分子和国家机器之间艰难的抗争了。

反讽的是，类似的教育与意识形态的拉锯也曾出现在台湾，而齐邦媛竟然身与其役。时间到了一九七〇年代，反攻复国大业已是强弩之末，但保守的国家栋梁们仍然夙夜匪懈。彼时齐邦媛任职国立编译馆，有心重新修订中学国文教科书，未料引来排山倒海的攻击。齐邦媛所坚持的是编订六册不以政治挂帅，而能引起阅读兴趣、增进语文知识的教科书，但她的提议却被扣上“动摇国本”的大帽子。齐邦媛如何与反对者周旋可想而知，要紧的是她克服重重难关，完成了理想。

我们今天对照新旧两版教科书的内容，不能不惊讶当时惊天动地的争议焦点早已成为明日黄花。“政治正确”和“政治不正确”原来不过如此这般。倒是齐邦媛能够全身而退，还是受助于当时台湾政治社会环境与大陆的巨大差距。日后台湾中学师生使用一本文学性和亲和力均强的国文教材时，可曾想象幕后的推手之所以如此热情，或许正因为自己的南开经验：一位好老师，一本好教材，即使在最晦暗的时刻也能启迪一颗颗敏感的心灵。

齐邦媛记录她求学或教学经验的底线是她作为女性的自觉。一九三〇、一九四〇年代女性接受教育已经相当普遍，但毕业之后追求事业却谈何容易。拿到武汉大学外文系学位后的齐邦媛就曾着实彷徨过。她曾经考虑继续深造，但国共内战的威胁将她送到了台湾，以后为人妻，为人母，从此开始另外一种生涯。

但齐邦媛从来没有放弃她追求学问的梦想。她回忆初到台大外文系担任助教，如何一进门就为办公室堆得老高的书籍所吸引；或在台中一中教书时，如何从“菜场、煤炉、奶瓶、尿布中偷得几个小时，重谈自己珍爱的知识”的那种“幸福”的感觉(346)。直到大学毕业二十年后，她才有了重拾书本的机会，其时她已近四十五岁。

一九六八年，齐邦媛入美国印第安纳大学研究所，把握每一分钟“偷来的”时间苦读，自认是一生“最劳累也最充实的一年”(379)。然而就在硕士学位垂手可得之际，她必须为了家庭因素放弃一切，而劝她如此决定的包括她的父亲。

这，对于齐邦媛而言，是她生命中渡不过的“巨流河”吧？齐邦媛是惆怅的，因为知道自己有能力、也有机会渡到河的那一岸，却如何可望也不可及。值得我们思考的是，如果在齐世英那里巨流河有着史诗般的波涛汹涌，齐邦媛的《巨流河》可全不是那回事。她的“河”里净是贤妻良母的守则，是日复一日的家庭责任。但这样“家常”的生命考验，如此琐碎，如此漫长，艰难处未必亚于一次战役，一场战争。在知识的殿堂里，齐先生那一辈女性有太多事倍功半的无奈。直到多年以后，她才能够坦然面对。

千年之泪

《巨流河》回顾现代中国史洪流和浮沉，其中的人与事，感慨不在话下，以最近流行的话语来说，这似乎也是本向“失败者”致敬的书。齐邦媛对此也许有不同看法。齐世英、张大飞、朱光潜、钱穆等人所受到的伤害和困蹇只是世纪中期千万中国人中的抽样；如果向他们致敬的理由出自他们是“失败者”，似乎忽略了命运交错下个人意志升华的力量，和发自其中的“潜德之幽光”。《圣经·提摩太后书》的箴言值得思考：“那美好的仗我已经打过了，当跑的路我已经跑尽了，所信的道我已经守住了。”

而齐邦媛本人是在文学里找到了回应历史暴虐和无常的方法。一般回忆录里我们很难看到像《巨流河》的许多篇章那样，将历史和文学作出如此绵密诚恳的交汇。齐邦媛以书写自己的生命来见证文学无所不在的力量。她的文学启蒙始自南开；孟志荪老师的中国诗词课让她“如醉如痴地背诵，欣赏所有作品，至今仍清晰地留在心中”（131）。武汉大学朱光潜教授的英诗课则让她进入浪漫主义以来那撼动英美文化的伟大诗魂。华兹华斯清幽的“露西”组诗，雪莱《云雀之歌》轻快不羁的意象，还有济慈《夜莺颂》对生死神秘递换的抒情，在在让一个二十岁不到的中国女学生不能自已。

环顾战争中的混乱和死亡，诗以铿锵有致的声音召唤齐邦媛维持生命的秩序和尊严。少年“多识”愁滋味，雪莱的《哀歌》“I die! I faint! I fail!”引起她无限共鸣。但“我所惦念的不仅是一个人的生死，而是感觉他的生死与世界、人生、日夜运转的时间都息息相关。我们这么年轻，却被卷入这么广大且似乎没有止境的战争里”。（192）在张大飞殉国的噩耗传来的时刻、在战后晦暗的政局里，惠特曼的《啊，船长！我的船长！》沉淀她的痛苦和困惑。“O the bleeding drops of red, / Where on the deck my Capitan lies, / Fallen cold and dead。”“那强而有力的诗句，隔着太平洋呼应对所有人的悲悼。”（216）悲伤由此提升为悲悯。

多年以后，齐邦媛出版中文文学评论集《千年之泪》（一九九〇）。书名源自《杜诗镜铨》引王嗣奭评杜甫《无家别》：“目击成诗，遂下千年之泪。”生命、死亡、思念、爱、亲情交织成人生共同的主题，唯有诗人能以他们的素心慧眼，“目击”、铭刻这些经验，并使之成为回荡千百年的声音。齐邦媛有泪，不只是呼应千年以前杜甫的泪，也是从杜甫那里理解了她的孟志荪、朱光潜老师的泪，还有她父亲的泪。文学的魅力不在于大江大海般的情绪宣泄而已，更在于所蕴积的丰富思辨想象能量，永远伺机喷薄而出，令不同时空的读者也荡气回肠；而文学批评者恰恰是最专志敏锐的读者，触动作品字里行间的玄机，开拓出无限阅读诠释的可能。

杜甫、辛弃疾的诗歌诚然带给齐邦媛深刻的感怀，西方文学希腊、罗马史诗到浪漫时代，维多利亚时代，甚至艾略特等现代派同样让她心有戚戚焉。齐邦媛曾提到西方远古文学里，她独钟罗马史诗《伊尼亚德》（The Aeneid）。《伊尼亚德》描述特洛伊战后，伊尼亚斯（Aeneas）带着一群“遗民”渡海寻找新天地的始末。他们历尽考验，终在意大利建立了罗马帝国。但是伊尼亚斯自己并无缘看到他的努力带来任何结果；他英年早逝，留下未竟的事业。这样的史诗由齐邦媛道来显然此中有人，呼之欲出，由是我们对她的心事又有了更多体会。成功不必在我，历史胜败的定义如何能够局限在某一时地的定点？

一九九五年，抗战胜利五十年，齐邦媛赴山东威海参加会议。站在渤海湾畔北望应是辽东半岛，再往北就通往她的故乡铁岭。然而齐是以台湾学者身份参加会议，不久就要回台。她不禁感慨：“五十年在台湾，仍是个‘外省人’，像那永远回不了家的船（The Flying Dutchman）”——“怅惘千秋一洒泪”，杜甫的泪化作齐邦媛的泪。与此同时，她又想到福斯特（Foster）的《印度之旅》的结尾：“全忘记创伤，‘还不是此时，还不是此地（not now, not here。）’”（490）这里中西文学的重重交涉，足以让我们理解当历史的发展来到眼前无路的时刻，是文学陡然开拓了另一种境界，从而生发出生命又一层次的感喟。

也正是怀抱这样的文学眼界，齐邦媛在过去四十年致力台湾文学的发展。台湾很小，但历史的机缘使这座小岛和大陆有了分庭抗礼的机会。甲午战争后，台湾是在被割裂的创伤下被掷入现代性体验；一九四九年大陆变色，将近两百万军民涌入岛上，更加深台湾文学的忧患色彩。齐邦媛阅读台湾文学时，她看到大陆来台作家如司马中原、姜贵笔下那“震撼山野的哀痛”，也指出本土作家吴浊流、郑清文、李乔的文字一样能激起千年之泪。

海峡两岸剑拔弩张的情况如今已经不复见，再过多少年，一八九五、一九四七、一九四九这些年份都可能成为微不足道的历史泡沫。但或许只有台湾的文学还能够幸存，见证一个世纪海峡两岸的创伤。齐邦媛是抱持这样的意愿的。她也应该相信，如果雪莱和济慈能够感动一个抗战期间的中国女学生，那么吴浊流、司马中原也未必不能感动另一个时空和语境里的西方读者。她花了四十年推动台湾文学翻译，与其说是为了台湾文学在国际文坛找身份，不如说是更诚恳地相信文学可以有战胜历史混沌和国家霸权的潜力。

《巨流河》最终是一位文学人对历史的见证。随着往事追忆，齐邦媛在她的书中一页一页地成长，终而有了风霜。但她娓娓叙述却又让我们觉得时间流淌，人事升沉，却有一个声音不曾老去。那是一个“洁净”的声音，一个跨越历史、从千年之泪里淬炼出来的清明而有情的声音。

是在这个声音的引导下，我们乃能与齐邦媛一起回顾她的似水年华：那英挺有大志的父亲，牧草中哭泣的母亲，公而忘私的先生；那唱着《松花江上》的东北流亡子弟，初识文学滋味的南开少女，含泪朗诵雪莱和济慈的朱光潜；那盛开铁石芍药的故乡，那波涛滚滚的巨流河，那深邃无尽的哑口海，那暮色山风里、隘口边回头探望的少年张大飞……如此悲伤，如此愉悦，如此独特。

《当代作家评论》二〇一二年第一期

现代精神：从感悟到抗拒

——对王文兴小说创作主题的一种贯通

张新颖

一九六〇年，王文兴和他台大外文系的同学们创办《现代文学》时，才二十一岁。眼观世界文化的剧烈变动，心受新一代人成长的特殊经验，这一批“大学才子”（College Wits）仿佛突然间在贫瘠的文坛上崛起了。一上场就带着一种崭新的文学观念，以逼人正视的创作实绩为台湾文学创造出全新的书写传统。

从王文兴的小说创作中，我读出了一条暗隐在现代人成长、生存过程中的精神发展线索，而且，我强烈感觉到小说中的精神世界与作者的内心路向互相投射。当然，这种投射不是直接的，不是建立起一种事实相似性的纪实传记，投射对于外在事实的穿透使自传性立基于超越品格的层次，以保证书写活动是一种创造而不是复现，保证其产物是虚构的小说（Fiction）。

感受与觉悟：早期小说

一九八〇年，王文兴把早期创作重新结集出版，取名《十五篇小说》（洪范书店），是两本旧作《玩具手枪》和《龙天楼》的合订本，写作时间从大学时代到留学美国爱荷华大学小说创作班的末期，即六十年代上半期。自此之后，王文兴创作的重心转向长篇小说，发表了震动文坛的《家变》和《背海的人》。

在十五篇小说中，有十一篇可以归为成长主题的范畴，其中三篇同时兼具其他方面的表现功能。仅仅从数字的对比中也可以看出王文兴关注的中心。这种关注毫无疑问是内视性的，作为对摹写、再现理论的反叛，现代主义作家掉转探触方向，内视性就成为他们最基本的文学表述特征。青年王文兴在现时和回溯性的经验中，被成长的感受和觉悟诱惑住了。

《玩具手枪》是具有代表性的一篇。主人公胡昭生是个大学生，具有为现代主义作家所偏爱的外形与气质：身材瘦弱矮小，神情阴郁茫然，不合群，敏感而懦弱，不停地咀嚼内心的伤痛。他去参加中学同学的生日宴会，却像掉进了一个险恶的梦境里面，在装了鞭炮的玩具手枪威逼之下承认自己屈辱的罗曼史。当他拿着手枪报复对方时却又遭受出乎意料的心灵重创。胡昭生几乎毫无准备就处于和群体对立的窘境："为什么我不受欢迎？钟学源戏弄我，他们就附和，我戏弄他，他们就反对，是甚么道理？""一个人就一个！上帝！你就看着我一个人来对付他们全体吧！我向他们全体挑战！"在紧张的敌意关系里，有一种极深的"仇恨"汹涌泛滥：

> 他们一个个都张大了眼睛，发亮，兴奋，咧着口，露着白森森的牙，盯住他看，好像一群饿狼，准备把他撕成片片，吞下肚子。胡昭生感到一阵寒心，同时感到一股仇恨，一股冲着他们全体发出的仇恨。

"仇恨"是双方的，胡昭生"仇恨"群体，群体也"仇恨"这个游离者。击败胡昭生的，不是嬉闹（"玩具"），而是这表面之下的"仇恨"（"手枪"）。"仇恨"这一古老的心理和情感甚至成为整个环境的隐含意义，个人被严严实实地围困当中，无从逃避。"仇恨"同"欲望"一样是一种可怕的毁灭世界的力量，胡昭生最强烈的青春感受居然就是前者。弗罗斯特把"仇恨"用"冰"的意象来比喻，二者的关联在小说中被更加紧密地表述出来，贯注于对黑暗环境的描绘，超越了直接的比喻修辞，如开头和结尾：

> 六点钟时，无边无际的黑暗，像潮涌一般，鲸吞了整座台北市。天气冰冷，一触到肌肤，就跟钢铁一样，冷得似乎具有一种刻骨的、腐蚀性的破坏力——也就像化学实验室里用的强酸溶液。

> 这时外面的气温只有五六度那么低，寂静得像荒城，天空没有月亮，也没有星星。马如霖为他开了门，望着他投进广大如海的黑暗里，黑暗只一口，就把他吞掉。

与“仇恨”感受相类，《黑衣》表现了一个天使般的五岁女孩对于“邪恶”的畏惧、厌恶和对抗。根据成年角色的叙述，黑衣人晋某是文化界名流，才学徒有其名，惊人的是他的登龙手腕。在宴席上，小女孩秋秋与黑衣人同桌，她“陌生地望着”这个人，“眼睛内露出畏惧的神色”，悄声告诉吴太太说她不喜欢那人的一身黑衣服。黑衣人千方百计逗她，用东西收买她，她气愤地和他吵嘴，赶他走开。在各种场合都春风得意的黑衣人当众受挫于一个小小女孩，咽不下这口气，趁别人不注意的间隙做鬼脸威吓女孩：“他忽将眼珠暴起，鼻孔翕大，嘴唇咧开，做出一个狰狞恐怖的怪脸。”“眼眶的四周复留下两环眼镜打的白圈，且他又将舌头拉出三寸多长。”女孩吓得大哭不止。女孩的感受是纯净心灵的本能反应，而黑衣人作为“邪恶”的隐喻在叙述中被尖锐地揭示出来：

> 那是我所见过的最丑恶的一张脸，我实在没想到人类的面孔可以扭曲到那般可怖的地步。而我也没有想到从丑恶又可以那样敏捷，那样全盘变更地又还回笑容可掬的地步，正像那黑衣人这时满面笑容的状态。

在成长过程中，恋情和性意识的觉醒与骚动是重要的阶段。一个小男孩也许并不清楚自己对独居女人的特殊亲近和目睹裸体时含混感受背后的心理和生理作用（《母亲》），处在青春期之初的少年却必须经受生理变化引起的心理惊惧和迷乱，这种心理紧张超过常态时表现为一场惊心动魄的自我搏斗：一方面耽溺于性幻想，另一方面又要全力抵制这种诱惑，小小的心几乎要被这两种各不相让的力量撕裂（《寒流》）。当他已经变为一个孤独的青年，仔细静观角落里一对情侣亲昵的一举一动时，除了心中泛起的痛楚，身上也会涌动如大地般深厚、自然的欲望之潮（《大地之歌》）。

而《海滨圣母节》[①] 里，生命的结束却是为了明明白白的意义，为了实现一个许诺，

---

① 我没把此篇划入成长主题的范畴，主要因为文学表现上的外视性，以及叙述者和叙述对象间较强的距离感。这里提到它，只是做一种参照。

为了宗教情怀的愿望，更为了生命本身壮丽辉煌的张扬，萨科洛扮作雄狮，激情狂舞，直至力尽气绝。

由感受而体悟，从自发到自觉，生命本质上已经发生了变化，完成了瞬间的飞跃。在《欠缺》里，少年暗恋一个有如花面貌的妇人许久，后来却得知她是个诈骗犯。少年悲伤得不能自已，不纯为妇人失望于他，更因为发现了生命中存在着欺骗和“欠缺”，而且准备以后面对更多“欠缺”的来临。还有，当生命的有限性第一次被觉悟，心灵第一次碰上死亡，会有怎样的反应呢?《日历》写一个无忧无虑的大孩子要预先算出未来的日子，受一种微妙、神秘快感的蛊惑，自己一年一年地画日历。画到二〇一五年的时候，纸面都填满了。这就是生命的终点吗？他开始想从未想到的事，那一年他将七十二岁。“而，面前的这一张纸，仅仅是一张纸，便装满了他未来的，所有的，所剩的全部生命的日子。”猝然的觉悟使心灵难以承受，他突然呜呜地哭起来。碰上死亡，才发现生命最大的悖论，抗拒死亡成为最本能的反应，《命运的迹线》叙述了一种孩子式的抗拒方式。一个孩子给十三岁的高小明看手相，说他生命线短，只能活到三十岁。死亡一下子站到了伸手可及的地方，可他曾计划一生要写三十本书，慢慢磨炼，在三十岁时才肯出版第一本——那时他已死掉。“这孩子的胸中涌起了一波反抗的——却又注定失败的——愤怒。”他用刀片拉长了寿命线，一直拉到手腕关节的动脉处。而自觉的生命，正从对死亡的抗拒中，从鲜血涌出的时候开始。

在《十五篇小说》中，还有一篇是《草原底盛夏》。这一篇初刊于《现代文学》第八期时有一个题记：“怀念我遗失了一半的青年时代”，由此可以窥探这篇小说和成长经验的隐匿的联系，但我更想从另外的角度读它，所以详细的论述留待下文。另外三篇是《大风》、《两妇人》和《龙天楼》，笔触探及社会下层的苦难、人生的命运和恩怨以及从大陆来台湾的上代人特殊的经历和心理，这些一般来说都处在作者直接经验范围之外，由于它们并不能总是与作家内在精神互相渗透、交融，自然不能保证每一篇的艺术魅力。在我看来，《龙天楼》就是一个失败的文本。

最初的背叛：《家变》

《家变》完成于一九七二年七月，九月《中外文学》第四期开始连载，第二年四月环宇出版社出初版本。用一种貌似公允的说法，对《家变》的评价毁誉参半。实质上，由于小说采取了一种可谓极端的方式向当时正统的文化和文学观念挑战，囿于老套、狭隘专断的责难从根本上就失去了理解的可能和批评的正当性，只不过沦落为抗拒历史变迁和全新向度的无力注脚[①]。

《家变》在结构上采用两种时态的活动交织叙述的方式：一是现时态的，父亲不堪儿子的“虐待”离家出走后儿子的寻父过程；再是处于现时态层面之下的过去时态，儿子范晔自幼及今的成长经历。迈向成年之前的感受与经验，与王文兴早期短篇中传达出来的内容具有一定程度上的内在沟通性和重叠，比如一次看戏，范晔对女主角猝发恋情，等无意中看到女主角在真实生活中的粗鄙，强烈的爱又突然消失，这让人自然想到《欠缺》。但是，早期作品零碎、单独的意识被整合于范晔一个人身上，贯穿进一个较完整的发展脉络中，产生出人格成长的内在逻辑和关联，因整体性的关系而超越片断性的意义，繁生出更大、更紧密的丰富性。

幼年的范晔，对家庭和父母怀有深情，这种深情竟会使他在放学回家的路上突然想到家可能已经不在而心跳、紧张、飞跑，直到望见房子如旧时才舒一口气。父亲对他意味着安全的保证，他崇拜父亲，曾以为父亲的某些东西是他一生都难以企及的。他对死亡最初的意识不是对自身终将离世的恐惧，而首先是恐惧父母将来的死亡，他无法想象一旦没有了父母，自己会如何存活，他一度以为惩罚自己能够延长父母的寿命，不惜暗地进行自我折磨。但是，逐渐生长的自我意识使范晔朦朦胧胧产生出打败父亲的愿望，他在学校里学了摔跤，来家就要和父亲比试，靠投机取巧摔倒了父亲。这种“游戏”背后的心理即是对父亲形象的压抑性的反抗。直至成年，在梦里和父亲搏斗，要杀死父亲，父子之间的紧张性绷到最大限度，隐蔽的内心愿望已暴露无遗。对父母缺点的认识也伴随着年龄的增大而加深，从开始无意中的发现到后来有意识的寻找，否定性力量也从自发的感受层面上升到有意识层面去展开。范晔长大了，做C大历史系助教，家中的风景在他眼中发生了质的变化，比如父亲的形象，“在这一段时间里，他蓦然发现他之父亲原来是个奇矮的矮个子，并且他一生以来首一次察觉到他的父亲原来是个拐了只脚的

① 例如名评论家尉天骢的《个人主义文艺的考察——站在甚么立场说甚么话》，原载《文季》第二期，收入赵知悌编《现代文学的考察》，台北，远景出版社，1976。

残废。他惊讶于他自个儿竟然这么的这么久没曾发现它。”对父亲的态度也由此变得极端恶劣起来，竟至于在父亲生日时怒声怒气，不准父亲吃饱饭，以后还为一点小事禁闭父亲三整天。

范晔为什么要如此“虐待”父亲？庸俗的实利主义的回答完全不具有参考价值和启发意义[①]，不必与它辩证。我们可以试着从父权的压抑性角度考虑。但是，如果说范晔未成年时不得不承认父亲的权威，父亲过生日时被逼向父亲鞠躬、祝寿，在这种权威下，他感到一种强烈的羞辱，可是当他完成学业工作以后，父亲在家庭中的权威早已丧失殆尽，没有任何事实上的影响力。父权的压抑性是不是也随之消除了呢？从范晔的无意识层面来看，答案是否定的。范晔始终强烈地感到，不是他“虐待”父母，反而是父母“虐待”了他，但他的事实证据是缺乏足够的说服力的。那么范晔被“虐待”的感觉从何而来？是无意识的作用。尽管父亲已经不具丝毫的实力，但父亲的形象永远是一种象征，这种象征的意义由几千年来中国的一贯的家庭伦理观念对之不断强化而潜入无意识层次，父亲的形象在下一代人眼中主要成为具有压抑性功能符号，只要父亲的形象还存在，内在的压抑性就存在。父与子难以首先成为朋友，主要原因即在于这种象征和符号的主导性压抑功能；当范晔偶尔避开这种无意识作用，把父亲当作一个“人”来看待时，心中立即充满了真诚的爱心与悔恨。中国的家庭伦理不仅规定了儿子的服从、孝心和被压抑的境遇，对于父亲也是一种非常严紧的捆绑，因为它把“父亲”首先作为一个“人”的全部丰富性和所有可能的向度压缩，把“父亲”身份置于“人”的存在之前，使之成为一个狭义的象征形象和功能性符号，“父亲”成为一个功能性的“人”。几千年的“父亲”在此种可悲的束缚和限制中而不自觉，一代代严厉维护自己的功能性，这种被蒙蔽的历史也未免太残酷了一些。范晔由父子两代的冲突进而激烈地批判家庭制度和孝道伦理，为之辩护的理由也正在此。因此，与范晔对立的，不是具体的作为“人”的父亲，而是那个压抑性符号，是中国人几千年有关家庭伦理的无意识，包括他自己的无意识。如果“儿子”的叛逆精神能为一种重生的文化认可，那么这种叛逆所带来的结果，将不仅是解放“儿子”被压抑的处境，而且将解放“父亲”的功能性束缚，同时还给

---

①“一句话，因为做父亲的吃了儿子一口饭”。见尉天骢《个人主义文艺的考察——站在甚么立场说甚么话》。

“儿子”和“父亲”作为“人”的全部可能。范晔最后也没能寻回父亲来，也许这样的结局带有一种理想性的期盼：“父亲”从家里出走了，但愿望能找回个“人”来。

换一种思路分析范晔对父母的憎恨，竟发现这之中暗隐着与自憎的意识倾向之间的联系。他厌恶镜中难看的脸，接着发现了脸上遗传的标志；别人还说他像他父亲，他猛然醒悟自己从父亲那里学来了各种各样的坏习性，这种无意中的影响实在太大，比如他憎透了父亲一吵架就装头昏的把戏，可他对待这种把戏的方式竟是自己装心口痛。无法逃避的遗传和防不胜防的后天影响保证了继承性。

在范晔我行我素的家庭行为中，我似乎感觉到性格中的另一方面：对外界的恐惧。一次母亲只出去一会儿，留他一个人在家读书，他忽然担心会有人从门窗侵入，立即堵门关窗之后，并未消除神经紧张，还战战兢兢地担心说不定有人已经进来了，正藏在哪个角落里窥视他。一走进外界，他马上就会意识到从小因身量细小、皮肤洁白引起的强烈自卑，这样的自卑和对外界的过度恐惧在许多现代主义经典作品中都能找到精神上的伙伴，王文兴本人的《玩具手枪》等作品也有所表现。

但无论如何，人不可能只在家里待着，只在家里扮演角色。走进更广阔的社会中会怎样呢？

全面的抗拒：《背海的人》

“背海的人”在社会上摔打滚爬过，又从社会的中心逃向边缘，从台北窜到一个不适合于人居住的角落，叫作“深坑澳”的小岛。

《背海的人》创作时间从一九七四年一月至一九七九年十月，洪范书店一九八一年四月初版。整部小说由一个人一九六二年一月十二日晚上到十三日天亮这一夜里的意识活动构成，叙述者与主人公合一，自说自话，单独的视点贯彻始终。

这个自称单星子的家伙赌博成性、撞骗敛财、偷偷摸摸，几乎完全站了社会肯定的价值和行为的对立面。在台北，找他的不仅有警察和法庭，黑道上的也要和他算账，穷途末路，只好逃到三面环山、一面临海的深坑澳，在没有历史背景、“犹处于史前石器时代”、到处垃圾、永远灰幽幽的环境里租一个洗澡间居住，最大的好处是安全保证：这地方连个警察也没有。看他的身体，似乎也有意与“健康”的标准别扭：形貌丑陋，独眼

（所以叫“单星子”），患有年深痔疮、极厉害的气喘和胃出血。在深坑澳，他无正当职业，以看相算命为生。单星子实质代表了现代社会这样一类人的基本处境：被社会的中心和中心意识放逐了，你所能占据的只是无人稀罕的一角、一边，这里一切好的东西都被运往中心（深坑澳连漂亮的女人都送到了台北），即使健康、职业等等，只要别人也想要，就没有你的份，“剩下的都属于你”。

所谓处境就是个人与社会之间的关系，要为处境负责的也必然就是社会和个人两者。但是，在《背海的人》里所突出的，毋宁说是个人对社会的全面抗拒，他的放逐更是一种自我放逐。他并非不可能获得优越的社会地位，比如他曾是一个颇有些名气的诗人，但是他带有恶意地抛弃了世俗成功的可能性。小说一开始，他就以无比的愤怒，以粗鄙不堪的方式亵渎、诅咒所有的一切：

> ……oh，操这一些个山，这灰海，操这个天，这哒啦哒啦的没有了日的雨，这个乌碌碌的黑夜，这个地方的一切，这个地球的一切，所有所有的人类，社会，文化、体制、经济结构，钱，对的操它了个这金钱，还有所有那些有钱的人，还有所有从前的人，所有未来的人，操那些我的祖先们，操我的以后的子子孙孙，oh，操我！

这种无可再尖厉的声音喊出了彻底、强力的抗议，它最后的依据是个人的内在生活，这部长篇的核心也在于此。能够从一己的内心产生出深刻否定性的人必是心灵无法保持安逸状态、注重省思的人，这样的人即使在最艰苦的生活处境中也要求精神的食粮。单星子总是随身携带几本他视为至宝的书：陀思妥耶夫斯基的《地下室手记》、尼采的《哲腊图斯特腊如是说》、纪德的《地粮》以及托尔斯泰的《复活》。从这些作家和这几本名著中，也大致可以推测单星子内心图景的特质，现代精神的内涵基本上都可以在这些作家作品中找到原创性的激情和形式。

依据内心性而抗拒一切，抗拒一切之后也唯有内心可居，人成为居住于内心的人而不是正相反。“爷这个人就是有这么一个怪癖性——非得要有‘孤独’这一着儿东西来的个的不可。……爷诚诚确确是每一天均都必需要到这么一个房间里来——（像一个害到病的病人一样的）——去将自个儿交给黑暗和静宁去做治疗。是的，孤独，闭禁，牢房，放逐，其实都是一模一样的一篱子的事情，——而爷就极其喜欢被放逐！放逐是反而得使爷感到自由无牵，一身畅快不绁。放逐在过去的时候是迫害的代名词，在现代廿世纪则殊属可能变成自由的代名词的了。”从内心观念出发，舍弃一己的灵魂自由去要求“言论自由”之类，庶几等于舍灵魂求言论，误前为后，本末倒置；而所谓的“言论自由”，在单星子看来，是比连花钱买来的享乐自由都不如的“空谈”。正因为放逐与自由连到了一块，包括朝整个世界吐舌头、做鬼脸、泄恶意的自由，重新建立起被社会结构抹平了的否定性向度，所以阴暗的角落，不管它是深坑澳，还是地下室，都有特别的意义，不能与中心世界的大众居所置换。

在这样一种现代意识中，个人本身并没有因为抗拒行为而成为英雄，恰恰相反，自身也被毫不留情地推进审省的视域，进而引发出同样的憎厌之情。单星子骂到最后是“操我”，看着镜中自己的嘴脸忍不住要朝它吐唾沫。自我的分裂和内在矛盾非常深，一方面激烈地批判盲信不仅愚昧，而且把自己的命运交给神和算命先生，不自强振作，对人对己都极不道德，但是另一方面自己却要别人花钱来买他的信口开河，尽管心里一直就很清楚自己的所作所为“比狗屎都不如”。自我嘲弃、自我作践、自我憎厌，是伴随着对自我和周遭一切的深刻洞察发生的，当社会价值的拒绝者对个体自身如是对待之时，一方面他借此更增加了嘲弄、作践、憎厌外在一切的勇气和尖锐性，另一方面，被他看透了的那个社会、那种文化，在这个自嘲者的对面，即使他不吭一声，还能够从容自如地端着架子维持那层虚饰吗？这时，自我嘲弄就变成嘲弄其他的绝佳方式。嘲弄，正是揭下华丽的虚饰，不管自己身上，还是别人身上的，以及整个生活之上的伪装，暴露出最大的真实性，哪怕这种真实对谁都是残酷的。由于嘲弄与憎恶把自我和自我所抗拒的对象混到了一起，对于情感、价值的判断就变得异常纠结和复杂起来。

但是对于自我必有肯定性的成分，否则他就将不存在或者没有存在下去的理由了。单星子所以不再写诗是因为他很清楚自己写不出第一好诗，同时他羞于跟那批冒牌诗人为伍，因此就“自于停止生产”，还避免了因创作失败产生的艺术痛苦。在单星子眼里，至少诗还是神圣的东西，不是什么人都可以随便涂抹的，他通过对诗的肯定，肯定了自我的清醒、孤高和真诚。

在《背海的人》里，对自我最重要的肯定以否定形式存在，即个体作为抗拒者的存在，正是抗拒，赋予自我意义和价值。做一个“背海的人”，是个体生命的恶劣、孤独、沉重的存在情状，同时也是存在下去的理由。

但是抗拒行为只对抗拒者本身具有重大意义，因为人必须保持心灵和思想的自由和批判性向度，但对于抗拒的对象，可能根本就没有影响，台北的街头照样熙熙攘攘，而单星子，只是在深坑澳白白耗费了一个不眠之夜，进行那繁复、杂乱、冗长的意识活动，谁会在意呢？絮絮叨叨，说给自己听而已。本来，如萨特说（从特定的存在主义哲学语境中借出来），人只不过是一种无用的激情。

探索的血泪：艺术家画像

在上文的论述里，王文兴所创造的人物的精神履历已经清楚地显示出来：个体生命从蒙昧状态到不期然地获得各种人生感受和启悟，成长者的自我意识经历从觉醒到确立的过程；叛逆的情绪和观念也随之生长，最初也是最直近的反叛就在家庭中发生，进而走向对整个社会中心价值的全盘拒绝。一开始我就指出作品与作者在精神上的投射，这样一条具有内在逻辑的现代精神发展历程就是一个明证。可以设想没有这种精神投射的创作活动吗？创造的人物也随着王文兴二十余年的写作活动在年龄上不断增长，对人生和自我的认识也愈来愈深，退一步想，假定作者并没有同质的精神经验（这几乎是不可想象的），那他在创造这样一种精神经验的时候也经验到了它，创造与经验的不可分是谁也否定不了的，而作为一个持续的动作过程的经验正是攫住现代精神的唯一方式。

这样的现代精神每往前走一步，痛苦便深一分。在精神性的日益深入的痛苦之同时，作家还承受着另外一种痛苦：艺术探索和创造的痛苦。对于献身于创作的作家来说，创作活动本身就成为一种坚定的信仰和神圣的宗教，真正的理想写作每时每刻都是一种原创性的生产。而对于写作者，却是与生命同样漫长的艰难消耗：是生命的血与泪，凝聚成"坚硬的"作品。自有创作之始，到今天的后现代主义文学，在所有类型的写作中，现代主义作家所承受的艺术与精神的双重痛苦是无可比拟的，不仅因为他们是无比虔诚的精神和艺术的圣徒，而且，更重要的，他们是在精神和艺术都走到绝境时才开始寻找起点的，而起点也只能自己造出来。

王文兴专心写作，作品的数量比较起来却并不多，但是，给人的感觉，好像他写的每页，都是从自己生命中撕下来的。在《十五篇小说》的序里，王文兴特意提到两处修改："这两处都是我十多年来一直萦绕于怀，想要把它改过来的。"一处是《黑衣》中，秋秋说她怕黑衣服，"怕"改成"不喜欢"，并从整个文本的发展逻辑说明修改的理由，而当初用"怕"是因为更注重了它的内在含义和隐喻灵魂对"邪恶"的基本畏惧。另一处是《龙天楼》最后一句，加进一个字，改了一个字，"一旦修改过困扰了我十多年的问题，就像治好了十多年的痼疾一样，顿然轻松许多"。这种体会，曾被细致地写进《背海的人》中：不定什么时候，会想到几年前写的一首诗里的一个句子或零星的字，"突然地感觉到了的它的缺点了起来的所挑引了起来的浩大浩大之又浩复且又浩大之大其不满意"，"只觉到的的的有一阵烫火火烫火火的热潮汹涌地上了面颜，然后觉着的背脊部的地方有一阵子的发嗖冷"，接着便是失魂落魄，吃睡难成，竟至于产生自杀的感觉。这种"苦吟"的意义，不能仅从炼字造句的角度考察，王文兴实际上是从最大的语境出发一直严格审视到最小的单元，字词乃至标点。张汉良教授曾充分肯定《家变》文字的成功应用："第一，作者更新的语言，恢复了已死的文字，使它产生新生命，进而充分发挥文字的力量；第二，他把中国象形文学的特性发扬光大；第三，为了求语言的精确性（主要是听觉上的），他创造了许多字词。"[①] 到《背海的人》，王文兴对字、词、句的实验更加倾心尽力，特别是句法方面的超越常规的执拗非常彰显，要找到完全循规蹈矩的通顺句子很不容易。也难怪这种詹姆斯·乔伊斯《尤利西斯》式的文本吓退了许多读者。

在《十五篇小说》序里，王文兴还检讨了自己"迎合大众趣味"的软弱："我重读旧作的另一个感叹是，我有几分钦佩我当时的文学勇气，我现在感觉颇为惭愧，我今天的'文学良心'大不如前，不及从前正直。《母亲》、《草原底盛夏》——尤其《草原底盛夏》——是可以使我挂几许微笑的篇作，管别人怎么想，爱怎想怎么想。凡故事、人物、心理，全部去它的。我如今后悔自这两篇以后，志节不坚，常顾虑到别人懂不懂，同不同意。我多多少少出卖了自己。"不论这个检讨，且先看看作家本人满意的《草原底盛夏》。

《草原底盛夏》篇幅不长，却具有无比恢宏的意识，它超越人间的恩恩怨怨，在宇宙的大结构中安置叙述者的眼睛，叙述隐含惊人气势却又纤毫毕察。在我看来，小说通过描写草原盛夏的一个白天，揭示了一种无所不在的关系及其每时每刻的转换变化。一支

①《浅谈〈家变〉的文字》，载环宇版《家变》正文之前。

队伍进行军事训练，军官与士兵的对立一开始就存在，到对立强化，到内心意识表面化为具体事实的冲突；但是对立的更底下还有军官对士兵的喜爱，而一直怀着仇恨的那个士兵，最后怒火自己就变成“一缕袅袅的余烟”。人之间的差异不仅有官兵之别，且有体力强弱、对抗意识强弱之分，所以队列外有昏迷躺倒的，有骄傲地被罚站的。生命与无生命之间并非存在一个不可逾越的鸿沟，当队列笔直站立，简直就令人怀疑那是一根根石柱，可是开始运动的瞬间就有生命贯注。但是《草原底盛夏》本意并不在于此，一种更大的关系取代这些对立与差别，在人与自然的基本关系中，人的概念被抹平了，只作为一个无差异的类存在。小说展示的人与自然的关系因为始终变动不居，很难确定地把握：队伍出现于草原上，静寂被枪声打碎，人受烈日烤晒，继而是暴雨击打，这是人与自然的对立，但这种对立随着时间而改变，直至消失，夜晚的草原像“柔软的卧床”也像“温暖的妇人”；人存在于自然中，但人并不与自然同在，早晨草原上出现一群蚂蚁似的人，傍晚这群人又从草原消失，草原象征了自然无始无终的亘古存在，而人的出现只能在一定的时间段之内。比起人类来，自然是“更高的，强而有力的存在”，人类对它的认识“并不比原人为多”，对它的敬意、恐惧、膜拜却相同不减。人只不过是草原白天风景的一角，到夜晚，人白天的一切所作所为，“都未曾留下丝毫的痕迹”。而大地永存，“你那胸怀无所不纳，无物不容，不论是美是丑；你以你远古的智慧（保持着久永底年轻），爱着，虽则又不十分的关心——然而我们绝不怀疑你的爱——抚育着我们渺小如蚁的人类，眺望那有若无尽的夜空的未来。”《草原底盛夏》在空间范围上只是一个未见多大的草原，时间长度也只是从晨到晚，但是这个时空架构却可以无限扩大和延伸，扩大为整个宇宙，延伸及人类历史最初至人类灭亡之后。而作家，正是在对这一切的感悟中沉思的人。

尽管王文兴检讨自己向大众让步的“软弱”能够在稍许的程度上得到印证，但因为此种检讨以一个绝对的标准为量尺，这种做法反倒更能证明作家的文学勇气和文学良心，正是靠着这种自足的勇气和良心，而不是借助在作家和作品之外一般的认同，不是靠媚众合俗，个体性的实验才能坚持不懈地延续至今，以及将来。

一九九二年六月复旦南区

《当代作家评论》一九九二年第六期

大入大出　大即大离
——论洛夫诗的“当代性”

刘　强

台湾诗人简政珍在《当代诗的当代性省思》一文中，特别提出洛夫诗的“当代性”。他说：“洛夫无疑是一个富于当代性的诗人。”诗的“当代性”提法，是一种新的开启，加之于洛夫是适当而有代表性的，当然也包括《创世纪》的两代同仁。洛夫不愧是一位带头人，他举起了“当代”诗的大纛！简政珍关于诗的“当代性”提法，显得深思熟虑和慎重，他在期许一种界定的完整性，表现出他的聪明睿智。诗的“当代性”的提法，不只是开启了《创世纪》的新阶段，很可能是界定中国新诗一种新的创作方法的缘起。

诗的“当代性”走向

洛夫诗的“当代性”，从审美视角看，表现出一种前趋姿态，一种待开发领域，一种“未完成”美。这样一种走向，意味着诗的“黄金岁月”不是“已不再”，而是还会再到来——如果不否定过去有过的话，诗仍然可以而且应该展现它的辉煌，我们应该满怀信心，而不应有“被放逐”的感觉。起码地说，这种感觉不是诗的“当代性”所应有的。

诗美的“未完成”式，不是“作者之死”，而是读者对作者的嬗替。从另一个角度来看，是“二度创作”的“作者群”——读者的“生”。说得确切一些，这里的“死”是“完成”，作者的“完成”。作者的“完成”，从实质上是使诗的内蕴有一个较大的“中间变量”，好吸引和依靠读者进行“二度创作”，作多维、多向的阐释，以造成诗的不定势的艺术生命力，这才是诗的“当代性”。关于作者“完成”的涵义，所完成的是“中间变量”，从根本上不意味着“死”，更何况从广义上说作品的诗美仍然“未完成”。如果说“虚位”，不仅作者“虚位”，任何一个读者也是“虚位”，这种“虚”便是一种本质性的诗美。相对地说，“实”才是真正的“死”。诗的“当代性”走向，从根本上说是走向“虚”！这个“虚”的涵义包括两个方面：(一)“虚位”之“虚”，未完成式；(二)“出虚”——“乐出虚”(《庄子·齐物论》之“虚”，超时空性，不泥迹于现实生活。

诗“坠入”作者的“虚位化”，是诗的一种进步，正是诗的“当代性”的正宗——对于诗来说，“边陲”即是正宗。诗人绝对是一个平凡的“血肉之躯”，不会是“先知”、“预言家”。“先知”、“预言家”只是“有限”，是“小”；诗人是“无限”，是“大”。因为，诗人的“血肉之躯”可以超拔出一个“超越的灵魂”。准确些说，是“自由的灵魂”，也是“灵魂的自由”。这样一种最高的人格精神，或许可以命定诗的“当代性”品格。

——一双农妇脚下的鞋子沾满泥泞时，“最能展现鞋性”，这只是一个方面；另一个方面，农妇在这时最有“触感”！可以自慰地说，当代诗的“当代性”，可以不是别的，正是这种“触感”，一种极富灵性的触感。

人生既是“不得不”的存在，又是“不不得”的存在。人生原本是一种主动的存在，人不能只是“经济动物”，而是文化的“灵性动物”。存在当是一种超越。诗人并非画家，他不一定非得在时代这块“灰暗的画布”上滚翻不可。诗人是流动的色彩的魂魄——是精灵！他在时代画布上自由地跳跃、翱翔，而不留痕迹。他可以自由地“出入”画布，在时代的“每根细纱”里滚动。“当代诗”比超现实主义更为自由、得体。

简政珍说：“现实不是和自己毫不相关的‘他者’，人只有在‘他’中真正看到自我。诗是诗人和世界的辩证。”这个论断独到，是对诗的“当代性”的一种精辟分析。现实这个“他者”，不是“第三人”的“他”，而是和自己的相对应者，客观地存在着。人不能离开现实，但是，人又不是被动地依附现实，只能在和现实发生交叉的“他”中见我。这个“我”不是陷入现实囹圄，而是“真正”的一个潇洒的自我——他，不是“经由时光的隧道遁回过去”，而是既能走入现实，又能走出现实。当他“走出”现实时，现实才能成为“他”，诗人也才能“真正看到自我”。不然，诗人便在现实中沉沦了。诗人只有不离开现实而又能够“走出”之时，这个“现实”才可以称之为能从中“看到自我”的“他”。“坠入”和“钻出”，都同样注入一种深邃的奥秘。

诗的“文本”其实是两个，一个是作者的，另一个是读者的。而读者的文本，其实是“无数个”。“一千个读者就有一千个哈姆莱特”，一千个读者就有一千首《因为风的缘故》。我开始读《风》诗的时候，“坠入”了一个读者的“二度创作”中，根本不考虑和诗人的原始意图复位，诗便出现了一种我行我素的读者文本。《风》诗在台湾获盛誉，在大陆也曾蜚声一时。一九九〇年十月十九日，洛夫访重庆西南师大，当晚该校便举办“因为风的缘故——洛夫诗歌朗诵会”，听众千余人，《风》诗成为欢迎晚会的主题歌。

顺便请烟囱
在天空为我写一封长长的信

诗人权将烟囱作为“爱”的大笔，在天空抒写自己的一颗爱心——这颗爱心呈现一种巨大的明亮，乃至可以与日月相辉耀！诗的第一节表明诗人的心迹，他的坦诚率真，可以对天说——此心可以盟天！这种以烟囱作书的表示与李白不同，李白“狂风吹我心，西挂咸阳树”，那是一种浪漫主义的激越之情，就当代诗人洛夫而言，他的《风》没有那么“疯”，更显出一种超拔来。诗的第二节是一种爱的叮嘱（勉人也是自勉）：趁着热血犹存（雏菊未凋的意象），努力投身于报效事业，投入自己全部的爱，乃至生命。“怒”和“笑”两种情绪，都是催人前行的动力。“火”是“灯”的燃媒，更与“灯”相互辉映，以爱之火点亮事业之灯。不要将心头之“热”轻易地“熄灭”了。诗人写这首诗，正是在他的事业有新的起步之时，有“直挂云帆”的心态，这里的“风”便是一种时代的助力，也是一种较顺畅的时势，一种人生的机缘，必须彼此“黾勉同心”地抓住。

这番诗的意蕴的理解，是在诗人告诉我他是“写给妻子的”之后，已经接近和参入了诗人的原始意图。然而，我是以东方文化视角与之认同的，看到了这首诗所表现的“原生”生命意识，和它的语言的机趣。也难怪的，当时我正在研读《周易》的“原生”文化精神——它的生殖崇拜乃东方“生命文化”之源：

乾坤，其易之门邪？乾，阳物也；坤，阴物也。阴阳合德，而刚柔有体。

——《周易·系辞传》

我于是冒昧认为，此诗乃一种“阴阳合德”的“原生”意识，展现东方“原生”文化的美学层次。诗中几个意象“芦苇弯腰喝水”、“烟囱在天空写长长的潦草的信”、“窗前的烛光”以及“雏菊未凋”等，都呈现一种“原生”的生命情状，状写“乾、坤”之象。这里的“风”便可谐音为“疯”。这里既有爱的戏谑和嬉笑，也有爱的崇高和庄严。

我们如此讨论“读者文本”的意义何在？当然是针对诗的“当代性”而言。诗人一旦树立和掌握了诗的两个文本的观念，就会自觉地解决简政珍提出的如下一个问题：“诗人在这样的理解和见解中，应不拘泥于自己创作的原意，而是将意义借由读者延伸。”换句话说，诗人在他从事诗的创作实践的过程中，就会主动地思考诗的多义性、歧义性，加入较大的“中间变量”，主动地认识和掌握诗的那种高层艺术的“未完成”美。

那么，这是一个什么性质的问题呢？

它的实质意味着，诗人不仅要“走进生活”，更要“走出生活”，真正实现“走进”和“走出”的结合。光是“走进”生活，诗人很可能泥实于生活，也泥实于自己的原始意图，受到“儒”文化的“愚性”所局限；只有当他又能“走出”生活，他才能发现生活的“真正的”涵义和深层次美，才能从“有限”抵达“无限”。如果我们的文学艺术，要“使人从机械低俗的现实生活得到救赎”的话，一方面，“艺术或宗教是走进生活，而非远离生活”；另一方面，艺术还必须同时“走出生活”，显示出艺术与生活的一定“距离”，找到一种艺术的“远距离”美。这才是真正的“宗教的艺术”，和“真正的生活”。

这又是问题的两个方面：

其一，“作者的‘原意’变成各种不同时空或文化下的论述，‘是谁说的？’‘他到底说什么’已不是很重要”；

其二，“一旦作品被导入不同的论述，不论再强调所谓文本的内在研究，我们总意识到一个绝对的个性和一个主体所担负的原创角色”。

这两个方面不可或缺。尽管在诗的作者文本创作出来以后，作者的“原意”已不很重要，读者会依据自己的品性、经历和文化层次去进行“二度创作”，但是，“诗人最终总是诗的归属者”，诗的艺术“个性”和诗人的“原创角色”，总还是一种客观的且是主体的存在，不可抹煞，而且也成为某些“读者文本”的重要依据，达到读者和作者“原意”的吻合，或在“原意”基础上的某种创新——如同我们对《风》诗的第一种阐释那样。

这就又有了另一个问题——诗的“当代性”应该实现这样一种高层次追求：诗的

“读者文本”，决非无本之木、无源之水，在诗的读者文本里，总会有诗人自我的“影子”（艺术个性、原创角色），这个“影子”无法抹煞；然而，更为重要的是：“诗人的被认定，不是类似一张相片的五官深入人们的记忆，而是一张模糊的脸孔在语言的世界里展现意识”，即：读者的最佳文本，在不违背作者原意的情况下，理应比作者文本在美学意义上更高一个层次。这或许不是作者所能完全左右的，却是作者所必须预想的——作者文本的“中间变量”要尽量地大；也是作者所祈希的，因为它同时提高了读者和作者，而引起作者的惊叹和自信。

这就是说，诗的“当代性”，能够同时容纳作者和读者，能够诞生一位既是作者又是不同读者的“第三人”，他的“二度创作”既高于诗作者的原始文本，又高于不同读者的文本。如果只是作者的“相片的五官深入人们的记忆”，那就不是同时容纳读者，是让读者被作者牵着鼻子原地转圈子；如果诗作的“意义的播散”，不是“迥异于当时播下的种子”，读者文本也就失去了存在的价值。但是，如果读者的文本连“当时播下的种子”的一点遗传基因都丧失殆尽，作者便会提出质疑：这种读者文本纯系子虚乌有！

这也就是说，诗的“当代性”的抵达，应有最佳存在的渠道：既能沟通作者和读者，又同时实现一种皆大承受的高层次审美的相互认同。这并非仅是对读者的要求，而实质上是对“当代”诗人提出了更高的要求：诗人的走进生活和走出生活，必须是“大入大出”！诗的作者文本，必须能拓展诗美艺术的最大时空。

“当代性”与超现实主义

诗人洛夫背后是否站着中国诗的巨人？

答案应该是肯定的，而不是否定的。诗人洛夫不是凭空产生的，他有自己的艺术渊源，有不曾断裂的“肩膀”。洛夫的背后站着什么巨人？答曰：他是站在“九叶”诗派的肩膀上成长起来的，他的背后站着一个中国新诗的巨人“群”：穆旦、辛笛、陈敬容、杜运燮、杭约赫、唐祈、唐湜、郑敏……们。洛夫的诗和这个“现代派”——应该说是“中国式”的现代派巨人“群”在艺术上达成一致。

说“九叶”诗派是“中国式”现代派，主要是指他们诗创作艺术上的超现实主义。现代派艺术种种，其中超现实主义似乎与中国诗的渊源更深一些。超现实主义不是“离开”现实生活，只是跳出事物主义的、功利的角度，观察发展中的事物，透过事物的表面现象，不泥实于现实生活的窠臼，是要实现对现实主义的“超越”。然而，它只是实现了现实主义的深化，所谓“超”只界定了“深化”，并没有实现对现实主义的真正超越，所以洛夫并不满足于超现实主义，常常试图对他的诗美艺术作出新的合理的解释。提出和解决诗的“当代性”问题，就是要真正实现对现实主义的“超越”。诗的“依循线性逻辑”是对现实主义的停留和拘役，并不曾越过“模仿”和“再现”。超现实主义的目标是要打破对诗的“线性逻辑”的依循，简政珍论述的罗伯特·布莱是美国超现实主义代表之一，而中国的“九叶”诗派代表性更典范一些，“九叶”诗派是依靠诗的双重结构（底层具象和高层抽象二者契合）来打破诗“线性逻辑”的依循的。洛夫诗的“当代性”发展了“九叶”诗派的超现实主义，是超现实主义艺术的更加丰富化和多样化，实现了对现实主义的真正超越。下面详述：

第一，如果从诗的结构看，诗的“当代性”对诗的“个性艺术”的要求，比超现实主义更突出更强烈：诗的意象结构的双重构成，即底层具象和高层抽象的契合，表现为诗人的品性、经历、灵魂（高层抽象）与客观外在事象、物象（底层具象）的彼此“邂逅”；而诗的意象结构所涵融的高层社会现实精神，不仅不会是现实主义的“再现”，也不是通常超现实主义的“表现”，而是一种“深现”——这种“深现”不仅需要“悟人”，而且要有睿智的锋刃才能得以剖现。

举洛夫的《日落象山》为例：

好多人在山顶
围观
一颗落日正轰轰向万丈深谷坠去
让开，让开
路过的雁子大声惊呼
话未说完
地球已沉沉地喊出一声
痛

比较而言，洛夫早期一些诗的超现实主义，在意象结构上不会注重这种浑厚和深沉，它的要求简单、明快一些，常会有停留于视觉艺术的状况，未曾达到诗的“当代性”功力。这首诗则不同，一、二节的末句空间张力极大，力抵千钧，是由于运用诗的视觉艺术和听觉、触觉艺术相交汇所构成的。一个“轰轰而坠”、一个“沉沉喊痛”，是视、听、触觉艺术全息交汇的成功，不仅增强了意象结构的主体性，而且所创造出来的美感更丰富、更宏丽。“地球已沉沉地喊出一声 / 痛”！使我们看到、听到、触到了日落之声的壮伟，也完全感觉到了这是太阳与地球的两相撞击之声。更特别的是，我们想象到了诗人内心的那种辉煌！

这首诗的底层具象是“日落象山”的景象，即那种自然物象，它不管“再现”别的什么，也并非一般性“表现”什么；当它和诗人内心品格精神的高层抽象达成不期而遇的契合之后，我们看到一种“大涅槃”的完美之境，天、地、人与真、善、美合成一体！这种宇宙现象，既是一个自然宇宙，也是一个人格宇宙，此刻的“日落象山”，不仅是一次“生”的洗礼，一次对成功的祷祝（众人山顶围观意象），更是人的内在精神的特别超越，还“深现”了人世间一种大无畏精神的辉煌浇铸！

这首诗完全打破了诗的“线性逻辑”的依循，就诗的“当代性”意蕴看，“中间变量”极大，诗的“未完成”美极为丰富。当我和一位青年诗友交谈时，他有一个自己极为珍贵的读本。他认为这首诗是写“太阳和地球之一吻，一种‘阴阳交泰’的宇宙现象”。尤其是那一句“地球已沉沉地喊出一声 / 痛”！这位年轻朋友笑着说：“那是写‘初夜’，初夜的呻吟！”我能说什么？默认吧，对他这种阐释用不着惊异，他有他的“版”权。应该说，这也是一种“大化”之境，爱和人性的一种辉煌！

任洪渊在《洛夫诗选》（北京，中国友谊出版公司，一九九三）的《代序》中，曾以“天 / 人”“时 / 空”概论洛夫诗的“东方智慧”，认为东方智慧是中国诗人的天赋，其中心是时间智慧，时间意识是生命的第一意识，“东方智慧”的奥秘是“生命时间”。我想他的论述是对的。可以说，《日落象山》揭示了东方智慧这个“奥秘”。太阳坠落，地球沉沉地喊出一声“痛”，写的就是“生命时间”，日落、日出都是时间的流变，人们对此有惋痛之感。《庄子》著名的哲学命题“时为帝”，就是重视时间的流变。庄子所谓“卵生毛”、“鸡三足”的哲学观，便是一种“时间哲学”。《日落象山》表象是写一种空间的巨大张力，倘若继续探问：空间为什么会有如此巨大张力？其实，这个空间只是时间的存在,而时间正是空间的运动,运动造成张力,太阳坠落象山的运动,正表现出一种时空观念的辩证睿智。就此意义而言,《日落象山》正是深邃的东方文化精神一种最完整的体现。

诗的“当代性”在意象结构的开拓上，为超现实主义所不能及。

第二，诗的“当代性”最高意义，在于它充分地展现了诗是一种灵性的艺术，开拓无限的“美感世界”，它鄙弃和排除商业性原则，为人的心灵宇宙涤荡“愚性”，增添“灵性”。关于这一点，洛夫早期的一些超现实主义诗，还未曾超越“有限”；而他的“当代性”诗则能由“有限”入“无限”。指出这一点，我认为是很重要的。

简政珍先生说：“当这个时代的文化和商业认同，为了功利实用，可以弃绝任何原则和标准时，诗人知道要矜持某种标准。这意谓诗和商品不一样。我们不能为诗——列举出美学的标准，但是我认为总‘隐约感知’标准的存在。”这是一种智慧。诗排除商业性原则，主要是抛弃它的“小功利”标准。中国诗受“儒”文化的羁绊太重，尽管从儒文化那里汲取了积极的入世精神，可“愚性”未免多了些。诗的“当代性”更应从道、佛文化中汲取“灵”性，向“灵”的层次深入一步，从美学标准上实现真正的超越。所谓“小功利”标准，即为“头痛医头，脚痛医脚”的“对症下药”，这是一种非治本的临时性实用行为；而诗的一项根本性战略任务，则是给人的生命注入更多一些“灵”气！

诗如果能以“灵”为美学标准，我想它当会是“令人着迷，更具挑战性”的。

在这样一个以财富论英豪的现代工商业社会，充斥于世间的“商业念头”和商业行为令人多了一些沮丧；且假、冒、伪、劣商品现象渗入人的精神领域，无形中给诗的品质和人的精神带来很大的破坏性，“小功利”色彩浓重，“灵性”散失。商业性的急功近利造成社会一种浅薄急躁、纷乱与浮嚣现象，让人的内心得不到片刻宁静。这时候，我喜欢读洛夫《血的再版》和《寄又圭》等一类诗，它们是对现代世界喧嚣扰攘的一种抗衡的、广远的声音，带给我们以人间亲情、真情的温馨和慰藉，也带给我们内心以灵美的高层次享受。

洛夫用自己的血泪凝成的长诗《血的再版》，近四百行的大篇幅，从“脐带两端所系的血缘亲情”，延伸到人世间最伟大、最深挚的种种“大爱”！游子对母亲的思念是一滴悬了三十年的泪：“悬着的一滴泪／三十年后才流到唇边”。那该是一种何等巨大的痛楚！而冲破两地分隔的凄苦局面，成为众心所从、众望所归：“三十年的隔绝／三十年的牵绊／日日苦等／两岸的／海水激飞而起／在空中打一个结／或一座桥”。

最可心、最感人的是下面一段诗——它充分显示母爱的辉煌，字字珠玑证明，洛夫的诗是真正的“大”诗：

或许明年春天
我将再看到你扬着脸
在满山桃树灼灼的花瓣中
因为你是树汁，也是花粉
你是根，也是果
昨日你是河边的柳
今日你是柳中的烟
你是岩石，石中的火
你是层云，云中的电
你是沧海，海中的盐
你卑微如青苔
你庄严如晨曦
你柔如江南的水声
你坚如千年的寒玉
我举目，你是皓皓明月
我垂首，你是莽莽大地
我展翅，你送我以长风万里
我跨步，你引我以大路迢迢
母亲
你掘我为矿
炼我为钢
将我的肋骨铺成轨道
让我的子，我的孙
永远坚持我选择的方向

谁能把母爱写得如此博大又如此入微？谁能把赤子一颗“报效”之心写得如此深挚又如此真切？只有洛夫的诗。一种诗的大笔触，赤子对母亲的崇拜和无限忠诚之情，力透纸背！读这种人间至爱至情的诗，我们得到了最大的人生享受，也才能判别在这个工商业社会里，并不意味着社会的价值标准定要以商业利益为转移，更不意味着定要以小商人获取近利的方式为范本。这里所写的母爱和母子之情，可以说是至真至善至美，使人读了如攀登上一个美的峰巅，一个完美人格的峰巅！

母爱，从来就给人以“灵”性的启迪！

这一段文字的感人至深，也表明洛夫诗积极的审美理想和人生的“亮丽”光辉。与超现实主义诗篇比较起来，诗的“当代性”避免了消沉和晦涩。这里有两点似乎破了格：（一）对激情的破格。当代诗的“当代性”也可以激情洋溢，如果它不是“宣传的符号”或“教化”直抒的话；（二）如果它是一种高层次的诗情，而非低俗的“畅销”，“当代性”诗也可以写得十分的流畅、可读。

值得指出的是，洛夫诗里的“母亲”不只是狭义的，又不是广义的。洛夫诗的“恋母情结”是高层次的，其内涵是博大的。这里的“母亲”，是一种“大化”的“泥土”意象：“我紧紧抓起一把泥土 / 我知道，此刻 / 你已在我的掌心了 / 且渐渐渗入我的脉管 / 我的脊骨”。这也是我们民族传统“崇天恋土”的爱的情结，近四百行诗的浓厚氛围，构成一个强大的“亲情磁力场”，我们一进入便被亲情所“磁化”了：“母亲，你是一株苍松 / 伸展手臂等候鸟的归来”，游子的心，降落在一个安全的港湾。这更是一种“大美”：“你是历史中的一滴血 / 我是你血的再版”！此乃“大化”的一滴血，一个民族辉煌的爱的精神！

第三，诗的“当代性”展现一种“远距离”艺术。所谓“边缘”当理解成艺术的“远距离”。“诗本质上就是跳跃性思维，因此在后现代一切以直接利益为考虑的时代，诗绝对是立处边缘。”——简政珍论述说，“以诗反制如此的后现代文化现象，正是发挥了以边缘质疑中心的后现代精神。”我认为，诗的“当代性”的又一个特质，则是一种“远距离”艺术作用于现实，而蕴涵一种深邃的社会现实精神。艺术的“远距离”，正是为了避免泥迹于现实生活，不致于被“小功利”的枷锁捆绑，而又能辉射出时代精神的光芒。这也可以区别于超现实主义——它有时候把现实主义的深化和“贴近”现实等同起来，而“贴近”现实常常容易出现某种“物化”倾向。当代诗的“当代性”是“矜持”的。“当现实将一般人卷入后现代商业的洪流，诗人本质地矜持使他能掌握后现代精神，而不淹没于物化的后现代主义”。问题并不出在“贴近”现实，而在于“泥迹”现实。“物化”的物质使超现实主义和后现代主义有某种沟通，而诗的“当代性”所反制于“物化”的，是一种“内在精神”的超越！面对“商品化”的现实，诗的“当代性”的一种战略性选择便是：艺术的“远距离”。

这里，只能选择不能逃避——“任何逃避都使他无法成为当代性诗人”。洛夫的诗创作取不逃避姿态，却以艺术的“远距离”赢得超越。请读《葬我于雪》这一类诗吧！

用裁纸刀
把残雪砌成一座小小的坟
其中埋葬的
是一块炼了千年
犹未化灰的
火成岩

读《葬我于雪》，我们感受到了一种“远距离”艺术的美。现实只是成了诗的一个背景，看不见的一面，被隐藏起来。不过从诗的境界读去，可以隐约感受得到。于是，我们腾身于扰攘不宁的尘俗生活之外，看到了广阔无垠的大宇宙。现实生活是一场热战，充满名利的催逼，职务的煎迫，以及对复杂人际关系的忧心。这些，诗里都有，却都隐去了。读这样的诗，我们把逼在眼前的现实利害推远，个人得失看淡，狭隘的私人恩怨抛开，从而于远离尘嚣的冰封雪冻中，得到精神上的清凉、开阔与超拔，该是多么惬意！逃出来，站到一个相当的高度，可以看见：“火成岩”它是一颗冷傲孤绝的灵魂。“火成岩”也是诗人所找到的一个孑然一身、最简单的原始自我！这又是一种以“小”见“大”的“大化”之境！“小”和“大”是“近”和“远”的转化，还有“低”和“高”、“短”和“长”所织成的空间，都能造成“远距离”艺术。具备“当代性”特质的诗，只有站到一个相当的高度才能窥见诗境，诗人和读者必得飞腾起来，抟羊角而上，在九万里高空向下俯视。因此，就有“高远”、“深远”以及“平远”之说，纵横两个方面都可拉开距离。

诗人孔孚曾引钱钟书先生“远龙也理应是无鳞无爪的”慧论，造神秘主义境界，便是一种“远距离”的高层艺术。孔孚先生认为：写诗不能泥于实，最好拉开距离，离真实远一点。只要美，能传神，诗人可以根据自己的意愿，去变形、易位、组合。……距离问题，无疑是诗歌美学重要原则之一（孔孚：《远龙之扪》，山东文艺出版社，一九九二）。艺术的"远距离"，理应成为诗的"当代性"一种特质。

第四，诗的"当代性"在艺术表现上的一种特质是：重入轻出。与超现实主义相联系，"当代"诗的题材多是比较重大的社会人生内容，因为当代诗必须切入现实人生，"走进生活"；而社会人生的现实是沉重的，诗的背负太重就容易"直出"、"实出"，这就跳不出现实的沼泽、泥淖，这是诗的"当代性"所忌讳的。诗人洛夫由于他的人生经历和他的个性艺术所决定，他的诗多是社会重大题材，他要拨动读者的心弦，必须"重入轻出"。所谓"不着一字，尽得风流"，就是一种"轻出"境界。社会题材自然流露是洛夫诗"轻出"的一种艺术表现，他的诗常常是融社会心象与自然物象于一体，不露痕迹。他不把日月星辰、山水风云排斥在社会人生之外，而是人和自然全息。当我们以象征的视角，去读他那些"风花雪月"的自然小诗时，或许就会发现，那里面深蕴着一个心灵的大千世界，一个紧扣现实的社会人生。

试读《香港的月光》：

香港的月光比猫轻
比蛇冷
比隔壁自来水管的漏滴
　　　　　　还要虚无

过海底隧道时尽想这些
而且
牙痛

"牙痛"，可以看出诗人灵魂不安。香港是世界第三大"黄金海岸"，它的整个社会的细胞，都沉浸在以财富为荣耀的商业繁华里，金钱权衡一切的商业观念，给人造成一种强烈的内心压抑和窒息感，连"月光"也渗出一种灰白和阴冷。自由香港的"不自由"，商业利益和商人锱铢必较的无形枷锁，桎梏了人的精神。这些，诗人都藏起来不写，只作为读得出的背景，而以写香港怪怪的、变态的月光（猫和蛇的意象），来做一种对这种社会风气的“迎拒”，来维持一份清醒，发挥一份定力。诗人写“香港的月光比猫轻”，兴许是怕把这种社会风尚的浅薄和浮嚣之气弹动了。

社会现实内蕴和自然外象不露痕迹的融汇契合，是诗的“当代性”一种“重入轻出”的题材走向。

大化：入和出，即和离

简政珍在《当代诗的当代性省思》一文结尾处，对洛夫诗的“当代性”，有一段较长的论述，他认为：洛夫“早期在超现实世界和禅境遨游的诗心，突然放眼正视当前斑驳错落的人生。意象既是来自对现实的领悟，也同时为世人点化现实”。并且指出，“他的诗路穿过‘超现实’和禅诗的时空，走进当代的现实人生后，语言的才智才真正散发出苦涩的笑声”。这就是说，领悟现实、点化现实，以“苦涩的笑声”来“为整个时代绘出一个哭笑不得的构图”，乃是当代诗的“当代性”所矜持的“本质”。

对此，我作如是理解：领悟现实和点化现实，既要“走入”现实，又要“走出”现实。尽管“苦涩的笑声”既“不是快乐的笑，也不是悲伤的哭”，“而是引发出人性悲喜夹杂，哭笑同声、情感和思维合一的领域”，此领域是深邃的又是广阔的，“诗人跳跃性想象的机智”在此领域表现出一种豪爽和开朗，并不消沉。正如洛夫在给沈志方的诗作《小评》时指出的那样：“与人生若即若离，对现实出入自如”，从而拓出一种“宁静而悠然自得的诗境”。

从洛夫的诗创作可以看出，他是积极入世的。他的诗积极地干预社会、干预生活，但他的入世是“大入”，不计较“小功利”目的，不追求世俗名利。他诗中的人生是两面：一面入世有为，有极大的抱负；一面是出世淡泊，了悟人生世相，保持了一种人格精神的超拔，而没有任何消沉、遁世的迹象。因此，我对洛夫诗的“当代性”命题是：“大入大出，大即大离”，“苦涩的笑声”中仍留有一份开朗。

让我们仍然走入他的诗宇宙去吧！那首《湖南大雪》是脍炙人口的，且引其中一段：

雪落无声

街衢睡了而路灯醒着
泥土睡了而树根醒着
鸟雀睡了而翅膀醒着
寺庙睡了而钟声醒着
山河睡了而风景醒着
春天睡了而种籽醒着
肢体睡了而血液醒着
书籍睡了而诗句醒着
历史睡了而时间醒着
世界睡了而你我醒着
雪落无声

诗的语言“喷出机智的火花”，散发出“苦涩的笑声”。读这首诗，我们灵魂深处是一阵阵震撼，但不是寒战，而是清醒。我们发出的不只是一种“苦涩的笑声”。面对这个“物化”洪流的淹没之势，和商业经济浪潮的冲击，这首诗给予我们最大的艺术感染，是造就了一种让人内心超拔的“澡雪”精神！现代人背后一条鞭子：金钱！“商业念头”让人以现有的钱赚取更多的钱，没有止境。金钱使现代人两眼发直，天旋地转，必得以此种“澡雪”精神，来洗涤逐渐被凡尘污染的灵心。读这首诗，我们可以呼吸到一些天然的清新空气，于心灵深处产生一种“雪中一蓑笠”的美感。《湖南大雪》是庄子所云“达者”的大作，读来潇洒自然，心畅气顺，毫不殆滞，使人不由得也分享诗人的那份飘逸和洒脱的情致。

此种“澡雪”精神是一种“大出”，大美！

我们还从《酿酒的石头》这首诗里，感觉出一种“大入世”精神：

冬夜
偷偷埋下一块石头
你说开了春
就会酿出酒来

那一年
差不多稻田都没有怀孕
用雪堆积的童年
化得多么快啊
所幸我仍是
你手中握得发热的
一块石头

我们从中可以得到一种信念的执着，不骄不馁。没有获得成功乃至失败并不懊恼，所谓“成固欣然，败亦可喜”，这是一种积极的人生态度，一种心境的豁达。“所幸我仍是/你手中握得发热的/一块石头”，这里仍不忘有所建树，如此人生境界大为开朗，以“苦涩的笑声”是不易概定的。

这首诗仍然是“深现”现实的一种“远距离”艺术（离），它的“远”有点像童话，也存有一颗纯真的童心；然而，诗的内蕴却非常迫近现实生活（即），一点也不露痕迹。这也是“即”和“离”的一种艺术关系。

洛夫诗“大入”、“大出”诗例很多。如《水祭》这首诗也是写一种“大出”精神，甚至连屈原的诗魂，也成为他排挞世俗污垢，激浊扬清，摆脱一切外在、人为条律压迫，挣脱名利枷锁的利器，以换取内在精神的超拔。

洛夫的诗总超拔出一颗自由的灵魂：

你制菱荷以为衣兮
集芙蓉以为裳
你雕寒星以为目兮
凝冰霜以为魂
三闾大夫，我把你荒凉的额角读成
巍峨

《当代作家评论》一九九五年第四期

“自我”的面相
——论郭枫的诗

徐国源

当我们为诗人郭枫建立文学坐标时，委实感到有些复杂。郭枫，大半辈生活在台湾，他“写台湾人，叙台湾事，描台湾景，名台湾物”①，是地道的台湾作家，但读完郭枫的几部集子，又不难发现，台岛只不过是他生命所依托的一半，他的心、他的情系于一条伸延的“根”上，诚如郭枫所自述，“我知道，我来自中国多难的乡村。我的根永远扎在那儿”。②很多时候，他思之念之书写之的，仍在魂牵梦绕的黄淮大平原上。另外一个郭枫也同样“多面”，他一辈子倾心文学，著述颇丰，出版诗集九册，散文集九册，长篇小说一部，文学评论集六本，自谓“耽于读写，尝以‘终生发展中作家’自期”，但他又独立于主流文坛之外，不以“专业作家”为业，甚至一段时间还搁笔不写，在海内外经营企业，办刊物搞出版，倾力推动两岸文学交流活动等，被媒体称为“文学独行侠”。郭枫于身份地理、文坛谱系上的难辨状态，留给人一帧多彩、鲜亮的剪影。

在诗歌写作方面，郭枫则甘为“寂寞文学人”。他一向疏离文坛，写自己的文学，“生命像无花的树/挣扎着，向天空要颜色”（《五十自画像》）。在台湾主流文坛卷曲在文学名流高大的阴影下，虚无文学成为梦幻时尚，拼贴文字仍是流行游戏的恶浊风气下，郭枫却能力避其俗，始终标举“严肃文学”的风旗，坐拥“纯正的真实文学”，

---

① 郭枫：《台湾艺术散文选·序》，第1页，天津，百花文艺出版社，1990。

② 郭枫：《永恒的岛·冬日独语》，台北，新地出版社，1985。

“任凭自己的喉咙唱自己的歌”。[①]他的自甘“边缘”、“非主流”的写作状态，反而使郭枫的诗歌写作平添新意，闪射出非凡的光彩，同时也书写了独特的中国文坛的“这一个”。

王国维谈“意境”，曾用“有我”、“无我”以论说诗、词审美的两种境界。诗中有我，则境界出，说明诗中有诗人主体在，“我”与“物”和谐共处，甚至达到“物”“我”同一之境。以这个标准来看郭枫的诗，其诗人之“我”不仅极为彰显，而且无论是“大我”还是“小我”，都有诗人独特的面相，同时又极为丰盈而完整。文学就其最深刻的意义来说，就是一种心理学，是人的灵魂和灵魂的历史。基于此，我以为透过诗人之“我”的营造，或许正可以把握郭枫其人的心境基调和他的“这一个”的文学意义。

一、历史烟尘中的“夜行人”

读郭枫的诗，许多时候读者不会感到轻松，但你会与诗人一起，在历史上空的星月映照下，穿越“迷乱如雾”的险境，经历一次深沉、激越的航行……

我走过长夜
长夜中躺着许多历史的躯壳
那些躯壳化成黑蝙蝠
翅连着翅连着翅
遮尽那一串喑哑的岁月
那些掠夺、战争、胜利的灾殃
饥饿的人群、愤怒的火
急骤而惊惶的大溃败
让人永远颤栗的辗转流亡
现在，都遮盖在黑翅下

① 郭枫：《郭枫新诗一百首·回答》，台北，新地文化艺术有限公司，2012。

一切静止如冰封的河

——《我走过长夜》

诗中，这个“夜行人”沉重而悲劲，深邃的目光洞开历史迷雾的遮掩，为人们揭穿历史和现实的真相。郭枫推崇“文以载道”，以为诗并不是用文字之美来掩饰现实的虚妄，不能让人沉醉在“有韵律的鼾声中”腐朽，而是应该有一种现实的价值，“昂然抬头以不可攀登的倨傲/刺向青空。只为了触及/那一片，一片令人战栗的，蓝”（《山的哲学》）。这个诗人之“我”，怀有杜甫式中国文化人的忧患意识和批判意识，“总是觉得风不再是/雨不再是，四季不再是/应该有的那种样子”（《无题》），因而他质问“谁能看到历史”的真实，痛斥现代都市的怪象，悲悼“太阳”老了和人性的荒芜。郭枫“决不用泪水冲洗屈辱，决不向黑暗投降”的自画像，常有让人肃然的不妥协的坚硬感，抒写了一个当代诗人中少有的抒情主体形象。

郭枫的诗始终是“醒”着的，不会让人沉沦，更不会让人虚妄，却时常给人一种突然曝光的刺痛感，显现出一般诗歌阅读体验中少有的现实批判力量：

终于
世界冷凝起来
让时间跨在历史的背上
在亘古的沉静中
许多权威，许多丑恶
像腐朽的落叶
再也舞不起过去的辉煌

在亘古的沉静中
自母亲的土地
传来黎明的蛩音
透过暗夜

微弱而清晰地走近
那蛩音
在梦境的边缘
仿佛一列火车出发

——《零时》

在《零时》这首诗中，诸多意象语言如“世界”、“时间”、“权威”、“历史的背上”、“落叶”、“土地”、“暗夜”、“灰色”等，都是冷色调的，给人以“在黑暗中燃烧”的联想风暴。诗人以一种“极冷”的决绝姿态，把读者带到了这个世界的“梦境的边缘”，不给人一点希望，却给人以冰凉的真实。

二、“所愿在红尘”的素心人

或如鲁迅所言，倘要论文，总须顾及全人全文。郭枫的挚友叶笛称：“郭枫，这个冷面人，是以堂吉诃德的热情拥抱人生，以清教徒一般的信仰面对人生的。”[1] 读完郭枫的几部诗集，常会感到诗人是一个“矛盾体”：“在茫茫的人海里 / 我是谁？谁又是我？”（《石子》）诗人的自问一定程度上正是他在自然、社会、人生的多维坐标系中“自我”多面性的反映。郭枫的可贵之处便在于“真”，他敢直面，不虚饰，“这一世，我参悟了人生的底蕴，认清一切浮华，一切俗世的荣辉，终极都是虚幻。文学，至真至美的文学，是我唯一的归宿。”（《第一次信仰》）这里，倾心文学之我挽救了看破红尘之我，文学成了实现自我圆满的唯一归宿。由于有了文学的救赎，诗人在生命感悟的悲剧性中开始融入“美在生活”的信念，于是就有了“大我”“小我”的转换，终于能“狠下心来”去赶一场“红叶的约会”：

难道就不能把时间留一点点
留一点点，给自己

① 叶笛：《九月的眸光・序》，台南，新风出版社，1971。

双手捧出黄金的岁月

悲辛和欢畅，黯淡和绚丽

全部交给衰老的土地

总得狠下心来，花一点时间

赴红叶多年的约会

——《红叶的约会》

这里，诗人既不佯装高蹈，故作狂放，也不显得强作悲怆，抬高形象，而是直抒胸臆，坦诚地表露自己的心灵轨辙。如此，“放下”一切的我，才会感受到人生就像赴一场“夜宴”生活，“整个草原的绿站了起来，邀请我们去宴它们深深浅浅的醉”，才会细心捕捉“无月夜”寂寞中的美妙体味：

夜这样静，没有月亮是寂寞的

月光是水，是一种

很奇妙的水

孤独的石子泡在月光里

就会泡得很温柔

已经枯干了的树木

让月光淋着，也能

淋出一身新绿

——《无月夜》

这里，诗人羽化了的灵魂显得如此温情、柔软，这时的郭枫似乎更接近于参悟了人生的王维。正如诗评家谢冕所言：“在早期浪漫派诗人那里，那种理想的燃烧是天真的。代表青春时代的狂喜，视一切理想为必然而很少顾及是否能够实现，这其实是相当肤浅的，而郭枫的诗歌则有很大的不同，他是明知其不可为而为的成熟人生的醒悟。这种理想化体现着人生纷纭之后的坚定。”①

三、与“老太阳”对话之“无影人”

在郭枫晚近诗作中，频频出现“老太阳”的意象。这个象喻，因其与人生黄昏的特殊感受联系在一起，格外引人注目，“虚悬在云水缥缈间，蹒跚的老太阳，是一张庞大的假面”。这“老太阳”近乎现代诗人精神恍惚状态下的意象捕猎，如艾略特“荒原”即为一例；但我更愿意看作这是近年来郭枫诗歌越来越“向内转”的心灵感应。无疑，郭枫的近作已进入了“物我同一”的中国禅的文化写意。

中国人有自己的思维特征，也有自身对生命哲学的独特玄想和奇异凝思。郭枫对“民族文学”是怀有清醒认识和执着敬仰的诗人，他坚信“我们绵长而优秀的文化，将再度成为人类文化中的一道主流。”“发扬中华文化，乃是现代中国人的严肃课题。”② 他的“文化自觉”，也使郭枫的诗作有别于许多受“欧风美雨”熏染的台湾或大陆的现代诗，熔铸了更多的中国式的美学“本色”。例如他钦羡宇宙自然的万种风情，目光常逗留于“空山鸟语”、“老家的树”、“草虫的村落”；同时这位“怀乡感”极强的北方汉子，面对故乡的风物人情，在诗中还时常冒出一片童心、一腔傻气和一付纤纤柔肠。他与“山”伴游、与“水”对话，李白的“月光”也勾起他翩翩情思，给予他诗作一种幽美的“烙痕”：

深夜书斋灯光熄去，留下一室
黑，以及满架古今幽魂的梦呓
推开东方小窗，冉冉升起的明月
浑圆，一如昨天。那兀傲孤峰
丘壑分明，立在滟滟月光中

---

① 谢冕：《危航诗意——论郭枫的诗》，《华文文学》2005年第2期。

② 郭枫：《老家的树·爱咱们应该爱的》，台北，新地出版社，1985。

心灵，冷寂已久的旷野
那条荒芜的小径，忽又涌现
一长串光亮的脚印。是月光
在遥远的秋季，轻轻
烙印在生命中美丽的伤痕……

——《月光烙印》

这首诗，提供了中国式的现代诗经验。它的意蕴是古典的，它的情感是民族的，它的低吟姿态是传统的，但它的表达方式则是现代的。诗作中，仿佛古今在此对话，中外在此交流，造出了一个人生彻悟、兴叹调和的诗境界。

饶有意味的是，同样，与西方诗人的暮年诗作常常近乎“寂灭”的心态不同，回归生活原味的郭枫并不因人生晚景的短暂而感到荒凉、颓唐和麻木，而是展现出一种中国人的“喜剧感”。他似乎更加关切人性，更加洞彻生活，表达出自己“理解了之后更深刻的感觉”。例如，郭枫的近作几乎都是写日常生活，都是写他见过的人和事，如《幽光》、《我和工蚁是哥儿们》、《我想变成超级无影人》、《夕阳观点》、《征服我吧，潇洒!》等等，这些诗因作者岁月经验的“触媒”，在特定的时空里“内爆”出人生的况味，那是一种兼有“黑”与“涩”的体验：

晶莹一轮明月隐入西方森林
无边旖旎的夜色，遂溶于
一杯黑咖啡
微涩、略苦、蕴涵美丽想象的
甘醇滋味
恰似远去的曲子，细细
心灵深处萦回

——《黑滋味》

郭枫诗歌的奇异魅力，正在于他依靠心灵的魔幻力量，升华了客观的世界，以“超验”提升“经验”，进而把读者带到奇异的缪斯空间。其他如《寂灭》、《白》、《悟》、《隔着薄薄的一层》等等，总是把人带到幻象的境界，在幻境的反刍中玩味生命的妙悟，在戏剧性的时空里，潜隐着人的微妙情意。从“我”与诗的关系角度分析，郭枫今年的诗作常以“幻”来点化庸常之“物”，以超验手法介入诗的创造，构成了他的诗歌的主要审美特征。这种审美形态，在梦幻与感悟，遐想与冥思的交织中，自然地流出诗人咀嚼生命滋味的意绪取向。“郭枫的超验写作总有一个向心的旋流，总是在欣赏的边缘，与读者建立诗美的共享空间。”[①]

郭枫坚持以“我手写我诗”的特立独行姿态，展开自己的诗歌写作的边缘性实验，显示了当代诗坛“这一个”的独特价值。郭枫诗作对于中国新诗的意义是，它提供了中国现代诗写作的别样经验和诗美的多样性，而从更高的意义看，他还拓展了中国现代诗歌创造的可能性，以及中国人精神表达的宽广疆域。

《当代作家评论》二〇一三年第二期

---

① 周新建：《生命的悸动》，《华文文学》1993年第1期。

“与永恒拔河”的人

——隔岸妄论余光中

王 尧

我们有理由认为，二十世纪下半叶的中国文学如果减去余光中显然要有所逊色。相对于余光中的创作而言，内地与台港澳关于余氏的批评文字虽然为数不少且有真知灼见，但多少显得单调与局促。这不仅因为批评者（包括我自己）缺少与之对应的文化背景，而且还在于对余光中诗文所作的过多的技术分析，拆碎了余氏诗文中的人气才情。因此在每次阅读余光中之后，我既有言说的欲望，但又颇为踌躇。一个真正意义上的杰出作家不可能不给批评者带来困扰，批评写作的空间几乎就建立在对困扰的排除之上。

余光中文学意义的凸现，是与两岸分离所形成的地理与人文障碍联系在一起的。在这种有障碍的格局中，余光中的教育背景和成长背景对他的创作产生了决定性的影响。在近几年的文学研究特别是知识分子研究中，我越来越觉得教育背景对一个人文知识分子的重要。教育背景的差异对中国现当代作家所造成的影响，在某种意义上并不亚于我们通常所说的生活经验。我们来看余光中：一九二八年生于南京，中学时代在重庆度过，抗战胜利后返南京；一九四七年考入金陵大学外文系，次年转入厦门大学，再随父母迁居香港；一九四九年五月插入台大外文系三年级，一九五二年大学毕业；一九五八年赴美进修，获艺术硕士学位；返台后在大学任教；一九七四年应邀香港中文大学中文系任教，返台后任教于中山大学外文系。这样的教育背景和成长背景，使得余光中和类似于余光中的作家们在接受中国传统文化哺育滋润的同时，又接通了通往西方文化的途径，他们因此获得了涵养于其中的广博而丰厚的文化空间。我们不能不重视这样一个事实，因为在中西文化交汇中发展是五四新文学的最重要特征之一。余光中诗文中扑面而来的书卷气与豪气，显示了他在文化与学养上的优势，他的诗歌、散文和文学批评中有众多令人眩目让人隔膜之处，常常就是文化和学养在起作用。当我们在九十年代突出地强调思想文化资源的重要时，余光中早已完成了他所必须的思想文化资源的积累与发挥，这和大陆的许多作家形成了一个明显的“时间差”。正是由于这个“时间差”的存在，使得我们在最初接触余光中的作品时流露出惊羡的眼神，并随着“时间差”的缩小而渐渐淡化这种眼神。无论如何，尽管我们在许多方面有不同的价值取向，但余光中的出现无疑是二十世纪下半叶中国文学的收获。当我们对二十世纪中国文学作“整体”观时，还要确认这样的收获：余光中从一个侧面接通了闻一多、梁实秋、钱钟书他们这批作家的血脉。在这里，我还要提到一样出身西南联大的汪曾祺与穆旦。以散文论，汪氏不在余氏之下；以诗论，穆旦也不在余氏之下；但是，当余光中的创作渐趋成熟而走向高峰时，汪曾祺在创作“样板戏”，穆旦则处于陈思和所说的“潜在写作”状态。西南联大在汪曾祺和穆旦的创作中作为教育背景是不能忽略的。文化断裂给大陆部分作家造成的消极影响究竟有多大几乎是难以估计的。

两岸分离造成的错位与障碍给海峡两岸作家的文化心理与感情方式打上了深刻的烙印。我不知道这样的表述是否准确：如果说大陆作家对彼岸有着拯救与统一的欲望，那么像余光中这样的台湾作家，更多的是倾诉刻骨铭心的漂泊与归依感，这样一种情感，在余光中笔下被概括为“中国结”或“中国情结”。几乎可以这样说，“中国结”不仅是余光中也是二十世纪下半叶中国文学中的感情“内核”之一。一九九〇年余光中在一本诗集的后记中写道：“我的中国情结仍然是若解未解，反而在海峡形势渐趋和缓之际，似乎愈结愈绸缪了，以致同题的《中国结》先后竟有两首。中国情结更甚于台北情结，并不是回大陆就解得了的。”① 他在一九八六年三月的《中国结》中苦吟道：“你问我会打中国结吗？我的回答是苦笑 / 你的年纪太小了，太小 / 你的红丝线不够长 / 怎能把我的童年 / 遥远的童年啊缭绕 / 也太细了，太细 / 那样深厚的记忆 / 你怎能缚得牢？// 你问我会打中国结吗？我的回答是摇头 / 说不出是什么东西 / 梗在喉头跟在心头 / 这结啊已经够紧的了 / 我要的只是放松 / 却不知该怎么下手，线太多，太乱了 / 该怎么去寻找线头”。诗中所说的

① 余光中：《梦与地理》，台北，洪范书店，1990。

"梗在喉头跟在心头"的感觉是余光中乡愁诗文中最基本的感情状态。在阅读余光中的诗文时，我们常常会惊羡他奇崛的意象、非常的想象与绚烂的语言，但是，应当注意到，余光中那些倾诉"中国结"的诗文，常常是看似平淡浅出，这种绚烂之后的平淡深入之后的浅出，突出了"中国结"的朴素与真实。我觉得，这样一种方式，是倾诉"中国结"的唯一真实的方式，放弃了这种方式，只能走向伪饰。这是我或者更多的读者在读到《当我死时》这样的诗作时不能不动容的原因。"当我死时，葬我，在长江与黄河/之间，枕我的头颅，白发盖着黑土/在中国，最美最母亲的国度/我便坦然睡去，睡整张大陆/听两侧，安魂曲起自长江，黄河/两管永生的音乐，滔滔，朝东/这是最从容最宽阔的床"。余光中《当我死时》倾诉的这种感情，就是那根"中国结"的"线头"。

如果我们不及其余，而着眼于余光中诗文中的主要方面，我们就可以清晰地发现，余光中诗文中有一种与审美力量一样打动我们的内在精神力量，而这种精神力量又形成了余光中作品的深层结构。这种结构被一些论者称为"切位"："他的作品中，体现着孤岛与大陆、东方与西方、传统与现代的文化对应。独特和相对独立的语言及建构方式，表现了狭窄对广阔的渴望、漂流对回归的渴望、瞬间对永恒的渴望。这个文化切位的完成，是作家痛苦的心路历程的反映。"[①] 散文《四月，在古战场》、《塔》、《独木桥与双行道》、《地图》等都是这样一种"切位"结构；他的那些为数众多的"乡愁诗"几乎都是这样的结构，像《枫和雪》、《每次想起》、《民歌》、《乡愁》、《盲丐》、《呼唤》、《白玉苦瓜》、《乡愁四韵》、《芝加哥》等。最典型的可能就是那首《乡愁》："小时候/乡愁是一枚小小的邮票/我在这头/母亲在那头//长大后/乡愁是一张窄窄的船票/我在这头，新娘在那头//后来啊/乡愁是一方矮矮的坟墓/我在外头/母亲在里头//而现在/乡愁是一湾浅浅的海峡/我在这头/大陆在那头"。诗中的"这头/那头"（外头/里头）表述的不仅是个空间位置，更重要的是呈现了一种深刻的精神结构。在某种意义上说余光中诗文中的动人心魄的内在张力由此形成。

顺着上述思路，余光中诗文的文化意义、精神价值就在于他以五彩之笔塑造了一个形象的"人文中国"（"母体"意象），这是余光中诗文最大的意象，诗文中的具体意象只是"人文中国"这个宏大意象中的微观。也正是在营造"人文中国"的宏大意象中，余

---

① 见冯林山所编余光中散文集《桥跨黄金城》的"编后"，北京，人民日报出版社，1996。

光中塑造并提升了自己作为一个中国人文知识分子的灵魂。"人文中国"滋润并且激活了余光中，他的丰厚、瑰丽与自信甚至是自负都与此相关。他在诗文中对屈原、李白、杜甫等的痴情解读，是在中国文化精良的对话中重构自己的灵魂。大凡在这样的时刻，余光中总是那样的自信与自负："我的汉魂唐魄长在中文的方块之中，凡我在处，一笔在手，便是长城。"[①] 他对新诗发展的期待亦来自"汉魂唐魄"："一位敏感的诗人，处今日非常之变局，而竟不闻不问，不怒不惊，乃至孤灯小楼，一仍惟美是务，也就未免太自私了。我认为，诗人处此之境，无论是直接和间接，高亢或低回，都应该对自己的国家表示关切和赤忱了。诗人固然不必，也不可能篇篇爱国，但是赋诗千首，竟无一篇忧时感世，也是难以自解的。我们不能期望诗人皆为斗士、勇士、志士，但是诗坛之上，如果举目多为高士、逸士、隐士、曲士，甚至于狂士，那就未免轻重倒置，成为病态，值得诗坛好好自省。无论如何，支撑中国诗道传统的，仍是儒家精神的志士胸襟与仁者的心肠。李白令我们兴奋，王维令我们安详，李商隐令我们着迷，陶潜令我们钦羡，但真正令我们感动的，是杜甫，因为他才是人间世的，他毫无保留地交出了自己。现代诗发展到现在，近似韩愈、李商隐、杜牧、李贺、孟郊、贾岛，甚至卢仝、马异式的作者都出现过，但我们真正期待的，是盛唐人物，尤其是杜甫。"[②]

当然余光中也并不全然如此沉重。他的诗文同样充满了闲情逸趣，既有文人的也有市井式的幽默，对主流之外的民间文化也同样有着表现的兴趣。我们可以读他的《书斋·书灾》、《焚鹤人》、《我的四个假想敌》、《珍珠项链》等。有了这一路的作品，余光中才显得完整而亲切。

余光中诗文创作的路径和风格是清晰的。余氏写新诗从新月派入手，并佐以英诗的声律。五六十年代诗作如《祈祷》、《莲的联想》、《等你，在雨中》等都有鲜明的"新月"风。"韵"与"散"是新诗发展中的一对矛盾，在余光中看来"当初新诗人改采自由诗，原为摆脱传统的'韵文化'，结果徒知放纵而不解自我约束，乃沦于'有自由而无诗'的困境，刚跳出了'韵文化'，又堕入了'散文化'。"余光中自己想达到的是自由而有诗："后来发现徒守格律而不解变化，必失之单调、刻板，乃加以变奏、调协，多方探

① 王伟明：《回到壮丽的光中——余光中答客问》，《诗双月刊》（1998年6月）总第40期。

② 余光中：《从天真到自觉——我们需要什么样的诗?》，《余光中散文选集》第3辑，长春，时代文艺出版社，1997。

讨出路。早期写诗，我常分段，后来渐渐发展出一种亦中亦西的混血诗体，全不分段而以中国诗的古风配合西洋诗的无韵体（Blank Verse）。”[①] 这样的意思，余光中在一九八〇年已经说过：“我写新诗，开始是走新月派格律诗的路子，五六年后便觉其刻板无趣，改写半自由半格律而韵脚不拘的一种诗体。目前我较长的诗篇，在句法和节奏上，可以说是用一种提炼过的白话来写古风，复以西方无韵体的大开大阖，一句横跨数行甚至十数行，来相调剂。”[②] 六十年代中期以后这种变化是明显的；但是，即使在这种变化之中，余光中仍然讲究声韵与工整，证之余光中九十年代的作品如《五行无阻》、《只为了一首歌》等，也可得出同样的结论。所以余光中自己也说：“回顾我四十年写诗的发展，是先接受格律的训练，然后跳出格律，跳出古人的格律而成就自己的格律。所谓‘从心所欲，不逾矩’，正是自由而不混乱之意，也正是我在诗艺上努力的方向。”[③] 这是余光中诗艺的方面。从六十年代中期开始，余光中写诗的方向，“于民族、社会、现实三者，比较强调民族感与现实感”，而且他觉得“相信终我之身，这方向是历久不移的”。但余光中同时认为“强调民族感和社会性，应该适可而止，不必鞭策所有诗人，务使人人如此，篇篇如彼，定于一尊”。因此他强调“‘多般性’是比较健康的艺术形态”，追求主题的变化，“为中国诗征服新的疆土”。这篇题为《从天真到自觉》的文章写于一九七五年，五年之后，余光中进一步认为，“现实的界说应该扩大到全面的人生”，“我所谓全面的人生，也就是人的全面经验。如是则社会现状只是重要的中间经验；尚有大自然与无限的时空，也就是一切什么所寄的宇宙。个人的一面，近而亲切；自然的一面，远而神秘，其实都是人生的经验，也都是现实。”我所征引的这两段关于个人与社会、艺术与现实相互关系的文字，很难说是什么卓见，也不为余光中一人所独有。准确地说，余光中讲述了一个常识，但是常识往往为人忽略。多少年来，我们常常避开一些常识与通识而争论不休，这是令人悲哀的事。

余光中诗文的路径与风格是在传统/现代、中/西的冲突这一二十世纪中国文化的基本语境嬗变的。先是“浪漫主义”，再是“现代主义”，再后来是“新古典主义”，最终是“多妻主义”。在倡导“新古典主义”时，他虽然突出了“重新认识传统的精神”，但是已

---

① 王伟明：《回到壮丽的光中——余光中答客问》，《诗双月刊》（1998年6月）总第40期。

② 余光中：《谈新诗的三个问题》，《余光中散文选集》第3辑。

③ 余光中：《四窟小记》，《余光中散文选集》第4辑，长春，时代文艺出版社，1997。

经开始走"综合"的发展之路，将传统与"现代人的敏感结合而塑成新的传统"，而文艺的复兴则是"在作品中使东西文化欣然回合之时"[①]。在后来思考"我们需要什么样的现代诗"时，则明确提出了以"现代"接通"古典"。在传统/现代、中/西之间都"入而能出"，才有综合圆融的可能。在这里，我们再参照汪曾祺创作路径的变化。在四十年代，西南联大出身的汪曾祺并不排斥现代主义，甚至"年轻时候受过西方现代主义的影响，也可以说有模仿，后来不再模仿了，因为模仿不了"。模仿不了的原因是，"文化可以互相影响，互相渗透，但是一种文化就是一种文化，没有办法使一种文化和另一种文化完全一样"。就散文创作而言，"看来所有的人写散文，都不得不接受中国的传统。事情很糟糕，不接受中国的传统，简直就写不好一篇散文"[②]。在世纪之交重新思考二十世纪中国文学的"现代性"问题时，余氏与汪氏的这些经验都是不能废弃的。

在余光中的文论特别是他关于散文的文字中，《剪掉散文的辫子》最为著名。在我看来，余光中对散文类型的归纳与阐释并不重要，重要的是他"鼓吹"散文的"革命"。他认为五四以来的散文阴柔成风，迁台初年余风犹盛，因而向往韩潮苏海，倾心庄子的超逸孟子的担当司马迁的跌宕恣肆，想以淋漓大笔，一扫散文的脂粉气。因此，婉约是余光中的一面，奔放似乎是其主调，《鬼雨》《逍遥游》、《听听那冷雨》、《记忆像铁轨一样长》、《咦呵西部》等散文，都给当代散文带来了新的风采。

我们可能都注意到，"感性"与"知性"是余光中文论中的两个关键词[③]，余光中在谈及余秋雨散文时也用了这两个词。"感性"与"知性"的统一，是余光中对现代"学者散文"的基本理解。一九九三年在苏州召开的国际华文散文研讨会上的发言中，余光中

---

① 余光中：《迎中国的文艺复兴》，《余光中散文选集》第1辑，长春，时代文艺出版社，1997。

② 汪曾祺：《认识到的和没有认识到的自己》，《北京文学》1989年第1期。

③ 余光中在《中国山水游记的感性》中说："所谓'感性'，就是敏锐的感官经验。说一篇文章'感性十足'，是指它在写景叙事上强调感官经验，务求读者如见其景，如临其境，如历其事。""感官经验人人所同，但是要用文字表达时，一般人，甚至一般作家，却只能用熟知习见的成语，因简就陋地复述一些空泛而含混的印象。唯有散文的高手，才能使文字突破抽象符号的局限，直探物象的本体。"在《中国山水游记的知性》中又说："所谓'知性'，可以析为两端，一是知识，一是思考。有知识而无见解，只是一堆死资料。思想得多而知识不够，又沦于空想。"参见《余光中散文选集》第4辑。

也以“感性”与“知性”的统一来表达他对学者散文的基本理解。他反对散文走纯感性的路子，以免散文成为一种新的风花雪月，因此强调以知性做感性的“脊梁”，以“知性的推力”提升散文的境界。这是“诗人”的余光中和“学者”的余光中合二而为“散文”的余光中。顾及今日已成“时文”的“文化大散文”，不难发现其流弊就在感性的生硬与知性的杂乱。也许由于很长一段时间文学从属于政治，一旦这种关系得到校正，作家的创作就出现大的“反弹”。八十年代以来，大陆作家对“文化”与“学问”的兴趣异乎寻常的强烈。在这样的进步之中，“文化大散文”（不仅是这种文体）也就成为一些作家改变身份的“品牌”，对“知性”过分的迷恋与追问，使一些作家成为“文化”与“学问”的附属物。其实我们应当知道，“文化”或者“学问”也是可以“阉割”作家的。我不知道，我热爱的那些作家为何要对着风景无辜地训话，对着故纸堆作学者痛苦状。当然，感性与知性要“统一”也难，即使是余光中也有驰骋才气的毛病，才子文章往往也为才气所累。这也是有一些读者不太喜欢余光中的一个原因。

余光中诗文的成就突出了超越文学艺术门类与文体的界限而走向综合的可能与必要。文化素养包括学养在诗文中的“肌理”效果通常也只有在“综合”中凸现出来。余光中虽非狡兔，却营四窟，诗、散文、批评、翻译是余光中“写作生命的四度空间”。他以乐为诗，以诗为文，以文为批评，以创作为翻译。强调“乐”对诗的作用，是余光中的苦心孤诣。余光中认为，诗是文学中最近音乐的一体，歌是音乐中最近文字的一项。音乐，包括中国国乐、西洋古典、民谣、爵士、摇滚，对余光中的启示如他所说几乎是“无孔不入”：“西洋的切分法在格希文（George Gershwin）的交响诗中用得倜傥非凡，我在艳羡之余曾经企图在《越洋电话》一类诗中拿来试验。古典器乐有所谓卡旦察（Kadenza），任演奏家兴至神来，尽情发挥，其境直如天女散花，半空烟花。我将其法引进散文与诗中，一时文法脱锁，修词解链，文字几乎羽化而为音符，纯以神遇。《山雨》、《夜行人》一类的诗便有如此企图。”[①] 因为诗与乐近，将余光中的诗谱成歌曲的音乐家在二十位以上。余光中以诗入文，多为学者一再论及。其实，以诗入文甚至把散文当诗一样写，一直是二十世纪中国散文的一种潮流，或者说散文中有诗的素质是现代散文的本体特征之一。我以为，余光中散文有“诗”不是文体之间的“磨合”，而是“诗神”

① 王伟明：《回到壮丽的光中——余光中答客问》。

的再生，因此，在现当代散文中，余光中的散文最突出地张扬了诗人的气质。这体现了余光中对散文文体的尊重。在今天这样一个被称之为散文的时代，我不能不吁请尊重散文。我们都熟知而且常说余光中右手写诗左手为文，其实余光中最初的意思是以“笨拙”的左手来“旁敲侧击”散文，暗示“文章自己的差”。但是余光中后来写散文是不分“左手”、“右手”了。余光中反对新诗的“散文化”，尤其否定所谓“散文诗”，但他又不肯给那些始于平庸亦终于平庸的诗戴上“散文化”的帽子，生怕辱没了散文，对那些不痛不痒的作品，“即便我们以散文相看，其中的文句也难称够格的散文：我们颇有一些生手，散文之笔尚未握稳，已经鄙视散文，而贸贸然要飞向诗的领空了”。因此他赞同艾略特《十八世纪的诗》一文中说过的一番话：“好诗的第一个最起码的要求，便是具有好散文的美德。无论你审视什么时代的坏诗，都会发现其中绝大部分都欠缺散文的美德。”[①] 至于中国水墨画的空灵、清远，西洋油画的瑰丽、热烈、富厚，都直接影响了余光中诗文创作的视野，并使其诗文色彩斑斓。在重新阅读余光中时，我慨叹学术与文章分途，这也是我近年来常常喜欢使用“文章”这一措辞的原因。余光中写批评文章不喜欢太“学术化”，他在学问之上求见识，见识之上求文采，散文与批评性的论文往往难以截然割分，论文也往往抒情而多意象。在当下众多批评文字成为西方文论的“跑马场”时，余光中的文论对我们不无启发。

在论及汪曾祺时，我曾经指出，汪曾祺散文的意义不仅表明了以汉语为母语的写作和传统不可分割的血缘关系，而且展示了汉语写作的永恒魅力。可以与汪曾祺媲美的是余光中。汪的语言出之平淡，在文言与口语之间；余的语言出之浓郁，兼及文言、口语与欧语。余光中拓宽了现代汉语写作的空间，是他的又一贡献，这需要另文论述。

二十世纪中国文坛一时多少豪杰。我们也许现在还无法给余光中定位，这使我想起他的诗《与永恒拔河》。无论如何，余光中是众多“豪杰”中“与永恒拔河”的人。不知大家以为然否？

《当代作家评论》二〇〇〇年第二期

---

① 见《从天真到自觉——我们需要什么样的诗?》，《余光中散文选集》第3辑。

叶维廉的诗与传统

邱熊熊

“传统是一块磨石，个人的才具是一块待琢的宝石，二者相磨擦所迸出的火花就是诗。”[①] 白荻的这句话，道出了台湾现代诗人对传统与个性关系的一种有代表性的理解。台湾现代诗是个复杂的文学现象，但现在有些人一谈起台湾现代诗，便会有一种印象，以为这不过是西方现代派诗歌在台湾的翻板，是绝对的“横的移植”（纪弦语），因而也就很自然地要给予否定。其实不然。虽然在倡导现代诗的初期曾出现过“新诗乃是横的移植，而非纵的继承”[②] 这一类“响亮”的口号，但纵观台湾现代诗的演变发展，传统的痕迹却处处可见。就台湾出现的几个诗社而言，就有“不愿贸然作所谓‘横的移植’”[③]的“蓝星诗社”和要在“有意无意之间走民族风格的路线”[④] 的“龙族诗社”。台湾，虽然因为历史的原因与祖国大陆隔绝了，但祖国传统文化的影响却是隔绝不了的，况且有影响的大部分台湾现代诗人，青少年时期都曾在大陆深受祖国文化的熏陶。这一点决定了台湾现代诗是注定摆脱不了传统的影响的。余光中曾说：“新诗是反传统的，但不准备而事实上也未与传统脱节。”[⑤] 他的许多充满浪漫气息的抒情诗我们就很难说它是“进口货”。

① 白荻著：《人本的奠基》。见《现代诗散论》第80页。

② “现代派信条”之第三条，见纪弦主编之《现代诗》第十三期。

③ 见《第十七个诞辰》，余光中著。刊于《现代文学》第四十六期。

④ 陈芳明：《新的一代新的精神——〈龙族诗选〉序》。见《龙族诗选》。

⑤ 见《掌上雨》，大林书店出版。

叶维廉就干脆说："传统对我的影响是很大的"[①]，他似乎还为这一点感到非常自豪。如果说余光中对传统的继承，是建立在对祖国文化乡愁的感情郁结之上的，那么叶维廉对传统的接受更多地是来自对汉语特性的关注和发掘。本文将按叶维廉创作的前后两个分期，从分析诗作入手，着重考察其诗作与传统的关系。

前期创作

叶维廉延续了二十多年的诗歌创作始于本世纪五十年代中期，笔者所能见到的最近一首诗是作一九七九年十月的《春暖花开的时候》（载香港《八方》文艺丛刊第二辑）。出有《赋格》、《愁渡》、《醒之边缘》和《野花的故事》等诗集。还有一些诗作散见报纸杂志。我们把讫止一九七九年这段时间里的诗作，按其风格不同特点划分为前、后两个时期，而以一九六七年诗作《愁渡》的出现为前期的终结。

叶维廉前期的诗作大都具有庞大的阵势，篇幅极长而意象繁复，是不大好懂的。有人说他前期的诗作比较西化，他对此所作的答复是："这句话一半是真的。"[②]那么另一半是什么呢？现在且以最能代表他前期创作特点的《赋格》为例，解剖这另外的一半。

《赋格》共百余行，三个章节互不相续却又共同围绕一个主题。"赋格"是英文Fugue的音译，Fugue是西洋音乐中一种特殊的表现形式，它一反那种在和声的背景上配似主旋律的表现形式，而是由两个以上的旋律构成，这些旋律彼此独立互为背景，又同时进行。《赋格》的结构的"Fugue"化，就构成了叶维廉所说的那真的一半。这也是《赋格》难为人懂的原因之一。且看《赋格·其一》（一九六〇）：

北风，我还能忍受这一年吗
冷街上，墙上，烦忧摇窗而至
带来边城的故事；呵气无常的大地
草木的耐性，山岩的沉默，投下了

①② 见《叶维廉自选集》第262、254页。

胡马的长嘶；烽火扰乱了
凌驾知识的事物，雪的洁白
教堂与皇宫的宏丽，神祇的丑事
穿梭于时代之间，歌曰：
月将升
日将没
快，快，不要在阳光下散步，你忘记了
龙兼的神谕吗？只怕再从西轩的梧桐落下这些高耸的建筑之中，昨日
我在河畔，在激激水声
冥冥蒲苇之旁似乎还遇见
群鸦喙衔一个漂浮的生命：
往哪儿去了？
北风带着狗吠弯过陋巷
诗人都已死去，狐仙再现
独眼的人还在吗？
北风狂号着，冷街上，尘埃中我依稀
认出这是驰向故国的公车
几筵和温酒以高傲的姿态
邀我仰观群星：花的杂感
与神话的企图——
我们且看风景去

作为在香港度过少年时期的叶维廉，在英殖民者的统治下，必然对祖国怀有一种复杂的感情。这首诗正是这种感情的反映。这就是诗人对祖国前途的担忧，对中国古老文化的缅怀。北风吹自北方，而北方正是祖国山河，对中国战乱历史的反思涌上诗人心头，因而“烦忧摇窗而至”，带来的是一片战乱的回忆：“胡马的长嘶”，“边城的故事”。神圣的“凌驾知识的事物”也被烽火扰乱了。这使诗人陷入一种悲观的估计：“月将升/日将没”。接下来出现的“龙漦的神谕”这个典故，使诗人把祖国的前途看得一团漆黑，

就像战乱中被弃于河中的“一个漂浮的生命”，它将“往哪里去了?”战火烧毁了诗人心目中的艺术之宫，也烧花了诗人的眼睛，所以他写道“诗人都已死去”。在一片绝望中，他只好“仰观群星”，无可奈何地默思祖先们神话般的往昔，叹口气说：“我们且看风景去。”

客观地说，身处港台的叶维廉，对新中国根本无法了解，他的这种悲观绝望的没落之感是可以理解的。

我们且停下来看一首艾青作于一九三八年的诗《北方》：

……北方是悲哀的。
从塞外吹来的
沙漠风，
已卷去北方的生命的绿色
与时日的光辉
——一片暗淡的灰黄
蒙上一层揭不开的沙雾；
那天边疾奔而至的呼啸
带来了恐怖
疯狂地
扫荡过大地……

这与叶维廉《赋格·其一》开头所选用的意象和构思何其相似！两位诗人都把北风作为战争的象征意象来使用，一样的“北风”，一样地使草木凋萎，带来恐怖。

艾青写道：

几只驴子
……
载负了土地的
痛苦的重压，

它们厌倦的脚步
徐缓地踏过
北国的
修长而又寂寞的道路……

艾青笔下痛苦的毛驴是在年复一年悲哀地走北国修长而寂寞的路，叶维廉的那个“漂浮的生命”却不知要飘向何方。驴子和被弃的生命也是作为同一象征意象（即中国）来使用的。

艾青写道：

——我看见
我们的祖先
带领了羊群
吹着笳笛
沉浸在这大漠的黄昏里；

叶维廉在《赋格，其二》中写道：

……我追逐边疆的
夜祷和毡墙内的狂欢节日，一个海滩
一只小猫，黄梅雨和羊齿丛的野烟

两人都在缅怀那个往昔（古老灿烂的文化）。

如此多的共同之处。叶维廉说：“我写诗以来，很幸运地，曾有机会接触过过去六十年来的每一个阶段的作品而享受了某种程度的持续感，而且曾无阻地受过闻一多、卞之琳、艾青等的启迪。我极重视这种历史的整体性和持续感。”[①] 至少在主观愿望上，叶维廉

① 叶维廉在1979年中国文学创作的前途讨论会的发言。

并不想使自己的创作游离于五四以来新诗发展路线之外。拿《赋格》与《北方》相比较，艾青的诗虽沉痛但却充满对祖国光明未来的信心，而叶维廉的沉痛却浸渍没落之情（这是两位诗人世界观的差异所致）。虽然如此，我们从中还是看得出这种“持续感”的。至少，五四新诗的传统叶维廉还是想继承的。

这种所谓“持续感”、“历史的整体性”，就是叶维廉所说的“另一半”的一部分。这“另一半”的另外部分，是对中国古典文化尤其是对古诗的新用。

上面所引诗中“龙漦”典故就是典型的用典之例。“龙漦”就是龙的口水、唾沫。据传夏朝末年，有二龙栖于宫中，夏帝将龙漦封藏在柜中，历经商朝传至周朝。历代帝王奉守夏帝告诫不敢打开。到了周厉王末年，厉王打开柜子，龙漦流了出来，化为一只蜥蜴。一位宫女见后怀了身孕，生下褒姒。以至后来周幽王宠褒姒酿成大祸，国已不国。这种凝聚太多“情节”的典故用在诗中，固然是对传统文化的一种崇敬，但有几个人能懂得确是一个问题。五四是反对过滥用典故的，看来叶维廉似乎不曾注意。

对古典诗歌的新用，在叶维廉诗中，一是表现在对古典诗歌意象的沿用。《赋格·其一》中有的“激激水声”、“冥冥蒲苇”两个意象，就是沿用了汉乐府诗《战城南》中描写战场的意象：“水声激激，蒲苇冥冥，/枭骑战斗死，驽马徘徊鸣。”这种意象沿用的方法是中国历代诗人惯用的传统手法。一个意象（有些典故本身就是一组意象）的反复使用，虽经语词的变化翻新，最终只会成为一种程式化的东西，而失去它作为意象赖以动人的新鲜性和可感性。沿用古典诗意象的弊病之一是使作品艰涩。因为读者要了解一首诗就必须了解作者所沿用的古诗意象在古诗中特定的含意。叶维廉前期诗作难懂的第二个原因正在此处。

叶维廉对古典诗的新用，二是表现在对古诗句的活用。这种作法前人早已有之。像李白古风中“君不见……”这种句式，是出自乐府歌谣的；毛泽东的许多气吞山河的诗篇，也有许多这方面典范的例子。但这种作法都只限于在古典形式的诗歌中利用古典诗句，形式上的一致，决定了这种活用较易成功。而叶维廉则是在现代自由诗的形式中融入古典的诗句。在《赋格·其二》中他写道：

> 荧惑星出现，盘桓于我们花园的天顶上有人披发行歌：
> 予欲望鲁兮

龟山蔽之

手无斧柯

奈龟山何

这段“披发”古人的诗句用在这里，把中华民族历史沉浮的悠久感传达出来了，这种古老的哀愁现代化了，而现代人的哀愁也古老化了，二者作用于读者，会使人感到哀愁的不可摇撼的永恒性，诗以情动人的目的就达到了。叶维廉很好地把两种不同形式的诗句统一到一首诗中，这是他对古典诗的新用做得最成功的地方。

叶维廉前期的诗作，主题都大致同于《赋格》，结构也多是这种Fugue体结构。《愁渡》是他前期诗作的顶点，比《赋格》更加庞大，由五曲组成，但加强了各曲间的联系，保持了意象纷繁的特点，但已少芜杂之感。值得一提的是，《愁渡》语言的非叙述化，已不同于《赋格》那种叙述性的语言。像《愁渡·第四曲》末尾的这段就很典型：“城墙陷入晨光里/千树的/万树的/霜花/千树的/万树的/霜花/风落后/春草萋萋：/棠儿啊我的棠儿呢?”我们即使去掉“/”号，代之以标点符号，各句之间的独立性却依旧存在，反而破坏了原诗的分行意图。诗的语言与叙述性语言是对立的，诗中如果叙述性语言过多，将使诗泛化为散文。叶维廉注意到这一点。有趣的是，他减少叙述性语言的做法，恰恰是出自对唐代诗人岑参诗句“忽如一夜春风来，千树万树梨花开”的活用。我们知道中国古诗使用的是文言，文言的特性反映在古诗中，恰可造成极少跨句、“脱节”性强等反叙述效果，这与叶维廉对诗句的处理不谋而合。叶维廉追求诗语言的努力，还和他始终追求的诗歌理想关系密切，在他看来，理想的诗应当是“景物的自然发生与演出”，他曾在诗作《夏之显现》（一九六〇年）中表达过这一主张：“我欲扭转景物，我欲迫使/所有的情绪奔向表达之门/通至未经罗列的意象。”这又和中国古诗的特点很相近。中国古诗少跨句、多脱节的特点，决定了诗在表现上具有“演出”性。叶维廉正是从实践中发现了中国古诗语言是最适于诗歌表现的一种语言，从此他走上一条自觉寻求古诗传统影响的道路。

从以上分析可以看到，叶维廉前期诗作和传统的联系，一是表现出对五四以来自由诗传统主要是内容上的（这必然牵涉到意象的选择）某种“持续感”；二是表现在应用古典文化遗产上，这又分为使用典故，沿用古诗意象和活用古人诗句三个方面。在这种与传统的摩擦中，前者闪出一点火花，这就是既保持了对五四以来自由诗的“持续感”，又在技巧上给予一定发展。他打破新诗意象单线发展的程式，在诗作中增加意象密度，增大了诗的容量。但这并未做到完美的程度，因为意象纷繁过当会带来芜杂之病，使诗臃肿，会破坏诗的整体感。叶维廉在后期的创作中才使这些得到了进一步的完善。

后期创作

“为什么《愁渡》之后要离开呢？我记得这首诗和《赋格》的结构很接近，不是有意的，写完了之后才发觉，原来我一直都在这个‘结’里面，没有走出来，所以我一定要离开这个心态和这个主题。”①叶维廉经过一段时间的“愁渡”之后，终于到达诗的另一个国度，开始了风格与前期很不相同的后期创作。这也是他创作的成熟期。如果说他在前期创作中仅是出于对传统文化的偏爱而不自觉地接受其影响，那么他在后期创作中则是自觉地去寻求这一影响。他主张使诗达到一种“纯粹经验”，要把自我“溶入外物，让它们的内在生命根据它们自己的自然律动生长、变化、展姿，但同时又保有某种主观性”②。在创作实践中，他发现中国古典诗歌，对于他实现这一理论主张有很大启发，转而关注古典诗歌语言。但他毕竟是用白话写诗，他就不能不考虑白话和文言的差异问题。由于白话在诗中的全面使用是五四以后的事，白话入诗的过程是个从文言到白话的调整的过程，其中许多诗歌句法的“定型”，是受外国译诗诗句影响的。这就使他不得不对外国诗有所关注。大约从六十年代末期起，他开始从理论上“探讨中国传统美学在诗中的呈现及西洋现代诗之间的一些融汇的问题”③，并用创作积极实践。这些，就构成了他本时期创作的主要倾向，即立足于向中国古典诗歌学习，同时借鉴西方诗的一些长处，把二者融合、消化，走一条自己的创作道路。

七十年代初，他出版理论著作《秩序的生长》，其中有一篇引人注目的文章《中国现代诗的语言问题》。在此文中，他从汉语言的特性分析入手，详细剖析了中国古典诗的特点，并对现代诗与古典诗的融汇问题做了一定探讨。从分析中，他看到中国古诗的最大

---

①③ 见《叶维廉自选集》第258、4页。

② 叶维廉《中国现代诗的语言问题》，见《秩序的生长》。

特点之一，就是具有电影蒙太奇的“水银灯”效果。在“水银灯”的照射下，“景物自然发生与演出，作者毫不介入”，王维《辛夷坞》就是如此。

中国古典诗歌是扎实地植根于古汉语这片沃土的。古汉语的特点，在使诗精练这一点上达到极高的程度。但古汉诗的这些长处也恰恰是它的短处，这种纷呈的景象往往维持的仅是一种静态的均衡。叶维廉后期较成功的诗作，也常常现出这种静态均衡美的光色。我们来看他的《更漏子》：“高压电的马达寂然 / 围墙外 / 一株尘树 / 无声地 / 落着很轻的白花 // 深夜 / 加工区 / 空得 / 如 / 风 / 吹入巨大的铜管里 // 月 / 骇然涌出 / 惊醒 / 单身宿舍阁楼上的 / 一群灰鸽子 // 滴咕 / 滴咕 / 如 / 水塔上 / 若——断若续的 / 滴——漏”。

这首诗四节，由四个深夜的宁静景象构成，四个景象同处在一个环境中。作者以缓慢的动作，移动他的水银灯，逐个照出它们。第一节是深夜里一株尘树在静静地飘洒它的花瓣，第二节写由于夜晚加工区的停工，使它呈出一种空寂的景象；第三节写月光的突然君临，惊醒了一群鸽子，使静夜有了一点响动；第四节紧紧围绕“静”来写，被惊醒的鸽子发出一两声啼鸣，不但没有打破寂静的气氛，反而更加重了寂静之感。四者使诗表现了静态的均衡之美。

叶维廉对古典诗的关注，使他最终找到了一个知音，这个知音就是盛唐诗人王维。在他看来，王维的诗已经达到那种“纯粹经验”的境界，因此他自然要深受王维的影响。上面那首《更漏子》明显地和王维的《鸟鸣涧》很相似。对传统诗的爱好，使叶维廉忍不住要采用古诗的意象构成手法，翻出现代诗的新花样。但这并不能说成是简单的模仿。

《更漏子》每节中都出现两个对立的意象，一方面是自然界令人心静的景物，像树上落下的花，空气中的风，天上的月和啼鸣的鸽子；另一方面与这四者对应的则是：高压电的马达，嘈杂的加工区，无秩序的单身宿舍楼和漏滴的水塔。虽然这后四者也是静态的，却总像一个杂乱无序的魔影般隐隐作祟。诗人用这种对比，表现自然的美正日益受到破坏，表现他对大都市恶浊生活的厌倦以及对自然界纯净之美的向往。当然，这是深深隐藏在作者“演出”的景物之中的。叶维廉正是从中国传统诗中吸收了养分，用以表达二十世纪崭新的内容。

中国古代诗适于“演出”静态美的特点，在《更漏子》里的结合，由于题材的相近，达到一种和谐。但这种手法对于表现气势磅礴的诗境，就会显出很大的局限。叶维

廉写过一首《变·没》:

万里的
山石
流泉似的
一线
一线的
渗入
汹涌的
黄沙里

这首诗描写一片浩瀚的沙漠，一座山石绵延接天，最终象陷入沙漠的流泉般消失了。作者的本意大概是想用一种相对的观点，表现出“没”的意念：即一种貌似宏伟的景象在一个更为宏伟的景象对比之下，也只有“没”的归宿。本来这两个宏大的景象安排在一起，必定要产生一种强烈的冲突，只有把这种冲突传达给读者，才能使读者在一阵心灵的震颤之后，达到对“没”的理解。但由于作者强调了让景物“自然演出”，本来很有庞大气势的沙漠、山石，均被写得纤细小巧。诗的排列也在“演出”景物：三两字一行的排列，想造成山石起伏的形状，一行行短小诗句恰似一块块相连接的山石。这种处理，也给人一种模型式或盆景式的感觉。可以说，这是一次不成功的均衡。

现代社会的高速发展，人的心灵里那种田园般宁静的均衡正日益被打破，世界在人们眼前呈现的面目日新月异，复杂异常。如何使这种表现静态美的手法适于表现复杂的社会现象，这不能不引起叶维廉的思考。自然，他注意的焦点首先是聚集在汉语言特性上。他深深感到“中国旧诗中至为优异的同时呈现手法……不易将川流不息底现实里动态组织中的无尽的单位纳入视象里”[①]。我们知道，古汉语的诸般特性，在五四新文化运动提倡白话的语言革命阶段，一度遭到全部否定，而以加入有助于分析性成分的白话得到大大发展。表现在中国现代文学史上的诗歌创作中，就出现大量受西洋译诗影响而相

① 叶维廉:《中国现代诗的语言问题》，见《秩序的生长》。

当欧化的诗句。诗句愈拉愈长，但诗歌容量却反不及古典诗歌，出现了散文化的不够凝练的倾向。但白话毕竟是从文言脱胎出来，它本身就保留了不少文言的特性（如动词依旧没有时态等），因此对白话语言加以提炼，是可以继续发扬古典诗那些优点的。针对这一点，叶维廉开出一份“药单”，首先强调的是在诗中加强意象的力量，就是要求在诗中应用一种“无需诗的其他部分便能成诗的”“自身具足的意象”[①]。无疑，这是吸取了古典诗歌意象高度凝练的优异之处。

叶维廉于一九六三年往美国lowa诗创作班，次年获美国普林顿大学比较文学哲学博士学位。他是在中英（英语诗）诗的比较研究中建立自己的诗歌理论的。英美诗歌不可能不对他产生影响。出于对中国古典诗歌的偏爱，他就不会忽视和中国古典诗有血缘关系的英美意象派诗歌。

英美意象派诗歌运动，产生于本世纪初。主要主张是要摒弃一切无助于表现的虚饰辞藻，摒弃笼统，要求用意象把握具体事物，提出“诗的本质在于高度集中”[②]，因此坚决反对滔滔议论。他们从注重意象表现的中国古典诗歌中吸取养分，以实现自己的理论。意象主义者在中国古典诗歌中学到的众多手法之一是意象“叠加”手法：两个或几个意象相互重叠、交融，造成一种“视觉和弦”的效果，司空曙《喜外弟卢纶见宿》中的“雨中黄叶树，灯下白头人”即此。

意象派运用中国古典诗手法时，同样遇到过叶维廉碰到的那种困难，即这些手法更适于表现一种静态美。就是公认的意象大师庞德的一首代表作《地铁站上》，虽然表现了现代都市的生活，但具有的仍为一种静态美。全诗只有两行，郑敏译作：

这些面庞从人群中涌现
湿漉漉的黑树干上花瓣朵朵

这是庞德最为得意的诗作之一，用的也是他认为最具有“意象主义真谛”的叠加手法，但全诗也处在一种天平式的均衡里。庞德最初发表此诗是这样的：

---

① 叶维廉：《中国现代诗的语言问题》，见《秩序的生长》。

② 瑞恰德·阿丁顿和阿眯·罗威尔确定的意象派六条创作原则之一条。

The apparition of the faces in the crowd:
Petals on a wet, black bough.

诗行中断为几截，动词被省略了，两个中心意象“幻影”和“花瓣”无所依傍，形成上下相对的“对仗”式。他学的是意象“脱节”手法，但用英文来写却是别扭的，因为英语并不具有古汉语的诸般特性，硬要在其中造成脱节，只有靠扭曲语言本身作为代价了。后来许多意象派诗人就用分行处理达到不那么“扭曲”的效果。意象派主将之一H·D写过一首诗《山神》：

搅拌起来吧，大海
搅拌起你尖顶的松林，
溅起你的高大的松树，
让它们溅在我们的岩石上，
用你的绿色冲击我们，
用你的松林之海淹没我们。

在诗中，海和山、海浪和松林的意象相互糅合交溶，渗透成一团“交溶的思想”（庞德语）。松林既是松林又是海浪，大海搅拌起来的既是海浪又是尖顶的松树。意象在这里高度重叠交溶。这种手法是对从中国古典诗歌中学来的意象叠加手法的一种很有成绩的发展。意象派的这些成就，无疑对处于中英诗比较研究中的叶维廉产生了重大影响。他有一首诗《晓行大马镇以东》，写的是诗人清早走过大马镇以东野地之所见（寓所感于所见中），全诗长达六十余行，每行均为短句，除仅一行达八字外，其余都在五字以内，最短为一字一行，以三两字一行为主。引其中一段如下：“……—早晨 / 斜向 / 失径的野地 / 忽觉 / 黄叶溢满谷 / 谷口 / 溪 / 桥上 / 空架着 / 荒屋 // 一所 // 含在 / 远 / 古 / 的 // 无声里 // ……”作者在极写早晨的宁静之感。这种脱节的分行方式使诗歌语调缓慢，仿佛诗人行走的步履一般。“谷口 / 溪 / 桥上 / 空架着 / 荒屋”，不正是马致远的“小桥流水人家”吗？但马致远的排列与此相比就显得过分机械。接下来的“一所”，独成一节，把荒屋的孤零形象地写出来。“含在/远古/的//无声里”这段，“远—古—的—”这种拖长语调的分行，使这一分悠悠的古老情思显得像回声一般余音袅袅，“无声里”三字一行又独为一节，使“无声”形象化了，给人一种渐渐远去而消失的感觉。

在叶维廉看来，自然美只有着光辉的往昔，如今只余下残破的遗迹。在画面里隐藏着一绺淡淡的哀愁。叶维廉这种分行的经营，把形式与内容很好地糅合起来，使两者间显出和谐之美。如果这种分行法用在英语诗中会给人别扭的感觉，但用在汉语诗中，由于汉字方块字在词中的相对独立性、词组在句子中的相对独立性等特点，就能给人和谐之感。叶维廉正是在外国诗中吸收养分，经过很好的消化后，与本民族语言相融汇，写出了这首有自己风格的诗。

叶维廉从注重意象开始到关注意象派诗歌的第二个结果，是学习到了意象重叠交融这一手法。在《永乐町变奏》这首诗中，这一点表现得十分突出。

永乐町是台北某一街区的旧名，这里古香古色，最能代表台北市旧时代的风貌，如今却日渐衰落了。叶维廉用这首诗，为褪色的永乐町也为没落的传统文化，吹奏了一支感伤的挽歌。全诗由四部分构成，其第一部分：

开始时
是一些长得令太太心寒的甬道和浓烈的茶味的仓库
急促的脚步一直要到
十九世纪法式汉味的古玩把她重重围住
她才竭下
陶瓷的裂缝中
一股温暖
如无数的手指
抚着网住她全身的玉色的神经
母亲啊母亲
微弱的叫唤
自远远的河面
颤动着

雨雾中的寂寂的屋脊
马蹄由卸货的码头
一路得得的
把狭窄的一条小街踏成一支歌
孩子们从黑色的地窖倾出
追逐着
还在弄衣带的女子们的背影
神秘的茶叶洋行
终于把不测的深度
开向稚气的好奇的眼睛
母亲啊母亲
一切的风浪都给河口堵住了
我们已经停在你软软的胸怀里……

微弱的叫唤
自远远的河后面的
观音山的后面的
风浪的后面的……
一路颤着
破落无人的窗户而来
幽幽幢幢的法国式的废[illegible]边
她倚着水门
看着满是脏物的石[illegible]神
她摘下一怀的红[illegible]的石竹
在河面上浣洗
但不插
她把长发放下
帘着废堡和红色的石竹

双乳是两只浴后的白鸽
自发帘里飞出
儿子啊儿子
这就是留给你的
唯一侧面

这首诗，主要是写那个曾繁荣过的永乐町在今天的永乐町留下的“唯一侧面”，这也是中华民族传统文化留下的“唯一侧面”。诗中的她，就是那个母亲，母亲就是永乐町，永乐町也就是中国传统文化的缩影。“母亲”这个意象在诗中和其他意象极度重叠交融，各意象之间相互转化、渗透，糅合成一团饱和的思想。诗的开始，那些甬道、仓库、十九世纪法式汉味的古玩，实写了永乐町的现状，因为永乐町就是“她”。接着，“她”成了那个布满裂纹的古玩（传统文化），古玩因而是温暖的。接下来写响彻小街的马蹄声，又实写了永乐町，实际上也就是实写“她”。尔后出现孩子的意象，孩子是母亲的明天，是衰落后的永乐町。孩子们在窥视着“神秘的茶叶洋行”“不测的深度”，“茶叶洋行”是与“母亲”对立的意象，正是因为外来势力“洋行”的侵入，才使得母亲（古老文化）衰弱得如孩子一般。诗的第二节也同样充满这种意象的重叠交融。石竹是美好的，是母亲的长发，是母亲往日优美动人之处，如今却沾满秽物，她是多想洗净那些污点呵。只有在废堡和石竹之间飞出的两只白鸽，还多少留有永乐町往日的形象，还多少可以见出“她”往日动人之处，但遗憾的是，这仅是她留给儿子的“唯一侧面”了。

在这首诗里，母亲＝她＝陶瓷＝石竹＝鸽子＝……＝中华民族的传统文化。意象在这里达到饱和的重叠交融状态。这正是吸收了外国诗对意象处理技巧。这首《永乐町变奏》不但摆脱了静态均衡带来的缺点，而且写得很有气势又十分饱满。

叶维廉后期的创作一方面是对题材和技巧的进一步开拓，但同时又保留前期创作的优点。《永乐町变奏》既是他后期创作的代表作，也是他迄今所有创作的最高成就的表征。

首先，在结构上保持前期创作的庞大的特点。全诗四部分共一百几十行，第一部分写昔日永乐町留给今日的美好的“唯一侧面”，第二部分着重写衰落后的永乐町（今日的永乐町），第三部分写永乐町的“死亡”，第四部分预言永乐町的寿终正寝的结局。各部分有相对独立性但相互间的联系比《愁渡》更强，四部分联成一个和谐整体，是个变化发展的过程。在内容上，这首诗也保留了那个始终的主题：感叹传统文化的式微。不同的是，在这里叶维廉不再把这一式微的原因笼统地归结为“战乱”两字，他终于认识到“茶叶洋行”这些殖民主义、帝国主义的入侵，才是祖国传统文化没落的真正原因。这才是对五四以来新诗思想精髓的真正继承和有力的“持续”。

叶维廉说：“我觉得在传统里面有很多好的东西，希望别人能够进入去得到一些东西然后再走出来。”[①] 他后期的创作正是这一种进去又出来的实践过程。开始时，他致力学习古典诗歌中最为优异的表现手法，但感到某种局限，使他决心走出来，开始关注外国诗的一些长处，最终把这两者结合起来，达到他创作的又一高度。而《永乐町变奏》正是这一高度的体现。

一九八四年五月十一日

《当代作家评论》一九八七年第四期

① 见《叶维廉自选集》，第260页。

灵视之域

——罗门诗主题论述

张新颖

著名评论家张汉良教授肯定地指出："罗门是台湾少数具有灵视的诗人之一"。一九五四年，罗门第一首诗《加力布露斯》被纪弦以红字刊于《现代诗》季刊，从那时至今的三十余年，罗门的创作一直丰盛不衰，享有"重量级诗人"的称誉。呈现于大量诗作中的内涵世界及其技巧的多向性（NDB），很难用外在属性的词语简洁地概括出来，而"灵视"则精当准确地揭示出贯穿于罗门诗中的内在性感受、审思和批判向度与标尺。对此，罗门本人也有一个非常恰切的比喻："（NDB—NONE DIRECTON BEACON）是我在美国航空中心研习期间，看见的一种导航仪器，叫做'多向归航台（NDB）'，飞机可在看得见、看不见的状况下，从各种方向，准确地飞向机场。这情形，颇似诗人与艺术家以广体的心灵与各种媒体，将世界从各种方向，导入存在的真位与核心，这便无形中形成我创作上'多向性'的诗观。"①

一九五四至一九五七年是罗门创作的第一个时期，其间的诗结集《曙光》，表现出青年人特有的浓厚抒情风格和奔放热烈的浪漫色彩，也能感觉到一种近乎西式的典雅的语言特征。但是浪漫的热情很快就被知性品格代替，以后的《第九日的底流》（一九五八～一九六一）、《死亡之塔》（一九六二～一九六七）、《隐形的椅子》（一九六八～一九七三）、《旷野》（一九七五～一九七九）、《日月的行踪》（一九七九～一九八三）等各个时期，不

① 《我的诗观》，见《罗门诗选》，第9页注，台北，洪范书店，1984。

断向精神的深层探索，诗化的哲思遍及广阔的灵视之域。在这当中，灵视之光数度聚焦，照亮与彰显出几个重要的主题：都市、战争和死亡。

一、都市：空心文明及其救赎

都市是现代人主要的生存空间，当人类对工业文明最初的狂热平息下来之后，都市空间的限定性就在意识中突显出来，人对无际无涯的自由渴求越强烈，都市的限定性就被越强烈地感觉到，其极端的危险甚至指向了窒息与死亡，《都市·方形的存在》（一九八三）即是此种困境的典型表现：

天空溺死在方形的市井里
山水枯死在方形的铝窗外
眼睛该怎么办呢

眼睛从车里、从屋里的“方形的窗”“看出去”，又立即被“高楼一排排”、“公寓一排排”的“方形的窗”“看回来”。

都市与人的基本关系颠倒了人类最初的愿望，都市成了现代人存在的规定性力量，不仅外向视野被严重吞噬，更重要的是内在精神的逃亡与沦丧。都市鼓励现时态的文化消费和平面化的人生活动，淡化向历史和未来延伸的时间意识，抹除否定的和超越的精神向度。都市是动作性的，它以快速连续的行动和动作来遏止思考，从而掩饰其空虚的内在危机，它不能停下来，一停下来空心的感觉就要冒出来。世俗人生在金钱和名片上赛跑，累得人喘不过气来，哪里有闲暇顾及其他。上帝和教堂被遗忘，最多不过是没有实在意义的装饰。罗门诗里，“食”与“色”的现代形式成为都市景观最显著的文化表征，前者被称为“腔肠文化”，后者最普遍的表现是性的视觉暴力。餐桌和腔肠，被作为都市文明的象征系统，现代技法的表现中包含着冷峻的批判，比如《餐厅》（一九七六）：

满厅的头 / 飘空成节日的气球 / 眼睛围着 / 看一幅一幅悦目的画 / 直至把画廊快挤破了 / 才发觉那是个肠胃

> 一刀下去若是一条闪亮的河/必有鱼在/一叉上来若是鱼/必有岁月游过来/如果双筷是猛奔的腿/必有饥渴的嗥叫/在荒野上/要是田园已圆满在盘里/必有两排牙在痛咬着/大地的乳房

对于都市文明的透视性批判最具力度和紧张性的，当推《都市之死》（一九六一），有人曾把它和T·S·艾略特的《荒原》相提并论。丧失了内心世界的人在都市里能够抓住的只是食色，“沉船日只有床与餐具是唯一的浮木”，他们陷在极端的绝望与无奈里，“挣扎的手臂是一串呼叫的钥匙/喊着门喊着打不开的死锁”；他们想从空虚的深渊里爬升出来，可是无物可援、无力能攀，死亡从背后紧紧拉住了他们：

> 都市/在你左右不定的摆动里/所有的拉环都是断的/所有的手都垂成风中的断枝/有一种声音总是在破玻璃的裂缝里逃亡/人们慌忙用影子播种/在天花板上收回自己/去追春天/花季已过/去观潮水/风浪俱息/生命是去年的雪/妇人镜盒里的落英/死亡站在老太阳的座车上/向响或不响的/默呼/向醒或不醒的/低喊/时钟与轮齿啃着路的风景/碎絮便铺软了死神的走道/时针是仁慈且敏捷的绞架/刑期比打鼾的睡眠还宽容/张目的死等于是罩在玻璃里的尸体/人们藏住自己/如藏住口袋里的票根/再也长不出昨日的枝叶/响不起逝去的风声/一棵树便只好飘落到土地之外去/穿过花里胡哨的文明外壳，都市只不过是一具雕花的棺/装满了走动的死亡

都市文明激起的批判热情，极易导致一种反历史主义的观念，退回到田园主义的立场上去。但是罗门避开了这种反动，他的心不是悬于都市与田园两端之间摇摆不定，而是试图向立足的都市引进超越性的精神内涵，填补都市的空心。特别是在罗门的诗论里，一再强调诗与诗人在精神匮乏的现代社会里拯救性责任与使命。当然人类的拯救不可能找出像数学那样明晰的具体答案和步骤，但是这并不成为放弃努力和关怀的理由，如果诗与诗人能够保持一己的审省向度，坚守诗与诗人本身作为一种“冥思”状态的存在，处于动作性的都市之中而独立，且把独立的“冥思”渗透进都市的精神结构中去，渗透进空心文明中的人的意识中，并开始从超越的价值关心都市、他人和自己，那么拯

救的意义就显示出来了。因为，诚如克尔凯戈尔说，“任何冥思都使人超逾当下现在，趋于玄远，促使他去把握永恒的东西，由此，他才确实知道自己与世界有一种切实关系。……只有关怀的问题在人的心灵中萌生之后，内在之人才在这种关怀中显明自己。”①

二、战争：超越伟大的悲悯与茫然

战争是文学的基本主题之一，中国新文学史上对于战争主题的表现却未必令人乐观，要么在对立的意识形态之间褒贬掩盖了战争的实质，要么从肤浅的人道主义出发流露出呻吟似的伤情，战争和执行战争的人性常常得不到充分的正视。罗门的战争诗，突破了以往战争文明的褊狭意识，具有当代文学史上的重大意义。

罗门战争主题代表作《麦坚利堡》（一九六一）的题记这样写：“超越伟大的/是人类对伟大已感到茫然”。这是罗门对于战争的基本诠释。在《人类存在的四大困境》里，此种认识表述得具体、清楚：“战争是人类生命与文化数千年来所面对的一个含有伟大悲剧性的主题。在战争中，人类往往必须以一只手去握住‘伟大’与‘神圣’，以另一手去握住满掌的血，这确是使上帝既无法编导也不忍心去看的一幕悲剧。……当我们看到那许多在战争中失去父母的孤儿，那许多被战争弄成残废而仍活着的人，我们确是有所感动与同情的。可见人类在心灵深处，是具有上帝施给的仁慈博爱与人道的心肠的。可是人类往往为了生存，又不能不将枪口去校对敌人的胸口，同时也让敌人的枪口来校对自己的，这种难于避免的互杀的悲剧，的确是使上帝也不知道该用哪一种眼神来注视了。透过人类高度的智慧与深入的良知，我们确实感知到战争已是构成人类生存困境中，较重大的一个困境，因为它处在‘血’与‘伟大’的对视中，它的副产品是冷漠且恐怖的‘死亡’。”②

罗门的诠释包含了一个基本的悖论，即伦理原则与历史原则的冲突。从伦理原则出发，是对战争灾难的沉思与悲悯，而自历史原则着眼，则有肯定战争的意思。这个悖论和冲突也许是人类心灵无法回避、必须承受的，也正是这种内部的紧张性，使《麦坚利堡》像“‘一幅悲天泣地的大浮雕’，作者在处理这首诗时，他的赤子之诚，他的对于历史时空的伟大

①刘小枫译：《克尔凯戈尔手记十则》，《文化：中国与世界》第四辑，北京，生活·读书·新知三联书店，1988。

②《时空的回声》，第16、17页，台北，大德出版社，1982。

感、寂寥感，都一一的注入那空前悲壮的对象中。”[1] 获取了一个基本的契入点，过多的分析就显得非常不必要了，唯一需要做的，就是在读的过程中开放感官和心灵（这是一首获得国际性影响的当代经典，罗门因此于一九六七年获马可仕金牌奖，大陆未曾认真介绍过；再加上全诗结构严谨，摘选佳句的做法反而容易成为对诗效果的破坏，所以录全篇于下）：

战争坐在此哭谁
它的笑声曾使七万个灵魂陷落在比睡眠还深的地带
太阳已冷　星月已冷　太平洋的浪被炮火煮开也都冷了
史密斯　威廉斯　烟花节光荣伸不出手来接你们回家
你们的名字运回故乡　比入冬的海水还冷
在死亡的喧噪里　你们的无救　上帝的手呢
血已把伟大的纪念冲洗了出来
战争都哭了　伟大它为什么不笑
七万朵十字花　围成园　排成林　绕成百合的村

在风中不动　在雨里也不动
沉默给马尼拉海湾看　苍白给游客们的照相机看
史密斯　威廉斯　在死亡紊乱的镜面上　我只想知道
那里是你们童幼时眼睛常去玩的地方
那地方藏有春日的录音带与彩色的幻灯片

麦坚利堡　鸟都不叫了　树叶也怕动
凡是声音都会使这里的静默受击出血
空间与空间绝缘　时间逃离钟表
这里比灰暗的天地线还少说话　永恒无声
美丽的无音房　死者的花圈　活人的风景

---

① 张健：《评三首麦坚利堡》。

神来过　敬仰来过　汽车与都市也都来过
而史密斯　威廉斯　你们是不来也不去了
静止如取下摆心的钟表　看不清岁月的脸
在日光的夜里　星灭的晚上
你们的盲睛不分季节地睡着
睡醒了一个死不透的世界
睡熟了麦坚利堡绿得格外忧郁的草场

死神将圣品挤满在嘶喊的大理石上
给开满的星条旗看，给不朽看　给云看
麦坚利堡是浪花已塑成碑林的陆上太平洋
一幅悲天泣地的大浮雕　挂入死亡最黑的背景
七万个故事焚毁于白色不安的颤栗
史密斯　威廉斯　当落日烧红满野芒果林于昏暮
神都将急急离去　星也落尽
你们是哪里也不去了
太平洋阴森的海底是没有门的

伦理原则和历史主义的对立毕竟不会选出一个最终的立足处，那么就一定存在一个超越于这种对立之上的视点。

三、死亡：生命碰上它才发出最大的回声

灵视的诗始终以生命的存在为关注焦点，生命与都市、与战争之间的悖论关系昭示出无法避免的存在困境，但最大的困境还不在于此，而是生命实体不断趋向的结局：自身的消灭，即死亡。对于存在的感受和关怀越真诚、越强烈，死亡投向心灵的阴影就越黑暗、越沉重。但是也正因为有了死亡，生命才获得了存在的时间和空间的意义，进而获得生命自身的意义；没有死亡，生命就不可能具有时间感受，空间的意义也随之变得

暧昧不明，生命也就不再成为生命。在这个意义上，罗门认为，唯有感知到死亡带来的时间压力和空间的漠远，才能了解里尔克为什么说出“死亡是生命的成熟”，以及他自己为什么喊出“生命最大的回声，是碰上死亡才响的”。

罗门以坚强的知性和撼人的精神，为死亡造起了一座高塔，它是诗国令人瞩目的建筑，具有长久的价值。伫立于《死亡之塔》（一九六三）上，诗人更能够看清生命。在此简化地抽出是个表现“点”，略窥一斑：

（1）死亡：时间的绞杀，对神性的侵吞及其他

你是那只跌碎的表　被时间永远的解雇了
人是堆在钟齿上的粮食　满足着时钟的饥饿
主啊　连你自己都失业与断粮了
叫我们如何从奉敬箱里要回你的借款

（2）与死亡搏斗，在死亡中挣扎

在稿纸种满尤加利树的往昔
盖有你的磨坊
磨碎钟表的齿轮　也磨不断你的沉视
将自我抛入指针急转的涡流里　你图逆转
那互撞　较击剑还晓得致命的伤口
那争执　比锯齿向树木问路还急躁

（3）引进永恒，并试图通达永恒之境：另一名篇《第九日的底流》（一九六〇）的补充性参照

你（指贝多芬，下同）步返　踩动唱盘里不死的年轮
我便随你成为回旋的春日
在那一林一林的泉声中

在你形如教堂的第九号屋里
炉火通燃　内容已烤得很暖
没有事物再去抄袭河流的急躁
挂在壁上的铁环猎枪与拐杖
都齐以协合的神色参加合唱
都一同走进那深深的注视

向生命引进永恒的观念,是罗门一贯的超越性精神追求。《第九日的底流》比罗门其他的死亡主题诗更强烈地表现出这样的向往与渴慕,似乎抵达永恒的道路被发现了,题记写道:“不安似海的贝多芬伴第九交响乐长眠地下,我在地上张目活着,除了这种颤栗性的美,还有什么能到永恒那里去。”整首诗就是围绕着乐圣和他的第九交响乐铺展开的企盼超拔的激情。

生命在罗门看来，像一道墙，死亡与永恒分别是墙的两面，人有时被永恒所吸引而充实，有时又被死亡推倒在虚无的无牧之中，“在这两个互相违反的生之意念当中，人存在着，颇像旷野感知着太阳的脚步声来了又去，去了又来，来了又去……”[①] “在时空与死亡的纺织机上，我们纺织着虚无也纺织着生命”，罗门悲剧性的生命证词表示出：虚无不是纺织的结果，而是对象，在虚无的压力中纺织生命正如西绪福斯推巨石上山一样，是生命向虚无勇敢的扑击。进入这种庄严的悲剧性之中，生命之墙便在永恒与死亡之两面所形成的强烈对抗的张力中支撑起来，屹立成巍然之姿。

在罗门阔大宽广的灵视之域，选择都市、战争和死亡三个重要主题做简单的论述，就已经充分显示出了罗门诗的独立品格和特殊意义：那种内向探索的深度，那种超俗的高度，那种知性的透视、批判和令人震颤的心灵激情，这一切罗门坚持了三十余年且将继续下去的紧张的诗性精神活动，都是当代文化和文学所极端缺乏又极端需要的。

《当代作家评论》一九九二年第一期

① 《心灵访问记》，见《时空的回声》，第89页。

年度作家如是说

——诗人也斯与香港文坛的世界性

张 联

文学走向世界，是图书传播的捷径与通衢。正如普鲁斯特在《圣伯夫之路》中说过，伟大的文学是在某种外国语中写就的。英文版《中国文学》杂志、熊猫丛书、中国对外图书推广计划、中国当代文学百部精品译介工程，政府主导文学海外传播，几十年里取得了重要实绩。同时，我们不应讳言存在的问题：诸如零散、不系统的阵势，译本选择的欠缺，译家、版权代理人的匮乏与飘忽不定等。中国文学以主动的姿态走向世界，在译介、文化沟通与出版销售等方面需要学习境外的成功经验和模式。

仅以作家与作品在书展上如何造势展示、营造氛围、倡导阅读为例，近几年在法兰克福、伦敦书展主宾国活动中，我们动辄组团几十人甚至上百位作家，出席各种朗诵、采风等活动；在国内的上海书展、书博会上，也是众多作家对话、介绍新书，缤纷多姿，煞是热闹。媒体轰炸之后到底实效如何，恐怕就不那么乐观了。

二〇一二年第二十三届香港书展以“从香港阅读世界——读通世情书出智能”为主题，继二〇〇九、二〇一〇年分别推出刘以鬯、西西两位年度作家以后，二〇一二年登台亮相的是也斯（梁秉钧）。年度作家是书展最亮的明星：厅堂里悬挂大幅照片，文艺廊集中介绍其人其作，会议室高频安排相关讲座。开幕式当天，主办方举行招待酒会，多位作家、出版人、文化界知名人士应邀助兴，见证了财政司司长向也斯颁发奖杯，褒奖他对香港文化的贡献。一时之选，桂冠诗人，用中西方的美誉来概括，皆不为过。

吴兆朋教授主持的也斯诗歌讨论阅读会从“十一时”开始，讲演嘉宾有德国的顾彬、林沛理，十八位朗读者来自法国、瑞典、日本和香港等地。顾彬率先发言，对比上海、北京的创作，否认了香港文化沙漠说，赞许也斯向中国传统和西方后现代学习，真实写作，以写作充实全部人生并尽享其乐趣，创建出新的语言和模式。他提到了其他几位中国作家，从苏东坡到老舍，还有张枣、杨炼。下半场，他又朗读了也斯的两首诗。后来读到斯洛伐克汉学家马里安·高利克的文章，原来顾彬翻译最多的三位中国诗人，分别是杨炼、北岛和也斯。也斯一九九八年下半年受邀柏林写作计划，顾彬翻译了他的《蔬菜的政治》和《花鸟志异》。两部德译本分别改名《农作物的政治》和《奇异花鸟的故事》。散场后，顾彬独自来到门外书桌前驻足翻看，十几种也斯作品的外文版在售卖，他掏钱又买了两本。果真是发自内心的喜爱，桴鼓相应。二十多年前，法国批评家针对作品能否译介和接受，提出文学作品的外国性，颇具前瞻眼光。

二十年前，牛津大学出版社开始出版中文著作，金耀基赞赏其远见，因为“中文不仅是十亿以上中国人的语言，也是越来越有世界意义的文字”。诚哉斯言。在牛津大学出版的诗集《普罗旺斯的汉斯》中，也斯慨叹：“文化交流真的迎来不少特别的客人”，“哎呀，文化交流真是不容易的一回事！”（《北京栗子在达达咖啡馆》）如临其境，有滋有味。

瑞典的爱姆博格教授、日本的西野由希子教授以及也斯本人，分别用各自母语诵读着。唯一的普通话是法国小伙子念的《中国代表团游巴黎》，京腔京韵的他到底还是让大家听出些许纰漏，音调不准，停顿欠妥，顺遂读成了顺逐。台上一会儿三个人，最多时六七个人。两个人逐段逐句中法对照诵读《一头从埃及长途跋涉去到巴黎的长颈鹿》，台下听众手捧诗稿，不管听懂语言与否，都沉浸在诗歌的韵律之美中。会议工作语言是英语，诵读时各说各话。原定的时间推迟了半个多小时才结束，热心读者又端着诗集请也斯签名。“谁了解如何阅读诗歌，自己就会变成诗歌 / 用诗歌阅读世界，而不是用世界阅读诗歌 / 在我看来，这才是真正的诗歌评论。”[①] 用当代著名阿拉伯诗人阿多尼斯的诗句来点评，再恰当不过了。

接下来两场对话，无论是与作家，还是和摄影家、设计师，不管也斯本人是否到场，读者都切身体会到年度作家的魅力所在。与也斯合作摄影展、书封及插图、诗舞表

① 阿多尼斯：《黑域》，2005，转引自唐晓渡、西川主编的《当代国际诗坛（二）》，第69页，北京，作家出版社，2008。

演、装置艺术等，不同行当艺术家场内外敲鼓鸣锣，好不热闹。书展推广册用五个层面的对话来归纳也斯人文对话之精彩和博大，与香港，与世界传统，与艺术家，与生活，与城市、人物，各路组合拳练得生龙活虎，怪不得二十多年前他就被称为“对话王”呢。港台艺术家在现代主义和本土文化间的越界出轨，往往是想在更多边缘、嫁接的刺激下，迸发出探索和实验的活力。比也斯小一岁的台湾诗人杜十三，当年搞观念艺术展，出有声诗集，将现代诗搬上舞台，结合诗与装置艺术创作千行诗，让诗歌和前卫艺术交集得风生水起。

一味求纯粹，割裂了文学艺术多维、模糊的边界；简单沉迷于两个向度间的左奔右突，在成规、观念、标准、中心、方向面前缩头缩脑，反倒伤害了艺术家和他们的作品。也斯深谙文学生命力之深、表现力之广，重读、重写、改编，他放胆下笔，自在从容：由《聊斋》、《诗经》改写出现代诗，从《牡丹亭》改成新派粤剧，把张爱玲小说改成话剧《香片》，将《西游记》改成现代背景小说《大话西游》；更不用说不同媒介间互相沟通，反串角色颠倒主客，分享彼此创作乐趣那一份逍遥了。“香港一向有作品而少批评，有历史而少整理，有创新而缺乏传媒更多的推广和普及。”[①] 也斯比较张爱玲在内地及港澳台的接受，如是分析香港读者一直熟悉张爱玲作品，没有神化亦没有过贬的原因，看来自由宽容的城市精神同样刺激艺术的诸多可能。张爱玲作品不断地被“放置在流行小说、美元文化、经典作品、学院研究的种种阵营中，她写的东西好像和这些标签都拉得上一点关系，读仔细点，又好像这些说法都未能真正说出她与其他人不同的地方”。[②]

也斯不信奉硬套的模式，不去制造神话，更不为树立自己而砸碎、反叛什么偶像。美国批评家哈罗德·布鲁姆为他编选评介的大型诗歌选本《最佳英语诗歌：上迄乔叟，下经弗罗斯特》（哈泼柯林斯出版社，二○○四）所撰长篇导言的最后，如此点题：“伟大的工作是帮助我们成为自己的自由艺术家”。他接着如此结束全文，“读诗的艺术是真正的扩展意识的训练，也许是用来达到这个目标的健全中的最可靠的”。[③] 也斯正是遵循同样路径。有人问他如何成为一名作家时，他的回答直截了当——“先做一个好读者”。

---

①② 刘绍铭、梁秉钧、许子东编：《再读张爱玲》，第204、337页，济南，山东画报出版社，2004。

③〔美〕哈罗德·布鲁姆等：《读诗的艺术》，第45页，王敖译，南京，南京大学出版社，2010。

黄子平在自己的三十年集中有三篇文章题目有香港两个字，每篇都提到了也斯和他的观点。从也斯的大哉问“香港的故事，为什么难说？”到香港文学“丧失记忆”的概括，香港文学史起点源头的“不纯粹”性，更是被也斯捉个正着。[①]从香港开始写作，书写香港故事，整理香港书写，报人、师者、作家，域外文学，异国交流，也斯的经历、履痕、故事，融会在香港文学的血脉气息中。他一直致力于香港文学的开放与包容，不划本土之地而自限，与不同文化展开对话。作为香港作家被外译最多的一位，其作品被译成十多种语言，结集十余种。理想与现实的冲突，耐心和定力的考验，五味杂陈的淡定，顾彬说他是为数不多的“拥有真正现代世界观的中国诗人”，也斯首先要感谢的是香港这片土地。六十年代开始介绍法国新小说，一九七二年关注马尔克斯，八十年代赴美得比较文学博士，欧美一路走来，反复进出香港，爱之切，悟之深，岂是常人可比拟？正如他心仪的诗人冯至的十四行诗所言：“哪条路、哪道水，没有关联，哪阵风、哪片云，没有呼应。/我们走过的城市、山川，都化成了我们的生命。”

学者和翻译家的底色，是成就也斯五彩斑斓创作的基调。也斯三十年授课生涯，从中大到岭南，由创作至翻译，很多译作是他和学生合作，或者与外文译者切磋而成。现代汉语诗歌的成熟，正是一批批先行者创作和翻译并驾齐驱的结果。梁宗岱、戴望舒、吴兴华，智者背后，也斯的努力同样殚精竭虑。意大利作家翁贝托·埃科也是一名教授，回答译者问题，自己读初译稿，给译者提出意见，如此下来，焉能不保证译本的质量？如切如磋，如琢如磨，也斯在中外诗境中往复流连，探骊得珠。

关于诗歌翻译的两极观点，针锋相对，各不相让。美国诗人弗罗斯特说诗是“在翻译中丧失掉的东西”，德国诗人莫根斯泰恩说诗歌翻译“只分坏和极坏两种”。持反方意见的美国当代诗人艾略特·温伯格说，诗歌写作真正最有权威的可能是翻译，比原作者还有权威。在翻译中产生变化、变形的东西可能才是真正诗意所在的地方。他把北岛的诗由中文译成英语，把帕斯的诗从西班牙语译成英文，还出版了《阅读王维的十九种方式》。难道真的是条条道路通往诗歌迷宫的出口？

孙大雨七十年前就注意到译诗语音中的音长、音高、音势和音色，爱荷华大学教授、诗人克里斯拉弗·梅里尔在“翻译工作谈”上强调，“好的译本必须经得起大声朗

---

① 黄子平：《远去的文学时代》，第268、176、213页，上海，复旦大学出版社，2012。

读，在朗读中我们才能感觉到它是否符合当代诗的语感”。潜在的内心动作，特殊的情绪效果，独到的弦外之音，还有很多很多。当也斯再忆起兰桂坊酒吧里与丹麦诗人的朗诵，巴塞尔文学馆、柏林“文学之家”的朗诵，杜塞尔多夫孔子学院的念诗，甚至香港图书馆的当众阅读，恐怕都不会有第二十三届香港书展这场多元交响的独角戏这么一唱三叹，景从云集，行行重行行了吧。

集中有效地推介重点作家，是提升书展影响力和覆盖半径的制胜法宝。面面俱到反而会影响“领头羊”的召唤作用。作家只有置身在国际坐标系中，文学的世界传播才成为可能，对外影响才可能形成实力。香港文坛的自由和多元，提供了如此平台。

《当代作家评论》二〇一三年第一期

岂容青史尽成灰：白先勇的历史叙事与时代悲情

林幸谦

一、历史大叙事与白先勇的民族情怀

白先勇乃怀着民族创伤及其历史梦魇而写下了《台北人》和《纽约客》系列。白先勇此一充满民族悲情的历史叙事其实有迹可循。对中国知识分子来说，近一百年的民族悲痛、现实感伤是无与伦比的。在那段充塞着民族悲情的时代，痛苦、荒唐、幻灭，敲击着中华民族古老文明精神。基本人权失去了，道德信仰混乱。[①] 在这样的历史背景下，民族的悲剧压着文学工作者的身心。白先勇这一代人和他的故事人物一样，都背负着盛唐那段极为灿烂、极为富强的历史记忆。这辉煌的历史记忆，时而打击他们时而激励他们。白先勇就在时代兴衰的错愕中舍弃了壮丽的民族憧憬，反而置身于中国历史的帐惘中抒写他的历史意兴。以冷静的观察、理性的思考，摸索着当代中国人的内心世界。从而刻画中国知识分子在衰败萧瑟中的灵魂形象。这民族灵魂体现了无穷无尽的历史哀伤与内心矛盾。

① 林幸谦：《赤道线上》，《中国时报》第31版，收录于季季主编：《语录狂》，第95页，台北，时报文化，1989。

对于像白先勇这一群生于战乱成长于民族分裂中的作家，就像其他许多成长于二十世纪中叶的中国知识分子一样，深巨的历史感不免令他们感到“悲哀情致和强烈的失落感”。[①]一方面，虽然民族分裂命运的浪潮，狠狠冲击过这一群中国知识分子；沦陷、贫困、失望和忧患的噩梦重重打击了他们自强复兴的决心。[②]另一方面，白先勇却从那一代的历史怅惘中获得了某种意义深远的启示和历史涵义。使他能够领悟、而且贴切地表现出那一代中国人的历史感伤及其世纪末的民族心事，夹杂着生命的空幻无常。

民族历史情怀自古便是文学家所关注的问题。民族传统的丧失，意味着民族文化的失根，亦是民族理想的失落。而民族文化意识则是一个属于历史范畴的问题。[③]提到二十世纪中叶国共分裂的民族隐痛，白先勇不但没有逃避中国历史的民族分裂悲剧，反而勇于揭发由这裂变悲剧所隐含的历史悲怆和民族感伤。纵观白先勇的小说，不啻充盈着民族历史意识。他像个艺术感知强烈的中国历史观察家一般，无法忽视，更无从遗忘任何重要的历史事实。在历史的大叙事里，白先勇以他自己的内在情感、道德理念和审美意识，类似卡西勒所谓的历史学家一般，在历史外壳之下寻找着“一种具有行动与激情、问题与答案、张力与缓解的生活”。[④]以有限呈现无限，以文学形式反映历史、时代的真实。白先勇借此凝聚了中国人的历史沧桑。

白先勇在《岂容青史尽成灰》一文中写道：

> 文学和历史都反映时代，如果说历史是理性客观的记录，那么文学便是感性主观的投射，两者相辅相成。[⑤]

白先勇也曾对中国现代文学作品缺乏历史感而表示遗憾。一九七九年八月二十一日，香港《明报·月刊》主办了一场名为“中国文学的前途”的作家座谈会。港台留美

① 刘绍铭：《小说与戏剧》，第28页，台北，洪范书店，1977。

② 林幸谦：《秋、我来到福尔摩沙》，《中国时报》第31版，1989。

③ 缪俊杰：《文化意识和文学寻根》，《当代》1986年第2期。

④ 卡西勒：《人论——人类文化哲学导引》，第271页，甘阳译，台北，桂冠，1990。

⑤ 白先勇：《第六只手指》，第115页，香港，华汉，1988。

与大陆来港的作家如白先勇、李欧梵、胡菊人、刘绍铭等九人与会，会中白先勇就曾针对中国现代文学的缺憾表示了他的观点，认为现代中国文学作品缺乏历史感。由于五四以来，有一种反传统的后遗症，使我们与传统历史一刀切断。古典文学作品很有历史感。将过去否定后，便陷入前不见古人，后不见来者的历史真空。《三国演义》、《红楼梦》，以至《离骚》、杜甫的诗等都充满历史感。他指出：

> 现在的作品缺少了历史感，内容便显得浅薄。五千年的文化，竟然没有一个客观的反省。外国的文学作品之所以伟大，是因为他们尊重历史。如托尔斯泰的《战争与和平》，便因有浓厚的历史感，所以被誉为俄国最伟大的小说。中国现代文学第一个缺点就是没有历史感。①

由此不难理解白先勇何以特别注意小说中的历史意蕴。夏志清就曾指出，白先勇在美国留学时期“被一种‘历史感’所占有”。②白先勇对中国历史的书写，遵循一种历史意识的论述模式。我相信，白先勇这种富于历史感的思考，构成了其文本历史神话的结构。所谓历史感，金观涛夫妇即有深刻的体会。

二、白先勇的历史感及其定义

年轻时代金观涛即从汤因比（Arnold J. Toynbee）撰写《历史研究》的经历中，捉摸到汤因比在巴尔干半岛上，因“古远缥缈”的风景而联想起“昔日文明的光荣与血腥，一种奇异而壮丽的历史感”。大时代的历史感，促使金氏夫妇转向研究现代史，并为此付出悲壮的代价——被放逐的命运。这里不妨参考他们对“历史感”一词的阐释：

---

① 白先勇：《明星咖啡馆》，第161页，台北，桂冠，1984。

② 这里夏志清举艾略特的“一个现代诗人，过了二十五岁，如果继续写诗，非有一种‘历史感’”这句话，来说明“历史感”对文学创作的重要性。而夏志清指出白先勇于一九六三年到美国时恰是二十六岁。其后在此写作的《台北人》和《纽约客》便富于历史感，和早年的小说有显著的不同。

所谓历史感，是指人突然对自己生活的时代有所领悟，把人类今天碰到的种种问题和数千年来我们祖先生活的社会联系起来，从而产生一种企图超越某一个特定时代、某一种特定文化社会规范来考察历史的意识。①

对时代的领悟到对文化社会的历史考察，而一般所谓的历史感，乃指对国家历史乃至一个大传统的体认。追溯某些特定历史时期政治经济的事实，即使只具有社会结构面的水平，一般上即被认为具备了历史感。②历史感使白先勇的小说具有更深化和普遍的意义；他不只对社会现实有深刻的体认，更对中国历史、人文精神作了剔透的探索。古继堂评白先勇说：

不管你在（白先勇）作品中获得多少感触，但那历史兴衰，时代变迁的苍凉感，总是处于无法压倒的中心地位。③

白先勇在小说中注入如此强烈的民族历史感，乃出自他对历史的思考，亦受了时代背景和历史环境的影响。白先勇回忆说：

我是抗战那年出生，童年就是八年抗战，抗战结束后，又跟着内战，十二年间，中国可说是在两个翻天覆地的战争中。在战乱中，个人、家庭、国家、整个社会的起伏兴盛都太迅速，我相信有些无形的因素给我很大的影响。④

白先勇在动荡的时代中度过他的童年岁月后，在颠沛中从大陆到香港、台湾，然后又到了美国。在国外留学任教期间，白先勇感受到美国的富强，日本战败后的兴盛，新

① 金观涛、刘青峰：《开放中的变迁——再论中国社会超稳定结构》，香港中文大学，1993。
② 雷达：《对文化背景和哲学意识的渴望》，《文艺理论》1986年。
③ 古继堂：《台湾小说发展史》，第227页，台北，文史哲，1989。
④ 杨锦郁：《精神分析学》，《文艺理论》1986年。

加坡的繁荣，甚至流亡世界各地达两千余年之后再度复国的犹太民族的团结，[①]再回顾中国的历史，其创伤之惨烈，更令白先勇感叹不已。在《蓦然回首》一文中曾记述了他写作《台北人》和《纽约客》前的一段心路历程：

> 暑假，有一天在纽约，我在Little Carnegie Hall看到一个外国人摄辑的中国历史片，从慈禧驾崩、辛亥革命、北伐、抗日到戡乱，大半个世纪的中国，一时呈现眼前。南京屠杀、重庆轰炸，不再是历史名词，而是一具具中国人被蹂躏、被凌辱、被分割、被焚烧的肉体，横陈在那片给苦难的血泪灌溉得发了黑的中国土地上。我坐在电影院内黑暗的一角，一阵阵毛骨悚然的激动不能自已。走出外面，时报广场仍然车水马龙，红尘万丈……我蹭蹬纽约街头，一时不知身在何方。那是我到美国后，第一次深深感到国破家亡的彷徨。[②]

现代中国处境的惨淡，在异国的强盛繁荣之下更相形见绌。历史变遽的惨烈悲痛，使人类与生俱来的民族情愫将内心秩序复杂化和深刻化。二十世纪中国知识分子所面临的历史危机，比起屈原遭受流亡的时代更为巨大，也严重得多。白先勇自然没有在书写中遗忘中国的历史危机，并以哀悼的语言对历史进行追思。因此白先勇在小说中表现出强烈的历史感，是可以轻易理解的。何华甚至认为白先勇的历史沧桑感，也表现在小说的名目上。例如《思旧赋》原是魏晋竹林七贤之一的向秀，为悼念嵇康而作的赋题。何华在《历史之门》里认为《思旧赋》的运用即富有历史意味，取其意而用之，“象征中国传统文化与传统社会秩序的瓦解”，再如《游园惊梦》亦是如此。[③]其他如《梁父吟》、

---

① 白先勇在一些文章中都谈到他到世界一些国家的感想，感受到美国作为一等强国的凌人气势；在电视上看到一九四八年以色列人复国后的纪录片，令他深感人类精神力量的伟大。六十年代白先勇第一次来到日本，“看到东京高楼云起，灯火辉煌，内心感受，最是复杂。日本人把中国害苦了，他们自己却从灰烬中爬了起来……深深感到历史的无情”。另一次应邀到新加坡，看到它那恍如“一所精心设计的国家花园”及其繁荣景象，“所见所闻，感触之深，也是我在别国旅行所没有的”（1984：89—99）。

② 白先勇：《蓦然回首》，第78页，台北，尔雅，1978。

③ 何华：《历史之门——由〈思旧赋〉、〈梁父吟〉、〈游园惊梦〉、〈国葬〉谈白先勇小说的历史沧桑感》，《联合报》第8版，1987。

《国葬》等篇题，亦富历史沧桑之慨。历史的沧桑和愁郁，在白先勇的内心翻腾，宏大的历史性之文学命题自然被他所承担，而以象征性的手法意蕴在有限的场景、人物、对话和叙述语言里。[①]冷静的观察、理性的思索、艺术技巧的成熟和优美的语言表达力度，加强了白先勇小说世界的历史特色。

由于白先勇对于文学历史感的重视，使他能够在小说中既不表现现代都市人肤浅生涩的生离死别，亦不轻描淡述中国人追求个人荣华富贵或物质享受的表态及其心路历程，而是在很大的程度上和民族兴衰、时代变迁有密切的关系。他所书写的历史关怀，渗透着相当程度的民族情感，而不是浅薄的个人情绪。[②]从《金大奶奶》到《骨灰》，白先勇的历史感随着年纪的增长而深化扩大，历史感怀也愈加深刻。他站在青烟袅袅的历史废墟中审视民族裂变的历史，他所怀抱的历史感，其实就是历史意识醒觉、深化的表现。[③]白先勇即在历史意识的召唤中，探寻民族创伤的苍凉和人类生命的永恒价值。

三、白先勇的春秋笔法

在历史感的架构下，白先勇在书写中首先把史实和虚构结为一体，以此呈现中国人的精神面貌。正如夏志清在《白先勇论》里所指，白先勇不但写下大陆沦陷后中国人的精神面貌，而且认为《台北人》甚至可视为一部民国史。[④]白先勇用他那饱经沧桑之笔，以小说形式侧写了民国史：《梁父吟》写辛亥革命，《岁除》写抗战，《冬夜》写五四运

① 余秋雨：《世纪性的文化乡愁》，“中央日报”第16版，1991。

② 白先勇在小说中并没有“胆怯地回避表达个人观点”或采取冷冰冰的客观主义“没有说明叙述者的内心站在哪一边”（以上两句评语乃借用著名历史学家海因里希·冯·莱欧〔Heinrich Von Les〕和普鲁士学派〔Prussion School〕历史学家特赖奇克〔Heinrich Von Treitschke〕对历史学家兰克所作的批评），白先勇的个人观点和立场是明显的。他深沉的民族情感绝不能比作歌德《浮士德》第二部中斯芬克斯们（Sphinxes）的态度：我们坐在金字塔前，阅尽诸民族的兴亡，战争、和平、洪水泛滥——都像若无其事一般。

③ 何西来在《文学中历史的主体意识》里，指出人类对于历史的认识、体验、把握、领悟，以至直觉，等等，都被认为是历史意识的表现，见《文艺理论》1986年第11期。

④ 夏志清：《白先勇论》，《现代文学》1969年第39期，第3页。

动，《一把青》写国共内战，另外《国葬》触及了北伐抗日、内战和大陆最后撤退等事件，《秋思》中也触及抗战胜利后移师回南京城的盛况，而《夜曲》和《骨灰》则写了“文化大革命”，都一再说明白先勇重视历史感的文学审美观。而《梁父吟》一篇是说明白先勇重视历史事实的最佳实例。这里白先勇透过朴公的回忆，对辛亥革命爆发的经过作了翔实的记述。这里准备引用较长的文字加以阐述：

> 说起来，那还是辛亥年间的事情呢。仲默和他夫人杨蕴秀，刚从日本回来，他们在那边参加了同盟会，回来是带了使命的：在四川召集武备学堂的革命分子，去援助武汉那边大举起义。那时四川哥老会的袍哥老大，正是八千岁罗梓舟，他带头掩护我们暗运军火入武昌……我们自称是“敢死队”，耳垂上都贴了红做暗记的，提出的口号是“革命倒满，倒满革命”。一时各路人马，揭竿而起，不分昼夜，兼水陆纷纷入鄂。

这段朴公追忆中的历史往事，道出辛亥革命前夕起义的准备过程。又说：

> 那天运军火进武昌，就是由杨蕴秀扮新娘。炸弹都藏在她的花轿里……哪晓得一进城，里面早已风声鹤唳，人心惶惶了。原来文学社的几个同志走漏事机，总督下令满城捕人，制台衙门前已经悬上了我们革命同志的头颅了。我们马上接到胭脂巷十号的命令：事出仓猝，提前发难，当晚子时，以炮鸣为号。
>
> 任务是炸制台衙门，抢救狱中同志……那天夜晚，也真好像天意有知一般，竟是满城月色，景象十分悲肃。

朴公详细述说了辛亥革命提前爆发的原因，符合历史事实的真相。

> 那晚我们才等到十时左右，城东工程营那边便突然间枪声震响起来了。几个人正还犹疑，你老师便跳了起来，喊道：“外面都动了兵器了，我们还在这里等死吗？”说着便抢了几枚炸弹，拖起马刀往外面冲去，我们也纷纷涌了出去。原来外面人声汹汹，武昌城内早已火光冲天了。混战了一夜，黎明的光景，大势已定，武昌

城内，到处飘满了我们革命军的白旗了。[①]

朴公所追述的辛亥革命史实，黄庆萱在《细品〈梁父吟〉》中有详细的考据，证明白先勇在"《梁父吟》中朴公所述的革命回忆是十分写实的"，列举了八个论点各以李廉方《辛亥武昌首义记》、胡祖舜《武昌开国实录》、居正《辛亥札记》、曹埃布尔《武昌革命真史》、冯自由《革命逸史》等文献印证其真实性。[②]可见白先勇对史实的运用是相当慎重的。其他在《纽约客》系列中，如《夜曲》中吕芳所谈及有关"文革"期间对知识分子的迫害情形，亦无甚夸张之处。此外，在历史事实的追述中，为了表现历史的壮烈，白先勇常给史实赋予一种悲壮凄烈的格调，构成白先勇书写中的春秋笔法。

在《梁父吟》里，白先勇就书写出了他对中国近代历史转折的情怀。白先勇的叙述手法充满悲壮的历史感。此悲壮模式的历史感，正是二十世纪初中国人在民族危机中所独有的历史情怀。这里，刚混战了一夜的王孟养跑上黄鹤楼，脱下血迹斑斑的白布褂子，用竹竿挑起，插到楼檐上，在栏杆上喊道："革命英雄——王孟养在此。"革命的豪情，新国家诞生所代表的希望，以及不畏牺牲的民族情操，正可视为那一代中国人一种悲壮的历史诉求。同时也可视为白先勇对于历史兴衰的哀悼表现。这种哀悼也是以悲壮的模式展现出来的，如他在《国葬》中所列举的两幅挽联，毫不掩饰他对于伟大历史和民族衰亡的悼念：

廊庙足千秋决胜运筹　徒恨黄巾犹未灭
汉贼不两立孤忠大义　岂容青史尽成灰

又指：

关河百战长留不朽勋名　遽吹五丈秋风　举世同悲真俊杰
邦国两分忍见无穷灾祸　闻道霸陵夜猎　何人愿起故将军[③]

---

①③ 白先勇：《台北人》，第129—131、271—272页，台北，尔雅，1983。
② 黄庆萱：《细品〈梁父吟〉》，"中央日报"第10版，1976。

历史事件在白先勇笔下成为真正具有生命力——现实生命和文学生命——的现实。白先勇并不只是要提供给我们编年史顺序上的一切事实，这只能提供给我们对历史有一个一般的框架和轮廓；白先勇所要表达的显然不仅于此：他让我们懂得这些历史事件的真正生命力。表达出历史哲学中所谓的“更高的秩序”——历史事实的客观性。卡西勒指出：理解“人类的生命力，乃是历史知识的一般主题和最终目的”。因而在历史中把人的一切业绩都看成是生命力的沉淀，并要“把它们重组成这种原初的状态——我们想要理解和感受产生它们的那种生命力”。①

倘若把白先勇的小说当历史看待，我们将发现其中布满虚构；倘若视它们为文学作品，又将惊异于其中所布满的历史痕迹。吴方在《文学作为“虚构”的历史——从历史意识、历史哲学的角度看文学》一文中，认为文学若能持有历史的深刻感召力，将具有很高的品格。相反的，若历史意识被淡化、简化甚至扭曲，作品便显得飘浮、无根。文学的创造若在波澜壮阔的历史生活中和人类的命运融会、吐纳，作品必然打上时代、民族、社会的烙痕。②所以，历史学家如果同时不是一个伟大的艺术家，就不可能会成为伟大的历史学家；同样的，文学家如果不谙历史，也很难成为伟大的文学家。③

从白先勇的小说和他的言论，我们知道他不但对中国历史有很高的兴趣，而且非常谙熟，尤其是近代史。身为民国政府大将军的儿子，白先勇更把一些不为常人所知的战场见闻记入小说情节中。战场的惨烈，因此亦成为白先勇表现历史沧桑的手法之一。例如《岁除》中，赖鸣升追忆了一段梦魇似的战争惨状：

> 日本鬼打枣泽老子就守在那个地方！那些萝卜头的气焰还了得？战车论百，步兵两万，足足多我们一倍。我们拿什么去挡？肉身子！老弟。一夜下来，我们一团

---

① 卡西勒：《人论——人类文化哲学导引》，甘阳译，台北，桂冠，1990。

② 吴方：《文学作为“虚构”的历史——从历史意识、历史哲学的角度看文学》，《文艺理论》1986年第6期，第186页。

③ 这观点出自德国著名历史学导师蒙森（T. Mommsen），在他应邀就职柏林大学校长时所作的就职讲演辞中，强调说历史学家应是艺术家而不是学者，并以此来说明他关于历史方法的理想（卡西勒，1990：295）。

> 人不知打剩了几个。黄明章就是我们的团长。天亮的时候，我骑着马跟在他后头巡察，只看见火光一爆，他的头便没了，他的身子还直板板坐在马上，双手抓住马缰在跑呢。我眼睛还来不及眨，妈的！自己也挨轰下了马来，我那匹走马炸得肚皮开了花，马肠子裹得我一身……躺在死人堆里，两天两夜也没有人来理。①

战争的疯狂，在赖大哥的记忆中充满了壮烈的色彩，恐怖不足，悲凉有余。这类历史人物在白先勇的小说中，必须面对绝望的命运，他们的生死悲欢，都和民族的历史息息相关。若不是日本侵略中国，共产势力或许无法乘势壮大；若内战没有全面爆发，这群人也不会流落台湾。大陆的沦陷，使这群人的历史怨怼尤其深沉。

战火带给那一代人惨烈的精神痛苦，也给他们的肉体带来残害。赖鸣升胸膛上的那块疤痕，对他而言正是最真实、最惨烈的记忆。这块疤痕足有一个碗口大，“殷红发亮的圆疤，整个乳房被割掉了，塌下去成了一个坑塘”。赖鸣升自嘲说：

> 打了一辈子的仗，勋章倒没有捞着半个。可是这个玩意儿却比“青天白日”还要稀罕呢！凭了这个玩意儿，我就有资格和你讲“台儿庄”。没有这个东西的人，也想混说吗？②

从此点上来说，这疤痕无疑可说是中国的历史伤痕，是赖鸣升同时也是那时代的创伤。先是战乱，然后是流离的孤凄。战乱之后，是流亡的漂泊，不论是大陆上，或是台湾的岁月，同样布满一种介于史实和幻觉之间的心理情结，摇撼着各自的人生信念。使这群生活在以本省族群为社会基础的“台北人”，一直无法摆脱回归大陆的幻想，借此消融寄身异地的边缘感。这群人靠着悲壮的历史记忆，保住了他们的中国身份。中国历史的吊诡就依附在他们的心态上，隐隐表露出来。白先勇为此中国历史的诡谲，留下了永恒的记录。从历史的沉思中，提出了民族的控诉。

历史，在白先勇笔下被运转为史诗。在这些以历史事实为背景的篇章中，我们不妨说白先勇是个富有“诗人精神”的历史学家。对于一些历史学家如布克哈特（J. Burck-

---

①② 白先勇：《台北人》，第65、64页。

hardt)、蒙森（T.Mommsen）而言，“历史在很大程度上仍然是诗；它是一系列最美最生动的篇章”。[①] 正如卡西勒论及历史时，强调历史学家的任务并不只是纯粹再现实际的事件，还必须履行一个重要的历史学功能，如修昔底德（Thucydides）般以非常含蓄而浓缩的形式使人物和事件性格化，不只是传达个人特有的风格，而是要代表整个的时代。卡西勒指出，在这种意义上，历史才具有理想的真实性——如果不是经验的真实性的话。卡西勒从而认为：

> 在历史中人生仍然是一出伟大的逼真的戏剧，有着它一切的张力和冲突、高贵与痛苦、希望与幻觉、活力与激情的表现。[②]

可见在历史学范畴中，历史学家就已经极为重视历史的内在生命力，甚至被认为是自我认识的一种形式；更何况在文学的领域中，历史事件的运用，当然要更加富有伸缩性，视野也更加宽旷。一般上，评论界大多赞成小说中的历史背景，甚至是历史小说也不可全部一五一十完全依据历史事实，但亦不可全然违背历史实情。如胡适在《论短篇小说》中就提出这种观点，呆板死录将扼杀文学生命，弹性引用才能增强文学价值。

白先勇在其他许多篇章中，如《一把青》、《冬夜》、《国葬》、《夜曲》、《谪仙记》、《骨灰》等，一一为那时代塑造了应有的英雄和百姓，如《梁父吟》中的王孟养总司令、《国葬》中的李浩然将军、《一把青》中的朱青和《岁除》中的赖鸣升等，都功不可没，为多事之秋的中国现代史补述一笔。抓住了现代中国人在历史遽变中的沧桑感，也写出了中国在民族分裂的创伤中的内心挣扎及其失落感。因此，白先勇的小说虽然涉及不少历史战役和事件，却有学者认为他所要表达的“是福克纳所说的‘人心的自我挣扎’的

---

① 卡西勒：《人论——人类文化哲学导引》，第295页。

② 卡西勒认为近代历史学极容易受经验真实性要求的影响，而常处于一种危险——忽视了事物与人格的理想真实性。为了避免混淆，卡西勒亦说明历史学的理想性与艺术的理想性的差别：艺术借助某种炼金术式的过程给予我们一种对人类生活的理想描述；它把我们的经验生活转化为纯形式的原动力。历史学并不采取这种方式。它并不超出事物和事物的经验实在，而是把这种实在浇铸成一种新的样态，给予它以回忆的理想性（1990：297—298）。

历史”。[1] 这种侧重内在精神的观点，何华亦曾补充说：

> 历史价值不等于历史事件的总和，而是植根于中华民族发展奋斗的历史长河中，充满了历史沧桑感和民族意识。[2]

民族创伤所形成的沧桑情绪打从作家灵魂深处出发，和民族文化意识结合，所展现出的历史感——不论经验真实性或理想真实性——在深度或广度上，都令人折服。

四、民族尊严的丧失：时代曲折中骚动不安的灵魂

弗洛伊德一向对历史概念怀有一种悲剧性成分。自从第一次世界大战后，他的历史图景成为真正的悲剧；人生只有一个战场，在这无法避免的战场上，生命本能和死亡本能彼此斗争。这位怀疑论者把历史中人的命运看作是十足的悲剧：“人永远不能使自己从毁灭他人或毁灭自己的悲剧性的抉择中解脱出来。”[3]《台北人》和《纽约客》所包涵的历史沧桑与生命空寂，就建立在历史悲寂民族历史意兴之中。民族命运所引发的苍凉情怀，让白先勇有足够的客观条件，以他的审美意识去表达他的历史感。这种基于探求民族历史层次的文学观照，是史学，也是美学的范畴。

历史因素是时代悲情的主要导因之一，而民族的创伤在白先勇文本中即展现在历史和时代的背景上。过于深巨的历史悲怆、伟大的汉唐气魄的丧失、民族分裂的国恨，都是二十世纪中国人的时代悲情的内涵。所有在此时代悲情中深深体验过民族苦难的灵魂，难免深受磨难。或许这可以为我解释为何白先勇只愿往后回顾而不愿向前展望的心理因素。虽然白先勇的小说充满历史回顾的痕迹，缺乏对前景的热情殷盼，但这并不足

---

① 这看法出自《台北人》英译本编者乔志高的序文。他引用了福克纳于1949年在瑞典接受诺贝尔文学奖时的演说词。

② 何华：《历史之门——由〈思旧赋〉、〈梁父吟〉、〈游园惊梦〉、〈国葬〉谈白先勇小说的历史沧桑感》。

③ 弗洛姆：《精神分析的危机——论弗洛伊德、马克思和社会心理学》，第50—51页，许俊达、许俊农合译，北京，国际文化，1988。

以构成文学评价的瑕疵。在历史的回顾中，白先勇让他笔下的人物成为历史和时代的主人，找到他们的身份、地位和生命力。以致个体的死亡，不论是死在祖国大陆，如《一把青》中的伟成、《岁除》中的黄明章、《夜曲》中的高宗汉、《骨灰》中的罗任平与萧鹰将军；还是死在大陆以外，如《谪仙记》中的李彤之死于威尼斯、《芝加哥之死》中吴汉魂之死于芝加哥、《那片血一般红的杜鹃花》中的王雄和《国葬》中李浩然将军之死于台北等人，都意蕴着民族的时代悲情。

从白先勇的小说中，可以发现他为了更有力量地表现民族的时代悲情，不断循着历史的轨迹去挖掘中国人的千姿百态。“人不可能过着他的生活而不表达他的生活。”① 正好说出作家的潜在意识。在一个极富民族伤痛的时代悲情中成长，白先勇对于战争——影响他一生同时影响全人类命运的历史事件——再三地以直接或间接的形式表现在小说中。其中以《一把青》、《岁除》、《国葬》、《秋思》等篇，尤其如此。除了中国近代几场重大的战役之外，另一种影响中国人极为深远的无形战争——群众运动，也成为白先勇表达民族伤痛的主要题材。除在《梁父吟》中描写了辛亥革命，白先勇对民国成立以来两次最重要的民族运动也记下一笔：《冬夜》记叙了五四运动，而《夜曲》和《骨灰》则记述了“文化大革命”。而这里将只着重讨论《冬夜》所描述的五四运动。

《冬夜》一篇，白先勇以五四运动为其故事轴心，牵引出中国现代知识分子在时代剧变中的失落感。白先勇以余嵚磊、吴柱国这种出群拔类、民族自觉性高的人物，表现了现代知识分子的矛盾处境。身为五四运动的关键人物及其带动者，余、吴如今都各自面对各自的精神困境。代表海外知识分子的吴柱国，虽在国际学术界取得声望，然而内心却愧对祖国和族人。复杂万端的矛盾心态在内心的炼狱中挣扎不已。至于余嵚磊虽身在台湾，却苦无发挥潜能的空间，错综纷乱的精神痛苦，在民族自裂中成为牺牲品。贫苦不堪的处境，不只物质缺乏，精神生活更无充裕可言。余嵚磊当年美好的民族理想、光明的前景注定成了分裂时代中的祭贡品。中国辉煌的古代历史竟要在西方世界才能获得发扬，而大陆陆冲所写的《中国哲学史》和台湾贾宜生的《中国思想史》所象征的中国精神遗产，却在中国本土上饱受扭曲、压迫。在人力无法挽变的政治局势中，民族在时代的反讽中，显得格外凄楚有力。这群知识分子，尤其是余嵚磊、贾宜生、陆冲所代表

① 卡西勒：《人论——人类文化哲学导引》，第323页。

的大部分中国知识分子，在民族蜕变的大阵痛期，承受了过重、过分无理的精神负荷；在时代曲折的煎熬中体验着因民族分崩而导致的时代悲情。民族尊严和文化传统在国耻中几乎丧失殆尽。

一九一一年波澜壮阔的民族觉醒运动，在时过境迁后，在国际研讨会中竟被批评得一无是处，是余、吴所始料不及的。这场他们所发起的运动，在小说中遭到鞭尸的命运，恰好嘲讽了他们那一代的人生和历史。此情节的出现，可被解读为一种反讽的诉求形式：民族重生的无望与乌托邦的幻灭。五四运动在国际社会上没有受到适当的评估，其实并不打紧；最可悲的是在中国内部亦没有获得起码的尊重。陆冲、贾宜生和余钦磊的下场便是最好的见证。一场民族觉醒运动，到头来竟为民族的创伤作了具体的见证。白先勇通过吴柱国这位中国历史学家表现了这种民族的悲情，而那位哈佛大学毕业生则嘲弄了民族命运的哀伤：

> 上年东方历史学会在旧金山开会，我参加的那一组，有一个哈佛大学刚毕业的美国学生，宣读他一篇论文，题目是“五四运动的重新估价”。那个小伙子一上来便把五四批评得体无完肤，然后振振有词地结论道：这批狂热的中国知识青年，在一阵反传统，打倒偶像的运动中，将在中国实行了两千多年的孔制彻底推翻。这些青年，昧于中国国情，盲目崇拜西方文化，迷信西方民主科学，造成了中国思想界空前的大混乱。但是这批在父权中心社会成长的青年，既没有独立的思想体系，又没有坚定的意志力，当孔制传统一旦崩溃，他们顿时便失去了精神的依赖，于是彷徨、迷失，如同一群弑父的逆子。他们打倒了他们的精神之父，孔子——背负着重大的罪孽，开始了他们精神上的自我放逐，有的投入极权怀抱，有的重新回头拥抱他们早已残破不堪的传统，有的奔逃海外，做了明哲保身的隐士。他们的运动瓦解了、变质了。有些中国学者把五四比作中国的“文艺复兴”，我认为，这只能算是一个流产了的“文艺复兴”。[①]

当论文宣读完毕，会场内的目光一齐投向吴柱国时，他却一言不发地黯然离开现

① 白先勇：《台北人》，第252页。

场。欧阳子指称：“最深痛的悲哀是说不出口的。”更何况吴柱国是五四运动的领导者，“五四是他的光荣，五四精神没有人能比他更了解”。[①] 吴柱国的默然反应，显示出吴柱国孤立的处境。他的沉默正是他的反抗，亦代表那一代在中国乌托邦破灭后的心态。

五四运动原象征着一个新时代、新精神的诞生，是中国新一代的新希望，是觉醒迈向强盛的出发点。然而现实正好相反，中国依旧在贫弱中挣扎。余嵚磊身为大学教授竟要借债供儿子读书；贾宜生的身后事竟靠几个老朋友凑足钱才得以安葬。从余嵚磊、贾宜生、陆冲等人的个体苦难，延伸到整体五四运动和整个中国的挫败，由个体颠覆到整体颠覆，五四所象征的新希望、理想和高尚的民族情操已不复存在。停滞不前的古老民族，不断在追寻、摸索中遭受失误和挫败，幻灭的悲哀自然是深巨无比的。白先勇所展现的时代悲情是民族性的，他的嘲讽并不纯粹是失望所导致，而是综合历史的理性和民族的情感而发。他力图透过这种展示来表达中国知识分子从中心位置被边缘化的处境，以及他们在追寻与幻灭之间的现实际遇和精神体验。

像战争、辛亥革命、五四运动和“文化大革命”这类牵涉层面极大的历史事件，一再被白先勇选择为小说题材，除了“因为这个历史材料比任何虚构都要巧妙和强烈”[②] 之外，往往也是由于作家想借文学力量突显时代悲剧、历史记忆和民族精神。蔡源煌以下的观点可作为参考：

> 作家试图将个人的经验和体会置入一个更大的社会架构之中，作品与周遭的社会相连，如此一来，即便是片面的、点点滴滴的“现实”，经由作家的付诸记录，便可将之提升为全民集体的神圣记忆。这样说，显得有点像神话和集体潜意识的创作观，不错，作家的职司与其说是要反映当代现实，毋宁说是要保存历史和记忆。惟此……白先勇才有理由写时势所造成的一些没落名流。[③]

由于白先勇采取了富有历史内涵和时代特色的小说架构，使他的故事情节和人物性

---

① 欧阳子：《王谢堂前的燕子》，第286页，台北，尔雅，1976。

② 余秋雨：《世纪性的文化乡愁》。

③ 陈幸惠编：《七六年文学批评选》，第337页，台北，尔雅，1988。

格充满了现实感，进而加强了时代悲情的艺术魅力。

白先勇借助这些历史事件，展示了中国人精神上的孤苦凄绝，通过民族反思来追悼、探索中国的时代困境，借此表达他对民族的关怀。

不论是透过吴柱国、余嵚磊、翁朴园或秦仪方对历史往事的追溯，还是透过吕芳、龙鼎立对于民族逼害的告白，白先勇以他现实主义的笔触，不亢不卑、半吞半吐地揭露民族灵魂中的彷徨。他在《纽约客》和《台北人》系列中所引录的诗句，正可视为中国人在这种时代悲情中一种整体概括性的注脚：

（一）《纽约客》之诗引，陈子昂《登幽州台歌》：

前不见古人，
后不见来者；
念天地之悠悠，
独怆然而涕下。

陈子昂的历史感诗文穿透千年进入白先勇文本之中，成为他作品中的历史架构与依附。古典唐诗亦是白先勇的精神与文化食粮。在他写《台北人》的第一篇《尹》文时亦引录了刘禹锡的《乌衣巷》，依托了作家历史兴亡的沧桑感怀。

（二）《台北人》之诗引，刘禹锡《乌衣巷》：

朱雀桥边野草花，乌衣巷口夕阳斜。
旧时王谢堂前燕，飞入寻常百姓家。

繁华落尽的历史沧桑，代父辈写出父辈的历史感，对家国、民族命运的历史叙事成为白先勇作品最主要的架构。白先勇这两本书的诗引不但构成全书的依附与架构，也把中国独有的历史感转化为文学审美的空灵与无限的时空。

这两首诗本身就被公认富有强烈的历史沧桑感，被白先勇安排在《纽约客》和《台北人》系列中，更显映出历史荒原上一个古老民族在新时代中的丧失、寂寞和孤独。在民族的盼顾中，在宇宙浩瀚的空间和历史辽广的时间中，人类的渺小，生命的虚幻，大千世界的无常，在小说的情节故事中令人产生各种无以名状的情绪。

白先勇的小说可说是一种性格化、人格化的历史记录。在此前提之下，白先勇所要表现的民族命运才格外真实、达到高度的象征力量。因此，白先勇的小说不宜以过度还原历史原貌和试图精确索隐。[①]在虚构和真实之间，白先勇作过一番精心的处理，虽然其间有疏漏之处，然而他的小说世界和历史现实的距离仍旧难以界分。从现代主义角度看，达到了亨利·詹姆斯在《小说艺术》中所说：由于画面是真实的，小说就是历史。[②]

另外，欧·豪在《现代主义的概念》一文中，对于传统现实主义的审美标准有进一步的阐明，表明现代主义反叛了遵循传统的统一、秩序及连贯的现实标准。他指出：

> 现代主义认为，传统的现实主义已丧失了真实感，因此现代主义作品屈服于变形这个必需。这里我们可以提出这样一条“规律”：现代主义文学的新的审美标准——表现力，取代了传统的审美标准统一性；或者说得更确切些，它甚至为了粗糙的、片断的表现力而降低统一性的审美价值。[③]

换句话说，现代主义作家并“不把题材看作是被演习或重新捕获的东西，而是被征服和扩大的对象”。[④]

历史和记忆一样，无法从人类生活中割断。当鲁迅在《野草·墓碣文》中力书“于浩歌狂热之际中寒；于天上看见深渊。于一切眼中看见无所有；于无所希望中得救”[⑤]时，中国知识分子已经在水深火热的历史文化困境中，坚决地面对时代的挑战；并且在精神压抑中力求重建民族的地位和尊严。如今回头审视这段历史，我们可以毫无讳言地说，

---

① 余秋雨认为用“人格化的历史”去处理白先勇的小说和历史的关系更为恰当，从上述的意义来看，这说法的提出是颇为适当的。因为只有在这种人格化了的历史里，才能“让小说人物、作者、读者一起进入一样混沌感悟的历史”（1991：16）。倘若精确无误地索隐和还原历史原貌，便将误解了白先勇的用心。

② 收录于瞿世镜所编《意识流小说理论》，第3—39页，1989。亦收录于詹姆士·E·米尔勒（J.E.Miller）所编《小说理论》，（Lin Mao-Sung，1986：30）。

③④ 袁可嘉等编选：《现代主义文学研究》（上、下册），第189页，北京，中国社会科学出版社，1989。

⑤ 鲁迅：《鲁迅全集》（第一册至第五册），台北，谷风，1989。

那时代的挑战乃以多重层次、多重矛盾的精神内涵，出现在中国人的面前。五四时期和国共分裂前后的知识分子，就徘徊在失落感与归宿感、历史与未来、理想与现实之间，有如余嵚磊和吴柱国一般，内心蕴满无限复杂曲折的心事。他们落在古老的东方社会堕落的边缘，国家民族面临空前的大危机，还有知识良心的冲突，文化价值的取决，道德责任的关切情怀，时代的悲情当然是不堪言喻的。[①]在这层次上，白先勇和鲁迅一样，都在民族文化的梦魇中，怀着“骚动不安的灵魂”思考民族的命运和去向。总的来说，白先勇文本展现无限的人文精神与历史悲情，而白先勇本身也是一种人文精神现象的体现，同时也是有关现象的载体。

《当代作家评论》二〇一三年第二期

① 林幸谦：《秋、我来到福尔摩沙》，“中国时报”第31版，1989。

正义在身　胆识过人
——侧写女作家陈若曦

应凤凰

早就读过她的好几部作品，从《尹县长》，到后来描写海外华人社会的《突围》、《远见》，却一直没有机会见面好好聊天。想象里她必是不拘小节、见多识广、谈笑风生一型的。

这次陈若曦从美国、香港到大陆，在台北停留短短七天当中，倒密集见了三次面，印象格外深刻。

近看陈若曦，不施脂粉的脸庞，已渐显出五十岁妇女的阅历与风霜——然而那对眼睛，凌厉、有神、年轻，所有存在她身上的热情，都从她那对漂亮的眼睛里显现出来。女人身上任何一处都可以化妆，善加美容保养，唯独眼神不能。从陈若曦这些年的海角天涯，两岸来去，以及作品一部又一部出笼，可以想见她必没有心思放在女性外观养护上；但有一件别的女性不能，她却维护完好有如青春少女——她一直保持着对社会国家的热心，对同胞的热情，这是在她这般年岁的妇女身上，很难维持得住的。

在台北第二次见到陈若曦，是在她好友吴仁辅家中。到的时候，座中还有早她一天回台北的吕秀莲。

吕秀莲是哈佛法学硕士，正进行一本书，已写好大半，内容是美丽岛事件始末（上篇已在《自由副刊》连载完毕）。她收集了大量资料，加上她自己也在这次事件中，参与选举、因案入狱，话题便转到陈若曦与美丽岛案的前前后后。

美丽岛事件发生，国民党大举抓人，姚嘉文、吕秀莲、王拓、杨青矗等一一入狱。

接着是美丽岛大审，整个台湾笼罩在令人窒息的政治阴霾下。

而二十年不曾回台湾的陈若曦，小说作品在台湾大受欢迎的陈若曦，却选在这个时间回来——身上带着一封海外学者联合写的，期望台湾领导人蒋经国释放美丽岛政治犯的信。

现在回想，陈若曦不愧是一名热爱家乡、勇敢有胆识的台湾女子，不仅言人所不敢言，也是少数能剑及履及的知识分子之一，愧煞多少沉默于台湾或海外的须眉。

天南地北的，也就谈到了她在台湾的一群老朋友。我提到《中国时报》刊过一篇大陆学者的论文，将"陈若曦、琼瑶、三毛"三位台湾女作家相提并论，隔天即接到对这篇文章有意见的电话。

陈若曦大笑。"这两人都是我的老朋友。"她说。

她的笑声非常有特色：尽情、忘我、豪爽，有十足的感染力。原来琼瑶是她初三时的同班同学，两人座位靠得近，陈若曦第一篇作品，还是琼瑶帮她誊好稿子寄出去的，参加什么征文，还得到第一名奖金五十元。

陈若曦和三毛的渊源，也是极早，早到三毛还不叫三毛的时候，两人那时像糖似的常黏在一块，直到陈若曦在海外绕了一大圈，从大陆历劫归来，才发现那个人已经名满天下，并且改名叫三毛。

陈若曦比较起别的成名作家，最大的不同是她不作态。有什么说什么，要批评谁就直截了当说出来，当真是文如其人——陈若曦作品的一贯风格，是质朴、写实，社会意识强烈；写小说，写游记，全像她平日与人讲话时，特别是放声大笑时，同样急切、直率。这也是许多台湾女子的特色吧。

《当代作家评论》一九八九年第三期

试论李昂

赵 园

我想由几个李昂使用过或一再使用的语词为线索检视她的小说世界，如“鹿港”，如“性”，如“社会工作者”等。自然，上述语词对于她的小说的意义，也将同时受到检查和证明。

鹿 港

> 如此，我发现鹿港与我的创作的必然关联。这个孕育我创作的地方，早期曾被我引为是创作的所在地；中期当我到台北读书，曾恨不得远远甩脱它；到近期写《杀夫》又给予我无尽的创作泉源的鹿港，终究会在我的一生中，扮演怎样的角色呢！
>
> ——李昂：《花季·洪范版序》①

这或许是个唯李昂本人才能充分回答的问题。考虑到作者的年龄，这又是个不便提前来回答的问题。但作者毕竟以“我与鹿港”提示了进入其小说世界的一个入口。

由这里进入李昂的小说世界或许近于走捷径，因为李昂本人对此已反复申说，而且往往是在说明她的小说创作与生活世界的联系，辩明她的作品的艺术渊源时申说的。比

---

① 李昂：《花季·洪范版序》，见洪范书店有限公司出版之李昂小说集《花季》。

如有关她的早期小说“是受卡夫卡的影响，是所谓的‘现代主义’小说”，她说：“对此我不予置评，但却一直希望替这些小说找到一个真正属于它们的立足点，可惜一直未能如愿。只有很本能的辩解，小说与鹿港有的必然关联，它们绝非只是现代主义的梦魇。”[①]关于她自己的第一本小说集《花季》（其中收有她作于十六岁至十八岁，也即从高一到高三的小说作品），更是不厌其烦地说她“很真诚的感觉，这本集子的前七篇作品（《零点的回顾》除外），基础上都只是生活中（特别是在鹿港这样一个有奇特传承的地方）发生的事件，……只是由于在鹿港，这些生活事件都可以用一种奇特的行径来表达出另一种意义。”[②]同一篇文本里，她认可自己的早期小说“为一种接近‘魔幻写实’的表现方式”，同时又以对其小说的具体经验背景的一再强调，令人想到“魔幻写实”作为艺术地把握生活的方式，本身是由生活、由人的生活感受中产生的，形式中有丰富的经验积淀；她的作品更证明了，她本人的鹿城生存感觉，是其形式选择、形式锻造的基本依据。

《花季》一集真正让人惊叹的，是作者的内省体验及其传达。“鹿城”从一开始就不纯然是一个事先拟定的文化概念、文化符号。“鹿城”在早期李昂，首先是一种生存感觉。“鹿城”由感觉、体验，由其生动的语言形式中浮出，渐次浓重地泛溢出文化意味。作者力图呈现的，是关于鹿城的官能感受的直接性——这也是一个十六到十八岁的少女所具体承受的鹿城，比如那种诉诸感官的小城的窒闷。《婚字》以成“组”的形象（“湿淋淋的太阳”，“古老的楼房”，“长着青苔的古井”，“阴暗的厅堂”等等）传达小城的压迫感。其中最使小城生存如同梦魇，令读者也触着了小城空气的黏稠滞重的，是那“水湿的太阳”，“四月黄昏的太阳象发臭了的蛋黄，冷冷的，无助的浮在一大堆似粘浓蛋清的云中，含满太多水份似的，真想抓起它来摔摔，摔掉那一份浓浓的压迫”，“我真不能明白它为什么总跟着我，淋得我一身湿”。感觉的诡异使情景有奇特的逼真。小镇生存如此沉重，沉重得已非一个少年所能负荷。小说传达给你以窒闷中的挣扎，一个漫长的气喘吁吁的挣扎。

“感觉”使小城内在化了，内在化于小城人生、小城人物的感性存在，他们的精神、情感生活。小城不再只是木板楼房似的实体，而是非以感觉以幻觉以意识、潜意识，以清明理性更以混茫的感官经验来承受的东西。这种人生的怪诞虚伪性质，如同一个无结

---

①② 李昂：《花季·洪范版序》，见洪范书店有限公司出版之李昂小说集《花季》。

果的预约，无尽头的等待，一出声即无从掌握的曲调，极熟稔却全然无从索解的歌词，一个为了虚假目的组成的合唱队，一个并不存在却被郑重其事地宣布着的比赛（以上见《混声合唱》)。《婚礼》中随处即是的象征（如朽坏的楼梯上“一大块象棺材盖的厚厚木板压在我的头上和肩上”）出诸早熟的理性[①]，并不足以为异。由李昂此后的小说看，那活跃得“怪特”的感觉能力，在她才真是异秉，是其作为小说家持久的凭借。

文化批判也因而不像是先定主题，而是内含于表达精致的官能感受，由生动的视、听、触觉经验中浮出的。如小城文化的封闭性。封闭空间，是李昂此一时期多篇作品中的设定空间，无论木板楼房（《婚礼》）、厅堂（《混声合唱》)，还是一辆车（《海之旅》)、一个大森林（《长跑者》)，都是一方封闭的空间。《海之旅》里，车窗且长时间无法打开[②]。至于施淑论李昂小说时曾称道过的有关“盐屋”（《长跑者》）的描写[③]，仿佛由重叠的闭锁感凝结而成，更是关于“封闭”的着想奇异的象喻。这里应有作者基本的生存体验，是小城生存的情境化。

李昂小说中有些重复出现的情境——如小女孩反复拭擦水湿的玻璃——无疑系于更隐秘的童年记忆、童年梦魇。“玻璃”一再被用以象征不可穿透的闭锁，置人于孤绝境地的闭锁。《零点的回顾》写小女孩“张开嘴尝试想叫喊，可是叫声却只能从她的眼睛，她怒张的鼻孔奔射出来，变得象被逼到绝路的野兽底沉重喘息。小女孩伸手去抓玻璃，仿佛想攀住一些什么，却只是徒劳。”同篇的另一节里，小女孩的身后“有一扇不断有水珠往下滴的玻璃窗，近乎狞恶的要压向她”。在《海之旅》中“我发现玻璃完全的隔绝了我们和外在的一切，而将不会有任何外来的帮助，被摒除于车外的都已受到诅咒，永远不再可能成功”。封闭感具体化为虚幻情境，虚幻情境正为了营造属于特定作品的象喻时空；而写得波谲云诡，是李昂早期创作的长技。并不需特别用力，只消以怪异感、以幻

① 在这篇小说里，拥挤不堪的此类意象，构成强化了的总体象征。《混声合唱》一篇没有对阅读的明确导向，作为小城人生（且不限于小城人生）的艺术象征，含义似更丰富。

②“早期”之后，在《昨夜》(收入《爱情试验》一集）里，又出现了囚禁车中的情境：一男一女，“奔驰中的计程车由于它的速度，已在车内和春日下午街道两个绝对静止空间中，形成一种无法逾越的隔绝，除非车子停止，他们谁也不要想从中逃离”。

③ 施淑：《盐屋·〈花季〉代序》，见洪范版《花季》。文中说：“这样的一所盐屋，这样的一种囚禁，可以作为李昂这一阶段的小说世界的象征，它同时也是她当时的内心世界的一个模型，而它的结构和运动方式正是二者在发展和构成上的规律。”

象略加点染，就使情节出离写实氛围而成诡幻。

上述源于小城封闭性的人物的生存困境，也是一种（不限于小城的）文化困境。文化批判不是出诸空泛的教条，而是少年男女自然发生的由生命、由青春出发的抗议。《婚礼》所强调的，是主人公（一个男孩子）因生命力勃发、情欲骚动而对于由古老楼房所代表的文化的不能忍受。他走在朽坏的楼梯上，不自禁地渴望着爱抚女友那一对乳房。他处身的，是一个“找不出欲望”、“找不出情欲”的世界，是生命沙漠、全无绿意的世界。生命与死亡对抗，从而构成作品中极富文化意味的对抗。“死”在《婚礼》中，是“尸白的手”，“陈旧死红色的大布块”，柚子的“死了的淡绿”；在《混声合唱》里，是“极象一口口的棺木”的风琴，是“极象熏着了檀香的死人的灵堂”的厅堂，是充斥全作的死的气味。死亡气氛中唯一活着的，是少男少女和他们的情欲。在这里，少年男女的性爱动作，是抗拒小城文化压迫的方式，一种挣扎的姿势。主人公不过以其情欲宣示着自己的选择：选择生活，选择生命，选择人之为人的那一切。作为意念，这本来没有什么玄妙，却因描写中充沛的感性力量，使通篇作品俨如一个强烈的动作，一种有力的抵拒姿势。顺便说一句，李昂的文字的确使人想到“动作”和“姿势”。

封闭，对于生命、青春的压抑，是一切传统社会的文化特征[①]。“批判”在其深切处自然越出了作为原型的鹿城，拓开了广阔的意义空间。我又想到了李昂关于“我与鹿港”说过的话：“以我当时是个学生，处身于鹿港那样小镇社会中，不免深切感受到在我小说中出现的荒漠与隔离，那种只能静坐等待变化或救赎的空茫。”“如果有人曾在小镇——尤其象鹿港那样残存过去光辉的地方长期住过，相信该更能了解这类由家族联合起来的小镇，只属老年人，或至少必得已上年纪，才能和它真正彼此相属相连；对象我这年龄的女孩，是太大一种负担。”[②]共有这种重负感的，是千万少年青年，渴望变革生活方式的人们。

童年、少年的那份经验，那对鹿城刻骨铭心的记忆，助她在若干年后写出了震动一时的《杀夫》。我在另一篇文章中谈到，“乡土即命运”；在作家，在李昂，这多少是主动

① 此外，李昂早期小说（如《长跑者》）所写人被监视，被控制于无形且无可反抗的巨大力量，也应系于小城生存体验，并反映着传统社会的基本现实：群体意志中个人的被剥夺、被监视、窥探，个人因毫无自主可能而成为失败者。

② 李昂：《写在第一本书后》，见洪范版《花季》。

的命运选择——以鹿城为创作的“所在地”与“泉源”。当然，在漂流与回归中不可能无所失落。《花季》之后，中经《爱情试验》，到《杀夫》一篇重返鹿城时，她已不再是当年那个沉湎于内心生活的多梦的女孩。“成熟”是要索取代价的，比如某种能力的弱化以至丧失。在《杀夫》中鹿城感觉明晰化了，笔触强劲而富穿透力，文字间已隐约可见阅世渐久的苍老神情，也因而不复有少作中魅力所在的朦胧诡幻。生命过程的不可重复性，使《花季》中的鹿城只能有一度的集中呈现。至于少年人敏感的自我生命审视、人生省察，《花季》不可重复，此后也未予“超越”；尤其那种内省体验的奇特表达，无论“梦思”还是其文字形式均无以超越。李昂很聪明，她以不重复自己，表明了对那一生命阶段、与之相连的内心生活，表达方式的珍爱[①]。李昂这样说到《花季》，“在写了十八年的小说后，我几乎可以这样说：除了《杀夫》外，这些小说中有大部分，是我到目前为止写得最好的作品。”[②] 我以为，这是真的。

性·性爱·女性问题

在《花季》之后，李昂曾有“写‘人间世’系列小说”的“宏愿”，“希望藉一系列小说，来探讨情爱与性在个人、学校、家庭、社会造成的种种问题”[③]。这计划因出国而搁浅；后来仍有类似题旨的作品汇为一集，即《爱情试验》。李昂探讨性、性爱，有极严肃的立意——在大陆近几年有些新进作家看来，或许竟是过于严肃了呢。我已谈到她的早期作品中，以情欲作为对抗死亡、对抗文化压抑的“姿势”，因而“情欲”连同作品的整个情境象征化了。面对蜂起的议论，李昂本人解释说，她是在借“性”“表现旧的制度（即社会）的变形、崩溃和一种新的合理的诞生”，“因此性在这里的作用只是‘造成一条更向内探索的线索，作为一种假借’，‘并不单指社会中的对它的某一定的观点’”。她并且十足自信地宣称：“性是‘与自身最有关的一个要素’，因此是‘冲破那约定了的社会’的‘最深刻的方法’！”（语见施淑《盐屋》一文，见前面注解）

---

① 李昂：《写在第一本书后》：“回顾以往的这十一篇东西，我只有同意，人实在是很年龄的，过去了的，永远不能追回，还未到的，也必不能是先行强有。”

② 李昂：《花季·洪范版序》见洪范书店有限公司出版之李昂小说集《花季》。

③ 李昂：《写在〈爱情试验〉前》，见洪范书店有限公司出版之《爱情试验》。

《爱情试验》一集中，作为表意符号的“性”，从属于作品的表意系统。李昂使人看到，性与性爱并非纯粹个人命题，在社会生活中，它也是人的社会命运的一部分，是人的社会境遇的一部分。李昂曾一度陶醉于中国古典诗歌的意境，迷恋于其中状态的“单纯”[①]，她却不能不面对实际生活、实际人生的“支离破碎”，而且愈到后来，愈对这种“实际”持绝不逃避的严峻态度。

她确实如她自己所说，经由性、性爱审视学校（如《回顾》、《人间世》）、家庭（如《误解》），经由批判性审视探讨造成健全人性、合理人生的条件。她尤其瞩目青少年人格的塑造，就中尤其是女性人格的塑造，更尤其是少女的心理健康、为少女成长所必要的社会理解。这些问题的严肃性与迫切性都是不待说明的。她无意于以表现性本身、情欲本身标榜激进。我在本文后面还将谈到，这里也有社会工作者的角色意识。

《爱情试验》一集的首篇《回顾》，那由修女们管理着的教会学校本身即是作品的重要象喻。禁忌、心理禁制是普遍的文化现象。在近于幽囚的环境中，女孩不得不在毫无导引的情况下摸索着去理解生命，生命也就因这幽暗而显出神秘，以至邪恶、不洁。甚至这黑暗中的摸索也是触犯禁律的，《人间世》即写了学校当局对此的惩戒。《误解》写禁制所造成的少女自杀的惨剧，令人看到城乡文化的巨大落差，边鄙乡镇性文化的落后。李昂使你信服于她因自己的切入点而据有的“生活”的广与深。“性”与“性爱”在她的作品中，有何等宽阔的语义关联域！这是一个广大而深邃的“性的世界”[②]。

经由作为具体环境的学校、家庭，追究指向了更广大的社会、历史、文化。这儿又有中国知识分子的惯常思路，他们所认定的二十世纪中国的历史主题。李昂使你感到，即使有“转型”有变革，生命也仍在暗夜里，或半浸在暗夜里。人类离光明朗照的那一天还远着呢！暗夜可能有种种，有《杀夫》中陈林市所在的性蒙昧与性虐待的暗夜，也有《回顾》、《人间世》所写因性意识被压抑生命未获自觉、人被关于自身的无知所笼盖

---

① 李昂：《关雎·后记》：“从我一开始写小说，我就希望能写一个单纯的爱恋事故，不属于二十世纪支离破碎的恋爱，不需要依附在探讨有关生命生存的问题上，只是一个立在每个人心中都希望或已行过的爱情故事。”《关雎·后记》见《花季》。

② 对于性、性爱问题的社会方面的关注，使得李昂小说虽涉笔性行为（这即使在当初的台湾也不免惊世骇俗），仍不出乎某种规范。着笔大胆而又立意严正，在中国社会，或也是一种安全保障？

的暗夜。一些看似渺小的经验，经由郑重的叙说获知了它们本有的严重意味——个体的人所承受的文化重负、文化史的重负。《人间世》里的中学女生追问为什么人们以为那事情是“见不得人的羞耻”，“那事情的准则在那里”，《误解》里的女中学生也追问着“难道那事情本身，真如同自己一向所想象的那般不堪?”问出了那个自相矛盾，以触犯禁忌为“败坏门风”、有妨风化，却又出之以公然的惩罚、羞辱的社会，以侵害（而且是严重地！）个人尊严来维护其“尊严”的社会。禁忌与惩罚都出自群体的原则与意志，个体的人是不值得顾惜的——这也正是《杀夫》中纵容并参与了对陈林市的虐害的社会、群、“无主名无意识的杀人团”（鲁迅）。

我已经说过，更为李昂关切的，是女性问题。这可以她相当一批作品的题材及其处理为证。你同时又感到，这不是狭隘化了的女性问题，它的深刻处，也正是“人”的问题。李昂与王安忆对话，王安忆说：“现在男人和女人面临的问题一样多，虽然一些地方表现出来男女不平等，可本质上是一样的。”[①] 由李昂的作品看，这说法对于台湾也未见得不适用。

我想说，李昂写少女性意识（亦一种生命意识）的萌动和压抑，少女的成长史，比之写成熟女子的性爱，更有成功之处。这大约也因为在中国的文化环境中，前者更是被幽闭、禁窥视的生命一角，令人迟迟不敢逼视的一段生命历程，而这段生命史，其间的觉醒与压抑，恰可作为生命全部行程的缩微形式。大陆几年前流行一时的以“中学生”、“少女”为题的作品（这里不是指街头书摊上的通俗小说），在当时不失为“闯禁区”之举。人们还会记得那一番论争的热闹。

李昂说她收入《爱情试验》一集的八篇作品，因编排的前后秩序与作者写作时的年龄有关，“一系列读下来，大概可以说是一个女性在情爱方面成长的过程吧！”[②] 我更关心这女性成长史中的早期历史。李昂无疑是幸运的。读她的《花季》，我禁不住一再想到与李昂同代的大陆女作家，当在粗放的环境在动乱中度过她们的青春期时，绝对无暇也不被鼓励如此细腻地体验青春生命骚动，她们多半如王安忆《大刘庄》里的中学女生似的对于发生在自己躯体内的变动懵然无知，或者谨慎地将自己的体验密封在深心里。纵然她们不顾习俗的政治的干预而以同样的细心体验并省思过了，她们也只能在经历了漫长

---

① 见《上海文学》1989年第3期。

② 李昂：《写在第一本书后》。

的等待之后才被许可诉诸文字——过后的追记自与当时的描述不同。也许正因此，王安忆的“三恋”才写得那样沉重，读起来那样累人。

“少女”在相当长的时期里，对于中国作家简直是陌生对象。刘西渭说沈从文善写“少女怀春”。无论沈从文还是巴金，都不曾深入于少女意识深层，比如逼真地描写她们性意识的萌动。他们无不乐于玩赏少女的天真情态，理想化以至“圣洁化”中有十足的男性趣味。五四新文学可以骄人之处在写抗世违俗的“新女性”——叛逆的职业妇女、知识女性，而无力探入（似也无意探入）女性生命史这幽暗隐秘的深处，女作家也同样。当然，文学的生活、生命观察中至今仍有诸多盲点，也系于人类的认识能力和知识水平。

李昂的《回顾》写少女关于性行为的最初的“脏和罪恶”感，少女性意识觉醒时的内心纷乱；另一篇《误解》中的女主人公，一个过于纯洁的学校少女，则被人生的晦暗性、暧昧性，被所谓“人生之谜”所困扰而又不得援救，终于选择了死[①]。上述内心纷乱和朦胧罪感，是“少女时期”的终结式。终结式是在残酷的破坏中完成的：美的偶像破碎了。《回顾》将女性自我意识在“纷乱”中的挣扎极有层次地写出，令人想到施叔青的早期作品《壁虎》。李昂在《花季》、《爱情试验》里，还反复写到女性（包括少女）的自恋，对于自己的乳房肌肤的醉意醺然的爱抚——既像是某种童年心理固置、母体怀恋，又像是出自少女成熟过程中的自我发现。女性是经由如此曲折的过程，渐次意识其为女性，获取女性自觉的。对于上述肉体感觉，中国的作者读者不但通常讳莫如深，而且还会指为“病态”，以为比之两性间的欲念更为不洁。我再次想到，鼓励人的上述生命体验及其表达的，也应是更舒张自由的文化心态。

关于两性问题，李昂把思考集注在婚外性关系上，尤其关心婚恋观念变动中的女性反应。“曾几何时，我善良、上进的丈夫无视婚外关系的责任，是缘由他的个性、他的工作环境、还是整个社会风气使然？只短短几年间，难道所有的一切俱有了如此巨大的改变？”（《一封未寄的情书》）李昂写有关“私通”的种种理解，写这样一种关系中男女的不同心态、投入方式。经由看似“开放”的两性关系，男女间事实上的不平等也更分明

① 小说写了人物面对生命“最深沉的奥秘”时的软弱无助感。有关“性”的一切，“因着它的不可解，多少隐藏着恐惧和惊怕，及潜在不知由何而来的抗拒。”

地显现出来[①]，中篇小说《暗夜》的男女主人公双双坠入情网，在他，不过是“玩”，“真要玩，他还怕没有对手”。在她，“却是一生一世唯一的一次爱情”，她是以全部激情投入的。这婚外恋的双方，一开始就不对等。因毫无保障和较之男性沉重得多的道德压力，《生活试验：爱情》里人物所谈论的木匠妻子，才有那种孤注一掷的病态激情。《暗夜》中的女人也“享受”得惊惧仓皇，如恐不及，为一时欢爱“几至不要性命”。作者兴趣所在的“代价估量”，也显然是女性的思路。这一种关系中，女性事先就注定了不能有男性似的洒脱自由，这不只由现实伦理结构，也由不同的文化心理负载决定了的。

即使在这里，李昂也避免着“女性本位”的有限眼界。《杀夫》写至极残酷处，陡起一个精彩的回旋，即那一段关于“杀猪仔陈”与妓女金花的描写。纵然暴戾凶残如陈江水者，也会有一片“棕褐色”温软宁静的土地，使其短暂地回复人的情感。你突然想到，这终究不仅仅是一个男人虐害一个女人的故事，更严峻的问题在于使人不成其为人的整个生活。何况小说还给你看到，帮同陈江水施虐、以流言杀人的，正有落后的习俗，有鹿城陈厝地方的女人世界！

《在爱情试验》之后的力作《杀夫》——这是李昂最为大陆读者熟悉的作品——里，另有一种“女性问题”，使人感到李昂人生视界与人生思考的大幅度推展。较之陈林市（《杀夫》的女主人公）的问题，《爱情试验》一集所写，几近乎情感的奢侈。那里的“不对等”（即在尚较自由的性关系中男女不成其为平等的对手），在这里“基本”得近于古老的命题（“女人不是人”）的衬映下，是太过轻淡温和了。鹿城陈厝地方性文化的核心即“女人不是人”，女人只在作为男人的泄欲器的意义上是女人，她们的存在意义只系在这一点上。小说写屠夫陈江水对于自家女人的嫖客心态：饲（小说人物所用正是这个“饲”字）女人以备泄欲。这鹿城海埔地方的文化其实渊源甚古。帝王的后宫三千，贵人

① 不平等也由于女性的依附地位、依附心态。《暗夜》写李玲不在乎当姨太太，“名分地位李玲并不看重，有个男人，还不是什么控制不住的男人，也有几个钱，这就差不多了，特别是，等到生下了个孩子，男女间也不过就是这么回事”。在《一封未寄的情书》里李昂以主人公插话的形式说：“一般而言，女性的自觉对妇女是否还迈向解放之道有必然的关联，只有当妇女能提出质疑，不再断然的相信女人命运完全被生理的、心理的、经济的情况决定，只有当妇女对传统宗教、哲学，甚且神话所塑造的‘永恒的女性’、‘真正的女性化’怀疑，并探求这类说法的基础根源，妇女才算走出了第一步。”

的三妻四妾，不就是“饲”以待用？女人于是地位与牧畜同①。小说最让人惊绝的，是描写中以杀猪与性虐待互为比照：两者作为男性力量的发泄，不但其冲动与快感的获得，而且“操作程序”与情境气氛都几近相同。这种结构性比照，使“女人不是人”得到了惊心动魄的表现。又正是在这里，你感到不是钝然的女性问题，而是“人”的问题，是人不被当人、人不自觉其为人——五四启蒙时代被大声喊出过的问题。鹿城性文化中充满了对于人的侮辱。人侮辱自己，男人同样在侮辱自己，侮辱自己之为“人”。在李昂，这是女性问题的深化，还是女性问题的再发现？对于中国的女性问题的任何真诚的追究，都会有超越这问题的意义发现。当然，也应当承认现代社会有处于经济、文化生活不同层级的女性，有不同的女性问题，它们并不相互遮盖或替代的。

李昂也写到了转型期社会性别角色的调整，现代城市文化空气中滋生出的时新男女。这里有不断发生着的女性问题。中篇小说《暗夜》所写城市人的性关系，毕竟已与海埔渔村不同。这里已在讲究互惠互利。她昂然对他说：“那你也在享受，怎么能说是作我的工具。”即使这样一种意义上的“对等”也谈何容易！“他”就因为对方的享乐对等论和“始终无畏的坦然”，而“无法不感到挫败”甚至“极端挫败”。他仍然是对女人如对自家宠物的中国男人②。

“问题”自然不是一切。李昂小说的魅力，决不只在所涉问题的社会学意义的尖锐性或深刻性（你为这种兴趣自不如去看社会学、伦理学论文）。李昂小说的生机系于充沛的生命感，“生命感”又是由情欲描写传达的。在李昂，这才更是才力的证明。

李昂的确是个善写情欲，而且总能写到饱满欲滴的作家。情欲不等同于“动作”。李昂作品中，那往往是所在无不充满的气氛，是人物呼吸其间的空气，置身其中的整个情境。她早期作品中的情欲（出诸少女朦胧的内省体验），即因意象的选择、氛围的营造而如空气般弥漫。比如她一再写到富于蛊惑的雨中花香，再如上文提到过的太阳，那个肉质的脓血淋漓的太阳③。那太阳经了如此“怪特”的感觉和艺术处理，通篇作品便盛暑空气般的黏湿郁蒸——

① 小说一再写到陈江水在凌虐女人后不忘喂食，正如饲养牲畜。在这一种交易交换（以“食”交换“性”）中，陈江水并不失为守规则的嫖客。

② 小说写道，她由他身上证实了“再怎样蓄意玩耍的男人，仍要求女人贞节——即使装作也罢”。

③（英）Harry Cutner著《性崇拜》中谈到“太阳与人类的性器官一样被认为是地上繁殖力最大的象征”，“人类的祭祀，最原始的企求，不外乎是‘繁息’，而繁息与太阳是分不开的，所以生殖崇拜与太阳崇拜，永远勾连在一起，……”《性崇拜》中译本，湖南文艺出版社1988年出版。

恰如施叔青在《壁虎》里、李昂在《回顾》里所写那种少女关于"性"的最初感印。在《爱情试验》一集里，情欲描写中更有对于生命的庄严感情。《海滨公园》在写了三个南欧男子的粗野举止之后，接下来写的男女主人公感到的震颤，因为那"粗鄙中却是一种最基础的生命能力与一种最原始本能的需要"。这是一个成熟女人对生命与性的理解，那坦诚地面对生命的明朗神情，该是属于一种现代人的人生境界的吧。至于《昨夜》的写男女主人公交合，更写得一派绚丽，"仿佛碰落满天星月的辉耀灿烂与被充实的完满"——并无猥亵趣味，笔墨的庄重也令人不忍玩视。她强调的是人物动作语言的情感的心理的以至文化的语义——大陆读者也不难领会的语义。由具体人物、情境出发，写这类场合也如写其他场合一样笔墨绝无重复。这也是李昂的力量所在。即使在《暗夜》里，写来最生动有力的，也是人物在证券公司买卖股票和与女性交接时活跃异常的生命力量，纵然其中含着邪恶。这并无妨于作品中明白可感的批判态度(如对于现代城市中的淫靡风气)，而且可以说，"批判"正是经由那淋漓尽致的描写达成的。写到这里，我不禁想到作品题旨所依据的显意识，与创作中势必活跃的感性直觉。谁又能说李昂创作的内驱力，有时不也在传达生命感、写出一派健旺的生命呢！

但我仍要说到李昂之作为"社会工作者"，说到这角色之于她的创作的意义。

"社会工作者"

这该是本文的结语。关于李昂，我已尽我所能谈到了我以为较为重要的方面，虽然所及甚浅，且基本上滞留于内容层面；而我知道内容原是与形式一体不可分割的，缺乏形式研究的作品理解必然残缺不全。

值得注意的是，李昂曾说到过自己由国外回来后，"所关心的问题有了相当转向，不再以为文艺创作是唯一值得献身的工作"，在此期间，她说自己做的是"一些较属社会工作性质的事"[①]。《一封未寄的情书》主人公自述其曾"深入到北门去探寻黑脚病的根源"，"同山地服务队到山地去，看到少数民族的文化如何被摧残"，"到精神病院，体会到什么是非人的生活"，其中或有作者自己的影子。虽然她后来"发现并相信"自己往后大概会全力继续走下"创作这条路"的[②]，但那一度的游移、"转向"，终不能对她的创作

①② 李昂：《写在〈爱情试验〉前》。

全无影响。由《爱情试验》到《她们的眼泪》、《杀夫》等，除了愈益增强的社会关切，你还感到“社会工作者”调研分析的职业习惯留在风格层面上的印痕①。

为了说明这一点，不妨不避重复粗略地清理一下过程。李昂自己在《花季》的“洪范版序”中，用了“早期”、“中期”、“近期”的说法，讲的是“我与鹿港”的关系演化，亦不妨暂且拉来作为创作分期（本文事实上已经这样做了）。李昂创作中，有几度大步跨进：《花季》一集中由《花季》到《婚礼》、《混声合唱》，是大步一跃；由《爱情试验》一集到《杀夫》，是更明显的进境。这一过程中，《花季》一集的“魔幻写实”（在《爱情试验》里还留有痕迹），到《人间世》、《误解》、《杀夫》等的传统写实，是更引人注目的转折，其间得失上文已有涉及。

你不难注意到，《花季》一集的“魔幻”意味，是经由极用心的布置造成的：不循常理出现的人、事物，不循常情的感觉、意念。一方面是对“规则”的拒绝依循，另一方面又是仪式化（一种因渊源古老而足增暧昧的规则化）。《婚礼》中的“寻找”即类乎仪式，其中更写了古怪的婚仪。《混声合唱》里包含着完整的仪式行为，“等待”是其中的基本动作。《婚礼》、《合唱》看起来严整复杂的象喻系统，语义内容并不深奥。

《爱情试验》一集里如女孩揩拭玻璃（《零点的回顾》），如女主人公的脱衣、祈祷（《有曲线的娃娃》），都近乎仪式活动。人物行为设计有意的仪式化有助于作品浮升出经验层面。作者不厌其烦地提示你情境的象喻性质，令你不能不小心翼翼地读解，以寻索作品真意所在；同时又炫示着逼真到惊人的细节描写能力——正是后来《杀夫》以之惊人的那种能力。

对于任何一位真正的艺术家，“少作”作为起点，其重要性都是毋庸置疑的。少女的多梦时节天然地宜于文学幻想。李昂早年培养（或者更是禀赋）的感觉能力、魔幻想象和意象营造的技巧，用于写《杀夫》中人物的幻觉、精神异状，自有极精彩的表现。《婚礼》等作写梦魇、幻觉中的现实，感觉的情绪的心理的现实；《杀夫》则写现实人生中的荒原感、梦魇感，风格的衔接是显而易见的。的确，“人实在是很年龄的”（见本书第221页注①）。然而年龄不会如水流石上，它必刻印于此后的生命史，如树木之有年轮。

重行寻找、选择，总会比初始那犹如得之于天启的发动更困难些。文学又证明了，

---

① 由李昂的使用方式看，“社会工作者”应指具体职业活动外的服务于社会的工作。

“才禀”是很容易失落的娇贵东西。生命在行进中总于获得时有所丧失，而且不断有所丧失。施淑谈收在《花季》中的《长跑者》，“这篇小说不论就它本身表现的成就或作者而言，都是李昂做‘荒谬的现代人’的完结篇，因此它的内容可以说是她在那阶段内所患的现代病的总迸发”。(《盐屋》)“总迸发”难免力竭，过于精致也就难以为继。此后写《桥》，写敷演《诗经》的《关雎》等，即是颓势。早年拥有过的力量，直到写作《爱情试验》时，也还没有完全恢复。似乎生命正由绚烂归于平淡，笔触间少去了少女初识人生时的兴奋讶异，而多了成熟女子的倦怠与淡漠。在少女绚烂的梦幻之后，也许本该有一段平凡甚至单调的日子。但才华终于不曾真的如潮退去，“放弃”与“寻找”是不会无所得的。李昂的早期作品拥挤着太多“意义”；有了一番历练，笔下自会清简，“意义”也不复刻意求深，简澹中正可见出基于经验与理性的自信。到《杀夫》一篇，叙述的冷静，情感的节制，与事件（叙事内容）的严酷形成比照，这正是那种使严酷成其为严酷的叙述。

李昂的叙事，全知中含带旁知——由主人公的感觉出发，因而寻常叙说中有浓浓的心理分析意味。我还发觉李昂常在他人不经意、不会着笔处，极精确经济而又有力地，写出些别人不会有的感怀，敏感而又善用思索。此种时候，着想之独异和修辞技巧的特出，智慧与才情，都令人不期然地想到张爱玲，虽然以李昂的才智，绝不需模仿张的笔致。这也许是真正富于智慧教养的女性作者都可能达到的一种境界；在这一境界，她们又必定各各不同。由《爱情试验》的清简，到得《杀夫》，有意的平直中更蓄有劲悍之气，笔墨的节制中有极饱满的情绪力量。强劲的笔势，出人意表的回旋，使作品处处异彩飞迸，你于其中也读出了一个“社会工作者”的成熟的风采。我想，《花季》之后李昂的再度选择与再度成功，无疑能鼓舞许多创作者。

这里所说的“社会工作者”，与其说是职业身份，不如说更是一种态度，一种对社会人生对文学创作的态度：关切现实，社会责任感，服务人群的愿望，和创作活动中的参与意识。在李昂，这也是一种小说家的姿态，小说家的自我形象设计。《她们的眼泪》中的人物在有了从事“社会工作者”的阅历之后，对于是否还能延续自己过去“以个人为主的生活”不免迟疑了。不论她最后选择了什么，这阅历于她，都是消磨不尽的。我不知道李昂个人究竟经历了什么，我只是由她的作品中感到了“社会工作者”角色意识的渗透——五四新文学“为人生”、现实批判的传统，以及作为其根据的“仁以为己任”的情怀，和近现代知识分子的人文主义精神。这自然不够“前卫”，但在多元建构的文学格局中，无疑有它的位置，何况文学作品的价值，自有衡量的尺度在。

关联于“社会工作者”自我意识的，是“问题式思维”。上文谈到了李昂小说所及的种种问题（包括女性问题），也谈到“问题决不是一切”。问题式思维参与了构思过程、风格营造，作品并不就是所谓“问题小说”。李昂不止一篇作品中，隐约可见以“问题”聚焦的思维线路，如本文已经提到的《回顾》中少女性意识萌动期心理成长问题，《生活试验：爱情》所写女性在性爱中特殊代价问题；《回顾》、《人间世》的学校背景，《误解》的小镇、家庭背景，又引出了社会，学校、家庭在女性成长中扮演的角色问题。因一再写到婚外恋，自不能不含有东方社会素来被严重看待的伦理问题。声称其为“非小说”的《外遇连环套》，是一篇关于“外遇问题”的小说形式的报告，篇首即说明“我是以一种作社会工作的心情，来写这个故事的”。《生活试验：爱情》一篇附录的《一个社会工作者的手记》、《误解》、《杀夫》的新闻记事体的“引子”[①]，更有意强调一种调研态度，使作品的外部形态即与早期作品见出区别。然而问题聚焦只是影响于作品风格的一个因素。“问题”在创作中，从属于探讨人性、生命的需要。由《生活试验：爱情》附录的《手记》，或可推测此篇创作的“缘起”。但“缘起”终归是缘起，一旦进入写作过程，原有素材即经由转化、小说材料化——社会学材料的文学使用中必不可少的改造、变形。这也可由上述作品的“附录”与本文的比照中得知。在李昂的有关作品中，问题兴趣的确提高了意义值，增加着社会批判的犀利。即如那篇《生活试验：爱情》，如若没有其中的问题与作者的探讨热忱，不过是一个普通的婚外恋（或曰“通奸”）的故事而已。“附录”、“小引”一类提出问题的方式，除了引导接受心理，吸引读者的思考热情外，影响于作品本身的面貌，则有内容组织，叙事中的内在紧张——亦是一种浮现于文字间的思索情态。

这已经是一个太长太啰唆的“结语”。就此打住。

一九八九年五月

《当代作家评论》一九八九年第五期

---

①《杀夫》篇首的“××年×月×日讯”尤其讽刺意味，由文体到内容，均是对极落后的法律、伦理观念的披露。作为小说的构成部分（同时可以看作小说情节的“背景材料”），解释了造成事件的环境、社会心理等原因。

商业语境中的生存独白
——评陶然长篇小说《一样的天空》

吴义勤

在近年来涌入大陆的众多反映香港商界生活的小说中，陶然先生的长篇新作《一样的天空》可谓独树一帜。虽然同是以商场竞争中风诡云谲、变幻莫测的人生景观为题材，同是以揭示香港移民悲欢离合、酸甜苦辣的生存心态为主题，然而《一样的天空》在主题的实现方式上却蹊径独辟。作家对主人公生存困境的勘探不似同类小说重在对感性生存状态的描绘和展示，而是主要借助于一种交织了主人公生存独白、灵魂变奏，以及作家对存在的言说等多重话语的独特商业语境的营构来完成，这就使得小说旨在敞开的生存世界呈现为一种话语和“声音”而不是“画面”。正是通过对“声音”的倾听，我们获得了进入和阐释这部小说意义世界的可能。

显然，在小说艺术世界内，商业语境和主人公的生存景观是相辅相成的。商业语境既是主人公商业性生存的背景和制约力量，同时也构成了对这种生存的一种阐释。某种意义上说，这个语境本身也正是这部小说的主题和结构核心，是我们理解小说无法超越的阶梯，对它的描述既势在必行也难以回避。我们发现，矗立在小说世界中的商业语境是一个价值观念崩坍了的语境，商业主义的游戏规则是它遵循的基本法律，而金钱和机遇则是它的核心语码。金钱是这个商业世界的统治语汇，它主宰了商业人生的全部风景。这里，文化被扼杀了，“能够赚钱就是英雄好汉，文化拿它干什么”；亲情被泯灭了，陈瑞兴自认“我纵横商场做生意时有一个坚守的原则便是六亲不认”；人性被扭曲了，“在商场上吹牛不用眨眼，不会脸红，……我不吃人家，人家必会吃我，既然没有调和余地，我宁可当虎狼，也决不做羔羊”；道德被篡改了，没有是非，没有善恶，也没有了品质和信念。合理的变得荒诞，而荒诞却越发合理。于是“清高”和“志气”显得抽象、空洞，而“虚伪”和“残酷”则显得意义非凡，诚如方玫所言：“人是需要某些适应生存的手法，而某些虚伪，我想便正可使自己不陷于被动甚至被猎获的危险。”金钱的力量是如此巨大，整个世界事实上已为之黯然失色。至于另一个核心语码机遇则可以说是这个商业世界的润滑剂。由于商业式的生存完全遵循游戏规则，一切取决于命运，一切均为偶然，因此主人公人生游戏的成败得失就全凭机遇和运气操纵。正如陈瑞兴所言：“没有机遇，才华也只是奢侈的游戏。”实际上，他本人在商场上的功成名就也正是“凭着一份初生之犊不畏虎的傻气，一份对富贵荣华向往的勇气，还有一份莫名其妙的运气”。此外，颠覆和消解是这个商业语境的基本运作方式。在这里，传统的生存信仰、价值观念、世界图式和话语系统都已被化解得面目全非。友谊是其颠覆的第一个生存词汇。在商业词典里，友谊是一个陌生的闯入者，是商业法则的天然敌人，因为在商业世界中一切皆唯利是图，“有钱赚就有友情，没钱嫌就是无情”，没有永久的朋友，也没有永久的敌人，“友人敌人像走马灯一样教人眼花缀乱”。置身在这样的语境里友谊自然是走投无路。主人公王承澜和陈瑞兴友谊的变迁，可以说是对这种消解命运的一个生动演示。占据《一样的天空》的情节中心，是陈瑞兴和王承澜两位朋友的人生经历和现实体验，对他们现实交往和友谊历史的叙述也是这部小说的重要内容。他们本是学生时代的密友，移民香港后也仍是关系非同一般，正如王承澜所言：“学生时代的好朋友，最是难忘，即使心在艰难的生活道路中因备受颠簸而变得粗糙起来，但一旦回忆起单纯岁月所结下的纯洁友谊都会顿生柔情”。但小说开始的时候，我们发现这种友谊已经受到了商业语境的强烈冲击并濒临危机。陈瑞兴经过多年的钻营已经成为香港屈指可数的大富豪，“70年代他们大陆来香港的人能以我这样的速度迅速膨胀财力的人没有几个”，而王承澜却一直只能在一家报馆里当个小编辑“捱世界”。虽然主观上，陈瑞兴也很珍视这种友谊，但他却无法突破他的商业地位对他的限制，他对sandy就说过，“承澜以前既是我的知己，一个脑袋都可以交换的朋友。但现在？怕也难说。其实我主观上并不想与他疏远，但人在江湖呀！他有他的圈子，我也有我的圈子，彼此生活范围不同，香港的节奏又那么快，交往自然也少，友情就淡了。”王承澜内心里也极力想把他们的友谊保存得如学生时代那么美好，但自卑自尊的心理矛盾和恶性循环，总使他无法做到在与瑞兴的交往中轻松自如。他觉得：“唯有自尊尚可以与他的财富相抗衡了，而使得友情处于平等状态。假如我已然没有钱，连自尊也丢失了，那又何异于摇尾乞怜，甚至沦落为‘傍友’?”因此，他甚至连和瑞兴一起吃普通一餐饭也显得拘束。许多的时候，他们相对而坐，却多默默无言。虽然同处“一样的天空”，但两位朋友生存状态、生活方式和生命态度的天壤之别已决定了他们的无法沟通和对话。就陈瑞兴来说，他对商业社会金钱至上的实用主义游戏原则可谓心领神会，因而无论是游戏敌手、周旋情人，还是决策商场、铲除异己，他都得心应手。相反，王承澜则无论在性格和价值观上都显得与这个商业社会格格不入：写电影他遭人暗算，当编辑他被人压制，焦虑、窘迫、捉襟见肘的困境总是陪伴着他。显而易见，在小说所展示的商业语境中陈瑞兴和王承澜这对昔日的朋友，完全操持的是两套不同的语码。陈瑞兴是当之无愧的商业话语的信奉者和阐释者，而王承澜则是这种话语的反抗者和失语者，他内心虽然也渴望和抵抗着什么，但他却没有能力对这个世界“发言”。话语的差异可以说也是一种最本质的差异，所谓“话不投机半句多”，他们二人友谊的消逝实乃势所必然。而爱情则是商业语境颠覆的第二个生存语汇。在《一样的天空》中除了陈瑞兴和王承澜的交往及家庭生活之外，爱情故事也占相当大的比重，爱情心理事实上也是小说旨在揭示的主人公生存心理的重要组成部分。但是“爱情”在这里已经退去了它传统意义上的诗意光环，而是以一种悲剧形态呈现在这个商业语境内。在这个笑贫不笑娼的商业社会里“英雄莫问出处，只要腰缠千万贯，到时自然会有许多人唱颂歌”，“有钱可以打情骂俏得毫无束缚”。正因为如此，郑乾坤、柴世芳之流才可以放肆地玩弄女性，进行钱色交易，如陈瑞兴想象郑乾坤和方玫关系时所言：“钱喎，谁不知道钱的可爱。明知他只不过逢场作戏，不会投入真情，那也顾不得了，反正从头到尾是一场交易，你出钱我献身。”即使在“商场永不言退”的陈瑞兴也在欲望的支配下冷落妻子美若，而迷失在与sandy和方玫的私情偷欢中：“我不知道我追求的是什么”。而他和方玫的“爱情”在方玫眼中也无异于一场“游戏”。“我对他有戒心，也相信他对我一样有戒心。我们在某些方面互相吸引，但却并非全心投入，彼此小心翼翼地合演起爱情钢绳”。如果说陈瑞兴和美若的爱情病变展示了金钱对于爱情腐蚀性的一面的话，那么王承澜和芝澜的爱情蜕化则从反面证明了金钱对于爱情不可或缺的重要性。虽然，王承澜和芝澜曾有过美好的爱情回忆，也有过恩爱和美的婚姻生活，但在商业语境的压迫之下，他们的爱情就一步步被扭曲变形了。不仅心中的热情消逝殆尽，而且爱人的形象在彼此心目中也已是面目全非。芝澜婚前喜欢的是王承澜的老成持重，觉得他成熟可靠，嫁他之后却发觉“他的这个长处慢慢变成了致命的弱点”。在日益隔膜和陌生的生活中，他们只能眼睁睁地目睹爱情之花的枯萎、凋谢而无能为力。正如芝澜所分析的，“没有面包爱情也不便于生存”，“当两性间的神秘感消逝，当金钱的重要性赤裸裸地凸现出来，想要永远热恋下去，谈何容易”。并且，在这个商业语境中，我们还发现，爱情在许多时候已经异化为一种生存手段，在瑞兴眼中“做生意和做其它很多事情一样美女绝对占便宜”，而“美人计更是商场的杀手锏。英雄难过美人关，即使明知美人身后有伏兵，男子汉却偏无法回避，即使是刀山火海，也是闭眼硬闯过去再说，至于是祸是福，早已不在话下，只是为了片刻的贪欢”。显而易见，方玫和陈瑞兴的“爱情”就明显地烙上了这种商业化的印痕。

然而，对《一样的天空》来说，其商业语境不仅在主题的实现方式上具有超越性，而且这种语境以独白和独白中的回忆为主的营构方式，也给小说的文体形态带来了革命性的影响。由于小说旨在突出主人公在商业语境中研发出的“多音齐鸣”的灵魂独白，因此，整部小说的情节和结构也就被打上了“独白”的印记，从而呈现出心理化和情绪化的色彩。显然就情节线索而言《一样的天空》有过去的“回忆”和现在的“独白”两条线索，但情节的演进和时空的变化在小说表层则毫无痕迹。小说呈现在读者视野中只是主人公言说“独白”的静态画面，很难发现情节的动作性和画面性。小说也没有表层的时空切换，这一切都内化在主人公的“意识独白”里。“现在”是小说的基本时态，“独白”在现在时态进行，而在现在时的“独白”中“过去”的回忆开始涌现、切入。可以说，在《一样的天空》中“过去”时空是孕育、包融在“现在”时空之内的。不但王承澜、陈瑞兴的生活史在“独白”中被呈现，就是柴世芳、大享新、方玫等主人公的人生经历也都是在“独白”中通过“意识的回眸”而展示的。正因为如此，这部小说的故事和情节都经由主人公心理情绪的浸染而呈现出心理体验的色彩，这样，现实世界被替换为心理世界，小说的自我阐释性也随之而来，故事的原生态也从而具有了某种阐释性。与此同时，小说的结构也完全遵循心理的逻辑，纷繁的生活场景、众多的人物、变幻的时间和空间都脱离了现实原则的支配。“现在”的故事发展缓慢，情节似乎被冻结了，而“过去”的故事则频繁曝光不断穿插闪现。显然，操纵它们的出现和隐匿的都是主人公意识的流动和情绪的起伏，这不仅带来了小说结构的自由和弹性，也更赋予小说叙述上的生动活泼。

作为一部以营构商业语境为主的独白体小说，《一样的天空》在叙述视角上也呈现出独异的风格。这就是叙事者的主人公化。在现代小说中叙事视点显得非常重要，它不是作为一种传递情节给读者的附属物后加上去的，相反，正是叙事视点创造了兴趣、冲突、悬念，乃至情节本身。通常的叙事视点有第一人称和第三人称两种，第一人称有利于袒露自我的内心世界，但他却无法进入他人的心理；第三人称属于全知叙事，它可以叙述一切，也可以自由进入别人的内心，但这种视点给人以不真实感。《一样的天空》采用第一人称为主的视点但同时也插入了第三人称视点，这就是第21章、23章对陈瑞兴、方玫、王承澜、sandy四人海边相遇的戏剧场景的叙述。这种在第一人称独白中插入两章第三人称叙事的方法不仅造成了小说叙述上的变幻之美，同时也有利于推动小说情节的发展和结构的变化，可以说是艺术上一举两得的事情。仅就第一人称而言，这部小说也不同于传统的第一人称小说，它有效地克服了第一人称无法进入他人内心叙事局限，通过使所有主人公都充当叙述人的方法，小说赋予了第一人称视角的多重性和变调性。《一样的天空》能充分、深刻地袒露和揭示众多主人公的生存心态和灵魂波纹，显然正是与这种叙述者和主人公的一体化分不开的。这样的叙述方式一方面使小说描绘的生存图景以心理体验的方式呈现，从而加深了小说的心理内涵，另一方面也使小说的心理内涵更具有真实性。在小说中，陈瑞兴骄傲而又自矜，王承澜既自卑而又自尊，方玫刚强而又脆弱，sandy似爱非爱似恨非恨的矛盾心理之所以能得到如此淋漓尽致的表现，事实上也很大程度得力于主人公们主动的自我“独白”和倾诉。而对读者而言，这种独白和倾诉又营造了一个真实的对话情境，每个主人公都以各自的声音敞开了他们的心理世界，并对我们发出了心灵的召唤。如此，阅读变成了一次真正的倾听，在倾听中我们完成了对主人公生存本质的拷问和阐释，完成了对小说商业语境的真正进入和对话。海德格尔就说过，倾听和对话是一种真正的哲学境界，这种境界的获得也是《一样的天空》艺术成就和艺术魅力的体现和证明，它使这部小说本质上和那些以感性描写刺激读者猎奇心理的通俗小说区别了开来。

一九九四年酷暑于扬州

《当代作家评论》一九九四年第六期

读西西女士的《手卷》

余 华

说 明

西西[①]是一位独创的作家，因此任何围绕西西作品展开的讨论和评说都有可能陷入危险的境地。因为我们面对的并不是那类大街上到处都可以找到的作家，我们所目击的是一种独特品质的展现。依赖既定的术语和行话是无法走到西西身旁的。

一九八八年最初读到西西作品集《手卷》以来，我一直努力寻找其中的秩序和意义，而结果往往是徒劳和歪曲并存。在屡遭失败以后，我只能借助随笔——一种不连贯但却自由的形式。我感到必要的妥协有可能使我真正接近西西女士。

写作方式

通常意义上的作品都是能够加以限定的，寻找明确的定语并非难事。指称某作品是先锋的，或者是传统的，是常识惯用的伎俩。当平庸的批评面对平庸的作品时，在套话面前，一切陈词均展开在迎刃而解的轻松之中。对作品意义的寻找，往往掩盖了作品之间的优劣。当我们在巴尔扎克和他某些无能的后继者的作品里，发现某些相同的深刻

① 西西，原名张彦山，广东中山人。香港女作家。《手卷》由台湾洪范书店出版。

时，深刻便显得含糊其辞和不知所云。因此任何一位值得赞美和纪念的作家，都必须是一种写作方式的独创。局部的精彩是人人都有可能完成的。写作方式——作品形式则代表了作家对世界真实的洞察能力。

《手卷》收入了西西一九八七年以前创作的十一篇作品。在那些主题随意变换的作品里，唯一能够表达其一致性的，便是西西女士那种奇特的写作方式。这种写作方式在获得成功以前是不可思议的。然而西西已经获得成功。

一直以来，我都惊愕于西西的成功之中。西西的写作方式建立在两个世纪以来让作家们感到危险的写作上。她的朴素显示出了一往直前的勇敢，并且总是坠落在单调与丰富的边缘地带。她的手段是最为彻底的简便，然而总是十分有效。我们时刻感到她是在简化生活，可是现实的复杂性并没因此受到丝毫伤害。她的不厌其烦的叙述格外醒目，在周而复始的语言经历里，阅读者所感受到的是现实的连续性，而不是语言的重复。她告诉你的几乎都是你所知道的，可听完以后你又觉得和你知道的不一样。这就是西西的写作方式。在西西那里，事实显示了其确信无疑的存在，注视事实的目光建立了形式的力量。

罗　列

对事实的罗列，在西西作品中的地位是一目了然的，也是西西个人风格最为令人疑惑的外表。它总是被安排在段首，一遍又一遍地重复“这是……”或者“叙述者……”，罗列的方法贯穿《手卷》里大部分作品的全文。鉴于这种方法与餐厅里的菜单过于接近，对其望而生畏是顺理成章和可以理解的。

然而正是在这里，西西的目光出现了奇特的闪耀。这样的魅力是以公平合理为前提的，西西从不将个人意志强加在事实之上。事实就是事实，它清晰可见，表面光滑，轮廓鲜明，没有任何装饰。在这里，西西体现了客观主义者应有的态度。其目光和现实之间的关系总是公正无私，有时甚至是亲密无间，近似于某种彼此信赖的关系。这样的关系建立在可靠的对话上。西西选择了与现实之间最为理想的交往手段——对话。既不是粗暴的干涉也不是轻易的屈从。目光和事实之间的对话，它们既相联系，又显示其各自的实存性。适当的距离维护了对话的有效进行。

只有考察某种角度时，我们才能发现西西的个人色彩。其个人色彩总是隐藏在客观主义的态度后面，也就是说隐藏在突出的罗列之中。从而在西西作品中寻找个人经验的尝试，只能作为某种假设或者企图存在了。当事实穿越西西目光来到我们面前时，我们所能把握的既是事实本身，同时又是作家的目光。这样的感受来自于事实自身的忠诚，和作家公正的传达。

西西作品中对事实罗列的方法，显然不是类似于强调的努力。西西寻求的是走向真实时最近的道路。这条最近的道路并不是常人不可眼见。总是那些最为实在的真理，让人视而不见。道理本身从来都是最为简单的，使它们复杂起来的是人的经验。罗列使西西的语言指向一片明朗，它们准确无误，其惊人的简单所修饰的是现实的复杂。

照　片

> 五月的一个晚上，站在书架前找寻书本的时候，我的眼睛忽然碰触到了父亲的眼睛。那是一张照片，镶在小小的玻璃框子里，放在书架上。我的眼睛碰触到的，是照片里父亲的眼睛。他的眼光并不凝聚在我脸上，视线的焦点对准了书架对面的电视机，画面正在播送世界杯球赛的消息。

在角度随意变换的《这是毕罗索》里，曾经是足球裁判的父亲，被安排在照片里，以及真实可靠的回忆之中。叙说者“我”的眼睛，与照片里父亲的眼睛同时对准了墨西哥大赛。

当我着手写这篇文章时，我对这张照片的出现产生了极大的兴趣。从照片入手，将不难发现西西写作方式上一个明显特征。父亲和“我”观看球赛，但是父亲是被安排在照片上的，这里出现了偏差。父亲的眼睛所能看到的，其实是“我”的目光所及，而“我”的眼睛所看到的已不仅是画面上的球赛，同时是对父亲历史的回顾，和对自身了解的重新开始。

“我”和父亲的眼睛之间的偏差，是西西对待事物的重要态度。从而导致了西西悲剧观的确立。在西西那里，大起大落的命运显然是不符合现实的，这样的命运更多的是存在于编年史以及个人的想象和愿望之中。事实上，当历史出现转折时，大起大落只是作为其结果存在的。而转折本身则暗示了某种偏差出现。编年史家注重的通常是历史现象，作为作家的西西，她看中了现实多变的本质，即偏差的出现。

在《手卷》里，事实之间的偏差导致了作品中某种距离的产生。比如《贵子弟》最后一段，是学生期待老师前来，但是老师已不可能来到，然而学生并不知道这一点。期待与事实之间出现了偏差。这里面显然包含了西西对悲剧的全部认识。

遗　忘

《肥土镇灰阑记》作为小说来说，具有令人惊讶的众声喧哗的剧场效果。

那是一个关于两个女人争夺一个孩子的古老故事。孩子是全文的中心。对整个案件他无所不知。他贯穿整个审理过程，但是没有人向他征求证词，而他内心则强烈地想进入审理之中。

孩子竭力进入世界，但是世界却排斥他。其排斥的方法又是那么温文尔雅，即对他的遗忘。

事实上我宁愿将《肥土镇灰阑记》作为一出戏剧，而不是小说。它体现了西西最为朴素的独特性。那就是前文已经说过的：她告诉你的都是你所知道的，可听后你又觉得和你知道的不一样。她叙述的是既存的现实，而她的个人历史是作为洞察能力介入作品风格之中的。作为戏剧来说，《肥土镇灰阑记》是全新的和杰出的。

在这里，西西与世界打交道的方式是寓居在一个孩子身上。孩子似乎存在于这个世界之中，他能够看到别人，别人也能看到他，但是这种关系是表面的和不牢靠的。对于孩子来说，能够进入这个世界的真正途径是他能否进入那个事件。但是孩子被遗忘了，遗忘预示着存在的被否定。孩子的出现只是某种物理现象的显示。由此可见，人在现实中的存在并非是自己能够确认的，人在更多时候是以被否定的形式客居在世界之中的。

一九九〇年五月一日

《当代作家评论》一九九〇年第四期

刻舟求剑人

——朱天心小说印象[①]

王安忆

二〇〇二年在台北文化局，曾经与台湾女作家朱天心同台文学讲座，有听众提问朱天心，为什么在她的写作中，故事变得越来越不重要，几乎难以寻找到一个完整的故事。朱天心的回答是，好比古代寓言中的刻舟求剑，她一直等待在她的刻度上遇到一个故事。我就用这句成语作我的题目，来谈对朱天心小说的印象。

我主要是以《古都》为描述的对象，在谈《古都》之前，先说一下《威尼斯之死》，算作引言。

在《威尼斯之死》里，我看到一个写作者从一个空间移到另一个空间，寻找着能够让他从容写作的地方，就好像一个急着下蛋的母鸡，找着下蛋窝。他不知道这地方应该是怎样的，只知道这地方不是怎样的。他先是在旅居的威尼斯漫走，绕过那些著名的名胜，每一处名胜都已经在无数称颂中烂熟于心，要在匆匆中得一点新鲜的经验几乎无望，他用“践踏”两个字来形容威尼斯之行；接着是在本土东部的海滨隐居两年，时间且变得过奢，在这几近蛮荒的世界里，他的所得是写作一篇小说，却被慧眼窥见出马奎斯《百年孤独》的投影。他回到台北，台北能够提供他思想与虚构的落脚地是不计其数的咖啡馆。第一个咖啡馆，突然涌现的“大哥大”——小说写于上世纪的一九九二年，“大哥大”开始风靡全球，“大哥大”打扰了他；第二家咖啡馆里，维多利亚式的装修将

① 本文系作者在香港“当代文学六十年”国际学术研讨会上的发言。

英国文学因素渗入了写作；第三家里上海籍的遗老们的闲谈占领了他的故事的舞台……最后他终于找到一家咖啡馆：没有特别的风格，或者说拥有太多的风格，于是互相抵消，这家咖啡馆的名字叫作“威尼斯”。事情又回到了威尼斯，写作终于在这四不像的“威尼斯”艰难跋涉下去，每一种元素都是名不符实，就是这种变形给予了新鲜的假象。这是一个关于想象的难产的故事，以人们常说的“元小说”的叙述方式，不同的是没有故事，只有故事的故事。它描述了故事产生的困境，那就是几乎所有的经验的空间都已经占有，就是说“被践踏”，而且层层叠叠，压在人类活动的考古层下，都是第二手，甚至第三手，无从触及直接的原始的感受。故事的资源竭尽，刻舟求剑人将所以何？

就像方才说的，《威尼斯之死》是故事的故事，那么我将《古都》当作那个企图讲述的故事。我在《古都》里辨认着故事的面貌，我以为故事的形态应是日常的生活，是以人们的通识为讲述方式。我首先辨认出故事中的人物，那个人有时叫“你”，有时叫“我”；时间假定在写作的一九九六年，事情是那个“你”或者“我”，回想起二十多年前的上世纪七十年代初。回忆是以这样一句话开始的：“难道，你的记忆都不算数”，于是，我们知道二十多年前的人和事都不复存在。大约和所有发展中的地区一样，个别性全湮灭在全球化的图景之下，那种自然演变中细腻的过程，所留下的小小的日常状态的历程碑，涤荡而尽。历史如此疾速地前进，个人的记忆本来只是历史的局部，可现在反了过来，历史成为记忆的局部，周期之短促，令人目不暇接。然而，在这全球化的大一统的主题底下，其实又隐匿着个别的情节，来自于共同发展中的不同命运，这些命运改变着现代化整齐划一的外形，使之涣散了。比如“你”小时候在台北这南亚城市里的小小遭际，却在二十年后，猝然出现地中海城市的开罗——一对意大利年轻夫妇带着馋嘴小孩买街边零食，“你”说：“原来他们迁徙到这儿来了。”“你”的回忆活动似乎也是生发在这两不相干的开罗行旅中。再比如，“你”坐在京都旅馆的餐间里，对着窗外的行人过客说一声：“回来啦。”而这个国家已经与你生长的地方断了外交关系，可是“你”或者“我”，却和闺中好友，移居美国的“A”相约在这国家的旧都见面。

故事应当是在这里展开，“你”或者“我”来到京都，等待“A”来到，相聚和叙旧，回忆的活动将不再只是以思绪的方式呈现，而是具有了物质性的情节。等待“A”就好像等待戈多，无尽地延长着。不过，有了一个具体的等待对象，终究有了较为具体的细节，与“A”的往事历历再现，再说，等待本身也不失为一种情节。就在这等待中，

“你”或者“我”流连在这异乡城市；然而，奇异的是，一些在故乡遗失的场景竟不期然出现，就像在开罗看见的那一家三口。你们高中时穿着校服坐过的红砖道；年轻时流行过的歌曲；那些地方用“你”的话说，就好像“你已经过门不入好多回了，但它总是在那儿，真叫人放心”。“A”终于没有来，这种约定犹如约向虚空茫然，居住在地球两端的人，在第三地见面，听起来就很玄。没有等到“A”，却也不尽然失望，有意外的获得，“你”或者“我”对这城市的地貌和建制有了新发现；这样说吧，“若把台北古城当作皇居御所，那基隆河便是鸭川，剑潭山是东山，整个台北盆地在地理位置上便与京都相仿佛了”。这就像一个台北的拷贝，应该反过来说，台北就像京都的拷贝，只是蓝图尚存活着，而拷贝已经颓圮了。那拷贝却是以别样的方式颓圮着，就是说，在它之上覆盖着华丽的废墟——全东南亚最大的五星级酒店、繁华的嘉年华广场、一家连一家的婚纱摄影楼、“麦当劳佐丹奴三商巧福尼采精品”、“温蒂七-十一米雪儿服饰HANG-TEN”……都是新型的建筑材料所建成，在本土的生态上遍地开花，就好像在台湾最后一片湿地上建起重工业园区，出自谁的手？是流亡海外三十年后归来的反抗人士的手笔。开发与草创的日子尚在眼前，转瞬却成了古都，在南亚溽热的气候中，兴衰的周期难道就该如此急促？在小说进行的同时，有一条以不同字体时断时续呈现的叙写，到了终结时候，最后的一句，回到同一的字体，进入正文，陡然揭开了谜底，出自东晋《桃花源记》——“先世避秦时乱，率妻子邑人来此绝境”那一句。这才是真正的缘由吧，孤绝之地的命运。

《威尼斯之死》里难产的蛋这时候终于分娩了，是一枚思想的蛋。过于沉重和急切的叙述欲望，使故事的蛋壳变得薄瘠。情节只在单纯的等待和等待不来之间，游走和遐想，人物戴着面具，只是思绪的化身，没有姓名，没有性格，没有达成关系，因而没有事件发生。只有存在的焦虑，疑惑，检讨，无奈，情绪呈现出戏剧的紧张度，可是依然被更强大的思想控制住了，那是强大到对历史作出判断，承担使命，连思绪这样自由的载体都无法演绎出形象和角色来。文字和结构兜也兜不住，将本来就脆弱的情节的壳撑变了形。在朱天心，现实迫人，危机重重，每一个现象底下都有着无限深的历史渊源，现象显得过于肤浅，不够用的。尤为糟糕的是，在这现象越积越厚的时代，我们怎样去辨别什么才是原始的第一手的现象？小说的织体是现象，现在，我们面对的现象发生问题了，用什么去编织你，我们的小说？在朱天心的刻度之下，是满涨的水，几乎漫出河床，激流涌动，舟船没有一息的停留，与水中剑相逢，只能求之偶遇。难免的，她多少会有故事虚无主义的观念。小说里的故事是模拟生活的现实，现实是有限的，因它多是由普通人创造，而知识的思想却无穷无尽，生生不息，远远超出现实可能提供的方式，可是，没有现实所制造的庸常的躯壳，思想无以寄身。这就像灵魂和肉身的关系，没有肉身，灵魂寄予何处？没有灵魂，肉身又是一具行尸。朱天心小说就很像是一场较劲，看谁能较过谁，这场较劲终是会留下踪迹，这大约就是朱天心的新小说。

提纲：二〇〇九年一月二十四日　上海

成稿：二〇〇九年四月二十六日　上海

《当代作家评论》二〇〇九年第四期

政治的讽喻

——评宋泽莱的《弱小民族》

廖炳惠

文学是一种象征形式的人类学，不断为社会、文化提供想象性的假设、质问、解答与讽喻，往往是以政客的腐败无能、官僚的怠慢无知、大众的急功好利为主要的课题，来呈现世人的病态心理，并加以针砭或予以揶揄一番。在技巧上，政治小说约可分为写实、喻寓、混合三大类：写实的政治小说极尽刻绘阐微的能事，喻寓式的政治小说则拿乌托邦或其他地方、另一个时代来讽刺现行的意识形态，而混合式则寄托异地，以细节写实来达到批判、挑战的目标。

宋泽莱的近作《弱小民族》可说大部分是属写实、喻寓混合的短篇政治小说集，不少实际的问题因为作者刻意加以疏离、理性化或令时空错置，而显得格外诡异、恶化，读者不禁进入了哭笑两难的情境，既不免于同情、义愤，又不得不承认阻力的巨大、自我的弱小，喟叹现状的难以改变。这种感觉又以《弱小民族》、《抗暴个打猫市（台语）》里最为明显。

《弱小民族》颇富自传色彩，内容虽贬叙述者为弱小，事实上却以浮笔勾勒出年轻学生的好大喜功，医生、作家、教友、代用牧师的强者心态；表面上是歌颂超人哲学，暗中却加以毁损、解构。然而在这肯定、否定并行的篇章里，读者不难看出叙述者时常故加夸张，蓄意凸显出四周人士的自满、无知、缺乏生命中心、载浮载沉等。因此，最后叙述者虽理解到平常心即是道，“坚强蕴于柔弱”的原理，但读者的心理仍没完全准备去接受那种真言。道理来得太柔弱，似乎挡不住狂澜。

《抗暴个打猫市》拿旧日的民雄（打猫）为未来的“废墟台湾”的代表城，借以讽刺政客的身心腐烂，以及生态与公理无以挽回的政治、生命困境，对李国一、李国忠兄弟的欺天行径做了极写实的描绘，是一篇继《废墟台湾》后的力作。这篇小说的台语版不仅诘屈聱牙，不容易读懂，而且对闽南文字、唐音的应用及考证也令人费解，可能与作者原来想借此重申口述台语之动态、贴切感的企图有些出入。

如同《抗暴的打猫市（北京语）》会令人想起《废墟台湾》，本书的其他几篇短文也提醒我们注意到宋泽莱的一再重复，又把《打牛湳村》、《禅与文学经验》的主题加以发展，转化为《友乐村猪仔末日记》、《在太阳下》、《达摩公案》。也许在描绘养猪户的无助、军队的非人性、众人的盲目、政客的无耻，或论重述禅宗公案，给现代文明一副清凉剂的同时，宋泽莱应再求变化，不再让理念支配情节、人物，以便政治的讽喻更加落实。

《当代作家评论》一九八九年第三期

评张大春《四喜忧国》

孟 悦

这区区八个短篇竟似展示了一座活的庞然废墟：昔日那些庄严的语言法令、历史之碑及新老文明殿堂胡乱扰做纷扬不可收拾的碎片，这或许正是进入后现代阶段的群体经验特点。加之张大春下笔洒脱无羁，既自然俏皮，又扑朔迷离，愈发令人眼界一新。

不过，张大春旨在呈现的还不仅仅是新的经验。他精心选择甚至刻意制造这种流动不居的碎片化形式，毋宁说是为破坏任何意识形态性的清晰、逻辑与完满，这也许有助于理解他那写实与魔幻相间蒙太奇式的文体特点。换言之，他善于为读者设置多种世界异质共存的阅读经验，借此使已然天衣无缝天经地义的意识形态观念自行拆毁重建。这在《将军碑》、《晨间新闻》、《四喜忧国》、《如果林秀雄》中都有精彩表现。张大春对既成观念的破坏，一般不留余地，他所能重建的并不是某一更真的历史或更对的真理，却仅仅是修改涂抹过的历史，是永远不辨真伪的事实，是永远作为假设的因果关系，是复述“他人话语”的话语。而且他捎带指出：人们需要倾听真实般的谎言和写作陈词滥调的文告，并不是为了相信，而是为了安适和因循。

张大春破坏性思索的一个重要始点是反叛语言。继而升级，大有反叛整个以语言为主导的文明之势。《自莽林跃出》、《最后的先知》、《饥饿》写出了专横跋扈的语言之对立面，让语言主导的发达文明与非语言主导的原始文明两相对峙、价值交战。凭借两种文明的交叉视域，作者在人类学式的广大领域构筑了一系列有关语言的两项对立，诸如符号之用与气息之用、经验之知与超验之知、肉眼之真与魔幻之真、可复制的历史与不可复制的历史、超越“野蛮人”词汇系统的科学设备及常识与超越文明人生理心智能力的种种奇迹等等，从而从多方面戳穿了语言本位文明自欺的完满，可谓大胆独异。

但张大春并未提供超越或消抹这两项对立的观点。事实上，由于只能在象征意义反叛语言本位文明，作者以及我们势必陷入两种文明的夹缝——一种同《自莽林跃出》的叙事者张或同《最后的先知》中的小依泰拉相似的精神或现实处境：要么偃旗息鼓依然故我，要么绝对孤独。

或许酣战语言的张大春没顾上说明，语言并不从来总是他攻击的那份文明的主宰。只是当传记也罢碑文也罢，连同真实虚妄、是非善恶、死者生者、电脑传真机和红鼻大酋长以及岛民巴库的胃口一道异质共存地摆上巨大的社会市场，成为商品、广告、商品的商品和广告的广告时，语言才真正成为后期工业文明的大脑、神经系统和能量库。而那将语言推上统治宝座的力量，仍来自掩埋在无数符号残骸之下的人类历史。这一点，张大春本人是否已有考虑尚不得知，但读者却不妨留意一下《饥饿》不言之中或未言之中的这层意味。

《当代作家评论》一九八九年第三期

纯真的爱心　清新的文字
——尤今其人其作

钱谷融

尤今已出版的作品有好几十种，我只浏览过少数几种，对她当然不敢说已有足够的了解。但对于一个真正的作家来说，总有他（她）个人的不可掩藏的特色。这种特色会一下子抓住你，使你要禁不住在心底里喊出：“呵，我又接触到了一个新的作家，新的人！”虽然对于尤今，我是先认识其人，而后才接触她的作品的。尤今的大名，我自然早已知道了，却一直无缘拜读她的作品。去年，她有五本书在浙江文艺出版社出版，乘来上海举行首发式之便，到我家里来看我。因为初次见面，时间又比较匆促，没有深入的交谈。但她诚恳直率的态度，以及脸上始终保持着的亲切而温馨的笑容，却给我留下了极其良好的印象。她走后，我陆陆续续翻阅了她送给我的几本作品，这主要是一些游记和随笔。其中既有自然风景的描绘，更多的则是对当代社会人情、风尚习俗的观察与解剖。尽管她在每一个地方的停留都很短暂，她的写法也往往是走马看花式的，只是一些印象式的粗线条的勾勒。但由于她阅历丰富，眼光犀利，能一下子把捉住对象的特点，因此虽是寥寥几笔，却往往穷形尽相，刻画入微。而且绵绵有情致，读来常觉余味不尽。读了她的作品，再加上从同她短暂的接触中所得到的印象，我觉得尤今是一个充满活力，对人间的一切都怀有浓烈的兴趣和博大的爱心的人。虽已人到中年，却仍不脱少女的纯真，甚至有时还不免流露出某些少女的顽皮，是位姿容温婉而眉宇间不乏英爽之气的女性。

尤今自说她一生的癖好有二，一是旅游，二是写作。从旅游一方面说，迄今为止，她的足迹已遍布全球的四十七个国家和地区。就写作而言，则她已经出版了包括游记、散文和小说各种体裁的二十七本作品集。在这两个方面她都可以说是收获丰富、卓有成绩了。其实，爱好旅游的人，岂止尤今？不过，旅游得有条件，除了时间与金钱以外，还得要有一个健康的体魄。《世说新语》里有这样的记载："许掾好游山水，而体便登陟。时人云：'许非徒有胜情，实有济胜之具。'"假使这位许掾（即许询，字玄度），手脚不够灵便，体质方面本钱不足，即缺乏所谓的"济胜之具"，那么他纵有高情胜致，也无法登山涉水、日夕奔波于山巅岩穴之间了。在尤今的旅途行程之中，固然充满了赏心悦目的佳丽风光，但也不乏令人胆战心惊的悬崖峭壁和惊涛骇浪，甚至遭遇过濒临绝境的危险。而她以一个女子之身，居然不避艰难，履险如夷，这除了她胆识过人以外，实在也因为她体魄强健，有恃无恐的缘故。不过，身体固然是个重要条件，但归根到底来说，最要紧的毕竟还是她那份天生独具、飘然不群的豪情胜慨。她对大自然有执着的爱好，对远方殊俗、对一切新奇事物有浓烈的兴趣，更重要的是她深知在各国人民的心头，在所有善良老百姓的内心深处，都蕴藏有精金美玉般的良好感情。这种感情对她有磁石般的强大吸引力，吸引她不管山远水遥，不管千难万险，她都要一往直前地去找寻它们，把它们尽情地发掘出来，来丰富提高自己的精神生活，来使得这个世界更加美好，使得世界上的人们更加互相了解、互相亲善。

在新近出版的小品文集《七彩人间》的序文里，尤今说她在这个集子里，通过一个个或快乐、或悲哀的小插曲、小故事，所着重描述抒写的则是这个七彩缤纷的人间所具有的形形色色的弥足珍贵的亲情、友情、国情、夫妻情、师生情……，这些情谊弥漫充塞于整个人间。所以尤今说她也因此而爱煞了这个七彩人间。可惜的是，许多人面对这些纯真可贵的感情，却或者视而不见，或者漠然无动于衷，而只知道一味为着眼前的一些蝇头微利而奔忙，甚至不惜尔虞我诈，互相排挤倾轧。这是大可悲哀的事。这个世间之所以永是这么喧嚣扰攘，难得有真正宁静的时候，也就是这个原因。那么，为什么在尤今的眼里，这个世间竟会是另一个样子，竟会是这么可爱呢？难道她所看到的都是一些虚幻的假象吗？当然不是的。尤今所写的都是明明白白、确确实实的人和事。这些人和事是确实存在的，而且遍布在她足迹所到的四十几个国家和地区的每一个角落。只要你有一颗像尤今那样的善良、易感的纯真的爱心，你就也会随处发现这些可贵的感情的。遗憾的是，这种善良易感的纯真的爱心，今天在我们这个人间，已经成为一种不可多得的稀有之物了。从而原本充塞洋溢于人间的那种纯真可贵的感情，也随之而日见淡薄渺茫了。在一般人看来，也许尤今未免太过天真了，太不了解人世的肮脏和险恶了。以为像她这样的单纯轻信，一定会处处碰壁，一定会随时受到别人的欺瞒和愚弄的。然而事实并非如此。尽管这个世间确实存在着欺诈和不公，确实存在着许多阴暗的角落。尤今本人也亲眼目睹过这类现象，甚至她自已也亲身受到过不公正的待遇，并且确实曾经遇到过骗子，但是这些毕竟只是稀有的情况，她所到之处，不管是五大洲的哪一洲，所接触到的也不管是白种人、黄种人还是黑种人，也不管那里的经济发达与否，文明开化程度怎样，她都得到了友好的对待，建立了难忘的友谊。可见在人们的交往中，原本都是以心换心，以人来对待人的。这是我从尤今的作品中所得到一个最深的印象，最大的教益。这就给了我以希望和信心，使我也感觉到这个世界确实还是可爱的，值得爱的。我热切地希望这样的作品能够日渐多起来，使世界多一些亮色，人们能活得更愉快些更友爱些。

文学是语言的艺术。一部文学作品要让人喜爱，最起码其语言必须是清顺的，善于达意的。尤今的语言是朴素的，她并不有意为文；不事雕琢，而自然清丽。所谓“清水出芙蓉，天然去雕饰。”随便举几个例子，如：

歌尔（Gyor）是匈牙利西北部与捷克交接的小城。

古雅而宁静，处处铺满了光滑的鹅卵石；路旁的屋子，闲闲地爬满了青苔。风在呢喃、鸟在啁啾，人呢，朦朦胧胧的不知身在何处。

——《石头城》87页

足一踏上宿竹坡（Sogopol），便难以压抑的爱上了它。

一幢一幢小巧玲珑的石头屋，静静地立在窄窄窄窄的石板路上；路旁普植的树木，这里那里恣意留下一团一团轻倩的绿影。海风吹拂处，绿影飘摇、群鸟啁啾。

——《黑海蚌的珍珠》

斯普利特位于南斯拉夫南部的亚得里亚海畔，是个人口仅十五万的小城。它倚山面海，景色秀丽绝伦。

天是一整块干干净净的蓝色；海，是一大片动人心弦的宝蓝色。天的蓝和海的蓝，融洽无边地结合在一起。

——《石头城》203页

她仿佛只是随随便便地把眼前的景色信口述说出来，用的完全是白描的手法，没有什么华丽的辞藻，更绝不刻意雕琢。自然景色是这样的清新秀丽，一尘不染，她的文字也是那样的素淡雅洁，超然脱俗。两者契合无间，达到了高度的融洽与和谐，因此给人以无限的美感。尤今的文字是美的，但更可贵的则是她文字中所蕴含的情致之美，蕴含的醇厚的诗意。如下面这一段文字：

……玫瑰的清香，随着回荡的微风，多情地缠上身来。一堆年华已逝的妇人，就坐在花架下的石块上，闲闲地在时光的隧道里细细咀嚼自己过去那也许闪亮也许灰暗的一生。今夕是何夕？没人关心。岁月的河流潺潺地流经这里时，也不自觉地放慢了速度。

这是一幕多么动人情怀的场景，那些个年华已逝的妇女们，三三两两地围坐在花架下的石块上，微风荡漾，花影婆娑，不时飘来一阵阵玫瑰的清香。景色是美丽的，但这些妇女们的心绪却是落寞的，留给她们的已只有回忆了。她们也许曾有过光彩耀眼的往昔，也许陪伴她们的始终只是些暗淡的日子，但现在这些都已经过去了。此后，岁月的河流仍将潺潺向前流淌，而她们所能做的就只是闲闲地回首往事：一次又一次地重复咀嚼过去发生过的一切，日复一日，年复一年。面对她们那种无可奈何的凄凉落寞之感，不禁也引起了我们无限的忧伤和惆怅！

在我所读过的尤今的作品里，我最最喜欢的，也是我认为写得最最好的，是收在《石头城》中的小品《人间有爱》。要不是因为我上面引用尤今的原作已经够多了，我真想把这篇不足千字的短文全部抄录下来，因为它写得实在太好了。这是一篇少有的美文，把它放在古今中外的名作中，都毫无愧色，我相信它一定是会长久地留传下去的。再有，像收在《浪漫之路》中的《小镇立在葡萄绿影中》那篇，记述他们夫妇跟法国友人奥尔雷斯的交往和友情，也是感人至深的佳作。在这些篇什中，最能见出尤今的醇厚朴茂的性情。她对大自然的执着的爱好，对各地人民的生活和习俗的浓烈的兴趣，以及对世界上一切美好事物的无限迷恋和一往情深，使她的作品有一种特别的色调和情味，富有吸引人的魅力。这种魅力，主要并不是来自她语言的清新和文笔的优美，而是从她纯真温厚的性情中，从她充盈肺腑的深切的爱心中来的。

诚然，作为一个作家来说，尤今所构筑的并不是巍峨的殿堂、壮丽的大厦，而只是一座座小小的亭台楼阁。但是这些亭台楼阁规模虽小，体制却十分精致，可供人游息，启人遐思，使人一接近它们，就禁不住要驻足徘徊，流连不能去。它给我们这个人间，增添了不少美好的点缀，使人们的生活更有情味了。无论作为一个教师，还是作为一个作家，尤今都是勤奋的，有贡献的。不但她自己生活得很充实，很幸福，也为她所爱的这个人间带来不少欢愉和亮色，人们是会感谢她的。

（本文是王春煜《跋涉者的艺术天地——尤今评传》一书的序言，发表时略有删节，并另加现标题。《评传》由河北教育出版社出版。）

一九九二年九月七日上海

《当代作家评论》一九九三年第一期

苍茫世界的求索

——《沉默之岛》之秘藏与“雌雄同体”的象征

刘介民

小说意义的隐藏和enigma

读罢苏伟贞的《沉默之岛》[①]，确有“无法理解”“角色‘易位’”不知有何意义之感。也许有人废书而叹：现代小说怎么写得越来越让人看不懂？但寻思一番，小说云云意味着什么？“知”其然固然痛快，“悟”其然更难能可贵。尽管意义是隐藏的，难以说清的，但它有它非这样不可的理由。生活本来就有许多人和事是说不清的，或者在某个层面、在语言的表达上不易说清或根本说不清。强作说清状，反而显得假。理性和逻辑止步的地方，也正是艺术大有用武之地。苏伟贞的小说好读也不好读，好读在于写实，不好读则在于不容易从淡淡的滋味里悟出不寻常的意义，如有关文化的、审美的意蕴。苏伟贞说她“喜欢复杂”、“喜欢许多角度”，我们可以理解到：这是生活内容的复杂、是为满足不同小说读者的角度。小说为什么设计两个女主角都叫晨勉？而晨安又一男一女，多友或男或女，两个同名丹尼？这一方面需要苦思揣摩，像猜谜一样解读这些不易解或不易接受的现象，还要做必要的阐释和理解。这种并非无缘无故的思维现象也值得研究。我一直认为苏伟贞在小说文体的追求上厌恶平庸，不肯做别人的“复印机”。读了

① 苏伟贞：《沉默之岛》，台北，时报文化出版企业公司，1994。

她的小说尽管不那么熨帖、舒坦，却感觉到了它的独特；难度虽高，却很丰富，有很高的阅读享受。它毕竟已经进入更深广、复杂的世界，这个世界里没有轻易的美。

苏伟贞对这部小说自身品格的探求，意味着小说不仅仅是故事。作为一种新的“叙述”“说话”的努力，其特性在于超越传统“故事情节至上”、“叙述方式单一”、“表意的单义性和明确性”的“规矩”。以往寓教于乐的传统小说，虽然也讲究“虚实”，但无论怎样“虚”，潜意识中还要排除非实用理性所能把握的关系、涵义。“子不语怪力乱神”，似乎中国小说“神秘”者少，往往主题答案明确、很少讽喻。然鲁迅曾说：“有《红楼梦》出来，一切传统的思想和写法都打破了。”打破的东西中就有“图轻省不费心思”的麻木性格与阅读心态，有直露浅近的思想意义表达。但让人最不解者，乃《红楼梦》问世二百余年，竟在不断地“被误解”着，甚至强使其就某种概念之范。多有自称“读懂”者以“说清”《红楼梦》自诩，但大言罔听，其实又有谁敢称得起真读懂了，能索解清楚?!“都云作者痴，谁解其中味?”《红楼梦》的意义的探索将是无尽的。然对苏伟贞《沉默之岛》说“无法理解”，甚至认为不知“用意”如何的看法实在不敢苟同。我看此“无法理解”，岂不是一份宝藏么?

其实《沉默之岛》并非不习外语者看“洋人书”，全不知所云。它的叙述、语言组合毕竟符合语言交际的一定规矩，有一定的逻辑关系可寻。但也许作者有意没有按照我们在生活里叙述一件事、一个人那样，需要原原本本、人物性别、场景环境、前因后果、有条有理地交代清楚。作者运用不同于科学语言的半透明文学语言，在取舍、浓淡、错置、偷换等手法上都表现着“有所说与有所不说”、“这么说与那么说”的矛盾和“表达什么，如何表达”的选择。小说形容晨勉是一座未开发的孤岛，有意将女性视为一座岛屿加以探索：人的心灵的沉默之岛，一个心灵被身体支配所产生的情境。因此，苏伟贞小说的审美表意功能的实现，主要不是靠指称、说明，而是靠隐喻和象征。可谓“状难写之景于目前，含不尽之义于言外”。

苏伟贞的这种写法必然要舍弃传统小说以因果交代为基础的线索清爽、意义明确，而带有闪耀不定的模糊性。如此模糊，不易辨明，产生多意。两个晨勉的人生经历，不管是已婚或未婚，“性”成为她们的一种需要。她们不断地接触异性，不停地做爱；心灵和肉体，身体控制心灵，为我们揭开某种女性身体的秘密。作者透过异性恋、同性恋、雌雄同体等性爱实验，对情色和欲望活动的形式和细节，给予高难度的表现和表演，我们可否说这是“两组人物的性生活冒险”呢？在这多义混浊的表象后面，是否也包含着曾经失掉的涵义？这些涵义需要我们去咀嚼、体验，有所思、有所悟。一位哲学家曾说：不要想而要看。面对如此小说，不想不可能，但又不宜因“想”而偏废了“看”，忽视了体味、感觉和想象。同时在看的过程中去想，去理解，必然就意味着想的过程、方式、结果都会有所改变或飞跃。“做爱的感觉最接近真实”、“性引诱他继续活下去”、“在性这件事上发现自己”……看了这些片段，能有如何想法呢？“想”，不能单凭依赖自己的经验、趣味去想；也不能按一种理论模式、批评模式去套；想的层次越深越复杂。它不仅涉及意识领域，也涉及潜意识领域。我们可以再举小说中的一段为例：

> 她从他的节奏里体悟到他不在时，以另一个空间和他做爱的可能，她学会发现她对做爱的想象力。她对丹尼说错了，她的性心理已经超过身体语言。她像一只狗对着月影狂吠。她在的世界，闭上眼，丹尼也在那里，他环抱住她，吻是轻的，舌尖却是滚热的。他喜欢有窗口的房间，他站在天色铺成的光环里，如果有风，将他柔细的体毛向她张开、发着光：他们可以在任何地方做爱，他们没有既定那里做爱的观念。

这段晨勉渴望与丹尼做爱的记忆，乍一看似乎体会不到什么，写的只是一种回忆、一种感受；随便与人同居，和多人做爱毫无羞耻感。我们可否在此得到“一种性的启发”、“做爱的启发”、“裸呈身体的启发”？“做爱是她了解生命的道路”。这里没有什么故事，也难想到这么写的意义和效果，或许未必能说清楚。这些偶然的念想，正是表达某种人生真谛的感悟。或许可以说，这意味着对人生价值的重新认识重新确定。苏伟贞的小说有寄至味于淡泊的场景，也有深奥晦涩的理念；有时如捧乱麻，好难梳理；有时又把心理的畸态当作表达的主题，因此诉诸非理性的、超自然的感觉的荒诞变形手法。读起来难以默契，或备受折腾，或要经历阅读的痛苦历程。

造成这种现象的原因，是涉及人的心灵与身体的关系。在人们强调人的心灵和思想如何支配身体的时候，这里却强调身体如何控制心灵。或许这正是作者写作的目的，把你不断从小说的陌生世界推出来；或许还可以为那些不可思议的事象呈现而惊异于竟有如此的想象力以及想象的可怕结果。小说写一种“自然人”，一种“单细胞动物”，一种

"原人"是由自然欲望、生理性所掌握的人。没有意志、自我人格，也没有环境条件对人的行为发生作用，将这样的人物推向悲剧的宿命论深渊，与真实人间相去甚远。这是否是小说主人公晨勉的追求？或是小说刻意要表达的主题？我们可以看看小说通过晨勉回忆父亲，是怎样回答这个问题的：

> 是个原人，他只有原始的本能和意志，她这些年来所遇见的男人，很少有这些人，因而她所渴望交手的对象就是这些人。

可见，要分析小说的内涵，重要的是懂得她那"混乱"的结构以及整体上的"荒诞"。为了把潜意识中被压抑的心理内容释放出来，毋庸置论，只能是突破传统小说常规的"做作"，寻求新的心理和思维、行为方式。正如苏伟贞说："生活里不能说不可说的一面，便藉由小说家的方式创造出一个世界，以这个世界来弥补现实世界中的'大洞'！"

这篇小说以叙述为主，以写人为辅，人物是所述事情的一个组成部分，人物的出现、变化和消失都是为叙事服务并受其支配的。苏伟贞的小说叙述是为表现人生问题、社会问题，或者表现人的情感；表现在现代都市文明制约下的情色和欲望活动的形式和细节。小说用叙述性语言在语言游戏中破坏着习惯的秩序，解开定见的束缚，表现了它的不凡和引人注目。一种新的小说精神正是在这种意义的不稳定中，在心灵与世界的交流中，体味着生命的沉浮与文化境况。比起传统小说，其意义的弦外之音、味外之旨则更显出从容与玲珑可赏。

《沉默之岛》隐藏在神秘中的意义，无形中在与小说的作者、读者、批评者游戏着。它促进着思考，而这思考又是永远不会解说清楚的思考；促进着体验，而这体验虽"朦胧而弥鲜"，亦没有穷尽。如果说《沉默之岛》确有意义，那意义也是要你去寻觅去发现的。也许你慢慢悟出了什么，掩卷之余会心一笑，那也是一种快乐，理解的快乐。

嘉年华文体与"雌雄同体"的象征

身为二十世纪女性，一个正常的普通人，苏伟贞写了蛮震惊、蛮赤裸、蛮刺激的走红小说《沉默之岛》。在男女关系非常混乱的社会环境中，经过自己感情的历练，对男人女人的“爱”和“性”这习以为常的事表现得如此五花八门、光怪陆离，令人刮目。小说的大胆突破精神是试图推翻传统的“女性典范”，塑造了晨勉这个具有许多面貌、许多身份的女性。她到底是谁？借着这位变化多端而不定型的女子，现代女性似乎像变形虫一般可以随意变幻，不受任何社会规范的约束。晨勉在书中与许多男人做爱，几乎都是无意志性的偶然的相互遭遇，“性”的关系，使这个奇幻的人对所有的男人都没有深爱。后来，也许是由于作者对这个人物的了解，晨勉才有了一点感觉，莫名其妙地与一个同性恋者结婚。《沉默之岛》尝试着面对自己的身体，面对三十年身为女子对爱与性的感觉，表现一种美好的事，女人真正要享受的美好，那是女人身体达到的成熟的巅峰。女人的身体比较脆弱，而爱往往受身体操纵，所以天性上赋予她比较听从自己的身体。小说向我们展现的既有异性恋者，也有同性恋者、雌雄同体等的性爱实验。通过阅读我们想到中古法国的一个传奇《奥克山与妮格烈》（*Aucasin and Nicolette*），它一直被认为是“中古时期最迷人（the most charming）之作品”①。它的反正统（antilaw）、反正典（anti-canon）的特性，尤其与《沉默之岛》相似。因此我们可以利用俄国文论家巴赫金（Bak-htin）的“嘉年华会化之文类”（carnivalized genre）作为阅读苏氏小说的策略；也可以通过苏氏小说《沉默之岛》进一步理解女性主义之“雌雄同体”（或译双性同体an-drogyny）的观念，也许它更适合阅读此一作品。因此，本文的一个主要理论构架是想、通过巴赫金的“嘉年华会”（carnival）与“雌雄同体”，来研究《沉默之岛》的文体理念。主要表现在：一、反正统、反单一，追求交杂。包容身体器官和性的自由：主要探讨双性之美、男女皆非、忽男忽女，两性交杂的最佳象征。二、逾越传统的意识形态，男女性别反转倒置，雌雄同体为时尚，将一切秩序关系相对比，具有颠覆性。三、不断更新的不确定性，表现在性别的不确定性，男女性别不断变化。追求“雌雄同体”男女特质的兼美，挣脱两性刻板的角色，不断游离于两性之间。

巴赫金认为嘉年华文学（carnivalized literature），小说是最佳代表②。《沉默之岛》可谓是这类文体的爱情传奇（romance of love）。它写晨勉的经历，她追求一个不同于世

① The Norton Anthology of World Masterpieces, ed. Maynard Mack et. a1, 4th ed.（New York：W.W.Norton，1979）. Vol.1.737.

② Frann Michel, “*Displacing Castration*: *Night-wood*, *ladies Almanack*, *and feminine Writing*,” Contemparary Litarature 30.1（Spring 1989）：35—37.

俗、并与之成谐拟对比的理想世界。作品大部分情节反映民俗嘉年华会文体中表现的对于身体所夸张（grotesque）的叙述，这也是嘉年华会文体最直接具体的体现。小说借着身体的翻云播雨，来体现嘉年华文体的象征意义，与传统意识形态对立。作品着意男女性爱、身体的怪异夸张描写（grotesquerealism），主要是通过晨勉与不同男人如丹尼、钟、辛、都兰、祖（丹尼）、冯峄、罗衣、多友（男）等的做爱、风流，“身体碰到的一切所创造的思考与文化”。晨勉拥抱丹尼时说：“你好像是一个雌雄同体动物”，自己可以完成生命。她说辛：“你的身体是同性恋者，但是你心理是双性恋者。”她渴望丹尼的爱，但“她在丹尼处得到的安慰并不表示她不需要辛”。晨勉的性观念与传统的男女性关系形成强烈的对比。整个故事重复在性观念的场面里，这似乎是生命力流通之处，可以将固定的传统文化打开一个缺口。一方面逾越颠覆，具有破坏性，另一方面更注入新的力量，让生命流通、变化、健康，同时具有建设性。因此，人的本位、本能、身体可在神圣、污秽、严肃、低俗中融入一炉，交错并置，使一切于欢笑中不断反转，不断更新。

我们说《沉默之岛》似嘉年华文体，也是因为女性书写（feminine writing）是要质疑界定男性与女性二元对立的秩序，强调完全解脱此种二元的牢笼，追求拥抱忽男忽女或可男可女的性别不确定（sexual ambiguity）。这正是巴赫金“嘉年华会”与“雌雄同体”所具有的共同特征。所谓逆转（reversal），即作品中既有与传统相悖的同性、异性相恋，也有同性恋者的性别倒错、雌雄同体。“诸般身体器官和性的禁忌亦成为嘲虐夸耀的目标”。“场面充满了生命原始活力与光怪陆离的想象。”①

肉体的夸张意象，怪诞的性描述，最能代能嘉年华会文体的精神。在《沉默之岛》中，做爱一再被强调，晨勉一心只想做爱，根本没想到爱。“她从不在乎男人爱不爱她”，她无法拒绝的是“欲念”，“她从来不认为人要有贞节观念”。她对丹尼“可以不明白爱，但是明白他的身体”。“她全心全意做爱，脑海一片空白，洗掉了以前所有记录”。从传统观念的角度看，男人与女人相爱、共欢，彼此认可要经过惊天动地的过程。而本书中之主人公却在以那种放浪的态度过活，基本上她对所有的男人都没有爱。晨勉已没有哀矜的心，她与都兰沉沦欲火，走火入魔，感情似精神乱伦。“她诱导都兰在适当时机反应快感、需要、语言，让都兰明白做爱的阶段，她要他直接被做爱吸引。”“晨勉仿佛

① 见王德成《众声喧哗》，第244页，台北，远流出版公司，1988。

汇集毕生功力为都兰打通血脉大伤，结束后久久动弹不得：都兰抱紧她：‘累到你了，对不起’。”女人会听从她的身体，这是天性赋予她的倾向。正如纽曼（Erich Neumann）在*The Great Mother*一书中归纳女性的象征意义，列出一条公式：女性＝身体＝器皿＝世界（woman＝body＝vessel＝world）。

“阴阳人”（hermaphrodite）曾是令人嫌恶、恐惧、好奇的。然而近代西方却有“雌雄同体”（androgyny）这个为女性主义思考的观念，颇受重视。为了调整现有男女关系的不平衡，许多女性主义者纷纷回到神话，去铲除神话中的男女尊卑，并要把神话中的男女之固定造型（stereetype）扬弃。琳达·欧茨（LindaE. Olds）就曾将阳刚（masculinity）、阴柔（femininity）的男女神话抽丝剥茧，以了解人性的基本倾向。她以卡尔·容格（Carl.Jung）的观念认定神话中的男女形象是意象而非实质，与男女的生物性无关。她认为理想的男女关系是以追求完整人格，也即是追求“暗喻性阳刚面”（metaphorical masculine side）与“暗喻性阴柔面”（metaphorical feminine side）的“雌雄同体”。人类要从暗喻的角度看“男”“女”性质，并且以雌雄同体为人格发展的最终理想，则男女之间的不平衡关系自然会消除。本文所论《沉默之岛》所表达的人格最终理想，正是女性主义“雌雄同体”观的展现。它不是作为生理性的“雌雄同体”，而是一种观念、理想，一种美好的象征。

苏伟贞对女性主义的表现和自我实现（Self-realization）主题的关注，在书中常以“雌雄同体”（androgyny）的象征，追求人格发展的最终理想，从而奠定了她在台湾小说中的地位。书中表现出的复杂性及暧昧性，似简实繁，错综纠葛的线索所隐约勾勒的精神面貌，似乎近似“雌雄同体”的理想境界。而这雌雄同体最直接关联的是“个体化”（individuation）表现。

“雌雄同体”的象征在《沉默之岛》中是怎样被运用的？在运用的过程中是否有悖于这一理想或另有新的发现或启示？我们可以从人物在小说的活动中进一步体味。

晨勉是一个三十岁的未婚（已婚）知识女性，因秉性特异或心智开发脱俗，逐渐对自己的身体和传统的社会伦理感到不满和怀疑。这种情绪在她二十至三十岁时变化特大。传统文化制约又使她潜意识里为自己的“离经叛道”感到罪疚，内心的矛盾使她的足迹遍及香港、印尼、新加坡、英国、德国……，不能安心一处。在生活意志消沉的时候，她遇见了丹尼，不能自已地“爱”上了他。丹尼是德国人，一个比她小六岁，纯真、宽厚、有点傻气的大男孩。她通过丹尼投入感官世界，他们喝酒、游玩、看野台戏以及享受性的趣味。他们没有爱情的过程，没有爱的内容；不是恋爱中人，只是实践恋爱的人。她每次做爱都感觉绝望而深刻，“如果她从此有了欲的生命，是他给的。”她与钟做爱是照“做爱手册”步骤进行；她与都兰做爱是“打通血脉大伤”；她与辛的做爱本质、做爱空间不一样，那是一种双性恋倾向。

另外，《沉默之岛》所关心的中心课题亦是“自我追寻”，强烈的内心冲突。这种追寻和冲突足以摇撼原先赖以生存、从未深思的价值观。晨勉追求真正自我的契机是“对做爱有强烈的需要”，内心冲突比常人更复杂。那是传统观念的僵化（reification）追求真我（truemanhood）的欲望的对立。晨勉从传统观念中接受的是讲节制、图安逸、埋没个性、窒碍难行的世界，而她内心的嘉言懿行中所窥探的世界，则是一个弃世绝俗、超然物外、自我得以完全实现的世界。由此她对传统观念产生了怀疑、排斥之心并追求真我所在的世界。但在潜意识里，传统观念仍在起作用，因而受到牵制。这种双重的挣扎，在晨勉的身体和精神两方面都颠沛困顿，流离失所。在这自我放逐的过程里，晨勉编织一套描述与解释自身困境的理论。这套深受传统观念僵化影响的理论将自己比作“沉默之岛”。其天性有别于性灵，由对立的成分构成，一是“人性”，一是“生物性”，以“精神”与“肉体”、“理性”与“本能”相对立。晨勉在这种纠葛不清的矛盾中，不断受着内心冲突的煎熬，影响了她的生活意志。最后她“没有一个可以交谈的朋友，与那些和她作过爱、谈过爱、同学、同事、异性恋者、双性恋者，毫不相干”。成为“一座孤岛”。她不得不近似悲哀地求助辛。

辛是澳籍男子，是一个年青、英俊、潇洒，具有国际化倾向的“双性恋者”。这个角色使我们想到郎才女貌的才子的象征传统，意识到他的救赎特质。在辛与晨勉的几次相聚中，他都以睿智的言行，使晨勉逐渐领悟到，她之所以为“潜意识”所苦，乃是无法摆脱传统观念伦理观的羁绊。否则离经叛道何足怪，感官之欢也不必为耻。晨勉私人生活变得非常糜乱，毫无秩序，晨勉追寻自我成败的关键是摆脱令人麻木窒息的传统伦理。然后她赤裸地回到“原始无意识”（Original Unconsciousnoss），体会双性之美，以便重估她人格内部久被压制、抑郁的“潜意识”，恢复“真我”的本来面目。

辛何以能将晨勉救赎并走向双性兼美的原始无意识？走向美、审知、善体人意？真正的原因是辛具有“双性同体”或“雌雄同体”的特质。且看他这个特质是如何推动晨勉。当她初到新加坡认识辛时，他带着她开创事业，代价“不是金钱，是她”“用身体回馈他”。“他“追求完美”、“喜欢变化”、“努力关心她”。辛引导晨勉的方式是带她更深入感官世界，她不懂为什么他对她那么好，辛说：“目的当然是把你搞上床。”但是，她和辛一接触，便感觉辛的做爱本质不太一样。“辛虽然有意和她做爱，但是心理却是退缩的，他对做爱绝称不上渴求，她甚至感受不到热情。那不是年轻男人的行色。”但辛却让她略试同性恋的滋味。正如莎士比亚戏剧中，男女角色间的轻易互换，其目的，一方面暗喻“雌雄同体”的理想，另一方面指出这一角色具有的救赎能力。在辛的引导下，晨勉可以深入地回到涵盖两性、包容万物的世界中，从而一窥“原始潜意识”之美。小说通过“雌雄同体”意象，深刻领悟了人格与人世是如何的多样与不定，而传统观念的陈腐是多么天真与无益。女人的真实经验、真实需求，女性的自我实现在晨勉身上得到充分的表现。本书以“暗喻性阴柔”与“暗喻性阳刚”之间的对立为故事发展的动力，且将“雌雄同体”标为理想的存在状态，那是作者向往的理想境界。但作为现实生活中的人们，在随着意识形态的洪流载浮载沉的过程中，何时才能实现这一理想？也许那永远是苍茫世界中的“谜”（enigma）。

《当代作家评论》一九九五年第三期

在恒常中追寻新的可能

——关于简媜散文

蔡江珍

台湾作家简媜在散文《梦游书》中曾写下这样一个小标题：衔文字结巢。在她看来，“作为人本身就是一种囚禁”，能从现世牢房逃狱的只有文字书写这种方式。她说：“文字是我的瘾，梦游者的天堂。它篡改现实，甚至脱离现实管辖。”因此，“文字就是我的自由，我的化身魔术、用来储藏冰砖与烈焰的行宫”。不论是以“行宫”或“巢”形容文字书写，都表明简媜在文字中所寻求的生命归依感。我想，一个作家能够对文字抱持这最基本的信赖和虔诚，她所赋予写作的激情和之后不断成就的写作实绩，就不是太难想象之事。

出生于一九六一年的简媜，已经出版了《水问》、《只缘身在此山中》、《月娘照眠床》、《浮在空中的鱼群》、《梦游书》、《空灵》、《胭脂盆地》等十来本散文集，并与余光中、张晓风等人并列台湾“新十二大散文家”榜中。

简媜以一介学子初出文坛时，与许多女性一样，写的是自己的成长和觉醒，但她令人一新耳目的是文字中透示出对人生与自然独具慧心的思考。这种思考令她的文字一开始就能从凡尘中将目光投向更辽阔的自然，倾听天籁，早早地“读懂了这一本无字天书”中所蕴含的生命意味。《问候天空》、《幻航》等《水问》中的早期作品就是这种倾听后的感悟文字。

简媜自己说这种特别的天籁感得之于童年的生活。她生长在台湾宜兰那块辽阔的平原，农村的封闭落后，却往往能给孩子的成长提供一个真正得益于大自然的丰富空间。倾听自然之声，观察日出日落，风吹雨打，乃至“蚂蚁爬在手上的感觉”，这不仅培养了她细腻的感受力，更将“大自然嬗递的印象”深深刻在她幼小的心灵中。自然的美好、壮丽和残忍、无常同时进入简媜的视界，人生无常、终归幻灭的宿命感，及其对自然万物包括人自有其枯、荣、生、灭之理则的感悟，合成她内在最丰盈的生命体验。

简媜大学毕业后曾去佛光山参禅四个多月。人生无常之念与佛理的相互沟通，使简媜以整整一本书写参禅的体验。《只缘身在此山中》，不论是记写山中人的生活、草木鱼虫的动静，还是自己感悟后对人世的理解，笔墨均轻淡、含蓄，宛如林中小径、碧潭游鱼的清幽静谧，总关乎那超尘出世的淡淡禅意。

虽然简媜认定佛学对她日后的创作没有太大影响，但她承认佛理与她从自然衍生的宿命感不谋而合，并强化了她那种人生无常的灭念，这在该书多有明显表露。尤其《渔父》一文，除了以少人涉猎的恋父情结摄人心魄外，更突出的就是强烈渲染了生死无常的生命意识。浓郁的悲剧感几乎成为简媜人生的主旋律，不论她之后的写作面目如何多变，这一主旋律始终或隐或显地鸣响着。

当她的写作日趋成熟之后，她开始思考的是，在宏观自己的整个文学生命时，“每本书若是一颗星子，它们要共同完成的星系是什么？”她说：“我对散文有一个梦，却陷入所预设的困境里：梦愈大，渊谷愈深。然而，不管还要陷溺多少年，耗费多少气力，我愿意等下去。如果，一辈子能等到一个梦，这被虚构的人生才算拥抱了唯一的真实。”（《雨夜赋》）为了服膺这个梦想，简媜从一开始就“将写作视为要花去一生心力去经营的事”，因此，她在不断写作之时，更有一种不耽溺的决绝，她说她对自己的作品总“抱持灭念”，一经成书，必杀无赦，只把它交给读者或评论去，成全他们的阅读。她所要做的，除了继续劳作，就是不为娴熟的技巧所羁绊，不为单一的视角所困囿。所以，她从不停留在一个阶段、一种方式中，而是不停地以不同的风貌、不同的文字技巧，进行着实验。

她的十来本集子，不仅视角多向转移，而且从布局到行文，也在不断变化中。其中，《空灵》最具简媜艺术感觉的灵敏与细腻。体式尤其独特，在每篇文字之前，摘选心喜的山水诗，衍生种种人生沧桑感受、生命意念洞识。“山川是不卷收的文章，日月为你掌灯伴读。”借山水诗一路循天籁之声对答，从一岁一枯荣的草木、一滩负载落花的流水、阴晴的月华，或绿树如烟、江鸟飞歌中，简媜品尝着自己风细柳斜的心事，读着人世、人情乃至生死之道。

那婉转轻扬、灵秀飘逸的抒情韵味，已与题头的每首山水诗相得益彰。

《空灵》同时是简媜正面阐释其生命理念之作。她强调自然自有其不可逾越的生灭理则，“生命不可承诺，无法依恃”。一草一木、一人一兽共成一个相互牵制、消长、促进的复杂关系，因此必得“无所求地萌发，无所怨悔地凋萎，吮吸一株草该吮吸的水分与阳光，占一株草该占的土地，尽它该尽的责任，而后化泥，成全明年春天将萌生的草芽。众草皆如此，才有草原”（《一株行走的草》）。那么，在所有生命共成的整体中，“荣，是本分的，枯，也是本分的”。人与万物唯有肯认命运，“恪守生灭的理则”，并具足一生，尽其本分，去完成自己的故事。这道出了存在与幻灭相提挈的天地伦常，是简媜对生命本质最基本的认知。

因而可以说，简媜的生命观念，以宿命论为基本，从认定命运起，终至肯定了个体存在以超越具体处境而成全伦理的意义。

史怀泽在《敬畏生命》中言：“顺从命运是对自己存在的精神和伦理的肯定。只有经历了顺从命运的人，才能够肯定世界”（中译本第一二九页）。这种肯定，使人能够从悲观的认知走向乐观的实践，使人能够在与世界的自然关系中找到行为的意义，进而找到内在的自由，并因此变得深刻、内心丰富和宁静。

这也就是简媜在幻灭的宿命悲观中，依然尽其生之本分，追寻生命意义的意志所在。她说在“撰写人生风景、论述美思的同时，也必须为自己的旅程找到‘意义’”（《破灭与完成》）。“生命那么艰难，人生孤独……也要葡萄，葡萄去找生命的泉水”，去追寻完美……（《风裳》）这种生存感在《四月裂帛》、《梦游书》等爱情之作中有更酣畅淋漓的抒发。她强调缘起缘灭，必得成全为人的道义。纵然是生死结缡之爱，难逃人面桃花的宿命，也仍要实践生命道义的本分与尊贵。在这些篇章中，顽桀的生命意志、不靖的个性与悲沉的宿命感，表现得既迂回叠置又气势磅然，也是显现了简媜在描绘女性繁富的心野灵渊方面的独树一帜。

同样是造化，对很多人而言只是山水景观的一时愉悦；对简媜而言，却成为她盘诘生命本质的动因。因而，当众多散文家忙碌于轻松操练那些既不是隐逸又非怡情冶性的释景文字时，简媜几乎不把笔墨浪费在观感游记上，而是着力诠解人的生命及其与整个自然生命关系的奥秘。

同样领受生命的悲剧感，当芸芸散文家或怨天尤人地低诉身为女性的悲凉、或沉湎于柴米油盐的喋喋不休、或埋首于尘封往事的荒凉伤感时，简媜却以她超越境遇的精神力量，一扫世纪末的颓唐，在写作中端立起自己玉树临风般的身影。

端赖这样的人生器识，这种对生命基本的热爱与尊重，简媜进而在她的书写中倾注了对人的生存与幸福的关怀。《浮在空中的鱼群》一书中的大量篇章，都在淡淡的乡土眷注中，追寻“交缠、分享、团圆、亲和”的人际情感。因而文字也质朴、细致、平易亲切。一桩桩平凡事，一个个平常人，加上一点一滴关于人生、人情的吟味。恍然惊觉已失去过多，试图引发一点魂牵梦系的温暖感受，其中的失落感和追念交织着，有一种庄重的古意。

简媜情之所系永远是那片象征理想国的乡土，乡土所包蕴的美好、祥和、宁静、淡泊，也成为她日后测试都市时的批评力量。当她的视界开始转向自己的生存环境，面对都市时，这份根深蒂固的乡土情怀就时时浮出情感层面，成为她观测的参照。可以说她是葆抱着传统的情感正对现代的，心理的疏离感无法消除，因此笔端常夹戏谑，《发烧夜》、《叫卖声》、《赖活宣言》等都是对都市病相的冷凝批判与讽喻。这时的简媜面容骤变，自况是“青面獠牙式的讽喻。”同时，小市民的容颜与情感、生活的艰难与慈爱也愈益频繁地进入简媜笔下，《迟来的名字》、《子夜铃》、《计程车包厢》等，都是市民平凡生活的写照，凡庸中有美丽的追求，混沌中也有清明的期待。《梦游书》和《胭脂盆地》两本散文集，是她对平凡人生世相的关注和对人类困境的悲悯文字，不论是批判还是悲悯，市井长街的面目，都使简媜洗尽铅华，或白描或铺叙，或纪实或虚构，笔锋平直犀利，直指要害，乃至不避刻薄，有时干脆以俗字俗词写俗人世相。纵使还保留一点古朴的感伤，但简媜明白这里不宜于诗人吟游做曼妙歌咏，必须为台北都市的瘴气泼出残脂与馊墨。

可见简媜的变化彻底得常出人意料。在她极力追求多变的意向下，简媜常走极端，有时是极度精粹，在几百字内作灵思巧言，那份清丽、温润的雅致，自是妙不可言。当她挥毫泼墨时，洋洋数千言，不论是铺展心灵的波涛，还是娓言人生的感喟，多重的意象，绵延的情思，层峦叠翠，那份笔走龙蛇的酣畅洒脱无人能及。如《秋夜叙述》、《鹿回头》、《四月裂帛》、《渔父》等。这时的简媜就有语不惊人誓不休之孤傲，措置文字极尽新奇、诡异乃至生僻，这自然难免搔首弄姿的尴尬和佶屈聱牙的不堪。我认为，文字的完美应是既繁富、瑰丽、新奇又高度流畅透亮，散文也不例外。过分的平实，失之乏味；过分的生冷，失之做作；过分的繁华，则失之冗赘。或许一份从容、恬淡的心情更能使散文家写作时对文字葆有更自如的驾驭力。

如果说对生命本质的不断探问，使简媜在创作中完成了自己的独立自主、超越凡庸的人格形象，那么，对平凡人世的关注、悲悯与批评，又使简媜日益显现富于生命热情、敏锐善感的人道情怀。前种方式是在灵动清放中以脱俗写不羁，后种方式则是在淡定踏实中保持灵魂的超越，即简媜自况的“出位”。也可以说，乡土意识使她存有古典感伤的情怀，而现代生存感形成她豪气逼人的刚毅个性，这双重性情促成她拓辟散文多元视角并锐意出新的创造可能。

总之，简媜以不断转移的入视角拓深散文涵容量的实践，不仅走出了女性写作惯有的单薄与狭窄之境，更启示了散文描写场域的可创性，并切实冲击了散文写作习式：那种拘囿于一己日常琐事的个人自传式写作。简媜不断在思索中求变化，多重的思索向度，使她的笔触善于在有限中探问无限，在恒常中追寻新的可能性。虽然她在这多方的尝试中，也有流俗、浅薄之作，也有语焉不详、故作深奥之败笔，其思理也难免一意孤行的痴妄所致的扞格，但她放弃陈规习式、不断变化逸走寻求突破的自觉，无疑是简媜作为散文家最具意义的特质，也是最切合散文文体品格的方式；而她为拓展散文表现领域、丰富散文内在质涵方面所做的努力，也正是散文家简媜的价值所在。

简媜是两岸青年散文家中最突出的一位，其才识、创意与不足都较具代表性。在这篇述评文字之后，我想说的是，在世纪末，能在苍凉与惶惑中，在绝望与躁动中，追求价值与意义的作家，才有可能真正趋近散文的终极方向。客观而言，新生代作家能否开辟这种可能并最终成就其所是，尚在期待中。

《当代作家评论》一九九六年第二期

重复：黄碧云小说的一道奇观

孙宜学　陈　涛

“我憎恨生命的重复。”[①] 在《怀乡——一个跳舞者的尤滋里斯》里，黄碧云反复说到主人公对于“生命的重复”的憎恶，而且“极其讨厌，难以摆脱人的软弱与限制”。黄碧云之所以不断尝试各种新手法和新风格，也是因为憎恶“重复”：从《其后》到《温柔与暴烈》，从《血卡门》到《无爱记》，黄碧云每出新作都必有手法与风格的逾越。

然而，奇怪的是，虽然黄碧云非常憎恶“重复”，并利用各种创新手法逃离“重复”的圈囿，但“重复”仍然是黄碧云小说中的主旋律之一，犹如一道奇异的景观，让人迷恋而又不无疑惑：黄碧云为何有此看似自相矛盾的“败笔”？

概而言之，黄碧云小说中的重复主要表现在三个方面：重复经典，重复人物，重复题材。

一、重复“经典”

黄碧云惯于模仿、重复与重写“经典”的文学作品与电影作品。她的《七月流火》中的人名大多取自《诗经》，《山鬼》俨然有屈原《九歌》的灵感；《江城子》则源自苏轼的词；她的《创世纪》出自《圣经》，《心经》则直接从佛教汲取灵感；她的《怀乡——一个跳舞者的尤滋里斯》标题便暗含《荷马史诗》的《奥德赛》或者乔伊斯的《尤利西

① 黄碧云：《怀乡——一个跳舞者的尤滋里斯》，《其后》，第74页，香港，天地图书公司，2004。

斯》；她的“《温柔生活》写的是费里尼的Ladolcevita，《呕吐》写的是萨特的《呕吐》，甚至《烈女图》似乎也是出自刘向的《烈女传》”①。

黄碧云对张爱玲作品的模仿尤为奇特。黄碧云对张爱玲的重复表现为两种不同的方式：第一种仅仅是标题一致。例如她的小说《创世纪》和《心经》都遥指张爱玲的同名作品，但其“模仿”或“重复”只限于题目，内容和人物都没有太多张爱玲的影子。黄碧云的另外一些小说在人物和情节上脱胎于张爱玲的作品，但她却故意反写张爱玲的经典小说。《盛世恋》写盛世香港的颓废恋曲，不仅人物形象和情节脱胎于《倾城之恋》，更将张爱玲本来看似完满的结局重新打破。从《七姐妹》到《桃花红》，她专写婆婆妈妈姊姊妹妹的家长里短，爱恨情仇，比《琉璃瓦》更疲惫幽暗。黄碧云对张爱玲最大胆的模仿自然是《双城月》。她不仅将《金锁记》中的曹七巧借尸还魂到军阀之女身上，更续写七巧变态心理积聚的结果：失心成疯。

黄碧云如此用心“重写”张爱玲，受其影响之深，按常理她必定耽溺于张爱玲的作品，但事实远非如此。黄碧云的小说虽然随处可见张爱玲的影子，但她却矢口否认自己和张爱玲有文学传承关系。她不仅说张爱玲的作品是属于自己“不是很熟读的那种”，而且在《过誉》一文中还这样评价张爱玲：

> 张爱玲的小说写得很精到，语言华丽，但却是没有心的小说。
>
> 我以为好的文学作品，有一种人文情怀：那是对人类命运的拷问与同情：既是智性亦是动人的……
>
> 张爱玲好势利，人文素质，好差。②

黄碧云认为张爱玲的作品缺乏人文情怀，而她的小说不会像张爱玲那样残酷：她会为自己的人物找寻“救赎”之路，可张爱玲却不会。

黄碧云如此明显地成规模地大胆模拟“经典”，当然不是简单地依样画葫芦，而是循

① 王德威：《暴烈的温柔——黄碧云论》，《落地的麦子不死》，第173页，济南，山东画报出版社，2004。

② 转引自黄念欣《花忆前身——黄碧云VS张爱玲的书写焦虑初探》一文。原文见黄碧云《过誉》，香港，《明报周刊》专栏《暂且》1587期，1999年4月10日。

“拿来主义”法则。她主要只是利用原典的题目或人物，而将其故事新编或重编，从而适应自己叙事的需要。这也恰如她本人所说：“《创世纪》不是《创世纪》，《心经》也不是《心经》，《呕吐》不是《呕吐》，《温柔生活》也不是《温柔生活》，《山鬼》也不是《山鬼》。”①

这种重复形成了黄碧云小说独特的叙事效果：重复或模仿造成了文本的叠加，使原本单一的故事和人物，通过丰富的向内和向外的指涉变得厚重起来，达到“互为文本”的效果。阅读黄碧云的小说，读者往往会联想到原典的人物和情节，从而加以对照，在新旧文本的比较中获得新的启悟。

黄碧云对原典似乎从无尊重之意：她总是颠覆经典文本中的人物和情节，并将其纳入现代生活，演出种种匪夷所思的事件；但她又总能让读者有曲径通幽、柳暗花明之感。

例如在《双城月》中，主人公曹七巧在张爱玲小说中是封建家庭中的姨太太，在黄碧云笔下却转世投胎变成军阀之女，并与涓生一起经历了抗战、“文革”等时代的暴虐生活。她因为饥饿难耐吞食了自己亲生的婴儿，后来遭到抛弃，最后在种种打击之下疯狂。小说的男主角涓生，则是鲁迅小说《伤逝》中的同名主人公。黄碧云如此“戏拟”现代文学经典作品中的经典人物，将其拆卸、重组后放到自己的小说中，颇有冒天下之大不韪之险；但黄碧云实际上是在用这种方式告诉我们：这些经典人物形象如果继续经历时代的变迁，如果活在我们今天的社会，他们的命运会怎样。黄碧云这些陌生化后的离奇怪异故事，也会逼迫我们不得不重新反思社会与历史的各种问题与弊病。理解了这些，我们也就理解了黄碧云活用经典的匠心了。

二、重复人物

对于原典的尊崇与模拟，当代作家中不乏其人，但像黄碧云这样频繁重复使用他人笔下人物名字的，却极其罕见。叶细细、陈玉、赵眉、许之行、陈路远等人物在黄碧云的小说中不仅以不同身份出现在不同场面里，而且形态各异，命运也不同。且以最常在黄碧云小说中出现的名字“叶细细”为例：叶细细在《她是女子，我也是女子》中是一个同性恋的女大学生，与许之行有过一段美好的校园恋情；同时细细又是《呕吐》里目

① 黄碧云：《记述的背后》，《忽然我记起你的脸》，第173页，台北，大田出版社，1998。

睹母亲被奸杀的混血儿，挥之不去的心理创伤使其成年后形迹怪异，性爱总是伴随呕吐。细细还是《一年之地狱》中被中共扣留的陈路远的妻子，是《爱在纽约》里有强烈偏执倾向的华裔越南女子，另外还是《流落巴黎的一个中国女子》里沦落而死于异域的悲惨女子。

虽然这些同名角色身份各异，命运不同，但每一个名字似乎总有某种个性的一贯性。叶细细总是纵情狂放的，而另一个名字“陈玉”总是清冷怜悯的。在这些人物纷繁芜杂的交叉往复中，我们往往会对某一形象产生似曾相识之感，却又觉得面目全非。于是小说据此产生了一种恍如隔世的效果，正如《忽然我记起你的脸》的开篇所言：“我突然记起她的脸，这样我就老了。”[①]

人物的交叉重复自然会导致情境的重叠。赵眉、叶细细、许之行、陈玉、詹克明、陈路远，构成了错综复杂的文本人物关系。他们就如同黄碧云麾下的几个主要演员，黄碧云即兴导演，安排某两个或几个角色出场，有时再加入一两个配角，于是就构成了一部小说。例如，《她是女子，我也是女子》是叶细细和许之行的对手戏，而《呕吐》则让叶细细爱上詹克明，《失城》似乎剥夺了叶细细的女主角身份，而换成赵眉，两个男性角色还是陈路远和詹克明，而到了《爱在纽约》里，赵眉、叶细细、陈玉、许之行几位原型人物又齐聚一堂，演出一出复杂的爱情好戏，等等。

正因此，黄碧云小说中看似奇妙的重复，实质上就是一个戏剧导演对于演员的不同安排，而这种戏剧性因素早已隐藏在黄碧云的小说之中。当黄碧云不甘于只将自己的感情和想法通过小说移植到陈玉、叶细细或者赵眉身上的时候，作家便从幕后走到台前，自导自演了《沉默·暗哑》，并亲自扮演了自己作品中的人物。似乎只有这样，才能更好地表达她对于生命的感触。

如果黄碧云是一个导演，那么她最得意和喜爱的两个演员就是叶细细和陈玉。这两个人物出现在黄碧云的很多小说中，而且往往是小说的主角。黄碧云不仅仅是将这两个人物作为原型来描写，而且更主要的是透过她们寄托了自己对于文学写作的一种关怀，并通过这两个人物的对照和补充，表现了两种最清晰的生活状态。人物的这种铺陈和反复，在黄碧云看来恰是人生的真实写照。用她自己的话来说：

---

① 黄碧云：《忽然我记起你的脸》，第38页。

写作必须与人有益，虽然我的写作对读者会过于沉重而哀伤，但作品却是一个净炼与提升的过程——我期待生命最沉重与哀伤之处，都静下来，留下最清晰的——冰凉而怜悯的，对于生命的透视——或许这就是陈玉。而叶细细是一个纵情生活的人。透过这两个人物，我不知可否将反反复复、互相参照与冲突的存在状态，铺陈得清楚可读。①

三、重复题材

黄碧云的小说题材也屡屡重复。她的作品里多次重复出现恋父、同性恋、杀人、强暴、精神错乱等题材和内容，但这些却又不是小说表现的重点。这些元素的互相组合呈现出她笔下一个光怪陆离、暴虐凶残的世界。黄碧云对于边缘人群的悲哀和绝望描摹得入木三分，其笔下的人物正如游魂野鬼，或畸形或病态，似乎都在找寻一种使生命和精神恒定的目标。于是时而在死亡和黑暗中逡巡，时而在幻灭和虚空中沉浮，“病魂常似秋千索”，如秋千或钟摆般重复地摆动，却发现虚空之后还是虚空，正如重复之后只能重复。

黄碧云对暴力情节的重复书写可谓情有独钟。她笔下出现的众多自虐虐人的边缘人群，总是拥有孤独的内心和异常的心理状态，于是在黑暗中不断肆虐地上演一幕幕惨绝人寰的剧情，温柔却暴烈。黄碧云笔下因心理疾病而导致凶杀之举的人就不计其数：《失城》中的陈路远，在一个月圆天蓝的艳丽晚上，在巴赫的交响曲中，“以基督一样的神情一刀一刀砍杀自己孩子和妻子”；《战争日记（在沙漠）》中的L则自己拿着长刀，杀死了在街头轻薄自己的男人，只因童年目睹了父亲被折磨致死；同样杀人的《捕蝶者》里的陈路远，第一次杀过人后，脸上便开始长暗疮，而且“血的欲望就写在脸上”；《双城月》中的向东，自导自演自杀，并用相机拍下自己上吊前流血射精自残的照片。

从杀人到自杀，从虐人到自虐，蔚为奇观。一方面，根据弗洛伊德的精神分析学来看，作家反复重写同样的情节，无非是出于对“创伤”的疗救：童年生活的阴影在无意

① 黄碧云：《后话》，《她是女子，我也是女子》，第202页，台北，麦田出版社，1994。

识中往往威胁着心灵，于是作者通过屡次书写类似的故事呼应童年的创伤记忆，“升华”无意识从而摆脱创伤的阴影，得到心灵的救赎。黄碧云也正是如此。其小说的情节直接来自她被父亲虐待的童年回忆，她的写作似乎是在通过不断舔舐自己的伤口而给自己疗伤。

黄碧云不断重复诸如自虐这种边缘性题材的书写，也凸现了她悲悯的人文关怀。虽然她笔下的“魔鬼”们暴戾乖张，但却全都值得同情，因为他们罪孽行为的背后所掩藏的苦衷是现实社会的不健全所造就的。他们的阴魂不散，正是从另一个角度书写了太平盛世的残暴：在“群魔乱舞”的时代更应反思“主体性”与“合法性”的实质。

那么如何救治这些苦难的灵魂呢？最直接与有效的救赎手段应是宗教。黄碧云在小说中也不断涉及宗教原典，那么她是希望用皈依宗教来使灵魂得到救赎吗？且看她的《创世纪》。虽然小说名曰《创世纪》，却丝毫没有《旧约·创世纪》中上帝七天造物的光明与美好。相反，黄碧云描写了这样的一幅场景：“肚皮胀破，绿草枯萎，河水干涸，狮子咆哮徘徊，乌鸦在满月之夜，啄食蓝鲸眼睛：女子将生怪婴。”[①] 这绝对不是《创世纪》的祈祷，而是《启示录》的诅咒。《启示录》作为《圣经》中最不协调的一章，曾经屡次被宗教的捍卫者视为邪魔外道，甚至遭到被删除的命运。黄碧云书写《启示录》般黑暗罪恶的世界，肆意探触罪恶底线，刻画歇斯底里的沉沦，目的显然是表明这样凶险的宗教是不会有疗救功效的。

既然宗教无法救赎沉沦的心灵，那么，面对暴力与残酷，我们又该如何疗治自己与他人的创伤？在黄碧云看来，宗教不能，文学却可。用她自己的话说：

> 写作是为了追求真理。这一点，作者和修士，一样要有献身精神。然而宗教的真理的道路是越走越窄，最后到达光明的十字架骷髅山顶。作者的真理道路却越走越广阔——追寻真理的人会慢慢明白，原来根本无所谓真理。这样一来，她便因为追求坚强，而变得软弱了。因此反反复复，活在地狱里。[②]

---

① 黄碧云：《创世纪》，《突然我记起你的脸》，第109页

② 黄碧云：《一念之地狱》，《温柔与暴烈》，第129页，香港，天地出版社，2004。

在黄碧云看来，宗教的真理是越走越窄，是最不可信的，因为“原来根本无所谓真理”。那些高高在上，救赎人灵魂的宗教信条，似乎是不可动摇的真理，代表着正义与友爱，但却同时不得不压制另一些人的权利与幸福：这些人被搁置于正统的宗教真理的书写范围之外，于是他们才被烙上了“罪恶”的印记，成为被天使压迫的魔鬼。他们不得不残酷暴虐，只为触动那种所谓宗教真理的底线，动摇不公的主体。宗教真理决定了他们的边缘地位，决定了他们“魔鬼”的身份，也决定了他们不断利用最血腥、最暴力的方式妄图摧毁主体性的行为动机与根源。

所以黄碧云绝对不会相信《创世纪》这样的宗教真理，而只能依靠写作来进行救赎的探索。她在小说中反复描写《启示录》一样的黑暗场景，塑造许多自虐虐人的地狱中的“魔鬼”，并甘心成为这群“魔鬼”的代言人，因为她知道“真理”的荒谬性，也知道宗教的不可靠。她只能以笔为武器，为黑暗世界与边缘人群代言，不断书写被“正统”压抑的边缘历史，撞击坚不可摧的真理牢笼。这就是《启示录》的精神，也是黄碧云所探求的动力。这种“弃明投暗”，舍弃天堂与地狱为伍的做法，恰恰显示了黄碧云的品格与勇气：只有僭越，只有颠覆，只有破毁，方有启悟。

这应该能解释黄碧云对重复的似乎自相矛盾的态度：她虽然憎恶生命中那些反反复复的黑暗和暴力，却不得不为它们代言，不断写出那些惊心动魄的故事，揭示出它们被压抑的事实。

因此，对于暴力的重复、生活的重复，黄碧云虽然憎恶，却又不得不写。

《当代作家评论》二〇〇七年第二期

光景里的声音是怎样流淌出来的

——读葛亮的短篇小说

张学昕

一

就在两三年前，读过葛亮的几个短篇小说，竟然感觉葛亮像是一位经历过世间风霜的老者，趟过了许多磕磕绊绊，日渐变得从容不迫。然后，他开始选择文学叙述，选择一个正在成长的少年的视角，开始讲述一些令人感动的故事。叙述的文字，平实而老到，清淡的故事中还透出沉郁，人生的些许况味尽藏其中。尤其，字里行间仿佛流淌出丝丝缕缕的声音，像是水里的声音，也像是静夜里树木的婆娑，有时疏朗，有时稠密，有清脆，有洪亮，有青涩，也有嘶哑。阅读的时候，会在文字所呈现的图像和风景中，辨别出不同奇妙的声音和旋律。我感到，这不是一种简单的可以被称为“通感”的东西，而是一种新的叙述、呈现生活的方式。这种感觉，在我还是第一次。我感到，这些小说中，能够牢牢地抓住我们内心的东西，不是别的，而是不同的、丰富的声音。小说的作者，文字叙述的感觉、文学的感觉是如此之好，如此老到，我想，必定是一位娴熟的隐匿许久的老作家。现在，我知道了，葛亮，原来非常年轻、俊朗，饱含才情，叙述文字同样质地绵密，激情内敛。这使我一下子将他与二十世纪八十年代成名的苏童联系起来，当时也居住在古都南京的二十六岁的苏童，一上手就以娴熟、老练的笔法，写出了具有“先锋”意味的《妻妾成群》和《红粉》，堪称杰作。我在葛亮的小说中，看到了当年苏童的影子，看到了一个文学信徒对自己文字的虔诚经营和快乐向往，优雅的姿态，神圣的情感，没有太多的矛盾与残酷，没有孤独的深层结构。我意识到了他正不断地在写作中放大自己的目光，正从一个与苏童那一代作家所不同的起点上，迈开自己的步伐。

近些年，不断有年轻的、更年轻的小说家出场；而现在的情形是，许多这样的小说家，常常是被裹挟着，作品在时间的激流中冲撞和震荡。一些人成了名，作品却可能从此平庸下去；另一些人，在自己年轻的、还没有立稳脚跟的文学中，鲜活的、充满生命力和颖慧的文字尽显天赋和才华，其中，文本里还有许多赋予他的独创才能的深刻印记。而葛亮没有轻飘如云一样的"青春写作"的逃逸感，也没有超现实的虚拟意识，却有脚踏实地的扎实和执着。在我们这个时代，能有这个年龄段的作家追求这样的写作风范，那么，这样的作品和作家，即使在时间的流逝中也不会从我们的记忆中轻易滑过去。我敢断言，葛亮最有可能成为这样的小说家。

葛亮将他的首部小说集就命名为《七声》。我忽然想起葛亮这位年轻的叙述者，他所感受和讲述这些故事的年龄，早已离我而去，那么，现在，我何以能在想象的图像里发掘出"声学"的价值？这些小说，这些零落的声响，如何才能凝聚为大的和音？也就是在这次集中阅读他的短篇小说时，我在其间捕捉到一种新的小说叙事美学，虽然一时很难用几句话来概括和归结，但使我想到许多问题，也唤起对小说写作的种种猜想和兴趣。我们在小说里，究竟想看到什么？想听到什么？而且，又真正能够看到什么或听到什么？以往，曾听说很多作家和读者，试图在小说中闻到不同的气味，他们认为小说中藏有不同的气味和气息。现在，可能还有更确切的感受方式，也就是你的目光和耳朵，通过阅读，到底能在那些文字里得到多大的延伸？生活本身是有内容的，也是有形式感的，种种人、种种事物，形形色色、林林总总，但都有各自的形态和形状，这些，指示着小说家怎样发现和感受这样的形态，又如何选择小说的形式或形状的？实际上，每一位作家，都在不同程度上，想在这形状的正面和背面，发现事物以及事物之间清晰的或者模糊的影像。生活本身，究竟是一个整块儿，还是一堆碎片？其实，我们所看到的，就是作家如何把大小不一的、形状各异的碎片拼贴成相对完整的图景，并感受他想从中找出怎样的历史脉络，勘察人性和命运的踪迹。有时候，这种寻找和勘察，究竟蕴含着多大的价值和意义，有多少特殊性，有什么是属于自己的叙述秘密，就成为每一个作家和读者同时面临的问题。因为，写作对于小说家而言，最忌讳的就是借用别人的语言和方式表达自己的意思，而没有自己的声音。

前几天，读批评家张新颖的随笔集《此生》，有一段文字令我着迷和喜爱。新颖描述他三岁的儿子张健尘，比比划划对他无意中说出的让我们瞠目结舌的话："你知道水的形状吗？用瓶子装水，瓶子的形状就是水的形状。瓶子是圆的，水就是圆形的；瓶子是长形的，水就是长形的。"被问的人是个书呆子吗？在他还没有回过神来的时候，三岁的小屁孩又问："水在水里是什么形状呢？你知道吗？"小孩其实不需要你来回答，自己就说了："水在水里，就是水的形状"。我联想到小说的形状。那么，小说究竟是什么形状呢？我仿佛像三岁的小孩一样发问了，接着，又自己回答：生活、经验、故事或者情感，装在了小说里，于是，就推导出小说的形状就是生活的形状。生活是什么形状呢？我就实在是说不清了。但我还是愿意找到并描述出一个作家写出的那些小说的不同"形状"。可是，我们可能会猜测或玄想，形状的最高境界是无形状，所谓"大音希声"、"大象无形"、"大道无门"，人们一下子就把某种具象的比拟或隐喻提升到哲学的层面。实质上，这与小孩子张健尘对事物的感觉在智力和悟性上并没有多大差异，只不过在抽象事物的目的上有些大相径庭而已。在这里，我们成人世界的很多纠结，常常被孩子的单纯和简洁映照得羞愧难当，甚至很轻易就会被自我解构。这似乎不是一个智力问题，仅仅是一种近于宿命的选择而已。

这时，我感觉自己及其小说家们，有时真的就会像孩子一样自以为是，有时会将简单的事情想象得很复杂，也常常将复杂的事情想得过于简单了。在一个独自拥有的世界里，无中生有，似有还无。但仔细想想，这些，都没什么不好，都对。其实，许许多多的小说家，已经给了我们大量的有说服力的例子。

葛亮的小说必然也有自己的"形状"。葛亮将自己第一个小说集取名《七声》，就是想为自己的叙述找到一种形状，但他可能没有想到，声音会成为影响他小说风貌的重要元素，于是，这种声音就产生了形状。这声音并非来自葛亮，而是来自葛亮所描述的生活，来自他所看到和选取的世间的种种光景。有人在评价他的小说时，用"写人生的一个小小的光景"来界定他小说的整体面貌。他对此表现出一种颇为满足的心境："光景一词我认为用的很不错，因为光景总是平朴的，没有大开大阖，只是无知觉地在生活中流淌过去，也许就被忽略了，但确实地存在过。人生也正是一连串的光景连缀而成。虽然稍纵即逝，确实环环相扣，周而复始。”① “目光所及，也许亲近纯净，也许黯然忧伤，又或者激荡不居。但总有一种真实。这种真实，带着温存的底色，是叫人安慰的。”② 读到这些话的时候，我听出了沉重的沧桑感。因为我们在光景里听到或者“看到”许多渐渐发出的声音，这些声音，被葛亮自己描述为“一均之中，间有七声”。“七声”里面包含多少种声音，肯定不是一个定数，必然是驳杂、交错、舒展、急促或乖张、幽远、浩渺的集合，以声音论短长，以品质论高雅与粗俗，以气势谈沉重或飘逸，都可以管窥豹，但若要想充满生气，却都需要赋予现实以浪漫的奇想。这样，声音，在文字里和感觉里迅疾就变成了“生音”。生的光景，里面的意义和无意义都会噼啪地呈现出来。想想看，光景是没有形状的，声音也是没有形状的，光景是时间和空间的聚合与弥散，流动的生命汁浆在其中冲突、溢涨，浮生的人间烟火，平实与苍凉、绵长与急促，都在字里行间丝丝缕缕，从容地铺展开来。

二

我感觉得出来，《泥人尹》和《阿霞》是葛亮最用心也一定是他自己最喜爱的两个短篇。如果以前文提到的，以声音或者“生音”的视角来诠释这两篇小说的话，《泥人尹》和《阿霞》的主人公都是有微弱声音的顽强发声者。《泥人尹》中的尹师傅，算是一个有沧桑感的“古旧人物”。这个泥塑民间艺人，有着坚韧、清冷的性格和品质，他的存在让人感觉有种力量。他做人极其克制，隐忍这个词，一定能够彰显出他的某种力量，平凡且坚忍不拔。也许很难想象，具有这样性情的人，他手中的泥塑作品，竟然可以呈现出“江湖”形形色色的风貌中最有风骨的姿态，尽管细小、卑微，但面貌、气度、精神、意象杂糅合一。

读这篇小说时，心里似乎憋着一股劲，渐渐地，可能还会有种疲倦感。因为，葛亮写出了一个人最终的疲惫，声音的倦怠和困顿，甚至包括玩于股掌间的泥塑，栩栩如生，也张扬着与尹师傅相近的倔强品格，即使因为变得疲惫，因为外贸大量的订单，也

---

① 葛亮：《小说一说》，引自葛亮的新浪博客，2011年1月28日。

② 葛亮：自序，《七声》，第3页，北京，作家出版社，2011。

没有失去最初的“原味”。可以说，任何人都无法蔑视尹师傅的存在，无论是在朝天宫的地摊，还是在后来的作坊里，谁都无法小视他说话时哪怕略显微弱的声响。尹师傅经历了几个时代的流转变迁，一门掌握娴熟、出神入化的手艺，算是经过了“江湖”的洗礼，他厮守着它，它也陪伴着他。世间有许许多多的事情都变本加厉在变，我们所说的物质和精神都在疯狂地衍变，在光景的流转中，世道人心也变得快要面目全非，唯独尹师傅的手艺和他对这门手艺的情怀丝毫没有变。只是，当英国教授凯文出现以后，尹师傅的手艺所创造的中国民间艺术，才在一夜之间大放异彩。从此，尹师傅以及他的民间艺术，产生了另一种与艺术有关的价值。一个人天分里的东西，在恪守了几乎一生的时候，突然发生了变化，这对于一个有骨气的、将“穷则独善其身”视为自己道德水准的弱者，难免一时会反不过劲儿来，生活又一下子将他裹挟进一种洪流中。

尹师傅由平凡和平静，迅疾地腾挪至急促和疲惫，最后耗尽了最后一丝气力，虽然他不是为了艺术本身，而是为了一门手艺，拼出了一种匠人才有的功夫。但是，这篇小说没有令我们感到疲倦。我想到了葛亮要写这样一个人物的真实用意和心态。他并不是想要发掘什么深度，而是想写出一个人的存在，想写出一个人在世间的光景里的沉浮。这里面有他自己的选择，有他的无奈，也有他的宿命。主要是，葛亮更想写出他的平静。这种平静，依然渗透出一种强大的力量，这种力量是借助于“泥塑”这种民间艺术向外张扬的。无声音的泥塑作品，栩栩如生，传导出生命、文化和历史的信息，它的魅力从尹师傅的手里发散出来，产生巨大的征服力。尹师傅是为了他残疾的儿子，还是为了拯救濒危的寂寞的中国民间艺术，这些似乎都不重要了。他是与他的手艺同在的，沉默和寂寞就是伴随尹师傅的不朽的声音。尽管生活变质了，可是，在尹师傅的手中，这种古老的民间艺术，这种艺人的情操却没有变质，他的作品在世间流转和传扬时，尹师傅的声音就变成绵延不断的绝响。

《阿霞》是一篇令人感到酸楚的小说。这种酸楚，伴随着一种意想不到的叙述的跌宕。其中的主人公阿霞，在今天，可能会被看作是一个极容易被生活淹没的人。容易被淹没的人，也会发出意想不到的声音，或者微弱，或者顽强，或者诡异，或者尖利。这种声音可能从很小的、很狭窄的空间里发出，有的时候，它的意思也许我们一点都不懂，但我们又必须面对，必须倾听。“缺了一根筋”、有些病态的阿霞，究竟算是怎样一个人物呢？在一个非常世俗的社会和群体里面，究竟是阿霞有一个病态的神经呢，还是我们原本就是一个病态的人群？而没有什么文化修养的阿霞，显得特立独行，她很认真地面对一切人、一切事情，经常发出理直气壮的声音，“一种孩童式的理直气壮”的声音，包括她不够斯文地大口地吃饭、喝汤的声音，都显示出她一种游戏的性质。一个小餐馆的弱者，她在人群里却能以某种规则建立起自己的权威，让人无法忽略她，小视她。她可以为同伴安姐挺身而出，仗义执言，用刀砍伤虐待安姐的安姐丈夫，但也会对安姐无奈的偷窃行为丝毫不留情面。仔细想想，究竟是谁不正常呢？至少，我们现在不该完全用对待正常人的标准来判断阿霞，可是，我们有多少所谓正常人，能够像阿霞那样明了是非曲直，并且敢于担当呢？至于阿霞的偏执倾向，她缺乏主体意识，我们可以暂且不论，仅就她内心的善良、直率、勇敢和仗义，不计得失而言，我们正常的心理健全者，也是应该感到汗颜的。

《洪才》也是我非常喜爱的一个短篇。表面上看，小说描写两个孩子天真、自然、没有任何功利性的友情，更多的连带出两个家庭大人间的交往，却款款地叙写出人情世故，生老病死，家庭琐事，几代人在漫长光景里，感受着人情冷暖和沧桑变迁。时代的变迁会给人情、人性带来什么样的改变，人与人之间最真切、最朴素和最有意义的东西究竟是什么？一个城市里面到底埋藏了多少如烟的往事？在这个短篇小说里，同样出现了不同声音的碰撞和交汇。我们通常会以为，从六合郊县迁移来大都市南京的成洪才一家，几代人生活在一种重伦理、讲传统习俗、朴素的日常生活状态里，与知书达理、知识分子家庭出身的毛果的交往，会出现较大悬殊的“落差”；而实际的情形是，尽管他们之间有不同的生活方式和理念，但是，厚道和朴实，使人与人之间实现了一种彻底的沟通。阿婆这个人物，成为了这篇小说最具生命力的内核，她待人接物的自然、耐心、通达、深明事理，不执不固，很难想象一个年届九旬的老人会如此清明，尽管她并没有读过什么书。显然，她也是一个有自己独特声音的人物，我想，这是我在近些年的小说里所看到的不多见的一个人物。我也感觉得到，葛亮在写这位老人的时候，内心涌动着无限的深情。

我在另一个短篇《琴瑟》里，读到了一种绵长、悠远的声音。表面上看，这是一则写老夫老妻恩爱相伴，安度幸福晚年的故事。对于早年的外公外婆，究竟有怎样的情景，过怎样的生活，小说只做简单的交待，叙述的重心定然是要放在主人公生命的后半段旅程。特别是在进入老迈之年，外婆生病之后，外公如舐犊之情般的精心呵护，正是人间的大暖，外婆的身体虽每况愈下，但外公的耐心和乐观积极的心态，成为人生路上美好、难忘的风景。这种平和、默契的爱，被葛亮细腻地描摹，小心翼翼且游刃有余。读到这样的爱情故事，尽管平凡，没有特别的新奇，但仍会觉得了不起，令人敬畏和欣慰。一个男人和一个女人的一生，如果是美满和谐、默契恩爱的话，可以用很多事物进行比喻，古今中外佳句佳话数不胜数，但细想想，实在是没有“琴瑟”这个词更贴切了，因为，唯有这两种事物之间，才可能一起奏出不离不弃的和声。

葛亮自己也说：“这样的声音，来自这世上的大多数人。他们湮没于日常，又在不经意间回响于侧畔，与我们不离不弃。这声音里，有着艰辛的内容，却也听得到祥和平静的基调。而主旋律，则是对生活的一种执着的信念。因为时代的缘故，这世上少了传奇与神话。大约人生的悲喜，也不会有大开大阖的面目。生活的强大与薄弱处，皆有了人之常情作底，人于是学会不奢望，只保留了本能的执着”。[①] 尹师傅是执着的，阿霞也是执着的，《琴瑟》里的外公和外婆也是执着的，只是他们每个人又都兼有别样。也许，正是在这许多种执着里，才有了多姿多彩的人生和生态。虽然，葛亮的文字后面很少形而上的意味，但却蕴蓄着一股强大的、与生俱来的生命力量，而小说也就是在这个时候开始叙述，开始让那些无声的文字说话，显示这种力量。

三

我始终对短篇小说情有独钟，尤其敬畏那些优秀的短篇小说家。我对短篇的理解是，它的写作难度远远大于长篇。就像是我在前面说过的，短篇小说这种文体，因为容量与体裁、题材、故事、人物的紧张关系，可能很难将事物或生活界定为某种形状。美国年轻的短篇小说家威尔斯·陶尔，在接受采访时被问到这样的问题：从短篇小说到长篇小说的转换是不是一个作家创作生涯的必由之路？陶尔的回答是：“不。我知道一般人都看重长篇小说，说如果你是一个真正的作家，你最好着手写长篇小说吧。但我认为，在某种程度上，写一篇成功的短篇小说更为困难。”[②] 我们这个时代似乎也更加青睐长篇小说，热闹非凡，许多人情绪高涨地写作长篇。我常常想，究竟是谁更聪明，更智慧？一

① 葛亮：自序，《七声》，第3页。

② 陈安：《短篇小说——美国对世界文学的独特贡献》，《书城》2012年第8期。

个用心选择并认真写作短篇小说的作家，一定是一位对文学怀有敬畏和朴质之心，能够沉潜文本的作家，他也必然会在文本中追求小说精微、整洁的质地。这时，他的写作也就不会畏惧“小”和“细”，深入到生活或者事物的肌理之中，让叙述形成一种很大的张力。葛亮显然是一个钟爱短篇小说，相信短篇小说可以创造出巨大能量的小说家。

我记不清楚纳博科夫在什么时候，在什么情境下曾讲过的一句话：“拥抱全部细节吧，那些不平凡的细节。”其实，在一个短篇里，能够拥有一两个精妙或有震撼力的细节，就已经不容易了。谁能够发现一种富于个性的细微的声音；谁能洞悉到一个个生命方向上的正路、岔路、窄路和死路；谁能在一个大的喧嚣的俗世里面，感受或者感悟到一个普通心灵的质地，就可能产生一种驾轻就熟、举重若轻的大手笔。这是一种能剔除杂质的目光，这种目光才会发现一种眼神，这是一种大音希声的声音，这种声音才能传达细节的气氛和气息；这也是一种大象无形的抚摸，这种抚摸会在一种事物上面感知大千世界、万物众生。这样的话，作家的写作，他的叙事，就不担心细小和琐屑。世界就是由无数琐碎的事物构成的，作家点石成金般的才华、质朴、心智、关怀和良知，与现实生活中无数细小的东西连起来，就会形成一个巨大的张力场，作家在这样的场域中写作，给人的感觉就会非常特别。葛亮的小说，常常有许多耐人寻味的细部和细节，这是最见作者真功夫的地方。《洪才》在写两个少年养蚕采桑时，情节从粗到细，孩子和蚕之间，仿佛正透过桑叶亲密对话，入微入理；《琴瑟》中，外公在外婆病痛时，为转移外婆的注意力，为她清唱《三家店》，哄睡了外婆后，外公眼睛里混浊的灰，眼角荡起有些清凉的水迹；阿霞的种种“粗放”，更是通过展示、凸显她的“细”来实现的。一个年轻的小说家，一上手就注意细致地梳理生活，寻找能支撑结构的坚硬物质外壳，可谓踏实勤勉，令人钦佩。

葛亮的诸多短篇小说中，总有一个童年或者少年的影子。葛亮在小说集正文前的留言页上，写着这样一句话：给毛果及这时代的孩子们。我想，毛果，也就是葛亮这一代人，他们从十几岁开始到三十几岁，经历了历史转型期的某些变化。那么，这一代人会怎样看这个世界，判断这个时代的生活呢？这时的葛亮，似乎首先走回了童年、少年和正在蓬勃生长的青春，走回了自己所处的生活。

雷蒙德·卡佛曾经说过，所有的小说都与他自己的生活有关。其实，对于每一个作家而言，他的写作无不与其生命经验和经历存在一定的联系。葛亮在他许多小说里，都选择毛果作为一个故事的参与者，在小说里自由来去，进行着与成人世界不尽相同的种种体验。有时他作为角色在文本中发出声音，有时静静地倾听人物的声音。世道的复杂、人生的曲折、人心的幽微、人性的机变，他能听出这其中的玄妙和单纯吗？葛亮不停地尝试着让毛果代替他倾听，很少让他轻易地与人物对话和交流。这个人物是个毛头少年，可是一点儿也不觉得他形同虚设，反而像是一副目光，或者两只耳朵。

在葛亮的小说里，我看不到伴随着这个时代的焦躁一起肆意生长的种种欲望，更多的是，人物的顺其自然或者任劳任怨的生活常态。即使是偶尔表现人物的欲望，葛亮似乎也能够从人性最根本、最柔软的地方入手。葛亮在将目光不断地位移到像尹师傅、阿霞、洪才等这些小人物的时候，他就是在用心地触摸那种人世间和人性中最柔软的部分；同时，他也在有意地向人物貌似熟悉，实则是新的、陌生的领域拓展开来，让人物身上最细微和羸弱的部分潜入我们的内心。这样，实际上是一位作家通过写作，通过文学的媒介，以一种对生活世界的谦逊的态度，发现生命存在的真实及其真实的声音，呼唤出生活世界和人性深处最具震撼力的真实。阿霞这个人物，在给我们以真实和感人的同时，也令我们心悸和无奈。我们的感觉，可能是来自生活，也可能是来自关于命运的猜测，在这个奇妙的过程中，完全是文本内部的力量牵动着我们激动。尹师傅的故事，跨越了几个年代，葛亮寻找着这个人物在几个不同年代里的“不变”，描摹着人性最本质的那部分。他愿意将他们的人生，他们已经是水落石出的格局，经年的快与痛，转化成一波微澜，涟漪泛起，撞击心灵。其实，一个人依赖的生命本质，只是一个点，并没有太清晰的方向，葛亮就是想把生命里最核心的部分表现出来，发掘出他们内在的力量。由此，在小说文本和生活世界之间，在写作和阅读之间，正是因为这种平实的、隐喻的、暗示的、延续的关系，才产生了种种意味。这里，叙述的个人性、“陌生化”，以及独创性和叙述、结构的相对自足性，都是有理由和出处的生活元素的再现。在任何时候，作家对生活和经验的依赖，都是写作的源泉。只有这样，通过叙述、虚构，才能真正打通文本和生活世界的真实关系，才能让我们获得对文本的信任感。这一点，也是我之所以喜欢葛亮小说的重要理由。

在《安的故事》和《英珠》里，葛亮似乎是有意暂时更换了一副笔墨。他好像加足了马力，让一种更青春的气息飞扬和旋舞起来，无论是人物的声音，还是叙事者的语气，也变得更有力量、更尖锐，更具活力。但是，由于叙事节奏的加快和变换，文本的语境里就显得情绪凸凹，许多意绪轻松掠过，容不得慢下来深思。看得出，葛亮无意在这类作品里呈现舒缓光景里的绵密、沉郁的生活。所以，我认为，这几篇小说，并没有像前面谈到的那些篇章，人物的灵性和作家的祈愿，并没有互动起来，也就没有活起来。

无疑，葛亮是一个让我们信任的作家。看得出来，他在写作小说时用力的方向与众不同。他聚焦小人物，耐心倾听他们的声音，倾听来自生活世界里说话的声音。他没有心高气傲和自以为是地对待他笔下的人物，对人物的角度也是平起平坐的，是平视或者仰视的。另外，他没有对文本之外的小算计，很早就学会降低自己的调子，很谦卑地叙述。让我们听到说话的声音，这本身就是一种角度的选择。现在很多小说为什么难以卒读，一个很重要的原因，就是我们听不到人物说话的声音，也听不到作家与人物之间内在的交流的声音，而只是作家一个人喋喋不休、自以为是、非常霸权地叙述，文本变成话语的肆意泛滥。我非常赞同批评家张新颖的一个观点，他认为，说话和写作之间的差别很大，说话基本上是一种民间性很强的表达，就连每一个农民都会；而写作，是一种知识制度里面的规范行为。我们有时候将这个问题看得太简单了，以为从说话到写作可以很自然地跨越过去，其实存在一条鸿沟。知识分子写作，农民说话，如果农民要写作就一定要转换身份，需要一个基本的文字训练，但经过这样的转变以后，写作已经不是说话了。[①]不错，在小说文本里，声音和文字，说话和写作，在它们之间应该自然、默契地有交流，有过渡，有交叉，有影响，我们应该在文本中听到丰富的、各种说话的声音，时而舒缓，时而急促，时而清凉，时而喧嚣，当然，有时也会寂静无声。

我们在年轻的小说家葛亮的文本世界里，从其中呈现的一个个光景里，清晰地听到了丰富、细腻而逼真，令人心动又感动，充满了回响的声音。这个回响里面，呈现出一个更年轻的南方作家在“更南方”的地域，也呈现出与苏童那一代作家相承接的“南方想象”形态。这种形态包括文化上的、地理上的，还饱含日常的生活状态，每一个生活的细节，以及与之相映的美学风范，这种气质和风范，也成为贯注葛亮写作的内在基调和底色，形成别具风貌的文学叙事。我们期待，也相信葛亮，在彻底地度过了写作的“青春期”和“膜拜期”之后，将会在未来的写作中，衍生出一个自由宽广的创造领域，建立起自己不同凡响、日臻至境的小说世界。

《当代作家评论》二〇一三年第一期

① 张新颖：《此生》，第81—82页，上海，上海书店出版社，2012。

为什么要写长篇小说

——答黎紫书《告别的年代》

董启章

黎紫书没有问过我这个问题。至少没有直接问过。但读黎紫书的《告别的年代》，几乎每一页、每一行都听到她在问这个问题——为什么要写长篇？这个问题又同时分为两个：为什么要写这部长篇？以及：为什么要写长篇小说？黎紫书在小说的后记中说，写长篇是“处心积虑”但同时又“羞于启齿”的一回事。我十分明白这样的心情。这绝不是出于不必要的谦虚，但也不是因为自信不足，那更大程度上是时代的使然。我还要说得更直接吗？其实大家都知道，长篇小说的时代已经过去。所以，上述的问题其实应该是：为什么还要写长篇？

黎紫书的后记肯定是“处心积虑”的，她肯定把这个问题前前后后想得通透。她一步一步地提出了好几个写长篇的理由。由最表面的理由开始，六年前她因为目睹小说家“大哥哥”骆以军对写长篇的焦虑（而这焦虑又跟我正在写长篇有关），自己的写作心态也慢慢地从游戏变成认真，开始产生“自觉和勇气去质问自己书写之目的”。由此而进入更深层的理由：“但认清自己的局限毕竟是一个写手趋向成熟的必然过程，即便我无力突破，但我却有了把握去直面自身的局限，并在书写中逐步揭穿自己。”《告别的年代》这部关乎自身成长经验的小说，便是因此而产生。这解答了“为什么是这部”的问题。再下去便是“为什么是长篇”的问题。她说：“因为那里有足够的空间让它们（记忆的玩具箱子里的事物）说出各自的对白。”黎紫书在这里说：“这是今天的我所能想到的写长篇小说的唯一理由。”也即是说，这是一个私人的理由。可是，因为“岁月留给我的遗物有多少，小说便有多长”。于是写长篇，又同时出于客观条件上的需要。

但事情显然不是这么简单。黎紫书接着又说：“如果我不说，这世上所有的严肃小说家将不会知晓，我如此执着要完成一部符合想象的想象之书，真正的初衷十分简单，其实只是想要慢慢趋近这些我所不理解的作者，好看清楚并理解他们眼中的烦忧。”那么，在刚才所说的“唯一理由”之外，原来还有其他理由，而且是更深层的理由，一个“如果我不说”，别人（不是普通的别人，而是“世上所有的严肃小说家”）就“不会知晓”的隐秘动机。这个“十分简单”的“初衷”其实一点也不简单。它包含了自身要加入一个由“所有的严肃小说家”所组成的长篇小说作者共同体的意思，而这“慢慢趋近”的过程已经超越好奇而成为“执着”或决心，所要“看清楚并理解”的“烦忧”，已经不再只是“他们眼中”的烦忧，而是自己也感受到和分担着的烦忧了。之所以写长篇小说，是受到那种“烦忧”的吸引、触动和感召，以至于把自己也投置其中，亲身体验和承受其苦楚。“我”加入了“他们”，“他们”也成为了“我”。借此所有真正意义的长篇小说作者也成为了“同代人”，而他们 / 我们之所以“烦忧”，也正正源于他们 / 我们所共处的这个时代。

但事情还不止于此。往后黎紫书再次回到“为何写长篇”的问题上去，说：“也是因为时候到了但凡严肃的写手总会对自己的写作产生疑虑，便会想到以‘写长篇’来测验自己对文学的忠诚，也希望借此检定自己的能力，以确认自己是个成熟的创作者。”关于个人能力的考验，承接上面说的“趋近”和“理解”严肃小说作者，更进一步是检定自己作为其中一分子的资格，但这当中更重要的宣示，是“对文学的忠诚”。不难理解为何写长篇可以表现出“对文学的忠诚”，因为当中所要求的时间、精力和专注度肯定是众文类中之最高的；而在今天文学逐渐式微的时代里，写长篇所投放的大量资源和得到的微薄回报最为不成比例。有什么比这样吃力不讨好的事情更能说明一个作者“对文学的忠诚”？（或愚忠？）但这也只是最为肤浅的理解。事实上，我们是在怎样的意义下“对文学忠诚”呢？而我们又为何要“对文学忠诚”呢？而“对文学忠诚”的结果又是什么呢？甚至是，“对文学忠诚”还有没有可能呢？

我不会尝试去解释“对文学忠诚”的意思，正如我不想用上“承担文学使命”、“守护文学精神”之类的堂而皇之的说法。到了我们这一代，这些似乎都成为了“羞于启齿”的事情。我们更愿意扮演反叛者、挑战者，或者至少是怀疑者、游戏者、迷失者、沉沦者。这不是由于我们胆怯，或者欠缺抱负，而是因为我们一开始就处身于堂皇之外，并且目睹了堂皇的失效。黎紫书、骆以军和我，以及其他的一些同代作者，面对的其实是相同的问题，感觉到的其实是相同的焦虑。这些问题和随之而来的焦虑，以一个铁三角的形式结合在一起。我们也可以把这个铁三角理解为一个危机结构，其一端是“文学终结”，其二端是“经验匮乏”，其三端是“边缘文学”。虽然这个危机结构可以一分为三，但其实是三位一体，互为表里的。

先谈第三端“边缘文学”。这也可以理解为“少数文学”（minor literature）。在华语语系文学中，相对于中国大陆的中原文学而言，马华文学、香港文学，甚至连台湾文学，也被置放于边缘位置。当然，这种置放方式完全建基于一种可疑的相对性，而非内在的绝对性。这相对性又在各层级的个体之间产生区别作用，即相对于台湾文学，马华文学又较边缘，又或在台湾文学内部，也可能区分出中心和边缘。骆以军《西夏旅馆》中的“脱汉入胡”主题，其“汉”与“胡”的相对意涵既指涉“大陆”与“台湾”，也指涉台湾内部的“本省”和“外省”，而且随时有互换的可能，其脱走和游离的主体可谓被“多重边缘化”或“多重少数化”。对黎紫书而言，因其对“边缘”或“少数”的否认和反抗，马华文学当中也有一种追求写出“一本大书”（长篇巨著）的意识。当然在黎紫书之前，前辈李永平和张贵兴已经投入这样的工程，当中似乎只有黄锦树一直对“写大书”的使命、或召唤、或诱惑表示拒绝（但黄锦树的中短篇其实都具备”大书”的气魄和企图心，让人觉得全部也是为一部将写而未写的“大书”而做的准备）。现在黎紫书后发先至，写出了《告别的年代》这样的一部“大书”（不是就字数而言，而是就立意而言），而又用了虚实互涉（或曰后设小说）的手法，让书中人物都在追求、阅读和合写一部同样称为《告别的年代》的“大书”，似乎就是把马华文学的整个历史，以《告别的年代》这部既属虚构也属实体的长篇小说建构起来，并加以承载。饶有意思的是，小说中多次提到，这部传说中的《告别的年代》很可能被置放于图书馆一个偏僻的书架的“最低层”、“最靠墙”的位置。“那个角落最惹尘，也最容易被遗忘或忽略。”黎紫书所想象的马华文学，不得不采取这样的“边缘”位置，以被忽略或遗忘但却终有一日会被重新发现的姿态，以一部包罗万有、虚实兼容的“大书”，去见证自身在时光中的存在和不灭。

第二端是所谓的“经验匮乏”。“经验匮乏”意识几乎可以说是骆以军的创作核心，既构成他作为一个小说家的焦虑之源，但又同时是他说故事的巨大欲望和爆发力的原动装置。然而，骆以军用以填充“经验匮乏”所造成的空洞的材料，并非够格称为“经验”的大时代大苦难大故事，而是无尽的龌龊、卑贱、荒唐和败德的、似真似假的、破碎不全的小故事。“经验匮乏者”以无穷尽的垃圾堆填来扩大意义的黑洞，奇妙地把“匮乏”变成自己的资本，并从而对“经验”的权威定义做出嘲讽。至于香港则长期被认为是一个无历史、无故事的城市，一个没有主体经验的“借来的地方”。香港本土作者历来否认者有之，反驳者有之，最有趣的是陈冠中的将计就计，以中篇《什么都没有发生》来反讽这种“经验匮乏”的评价。黎紫书面对写长篇的考验，也多次提到自己人生阅历的浅薄，并强调《告别的年代》只是个人记忆的玩具箱的一次整理。虽然在经验的问题上保持低调，《告别的年代》却是一部不折不扣的对抗匮乏、拒绝遗忘的书。小说利用镜像的形式，把有限的经验通过重重反照而增生，形成丰厚的假象。源于个人体验的小说膨大成族群的载体，以“年代”的姿态凝固马华经验的吉光片羽。那不但必须以长篇小说的形式才能实现，更加必须以这部长篇小说所采用的真假互涉、多层对照的形式才能实现。无论是接受和承认“经验匮乏”的状态，甚至以此为写作的出发点，还是拒绝和否认，并以截然不同的“经验定义”做响应，无可否认的是，“边缘文学”被标签为大历史/大故事之外的无经验者。“经验匮乏者”之所以汲汲于书写长篇小说，并不是为了模仿“经验丰富者”，企图在大历史/大故事的讲述上等量齐观，并且渴望得到对方的认可。相反，正因为长篇小说已经成为一种不合时宜的类型，它才成为“经验匮乏者”和“边缘文学”作者的不二之选。“经验匮乏者”选择长篇小说，不是因为它处于强势，而是因为它处于弱势。在如此特殊的情境下，长篇小说成为了弱势者的文类，也展现了弱势者的意志。因为条件的使然，强势者写长篇小说可谓轻而易举，顺理成章，相反弱势者写长篇却要经历种种磨难，克服种种障碍，包括自我诘问和怀疑。这样写出来的长篇，蕴含了时代的真正深层意义，也即是面临“文学终结”的危机，作家们（特别是小说家们）如何实现自己身为作家的真正意义。这不但是“对文学忠诚”的问题，而更加是对文化、对世界做出承担的问题。

如是者我们回到第一端“文学终结”。这既像危言耸听，或者纯属杞人忧天，但同时又是陈腔滥调。文学消亡的论调至少已高唱了半个世纪。当然在不同的地区或文化里，伴随着消费性资本主义发展的先后，这论调的出现有或早或晚的时间差别，但到了今天，它几乎已经是个全球化的普遍现象了。虽然在文学读者数量的下降或文学出版业的衰落等方面有较为客观的数据，说明文学没落之说所言不虚，但就一般观感而言，旧的作家和作品继续可见，新的作家和作品也持续出现。年年还是有各种大小文学奖，去提醒我们文学还未死亡，或至少是死而不僵。事实上，我们身在其中的人，永远没法确知”文学终结”是否真的正在发生。这将会是留待后世来总结的事情。但是，我们完全有理由而且有必要相信实有其事，并且具备与之相关的危机意识。而因为面对”文学终结”而产生的危机意识，正是以长篇小说书写的问题为征兆或标记。我在文首说“长篇小说的时代已经过去”，并不是指将来不会再有人书写和阅读长篇小说，也不是说将来不会再有好看或优秀的长篇小说。长篇小说作为一种书写类型很可能会继续存在（虽然也难免会出现质和量的衰减），但却慢慢地跟“文学”脱离关系，变成纯粹的消费和娱乐产品。我的意思是，将来不会再出现具有真正文学性的长篇小说，也即是会成为经典的长篇小说。至少，这样的机会微乎其微。这并不是因为小说家的能力或见识大不如前（事实上由于小说这文类在其漫长发展中所累积的经验，后世小说家在可动用的技艺和资源上比前代人更为丰厚），而是因为当代以至未来已不具备产生伟大长篇小说的条件。就算曹雪芹、托尔斯泰，或者普鲁斯特生在今天，他们也不可能成为他们曾经成为的那样的经典小说家，他们也不可能写出他们曾经写出的那样的经典小说。他们能不能依然成为一个小说家也成疑问。当然这种假设可能毫无意义，原因很简单：时代已经不同了，文化条件也完全不同了。所以所谓“文学的终结”，并不是非常戏剧化的末日灾难一样的事情，而是悄悄地、不知不觉地发生的变化。它是一次无痛的死亡，而死者死后也不自知已死，反而跟活着没有两样。也因此可以争辩说：“文学的终结”就等于不存在，等于不会发生。然而，如果我们执意相信它正在发生，并且要抗拒这个趋势，最具意义（但却可能最不具效果）的方法，就是写长篇小说，因为长篇小说是与消费主义、媒体社会和网络世界最相违背的文学和文化形式，也即是最不合时宜的形式。不过，非常悖论的是，正由于长篇小说的不合时宜，写长篇才能成为最具时代性的一种举动。同理，相信”文学终结”的降临，怀着“文学必亡”的意识，可能才是延续文学生命的唯一方法。这是时代赋予我们的，独特的负面辩证法。

有趣的是，最强烈地具备这个三而为一的危机意识的，以华语语系的文学来说，是中国大陆以外的作家，也即是马华、台湾和香港的作家，而又特别的是当中的小说家，而又更特别的是当中的中生代小说家。或更准确地说，是当中的还不肯定自己能否成为真正的长篇小说家的小说写作者。纵使他们在小说创作方面其实已经经验非浅，并且得到文学界的一定认可，但他们对长篇小说还是保持一种应试考生的紧张心情。对当代中国大陆的小说家而言，一不存在“边缘”或“少数”的问题，二不必响应“经验匮乏”的诘问（相反却一直处于“经验爆炸或泛滥”的状况中），三也似乎没有文学终结的意识。但这并不是说，内地作家能自外于文学同行的共同命运，因为在缺乏危机意识之下，在商品化和消费主义通行无阻的超高速发展中，加上各种政治和文化因素，大陆可能会比其他华语地区更快地迈向”文学终结”。而“文学终结”意识的一个标志，就是“写长篇”的焦虑，以及对“长篇小说家”身份的患得患失。不过，因为欠缺“边缘性”和“经验匮乏”这两个条件，这个标志很可能不会在大陆小说家当中出现，而大陆文学的终结也因此很可能会在毫无意识中悄悄降临。

回到我们这些为写作长篇小说而焦虑的大陆以外的华语作者。对我们来说，“长篇小说家”这个身份并不是自然而然的，不是写出了长篇小说就可以得到确认的，而是永远无法和自身同一的。就算我们写出了无论多少万字的长篇小说，我们还是无法不自问：我算是一个长篇小说家吗？我们被迫持续不断但又徒劳无功地、永无止境地证明自己。事实上，“小说家”或“作家”这样的称呼，于我们已经变成了“羞于启齿”的事情。我对于自称或被称为“小说家”，永远怀着莫以名状的不自在感。那并不是由于缺乏自信，而更大程度是出于自我身份与世界状况之间的错位。那就像在王朝没落或倾灭之后，依然佩戴着某种贵族封侯的虚衔。在一般语言运用中，“小说家”或“作家”有时候只是一个中性的称呼，但有时候却含有更特殊的意义。这一点在中文的“家”字里有更鲜明的表现，就像“艺术家”、“音乐家”、“画家”等称呼所标志的一样。（虽然英语里的novelist、writer、artist、musician和painter等词较为中性，但这些称呼也并非没有经历意义的分层和演变，只是比中文用法较难察觉而已。）在中文里“家”和“匠”是有所区分和对比的。一个纯粹的技艺操作者称为“匠”，而“家”则具备精神向度和艺术自觉，以及文化上的承传。所谓“自成一家”，除了标记着取向或派别上的独特性，也必须置放于一个稳固的文化范畴及其传统之中，才能被充分理解。所以，所谓“小说家”（当初的“不入流者”）必须在“小说”或“文学”这个文化范畴和传统中，才能找到自身的定位和意义。今天“小说家”这个身份和称呼之所以被掏空，以至于无法被适然认同，原因在于

“文学”这个文化范畴的消解，以及其传统的失落。脱离了实质的时空架构，“小说家”无从定位，大家就只有退到含糊的中性位置去，自称“写者”、“写手”、“作者”或等而下之的“文字工作者”了。这个位置也许并不真的中性，但却肯定缺乏意义，因为当中包含的意义过于广泛。无论你写的是《西夏旅馆》、纯爱小说、修身秘笈、投资指南，还是娱乐八卦消息，你也是一个“作者”。文化的消解和传统的失落，带来的是价值的无差别化，也即是无价值化，这是今天的长篇小说家所必须接受的诅咒。而刚刚加入长篇小说家行列的黎紫书，却以自己的第一部长篇小说《告别的年代》，向长篇小说所属的“年代”做出“告别”。此中的反讽，无论作者是否有所意识，也是令人震惊的。

《告别的年代》是一本发问之书。它也尝试提出答案，但答案总是多于一个，而且没有终极对错。重要的还是问题本身，也即是为什么要问这样的问题，和为什么要这样地问。请原谅我多此一答，因为我确信黎紫书提的绝对不是一个多此一问的问题。相反，它是处于我们的时代，我们的文化危机的核心的问题。而最大的文化危机，莫过于危机感本身的丧失。失去了危机感，危机仿佛就得到消解，甚至看似从未发生。人类依然好好地活下去，享受着各种各样的娱乐，并以为这就是文化；浏览着各种各样的故事、闲谈和信息，并以为这就是文学。人类社会表面上还好好地运作，但是某些重要的东西已经不再存在，而且没有人知道。世界看来跟从前没有两样，但其实已经被悄悄替换了。所以我们坚持不要理所当然，坚持要边写边问，以写为问，甚至以焦虑和不肯定为代价。

那么，为什么还要写长篇呢？

我尝试提出我个人的答案：这是因为，作为小说家，我们的工作就是以小说对抗匮乏，拒绝遗忘，建造持久而且具意义的世界。在文学类型中，长篇小说最接近一种世界模式。我们唯有利用长篇小说的形式，去抗衡或延缓世界的变质和分解，去阻止价值的消耗和偷换，去确认世界上还存在真实的事物，或事物还具备真实的存在，或世界还具备让事物存在的真实性。纵使我们知道长篇小说已经成为一种不合时宜的文学形式，但是作为长篇小说家，我们必须和时代加诸我们身上的命运战斗，就算我们知道，最终我们还是注定要失败的。

《当代作家评论》二〇一三年第二期

谈哈金并致海内外中国作家

郜元宝

新闻报道永远是新闻报道。前些年国内报纸异口同声宣传哈金，又有美国的文学评奖委员会撑腰，不明真相的读者一定以为在北美真的冉冉升起了一颗中美合作的文学新星。当时凭直感就有点怀疑，无奈找不到书看。最近，机会总算来了，在我的朋友、作家海力洪敦促下，竟然一口气看完哈金五本英文小说的中文版：长篇《池塘》、《等待》，中、短篇小说集《好兵》、《光天化日》和《新郎》。海力洪所在的上海文艺出版社近期拟推出哈金作品集，嘱我先写篇介绍性短文。哈金还是诗人，可惜我没读过他一首诗（据说不乏佳作）。为他赢得更大声誉的长篇《战争垃圾》以及新作《疯狂》也仅知大概，未见原著。现在就从整体上分析他的创作为时尚早，不过在阅读上述五本书时生出的一些想法，不管针对作家本人还是中国文学，随手写来，当作一份备忘录，相信还并非多余。

但哈金是中国作家吗？

所谓“中国作家”，五四新文化运动一直到八十年代以前，基本指生活在中国、用中文写作、首先面对中国读者、主要取材于中国生活的作家。“中国作家”这一定义并不涉及生活方式、艺术风格、思想观点和政治立场。一个作家，只要与上述定义相符，不管在生活方式、艺术风格、思想观点和政治立场方面怎样区别于普通中国人，哪怕在特殊历史时期遭到普通中国人的排斥和遗忘，都不会影响他客观上作为中国作家的身份。

八十年代以后，这个貌似宽容的关于中国作家的定义越来越显得狭隘。首先，为数众多的台、港、澳作家就应该在“一个中国”的理念指导下整合进“中国现、当代文学”，成为名副其实的“中国作家”。其次，一九四九年以前就在国内成名、一九四九年以后或更早“去国”的“现代作家”如张爱玲、林语堂、陈西滢、凌淑华等，不管后来的国籍和所使用的语言如何，都无法改变他们曾经作为中国作家的身份。

八十年代中期以后，华人新移民在北美、澳洲、新西兰等地急剧增加，从他们中间涌现了许多值得注意的作家。这些“第一代华人新移民作家”不同于新、马、泰以及其他国家和地区的“华文作家”，他们前半生在中国度过，移民后或加入所在国国籍，或继续持中国护照，绝大多数坚持或只能用中文写作，写中国事情，谋求在大陆及台、港、澳三地发表，许多人因为在居住国的“文化悬空”处境而自愿认定是“中国作家”。他们和国内作家唯一不同仅仅在于“移民”身份（有的已经在九十年代后期回国）。对这一群只能以“中国作家”视之。这里的“中国”不单就国籍而言，亦不限于“文化中国”范畴，乃是国籍和文化的杂糅。

哈金也是“第一代华人新移民作家”中的一个，但他的情况有些特殊。迄今为止，他主要以英文发表作品，能够和所在国文化界沟通，为所在国读者和文坛广泛承认并获好评，其作品目前无论在台湾还是在大陆都以“翻译外国文学”——“美国文学的一员”——被介绍进来。因此，他的身份有些复杂，你也可以说他是美国的少数民族作家。但我不知道大多数美国读者是否仅仅将他视为美国作家，也许不太可能，因为哈金基本只写“中国人的故事”，而让美国人假装“忘记”他的中国背景恐怕也难。

哈金一九五六年出生于辽宁，服军役六年，先后在黑龙江大学、山东大学获英语专业学士、英美文学硕士学位，一九八五年赴美留学。他在中国生活了三十年，完成了从小学到研究生的漫长学业。哈金敬佩的爱尔兰作家乔伊斯在他这个年龄已经完成了不朽之作《都柏林人》，形成了终生不改的人生观与个性。如果哈金对乔伊斯有足够认识，对作家这个行当有足够自觉，应该不会夸大赴美后学习、工作与创作在形成其基本素质方面所起的作用。哈金的书全写中国，中国的军队与军人，中国的乡村与农民，中国的城镇与市民。小说中的时间则从童年（六十年代初）直到八十年代中期。

从哈金自己的立场来看，二〇〇五年初他发表了《伟大的中国小说》一文，清楚表明他渴望——至少十分愿意——和众多“中国作家”对话，“不管人在哪里”，都希望和全体中国作家站在“同一起跑线上”，一齐追求“伟大的中国小说”，一同争取“中华民族的主要作家”的桂冠[1]。所以，至少在目前，说哈金仍然是一个中国作家，大概没有问题。那么，怎样看待作为中国作家的哈金呢？

首先，哈金很忠实于自己在中国的生活，试图真实地把它们记录在作品里。就我看过的最好作品《等待》、《池塘》来说，他也确实达到了一个高度：因为忠实地收集了记忆的残片，清楚地记录了生活的一角，从而让读者由此及彼，联想到中国生活的比作家记录的那一角更广阔的其他方面。

但包括《池塘》和《等待》在内，哈金的小说，一般都不具有我们在读杰出文学作品时经常遇见的内涵丰富的神秘性，那种不妨称之为“意义的黑洞”的东西。他的“中国人的故事”充满传奇色彩，但也只是传奇而已，而中国又是最不缺乏传奇、逸事、趣闻的国度，中国读者早就在乘火车蹲马桶时被这类东西喂饱了。哈金那些可以让美国人惊讶的精心之作很难触动中国读者。他写了我们熟悉的故事——以美国作家班培养的一丝不苟有板有眼的笔法写来——却没有在此之外提供我们不熟悉的、足以触动我们、震撼我们的东西，那种超出“中国人的故事”之外，或蕴涵于这些故事之中的审视中国的别样的目光和心地。哈金的英文到了可以用英文写作甚至可以每年用英文教美国孩子写作的程度，他本应该提供给我们这些内容，而不必费老大劲巴巴从美国出口转内销，述说一篇又一篇国内读者早就熟悉的、略无余味的“中国人的故事”。

有种看不见的东西将他一丝不苟描写的“中国人的故事”包裹起来，使得我们只能就故事看故事，不能发生额外的联想。故事写得中规中矩，清晰，准确，生动，主题鲜明，用一句话就可以完整无误地概括。向别人转述哈金小说的故事情节是一桩省力的事。《池塘》写基层领导粗暴野蛮，个别怀才不遇的人有理有力有节地进行反抗；《等待》写某些单位和地区的特殊政策与风俗习惯十八年如一日阻拦无爱的夫妻离婚、相爱的男女结婚，当事人在旷日持久的等待中被扭曲，以适应典型的中国生活的规则。中短篇小说就更简单了。中篇《纽约来的女人》、《牛仔炸鸡进了城》反复暗示的无非中国老百姓对非我族类的可笑的歧视；另一个以唐山地震为背景的关于偶合家庭的中篇，内容全隐括在标题“活着就好”里面了。讲述苏童、余华式的乡村少年成长经历的《皇帝》的结尾，则有这样的“总结陈词”：“一年过去了，我们一个个离开歇马亭，去为各式各

① 哈金：《伟大的中国小说》，《今天》2005年第1期春季号（总第68期），第73—75页。

样的皇帝效劳”——简单得可以，不留一点空白。

哈金在谋篇布局、起承转合、挑选细节、避免重复等方面确实懂得节制，不乱套，不含糊，不让你觉得别扭或不知所云；但缺乏余味、主题简单直露，又是这种笔法必然的结果。

再如风景描写，这在哈金小说中是“体制性的”。每当人物遭遇某种困难，每当小说叙述即将“出戏”，哈金总要让人物——也让读者——将视线从具体情境挪开，欣赏一段他准时奉献的风景描写，好像足球比赛的中场休息。这些风景描写与故事情节不相干，给我们的第一印象，是他的思想和文字顿时“跳出来”了，即不再拘泥于具体情境，可以将读者带到一个高层次。这样的风景描写，偶一为之还真有点神来之笔，但一而再再而三，在应该“跳出来”的地方千篇一律来上那么一段似乎大有深意其实毫无意思的貌似超脱的风景描写，性质就变了，变成不折不扣的“王顾左右而言他”，变成一味搪塞。

哈金作品“隐含作者”的意识水平和故事中的人物若即若离，甚至就站在“同一起跑线上”。从哈金作品“隐含作者”和小说人物的眼中看见的，无非就是六十年代至八十年代中国人的意识。收在《好兵》里的中篇《辞海》结尾写书呆子周文转业时，一直保护他的尊重知识爱护人才的“梁部长”送给他一支笔和勉励的话，周大受感动，他“下定决心要成为一个社会主义的文豪，挥动革命之笔，战斗终生”。隐含作者自然不等于周文，但隐含作者始终不出场，并非反讽叙述的需要，因为直到故事结束，除了“写实”，并无一点反讽气味。隐含作者的不出场只是因为没有出场的必要——他没有什么和人物不同的特别的意识需要投射在小说叙述中。这就是哈金的问题。他的故事陈旧，意识也一样苍白——基本和书中人物没有拉开距离。

我从台湾时报出版社出的《光天化日》中选出《新来的孩子》、《皇帝》，从《新郎》中选出《武松难寻》、《破》、《旧情》，从《好兵》中选出《空恋》、《辞海》和《证据》，我以为是比较好的作品。在这些中短篇小说中，哈金表现了底层中国人的善良与忍耐、卑微的对生活的盼望、常常被捉弄的可怜的爱情，以及出奇的愚昧、迷信和残忍。但除了哈金特有的稳健、简捷和清晰的笔法之外，他开掘这些主题时所达到的深度远在方方、余华、苏童、朱文、韩东之下；而方方、余华、苏童、朱文、韩东的笔法乃是这些作家暗中摸索的结果，很少一成不变的体制性因素，其中显示的才华气质，不是哈金平淡无奇的文字可以相比。

无论对中国当代生活的体验还是“笔法”本身，哈金如果脱下美国货（英文写作和美国作家班的笔法）的外壳而和国内作家站在“同一起跑线上”，并无优势。

说哈金没想法，当然不是向他要求思想家的思想，而是指他的故事无法为我们提供看待中国生活的新角度并由此发现中国生活的迄今尚未发现或尚未说出的问题。他只会“写实”——美国学者赞扬他在后现代主义时期坚持古典的写实作风——却不敢越雷池一步，不敢把思想的探针伸向实际生活之外，来一点灵魂或艺术的冒险。收在《新郎》中的《武松难寻》我觉得是他最好的短篇，他写中国人不讲道理，自己差不多也有点不讲道理了。但最后他还是要讲道理，把一切都驯服在简单的、美国读者一望可知的道理上。也许，他怕他的不讲道理会让美国人吃不消？还是他根本就没有“不讲道理”的本钱？

他以坚实的写实基本功描绘了不少“中国人的故事”，力求结构完整，细节丰富，贴近自己的生活记忆。除了简单直露没有余味这个基本缺点之外，在叙述的技术上面，还真难找到他有别的什么明显缺陷，这就足以让他和那些一跑到国外就以为可以瞎写一气的“第一代华人新移民作家”拉开很大一截。哈金身在美国，并没有按照自己也不太理解的美国观念来贩卖经过一番粗俗的图解和歪曲的中国故事。他没有用女权主义、家族史、“文革”受难之类在“第一代华人新移民作家”中流行的观念和题材来取悦不明就里的美国读者。一丝不苟的“写实”笔法，为了不向自己也不了解的思想屈服而宁愿没有思想：这两点，是哈金用英文给美国人讲述中国故事的积极意义所在。

但哈金作为中国作家被引渡回国，接受国内读者评判，就须换一把尺，光有以上两点显然还不够。

前面简单比较了他和国内一些优秀的同龄作家，现在不妨再拿他与日本的村上春树做个比较。哈金是整个脚板着地在邯郸学步，村上则跳芭蕾，永远踮着脚。哈金只摹写他认定是实有的事，像老实的搬运工只敢搬运别人指定的存放在某处的打好包的货物。村上瞧不起这些，他只写脑子里构想出来的东西，这些东西只需和大多数人认定的实际生活有一个相切点——芭蕾舞演员的脚尖只需和地面有极小然而足以支撑并运转全身的接触点——即使是大家认为实有的生活，村上也要加工一番，变得和构想出来的东西差不多。高明的作家写头脑里构想的图景，并享受这种创作自由；平庸的作家则害怕这种自由，构想不出任何有趣的东西，只会“写实”，也就是复制。

没余味，是因为没想法；没想法，是因为没有产生想法的思想活动；没思想活动，是因为找不到思想上的敌人，不知道究竟应该抓住中国心灵的什么东西开掘下去。由此，我们也可以看出哈金与他所钦佩的青年乔伊斯最大的不同。哈金在中国的生活阅历绝不会比二十来岁的青年乔伊斯逊色，但和大多数中国作家一样——我所以一开始要弄清哈金的身份原是为此——哈金最大的问题就是只能抓住中国人的身体而抓不住中国人的感情以及比感情更深刻的灵魂。感情只对人，对最近的世事，灵魂则向着类似哈金在作品中描写的广阔而无言的世界的风景开放。

教育背景不允许中国作家这样做。中国作家从小就并不生活于中国的精神传统以及这个传统的现实处境中，虚伪的教育一开始就毁掉了他们的大脑。等他们长大成人，懂得思考，要求“睁了眼看”，第一步必须医治头脑，祛除以往教育放进去的垃圾。这往往需要努力一生。等到把垃圾祛除，才可以用独立的意志、眼光、心胸来打量世界，说出独立的作家应该说出的话，也就是“自己的想法”。这该是多么漫长、艰辛、充满无数半途而废的可能性的道路。

所以为了保险起见，他们普遍长于“写实”而不敢“写虚”，也就是只能写贴近肉体的事情，而不敢探索灵魂的深远。比如哈金写《等待》，写《池塘》，里面的人物的内心都很浅，很容易见底。见底以后，还要写那么长，文字就不得不始终停留在表面。于是《等待》写一场离婚案件之艰难，就非得老实巴交地写上十八年才肯罢手。《池塘》写“丰收化肥厂”的厂长与党委书记今天坏笑着迫害职工邵彬，明天还是坏笑着迫害邵彬，双方作为人的存在一开始就凝固了。

我所以不满哈金的就在这里。“写实”，依靠生活经验的积累；“写虚”，则必须跳出经验，跃上更高层面，和某个具有确定性的精神传统对话。我们佩服鲁迅《故乡》系列的“白描”功夫，但为什么同样是“白描”，是“写实”，同样是写“故乡”的各色人物，现代文学史上只有鲁迅才一直占据不可动摇的高度呢？因为在鲁迅的整个文学工作中，“写实”和“白描”只是表面的技术，他用这技术所要表现的是他对人物灵魂的理解，是他对人物背后中国的精神背景的理解。即使他在写鲁四老爷时并没有怎么“写实”，也并没有怎么“白描”，只是寥寥数笔的点染乃至脸谱化的交代，我们也能够透过这个人物而想象他所依附的某种为鲁迅所深恶嫉视的幽暗的中国精神的背景。鲁迅始终和在他那个时代依然显得相当强大的中国的精神背景保持紧张的对话关系，他自己的文学精神也就在这种对话关系中诞生——绝不仅仅仰赖他的“写实”与“白描”!

文学精神的诞生，必须以作家和某种确定性的精神传统构成积极的对话关系——赞成或反对——为前提。从单纯物质性的生存中产生不了精神的新苗。那种以为只要生活经验丰富就有资格成为作家的信念，乃是长期误导作家的机械唯物主义的迷信。因这迷信，中国作家往往被自己落入的生活圈子所局限，找不到积极介入中国精神的恰当的基点，因此再怎样高明的“写实”，也会蜕变为无法触动心灵的看过即忘的传奇。中国作家或者可以像哈金那样建构各自的“木基市”，却很难写出各自的“都柏林”或各自的“鲁镇”。

五四以后中国新文学先后三次遭遇了它的精神基点。第一次是五四一代作家与深入骨髓的中国传统“自啮其身”式的抗争；第二次是五四以后直到今天，众多作家与不断对中国现代文化进行命运的叩问的基督教文化传统之磨合；第三次是八十年代以后，右派作家和知青作家对并没有因为信仰危机而展露真容的革命传统的反思。这三次未必在时间上先后发生的中国作家与某种身体内部的传统之力的冲撞，乃是中国新文学得以灵光闪现的三大精神基点。新一代作家在新的时代条件下，苦苦寻求着属于他们自己的精神基点，我看到这种寻求异常艰辛，他们的写作普遍呈现出巨大的盲目性与不确定感。他们有太多太沉重的直接来自当下生活的材料，却缺乏某个可以消化和统领这些材料的先验的思想框架。我是在这样的“精神的背景”之下理解哈金小说思想贫乏、简单与直露的[①]。

应该充分理解哈金的困境。他可以熟练地运用外国语言写作，却很难轻易获得外国人的意识。即使终于获得了外国人的意识，也很难用这样的意识来反观中国。又因为他身在外国，脱离了国内生活每天压在我们肩头的真实的重量，脱离了中国作家群体心心相印、寻找背景依托的精神运动，就很容易两不着边，既难以获得异质文化的意识来梳理自己的中国记忆，又无法从本土当下的生活和不管怎样总算挣扎于其中的本土知识分子的精神运动中汲取同情的力量。对外既隔膜，对内亦脱节，因此不管在文学描写的技术上有何种突破，在文学的真正内核——对精神背景的突进和对自我意识的建构——上，却很容易缺氧乏力。

---

①《精神的背景》是张炜发表在2004年《上海文学》上的一篇引起过热烈讨论的文章，但我这里只是纯粹字面的借用。

这并不是因为海外中国作家特别无能，而是处境决定的。我不想夸大当代中国意识和世界人类精神的隔膜。这种隔膜实际存在着，海外中国知识分子为消除这种隔膜所做的工作，海外华人群体的精神运动，实在可怜，远远比不上五四直到三四十年代先贤们曾经取得的成就。那时留学生可以不管外国大学的学位，混个“克莱顿大学的文凭”也老大不情愿，他们敢坐在公寓里自己用功，直接和所在国的精神界对话。现在留学生一下飞机就掉进所在国的学院体制和学术规范，能够不淹没就很不错了，思想的对话谈何容易！这就是为什么到目前为止中国并无勃兰兑斯所谓的“侨寓文学”的原因。中国现在只有“侨寓学术”（原谅我又杜撰了一个新词）。哈金属于这样一个海外中国知识分子群体，处在这样一个海外华人精神运动的序列，只能在“写实”上努力不落人后。如果我们不满于此，要求他或别的海外中国作家以挟泰山而超北海之势，像鲁迅当年所提倡的“洞达世界之大势，权衡较量，去其偏颇，得其神明，施之国中，歙合无间——外之既不后于世界之思潮，内之仍弗失固有之血脉”[①]，岂不滑稽？

什么时候哈金走出海外华人作家的尴尬，摆脱海外华人知识分子的褊狭，在中国生活之外获得别样的眼光，他或者可以把“木基市”写成他自己的“鲁镇”、“都柏林”。现在他只能身在美国，依赖他作为一名中国人在八十年代以前就已经养成的心地和眼光，用美国人并不复杂也不高明的技术，复制着平淡无奇的“中国人的故事”。

但听说他以后准备少写中国，开始写美国。不知这个消息是否可靠。倘是真的，我的预言只好提前落空了。

二〇〇五年九月二十六日

《当代作家评论》二〇〇六年第一期

① 鲁迅：《坟·文化偏至论》。

论台湾新世代在文学史上的意义[①]

陈思和

“新世代”一词大陆没有引进，大陆只有相似的“新生代”诗人，主要是指六十年代以后出生的一些朦胧后诗人，有点像台湾“优生代”的提法。我比较认同台湾学界对“新世代”的解释，如希代版《新世代小说大系》的前言中关于新世代作家的年龄界限，即以五十年代以后出生的为主轴，以一九四五至一九四九年间出生的为弹性对象。这一界限的划分非常接近大陆学术界流行的“青年”一词的内涵。

当然，一代人的素质是由一个时代的特定环境所造成的。我从其他一些有关资料中看到，台湾的研究者也是从特定的时空背景来解释“新世代”作家的品质，如杨丽玲在《书写当代、创造当代——新世代小说家群象总论》一文中，指出台湾新世代小说家的成长背景是六十年代台湾社会的急剧转型，使他们轻而易举地进入现代资讯的网络中，接受了世界多元的知识系统，所以新世代小说家“完全不同于拥有大陆经验的作家，也有别于受日式教育的前行代台湾作家”。前辈文学史家叶石涛先生曾指出新世代小说的特征：“八十年代以后的作家超越了乡土文学观点，较能迎合资讯媒体，渐趋于世界性的、巨视性的观点。”（《谈王幼华的小说》）。我对“巨视性”这一概念很陌生，不知是否含有“多元化的知识背景”或类似大陆有人用过的“全球意识”的内涵。在给林燿德的小说集

① 这是作者为台湾召开的“八〇年代小说研讨会”准备的书面发言，本刊发表时有删节。

《恶地形》作的序中，黄凡对六十年代出生的作家归纳为三点：“一、与前辈作家相比政治情结减少了许多，二、拥有多元化的知识背景，三、勇于尝试各种新的文学技巧与表达方式。”其实某种程度这也反映了部分五十年代出生的作家的创作特征。（关于这一点在《新世代小说大系》中所收的部分作品可以证明。）

从抗战以来的文学发展历史看，大陆与台湾的新世代作家肩负了共同的历史使命，即在他们一代的文学创作中，将会逐渐消除战争给前辈人留下的意识形态的隔阂，使文学挣脱文化上的大一统局面，并在世界多元格局下，逼近、恢复以至超越五四新文学的传统。

五四以来的新文学许多传统都将在这一代人手中改观。在我最近通读的台湾希代版《新世代小说大系》中，我明显地感到这一变化。尽管收入《大系》的只有一百零一个作家的一百三十三篇短篇作品，很难说能够完整地体现出台湾新世代小说的全貌，但十二卷集中包含的文学精神已经说明了这种变化趋势。

一、政治情结减少，五四以来的文学与政治关系得以调整

两岸的新世代人都出生于战争已经结束了的和平年代，不管当时从战场上遗留下来的硝烟怎样熏陶过他们的童年，也不管大陆的青年经受过“文革”期间内战的可怕和台湾青年大都服过兵役，这一代人对于中国历史上的政治斗争以及由此而生的恩怨之情，毕竟缺乏实际的感受，正如黄凡所指出的，这一代人比起前代作家来政治情结减少了许多。我理解这“政治情结”包含了两个意思，一是指过去历史上的政治冲突，如国共两党在长期的政治、军事较量中遗留下来的意识形态的阴影；二是指由于战争中的极权主义造成的以政治为出发点的认知态度。毋庸讳言，这两种特征在前代作家的创作中是难以避免的。

如果联系新文学的传统，这种政治情结在新文学发展中有着更为深刻的背景。现代中国的知识分子是在俄法大革命的影响下从事新文化运动的，一开始就渗入了强烈的政治激情。他们对于世纪转换中的国家命运、民族兴亡都抱有不可推卸的责任感，他们以文学活动来干预政治，影响政局，以及推动社会的进步，成了很自然的事。中国现代知识分子的政治情结似乎在那个时期就产生了，就如梁启超所说的，“欲新民，先新一国之

小说”；也如鲁迅所说的，他是把小说当作论文来写，以求“揭出痛苦，引起疗救”。这样一种沉重的使命感决定了五四时期的新文学将思想启蒙置于美学启蒙之上，也决定了现代中国知识分子在文学领域中总是时时窥探着窗外动向。一旦中国大地上政治革命发生，总有一批小说家和诗人投笔从戎——北伐是这样，抗战也是这样。纵观新文学发展历史，知识分子鲜有像王国维那样，将审美快感置于虽南面王而不易的地位，也鲜有在政治价值取向以外再树立一种新的人生价值标准。

当然，我这样说并不想低估文学家应该有的政治热情，中国知识分子强烈的社会责任感在促使中国社会进步方面发挥过不可估量的作用。当我们回顾自五四到抗战这一段文学发展历史时，必须提醒自己，文学创作中寄寓的政治理想与文学创作中刻意宣传政治主张有着质的不同。文学创作是作家人生意识的全面表露，当然也包括了政治意识，只要它是通过审美手段来表达的；我们在反对文学沦为政治传声筒的同时，也不必一概地反对文学作品含的政治因素，只要这些因素对社会进步有利。

鉴于这样一个新文学传统背景，我在考察台湾新世代小说中的政治意识时，比较地注意到两类作品。一类是直接地表达了作家们政治主张与对现实政治的批判，对于这一类作品，由于我不谙台湾四十年来的政治运动真相，也无意去作判断，但对作品中一般的表达了年青一代知识分子对民主政治的追求，对现在民主矛盾的反省，等等，抽象地说是能够产生同情的。如苦苓《父与子》中两代人不同政治价值取向的冲突，使我联想到二十世纪中国政治悲剧的一个缩影，林双不的《小喇叭手》，陈烨的《纵火者》等，虽然煽情因素重了一些，但从艺术本身揭示的社会冲突和政治冲突而言，仍然是相当深刻的。不过更为吸引我的则是另一类作品中所表现出来的摆脱了历史上政治纠葛的新的认知态度，我认为，如果说前一类作品是对五四新文学中政治传统的较好继承，后一类作品则开始了对五四传统的摆脱和超越。

黄凡的《赖索》应该说是一个标志。这个作品最近在大陆也被简单地介绍过（见陈辽《台湾小说家笔下的知识分子形象》，《小说评论》一九九〇年第三期），但理解得似不全面。在我看来这是一部优秀的政治讽刺小说，韩志远先生的形象中包含的讽刺性大于批判性，韩先生的政治变节一石三鸟地嘲讽了台湾四十年来政治斗争的各种政治派系，赖索对韩先生的信仰破灭，暗示了作者对这部政治斗争历史的深刻检讨。赖索基本上是一个被政治摧毁了的卑琐者形象，但他付出如此沉重的代价而后最终换来了什么？值得注意的是作者在提出这个问题时，并不是站在政治斗争的某一方去揭露另一方，而是站在历史圈外对整个历史作出了刺讽。

《赖索》是一个标志，它不仅仅标志了新生代作家对历史政治纠葛的新评价，而且也暗示出当代社会人生价值取向的变化。赖索这个形象本身也含有刺讽意味，赖索和他哥哥赖允的人生道路正好走向了反面：赖允自小没钱念书，没有文化，但他认真经商，终于获得成功，成了一个体面的果酱商人；而赖索被培养上学念书，又进而投入政治——这本是知识分子传统的“正途”，结果整个人生被摧毁，人性被扭曲，不得不依靠大哥的力量过着卑琐生活。赖索的失败和赖允的成功，写出了台湾社会转型过程中人生价值取向的变化。

台湾知识分子愈来愈意识到，他于社会进步的贡献不再需要走“学而优则仕”的老路，更重要的是他掌握的知识本身。特别在现代资讯社会里，知识已经拥有巨大的独立价值，成为人类文明发展的主要手段，可以直接推动社会的进步。如果说，《赖索》仅仅是暗示了这样一种新世代的人生认知态度的变化，那么李潼的《屏东姑丈》更加直接地表示出这代人对价值取向的认知态度。

“屏东姑丈”一生热衷政治活动，最后被抓进监狱，他期望下一代人继承他的事业，继续出马竞选，可是他的两个儿子，一个成了农村养鱼专业户，热衷于乡村体育；另一个钟情绘画，成了颇有名气的艺术家。体育与艺术在父亲看来都是“不务正经”，可是他毫无办法地由他们选择了自己的人生道路。作者借小说里一个人物之口批评姑丈说：“每个人性向不同，价值观不一样，姑丈那套想法过时了，谁说非得当上县长，市长才叫成功?”这话表明了作者对姑丈两个儿子的同情，在现代社会，艺术、体育、从商都可以成为一种社会文明的标志和社会进步的手段，同样能确认自我价值的存在。与《赖索》不一样，《屏东姑丈》宣扬了年轻人对传统观念的反叛精神，它用同情和理解，写出两代人不同的人生价值和认知态度。这个故事使我联想到陈映真的著名中篇《赵南栋》，它同样是写了五十年代和八十年代两代人的生活道路和价值观念的差异，可是由于作者狭隘的人生价值观念和在监狱里被囚多年后而生的偏执心态，使这部作品尽管在宣扬理想主义的崇高感方面产生了相当感人的艺术力量，但在表现年青一代的人生价值时却暴露出缺乏理解的偏执，因而小说关于两代人对比与对年轻人的指责，都显得生硬和矫情。

这两种人生价值取向的冲突并不是一般意义上的“代沟”理论所能够解释的，它在海峡两岸几乎同时产生。大陆的青年作家也一再描写了类似的主题，尽管其具体揭示的内容不一样。最著名的是北方青年作家王朔的小说，他笔下的主人公总是以各种方式嘲弄了前代人惴惴然奉为神圣的信仰与价值观念，表现出两代人人生价值观互不相容的对峙。又有一批描写战争历史题材的作品，如莫言的《红高粱演义》，作者也开始对战争中的政治冲突作出新的反省，作者宁可以一个“土匪”司令为主要歌颂的对象。无论是《赖索》或《红高粱演义》中对历史上的政治纠葛的冷处理，还是《屏东姑丈》或王朔小说中表现的两代人不同价值取向的冲突，它们之所以能在两岸同时出现，至少表明了一个事实无可回避：新文学传统中的政治与文学关系正在悄悄地加以调整，知识分子不再以投入者的身份去再现历史上的政治，而是以科学的态度对中国在本世纪所走的道路作出知性分析。

二、文学流派的消失和风格个性化的普遍呈现

一九八七年以后，大陆的文学创作失去了主潮的导向性，——这不但表现为一九八七年以前蜂起的几大思潮流派领袖作家纷纷偃旗息鼓，或者是后继乏人，也表现为新起作家无意在全国文坛再张扬旗号来兴风作浪，无意以标榜自己属于哪家流派为荣，于是个人化倾向日益发展。当然从理论上考察，新潮文学的各类现象背后依然是有某种结构，但这对作家个人来说完全是不自觉的。在我阅读希代版的《新世代小说大系》以及台湾作家的作品集时也有类似感受。继六十年代台湾现代主义文学思潮和七十年代的乡土派文学后，在新崛起的新生代小说中似乎看不出思潮性流派性的创作群象，闪烁得最耀眼的是个人风格的光彩。《新世代小说大系》的十二卷分类中，编选者根据题材分出政治、都市、工商、乡野、心理、历史/战争、科幻、神秘、武侠、校园、爱情等十一类。每卷所收的作品，都有不同的艺术个性和风貌。这里有一个情况可以提供作比较：大陆时代文艺出版社一九八八年出版过一套新时期小说选集，收入了一九八七年以前的各类小说，共分八卷，为现实主义小说（二卷），文化寻根派小说，意识流小说，魔幻写实小说，象征主义小说，荒诞派小说，结构主义小说（各一卷），编选标准重在文体和创作流派。这样的对比也许能说明一些问题：大陆文学在一九八七年以前基本还发展着流派，如现代派小说、实验派小说、寻根派小说等等，只有少数几个作家不属任何流派，如莫

言。直到一九八七年以后才开始流派消解，迥异的个人风格成为新起作家的标志。而八十年代崛起的台湾新世代小说，我觉得也是以消解流派、突出个人为标志的。

应该看到，文学流派的形成与消长是五四新文学的基本特征之一，也是新文学赖以发展的主要手段。中国新文学是在吸收了西方文学思潮的营养，完全蜕化了旧文学的形式（白话）和内容（反封建）前提下发展起来的；面对成千年的旧文化传统，五四作家单靠个人的魅力是无济于事的。但文学史表明，流派通常是产生于蜕旧变新之际，作家个人力量不足以抗衡传统的时候。当一种流派滋养了作家，作家同时也必受制于流派，因此真正的大家风格的成熟标志，应该是从摆脱流派开始；真正的文学繁荣的时代标志，应该是消解流派，突出个性，优秀作家以个人的多种风格呈现于时代，而不是依靠流派的力量寄身其间。正因为如此，我把六十、七十年代的台湾现代主义和乡土派的出现，把八十年代大陆批判现实主义的“伤痕”文学、现代主义以及文化寻根派的出现，都理所当然地视作五四新文学以来又一次文学的自觉运动，它带来的是中国新文学与世界文学的交流融会。但接下去的问题是，文学流派的繁荣是否导致了文学上大家林立、杰作连篇的真正成熟时代？

现在要对两岸新世代小说下这个断语自然为过时早，但文学热点由流派悄悄过渡到个人的现象是令人可喜的，在一些突出的青年作家的作品中已经弥漫起浑浑大气，不但在文学题材的广泛、文学样式的多样上显示了青年人充沛的创作元气，更不可轻视的是他们在作品里表达了一种极其强烈的个人经验，它包含了个人对生活的独特的认知，并且运用最贴切的审美形式把它表现出来。我把这种经验称作文学经验。文学经验的丰富和扩大，与生活经验的丰富和扩大当有区别，后者反映在创作上是题材的多样化，而文学经验则导致作者描写某种题材时独特多样的审美把握。在大陆，我认为拥有这份独特性的作家有莫言（《透明的红萝卜》里黑孩的奇异感受），王安忆（《岗上的世纪》、《小城之恋》中对性的欢悦的独特感受），张炜（长篇小说《古船》中对历史与人性的反省），刘恒（《伏羲伏羲》、《狗日的粮食》中对人的生存状态的深切感受），叶兆言（《状元境》、《追月楼》等作品中对历史的消解意味），余华（《现实一种》等作品中冷漠的生命感和残酷的欲望）等等。这些作家在文学史上留下的不可替代与不可模仿的痕迹已经成为一种事实，他们不属于任何流派，不曾有明显的师承与明显的效仿者，他们只是孤独地寻找着最完美的形式与最饱满的内容的结合，以最终完成自己的使命。对于台湾新世代小说，由于阅读有限，我不敢妄下断语，但无论从创作题材的丰富还是文学体验的独到，在我读黄凡、张大春、林燿德、王幼华，东年等人的小说集时，都会感受到同样一股磅礴的大气袭人。

三、文学经验的日趋丰富，扩大甚至超越了五四文学的审美传统

本部分中，我想以希代版的《新世代小说大系》为对象，探讨以下两个问题：一、在五四文学的传统题材中，新世代作家是如何赋以新的感受以及相应的新的表现方法，扩大了五四作家的文学经验；二、在哪些题材中，新世代作家超越了五四文学的传统，将具有现代特征的文学经验——诸如超验、后设和现代科学幻想等引入了创作领域。

五四新文学传统题材包括探讨各类知识分子所关心的问题（社会问题小说、个人爱情小说、历史小说等）和农民问题。三十年代出现了都市小说，四十年代又发展出战争小说。从五四新文学初期以来，一直到六十年代的台湾现代主义文学中，还断断续续地存在着表现心象世界的小说。如果与《新世代小说大系》相对照，其十二卷中政治、都市（包括工商）、乡野、心理、历史 / 战争，以及爱情各卷，都属传统体材。但《大系》收入的作品包括两个部分：一部分是继承了五四传统的文学经验，以写实为主要手法，再现生活的某些片断（这部分比较集中在工商卷、乡野卷、历史 / 战争卷等）；另一部分则超越五四传统，融入了新的文学体貌和各种现代表现技巧（这部分在政治卷、都市卷、心理卷中较为突出），本文将有选择地侧重对后一类型作品作一些探讨。

“政治卷”中，由于新世代作家超越了历史上的政治纠葛，政治小说观念也相应的摆脱了史传的传统，有不少作品仅仅以政治事件为假托来参悟人生真相，使政治小说具有哲理小说的内涵。五四以来的政治小说中，作家大都是站在现在的立场上叙述历史，抚今追昔，新世代小说则是在未来立场上追叙历史。在他们的笔下，过去、现在、未来三个时态在同一个想象空间呈现，如张大春的《将军碑》、杨照的《黯魂》等。在观念上他们消解了历史上的政治事件，表现技巧上吸收了魔幻真实的成分，在他们的笔下，历史不再是一个谜，它连接着过去与未来，通过一系列已知和未知的要素展示出来，显示了新世代作家的丰富想象力。——如果以《将军碑》里的将军同白先勇笔下的没落贵族相

比，最明显的差别就是前者在怀旧中加入了“未来”一维的视界，历史由不可知的哀怨转变为被洞察了的嘲讽，小说的境界得到了提升。《黯魂》中的未来视点处理得更巧妙，作者没有正面表现台湾“二二八”历史血案，却用荒诞的手法赋予主人公一种特殊能力：可以预见人们的死亡。结果发现两代台湾人的死亡方式竟非常不同，上代的台湾人被预见死于血，现代的年轻人则被预见死于自杀，主人公为此陷入恐怖，他发问：未来到底是什么样的世界，年纪愈小自杀的愈多，没有几个死在床上……人类发展过程中的悲剧性已书写在作者悲天悯人的暗示之中。即使在一些写实作品中，新世代小说家独异的感觉也使传统题材焕然一新。如蔡秀女的《干燥的七月》。从叙事角度说，以女孩的眼睛看出一个家庭的衰败，本来是传统的普通写法，但整篇小说仿佛是一道道符咒：阴森森的冤魂鬼气，火辣辣的七月热浪，强食弱肉的动物间残杀，野蛮的乡风民俗以及老政客行将灭亡时的疯狂和绝望等等，都借助一个早熟敏感的女孩的心灵似懂非懂地感受出来。由于叙述主体是个孩子，她可以用不投入的眼光去叙述这家族斗争与政治斗争搅和成昏天黑地的一段生活历史，并对这残酷斗争中的牺牲品留下了更为深切的印象。这篇小说被收入《大系》的政治卷，在《海峡小说一九八七年度选》中编者也称它是一部“描写政治人物的小说”，都把它归为政治小说类。但是，也许是我对台湾的政治小说缺乏了解，在我一个大陆人读来，这篇小说最吸引我的不是祖父这个政治人物颓败的形象，也不是地方政治斗争的精彩场面，我更喜欢主人公从这段生活历史中感受到的恐惧心理，这奇异的心理特征为这段生活历史打上了极其个性化的印记，也是这篇没有写政治的政治小说所以获得成功的原因所在。

其次是都市卷，较三十年代的都市文学有很大的发展。“都市文学”本身不仅仅是一个地理区域的概念，还含有质的意义。在三十年代，都市文学往往与“工商”联系在一起，以区别旧市井文学。（譬如通常把《子夜》、《都市风景线》等写上海的小说称为都市小说，把老舍写北京的小说称作市井小说。）这个概念区分，直到现在大陆还在沿用着。然而台湾《新世代小说大系》将都市卷与工商卷分开的编选，反映了新世代作家对“都市文学”概念的重新理解与重新解释。这当然是因为台湾后工业的资讯特征改变了传统都市的面貌与内涵，给了新世代作家直接的冲击与启悟。在林燿德的散文集《一座城市的身世》的序里，老诗人痖弦特别指出林燿德都市文学的概念：“资讯发达的国家，事实上整个国家已经形成一个城市，再与其他国家的都市系统构成连线，这种人类生活的新结构关系，应该是现代都市文学的内容”，“不一定写摩天大楼、地下道、股票中心、大工厂才是都市文学，凡是描绘资讯结构，资讯网络控制下生活的文学，都是都市文学”，“新都市文学主要是表现人类在‘广义的都市’下的生活情态，表现现代人文明化、都市化以后的思考方式，行为模式，它的多元性、复杂性以及多变性”。我身处海岛以外，无法亲身感受耀德笔下现代都市的新含义，姑且以痖弦上述论断为准，大致可推出如下几点结论：一、资讯革命取代工业革命的过程正是后工业时代取代前工业时代时的过程，故而资讯结构是体现现代都市文学特征的主要标志；二、新都市文学从传统的工商题材中脱胎出来，它与工商题材的关系不在于扩大了后者的外延，而是标志了一个新的美学原则的崛起；三、现代都市文学着重现代审美意识的把握，并不限定于写都市，原来“城中”的概念被打破。《新世代小说大系》将都市与工商分卷编选，正反映了这个趋向。正因为如此，大系的“都市”卷比较“工商”卷更有意思得多。譬如东年的《大火》，写出了现代人生存状态的绝境。来自农村的流浪儿在狭窄逼仄的住宅里忍受着两旁邻居的吵闹和威胁（他住宅两旁的邻居分别是妓女与暴徒，我猜想是暗示了都市生活中色情与暴力的畸形生活状态），终于走上了精神崩溃的绝境。整个小说就是一个寓言，一个象征，精神境界远非三十年代的“亭子间文学”可比。如王幼华的《麦先生的公寓生活》和张大春的《公寓导游》都是以公寓为现代都市人的生活场景，取代了中国新文学传统中的“四合院”文学或“石库门文学”。与后两者偏重强调人际关系相反，公寓小说更多的是表达了现代人生活的间离感，如那个善良微卑的麦先生，他对他人的关心只能通过极不正常的偷看或偷听来满足；那富裕大厦中有姓有名的十五户住户各不相关的生活状态，揭示出现代人彼此发生关联的极其偶然性。（如一个身份暧昧的妇女偶然地敲错门，导致了那门里的一位老妪恐怖而死；一个犯案者临逃前向窗外丢下一个空烟盒，里面有张中奖彩票，被风吹进另一户，偶然使那一户莫名其妙地发了财等等，都是相当有意思的故事。）

在新文学传统中，都市文明的审美心理一直缺乏建设，这也许是因为新文学作家人都来自农村，与农村的自然生活形态保持着深厚的血缘关系；也许是因为中国的都市文明是随着帝国主义的殖民化而建设起来的，民族的屈辱已成为一种集体无意识积淀在人们的意识中，所以都市小说总不及农村小说写得好，即使表现都市也常常流露出批判其罪恶的道德倾向。这倾向在大陆知青一代作家中也是根深蒂固地存在着，但这在台湾新世代小说家中有了根本改变的可能。不少台湾作家都是在现代社会转型中长大，他们的成长完全与现代都市精神融为一体，他们深深了解，都市的罪恶也就是他们自身的罪恶，因此他们在批判现代都市文明罪恶的时候，决不会产生类似沈从文那样的“固执的乡下人”的局外人眼光，也不会产生浪漫派文学那样对田园牧歌式的怀念。他们的批判精神本身带有浓厚的现代意识。如侯文咏的《铁钉人》，我很喜欢这篇小说，它用通俗的故事形式，把现代人绝望的体验以及挣扎，表现得相当有趣。黄凡的《房地产销售史》也是一部寓真情于幻想的小说，把现代文明中人性所感受到的压抑，用建造一幢“个性与空间有机结合”的畸形楼房，荒诞地呈现在读者面前。这些作品中，批判是都市精神的批判，绝望也是都市人的绝望，与传统的农业社会已经割断了任何联系。

现代都市资讯结构的建立也扩大了都市人的心理空间，促使心理小说有了较大的发展。心理小说不同于一般的心理描写，心理描写是将人的心理活动看作是对外部世界的反应，而心理小说应让外部世界反过来成为在心象中的投射，心理小说展示的正是这个心象世界。因此它既是一种创作风格类型，又是一种主题类型。《大系》编选者将它从各类型题材中抽出另编一卷，是很有见地的。新世代心理小说对五四新文学传统是有创造性的。虽然从鲁迅《狂人日记》开始，新文学一直有着现代主义的传统，但除了少数佳作外，大多数的篇什都比较粗糙。当时的中国作家远无法消化乔伊斯、伍尔芙、普鲁斯特等西方现代主义经典作家，结果仅仅成为弗洛伊德学说一知半解的图解或日本新感觉派等二流艺术的模仿，心理主体对外部世界缺乏深刻的体验和理解，因而心理活动多半只能在狭小的格局中徘徊，无法写出“意识流”的汹涌恣肆之态。虽然六十年代台湾现代主义文学崛起后，西方现代主义思潮又一次与中国文学发生交流和撞击，给文学带来了新的生命力，王文兴、欧阳子、七等生等写出了一批模仿性观念性都很强的优秀小说，对心理小说也是一个推动，但应看到，台湾社会从六十年代到八十年代已经有了巨大的变化和发展，特别是后工业社会的形成，对人的心理带来了新的刺激和新的困扰。如果说六十年代的现代主义作家还没有摆脱五四以来的知识分子在传统与西化撞击中的矛盾心态，那新世代小说家的创作则代表了一个新的开端。——我当然指的是一部分新世代的作品，以《大系》“心理卷”为例，如林燿德的《恶地形》，王幼华的《花之乱流》，冯青的《白墙》以及夏行的《奔赴落日而显现狼》等，这些作品数量上也许并不占多数，但从作家对世界充满现代感的阐释到后工业时代审美意识的表达，都是五四新文学传统中闻所未闻的，新世代小说正是从这里开始了对五四新文学传统的真正超越。

我对林燿德的小说感兴趣，就是因为在这位六十年代出生的小说家的文字里，洋溢着一种非传统经验能破译的新气象、大气象。他的创作中，看不出与中国传统生产方式的典型场景农村有任何血缘关系，从而进一步实行了与传统的思维方式和感情方式的新断裂。他的小说典型地表现出后工业社会的都市心理，意象奇异而险恶，境界阔大而壮丽。收入“心理卷”的《恶地形》可以说是林燿德小说的一篇代表作。这是一篇意识流小说，作者描绘了三组对峙的意象：第一组是两个女郎的对峙，第二组是鱼与潜艇的意象和刻板时间的对峙，第三组是“恶地形”与都市的对峙。可贵的是作者没有在超越都市的渴求中混入丝毫的田园情趣，于是主人公寄希望于“恶地形”。这三组意象在作品中互相渗透，交织在一起，构成了一幅现代人的梦呓气游图。

《恶地形》创作于一九八六年，《花之乱流》和《白墙》都发表于一九八七年，《奔赴落日而显现狼》稍早，发表于一九八五年底。这与大陆出现马原、扎西达娃、余华、孙甘露等实验性小说的时间差不多。这海峡两岸的同步现象或许可以看作是一种预兆，即在这一类作品中，各种意象的内涵和外延在文学史上都是陌生的，找不到任何直接的或间接的渊源关系，因此传统的新文学史批评术语也无法读解和批评它们。这种迹象是否预兆了新文学将超越五四文化传统（即由农业社会向工业化现代化转型期的文化）的规范，直接从世界性的后现代文化中汲取营养和动力，同时消解新文学传统中的民族因素与欧化因素，进而诞生出新的文学质？

四、超验、科幻、后设小说引入创作领域，实验小说与通俗小说并举，五四以来的文学格局重新调整

所谓新的文学质，它将是一种更为充分地体现创作自由精神的文学，是一种与世界文化息息相通，更为本质地反映民族文化发展趋向和艺术自身特征的文学，为此它必须冲破人为画地为牢的各种障碍，使五四以来的文学格局得以全面调整。

首先是写实定于主流的格局将被改变。如本文一再提出的，把五四新文学传统仅仅视作写实是人为造成的，是抗战以后战争文化心理的局限所致，五四传统本身包含着现

代主义的部分。但也应承认，中国新文化的非写实传统一直没有得到长足的发展，它既没有与中国古典文学中的非理性成分衔接起来，也没有如西方现代主义作家那样有异常丰富的想象力。新文学的创作方法，基本上是五四提倡的民主与科学精神在审美上的反映，排斥了过分想象以及经验以外的“怪、力、乱、神”。然而新世代小说正是从想象力上突破了这一局限，大胆引入了魔幻、超验、科幻等成分，这就使文学创作超越了写实不写实的分界（如魔幻写实，既反映了现实世界的真实，又具有超越的叙述方式），进入到更为阔大更为自由的创作境界。《新世代小说大系》编出神秘卷、科幻卷，反映了这个趋向。

超验是指超出经验范畴的现象。随着近年来“文化热”，对民族文化的重新省权，许多原来轻易被斥为伪科学或封建糟粕的学科又开始兴盛，如气功学、心灵学、特异功能等等，连古老的《易》学也变得重新热门。且不说这些现象究竟能在多大程度上产生科学的价值，仅以超验现象的存在而论，它从审美上给了作家莫大的启发，或可说刺激了作家的想象力。特别是中国文化传统中的许多超验现象都反映了生命体验的重要性，这就使文学创作中生命意义的探讨有了新的依托形式，借助超验现象，发掘出更为深层的生命意识。这在大陆近年的创作中也屡屡出现，韩少功的《归去来》写到了生命的转化，霍达的《魂兮来去》写到了鬼魂与人间的对话，阿城的《树王》写到了人与物之间的生命感应，都是值得注意的例子。台湾《大系》的“神秘卷”中，有一部分作品也都写出了这一特点，那“神秘”在小说里不是气氛烘托，也不是技巧布局，而反映了对生命的深层意义的探讨，如梁寒夜的《盗跖》，今灵的《椅子》，蔡秀女的《红衣观音》等，都有这样的特点。

科幻，与超验一样，也是想象力的自由释放。科幻与超验的区别，不在于它具有更多的科学性，而在于它们不同的叙事语言和场景。科幻小说的语言是一种人类进入太空时代以后产生的科学术语，场景也随之将地球背景扩大到宇宙背景，把人性置于宇宙星际系统中加以表现。虽然它描述的根本内容，依然是对人性发展的可能性的思考，但由于语言与场景的变化，由于引进宇宙意识和未来意识，使它产生了完全不同于超验小说的审美效果。大陆近年来科幻小说并不风行，对国外科幻的引进也只停留在卡通的水平上；相比之下，台湾科幻小说有较大的读者市场。我曾经比较过两岸新世代作家在这一点上的差异：在台湾，许多年轻作家是从写科幻起步的；而在大陆，许多作家则是靠写儿童文学起步。相比之下，儿童文学既没有想象力，也缺乏对人性终极的关怀力，只是一种纯情的成分，不能不说是个比较低的起点。科幻不一样，若没有丰富的想象和现代科学知识，难以写出好的科幻小说。这种语言和场景的特点不但帮助作家在起步时就获得现代社会信息和科技信息，也帮助作家形成多元的思维空间。《大系》“科幻卷”中有不少作品，如林燿德的《双星浮沉录入》、叶言都的《高卡档案》、张大春的《伤逝者》、平路的《按键的手》等，从不同的角度——或对整个世界，或对一个民族，或对个人的生存境界——都寄托了对人类命运的深切忧虑，但其在夸张手法、荒诞构思以及超凡想象力上，又较之一般实验性文学增加了可读性。

超验与科幻在商品社会中属畅销读物，都带有通俗文学的特点，但由于作家们自身的现代文化知识修养以及对文学所抱的严肃程度，并以其幻想、神秘、夸张、荒诞等手法，与新兴的后设小说一起，在创作方法上破除了定写实主义为一尊的局面，使文学观念到表现手法，都进入真正多样化局面。

其次，这局面也调整了新文学长期以来纯文学与通俗文学相对峙的关系。由于新文学初期是在欧风美雨影响下建设起来的，它是属于一部分已经接受或准备接受西方文化的知识分子的文学，与大多数处于封闭状态的大众读者市场无关，这使封建时代遗留下来的旧式文学始终拥有自己的阵地，与新文化长期分庭抗礼。新时期的文学初期，以为人生与为艺术而创作的严肃文学（包括各类写实小说和实验小说），与以消遣、以取悦大众读者消费市场为目的通俗文学也是分道扬镳的。直到一九八七年前后，才有冯骥才、张贤亮、王朔、李晓等作家尝试着调和两者的关系。当然这种调和是以提升通俗文学的审美格调为主要标志的。这项工作在台湾的新世代作家中也许做得更好一些，因为：一、台湾有着琼瑶、三毛、古龙以及香港武侠小说科幻小说等传统，起点较大陆通俗文学高；二、台湾本身是商品社会，无论走写实主义传统路子还是从事实验小说的作家，都不能不注意读者市场的接受问题；三、许多新世代小说家将现代意识融入通俗小说创作中去，兼顾创意和可读性两方面的要求，使实验小说得到社会认可，使通俗小说得以提升，出现了实验与通俗并举的局面。《大系》不但将神秘、科幻，还将武侠、言情均设专卷编入，正反映了这一并举的趋向。由于笔者以往少读通俗文学，一时无法判断这些作品的质量定位，但从这并举合流的趋势看，正是新文学作家长期努力实现的愿望之一。

《当代作家评论》一九九一年第一期

台湾女性诗歌中的“情欲主题”

刘介民

在台湾女诗人的诗歌创作中，“情欲”是一个重要主题。视而不见肯定不是实事求是的态度。既不能否定，又要进行分析，研究其产生的原因，描述其存在的状态和特点，寻找其发展的流向，评论其成败得失，是值得研究者重视的。“情欲主题”在台湾文学史上，经历了继承古典时期的“婉约”风格、接受西方文学影响的女性感性特色，以及爱欲渴求的感官经验等不同阶段。正如肖沃特（Elaine Showalter）指出的，美国女性文学经历了三个阶段：一、女性的（femi-nine）；二、女性主义的（feminist）；三、雌性的（female）。台湾女诗人们的创作也经过了这三个阶段，女士们追求着她们的理想、愿望并要达到她们所需要的。因而在“情欲主题”的表现上，也就走过了对生命体验的不同理解和由情欲到性欲女性感受的表达方式的不同阶段。

“情欲主题”的历史疑问

情欲，是指对异性的强烈欲望和精神需求，它既是生理活动，也是心理活动；既获得肉体上的满足，也获得精神上的满足。因此，人与人之间彼此相爱的情欲，是人类实现爱情的幸福之路，也成为诗歌创作的重要内容。中国古典诗从《诗经·关雎》始，至唐诗、宋词、元曲直至近代民歌，都不乏对人的情欲描写；虽与西方同类诗比，显得羞羞答答，隐晦含蓄，但也可算较为赤裸，较少避忌。谭正璧先生在一九二八年所作《诗歌中的性欲描写》中诘问：“性欲如果是淫秽之事，则世间何以有人类，何以人人必作此淫秽之事?”[①] 我以为，台湾女性诗歌中的“情欲主题”，是现代台湾社会公开被确认的活动在诗歌中的表现，女诗人若不涉及社会中这种普遍事实，也许会失去可信性。一个人的情欲、性行为，无论在生活中抑或在她的诗篇里，都应是一个严肃的问题：情欲、性关系，放入社会诸关系的总和中可以窥见社会的面貌。诗人选择爱情题材，反映情欲主题，甚至传递性生活中的色情感，这是她的责任，但绝不可以说她赞成色情文学或写的是“欲诗”。当我们分清“色情”和“情欲”时，当我们承认性的活动是人类生活中的一部分，我们对情欲、性关系在诗歌中的表现就不会感到意外了。当然，情欲与性关系并非仅仅是怀上孩子或寻欢作乐，有时它是露骨的下流、猥亵，低级和丑恶的，不过这同样是人类经历的一部分。情欲、性的活动反映人的灵魂与文化，可以是高尚的，也可以是堕落的；可以是充满性爱的、柔情的、有趣的、伤感的，也可以纯粹是无聊的。一个人对情欲与性活动的想法与实践，有助于表现这个人物。由此看来，诗人表达情欲和性的活动，正如我们需要写爱情、婚姻、宗教、政治一样。表达“情欲主题”的诗篇，在台湾女性诗歌中的不断出现也就很自然了。

台湾女诗人的情欲诗篇，不仅仅是两性间的感情交流，它首先离不开人的一种生理基础——性的欲望。女性的敏感与倾向，敏锐之感性、奇异的冲动情绪，以及这冲动背后的动机和意义，都可透视这自我顷刻的欲望。这些诗歌中所表现的情欲主题是多层次的、复杂的、幽深的，有时是充满痛苦和感官刺激的。“情欲主题”一般是源于对理想爱情的追求，在爱情和性欲的微妙关系中吟唱那生死缠绵的情歌。女性追求爱情是要与爱人在精神上相结合，以达到灵肉一致的境界。可这毕竟是理想的，与现实相距甚远。由于恋爱的不自由和种种障碍，难得一对恋人完成这种灵性结合。他们虽然“身无彩凤双飞翼”，但要达到“心有灵犀一点通”谈何容易，必得击破现实的种种阻碍。在这个过程中，愿望得不到满足，渴望与幻想的冲动，人的性欲的生理需求，成为她们诗歌作品的主要主题。台湾女性诗人在表达和呼应诗歌作品的情欲主题时，基本继承了中国传统美学和审美习惯，从内容到形式避实就虚，性欲描写因诗之荫庇而成了“性欲文学的幸运儿”。比起西方情欲诗的艳词丽句、绘声绘色，直至血肉模糊，不忍卒睹还显稍逊几层。一些女诗人的作品，对情爱的追求可谓强烈而真挚，但这追求仅止于幻想，爱情的幻想

---

① 谭正璧：《诗歌中的情欲描写》，第10页，上海，光明书局，1928。

境界只能在情欲中得到满足。因此，情欲主题多选择特殊的题材，如缱绻中有情欲，激情中有情欲，相思中有情欲，失恋中有情欲等。恋爱是台湾女性诗人表现情欲最频繁的题材，很多个人色彩浓厚的情歌，都与情欲有关。无论是在心理上、行为上，抑或美学观念上，她们都在传统的所谓美中发掘新的美，敏于感受、巧于表达，使情欲主题的诗篇有了新的升华。

例如被林燿德称之为“对于‘爱欲的枵渴’的最佳诠释者”[①]的曾淑美就曾经说过：“我大部分的诗都是因失恋而写，低调的心情沦陷成一首首的诗……对于我而言，爱情一直是推动我向前走的力量，使我不断地写诗。”[②]在她的爱情诗篇里，有很多是触及情欲主题和做爱经验的，尽管手法含蓄，却不难见出端倪：“做爱之前，我们 / 坐下来倾听所有的欲望 / 自躯体哗然崩落。”[③]诗非常婉转地写了一个自恋心态和深层的情欲，气氛由温和而变为激烈。“我之内 / 藏匿一座绝美的峡谷 / 向我更深刻地堕落 / 最深渊 / 你将获得飞行的翅膀 / 低低穿掠初霞的涌生”。[④]诗以大自然意象隐喻男女欢媾的场面，但只是一种对将来的承诺。“一棵大树无言地摇落一声无由的 / 呐喊I want a woman并且四散碎裂”[⑤]，表达了男女共相的爱欲渴求。古月也曾剖心示众，和盘托出一种感情的欲求：“苦雨恋爱着你的孤芳 / 突然，威胁的风暴袭来 / 娇柔纤弱的玉人哪 / 怎能撑挡。”[⑥]利玉芳的诗不仅描写情欲官感经验，而且还关注女体在情欲中的生理变化：“莫叹我肚里没有你的爱 / 因为你阴晴善变的脾气 / 伤害了我心中的胎儿。”[⑦]情欲引起的情绪波动影响生理变化，导致“流产”的爱情：“我无从知晓 / 你性别 / 更无从描绘 / 你的容貌 / 而中夜临镜 / 两行清泪里 / 仿佛见你 / 自镜中行来，那风致 / 也一若水仙 / 我不知如何唤你 / 更不敢以手触你 / 那最美的梦 / 最忍心的决定 / 你是我 / 流失的生命 / 子宫内 / 最最深刻的伤恸。”[⑧]钟玲又以古典意象与巧妙的比喻抒发情欲，刻画性爱行为：“……你不必撩我拨我 / 锦城来的郎君 / 只须轻轻一拂 / 无论触及那一根弦 / 我都忍不住吟哦 / 忍不住颤 / 颤成清香阵阵的花蕊 / 琴

---

① 林燿德：《一九八九年以后》，第236页，台湾尔雅出版社。

② 林燿德在台湾“当代女诗人座谈会”上的发言，《联合报》1988年6月1日。

③④⑤ 曾淑美：《缠绵帖》，见《坠入花丛的女子》，台湾《人间杂志社》1987年，第49页。

⑥ 古月：《独身钮》，《追逐太阳步伐的人》，台湾葡萄园诗社，1967年，第11页。

⑦ 利玉芳：《水稻不稔症》，《活的滋味》，台湾《笠诗社》，1986年，第24页。

⑧翔翎：《流失》，台湾《联合报》1981年12月13日。

心的深空 / 往日只有风经过 / 只有黑暗经过 / 如今音浪一波又一波 / 锦城来的郎君 / 是你斟满了 / 一瓯春。”[①]

从以上仅举的几个例子中可以见出，台湾女诗人们的诗歌所表达的情欲是强烈而沉醉的。女主角心甘情愿、无怨无悔，表达了女性的矢誓之爱和自处之道。由此我们可以想见西方女诗人魏里夫人（Elinor Wylie）和米莉（Edna St Vincent Millay）的情欲诗篇。当然，此类诗仍未能跳出颇为伤感的传统老套。

无论是从古至今，还是从东方到西方，两性间的强烈情欲吸引着男人和女人，而女人对异性比男人更大胆。由神秘、好奇造成的诱惑，使她们产生出深刻缠绵的柔情和呕心沥血的欲望。因此，她们在处理男女两性关系上，总是表现出对男性的期待、崇拜、求爱、忠诚，表现出对性的欲望。台湾女诗人历史地将“情欲主题”展现在世人面前，一方面表明她们的价值观念从传统过渡到现代；另一方面也展示了生命意识的觉醒，使她们难以操纵情感的缰绳。

对生命体验的不同理解

“情欲主题”的诗歌是建立在从不同的角度对一般诗歌观念的不同理解上。台湾女诗人的作品中，各式各样的恋爱题材都隐含着表达情欲的意象。这里有少女的憧憬，有爱情的折磨和甜蜜，有破碎的感情。她们虽然很少直接描写情欲或赤裸裸表达情欲，却可以在女性的深刻体验中含蓄温婉的意味、反思，她们之中的曾淑美、利玉芳、钟玲等，是最能代表这类创作新境的。女诗人们以女性特有的“婉约”派诗风和与男性风格根本不同的“女性主义”情绪，写下了诉诸直觉或感性在骨子里涌流出来的诗篇。例如利玉芳的诗，集中描写了情欲官感经验：“你一定不能接受 / 不能接受我突然处女起来的 / 墙 / 坐落在你的面前…… / 给我勇气 / 给我微微的醉意 / 用来击破虚伪的墙 / 让真实俘虏我的灵魂 / 给我用肉体歌唱不朽的诗 / 给我厚实坚强的肩膀 / 我需要灌满一夜的爱。”[②] 诗中用直接的方式描写情欲与对性爱的追求。女人最需要爱，但却缺乏寻觅的机会，尤其是在

---

① 钟玲：《卓文君》，《芬芳的海》，台北，大地出版社，1988。

② 见利玉芳《活的滋味》。

她们不了解所表现出渴求的情、欲的迹象时，她们不会否认自己有强烈的欲望，她们不知道用怎样的方式传达到男人身上。这种情欲不能表达出爱人的能力，只能显示出被爱的强烈需求。不顾一切是一种无言的情欲，诗中表现的似乎是"爱我！请爱我"这种个人的生命经验。这似乎应了传统的看法：女人是一片白纸，等待男性去写。

再看钟玲的诗："你的气息 / 灌入 / 我盛开的 / 听觉 / 风在呼啸啊 / 风的呼啸 / 引动 / 我细锐的歌吟 / 由樱桃肉的云层 / 钻入 / 水底的岩穴 / 流浪起拍岸 / 浪卷起拍岸 / 在你铁色的 / 一条血管中 / 涨落 / 浓酒的潋滟 / 遂洒遍海 / 洒遍 / 你的官感。"[①] 充满了情欲的意念和联想，这里既表达了心灵，又强调了情欲。诗人的体验是通过自然隐晦地影射心灵不及情欲，这样一个有悖于传统观念的趋势。情与欲本是相对而相关的人生两面，是人之常情。爱恋与情欲看来相同，实则有别：一种是滋养品，一种是饥渴。诗中不避讳性爱，以欲入诗，虽不纯情但却优雅，也算是一首好诗。女诗人受到文化环境、生理状况以及读者对女诗人作品反应的影响，表现出女性生命体验的女性风格。无论是在生理上或是心理上，她们都需要满足，需要宣泄，同时需要补偿。她们同样有男性的要求和激情，柔弱的希望被占有，强烈的希望占有男性，但是，她们却永远得不到满足。因为这不满足，才把它写进了诗，写给男性看，即使是女性占主导地位的诗也是写给男性的。这类诗，一般女性读者往往会感到一种负面刺激，或者不感兴趣。古今中外很少有从女性角度写情欲、性爱的，女人往往是被动的，几乎完全是为了满足男人而存在的。台湾女诗人的情欲主题大体没有摆脱这个桎梏。当然，女诗人们表达情欲，大多不会直言不讳，有含蓄内敛的特色，在情欲中表现出驯良、媚人、细腻、凄清等；另一方面也有纯净、超然、飘逸、清空等特质。夏宇的诗："阿洛你已经开发 / 亚热带无可 / 无可置疑的肥沃。"[②] 少女情怀似乎含蓄、温婉而淡雅，然其中多隐藏着强烈的情欲。林泠的诗："还有一些—— / 我是不能说的 / 三月的夜知道 / 三月的行人知道。"[③] 美丽的故事发生在春季，诗中看不见故事的内容，读者可以想象怀春少女的欲望，少女初恋的经验："你十四岁的柔情是一次 / 温暖的血崩"，表现出强烈情欲的不可抗拒以及投入情欲的恐惧与无

① 见钟玲《芬芳的海》。

② 夏宇：《也是情妇》，《备忘录·夏宇诗集》，第19—20页，台湾自印，1984年初版，1986年再版。

③ 林泠：《三月夜》，《林泠诗集》，第25—27页，台北洪范，1982。

助感。

张香华的诗巧妙地捕捉生命体验中的一刹那感受，在永恒的爱与美的向往中，含蓄地描写女性的情欲：“……我有个 / 欲望，像刺穿雾气的阳光 / 以她多芒的吻 / 去试一个少女唇上短髭的硬度 / 此刻，我的身畔 / 有两个少年 / 正快乐地交谈 / 他们激越的语声 / 像雾里点燃起潮湿的柴火般 / 噼啪着。”[①] 当女人和男人恋爱时，她们易于把魔力般的特质归因在男人身上。这种男女关系和情感爱慕可以虚幻、追溯到少年时代，“吻”、“短髭”、“声音”都是她深爱的特质，神奇的特质，神奇的魅力，激发了女人对男人的慷慨情欲。方娥真则通过想象假设的意境，充满柔情、欲望，在其典雅辞法及优美的境界里隐含着无尽的情欲：“依然是千山在我路上 / 依然是万径在我心上 / 我想着你想找我，我想着 / 化为夏天，随处让你遇上 / ……”[②] 在敻虹的诗中，在表达情欲时，把心中的情人神化了：“从盼企中走出 / 请上阶台 / 踏着叮咚音符 / 有颜彩以缤纷来，有江海以澎湃来 / 我的神，请上阶台 / 豪华的寂寞，在你之后。”[③] 少女与这位被神化的爱人之间的纯情、欲望，自成一种不可步追的空灵意境；细腻而清丽的气象，使想象凝固在读者的美感意念里。梵·弗兰茨（M ‘L von Franz）认为女性的理想爱人在心理上是她自我的投影，是她“把各种梦想织成的茧加以人格化而成，这个茧中充满了自以为是的，如意算盘与价值判断。因此，这位女性与现实生活完全脱节”[④]。女诗人们追求的是理想的现实、理想的情欲，诗中透露的性爱经验，往往是梦幻式的神话。理想男女中的灵性结合又往往用非常感性的意象来表达。“你要用一点儿微组的爱来偿还我吗？ / 如同大地 / 用平静偿还了风雨 / 知否？ / 篝火烧久也会自熄 / 台风夜后 / 肆虐与滋扰都将成为过去 / 而我已经把爱给了你 / 却只把茫然留给自己。”[⑤] 朵思这首诗以呕心沥血的激情表现一种茫然虚空的情欲，在特殊的处境中表现了爱情破碎时的痛苦感受。“我”对情人的思慕可谓情思汹涌，然而“篝火烧久也会自熄”，表现出悲痛忧伤的不宁心绪。这里女诗人的生命体验是对恋爱产生的畏怕之情，往往自我压抑、不愿流露真情。

---

① 张香华：《雾》，《不眠青青草》，第29—31页，台北，星光，1978。

② 方娥真：《灯谜》，《娥眉赋》，第90—91页，台北，四季，1977。

③ 复虹：《蓝》，《敻虹诗集》，第48页，台北，大地出版社，1976。

④ M · L von Franz “*The processof Individuation maoand Hiss Symbols*”, p. 131。

⑤ 朵思：《台风夜——给毕加》，《秋水诗集》，第35页，48期，1985年10月。

钟玲诗中的生命经验更有不同的理解。她写两性间生理与心理构成的情欲，由激情到冲突到和谐，有一种真实、感人、逼人的张力。它似乎是诗人自己诚挚、热烈、情欲的袒露："今夜是七月初七/台风肆虐这狭小的山谷/我们翻腾在小楼上/雨打屋瓦的急促/狂风卷叶的纠缠/形体的风暴止息后/心底的风暴扬起/你潜伏的猜疑/我绽开的隐痛/行雷的闪光/电线裂口的火焰/激射而出/卷我入你的风暴圈/旋你入我的台风眼/在愤怒的呼啸中/我们触及彼此的核心/透视云封的自己/……"[①] 这首诗极尽浪漫的描写，不止于两人情欲与肉体销魂蚀骨，却通过肉体的结合达到极性的沟通。这是诗人心底的爱情理想，情欲是通过性的满足而达到最高峰。这种肉感型的情欲诗，作者多为中年人。她们颇有肉感的经验，表现了爱情灵与肉的两面，由肉之门去看裸体的爱情，或有新的美感。再如《潋滟》这一首诗，也是对性爱、欲望和痛苦的思索，给我们较多的是性的意思和联想。使我们领悟到两性间的性欲，由生理到心理的变化。"诗人用台风的狂烈影射爱情的波折，天穹的神话象征性的归于和谐，从而领悟了浓酒的醉意，顿悟了爱欲的真谛。"[②] 许多男性诗人，如布莱克（Blake William)、惠特曼（Walt Whitman）也曾企图通过灵肉去体认爱情。一九八五年我在评钟玲八首古典题材诗时，写了一篇《一枝红艳露凝香》[③] 的文章也分析了这个问题。女诗人这类表现情欲的诗，多出于对生命体验的不同理解。她们的写作基点主要是表达男性；即使是写女性的感受，也是因为有男性存在。表达感情、抒发欲望，这本是人之常情，更何况欲是情的另一面。纯情的诗可以成为好的情诗，不纯情的诗也可以成为好诗，甚至这种多元繁复的、表达情欲的诗，更能表达人之广阔深邃的情感。

由情欲到性欲的女性感受

在诗歌创作中，唯"情欲"之诗是不多见的，而"超然的"、"潜意识的"表达性欲的诗篇却颇多。由情欲到性欲的女性感受，是女性生命经历的一部分，台湾女诗人大胆

---

① 钟玲：《芬芳的海》。

② 刘介民：《浅评〈芬芳的海〉》，载香港《大公报》，1988年6月5日。

③ 刘介民：《一枝红艳露凝香——论钟玲八首古典题材诗》，《文艺杂志季刊》（香港）十七期，第80—84页，1986年3月。

地做了这方面的探索，并创造出具有女性特色的诗篇。“每逢下雨天/我就有一种感受/想要交配繁殖/子嗣遍布/……像一头兽/在一个隐秘的洞穴/每逢下雨天/像一头兽/用人的方式。”[①] 夏宇的这首诗突出女性、大地、神的形象，突出女性生生不息的天赋，并以周朝始祖姜嫄为题，表现“女子中心”论之思想。诗人在诗的开头用了《诗经·生民》中的诗句“厥初生民，时为姜嫄，生民如何，克禋克祀，以弗无子”，说明她这样写是有根据的。尽管如此，从生理学与心理学的角度理解，诗人表达的由情欲到性欲的女性感受，虽说很风趣、很刺激，却不觉得有什么动人之处。夏宇的另外一首诗则从一种热情炽烈的场面，表达占有情人肉体欲望的女性感受：“……/游荡的心彼此窥探恰恰/他在上面冷淡的摆动恰恰/以延长所谓“时间”恰恰/我的震荡教徒/她甜蜜的说，她喜欢这个游戏恰恰恰。”[②] 男女之间的情欲、性爱一掠而过，虽没有那种露骨的描写，却打破了中国传统的含蓄与节制。读罢我们不由地想起美国著名欢爱诗人康明思（E. E Cummigs）那首极尽谐谑挑逗的诗：“may I feel said he/(I'll squeal said she/just once said he)/it's fun said she/(may I touch said he/how much said she/a lot said he)/why not said she/……可以摸吗他说/(我会叫呀她说/只摸一次他说)/真有趣她说/(可以触吗他说/多少她说/很多他说)/怎么不她说……”[③] 足见夏宇接受西方影响，扬弃传统抒情方式，极具反叛精神。钟玲指出：“她还在诗中触及情欲主题，但女性主义只是她处理的众多主题之一。如她对情诗体的处理在台湾女诗人中可以说是绝无仅有。”[④]夏宇作品的后现代主义特色，即使叛逆了传统主题，令人费解猜疑，也没有离开人类的本能：情欲与性爱。她的“腹语十五则”中以性交直接入诗，写由情欲到性欲的女性感受。如八则“野兽派”，十三则“下午茶”，用了不少写给男性的诗句——女性不堪入目的“集体手淫”、“交媾”等。再看梁翠梅的诗：“为什么不来？将我紧紧地拥向胸口/拥向血脉最温热动情处/怎么知道我还能支撑多久？/托住我，如果你舍不得我/像呵护受伤的鸟儿般托我入怀。”[⑤] 诗中流露出那种痴情缠绵的情欲，“胸口”、“动情处”，似乎与济慈（John Keats）的诗“The warm，white，ucent，milion-pleasured breast”（那温暖、白净、光洁、有百万

①② 见《夏宇诗集》。

③ 转引自黄国彬《千瓣玫瑰——中外情诗漫谈》，第51—53页，香港，学津书店，1984。

④ 钟玲：《现代中国缪斯》，第354页，台北，联经出版事业公司，1989。

⑤ 梁摹梅：《病中一、二》，载张默编《剪成碧玉叶层层》，第288—290页，台北，尔雅，1981。

种欢愉的乳房），或十六世纪英国诗人巴恩斯（Barnabe Barnes）的“soft，lovely，rose-like lips，conjoned with mine，/ Breathing out precious incense……”（柔软、可爱、玫瑰般的嘴唇和我的嘴唇结合，呼出珍贵的馨香）有相通处。诗中把性爱作为理想爱情的重要因素和标志，不但看重灵的一面，更注意其肉的一面，表现出灵与肉、智与情之间的戏剧化冲突。古月的诗情欲的暗示很强烈，浓烈的感官意象和象征，描绘出激烈逼人的男女性爱的意境：“你是那山，是灼热的天空和清幽荫影下 / 的夏日，悚悚地由陌生的晚色走来 / 倏而警觉你之凌驾一如鹰之展翅 / 向我覆盖压着我的胸。”[①] 那“山”就是我的“情人”，“压着我的胸”、“有汗沁的体息沉浸我”，由情欲到性欲的经验往往是虚幻的行为。

台湾女诗人接受西方影响，客观冷静大胆地处理情欲题材，甚至毫不避讳地描写性器官，达到由情欲到性欲或感情世界的巅峰。“如爆发前的火山 / 子宫硬要挤出灼热的溶岩石 / 阵痛谁能替代?”[②] 写了与女性生理有关的心理经验和生活经验，形成了特殊的女性诗体。一些女诗人突破性地描写女性生理上的本能，如月经和生殖能力、怀孕、哺乳，乃至流产、打胎等纯粹女性经验。在这种诗里同样表现出对男性的强烈的性欲冲动。法国女性主义学派主张“女性文体”，认为：“在某种程度来说，女性的身体是文体的直接泉源。”[③] 露丝·艾嘉丽（Luce Irigaray）在分析了弗洛伊德学说男性阳具理论后认为：女性的性器官遍布整个身体，女性的性感可以朝向所有方向发展，这是男性绝无仅有的经验，更无法辨认出任何有条理的思想。可见，女性的生理特性和生理经验对女性文体有深切影响。大胆开放的英美女诗人，如卡罗琳·凯泽（carolyn kizer）、安尼·塞克斯顿（Anne Sexton）都写了很多纯粹女性经验的诗作。像《支解再生的司土女神》（*Semele Recycled*），《虚焦的女人们》（*Hypoirite women*）。伊莱恩·肖沃尔特（Elaine Showalter）认为，女性作品从以下四个方面表现其特色：生理的（biological）、心理分析的（psychoanalytic）、文化的（cultural）、语言的（languistic），这四条也反映了台湾女诗人的诗歌特

① 古月：《望山之一》，载张默编《剪成碧玉叶层层》，第173—175页。

② 李政乃：《初产》，《千羽足诗》，第50—51页，台北，竹一出版社，1984。

③ Ann Roselind jones，“writing The Body：Toward an Understanding of I'E，criturefe' minine，” The New Feminist Criticism edited by Elaine showal ter（New York：Pantheon Books，1985），3660.

色。所谓生理的，是说女性的性感官遍布全身，这种生理现象影响到女性的生理状态。当用弗洛伊德阳具说对女性进行心理分析时，女性便产生缺憾感和妒忌感，陷入不能满足的泥沼。因此，女性的诗作大多写给男性，以满足性的宣泄和性的补偿。正如法国女思想家西蒙娜·德·波伏娃指出的：“在性方面，女人活在男人粗糙的世界之中，为了补偿自己，她们会特别爱好‘精美的东西’”。[①] 而女性的生存环境以及个人体验又与错综复杂的文化模式相关。肖沃尔特说：“女性有关自己身体的、性的生殖机能的观念，跟她们处身的文化环境有错综复杂的关联。”[②] 在这种文化环境下，女性诗人如何运用语言、如何塑造语言的行为模式，对女性诗作的风格及内容冲击很大。

我说台湾女诗人表达情欲的诗主要是写给男性的，或许偏激了点。但是，当我们分析了这些诗人在继承中国婉约风格传统形式的各种因素后发现，情欲主题往往是通过刻意塑造诗中的自我形象——即是女性形象来表达的。苏珊·古柏（Sussan Gubar）说：“如果创作者是一位男性，则创造物本身即为一女性；此创造物如同皮格米林（Pygamalion）[③]。美如象牙的女郎，她没有名字，没有自我，亦没有自己的声音。”[④] 由此我们是否可以引申出“如果创作者是一位女性，则创造物本身即为一男性”呢？台湾女诗人笔下的男性，虽不能说是她们创造出来的，却是由她们强烈的情欲赋予他们以生命。女诗人在自尊自怜、自我艺术处理的过程中，也因对男性的这种情欲过程使男性艺术化了，并为男性所欣赏、享受。女诗人塑造自己的形象，往往通过抒写内心情欲、感怀，由缠绵热烈的情思、甜美宽容的气质、玩世不恭的戏谑来宣泄，来补偿。

情欲可以使人上升，也可以使人堕落，可以变得空灵，也可以变得重浊。综观台湾女诗人“情欲主题”的诗，由于各人的看法和理解互异，或偏于情，或偏于欲，或徘徊于情欲灵肉之间，我看表达情欲的诗大体有以下四类：

---

① Simone de Beauvoir：“*The Second sex*”（New York：Alfred A.knqpt，1952），584.

② Eiaine showalter，“Feminist criticism in the wilderness” The New Feminist criticism（New York：pantheon Books，1985），249.

③ 皮格米林（Pygmalion）是希腊神话中塞普鲁斯岛上一个雕塑家。他爱上了自己雕出的一尊美人像，爱神化她为活人，成为他的妻子。

④ Susan Gubar，“The Blank page and the Issue of Female creativity”，New Feminist criticism，239，299.

一、空幻的情诗表达情欲，往往玄空无物，本无感情，却要表达情欲，因此用幻想来填补空缺。往往不着边际，虚幻夸大。这种幻想表达的情欲，不过是诗人借诗“调情”，而非真正恋爱。

二、感情的宣泄表达情欲，往往顿足捶胸，哭笑无常以表达情欲。因此用满腔的呼号，剖心示众，和盘托出来抒发情感。这种诗不乏感情，却觉感情的淤塞，泥沙俱下。情欲的宣泄只是主观上的满足，缺乏美的创造。

三、肉感的经验表达情欲，往往人到中年，肉感成熟，从肉体的接触去体悟情欲。因此，往往以灵肉两者去体认恋爱。读者可以在这类诗中尝试性的苦闷、甘甜或幻灭感。这里的关键，是诗人们如何将被视为“丑”的性欲，通过艺术变成“美”。

四、超越的升华表达情欲，往往把恋爱升华到忘我的境界。情欲可以带到地狱，也可以升到天国；情欲不以人间、阴间，以及彼时彼地为限，具有神话般的超越感。我们可能会有虚幻甚至极强烈的感觉——上至秦汉中世纪，或不知名的时代，已经见过自己的情人。我们会相信永恒与轮回，相信一瞬间和一生的情爱，情人的爱可以超越时空。

情欲是宇宙间最强的亲和力，无论胎生卵化，莫不有情有欲。情欲不朽，爱亦不朽，诗亦不朽；只要世上有人，就有恋爱，就有情欲，就有人写诗，表达情欲的诗也就将继续作下去。因此，台湾女性诗歌中的“情欲主题”，作为一种重要的文学现象，值得研究，值得重视。

《当代作家评论》一九九二年第五期

南天一隅，重峦叠翠、万壑争流的散文风景线

——台湾散文发展的一个轮廓

楼肇明

对大陆读书界而言，包括台湾散文在内的台湾文学已不再是一个陌生的课题了。前一段时期，在大陆青年读者群中曾先后出现过“三毛热”、“席慕蓉热”，而梁实秋和余光中的散文则在作家和高级知识分子中被普遍激赏。在学术界，研究和评论台湾散文的文章也渐渐地在台湾文学的研究中占了一席之地。这些文章往往自觉和不自觉地将台湾散文和大陆散文互为参照和比较，这一做法无疑是对的。因为这四十年来海峡两岸的散文是在隔绝的情况下各自独立发展的，但又同属中国文学的延伸，同属发端于五四新文学现代散文的延伸。有的大陆学者对台湾散文评价极高，且以肯定的语气说，五四现代散文的传统在大陆曾经出现过为期不短的“断裂带”，似乎唯有台湾才完整地继承了五四现代散文的传统。笔者并不想从原则上否定或肯定这个意见，也无意在此探讨大陆散文的成败得失，对两岸散文作同构异质或异构同质的比较。只是因考察台湾散文发展脉络的需要，有必要回溯一下台湾散文究竟发端于五四现代散文的哪一家源头？五四现代散文的源头是否只有一家还是两家？

在我看来，五四现代散文成就大，优秀作家人数众多，但真正以完备的审美体系在审美路标意义上影响了同时代及后世作家的，当推鲁迅和周作人；而其他作家像郁达夫、朱自清、冰心、许地山、徐志摩等有成就有风格的杰出散文作家，则是环绕在这两

座高峰之间大小不等的山峰。在台湾，鲁迅作品在很长一段时期里是遭禁的，即便在今天，台湾学术界仍多半只注意他的杂文，在相当严重的程度上忽略和遗忘了鲁迅作为一位散文大师的历史地位。为此，鲁迅散文在台湾作家中影响极其微弱就不言而喻了。至于周作人，在抗日战争时期曾经丧失民族气节，但他在五四时期作为中国现代散文开山祖之一的历史地位，却是为海峡两岸的学术界所公认的。周作人关于散文小品的兴盛每每发生在“王纲解纽时代”的著名论断，他对“个性主义的人道主义”的倡导，他那种“焚香静坐的安闲而丰腴的生活的幻想”，他觉得“我们于日用必需的东西以外，必须还有一点游戏和享乐……我们看夕阳，看花，听雨，闻香，喝不求解渴的酒，吃不求饱的点心，都是生活必要的”等等言论，实质上也正是他颇具名士风的闲适主义散文创作实践的写照。从五四至三十年代，周作人式的散文小品，不仅形成了一个流派，且直接开启了林语堂的幽默小品。在四十年代，则由梁实秋的《雅舍小品》承续了。所以，我们可以这样说，由于历史发展异常曲折复杂的原因，闲适主义的散文在大陆沉寂了；但在台湾，却由林语堂和梁实秋的努力，不仅承续下来，且开启了一个新的历史阶段。不过，任何一个文学流派的历史命运，如同一门宗教或一个拥有悠久生命力的思想流派那样，他们在岁月的长河中不可能是凝固不动、一成不变的，为了适应新的历史条件，为了求生存，求发展，作出这样或那样的修正和补充是极其自然的事。同理，台湾散文的发展源头可以上溯到五四时期的周作人，但作为台湾散文一代宗师的却是梁实秋。人们欢喜周作人的散文，却鄙薄其人，说读他的散文如同看到一个人背着手在黑暗的池塘畔瞧萤火虫，那一线冷光是太微弱了①。台湾作家钟理和也曾词锋严厉地批评过林语堂，针砭林语堂一味倡导幽默闲话，而无视处于水深火热之中挣扎奋斗的劳苦大众，谓林氏看见人家上吊还以为是荡秋千取乐②。客观地讲，林语堂到台湾后的文学业绩所增不多。而后起的梁实秋，他一生的文学活动主要是在台湾，他到台湾后所写的散文占他全部散文作品的十之八九。梁实秋更是一位典型的抽象人性论者，他坚持文学表现普遍的永恒的人性的观点，终其一生未曾改变丝毫。从他的散文创作上看，他沿着周作人的闲适主义路线继续开拓，在写法上亦古亦今，亦中亦西，熔中西古今于一炉，拉杂写来却不显枝

① 见张秀亚的《茶》。

② 见《钟理和全集》第六集，第177页，台北，远景出版社。

蔓。他笃信的艺术信条是简洁，在情感的控制上追求外枯中膏、外冷内热，“入水不濡，入火不热”的境界。所有这些特点，应该说与周作人和林语堂的散文志趣有其相通之处。但由于历史条件和个人气质上的差异，梁实秋身上不存在消极颓废的避世情调，他的幽默笔触也不是玩世不恭的油滑。相反，梁实秋充满哲思的人生思辨和处世智慧，具有警世、通世、醒世的积极意义。因此，人们对周、林两人的批评，很难套用到梁实秋头上。换句话说，梁实秋在克服和修正了闲适主义散文路线中的毛病之后，把散文推进到了一个新的阶段，树起了一座新的丰碑。在我看来，梁实秋在阐发思想的深刻性方面，在刻划人性的深度方面，在感受现代社会的敏锐方面，在提高散文艺术的简洁品位方面，都较周、林两人略胜一筹。笔者曾写过一篇题为《绅士礼服上的玫瑰》的评论，对梁实秋抽象人性论在具体创作实践中的表现，及其在不同历史时期里呈正负价值的位移作过辨析。我的意思是我们不能因为梁实秋在一个历史时期里的消极政治作用，而无视他的作品提升社会和人的文明程度的恒久价值。韩国汉学家许世旭教授在一九八九年于复旦大学召开的台湾文学学术讨论会上的一次发言，更是一针见血地揭示了梁实秋散文创作的实质，他说：“梁实秋是以极高的文化修养和极文明的心态，来写人世间极文明的事的一位散文大师。”笔者是完全同意这个结论的。

海峡两岸学者一般都认为活跃在台湾散文文坛的作家有四代人，这四代作家还大体上对应台湾散文发展的四个阶段。这四代作家的第一代是五四时期作家，他们在二三十年代已在大陆成名，于一九四九年前后移居台湾，如林语堂、苏雪林、谢冰莹、台静农、梁实秋等人；第二代作家，在大陆度过了青少年时代，并业已受过高等教育，到台湾以后才真正登上文坛，其散文文风基本上承接五四现代散文的流风余绪，如琦君、张秀亚、钟梅音、徐钟佩、思果、吴鲁芹、言曦、胡品清等人；第三代多数在大陆度过了童年和少年，受教育则在台湾，在文坛上崛起也在台湾，他们大都接受了现代文艺的洗礼，大幅度地突破了现代散文的原有格局，声名远播的有余光中、王鼎钧、陈之藩、张拓芜、杨牧、许达然、张晓风等人。第四代为“新世代”作家，指一九四九（一说一九四五）年以后出生的作家，他们的幼年、童年、少年感受过台湾生活的艰难，并身历目睹台湾从农业社会进入工商社会的历史性变迁。台湾本省籍人士大批涌入作家队伍，正是从他们这一个年龄段开始的。而外省籍的第二代人也已成长起来了。“新世代”作家中已经崭露头角的，有阿盛、林清玄、简媜、林燿德等。

不过，在我看来，散文创作的发展阶段固然与作家的年龄刻度关系至为紧密，作家年龄的时间刻度会直接影响其文风流变；但这种影响却不会是绝对的、一刀切的，与其严格地按时间年代刻度去刻舟求剑，不如并不严格地受时间年代框架的限制，而直接依据有贡献的作家的文风流变轨迹去划分阶段或断代。这是因为散文作家的人格和文风一旦定型成熟，纵有发展和充实，其基调往往万变不离其宗，绝少大变特变。而一个更明显的事实是，一个作家的生理年龄和心理年龄不尽然完全吻合一致：由于作家的心理素质和文学渊源上的差异，致使有的作家尽管白发苍苍，却拥有一颗器宇轩昂的少年人的心；有的作家虽然年纪轻轻却是一副老气横秋的面貌。这一情况在台湾作家中也不曾例外。因此，我以为划分台湾散文发展阶段的最终依据毕竟是作品本身。大体上说，上述四代作家中的第一、二代可归并为台湾散文发展的第一个阶段，第三代作家为第二个阶段，第四代作家为第三个阶段。这三个阶段，其发端在时间上有先有后，阶段之间是叠加式的，而不是更替式的，兼有历时态和共时态两种时间属性，且在相融中滋荣和成长。

台湾散文发展的第一个阶段，为五四作家和承续五四散文余风流韵的作家。我想在这里顺便说一句，台湾地区的散文在已往的中国文学史上不曾占有显赫的席位，这当然不是说这个海岛的文学是不毛之地，但在全国决然算不上人文荟萃。我们可以说，这第一阶段的两代作家到台湾后的笔墨耕耘，起到了在台湾再一次传播、再一次开发中华民族文化的作用，他们对尔后四十年来台湾文学的贡献是历史性的。没有他们铺奠的坚实的文学基石，台湾这四十年来的文学发展，就是难以想象的了。他们作为五四现代散文的一派支脉流到台湾以后，自然不曾更改固有的散文审美规范，没有对五四传统提出异质性的质疑和更改；换句话说，他们是在传统常规形态之内创作的。他们的散文作品，以理趣小品和情趣小品居多，在作品中突出浓郁的个性色彩，结构上采取闲话家常的方式，谈自然，谈社会，谈人生，且多温馨的回忆题材，不离亲情人伦之美。笔触语言讲究文白交融，艺术境界上则追求自然天成，从平淡朴素中见出膏腴醇厚。我以为这一阶段成就最大的作家是梁实秋和琦君。梁实秋已讲过，琦君的成就也不能低估。如果拿所写的题材来说，琦君在许多方面与五四时期的冰心相似，多半写童年记忆、母女之情、友伴之谊；但是琦君却写出了新水平，她在一个新的散文水准线上营造了一个只属于她的艺术世界。著名学者夏志清先生认为琦君的一些名篇，如《看戏》、《一对金手镯》，即便列入世界名作之林也无愧色。笔者赞同这个意见。琦君堪称以真善美的视角写童年故家的圣手，在她笔下，童年不是一般意义上人类个体生存史上的童蒙期，而是“蓦然回首，不复存在的心灵伊甸园”，她是将儿童圣洁的心灵，对童年的一次回忆，当成涤滤心灵污垢的一次巡礼。在琦君的心目中，人世间的教堂不是别的，童心和童年即是审美的教堂。她已将童年演化和提升为一种鉴别真善美和假丑恶的价值尺度了。琦君绝少采取直抒胸臆的粗糙手法，她笔致细腻柔婉，善于精心筛选出典型的生活细节。她擅长捕捉人物心理活动的微妙之处，尤能抓住见出人性深度的心理活动。是故，琦君尽管说不上是气魄宏大的散文作家，但她却是一位拥有深邃爱心，在一个不大的题材领域里挖了一口深井的卓异不凡的艺术家。

台湾散文发展的第二个阶段，则以余光中、王鼎钧、陈之藩、张晓风、许达然为代表。这个阶段不妨称为革新或变革阶段。首先揭橥变革五四现代散文旗帜的是余光中。由于余先生是诗、评论、散文三栖的作家，他既有理论，又有创作实践，他在散文领域的革新，大体上与他的现代诗实验同步。概括地说他在散文革新方面的贡献有三。其一，他是海峡两岸第一个自觉地重新估价五四散文成就的学者，他以五四现代散文中的散文大家朱自清为个案进行分析，指出白话散文在草创阶段所不可避免的种种生涩现象，以及二三十年来知识分子中相当普遍存在的感伤情绪反映在散文中的情绪泛滥现象。他认为把朱自清奉为散文经典和不可攀越的高峰是一种迷信。时代条件不同了，当代散文作家完全有可能在已经发展了的、远比五四时期优越的文学条件下，创造出现代散文的新水准来。作为一种学术见解，余氏观点的科学性和准确性是可以讨论的，可贵之处在于他的时代感赋予他开拓者的胆魄。其二，既然要把白话散文提高到一个与二十世纪世界文学水平相一致的水准上来，余氏从两个借鉴的源泉挖掘宝藏，他一手伸向现代西方文学，在他自己的创作实践中力戒滥情和感伤主义。他第一次相当成功地将现代西方文学中的意识流、超现实主义诗歌把握世界的艺术方式，引进到当代散文的创作中来。余氏的散文气势宏大，语言犹如阅兵方阵，排山倒海，万马奔腾，这固然与他个人的气质有关，但同时也离不开他对意识流和超现实主义诗歌的借鉴、消化和汲取。与此同时，他认为五四时期的作家们对中国古典文学的否定性认识是片面的，于是又以现代西方文学艺术的美学观点为触媒，重新认识和发掘中国古典文学的意境和语言魅力。关于后者，余氏有一段反复被评论家们援引过的名言，他说：“我想在中国文字的风火炉中，炼出一颗丹来，……我尝试把中国的文字压缩，捶扁，拉长，磨利，把它拆开又拼拢，折来且迭去……我的理想是要让中国的文字，在变化各殊的句法中，交响成一个大乐队，而作家的笔应该一挥百应，如交响乐的指挥棒。”证之余氏自己的作品，尤其是他的那些名篇，确也极尽挖掘汉语潜藏的艺术表现力之能事。其三，如同任何一位不断进取的杰出作家那样，余氏个人的风格也有一个发展变化的过程，他近期的名作，如《牛蛙记》、《我的四个假想敌》等，一般地说比他早年的作品更显沉稳、从容，且平添一种深刻的幽默感。

如果说余光中首先举起变革散文的旗帜可以成立的话，那么参与这场大约发端于六十年代的变革的也不止他一个人。他们既没有像诗歌领域中那样结成社团，形式鲜明的流派，甚至有的作家与作家之间可能还是相当对立的，“散文革命”颇有点“各自为战”的味道。笔者以为他们之中成就最大的散文大师是王鼎钧。首先，王鼎钧虽没有接受过正规的学校教育，但他是从血和火的磨炼中成长起来的。他少年时期即投身于抗日战争的烽火之中，丰富的人生阅历和勤奋自学得来的广博文化历史知识，使他对我们民族的历史和文化性格有深刻的洞察力。这是一名散文作家最可宝贵的财富。如果说当代中国散文的根本目的是要在发展和改造我们民族的文化性格、审美性格上起作用，散文应服务于这个恒常不变的目的，那么王鼎钧从他最初的集子《情人眼》、《碎琉璃》、《人生三书》到近期作品《中国人》三书、《左心房漩涡》等，不啻是中华民族文化性格的艺术纵览。其次，王鼎钧是文体大师，举凡散文这一包孕极广的形式的各种体式，杂文、小品、叙事散文、抒情散文、散文诗，他无一不能，均有开创性的建树。他的叙事散文借用了小说的人物框架结构，如《青纱帐》、《红头绳儿》；他的抒情散文，不失散文必备的典型生活细节，却又具有抒情史诗般震撼人心的艺术力量（组曲《大气游虹》是这方面的登峰造极之作），而且，为了扩大、加重散文的思想容量和艺术容量，他将寓言体散文改造成世界本体的艺术象征。所有这些还是从发展和丰富散文体式上着眼的。王鼎钧散文艺术中的悲剧美学结构，更弥足珍贵，可以说是对一直笼罩在我们民族头上的“乐感文化”雾幔的强劲冲击，这是一种外表不那么锋芒逼人但更属本质内核性的变异。

一般地讲，中国现代散文在鲁迅之后绝少出现思想家一类的人物；在思想的深刻性上，在思想探索普遍风气的形成方面，台湾散文界不及大陆作家。但这也并非绝对。第一个将二十世纪的哲学和科学引入中国现代散文创作中的是陈之藩。陈氏，身兼科学家、工程师、哲学博士和散文作家的多重身份，写散文仅是他的“业余爱好”。他一扫一般散文作家身上司空见惯的那种缺乏刚健质朴气质，或软绵绵，或浮躁秾丽不当的“文艺腔”。

他以自己丰富的科学哲学知识和人类文化学的先进思想为利器，用以提炼体察自己颠沛流离、足迹遍及几大洲的生活阅历，将人类知识精英圈子里的所见所闻也用活了。陈之藩的散文创作数量不多，且时断时续，但他在散文中将诗的激情和韵味，哲学、科学的观察和思考完美和谐地结合到一起了。他在认识我们民族文化性格的深刻性方面，表现现代中国人的敏感问题方面，思考和探索人类的历史现状和未来时所表现出来的睿智等等，可以说很少有人（包括职业的社会人文科学的学者教授在内）能够与之比肩的。

在散文革新的路子上，散文发展史告诉我们，多数情况下散文作家往往借助于诗歌艺术，从诗艺宝库中寻求出路，余光中如此，许达然和张晓风也如此。许达然一手写诗，一手写散文。他散文艺术最醒目的特征是意象密集。他往往从一个中心意象连锁反应似的不断孵化出新的意象，他独创了以意象叠加的方法造成散文的立体空间的扩大。读他的散文如同观赏生长在碧波万顷海水下的珊瑚礁，那红珊瑚、白珊瑚的枝枝杆杆质地坚硬，色彩绚丽。正如珊瑚礁是珊瑚虫的生命遗骸，许达然的散文是他呕心沥血的生命结晶。

被余光中称之为“亦秀亦豪”的女作家张晓风，涉猎颇广，智商极高，风格多变，有“菩萨心肠，魔鬼文章”、“千面女郎”等美誉。用她自己的话来说，她不是书写分行押韵的那种职业意义上的诗人，而是以诗为事业，追求和创造诗意为人生终极目的意义上的诗人。她的抒情散文尤为出色，其中有三类情感内涵在她的作品中出现最多，那就是：对故国明月镂心刻骨的乡思；对大地山川草木宗教感恩般的虔敬；涵天负地、广阔思维空间为背景下对生命的思考。评论家们普遍认为张晓风的抒情艺术兼跨新旧，这是颇有见地的。但我认为张晓风之所以能博采中西，熔古今为一炉，仿佛她生来就是为了写一手优美、秀雅、清新、深情的抒情散文似的，此中奥秘，我猜度可能与她的“人格灵魂的自我定位”有关。由于她的童年时代是在战乱中度过的，少年时代对中国内地母体文化产生一种异乎寻常的强烈憧憬和向往，遂使她发生“心”与“我”的游离和幻觉，幻觉世界似乎比物理世界更真实。她的肉身生活在现代，灵魂却时而生活在唐宋时代，并以那个时代的文化、文学和价值观念来审视今天。也就是说，她是“心”与“我”分开的，以“心”来审视“我”。这听起来有点匪夷所思，但用往昔文化巅峰时代的价值尺度来审视今天，恰恰符合了审美的根本需要，并且有了超越庸常生活和肉身生存时代的可能。虽然这路径和方法不是唯一的，但它是新旧转换辩证法之一种，同时还是西方现代派文学中的一支，即借助于过往时代作参照系统，对自己生存的时代提出修正和抗议。有必要指出的是，张晓风并非是避世的，她是入世的，入世而能一定程度地脱俗，这可归结为“人格灵魂在时空谱系中的自我定位”。

前面说过台湾散文发展的第二个阶段的发端大约稍后于现代诗的提倡，散文作为各别文体不会游离于整个文学的大气候。第三个发展阶段的兴起也大体如此，它稍后于“乡土小说”的崛起。与前一阶段相比，有颉颃也有相融，颉颃是其主要方面，但颉颃却不妨碍与整体相融，百川东流终归于江河湖海。也正是第三个阶段的到来，最终造就了台湾散文地平线上层峦叠翠、万壑争流的洋洋景观。概而言之，由于第三个阶段的散文作家以本省籍人士居多，多数又出生于一九四九年前后，就所受教育程度和中国文学的修养言，一般均高于日据时期的台湾本省籍作家，家庭出身则低于第二阶段大陆迁台的作家，于是时代社会造就了他们起来填补前两个阶段所留下的空白和不足。他们立足本省地方的历史和现实，并以此为罗盘来矫正已往散文过分内倾化的倾向；他们以寒门素族的平民化反精神贵族化，以艺术表现语言的粗俗化、日常生活化与素以精致、高雅、考究见长的传统散文相抗衡。如果用以偏概全列举个别作家作品为例是可行的话，那么阿盛发表于七十年末的《厕所的故事》，即可视为第三个阶段到来的一个信号。厕所是从来不曾入高雅的艺术圣殿的，阿盛一无避忌地写了，且他通过这一连高雅人士终不可免的“吃、喝、拉、撒、睡”的“拉”和“撒”，从台湾旧日农村的无厕所到有简陋的厕所到比较雅观的厕所的沿革，用二三千字的篇幅浓缩了台湾农村近二三十年来的变迁史。他运用这一独特的视角和情感艺术的载体，既善意地嘲弄了旧日农民因贫穷带来的愚昧落后习惯，又刻划了他们纯朴、善良、节俭的精神风貌；而他感叹旧日农村在工商社会冲击下的解体，既有一种无可奈何的感慨，但却并不嗒然若丧地感到无路可走。阿盛出生于一九五〇年，有《散文阿盛》等著作行世，先于他（台湾光复后出生）和后于他（在五十年代至六十年代）出生的作家被评论界称为“新世代”作家——这是一支相当庞杂、人数众多的队伍，他们有的已有十几种乃至数十种著作问世。不过，要宏观地评估其中佼佼者在文学史上的地位也许还为时尚早。但有一点可以肯定，作为单个作家的艺术成就与他们变革文学历史的贡献还不太相称，简言之，贡献大于成就。我这样说并非玩弄逻辑悖论的游戏，一则时间对年富力强的他们是有利的，他们业已开辟的蹊径有待在时间的流逝中拓宽加深，同时，历史更无情地需要时间来对他们进行淘洗和筛选。二则，他们的贡献兼有建设性和破坏性，创新和承继同时并存，对本省本土历史和现实的关注，与对大陆母体文化传统的认同和发展之间的关系，依然还是一个有待细致处理的问题。在这里，我只想指出他们中的佼佼者的成熟作品，与我们民族的文化传统，与现代散文及台湾散文发展中前两个阶段之间存在着千丝万缕的血缘联系，而这一联系是第三阶段能出现艺术上成熟作品的一个最根本的前提。即以阿盛的《厕所的故事》为例，他之所以能将苦涩幽默的情趣与社会批判的锋芒结合起来，且文笔如此老辣、简洁，倘若没有上面所说的传统背景和艺术积累，那是难以想象的。

再以多产作家林清玄为例，林清玄的一个显著贡献是他将佛教哲学和美学的积极认识论成果移植到散文创作中来。远一点说二三十年代的许地山和丰子恺早就如此做了；近一点讲，琦君、张晓风等不少女作家也都或多或少借助过宗教中的某些价值观和认识论，只不过像林清玄这样借助禅宗的顿悟、空灵，其规模、其正负面均是空前的。但不管怎么说，散文的批量生产降低了林氏散文的品质，却并不应该因此抹煞他现实性较强也较整齐的《迷路的云》一书，以及显示这位高产作家才气和灵气的其他佳作，如《光之四书》、《箩筐》、《佛鼓》等等。他为数不少的这些佳作，尽管也或隐或显地透露出宗教气息，但还未沦为替佛教教义作散文注释。

在“新世代”散文作家队伍中，男女比重较之五十年代呈上升的态势，在女性文学天宇，上升起的散文新星当首推今年还不足三十岁的简媜，她生于一九六一年，已有六七种散文著作问世。与已往台湾散文一片柔情缱绻的女性不同，简媜一登场即给人以英毅刚烈的震动，她不同于琦君式的沉静、慈爱，也有别于早期张晓风的风神灵秀。简媜非常推崇三十年代禀赋优异、“天籁感”特强的女作家萧红，但她也是有别于萧红的，萧红写的是苦难的民族、苦难的妇女，以及在这双重苦难中升起的美丽。两位生活在不同时空谱系里又十分年轻的女作家，相同之处在于她们都早熟，短短几年就炫人眼目地成长起来了，两人才气禀赋的不同却汇聚到“越轨”上来。“越轨”即创造的胆略。简媜是在台湾文学经历了现代派文学和乡土文学的洗礼之后，于八十年代登上文坛的，在她身上可以同时看到这双重的影响和交汇。她是“乡土”的，同时又是“现代”的。就题材看，她写爱情，写童年，写故乡，所有这一切与别的女作家没有什么不同。但简媜在人们熟知的天地里发现了一片新的天地，她向更深的女性潜意识深处开掘，大胆而成功地写了“恋父情结”。大胆，是因为这是已往的女作家不敢闯入的“禁区”；成功，则来自简媜的分寸感。她并非惊世骇俗，她决然没有生理层次上的渲染，也无意冲决伦理樊篱。她是为了刻画女性心灵世界的长天大漠、崇山巨壑，才向这个被人们视为畏途的黑暗王国进击的。代表作《渔父》、《四月裂帛》，前者写女作家少不更事时亡故的父亲，后者写前不久病逝的情人，但父亲和情人并不是作品的第一主人公，从烈火喷油般、燃烧的向日葵般的画面看，父女之间、情人之间那死生不渝、镂心刻骨的情感，和笼罩在两位亲人头上死神的阴影却是作品真正的第一主人公，对生之沉重和生命意义的提问如奔流的热血流贯其间。简媜非常擅长将复杂、杂乱的情愫表现得既有气势又有节制，她擅长从逆向来刻划事物和情感，将压入潜意识一片混沌之中的意识重新发掘出来。她以逆写顺，以欹写正，以声音写色彩，以疏离写亲密。我们知道，琦君早年的小说《长沟流月去无声》以她与师长的一段情意为模本；林文月散文的主要魅力则源于童年时的一段特殊经历，那就是基于戒备、受伤害心理基础上的人与人之间的疏离感，甚至在亲人之间也不例外；三毛有一种逃避倾向；……女性散文在近三四十年间的演变，女作家的女性自主意识又有了可观的进展，说简媜的成就建立在前辈作家的积累之上，大约并不为过。

台湾散文发展的第三阶段，这中间出现的有些情况是颇令有识者感到忧虑的，譬如说以平民化对精神贵族化抒情主人公的消解，对现实的关注淡化了对内心自我的挖掘，散文艺术的通俗性、普及性、实用性的成分大大地推进了，但同时也销蚀了散文艺术所固有的“欣赏的非一次性”，它作为时代感应的神经、新的审美观念的载体，在新与旧的融合上并不能在和谐平衡的状态下前行。归根结蒂，这与商业社会价值观念的冲击存在着直接、间接的连带关系，在艺术上，则程度不等地与偏离、淡化、稀释个人独特的生存体验这一散文艺术创作不可动摇的根本基点有关。读这一批人数众多的青年作家的散文作品，纵然感到有新意在，但艺术的厚重之感终有所欠缺，这是否与“散文终究是成熟个性的产物”有关呢？非个性化终究是一种保存个性的手段，生命不能承受之轻毕竟也是生命生存形态的又一番沉重。任何一种创新，是否终究是以背离传统始，到改变传统结构、丰富传统为其终点呢？这一切，对粗枝大叶、隔海一瞭的笔者来说，是无法回答的，愿拭目以待吧。

不过，纵然这第三阶段尚未出现像前两个阶段那样为数众多、能在中国现代散文史上占有不可替代席位的作家，但这第三阶段的划分毕竟是能够成立的：纵然散文殿堂里的“神圣家族”还在模塑之中，但散文发展多元化的大趋势，已不可遏止地浩浩荡荡地形成了；新因素对散文新旧传统的反馈更是有目共睹的事实。质言之，一个最基本的散文母题的形态各异的变奏犹如繁弦急管在千山万壑间，在八十年代的天宇下回响。

这个最基本的散文母题，还往往是其他文学形式的母题，是一个涵盖面极广，繁衍变化不可穷尽，且不限于贯串散文史始终的一支历久弥新的主旋律。它最通俗的名称叫“乡思”、“乡愁”、“乡恋”、“乡情”等等，换成比较具有理论色彩的说法是：“寻找精神的家园”，或曰“回首心灵的伊甸园”。德国十九世纪的浪漫主义哲学家兼诗人诺瓦里斯说：“哲学是人们怀着无尽的乡愁寻找人类心灵精神家园的冲动。”本世纪二三十年代的苏联意象派诗人叶赛宁则把诗歌创作定义为“寻找故乡”，他告诫说：“诗人找得到故乡就是胜利，找不到，一切都会白费。”而当代美国学者莫利斯·迪克斯坦则干脆把他论述美国六十年代文化的学术著作题名为《伊甸园之门》。由此可见，“怀着无尽的乡愁寻找人类心灵精神家园的冲动”是不分民族地域和时间的，是不分意识形态类别和艺术活动的类别的；只不过无论是哪一种艺术形式，哪一个民族，哪一种类别、地区的文学史上，夸大一点说的话，大约都不会像中国的台湾地区这四十年来的散文发展那样，乡愁这个母题会在短时间内如此集中，如此色彩斑斓，层次分明，富有我们这个民族的传统的悠久神韵了！要指出这一特异文学现象的外部原因是没有什么困难的：国民党政府退据台湾，一大批原来在大陆的知识分子也随之迁台，五十年代“南渡社会”的性质，国民党在大陆失败之后所产生的幻灭感和失落感；继之，六七十年代台湾社会急剧从农业社会向工商社会转型，农业凋敝，生态环境污染日趋严重，台湾孤悬海外，与大陆母体文化隔绝，与生态环境污染的同时，精神生态环境的问题也提到了日程上来，新一轮的幻灭感和失落感的产生不再仅仅是地方的、历史的，它更是生存在科技和工商时代的现代人对人类生存的一种迷茫和困惑的共性反映。然而，社会政治现象对文学的制约毕竟只是一种“半规律”，散文“乡愁”母题的衍生和变奏，其层次的发生发展虽然与社会政治的脉息大体同频率，不过它更有其内在的属文化和文学自身规律上的原因。而这，却是有可能从民族文化在民族心理的积淀上找到它的依据的。许达然的一篇题为《回家》的散文，就从比较文化学的角度对此作了回答。他说：

中国人自古以来就嚷着要回家，有乡思的地方就有中国人，连没有老家也要返回乡间。

西方人的乡情虽也有诗意，却不如中国的丰富深刻。希腊史诗《奥德赛》叙述伟大的回家旅程，但自荷马以后，西方人漂泊更远了。英国作家却斯特顿认为英诗里最美丽的一行是“遥远的在山那边”，有些诗人，象格雷，彭斯、丁尼生，也写过类似的诗句。一直到当代小说里，海敏威的老人在鱼被吃后，想起究竟是什么打败他时，他大声自答：“没有，是我走得太远了。”然而走远后，西方人并不一定像中国人感到“无奈归心，暗随流水到天涯”（秦观）。这归心在温庭筠的“鸡声茅店月，人迹板桥霜”上，也在马致远的“枯藤老树昏鸦，小桥流水人家，古道西风瘦马”上，无动词，因诗意贯通了。乡思扩展了民族与历史意识。英文里的“父土”、“母土”或“家土”，我们叫“祖国”，把时间推得更远，感情拉得更近了。英文里的“生地”或“家镇”，我们叫“故乡”，把时空亲切连在一起。中国诗人甚至把空间概念的“旧家”或“故家”当作时间概念的“从前”用，仿佛提到过去就想家。

笔者完全赞同这一精到的分析。我们中国人的“乡思”，“扩展了民族和历史意识”，原本就扎根于中国人“时空互换”的宇宙观之中，时空互换的结果是把“时间推得更远，感情拉得更近了”。家是中国人窥视宇宙、亲近宇宙的基地，国与家通用，“国家”二字连在一起，是溯之久远、垂之永恒的最基本的价值观念，国破家亡即无从安身立命。漂泊流浪对中国人来说终非自愿、出之本心，是故，“乡愁美学”终是压倒了“流亡美学”。这是台湾四十年来散文中“乡愁”母体不管如何衍生变异，却仍然始终未曾改变其背后的固有价值观念和审美特征的根子所在。

为了行文方便，我权且将台湾散文“乡愁”母题切割为三个层次，或者说将它内蕴中的三个元素剥离出来也可。即：事实故家意义层面上的乡愁；文化层面上的乡愁；心灵精神家园层面上的乡愁。须要说明的是，一篇作品所包孕的乡愁层次，可能是其中一种、两种乃至三种。单独只占一个层次的作品，是绝少的，而且层次本身并不意味着其艺术思想水准的高低优劣，也不存在层次越高水准越高的情况。乡愁层次不是一把艺术价值尺度。常见的情况是前一、二层次是很难截然分开的。乡愁的三个层次，还大体上能与台湾散文发展的三个阶段衔接得起来。在第一个阶段中，事实故园意义层面上的乡愁是非常突出的，二、三层面呈寄附状态；到了第二阶段，文化层面上升到主导地位；而在第三阶段，故园实体的时空坐标渐次移到台湾的现时态，且在“乡土散文”中衍化出“山林散文”（即“隐逸散文”，代表性作家是陈冠学、孟东篱、粟耘等）。那第三层面，“心灵精神的家园”，在八十年代又最终从第一层面已经发端的“现代人的乡愁”，演变为人的个性剥落殆尽到赤贫状态的“符号人”的乡愁。

事实故家意义层面上的乡愁，集中表现在大陆去台的作家笔下，时间相对地集中于整个五十年代至六十年代初。这批大陆去台的作家，经历了“改朝换代”的历史沧桑，台湾不是他们的祖籍故居，他们对这块祖国土地的历史、风物还不熟悉，他们的认同感还不曾建立起来，盘踞在他们心头的“失乐园”是在大陆上的故家。由于时空睽违，使得他们在大陆故家度过的贫困、战乱和其他种种灾难，经过回忆这一审美熔炉的冶炼都一一变得美好起来。在阅读这一层次的乡愁散文时，有三点值得注意。一、我以为其中最具审美价值的是这样一类作品：作家既真实地写出了一代人的“离愁”，他们在失落童年家园后的怀恋、困惑、迷惘，与经营个体灵台上的“方寸田园”合二为一，同时又在一定程度上虚化和淡化了“离愁别恨”的具体原因，写乡愁，写故园，写人性是具体的，而社会政治历史背景则被推到远景中去，把它淡化和虚化了。应该说，这一类作品与我国古代历史上那些写“故国离恨”、“黍离之悲”的作品有某种近似之处，在艺术上表现了不妨名之为“空筐结构”的技巧，它们像李后主的词那样，能调动后世世世代代的读者用自己的生活体验去填充那只空篮子，而不必问“问君能有几多愁？恰似一江春水向东流”的愁是确指什么。读者只需陶醉在“帘外雨潺潺，春意阑珊，罗衾不耐五更寒”的凄楚意境中就能获得极大的艺术满足。因为这“有意味的形式”本身就沉淀着人性的内涵，中华民族优秀文化的审美内涵。二、与前一类“空筐艺术结构”的乡愁作品相对而言，这一类作品的社会历史认识价值较突出，它们实写了“家国之愁”、“黍离之悲”。从社会历史发展着眼，这一层次作品常常不可避免地夹杂着某些不正确的观念，如表现普通劳动人民时的居高临下的优越感，表现历史时的唯英雄史观，无保留地讴歌“忠仆”、“侠士”等等这种连某些优秀作家笔下也概莫能免的缺憾。不过，若换一个视角，那么台湾散文作家中的一代人，在经历了离乱、祖国分裂之后，他们所感受到的心态，特别是那种“旧时王谢堂前燕，飞入寻常百姓家”的心态，是大陆作家根本无从经历和体验的，他们由这一心态中生发出来的乡愁散文，恰恰就从一个特定的角度填补了一大块历史空白。三、还无可否认的是这一层次的乡愁散文中，程度不等地受到反共政治教条的干扰。但我们仍须分清，那种完全在反共教条下炮制出来的公式化、概念化的“作品”，和虽有某些装饰性的字句但却表现了真挚热爱乡土情怀的作品有所区别。因为任何公式化、概念化的作品都是没有生命力的，任何政治强制性的因素在文学长河中，都如同滚滚东流去的浪涛上的泡沫一样，转眼间即湮灭于忘川之中。

文化乡愁的层次，实质上是“远离文化母体”的乡愁和“文化失落”的乡愁。它是“乡愁”母题的中介，是前一层次的升华和后一层次的依托，因而是乡愁的主杆和集中表现。在文化层次上，是不分作家的籍贯和年龄的，无论是本省籍还是外省籍的，也无论是四代中的哪一代作家，也无论是现在客居海外，或留居台湾，他们每每在台湾时写大陆，在海外时则兼写大陆和台湾。鉴于台湾和大陆母体文化隔绝，台湾本土在工商社会的冲击下，作为民族文化根基的农村首当其冲地遭受损害。“失根的兰花”的愁思，并渐渐从地域和历史的框架中扩展到以文化为主体的层面上来。一些从大陆到台湾，往返于台湾和海外，或从台湾到海外、已留居海外的散文作家，一般均拥有广阔的文化视野和东西方文化价值观念的参照系统。他们笔下的羁旅乡愁，往往有一种宏阔深沉的中华民族往昔光辉灿烂传统的自豪感，和基于中国近代受屈辱历史的忧患感，且这民族意识和历史意识的呈现，因空间和时间距离的睽违，经创作主体漂泊浪迹无根的强烈情感色彩渲染，笔触所及，从白山黑水、森林草原到杏花春雨江南，从古长安的汉家陵阙、灞桥烟柳到姑苏寒山寺的夜半钟声、淮扬二十四桥明月夜……，时空经纬每每织成一幅幅感人至深的梦里锦绣。

前面讲过，写台湾本省农村的“乡土散文”是在台湾经济起飞，旧日农村遭到冲击之后日渐兴起的，而由写大陆乡土到写台湾乡土可谓风物有别，人情则一，是顺理成章、水到渠成的事。因为后者在新的历史条件下造成一轮新的时空睽违，使得作家的怀旧心理找到了现实的土壤和触媒，最根本的一点，即可归结为维系民族文化传统在时代风雨飘摇中不坠，也是新一代台湾乡土作家相当自觉的使命，这是乡土散文“内文本”中的核心元素。阿盛、林清玄等台湾本省籍青年作家笔下的乡土，是台湾农村。阿盛说：“故乡变了，人心也变了，如果故乡变得和台北高雄一样，那还能叫故乡吗?”“如今的少年人听父兄说起昔日，大概总以为是在讲‘古’吧!?”“不过那些古可不是几百年以前的，而是伸手还能多少触摸到一点的。”[①] 因此，台湾本省籍作家笔下的乡愁散文，实则是一种怀旧和备忘，是对不复存在的昔日田园的怀恋，是一种对昔日价值观念的肯定，和对昔日自然生态和人际关系的肯定。应该说，文化乡愁、生态环境散文和从现代都市逃逸到山林田园的隐逸散文，有其不能割裂的内在一致性。它们在八十年代的台湾蓬勃

① 见《海峡散文一九八六年》。

兴起，是中国现代散文史上前所未有的文学现象。

乡愁散文的最后一个层次，是现代“人类地位沦落”之后的产物。它们抒写的是在科技时代和工商时代，人沦落为机械和符码，人的个性和价值也沦落为投入交换市场中的商品之后，敏感的作家所作出的冷漠的反映。它们一般采取非个性化的态度，情感的介入呈零度状态，知性和理性的思考，事实的铺陈取代了以往散文的抒情传统，这是一种从人的消解和传统的消解到文的消解，反过来说，则又是再一次“符码化”的努力。在目前，这一类散文，还处在实验阶段，参与的作家不多，只有林燿德、林彧等“新世代”作家。不过，作为一种散文变革的新趋向，它们的出现是后现代主义文学思潮的散文分支，尽管对它们该作何评价还有待时间来检验，但这一新趋向是不能小觑的。从一个方面看，它们并未与传统断绝了最后联系，其思考点和落脚点最终还是为了提升人性，其主题的演变，即现代人的乡愁也并非自他们始。应该说现代人在科技时代和工商时代的失落感，早在吴鲁芹的《数字人生》中，在余光中的《催魂铃》中，在逯耀东的《只剩下蛋炒饭》中，已经作过淋漓尽致的艺术表现了。所不同的，仅仅在于新一代作家没有像前辈作家那样感到愤慨，他们是要在无以安心立命之处寻求心灵的家园的，生命不能承受之轻已无传统意义上的崇高悲壮可言。在笔者看来，人类寻求心灵家园的历程，终究是永无终结的悲壮历程，不管它是笑剧、悲剧，还是正剧。生命不能承受之轻，轻的不会是寻找的历程和艺术。相对于因迎合和屈从于传播媒介而出现的，被谑称为“短、小、轻、薄”的散文文体消解的倾向，这一“后现代主义文学”的散文分支，是真正的严肃的文学探索。他们敢于给散文的传统模式“下半旗”的勇气，也正是变革的一线曙光。

以上，我就台湾散文的历史渊源、作家、发展脉络和乡愁母题的演变等几个方面作了蜻蜓点水的印象谈，我不知道我是否已经勾勒出“层峦叠翠、万壑争流”那令人欣慰的散文地平线？当与不当，愿求教于广大读者和海峡彼岸的同行们。最后，我要借草成此文之际，向帮助我编成这部《台湾八十年代散文选》的台湾师范大学郑明娳教授致以衷心的谢忱。这部选集的大部分材料是郑教授提供的，同时，对我这位刚跨进台湾散文领域却并不年轻的新手来说，她的几部散文学术专著乃是领我入门的图示。

一九九〇年三月初稿，九月改成

《当代作家评论》一九九一年第三期

香港情与爱

——回归后的小说叙事与欲望

王德威

“香港是一个大邂逅，是一个奇迹性的大相遇。它是自己同自己热恋的男人或者女人，每个夜晚都在举行约会和订婚礼，尽情抛洒它的热情和音乐。”[①]上海作家王安忆在她《香港情与爱》（一九九三）的开头如此写着。王安忆未必是香港通，但是从另外一个中国都会——上海——的观点，她提供了一种独特视角，诠释香港作为欲望象征的特色。香港璀璨光华，机缘处处，不由得你不一见钟情起来。然而王安忆话锋一转，又把香港比作“自己同自己热恋的男人或女人”。这里话中有话。作为爱欲的主体，香港（或香港人）的浓情蜜意其实是自给自足，不假他求的。但相对的，作为爱欲的客体，香港的“情与爱”无非是所有过客与归人的一厢情愿的投射，自我消费的项目。色不迷人人自迷，更何况香港原就充满有声有色的自觉呢。张爱玲多年前曾有名句，“我们都是上海人”。到了王安忆的笔下，大概不妨有“我们都是香港人”之叹吧。我们都是香港人，都不得不陷入香港的情与爱[②]。

---

① 王安忆:《香港情与爱》，第1页，台北，麦田，1994。

② 此处论及的爱欲的自我投射及循环、置换机制，当然深受西方弗洛伊德、拉岗一脉心理学说影响。见Kaj a Silverman的讨论,The Threshold of the Visible World (N.Y.Routledge,1996),1—2章，又廖咸浩曾以上海与张爱玲为例，说明其地其人如何可成为拉岗式的“无以名之的(小)对象”，遮蔽主体根基的空白，并赋予主体运作的权宜性。“小对象”“存而不在”，暂时安顿主体欲望想象，却遥指其根基处的空缺，空无一物。香港正如张爱玲笔下的上海吸引我们，因为它提供了齐切克(Zizek)所谓的“幻想空间”，“除了地点(Place)之外，没有什么事发生(take place)的地点”。我们与之认同，正因为此一地点投射我们的症状，对无可名状的真实，对缺憾、爱欲、伤痛的反应。见廖:《我们都是上海人》，《阅读张爱玲》，第493—499页，杨泽编，台北，麦田，1999。

但香港的爱与被爱毕竟是“自己同自己”的感情仪式。与其说香港是你侬我侬，爱欲得以完成的场域，不如说香港是爱欲游荡、分裂、折射、永劫回归的中介点。是在这里，天涯海角正好为萍水相逢作引子，而地久天长的神话寓意只宜由浮世邂逅来反衬[①]。香港的地志学因此不妨与香港的情欲学相提并论；香港的历史就是香港的罗曼史。而在所有的香港想象中，又有什么比虚构叙事更能托出香港情与爱的征兆？从张爱玲的《倾城之恋》到黄碧云的《无爱纪》，从施叔青的《香港三部曲》到王安忆的《香港情与爱》，香港不但是爱的背景，更是前提。仿佛唯有召唤香港，爱的传奇，或传奇的失落，才得以展开。罗兰·巴特（Roland Barthes）在他的《恋人絮语》（*Fragments. d'un discours amoureux*）中把“难以言传的爱”比作写作，并有如下的看法：“诱惑，内心冲突，还有绝境；这一切皆因恋人要在某种‘创造’（特别是写作）中‘表达’恋情的欲望而生。”[②]书写在此可以成为爱欲（香港）的隐喻，爱欲激活了书写倾诉衷情的契机，但千言万语又怎么说得尽爱欲的飘忽魅力[③]？更重要的，爱欲书写的起讫点都形成能指的循环，指向一个情难自禁而又神思不属的主体。

回到王安忆的话：香港的情与爱是“自己与自己”的热恋。我要说这是一种“自作多情”的爱。此处的“作”宜有二解。“作”可以是装扮、臆想，但也可以是造作、发明。换句话说，自“作”多情不只具有“表演性”而已，也富涵“生产性”的意义。本来的逢场作戏，自以为是，“作”多了，也就有了弄假成真的可能；本来是自我陶醉的自恋，“作”多了，也就有了“推己及人”的冲动。己所欲，要施于人，而且过犹不及。爱在香港，原来是这样的以虚击实，到头来却也兴兴轰轰，成就了“一个大艳情”[④]。写作之于香港，不也可作如是观？巴特的话权可作为脚注：

> 要想写爱情，那就意味着和言语的混沌发生冲突。
>
> 在爱情这个痴迷的国度里，言语是既过度又过少，过分（由于自我无限制地膨胀，由于情感泛滥）而又贫乏（由于种种规约、惯例，爱情使语言跌落到规约、惯

---

① 同上页注②，见廖咸浩的讨论。

② 罗兰·巴特：《恋人絮语》，第95页，汪跃进、武配荣译，台北，桂冠，1996。

③ 亦见Peter Brooks，Reading for the Plot.（N.Y.：Vintage，1984）Chapters 2. 4.

④ 王安忆：《香港情与爱》，第6页。

例的层次，使它变得平庸）……一旦明白……我将要写的这些东西永远不会使我的意中人因此而爱我……任何升华，它仅仅在你不在的地方——这就是写作的开始。[①]

一页香港殖民文学史，因此也不妨看作是爱的失落与追踪史。因为没有，所以欲望；也因为欲望，所以怅惘。多少故事——《第一炉香》、《停车暂借问》、《像我这样的女子》、《记忆的城市，虚构的城市》等等——一再演义香港情与爱的过剩与不足，虚饰与空洞。这座城市的感情身份，尽管“每个夜晚都在举行约会和订婚礼”，毕竟是芳心寂寞的。而在“九七”回归的时间表上，这一爱的需求更显得患得患失起来。回归：回归母国（与母体）的怀抱，那爱欲的终极归宿。不论从政治或心理分析论述而言，回归都隐含了一种意义——国族身份，政治殖民历史，欲望叙事——的完成。然而就在这回归的分水岭上，我们看到了暧昧的痕迹。回归前的欲拒还迎，回归后的怅然若失，无不暗示爱欲辩证中的吊诡。“香港情与爱”到底情归何处？“自作多情”的表演性与“自作多情”的生产性如何相互定义？于是有了继续叙事之必要，继续“谈”情“说”爱之必要。香港主体性的想象，也因之呈现。以下我仅就三本小说中的“情与爱”来说明三种（回归后）欲望/叙事的方法，即陈冠中的《什么都没有发生》（一九九九）、黄碧云的《无爱纪》（二〇〇一），及李碧华的《烟花三月》（二〇〇〇）。

一

《什么都没有发生》发生在香港回归中国一周年的那一天。香港商人张得志在台湾遭杀手狙击，不明不白的死去。凶杀之前，张正要与应召女郎成其好事。枪声突然响起，张倒卧血泊，思前想后，“在另一世界里，我为我这样一个人写下句号”（118页）[②]。

张得志想些什么呢？他这一生四海飘荡，专业为经理人。他吃尽穿绝，处处留情，却有本事不沾不染，来去自如。而他所经理的事务，由非洲到美洲到亚洲，由杂货到地产到期货洗钱，无不伺机而起，伺机而退，银货两讫，清洁溜溜。张的感情游戏，亦复

① 罗兰·巴特：《恋人絮语》，第98页。

② 陈冠中：《什么都没有发生》，香港，青文，1999。本处及以下所引页数以此版本为准。

如此，亲情、友情、爱情正如同转口贸易，于是：

> 我称之为活在这一刻。意思是，要亲密的时候立即可以亲密，不可以的时候就完全没事一样，不放在心里。所有的偷情都是真的，所有非偷情的时候也都是真的，都没有延续性，过了就过去，未来的，未来再说。(49页)

而张的得意之作，是与大陆女子沈英洁的邂逅。二十世纪八十年代中两人逢场作戏，几乎弄假成真。所幸张悬崖勒马，一走了之。

《什么都没有发生》的作者陈冠中是香港文化名人，亦曾长驻台湾[①]。阅历既广，对于香港人情世路的感慨想必亦多。在“回归”一周年后，写下《什么都没有发生》，顾名思义，已经可以大作文章。舞照跳，马照跑，由殖民地到特区，用句特首的话，一切“照常”；“如果不是这样，就事不寻常了”[②]。然而陈冠中在这“完全没事”的如常中，看出了香港主体性的危机与转机。

故事的主人翁自谓“寄生在资本里，是商本位，但本身不是商人，是帮忙商人的人”，换句话说，“我们都是第二把手”(101页)。用别人的钱，为人作嫁，虽然雨露均沾，却得以六亲不认，必要时全身而退。这是陈冠中的心得所在了。香港因为盛产经理人才——第二把手——而繁华一时。是非成败似乎并不在这批人身上留下痕迹，在商言商，他们几乎把经营学玩成了一项艺术。他们运转流通，“本身”就像钱一样，是种资本。而他们艺术的极致是“永远不要爱上自己的项目”(68页)，因为“我们都爱上自己”(101页)。

当王安忆写香港的大邂逅是“自己同自己热恋”时，她不可能像陈冠中这样，直捣香港自恋情结的核心；这核心是空无一物的。为商业而商业，为爱恋而爱恋，为艺术而艺术，这里有奇妙的循环。而一切的喧哗后，“什么也没有发生”。阿巴斯（Acbar Abbas）论香港的历史、文化，与其说是“无中生有”，不如说是“有中成无”，总是建筑在“消失”的政治（politics of disappearance）的前提上。阿巴斯的立论也许要遭到有心人的

---

① 见陈冠中《三城记》，台北，《中国时报》2001年7月15日，“开卷”版。

② 董建华语，见陈清侨的讨论，《后现代的常态与异状：穷想九七香港如常》，《当代》，121（1997）：21—25。

批判，但却与陈冠中的观点暗通款曲。所谓“消失”，并非指的是空间的抹消，而指的是一种不断游徙、穿梭、置换的状态，甚至以空作多的技术[①]。既然香港从未有“本然存在”的问题，“消失”的状态及技术反而成为一种日常生活的操演，甚至一种美德。

我以为阿巴斯的观察细腻世故，但不脱回归前后香港论述的辩证诡圈。从陈冠中小说的角度来看，这样后设的论述不妨就是香港“文化”资本快速流通的表征，就是“什么都没有发生”的症状的学院版本。“都没有延续性，过了就过了”，“我们把事情弄妥……我们就离场回家”——为下一个离场，下一个消失作准备。

然而陈冠中的故事并不就此打住。《什么都没有发生》里毕竟发生了什么。张得志自认精明一世，来去没有牵挂。他不要不动产，他的收藏是七百瓶盖世红酒；他有六只镶钻的金表，全都锁在保险柜里。密封时间，液化财富：“这就是没有根的好处。”（104页）可人算不如天算，一记黑枪，匆匆结束了张的生命。最要命的，在死亡阴影中，他竟然想起了一生未了的，来不及“消失”的事——他当年与大陆女子沈英洁的露水姻缘。

这样的安排引导我们回到香港情与爱的主题。陈冠中处处要写一个关于香港的无情故事。香港商人与大陆女子一夕邂逅，成其好事，事后一拍两散，消失在彼此的世界里。事与愿违的是，一丝情愫，总是若有似无的牵动着张。多年以后，张甚至探知沈英洁离去后自力更生，未婚生子，取名沈张。这是他俩的孩子么？张得志的难题是，没有爱情，却有（可疑的）结晶。而这结晶就算不叫爱情，又是什么？欲洁何曾洁。你以为要从此消失的，居然又改头换面的回来，回来见证香港情与爱，或无情与无爱的痕迹。就在这一叙事层次上，陈冠中提供耐人寻味的安排。张得志毕生的希望是一死百了，却在濒死的边缘想起了今生的未了：他原想为沈张设立奖学金的，原因无他，“自作多情”而已。但凶案发生，张的计划胎死腹中，他的欲望将化作幽灵的欲望，而他的死亡叙述——《什么都没有发生》——也成为原不该有，却再也不能抹消的，爱的遗骸。

拉岗谈“主动的爱的礼物”（Active gift of Love），视之为主体将爱欲客体升华、理想化的过程。在此一过程中，主体不再自求多福，反能有意的将客体位置拉抬到理想境界。席佛曼（Silverman）延伸此一理论，认为“爱”的过程不只是主体将客体奉如神

① Ackbar Abbas，Hong Kong：*Culture and the Politics of Disapperance*（Minneapolis：Minnesota，1997）。亦见Slavoj Zizek，*Looking Awray*：*An Introduction to Jacques Lacan Through Popular Culture*（Cambridge，MA：MIT，1991），pp. 12—14.

明，全身投入。而是主体在“赋予”爱时，理解主客体同时都有所不足，因此积极的参与创造“爱”的条件及结果[①]。换句话说，如果“爱”的先验情况是自作多情——欲望的自我反射，“主动的爱的礼物”则强调自作多情——自我生产“利她”的理由及行动。其结果是打破了主体（以及主体置身文化环境）所念兹在兹的“我”的内烁定位；“推己及人”，一种外延式的欲望方式于焉诞生。

回到陈冠中的小说，张得志要将他的红酒及金表换作培养沈张的“教育资本”，未尝不是一种自恋的极致发挥——他是为“自己”的经理能力预作打点。但他毕竟“不由自主”地选择了旧爱沈英洁母子，作为自己欲望的投射。“爱的礼物”的赠予过程激活了。尽管这一过程功亏一篑，它还是成全了张得志的后见之明：“没有一件事是可以依计划完成的。”（118页）没有一件事是可以消失殆尽的，遗憾，是爱的一种征兆，是爱的迟来的礼物[②]。

从张爱玲到王安忆，都曾写下香港的浮世因缘故事，但我以为一九九七之后的《什么都没有发生》，更为香港的爱欲及历史想象，平添又一转折。如前所述，这本小说以自白形式，交代一个香港人“无情”的历史。六七工潮、七三股灾、八四中英公报、八九天安门事件，都只是张得志生命的背景，衬托他的无动于衷。但陈冠中唯独让他的角色从游离爱情交易里，泄漏底细。藕断丝连，当张得志发觉身份不明的沈张与他母亲生活在寻常百姓间，他个人的历史意外的又翻开新页。虽然他最后义助沈英洁母子的想法不能落实，一种希望、一种怅惘已自萦绕不去。与此同时香港千门万户，多少像沈英洁这样的移民已经自顾自地落地生根了。就这样我们的主角无心插柳，却开启了他始料未及的伦理关系。而也正因此，香港就算要“消失”，也不能像评家想象得那么一清二楚。香港的情与爱仍有下文，香港的故事也还有得讲。

二

黄碧云是九十年代以来最被看好的香港小说家。作品质量都能引人注目，黄擅写香

① Abbas，Chapter 1.

② Silverman的讨论，pp.77—81.

江男女的嗔痴怨爱，“温柔与暴烈”，形成剧烈张力。而黄又能于七情六欲的文字中，贯注一股阴毒之气，欲魇情魔，鬼影幢幢，不由读者不惴惴不安[①]。香港“大限”，也自然成了她信手拈来的隐喻。

黄的新作《无爱纪》延续她前此作品的特色，写生命的畸恋遗恨，阴鸷犀利。故事中的主人翁林楚楚是个平凡女子，但却遭遇到生命不平凡的考验。她的先生另结新欢，还要与新欢移民加拿大；她的父亲逝后遗下书信，揭露了惊人的往事；而更复杂的，她女儿的男友莫如一移情别恋，对象不是别人，竟是楚楚自己。这样的情节错综辗转，简直有如通俗剧的桥段。但黄碧云用心应不止于此。她显然要藉情欲的流淌，述说命运的无常，以及爱的能量及方式的出入。

耐人寻味的是，黄碧云将她的小说命名为《无爱纪》。在她另一部小说《七月流火》里，她写下如下的话：“无爱纪无所缺失、无所希冀、几乎无所忆、模棱两可，甚么都可以，无爱纪以虫行为舞，以婴儿粪香为挑情之惑。”（271页）[②]而“无爱纪”的最终表征是“什么事都没有发生”（273页）。这不禁让我们想到陈冠中的《什么都没有发生》了。但一旦进入黄碧云的世界，我们赫然发现她的角色岂能无爱？恰相反的，他（她）们正因为有太多的爱欲——跨越时间、辈分、意识形态，乃至性别——以致无所适从起来。所谓“无爱”，只能作为情伤梦断的病征，此地无银三百两的托词。陈冠中的作品因此与黄碧云的形成有趣辩证。《什么都没有发生》塑造一个无情无义的、自恋的香港主体，却处处留下“情”不自禁的伏笔，作为批判，也作为救赎（或救赎的可欲而不可即）。相对于陈，黄碧云的角色其实都病在多情，他（她）们的无爱，正来自于犹有余恨。“那么容易爱就是伤害。”（109页）以《无爱纪》而言，故事中的林楚楚在父丧后收到父亲游忧的忏情信，赫然了解原来貌似寡淡的父亲原来婚前有过一段刻骨铭心的恋爱。恋情发生在大陆，终因为两地隔膜，“文革”突起而中断。父亲信中坦承，这爱恋来得偶然，却绝难摆脱；最后爱极生恨，造成难以置信的遗憾。与此相平行的，楚楚发现贤妻良母式的母亲婚前也有段不可告人的往事，由此生下楚楚。“夫妻不是夫妻，父母女不是父母女，她自己也不是自己。”（66页）光天化日、家常生活，“细细敲问，一样样危危乎千疮百孔”

---

① Silverman也特别强调“爱的礼物”往往是主体意识的后见之明。p.80。这也是为什么这一诠释也加入了“爱的礼物”的生产、传递过程。

② 见拙作《暴烈的温柔》，序论，黄碧云：《十二女色》，第9—36页，台北，麦田，2000。

（66页）。

黄碧云的故事煽情，但她有意由此探问爱欲、血缘、伦理关系的必然性。当林楚楚发觉对她疼爱有加的父亲其实是个“外人”，不免觉得情何以堪；但当她读到父亲的忏情信，她反而了解父亲视她，而非母亲，才是“自己人”。“爱总是有所缺失”，“到她明白爱的时候，爱已经不可能了”（70页）。一旦伦理的戒律被搁置，爱欲的可能就不胜其防。林楚楚对父亲的回忆眷恋，已超过孺慕之情。借着父亲的表白，以及父亲当年所爱恋的大陆女子王绛绿的情信，她不仅重新拼凑父亲的往事，也更投射自己的欲望位置：她“爱”她的父亲。在现实生命中，她的丈夫离异，女儿疏离，然而经由阅读、想象年轻时期的父亲的激情及那位神秘女子的响应，她不得不觉得爱意盎然了。她想到当年“小小的刚微胀的乳贴着她父亲的胸膛……王绛绿的乳会不会像她的，一样贴着游忧的胸膛……她会不会说，不让你走，要你时常抱着我”（56页）。而这新滋生的爱，要由女儿关系匪浅的男友莫如一来完成。至此，黄碧云游走似是而非的乱伦关系边缘，挑逗、也挑衅礼教的重重闲防。正如楚楚与养父没有血亲关系，她女儿的情人毕竟不是她的女婿。当莫如一说“我一定有恋母狂”时，她“已经跌入一个她自己密谋的思念陷阱之中，无法再逃出了”（103页）。《无爱纪》的后半段敷衍这对老少配，以两人发生性关系为高潮。无论是恋父还是恋母，都已不再重要。两情相悦的力量，摧枯拉朽，不以生殖、血亲、宗法为考量，反而在破坏其连贯性、必然性中，以及随之而来的自毁性中，方底于成。

黄碧云更看出女性爱欲的能量，远大于她们的对手。小说中的楚楚出落得贞静平凡，却操持家族爱情秘密的枢纽。她前有来者，后有传人。她的母亲因为一段幽幽情事，付出毕生代价；她的女儿爱得惊天动地，但女儿“只是爱她的爱；她的激烈；她的自毁”（91页）。这三人倒是真正的血脉相连，各以不同方式，见证爱欲的“温柔与暴烈”。当然，在她们之外，还有那神秘的大陆女子王绛绿。以她一封封情书，铭记她与情人林游忧往事，死而后已。如果爱欲是这般的被念兹在兹，黄碧云又为什么写下《无爱纪》呢？回到小说中绛绿的一封信：“将来历史书上都会有一段长长的空白。很多人静默无言，不是因为胆怯（我从不胆怯），不是因为忘怀（我们怎能忘怀），只有同代人能够理解发生的事情，但过后必无、从、说、起。”（88页）绛绿与游忧，楚楚与游忧，楚楚与莫如一，楚楚母亲与情人，楚楚女儿与她“自己”……爱恨悲欣交集处，谁付与言？

时过境迁后的书写追记，只能看作是劫毁后的创痕，或如前引罗兰·巴特的话，自己为自己写下那已然的“不在”。这使我们重思游忧在“文革”爆发后，潜回大陆寻找情人而不得的结果：情急生恨，他不写情书，而写了封向公家揭发情人隐私的告密信。爱与罪、激情与毁灭，自此纠缠不休。所以黄碧云只能写“无”爱纪，小说高潮之一是楚楚打开绛绿最后寄给游忧的信物，那是一块绣花手帕，打开是颗断齿，还有封写在“战无不胜的毛泽东思想万岁万岁万万岁”信笺上的绝情书。有一天，“血干了、肉腐烂，头发断裂，无记忆无言语……但她还有骨头与牙齿……她仍要留一个存在的记忆给他”（89页）。这是刻骨铭心的“爱的礼物”的极致了。而多年后，当楚楚与她的小情人幽会，她张开嘴“紧紧的啜吸他”，“她感觉他像蜗牛一样退却”。楚楚想着“我虽然有牙齿，但我绝对不会伤害你。这是她最忠贞的、爱的承诺”。而叙述者（或楚楚）接着又想着：“但牙齿是多么容易的诱惑。那么容易爱就是伤害。”（108—109页）《无爱纪》无他，就是本记录爱与伤害之书。

三

《烟花三月》是香港知名作家李碧华的新作。自八十年代中期以来，她以《胭脂扣》、《青蛇》、《霸王别姬》等作，演义香港市井人生，点染艳异色彩，广受欢迎。李碧华文字疏散，笔下不无矫情时刻，但她的惫懒与世故，反而成就一种独特魅力。尤其在编拟前世今生的鬼魅故事，串演警世阴阳的教训时，她其实已不自觉地继承了宋明民间话本烟粉加灵怪的传统。

李碧华擅长写情爱，却不是一般痴男怨女的情爱。在她的世界里，古为今用，人鬼同途，生生死死，轮回不已。《胭脂扣》、《秦俑》、《潘金莲之前世今生》等都是极好例子。在后现代外加世纪末的风潮里，她宜俗宜雅，既颓废又警醒的姿态，竟然成为香港文化奇观之一[①]。然而到了一九九七前后，即使是像李碧华这般的想象力，也已露出疲态。大历史的时刻来了又过去了，“什么都没有发生”。但“五十年不变”的倒数计时已经开始——另外一种大限已然悄悄弥漫开了。香港的“大邂逅”与“大奇迹”还可能

① 黄碧云：《无爱纪》，台北，麦田，2001。此处及以下所引页数均以本版为准。

么？如果有，在哪里？

李碧华的答案是她的新作《烟花三月》。这个动听的书名不再标示一本小说，而是一本“报导文学”。隐隐约约，李碧华似乎也配合了“时代需要”，摆下了虚构游戏，来点有血有肉的真材实料了。这本书记述李碧华厕身（中日战争时期）华籍慰安妇控诉日本暴行及兴讼求偿的行动中，一段奇遇。故事的主角是湖北籍的袁竹林及四川人廖奎。抗战期间，出身贫寒的袁竹林被诱拐、逼迫成为慰安妇。当时的袁年仅十八岁，却已两嫁，还有一个女儿。她在慰安所里饱受蹂躏，且因被迫堕胎，永远不能生育。与此同时，她的独生女也夭折了。但抗战胜利才是袁煎熬的开始。她的“淫行劣迹”不能见容于自己同胞，羞辱成了她的生存条件。一九四七年，袁竹林与国民党警察廖奎偶然相遇，产生情愫，两人排除万难，于次年成婚。大陆易色，廖奎苟且偷安，却因为一件极小冤案在一九五三年被发配北大荒劳改。袁与她的养女三年后北上团圆。然而北地物力维艰，夫妻生活无以为继，一九六一年大跃进末期，袁被迫与廖离婚南返，自谋生路，从此音讯全无。

三十八年后，香港女作家李碧华从袁竹林处听到这段遭遇而深深感动了。袁年纪已大，毕生只有最后一个愿望：找到廖奎，一诉离情。这样的离乱故事，在现代中国史中已经成为常态，毋宁可叹！我们的女作家一向擅以冷笔侧写人间情事的无常与无偿，这回却动了恻隐之心，要为袁竹林圆梦。慰安妇向日本讨公道牵涉跨国法律与政治，总是事倍功半，但慰安妇回首前尘往事，另有一种恩义，有待补偿。出入这两种历史任务间，李碧华的胜算多大？

我以为在这一关口，李碧华为“香港情与爱”又作了一番新的定义。李前此的小说多半在前世今生中打转，并由此思考香港作为“交易”前世与今生的转口点。《烟花三月》里，那虚无缥缈的人鬼情突然落实到现代中国史的血泪中；而莽莽大陆，陡然提供了一个新的言情述爱的空间。骨子里李碧华其实讲的还是她专长的一套。她要探究两个被历史作践，被时间遗忘的男女，是否能在迥然不同的时空环境里重续前缘。然而细读《烟花三月》，我们理解“回归”后的李碧华，“再世为人”，还是显现不同面貌。她现在写的是“报导文学”。叙述中虽不乏被报导的对象，报导者李碧华的无所不在，才更耐人寻味。她不只写袁竹林与廖奎的乱世之恋，她其实也写了自己对这样乱世之恋的爱恋。行有余力，更要付诸实践。

一九九七前后，香港文化界开始谈论“北进想象”。但少有像李碧华这样将“北进想象”的实相与虚相发挥得如此淋漓尽致。《烟花三月》描写报导者李碧华如何一步一步了解袁竹林与廖奎的生平故事，如何运用自己的关系，展开跨国追踪。“廖奎，你在那里?”不再只是袁竹林的深情勘问，也成为李碧华的欲望归宿。更惊人的是，当香港传媒，从《明报月刊》到《天地》图书再到《壹周刊》都加入寻人行动，引来众多回响，袁与廖的不了情俨然要成为香港人的不了情了。

我们也注意到，在《什么都没有发生》及《无爱纪》里，各介绍了一位大陆女子，沈英洁及王绛绿，作为爱欲辩证的托喻。沈自大陆来港，胼手胝足，但求安身立命。王则是神龙见首不见尾，演绎了一场性禁区内不可能的爱欲冒险。到了《烟花三月》，慰安妇袁竹林现身说法，回诉自己经历非人遭遇，却也展现她惊人的爱欲勇气。周蕾所谓的“始原激情”(primitive passions）用在这三位女性角色上，都能引生更多辩论①。回归后的香港作家，要如何调整他（她）们的感情倾向？中国是那诱惑的极致，也是创伤肇始的所在。她以女性身份，激发爱的想象与禁忌。疲惫的、历尽虚情假意的香港俨然属由后现代的虚无追本溯源了；一下子地老天荒、生离死别的俗调，突然又多了层新的含意。但是且慢，这样的大陆也许曾经有过，却早已失传了吧。它的“意义”反要由香港制造，逆向输出。

前此我以陈冠中的《什么都没有发生》与黄碧云的《无爱纪》为例，描述香港情与爱想象幅度的两极。前者精刮算计，以不愿及不能爱来摒挡一切随爱而来的牵扯；后者则大事铺张无所顾忌的爱与恨，往往以玉石俱焚为出路。在我的解读中，这两种姿态每有自我颠覆之处：《什么都没有发生》留下挥之不去的爱的遗迹，作为“没有发生”的反证，而《无爱纪》在遍阅种种爱欲的逾越与冒犯后，归结为无爱——并无言——以对。李碧华的作法又与两者不同。她身处回归后的香港，不再坐以待（祖国的?）爱，反而要“送爱心到大陆”，一方面，她重演《什么都没有发生》中那香港经理人的本业，“二手”打造、传播别人的爱的故事——这是服务业的本色；另一方面，她也呼应黄碧云式的哲学，深自为爱欲劫毁的宿命所牵引。事实上，她比写任何一部小说都入戏。《烟花三月》这部“报导文学”如果没有了李碧华的角色，不过只是又一本大时代悲欢离合的插曲。

---

① 见陈国球编《香港文化与李碧华》，台北，麦田，2000。

有了她，一场不可思议的“恋人絮语”于焉展开。

《烟花三月》里李碧华自述寻人一筹莫展之际，友人代卜一卦，卦像是“火泽睽”，显示袁廖二人好事多磨，天各一方。“‘不言而喻’的巧合，竟在数千年前《易经》六十四卦中的一支，透露出来？”（119页）[①] 一切莫非因缘前定，李碧华不禁毛骨悚然。问题是，李碧华也注定要在这再世情缘中扮演她宿命的角色么？故事，不，报导，由此急转直下。廖奎下落竟然查出，原来他早已离开东北，随再娶妻子姜春兰一家人移居山东淄博。而淄博的一个区淄川正是《聊斋志异》作者蒲松龄的故乡！冥冥之中是注定了的。报导中的李碧华于是束装北上，先到武昌与袁竹林母女会合，再转赴淄博——与他们同行的，还有李安排的摄影记者。袁廖重逢的高潮凄苦感人，不必细表。我所有兴趣的是李碧华自始至终长相左右。是她化不可能为可能，也是她记录、观察、批注这一场重逢的涕笑与无奈。李注意廖奎夹在袁竹林与姜春兰间的微妙尴尬。“世上所有爱情悲剧，都只因为‘一公两母’”（283页）。她忘了在第三者外还有个第四者——她自己。她是局外人，可却无所不在。凭爻卦的指引，她来到了《聊斋》的故乡。她也是来偿愿的：“如果一个传奇，可自《易经》开始，以《聊斋》作结，就很圆满。”（285页）这个传奇的女主角不是别人，正是李碧华；或她不是人，而是鬼；她要爱，而没有“身份”。

在《烟花三月》的后记，李碧华如是写道：

> 我的第一个小说唤《胭脂扣》。是女鬼如花五十年后上阳间寻找她最心爱的十二少的故事。——回头一看，有很多虚构的情节，竟与今天寻人过程有诡异的巧合。《烟花三月》便是血淋淋的《胭脂扣》。它成书了，也流传开去，冥冥中是否一些亡魂在“借用”寄意呢？（404页）

的确，人世与鬼蜮，报导与虚构，相衍相生，成就了李碧华式的文学创作观，而她更进一步说明，促成她创作动力的，端在“钟情”。“‘钟情’是一种没有原因也无法解释的强烈感觉。但欲断难断，似聚似散，人却作不了主。”（398页）女作家李碧华与前慰安妇袁竹林互为灵媒，牵引对方进入名唤爱的畛域，不能自主。这一“钟情”说，其实远

① 李碧华：《烟花三月》，台北，脸谱，2000。本处及其他页数均以此为准。

比前述拉岗式“爱的礼物”说，更有说服力。

然而作为写作者，李碧华的钟情不乏自恋的焦虑？她的“爱的礼物”真是运行无碍么？再引用罗兰·巴特的观念：“每当恋人看到、感到、或知道情侣因这个或那个外在于恋爱关系的原因而感到不幸或受到威胁时，一种强烈的同情感便会油然而生。”[①] 但巴特话锋一转，提醒我们当对方深为自己的不幸而痛苦时，恋人可能发现这痛苦不但与己无关，甚至“把我给一笔勾销了”[②]。由是产生恋人暧昧的位置：“眼睁睁地看着自己心爱的人在受苦难，真是桩可怕的事；但同时，我又漠然视之，毫不动情。我的认同是不完全的；我是一个母性，但又是一个不够格的母性。”[③]

李碧华那里只“借用”袁竹林的故事写出她创作的历程；她更（冥冥中?）“借用”了袁的故事写出了一个香港作家与她的中国间，剪不断、理还乱的情缘。“那么容易爱，就是伤害”，黄碧云写着。“永远不要爱上自己的项目”（68页），陈冠中写着。而李碧华回归后走上了千疮百孔的中国土地，叙说着她“不完全”的爱的故事。回到本文开始的讨论，李碧华归根究底是“自作多情”的。她可能是自以为是的、表演性的自作多情，但更可能是自力更生的、生产性的自“作”多情。两者都不脱自恋的基础，但什么样的恋爱不以怜惜自己开始？是在这一辩证中，香港的主体性才有了奇妙的安置。

而套用李碧华的叙事方法，香港的情与爱可能找回它的前世？我想到的不是张爱玲的《倾城之恋》，那个故事结束在上海。我想到的是陈残云（一九一四～二〇〇二）的《小团圆》（一九四六）[④]。在陈的小说里，国民党士兵黑骨球随着部队由东北来到港九。黑骨球在抗战初期被拉夫参军。八年间转战四方，侥幸不死。战后回乡才发现母死妻离，一无所有。一九四六年，漫步九龙街头的黑骨球孑然一身，四顾苍茫。突然他在街上巧遇昔日同村旧识老妇，并且惊喜交加地得知他的妻子不但活着，还来到了香港！黑骨球终于与妻子团圆，却发觉她神色诡异，似有难言之隐。果然，飘流到港的妻子因为生活所迫，已经下海为娼。

《小团圆》写于一九四六年。据此，故事中人物重逢比《烟花三月》中廖奎、袁竹林

①②③ 罗兰·巴特：《恋人絮语》，第54页。

④ 陈残云：《小团圆》，郑树森、黄继持、卢玮銮编：《国共内战时期香港本地与南来文人作品选》上册，第241—256页，香港，天地，1999。

初在武昌见面还早了一年。但两作所要讲的乱世情缘，却如出一辙。所不同者，《烟花三月》跨越半个世纪，为廖袁往事，画下凄清句点。《小团圆》中的黑骨球与妻子百感交集下，接受命运现实；黑骨球逃离军队，决心与妻子留在香港，赌赌运气。他们不回大陆去了。一念之间的决定，是否改变他们后半生的命运？“香港是一个大邂逅，是一个奇迹性的大相遇。”王安忆的话再度回到耳边。

《当代作家评论》二〇〇三年第五期

香港情与爱

——回归前的小说叙事与欲望

赵稀方

香港原是个政治冷漠的地方，在文化身份上任由英国与中国的国族叙事加以构造，但自八十年代初中英谈判开始后，香港现有殖民地身份的消失，忽然唤醒了港人的本土文化意识，于是有了大量的重构香港历史的“怀旧”之作，有了大量的对于香港文化身份的讨论。亚巴斯（Ackbar Abbas）曾引用本雅明关于凡是变成影像的总是一些将要消失的东西的说法，验证八十年代以来的香港的文化景观。香港历史上本土意识发展的高峰，出现在香港即将失掉的时刻，这一看似吊诡的事实正出于这种逻辑之中。

一

引发香港的“怀旧”之风的最有影响的作品，是李碧华的《胭脂扣》（一九八四）。这部小说后来改编为电影（一九八九），由关锦鹏执导，梅艳芳、张国荣主演，获香港电影金像奖最佳电影奖；一九九〇年香港芭蕾舞团将其改编为芭蕾舞在第十三届亚洲艺术节上演出，俨然成为跨文类、跨雅俗的香港“经典”之作。

作为对于英、中国族叙事的反拨，《胭脂扣》以一个妓女为线索，构造出了一部充满“情义”的民间的香港历史。袁永定自认：“如花，我什么也不晓得。我是一个升斗小市民，对一切历史陌生。”自居为“小市民”，承认缺乏历史感，这是港人在新的历史时期对自己的清醒定位。于是有了重新查找香港的历史的举动，但饶有兴味的是他查找的不是英、中文的历史大叙事，却是香港的娼妓史。娼妓史一向不会为英中的“正史”所涉及，娼妓的存在甚至也不能为港英政府所容，但它的确是地道港人的历史，并且在这不为正人君子所齿的地方，有民间的情义存在。这样我们就理解了为什么这部小说中会有大量的甚至是节外生枝地对于香港娼妓史的详尽描写。

周蕾在分析《胭脂扣》时说：“对八十年代后期的读者和观众来说，这种鸳鸯蝴蝶派式的故事之所以引人入胜，重要的原因也是因为它的社会背景。李碧华显然为写这篇小说，做了不少历史调查，搜罗了二十世纪初各个方面有关香港娼妓这门职业的有趣资料。小说《胭脂扣》因此也可看作是种某个历史时代的重构，透过这个时代的习俗、礼仪、言语、服饰、建筑，以至以卖淫为基础的畸形人际关系，这个时代得以重现眼前。”[①] 这一分析是准确的，小说对于读者的一个巨大吸引力，正在于自一个边缘的角度对于香港历史的还原，这正迎合了“九七”阴影下港人对于香港历史的重新想象、对于香港文化身份重新定位的需求。但周蕾所说的“以卖淫为基础的畸型的人际关系”却并不准确，或者说仍是历史大叙事的语言。在小说的想象中，这是一处令人神往的地方，刚烈的、如火如荼的爱情正发生在这似乎最不可能的地方，而现代的人际关系才是“畸型”的。红牌阿姑如花爱上十二少之后，以全副心神投入，不惜得罪其他“恩客”，以至“花运日淡，台脚冷落”，但“终无悔意”，最终如花以死殉情，并且穿越阴阳界寻找到情人。这段爱情让袁永定等现代港人心荡神驰，他们在这里重新发现了香港人的情义和精神，找到了他们现在正在寻找的东西，这就是《胭脂扣》感动香港读者的地方。香港舞蹈团的艺术总监舒巧自述，她对于《胭脂扣》的共鸣正在于这种“香港的情怀”：“如花的故事，看起来是爱情的执着，但她的执着也藏着一种落拓迷蒙的感情。往事只能凭着记忆；未来，也不可知。在冥冥的等待中，她所有的，不过是对往昔一种美化了的感怀，和从往昔投射而来的憧憬。如花，不也是香港人的心态吗?”

日本的藤井省三在《小说为何与如何让人记忆“香港”》一文中曾细致分析过《胭脂扣》的“香港意识”，并认为这是《胭脂扣》之所以引起港人共鸣的原因。这些都十分精彩，但他的下面这段发挥却表明了他从一开始起就误解了《胭脂扣》：“难道不能说《胭脂扣》从这种为了爱、为了自由和独立以生命作赌注的香港人传统中看出主体意识，藉此说

① 周蕾：《写在家国以外》，香港，牛津大学出版社，1995。

明香港市民必定能够安然度过带来巨大变化的‘一国两制’下的五十年吗？而广大香港市民正是对这一点产生共鸣，使这部小说成为畅销书，使它被改编为电影，芭蕾，成为跨媒体的作品吧。”[①] 在我看来，《胭脂扣》并没有给港人提供安全度过“一国两制”下的五十年的信心，恰恰相反，它给港人带来的是对于“五十年不变”承诺的怀疑和一种无可奈何的心理，而正是这种心理让港人感到了巨大的共鸣。藤井似乎看到了《胭脂扣》的深层结构却忽略了表面结构，小说的确颂扬了如花追求爱情的至死不渝的精神，但它同时又批判了现代港人的精神麻木，怎么能说如花的精神就是香港的“主体意识”呢？如果是的话，那么它现在已经丧失了，如何支撑香港度过未来的五十年呢？小说中，如花五十年后来阳间寻找十二少，然而一切都变了，她已经找不到她的石塘咀，并最终发现十二少苟活于人间，龌龊丑陋，昔日的浪漫爱情早已不复存在，如花大失所望，飘然而归[②]。当年山盟海誓，以死赴情，但五十年之后，一切都已失去了。小说专门强调五十年，其实是对于“一国两制”中的“维持五十年不变”的一个注脚。小说中人物对于“九七”大限的恐慌及特意强调的五十年，都在提示这一点。当如花发现一切改变而向袁永定求助时，袁永定自己也惶惶然，“我如何得知怎么办？我如何有能力叫一切已改变的环境回复旧观？我甚至不可以重过已逝去的昨天，何况，这中间是五十多年？我同她一样低能软弱，手足无措。”香港人的恐慌是“九七”，但小说正话反说：“到了一九九七后，就不会恐慌了。”凌楚娟说：“那是我们的大限。那时我们一起穿旗袍、走路、坐车拉手、抽鸦片、认命。理想无法实现，只得寄情于恋爱。一切倒退五十年。你那时来才好呢，比较适应。”一国两制所承诺的五十年不变，让港人感到心神不定，“嘿，五十多年？若有变，早早就变。若不变，多少年也不会变。”最让港人绝望的是，香港的改变不是港人自己可以作主的，个人的力量无法逾越历史，一切都是命定，“一切都有安排，不是人力能够控制。”“这便是人生。即便是人生，即便使出浑身解数，结果也由天定。”这样一种明知有变却无可奈何的恐慌与虚无，才是《胭脂扣》引起港人共鸣的力量所在。舒巧是明白这一点的，她说：“选了李碧华的《胭脂扣》，就是要把这种香港的情怀衍化为舞蹈。我要让如花跳出她的苦

---

① 藤井省三：《小说为何与如何让人记忆“香港”》，黄维梁编：《活泼繁荣的香港文学》，香港中文大学出版社。

② 第十三届亚洲艺术节节目表及订票小册，转引自李焯雄《名字的故事》，陈炳良：《香港文学探赏》，香港，香港三联书店，1991。

苦追求，她五十年不变的等待”，但又清醒地加上了一句，“当然还有那无奈的结果”[①]。

为什么小说一方面批判现代香港，一方面又恐惧变化呢？这似乎是个矛盾。其实情形与西西一样，香港有很多问题，可以批判，但这仍是“我城”，港人绝不愿意从根本上改变香港。我们注意到，小说对于香港的日常生活有着不同寻常的注目。小说假借袁永定的口气叙述他的起居情况：“我家在四楼，一梯两伙。对户住的是我妹妹与妹夫。单位是四百尺，各自月供二千多元。如无意外，他日我结婚生子，也长住于此。在香港，任何一个凡俗的市民，毕生宏愿是置业成家安居，然后老死。”叙述是语带反讽的，因为它们不浪漫，不出轨，然而，这约略的讽刺下面其实隐含着未被注意到的踏实和眷恋，毕竟这是港人生活中恒常的东西，它们是不容失去的。

二

但原有的香港就要失去，并且失去之后再也找不回来了，这一事件给香港人心理带来了空前绝后的影响，在恐慌、失落、痛苦、眷恋等感情的交织错落中，香港意识在这世纪末达到它历史的最高点。

黄碧云的小说《失城》是这段香港历史的写照。中英谈判触礁后，香港陷入混乱，港元急剧下泻，市民到超级市场抢购粮食。小说的主人公陈路远在女友赵眉的哭诉下，像无数港人一样，惶恐而匆忙地移民到了国外。到了加拿大，他们以为会获得自由。没想到遥远而寒冷的加拿大，让他饱受了异国的冷落和孤独。他们没有了工作，守在阴暗的家中。失去了家园的伤痛，一点点地吞噬他们的内心。他们空空如也，彼此间产生了无以名状的

---

① 在小说《胭脂扣》中，因十二少家庭的阻碍，如花与十二少无法合好，如花为不失去十二少，决定与十二少共赴黄泉，她先在十二少的酒中下了四十粒安眠药，在看着十二少喝了三杯酒后，如花当着十二少的面吞下自杀的鸦片，然后又分了一份鸦片给十二少，劝他一道殉情。此时，十二少面临着一场“豪赌”：吞下鸦片，便是死于殉情；掉头他去，就是死于被杀。十二少拿起了鸦片，如花松了口气，以为大局已定，毒发而死。但十二少最终“却没有为如花而死”，他没有吞下鸦片，而是因安眠药而昏迷，又被救活。但十分奇怪，人们在谈论《胭脂扣》的时候常说如花与十二少双双服毒殉情，如《香港文学书目》的内容介绍：“青楼女子如花不能嫁入富家子弟十二少的门户，双双因此服毒殉情，但十二少在垂死边缘被救回，剩得如花独赴黄泉，五十年后如花从阴间返回阳间寻找情郎。”这种介绍很容易导致对于这篇小说的错误理解。藤井省三在文章中引用的就是《香港文学书目》的介绍。

怨恨，陈路远甚至闪过了杀死赵眉的念头。赵眉很清楚这怨恨的来由，“陈路远，我知道你恨我，你恨我迫你离开香港。但谁知道呢？我们从油镬跳进火堆，最后不过又由火堆跳回油镬，谁知道呢”？他们不由深深地怀念在香港的日子，他们想起港大化学大楼外的草坪，想起在那时他们对于未来的憧憬，“什么时候才有一个我们的家庭，点着灯，像星星。”他们觉得“香港的摩天大楼如人类文明，一直通往天堂。”在香港的时候，他们从不觉得那儿的生活有什么，但一旦失去之后，却让人不能承受。赵眉去买了一百米黑布，成天在踏衣车上缝窗帘，将屋子蔽得墨墨黑黑的，在家里又穿着雨衣，戴着医生的透明胶手套，穿一双胶雨靴。她对一切都十分恐惧。他们的愿望其实十分简单，不过是要求“长久安定”的生活。为了这一点，他们终于回到了香港，一家六口又重新回到了香港的生活。但这一切却变得如此的不真实，下面隐藏着恐怖，这让陈路远忽然又怀念在加拿大的那种真实的孤独与恐惧。这时候他们才意识到，他们“从油镬跳入火堆，又从火堆再跳入油镬”，失去的东西，再也找不回来了。这时，陈路远做了一个决定，杀死赵眉、四个孩子和大白鼠。既然一切都已不可挽回，何苦再受煎熬？但陈路远最终也没有弄明白，“到底是我毁了她们，还是她们毁了我，还是我们都是牺牲者？”

黄碧云的《失城》中有两条线索，主线表现香港人的“失城”，副线写英国人的“失城”。泛论殖民地的失去对于殖民者来说原是咎由自取是容易的，但对于每一个在香港工作的英国人来说情形则要复杂得多，或者可以说他们其实也是受害者。《失城》中的伊云思为香港付出了青春，他离开爱尔兰来香港时还是个青年，现在已经快要老了。作为一个殖民地警官，伊云思无法抵御香港的诱惑。为了一个中国女子，他甚至失去了英国的太太。在知道即将失去香港时，他突然感到软弱无力，“我大吃一惊：我知道我老了。我原来老早已经忘记恐惧的滋味，此刻我非常的惶惑与恐惧，而且孤独”。“我想我要离开这个殖民地了。殖民地将不复存在”。他是执行陈路远案的警官，但他深深地理解陈路远失城的心理，因为他自己也在失去这所城市，而且他所受到的打击较之于陈路远更大：“他一生不会再见着这美丽的维多利亚港了，世界将遗忘他。然而这是出于他自觉的选择。而我呢，我却毫无选择，要失去这城市了。”英国人的势力在香港日日衰微，自己的地位也堪堪不保，伊云思失落不已。他发现自己既没有前途，也没有后路，“我很渴望有一顶帽，好好的，保护我自己。来到香港以后，因为热，也因为容易，我已经忘记爱尔兰冷酷而又艰难的冬天了。”①

① 黄碧云：《温柔与暴烈》，香港，天地图书公司，1994。

黄碧云其实直接写香港的小说很少，多数都是些远离香港的故事，然而人物在内心里却不能割舍香港，小说时时有对于香港的回应，这种后殖民的“写在家国之外”的角度与也斯的《烦恼娃娃的旅程》很接近，但黄碧云对待香港的态度却与也斯大不相同。也斯是在参差的映照中，理性地省察和书写香港；黄碧云却做不到这一点，他笔下的人物带着失去香港的永远的伤痛，在世界各地不断地漂泊，他们思念香港，却又回不到香港，不得不忍受着世界的荒谬和生命的残暴。黄碧云小说中人物在海外永远孤独无依，如《战争日记（在沙漠）》中的赵眉在纽约的情形：“她不知如何解释她的寂静荒凉：一个人起来，一个人吃早餐，一个人上课，一个人到餐厅打工，病倒的时候，一个人在厨房煮意粉，周日一个人去看电影。她无法属于纽约，正如她无法属于香港。”我们记得《失城》中女主人的名字也叫赵眉，这两个赵眉的内心是相通的。如此我们才理解这《战争日记（在沙漠）》的小说题目，这是在沙漠中的一个人的战争。在这种挣扎之中，人物不断有过“回乡”的念头。在《流落巴黎的一个中国女子》中，陈玉在目睹了叶细细的客死他乡后，深深感叹人生的无常：“我随手将发拈起，轻轻一放，发丝便随风而落去，不知流落何方。人的存在也不外如是。”于是她想到了回香港，那是她生长的地方，会让人有踏实的感觉，“我突然很想回香港，我已经六年没想过这个地方。那个地方，狭小嘈杂，很多人七手八脚你推我挤的生长……因为小，人的存在也切实些。”但香港现在已经只是一个幻象，因为它存在不久了。其实死去的叶细细也想过香港，但觉得“香港也不长久”，就作罢了。这种根的断绝，让她无所寄托，终于彻底失去了生活的希望。从此失去了长久安定的香港人，从此再也不相信生活。《爱在纽约》中的叶细细对宋克明说：“有霎那，我如此渴望跟你结婚，在我游移的生命里，有一点安定与长久。”宋克明回答：“在这世代，从没有安定与长久。这原来是你的幻觉。”叶细细笑了起来：“原来是一个大幻觉。”对于宋克明这样的流落在外的香港人来说，“生命在我面前无穷尽地展开，我只是嫌它太长了”。这样一种绝望的心境，来源于生活的欺骗和命运的播弄。于是有《怀乡——一个跳舞女子的尤滋里斯》中的如下拷问：“当依底帕斯王决定挖出双眼，是命运决定他弑父娶母；当虞姬决定自刎，是命运决定楚霸王的失败；当麦克白决定杀邓肯王，是命运决定他要当皇帝，而且友叛亲离——到底是命运对人的播弄，还是人决定存在的命运——”小说的结尾有明确的回答：“这个城市，也完成它要在我生命里要完成的幻灭、启悟——生命如骗局。”小说中的人物世界和生命有如此的愤激与体悟：“我抬起头，我怀疑头上不再有天，而明日永不到来。我怀疑整个世界原来与我无关。生命的由来与终结，亦不过是瞬间的随意的残暴、荒谬的播弄。”①

在黄碧云后来的小说中，“香港”出现得愈来愈少，逐渐地没去，只余下了无尽的飘泊和灵魂的纠结。但如果我们不知道世纪末香港这一背景的话，便难以理解黄碧云小说的黑暗和苦痛。颜纯钧写在《其后》的封底上的话很中肯：“如此年轻，如此才情横溢，却又如此苍凉酸楚，这‘扬眉女子’也算是世纪末香港的独特产物了。”

三

在香港意识日益强烈的世纪末，港人自己的历史叙事终于堂而皇之地出现了。较之于本世纪中叶以来零星出现的港人执笔的有关香港历史的书，王赓武主编的《香港史新编》之“新”，并不仅仅在于其作者阵容之庞大和篇幅之巨，而在于这是二战以后的香港本土历史学家们首次集中起来、自觉地从“香港意识”的角度对于香港历史的全面叙述，这是很有历史意义的。与此同时，香港出现了重新叙述香港百年历史的长篇小说，施叔青的长篇巨制“香港三部曲”:《她名叫蝴蝶》,《遍山洋紫荆》,《寂寞云团》，颇值得注目。

施叔青曾以系列小说“香港的故事”饮誉文坛，正是出自对于香港的关注体察，令她对即将到来的世纪变动深有感触，从而产生了透过小说“参照历史上重要的事件，运用想象力重新搭建心目中的百年前的香港”的冲动。“香港三部曲”的经营规模相当惊人，它征用了大量的历史材料，包括正史、野史、方志、民间传说等等。大到一八九二年香港大瘟疫、英军攻占新界、二七大罢工、“六七暴动”、中英谈判等历史事件，小到不同时代的街景、建筑、室内布置、人物衣饰以至花鸟草虫，在小说中都有不同程度的表现。施叔青自述：“我是用心良苦地还原那个时代的风情背景。”仅这种重新叙述历史的艰苦努力的本身，就是香港意识自觉的重要标志。

在“香港三部曲”中，施叔青与中英香港叙事既有重叠，更多差异，借此有更深入的反省。小说的女主人公黄得云原是广东东莞的小女孩，被绑架到香港做了妓女，成了殖民地洋人的口中之食。在殖民者的眼中，殖民地历来就是欲望和征服的对象，小说中史密斯

① 黄碧云:《其后》，香港，天地图书公司，1991。

对于黄得云的征服、玩弄，本身是殖民地关系的一个象征。面对黄得云充满魅力的女性身体，史密斯的眼睛充满了欲望，“史密斯是这女体的主人，黄得云说他是扑在她身上的海狮”。这幅图画很容易看作是闻一多《七子之歌》中的“如今狞恶的海狮扑在我身上，啖着我的骨肉，嗳着我的脂膏”诗句的演绎。这一故事的开头情节与“中国叙事”在表面上很接近，无怪乎国内在“九七”前热心于出版前两集，借此将殖民地香港命名为被出卖的妓女形象，以此说明收回香港的意义。但施叔青的香港故事其实并不这么简单，黄得云虽然是身处被玩弄、被凌辱的位置，却不像阮朗笔下的女性一样以受骗上当开始，以愤怒反抗结束。她是心甘情愿的，她与殖民者之间事实上是一种各取所需的利益交换。他们之间的关系，或可用霍米巴巴所说的“协商”（negotiation）的概念来表述。黄得云换了一个又一个男人，她的财富也同时急速增加。到小说的后来，我们看到，黄得云已经从一无所有的妓女成了香港地产界的大亨。这就是他们之间“协商”的结果。这其实也是香港殖民者与被殖民者关系的写照，香港出卖了自己，但换取了经济的发达。小说的第三部《寂寞云烟》写到了香港的二十世纪后半叶，描写了香港的城市建设的辉煌：“一个新的香港也在冒起。五十二层东南亚最高的建筑康乐大厦，造型具现代感的太空馆落成了，地铁通车了，海洋公园正式开放，连锁速食店一家家到处都是，还有市区边缘蹿起的一栋栋公共屋村，给低收入的市民住的……”我们知道对于香港的现代性成就，历来是英国的香港叙事的重点，而中国叙事则强调前期香港被奴役的过程，略写二十世纪下半叶的经济发展。王宏志发现：“中国大陆的香港史论述，在‘完整全面’的表象后，几乎都无一例外地遗漏了一个时段：二十世纪五十年代至八十年代初的三十几年。”他认为这“不可能是无心之失，而是出于故意的删除和抹掉”，原因有二：“一是不要让英国人‘掠美’，独占把香港从小渔村发展为世界大都会的功绩，二是隐没香港人本土意识的成长。”[①] 施叔青的“香港三部曲”显然并没有理会中英香港叙事的知识限制，而有着自己的视野。小说不但揭示了英人的侵略和港人遭受的耻辱，同时也彰扬了港英当局对于香港经济发展的贡献。

---

① 见倪文尖《王宏志：历史的沉重》，《二十一世纪》双月刊，2001年6月号。另：王宏志列举的内地香港论述有：电视系列片《香港百年》、《香港沧桑》、《二十世纪的香港》、《日出日落：香港问题一百五十六年（1841～1997）》，遗漏了杨奇主编的《香港概论》（上下），此书谈论香港经济制度的下册事实上涉及的就是本世纪下半叶。但值得注意的是，此书没有从史的角度进行讨论，而是将制度抽象出来谈，这样就在一定程度上避免了为英国人“表功”。

“香港三部曲”中黄得云与殖民男性关系的另一不同，是她与英国贵族西恩·修洛的爱情弄假成真。西恩·修洛和黄得云原来也是按照“各取所需”的原则相识的，西恩·修洛是为了让黄得云替他抵御殖民地小姐的进攻，而“黄家的一块块土产物业，就是在西恩上门啜饮由黄得云亲自奉上的一杯杯白兰地拼凑起来的”。但这位香港最有价值的单身汉，却逐渐为黄得云魅力所倾倒。对于西恩·修洛来说，在西方本土遭受压抑后寻找东方主义的幻象，这是并不奇怪的。但随着时间的推移，各种事件的发生，他们彼此间的感情却在真实地靠近。而在日本占领香港，西恩·修洛被囚禁之后，他们才互相发现自己爱上了对方。就像《倾城之恋》，为了一场爱情，整个香港覆灭了。黄得云与西恩·修洛的爱情故事，拆除了男性与女性，征服与被征服的殖民关系模式，寄托了作者在“九七”前夕对于香港华洋关系的新的想象。

“香港三部曲”中虽然写到了省港大罢工、保钓运动、六七暴动等在中国国族大叙事中大写特写的政治运动，但这些历史事件在小说中却并没有成为国族历史神话的构成部分；相反，作者在小说中有意以个性化的经验嘲弄冠冕堂皇的历史叙事。像黄得云这种社会底层受压迫的人，本应是这些“民族反抗”运动的承担者，但在小说中黄得云对这些运动并无兴趣，反倒借动乱得以发家。如在省港大罢工期间，香港方面宣称英国将以武力干涉中国，导致香港富商争相避难，黄得云却从西恩·修洛那里得知这一请求已被英相拒绝，于是她贷款买进房产，大大赚了一笔。小说甚至以浪女的性爱故事来讽喻历史宏大叙事，小说借黄蝶娘之口叙述香港的保钓运动，“我也跑去喊口号，打倒美帝国主义，打倒尼克森政府，后来还跟那两个反战的英雄到他们住的小酒店胡混了几天”。政治口号的庄严，被性爱的玩世不恭消解得无影无踪。在“香港三部曲”中，施叔青刻意采取了女性的、边缘的叙述立场，以此嘲弄“中心化”的香港历史叙事，显示差异的历史观。

值得一说的是，施叔青在小说中对于殖民者及其与殖民地的关系有较多的探索。看起来在香港高高在上的英国殖民者，其实本身也是殖民制度的牺牲品。在上一世纪交通不发达的时候，英国与香港真正相距遥远，来回一趟需要数月的时间。殖民者割断母土社会，来到这个异文化的小岛，无异于自我封闭，结果造成了自己从生活到精神的自闭。在《寂寞云团》中，西恩·修洛新来香港，立即“嗅出香港的英国人，不论礼仪举止、生活方式仍然停留在维多利亚时代。”他感慨：“也真难为这些英国殖民者，他们把自己关在南海一隅的孤岛上，无视时代在往前，从每个星期圣约翰教堂的礼拜的座位，到每年总督府庆祝英王的寿辰宴会席次，依旧是一丝不苟，按照阶级官位俨然划分。”昔日张爱玲也曾在小说中揭示过这一问题，在《沉香屑·第二炉香》中，罗杰来香港后十五年没有换过讲义，也从来不看新出的书籍和杂志，在习惯香港后回英国探亲时反倒不适应了。正是这种可怕的封闭，造成了罗杰的悲剧。在我们看来，是殖民者造就了殖民地，这是毫无疑义的，但“香港三部曲”却向我们表明，殖民地同时也造就了殖民者。英国人之所以变成真正的殖民者，与殖民地的环境及被殖民者都大有关系。《遍山洋紫荆》中专门考察了怀特上校是“怎样变成一个真正的殖民者”的过程。怀特本来的志愿是继承父志，担任造船厂的工程师，结果捧着英国殖民部海外服务的聘书来到了马来亚丛林。在殖民地，他的身份就是从事镇压的统治者，他的举止不由自主地受到这一身份的驱使，以期符合当地被殖民者的期待。他本来并不想射杀水牛，但当地围观者的几百双眼睛期待着他，“举枪射死这头惹事的水牛吧，殖民老爷。千百人聚集起来的意志传达过来，电流一样使他感应到那种力量”。“在这种情势下，他只能扮演马来人要他扮演的英雄统治者的角色。戴上他们为他量身制作的面具”。而在他射死这头无辜的牛之后，他的眼睛变得冰冷。黄得云的第一个英国情人亚当·史密斯，也感觉到了与怀特上校一样的压力。本来，他想帮助那女人捉住那头猪，但“一个奇异的现象击向他”，手下们催促着他这个白人统治者惩治这个当地女人和猪，“在这一刹那，亚当·史密斯感到白人在东方的虚幻。他们是统治者，可是受被统治者的意志所左右”。与怀特不一样，亚当·史密斯终于没能表现出他的残酷，这使他受到了惩罚，被剥夺了他未曾向敌人射出一粒子弹的手枪和皇家警察制服。既然他不能做出征服的姿态，他自然被羞辱地排除出了统治者的行列。“香港三部曲”对于殖民者与殖民地互动关系的描写，无疑揭示了殖民统治现象的复杂性，它挑战了那种简单的殖民与被殖民的善恶二元对立的固定模式。

无疑，突破中英香港叙事知识的限制，显示有深度的独特的香港想象，这是施叔青的“香港三部曲”的成就。但我在读这三本书的时候，却有一个疑惑，那就是作者对于殖民历史的演绎在很多地方与西方后殖民理论，特别是霍米巴巴的理论（“协商”、“模拟”、“含混”）有类同之处。后来发现王德威等其他的批评家也有同感，以为“香港三部曲”是对于后殖民理论的极佳注脚。后殖民理论虽然对于殖民性有较为深刻的揭示，但究其实，它仍然是另一种西方叙事的形式，我不希望施叔青在摆脱了中英历史叙事后，又堕入了另一种殖民性之中。

《当代作家评论》二〇〇三年第五期

光明与黑暗之门

——我对夏氏兄弟的敬意和感激

李欧梵 著 季 进 杭粉华 译

一

在夏济安先生过去的学生中，我有幸跟随他有关左翼文学运动的研究踪迹，亦步亦趋，受益匪浅。一九六三年秋，我初进哈佛，就参加了本雅明·史华慈（Ben jamin Schwartz）关于当代中国政治的研讨班。当时，我要找一个合适的研讨班的论文选题，可是毫无头绪。史华慈教授有一次不经意地提到了延安那场反对萧军的文学运动。我现在仍然清楚地记得，自己写了一封信给我原来的老师夏济安教授征求意见，希望能得到一些指点。他立即就回了信，说那确实是一个值得研究的问题。当时，我只是隐约听说他自己正准备做关于左翼文学运动的研究，其研究成果最终形成了《黑暗的闸门》（华盛顿大学出版社，一九六八）一书。相隔近四十年，我刚刚重读了他的《关于左翼文学运动一书的序稿》（夏志清先生在序言中做了全文引录），再次被深深地感动，因为文中所建议的研究态度和方法正是先生回信中告诉我的那些。

当然，我听从了他的建议。我论文中的萧军正是在集体运动中遭受悲惨命运的个案。夏济安先生认为，学术研究的目的就是要再现人类的悲剧。“哪怕是共产党员，也应该得到礼遇（更近似于同情），他们作为个人，除了党派观念也还有思想。”我想，正是《黑暗的闸门》所刻画的几位个体——瞿秋白、鲁迅、蒋光慈、冯雪峰、丁玲、“左联五烈士”

的思想与感情，给我留下了难以磨灭的印象。我那时还只是一个努力使自己成为一名学者的研究生，几年中，我一直在自己就读的历史专业和真正感兴趣的文学之间徘徊。夏济安先生是我以前在台湾大学时的老师，教英国文学，一到美国就迫于环境的压力，转而开辟完全不同的领域，开始自己的研究，他成为我后来学术生涯的心灵相契的指路明灯。

幸运的是，普实克（Jaruslav Prusek）教授也曾经是我的老师。他到哈佛做访问教授的时候，他和夏志清的那场有名的论争刚刚在《通报》发表。正如我最近回忆普实克的另一篇文章所说，一开始我还担心他的“共产主义”的背景，却大着胆子写了两篇“标新立异”的研讨班论文：一篇论萧红的小说艺术，我认为萧红比萧军优秀得多，而普实克由于显而易见的原因更喜欢萧军；另一篇是关于自由派的新月社。两篇文章其实都是对他意识形态立场的间接挑战。令我惊喜的是，普实克教授不仅喜欢我的论文，而且告诉我，他对夏济安的研究印象十分深刻，他还大度地发表了夏志清反驳他的文章。我能够恰巧成为两大“对头”（他们后来也成了朋友）的学生，实在是够幸运的。从那以后，我在学术研究中努力追随两位大师：普实克的历史意识和夏志清的文学判断。但是，我认为夏济安先生综合了这两种方法，已经融合了传记、历史和批评，形成了夏志清先生所说的“文化批评”（cultural criticism)。“文化批评”这个术语最早由雅克·巴赞（Jacques Barzun）在其《达尔文，马克思，瓦格纳》[①] 一书中首次运用。实际上，我在做博士论文《现代中国作家的浪漫一代》时，曾试图效仿夏济安先生。《黑暗的闸门》出版后仅一年，即一九六九年我即着手这篇论文，并于次年完成。因此，说夏济安先生是我博士论文的灵感源泉，既是客观陈述，也是无上荣耀。

夏济安的《鲁迅小说中的黑暗力量》、《鲁迅与左联的解体》两章对鲁迅形象做了极为精彩的刻画。这种鲁迅形象的阴影始终笼罩着我整个的鲁迅研究，这就是哈罗德·布鲁姆（Harold Bloom）所说的那个词——“影响的焦虑”（anxiety of influence），只不过它不得不被用到了一个天分不高的年轻学者的身上而已。我怎么才能写得像夏济安先生那么好？怎样才能用不同的方式来刻画鲁迅形象呢？经过了差不多十年的焦虑，我最终放弃了任何想超过先生的念头，而乖乖地一心一意效法了先生。我至今依然清晰地记得他

---

① 夏志清：《黑暗的闸门·导言》，见夏济安《黑暗的闸门——中国左翼文学运动研究》（*The Gate of Darkness: Studies on the Leftist Literary Movement in China*），第16—17页，西雅图，华盛顿大学出版社，1968。

对鲁迅散文诗所做的敏锐分析。他认为《墓碣文》是《狂人日记》的噩梦式的翻版。每次我教这一篇作品时，总要引用他的洞见：“《墓碣文》用典雅的文言穿插以娴熟的白话”，这是一种卓越高超的修辞手段，“将过去和现在置于同一层面”[①]。事实上，正是先生对整部《野草》的洞见指引我在拙著中讨论了“黑暗”主题。我花了一个夏天来撰写关于《野草》的核心的一章，但后来还是放弃了草稿，部分是因为上文所说的“焦虑”：既然我的老师已经做得这么好，我为什么还要再写呢？写最后一章《革命的前夜》的最后一节时，我不得不克制自己逐字抄录先生的两句话的念头，他用这两句来为长长的《鲁迅与左联的解体》一章作结：“十月十七日他患了感冒，十九日他便去世了。”[②]我找不到其他同样简洁而感人的结尾了，因为对鲁迅这位置身于左翼内部斗争的资深作家所做的复杂而深刻的刻画，这是最后的点睛之笔。当时，没有任何语言、任何著作能用如此精微而饱含同情之笔，探掘到如此曲折复杂的深度了。

通观夏济安先生的著作，没有炫耀什么理论术语以至破坏了他优雅的散文文风，或者损害了他原创性的洞见，出版四十年之后，这本著作的许多闪光点丝毫没有减退。夏济安先生对一九三〇年代左翼运动集团个人和官方的复杂冲突，做出了开拓性的研究，至今我们仍然由此受益。他通过细读所能找到的所有资料，描绘了一个四面受敌和愤怒的鲁迅。他名义上是左联的领袖人物，却成为左联新生小辈的牺牲品。如今已有更多的材料和个人回忆，印证了夏先生的观点依然正确。他塑造的一个有着“温和之心”的共产党人瞿秋白，是其人文学者风范的一个有力证明。在他的左联研究的《序稿》结尾，他写道：

> 我没有机会采访那些当事人，虽然他们中有些人还活着。不幸的是，中国没有像斯蒂芬·斯朋德（Stephen Spender）、阿瑟·科斯特勒（Arthur Koestler）、乔治·奥威尔（George Orwell）这样的人，能够回过头讲述走向左倾的历程的故事。胡风、丁玲或者冯雪峰本来有望成为这样的人，但是他们被迫选择了沉默。[③]

当然，现在他们都已不在人世了。从某种意义上讲，夏先生没有机会采访他们倒是一件幸运的事情，因为他也许会为他们的缺乏诚实和自我反思而深感失望。以前科斯特

①②③ 夏济安：《黑暗的闸门》，第151、145、20页，西雅图，华盛顿大学出版社，1968。

勒所描写的左翼作家“正午的黑暗”综合征，如今在中国已不复再现。是的，他们回过头来讲他们的故事了，但是这些故事不再像科斯特勒和奥威尔的那样包含真相和富于人性了。从后来的事实和我自己访问其中一些人（包括丁玲和萧军）的经验来看，无论是知识的渊博或是精神的深度方面，他们都无法和他们的研究者相媲美。

夏济安先生惊人的才华被那时美国的学术环境埋没了吗？如果他那时能有一个博士学位而获得必要的“教学许可”的话，他也许可以像他弟弟夏志清先生那样教授和研究中国传统文学和现代文学。他的小说已在《党派评论》发表，他也在印第安纳大学文学研究所呆过一阵，他本来是可以在比较文学领域继续开辟新路的。事实之所以不是这样，部分是因为美国学术界的困难，部分是因为夏先生自己选择了做一个自由的知识分子流亡者。不过，他所取得的成就，甚至在当代中国研究方面也是非同小可的。

如今中国的学者可能并没注意到，或者更多忘记了夏济安先生关于左翼文学运动的研究，实际上已延伸到了当代中国政治的研究，夏先生在此领域也做出了不小的贡献。他对“百花齐放”和“大跃进”运动的术语所进行的语汇学研究，得以揭示中国文化和人文的另一面。这些术语曾由柏克莱的中国研究中心印成小册子，夏济安先生曾是该中心的研究员，直到他突然英年早逝。对这份研究工作即使不是完全厌恶，至少也是与先生的性情很不符合的。但是，对这些政治运动中出现的意识形态术语的研究，夏济安先生依然秉持一样的“礼遇”原则和分析技巧，为的是揭示一个崭新而令人惊叹的事实：这些术语都植根于传统的中国文学和文化。这样，他也就把它们放到了一个更为宽广、更为人性的语境之中。我认为这也是一种“文化批评”，是一种代价高昂或掩盖于政治阴影之下的特殊的“文字学”（philology）。

那些被人们大大忽视了的手册中夏济安先生所写的内容，跟埃瑞克·奥尔巴赫（Erich Auerbach）研究西方现实主义传统的巨著《摹仿论》（Mimesis）比起来，似乎是小巫见大巫。但是，两者所使用的文字学方法却是类似的。而且，两者都是在异域环境中流亡时所做的学术研究。如果萨义德（Edward Said）可以把奥尔巴赫重新定位为以文字学为基础的大传统中的人文主义者（见萨义德的《摹仿论》新版序），那么我同样可以说，我的老师如果不是去做什么“中国专家”，他也会成为一个人文主义者（这项未竟之业从某种意义上说已经由他弟弟完成了）。因此，可以说，夏济安先生去世前几年，他是在双重疏离下进行学术研究的：不仅疏离于自己的祖国，而且疏离于他真正感兴趣的文学和创作。简直难以想象奥尔巴赫被逼放弃自己关于欧洲文学经典的研究，而去为伊斯坦布尔的盟军写分析纳粹口号的小册子！但是，夏先生做到了，以同样的人文学者的“礼遇”原则来研究中华人民共和国的政治和意识形态。我想，他一定相信在极权统治下文化既可以被禁锢，也可以被解放，只要能将文化提升到政治之上。文字学是一种学术实践，一种对文化框架内的词汇术语所做的批评性探索，它不仅仅是为了找出这些词语含义的来源，而且要使它们超越当代政治化用法的狭隘限制。

这并非易事，也别指望由此成为一个当代中国的“研究专家”。即使像我这样一名现代中国历史与文学专业的学生，也没有对老师的研究给予关注。直到多年以后，我自己也成为一名教师，开始在芝加哥大学教授现代汉语的课程，再后来在哈佛开设关于现代革命小说的研讨班，我才开始参考它们作为教学材料。这些谨慎的“术语研究”打开了一个智慧的金矿，我在图书馆阅读这些册子，读得兴味盎然。同时，另一种“意识流”式的回忆也涌入我的脑海：我想起了老师早年写的如何学英语的文章。夏先生在一份台湾学生的英语学习杂志上，发表过一系列文章，挑出一些单词和词组并列出了它们所有的意思，不厌其烦地解释所有的用法及其文学寓意。像我这样的学生因此得益匪浅，我可以骄傲地说我确实是这样学英语的，一遍一遍地朗读先生文章中提供的富于文字学洞察力的例句。不管是教英语单词还是研究中国政治术语，夏济安先生都同样的勤奋，显示出他渊博的学术修养。这的确是我们难以企及的，更别提超越了。

二

我对夏志清教授的感激可以归结为两个词（我将克尔凯郭尔的用词和精神做了小小的改动）：“爱戴和震颤”——因为他对我学术生涯的关切指导和支持而生的爱戴；因为他的学术成就和博学而生的震撼与敬佩。众所周知，夏志清教授不仅是精通中国历代各种文类的研究权威，而且也是研究西方小说和好莱坞经典电影的权威。和他所有的学生和朋友一样，我见到先生时总是心怀敬畏，但又总是被他大度的精神和迸发的智慧所吸引。我现在写一些赞扬先生的话其实是徒劳的，很有可能让向来自信的他用几句玩笑话就消解得一干二净。但是，我仍然要写，只为表达对他的深深感激，正如对他哥哥一样。

我荣幸地被夏志清先生收为非正式的弟子之一，有一个简单的原因，就像刘绍铭和其他人一样，我也是先生哥哥生前在“国立”台湾大学的学生之一，我们的学术领域最终都从西方转到了中国文学研究。同样，和大部分夏济安先生的学生一样，我在美国的学术生涯开始于夏济安先生英年早逝之后，夏志清先生把我们都收入门下，不管我们是否师从于他。夏济安先生所有学生当中，我是在现代中国左翼文学研究方面（包括鲁迅研究）最为紧跟的一个，夏志清先生对我有特殊的感情。我能获得普林斯顿大学的教职，先生居功甚伟，他的推荐信把我与爱德蒙·威尔逊和乔治·斯坦纳相提并论。反讽的是，后来我也因此而离开了那个威严的学术机构。不过，事后看来那次“不幸”却拯救了我的学术生命，我得以幸运地回到另一个研究领域——文学。我开始在印第安纳大学正式研究和讲授中国文学。我之所以对这所大学满怀敬意和感情，主要是因为夏济安先生曾在那里呆过一阵，所以，再一次地，我得以追随他的足迹。我研究领域的变化——从历史到文学，恰逢一个最为幸运的时刻，当时印大的前辈罗郁正（Irving Lo）（另一位令人尊敬的师长）正准备出一套“中国文学译丛”系列，把我也列入编者名单，不久，刘绍铭和欧阳桢也加入进来。从那以后，我作为文学学者的生涯全面展开。不用说，夏志清先生始终乐意给我这个文学领域的“异类”以巨大的支持。

作为夏志清先生门下中国文学研究者中的“异类”或“回头浪子”，我并不总是恭恭敬敬，事事顺从。好几次我曾试图反对先生的观点，尤其是谈到鲁迅的时候，也许是因为他哥哥对这位左翼作家深深的敬意给了我反对的勇气。那些反叛行为现在回想起来使我备感惭愧，不仅仅因为夏志清生来友善，包容我这些反叛观点，而且因为不管我怎样在学术研究上翻筋斗，“理论转向”，多年以后，我的观点却开始接近先生了。先生最近的力作《夏志清论中国文学》中的文章，即使有些文章我已经是读第二遍，第三遍，他的学术眼光还是让我佩服，深为受益。我还要为他始终摒弃学术圈内的流行立场的诚实与勇气喝彩。我认为,这超越了我们这个相当专业化的领域,展示了一个更大的视野,换句话说,我们不应该再仅仅称他为“汉学家”或中国文学研究者，而应该称为一位真正的比较文学家和大师。

一九六一年，夏志清开创性的、里程碑式的《中国现代小说史》出版，在西方学术界的影响不啻晴天惊雷：无论是广度上，还是原创性上，没有任何一部书（无论是哪种语言），包括普实克的书，可以与此书相比。此书不仅展示了夏志清先生惊人的学识，而且带有成书时代（即从五十年代后期到六十年代初期）社会文化氛围的印记。书中很多比较的视野实在是不得已而为之，因为那个时候中国研究在美国学术界一直是相当边缘化的。所有非西方文学——即使不是公然地，总是要被置于“欧洲中心”的背景下加以衡量。所以，为了让美国公众得以理解，需要用“比较”的方法把中国文学置于一种“可理解的”背景之中，除非有人刻意将之视为“外来物”而进一步使其远离知识主流。但是，同时，夏先生的比较视角也令他展示了关于现代中国文学的独到观点，这些观点如今已成为我们的标准。这些极具原创性的观点，此书的译者刘绍铭一九七八年已首次加以阐释，最近王德威为本书二〇〇一年新版所写的一篇很长的序言中又做了进一步的阐释[①]，再加上夏先生自己关于此书写作缘起的回忆，使得我的大部分评论显得实在多余。不过，即使仅仅为了表达我的赞赏，我也要说说自己的看法。

我们必须记住，此书开始在美国学术界产生影响，恰逢六十年代早期，美国差不多正处于一个转型期：冷战趋于结束，随即逐渐卷入了越南战争以致不可自拔。中国也牵涉其中，特别是接近六十年代末的时候，“文化大革命”激起了西方人（尤其是那些同情革命目标的激进学生）的革命理想主义。面对这种动荡潮流，夏先生坚定地坚持自己的立场。所以，毫不奇怪，美国年轻一代的学者（即从六十年代后期开始涌现的“中国专家”）据此认为《中国现代小说史》显示出一种露骨的政治偏见，可能破坏了他的文学鉴赏。现在看来，这种判断显然是错误的。事实上，夏先生的政治思想从未影响他的文学鉴赏，他对共产党和非共产党作家们一视同仁，采取同样的批评标准。我们常常可以发现，他的意识形态立场和文学立场是有区别的，他的鲁迅研究就证明了这一点。他高度赞赏鲁迅的短篇小说，却不喜欢其政治态度。同样，夏先生也没有对“左派”作家视而不见，他敏锐地发现了张天翼短篇小说中尖锐的讽刺效果以及吴组缃小说中富于道德色彩的人物塑造，这是众多例子中较为突出的两个。

夏先生将张爱玲评为现代中国最优秀的作家，当时被激进的美国学者视为带有主观偏见的评价，可是现在事实证明这个评价是完全公正的，具有惊人的预见性。张爱玲的作品不仅在读者中享有恒久的魅力，而且大陆还出现了新一代的“张爱玲迷”。过去十年里，台湾和香港各举办过一次大型的张爱玲学术讨论会，第三次学术讨论会最近准备在上海召开（后来被迫取消，但论文集依然出版）。夏先生同时还第一次揭示了钱钟书、师陀、路翎以及后来的端木蕻良的文学创作的重要性。他曾多次公开说是他第一个发现了

① 王德威：《重读夏志清教授〈中国现代小说史〉》，《当代作家评论》2005年第3期。

萧红的伟大，他很后悔《小说史》没有对萧红进行充分的讨论①。应该强调的是，当时那些美国学者根本不知道这些作家是何许人也，阅读《中国现代小说史》的直接效果，就是使这些作家第一次进入人们的视野，而此时由于不同的政治原因，有些作家在大陆和台湾都是被禁的对象。不管最初的阅读感受如何，如今这本书已经是一部公认的经典了。他的《中国古典小说》也是杰作，但我觉得仍比不上这本书。

那是一九六〇年代。我们现在处于一个不同的时代——一个“理论”的时代，对于一些新锐学者，“理论”时代引发了中国文学（特别是现代文学）研究的“范式转型”（paradigm shift）。依我看，这种“理论转向”（theoretical turn）所付出的代价是忽视了阅读文本的必要。我并不是指那种只为展示自己熟悉这样那样的、碰巧在学术界流行的理论而进行的主观武断式的“阅读”，而是对基本的文学作品文本的细读和精读。我们应该记住夏先生明智的警告：理论并不一定就是一个好东西，理论阅读之前，自己必须首先积累足够的文本阅读的经验②。对我而言，这意味着作为文学研究者首先应该进行大量的认真的文本阅读，从而对与研究课题相关的所有原作文本都有深入的了解。事实上，我们必须读足够多的作品，否则就没有资格进行任何分析、做出任何判断。夏志清先生的权威地位正是建立于其惊人阅读量的基础上。照我看，我们研究圈内可能除了王德威在当代文学方面、韩南（Patrick Hanan）在明清小说（尤其是晚清小说）方面，没有人可以和夏先生阅读的广度和深度相提并论。我要说，一个好的理论家要让人信服也得先读文本再作理论，起码在几位权威大师如李维斯（F.R.Leavis）、莱昂利尔·特里林（Lionel Trilling）、埃德蒙·威尔逊（Edmund Wilson）所处的那个时代就是如此，他们都认为这种大量阅读是理所当然的。一些后现代理论家们会争辩说那个所谓“新批评”的时代已经过去了，已经被一种更好的解构式阅读策略取代了。但是，我认为不管哪个学派或信奉哪种观念的理论大师，永远都是伟大的读者，至少他们都肯定了大量文本阅读的必要性，而其大部分的后继者却从未做到这一点。只有那些二流理论家或盲从者喜欢轻率地引用或阐释理论大师们的观点。因此，我得出一个结论，每个文学研究者都不应该光顾着“搞”理论而荒废了文本阅读。但是，现在的事实却完全相反：如今美国学界一切都急

①② 季进：《对优美作品的发现与批评，永远是我的首要工作——夏志清先生访谈录》，《当代作家评论》2005年第4期，第29、23页。

于“理论化”，却将阅读和研究置于脑后，特别是比较文学界已经成了比试各种理论，而非讨论文学的场域，更不用说在新起的文化研究领域，文学自身几乎已被搁置一边了。

我要说明的是，夏先生的学术研究也是渗透着理论的。他曾在耶鲁大学受过英语文学的学术训练，当时的耶鲁大学正是“新批评”的大本营。他贪婪地阅读布鲁克斯（Brooks）、沃伦（Warren）、温脱斯（Yvor Winters）、特里林，特别是李维斯这些人的著作。李维斯对英语小说研究的深远影响已经众所公认，甚至他的批评者像特里·伊格尔顿（Terry Eagleton）也不得不承认这一点。我还要指出，大部分推行形式理论的“老派”批评家，都具有深厚的欧洲人文主义意识。对他们来说，伟大的文学作品（特别是小说）必须能够挖掘精神痛苦的深度，找出人类罪恶的根源，以此重建人类尊严。因此，文学阅读对于读者而言，无论在精神上，还是道德上，都是一件严肃的事情，而非一个文学专家的“团体”所定义的“职业化”技能。所以，最起码在人文方面，没有什么特别“领域”需要以知道那些眼花缭乱的理论术语作为入门条件。总之，文学研究仍然是受过良好教育的“圈外”精英的一项专属知识活动，也是文科教育的核心内容。这样的观点当然备受当下后殖民阵营的激进分子攻击，他们更愿意批判“欧洲中心”主义，并在其知识话语背后寻找到更大的权力阴影。而中国文学是怎样的呢？我们应该为了理论批评而放弃阅读吗？我们要将“已死的黄种中国人”的作品称为经典吗？发现权力需要什么样的知识？我们的阅读需要什么样的方法和策略呢？

几年前在一次演讲中，我就指出理解夏志清先生的著作可以套用特里林的主题“诚与真”（sincerity and authenticity）。我认为夏先生的现代中国小说研究同样以一种真实感为导引，但却是一种受真正的“核心”人性照明下的真实，它应当与作者自己主观意图的“真诚”分开或超越其上，因为作者的主观意图很容易被政治意识形态所扭曲。在其名文《现代中国文学感时忧国的精神》中，夏先生提出了一个双面刃的观点：虽然现代中国作家对自己的祖国表现了无比热烈的道德关怀（因此是真诚的），但有时是以失去真实性为代价的。他们没有能够做到“不偏不倚的道德探索”和直面人类罪恶的根源。依我看，正是因为夏先生指出了这种缺陷和局限性，才使得《中国现代小说史》整个的比较性的判断更为可贵，而且正如王德威精当地指出的，这与杰姆逊著名的“国家寓言”（national allegory）论形成了强烈的对比[①]。

---

① 王德威：《重读夏志清教授〈中国现代小说史〉》，见夏志清《中国现代小说史》，第XXII—XXIII页，刘绍铭等译，香港，香港中文大学出版社，2001。

读了《夏志清论中国文学》一书，我想在夏先生研究方法的词汇里加上另外两个词：理智和情感。理智是指一种根深蒂固的忠实于生活的观念和对所有文类一视同仁的公正立场。因此，他将《玉梨魂》视作明清小说的延续而非通俗的鸳鸯蝴蝶派小说的一般作品。他还指出《二十年目睹之怪现状》不仅是社会讽刺小说的杰作，而且也是成长教育小说（bildungsroman）的杰作，“精确的描绘是中国传统小说中极为罕见的”[①]。所有这些杰出的感悟力都来自夏先生的感性阅读——他对中西文学作品极为广博的涉猎培养了一种感悟力。不用说，他对文学文本的权威判断，得益于自己的阅读和洞见，完全独立于学界的流行潮流，不管这种潮流多么时髦。而且，他看待中国传统和现代文学作品都坚持了同一种评判标准，即“小说不仅仅描写生活，而且要传达生活的可能性”[②]。

这个论断比五四时期“文学为人生”的口号（由文学研究会倡导）显然要深刻得多。它源于这样的信念：文学和文化（其实就是历史本身）都是人类创造的，因而是通俗和“世俗”[③]的。这对于中国传统来说尤为正确，中国传统几乎没有明显地推崇什么宗教（就像犹太教和基督教传统那样），不是植根于任何抽象的或形而上的“结构”。在中国，是历史构成了人类活动的全部，而文学又是其中最具文化化的表现。然而，当西方学者利用中国文学来证明其方法或阐释时,他们常常忘了这个简单的事实:一方面,对一些结构显然并不严谨的中国小说,那些中国古典文学的研究者却认为是大手笔,结构严谨[④];另一方面,研究现代中国文学的年轻学者却喜欢把小说文本当成方便的例证,来展示其理论的或后设理论的“阅读策略”(strategics of reading)——如此一来,他们看不到“生活”本身的复杂棘手,而正是它们构成了中国人文的“核心”。把作品置于一个没有生命活力(个人或集体的创造性与历史的语境)的理论真空中,就如同离开了人性自身的漩涡,而人性一直在主导着文学。也许需要进行再一次的“理论转向”,使我们大家重回这个简单却绝不应该简单化的事实。

---

①② 夏志清：《夏志清论中国文学》（*C.T.Hsia on Chinese Literature*），第45、36页，纽约，哥伦比亚大学出版社，2004。

③ 我知道我现在又做着一件不孝的事，把夏志清先生和他讨厌的一些人放在一起了。虽然萨义德早年批评过兰色姆和布鲁克斯的批评，而且坚持政治激进主义，可事实上，晚年萨义德重新回到了西方人文主义的立场。见他的最后一本书《人文主义与民主批评》（*Humanism and Democratic Criticism*，纽约，哥伦比亚大学出版社，2004）。

④ 见夏志清在《中国小说与美国评论家》中对安德鲁·普拉克斯的批评。此文见《夏志清论中国文学》，第30—49页。

三

夏志清先生最具争议的文章可能是《今日对中国古典文学的研究》一文。很奇怪，我以前竟然没有见过此文，现在是第一次读。至少在我看来，这篇文章延续了夏先生关于中国现代文学的一贯立场。正如他在答复普实克的文章中所说，中国现代文学“需要不带政治成见、不惧任何后果地开放思想，拒绝依靠未经检验的假设和因袭的判断”[①]。但是，在古典文学领域，这种态度似乎带来了“政治不正确”，因为夏先生批评整个中国古典文学传统，认为与西方文学经典不在一个水平线上。有人也许会辩护说，这两种传统完全不同，因此不具可比性。但是，对于夏先生这样博览群书的学者来说，所有的文学都是可比的。因此他提出了一个肯定会冒犯大多数中国读者的思辨性问题：“《红楼梦》难道真的可以跟《卡拉马佐夫兄弟》和《米德玛奇》相比吗?”对于中国文学学者来说，这又涉及到另外的问题，即我们当中有谁读过《卡拉马佐夫兄弟》和《米德玛奇》?如果没有读过，我们就更难驳倒夏先生的最后结论：“帝国时期的中国文学比文艺复兴以来的欧洲文学要逊色，因为它没有人文主义的理想作支撑，它形成的是一种最终让人疲倦和厌烦的自我抒情模式”；中国古典文学这种令人厌倦的趋势导致了一种“抒情式的沉默”，因此对模仿的冲动不加重视；比起从乔叟到济慈的英诗大家，中国诗人在情感与行为的表现领域收获甚微；他们仿佛罩上了一件“植根于中国文化的传统说教和多情善感”的外衣，失去了“以友善和理想主义为基础的更为宏阔的人类视角，它能够让我们真正勇敢地毫不退缩地直面一切的罪恶”[②]。

这些的确是很沉重的指责——甚至比他将中国现代文学指为“感时忧国”的复杂心情更为沉重。我对这些指责的感受也是颇为复杂的。首先我得自豪地承认，我已经读过《卡拉马佐夫兄弟》并且被深深地感动了，甚至就凭这么一部小说就改变了我的人生观。多年来，我由最初阅读小说时对伊凡的同情转向同情德米特里和阿廖莎，因为作为西方知识分子的典型，伊凡没有能够毫不畏惧地面对各种罪恶，包括他自己间接参与的弑父罪行。但

① 见《夏志清论中国文学》的序言，第12页。

② 夏志清：《夏志清论中国文学》，第15、17页。

是，我还要说的是，我认为在十九世纪西方小说传统中，俄国作家，特别是陀思妥耶夫斯基和托尔斯泰，之所以能享有崇高的地位，不仅仅因为他们的小说技巧和表现视角，更重要的是因为他们的历史：俄国知识分子把自己当成不同于俄国大众的一个阶层，不断地进行社会的与精神的审判，这在其他任何国家都不能找到可以相比的杰出的例子。甚至俄语中“知识分子”这个单词的定义就意味着个人的疏离与集体的疏离，体现了一种根深蒂固的负罪意识。而中国古代官方学者和文人是没有这种意识的。即使是五四知识分子也不能和俄国作家相比，虽然他们曾经受到俄国作家某种程度的影响。我没有读过《米德玛奇》，但是读过一些狄更斯的作品，在视角和深度上，他也是没法和陀思妥耶夫斯基相比的。

这个问题也跟西方小说自身的传统和演变有关。塞万提斯以来的西方小说在题材范围和表现内容上已经相当宽泛了，至少米兰·昆德拉认为是这样（他的《小说的艺术》得到夏志清先生的赞同并加以引用）。进一步讲，这方面中国传统小说有些“发育不良”，像李渔这样绝顶聪明的人也没有致力于长篇小说（或者章回小说），而是选择写些短篇的散文和诗歌。事实上，从通俗小说可以看出，中国抒情传统基于一个不同于西方的哲学基础，形成了一个不同的世界视角，也许《红楼梦》是个例外。如果没有更多的阅读和研究做基础，历经几代，学术仍难逃肤浅。虽然理论界呼吁“历史化”，可是文学与历史一直没有得到有效的融合，这是过分专业化的学科分类的恶果。换句话说，最优秀的小说诗歌作品都离不开文化，而我们偏偏忽视了更大的文化的存在，而只注意了其“模仿式”的再现。即使就这点来说，据我所知，我们的专业领域还没有一个学者写出像奥尔巴赫《摹仿论》那样的巨著。萨义德对此书也大加赞赏。夏志清先生的《中国古典小说》一书运用的方法不同，但精神上与《摹仿论》却很接近。

那么，《红楼梦》究竟怎么样呢？在夏先生看来，曹雪芹可以和西方传统中的两位最伟大的作家莎士比亚和陀思妥耶夫斯基相提并论吗？在《今日对中国古典文学的研究》一文中，他承认“深入了解了传统中国社会”以后，“并不真正满意《红楼梦》”①。这里，至少依我看，“世俗”或历史背景起了决定性作用：《红楼梦》的写作，正处于数百年文化发展的末期，这种文化在晚明已经进入了一个重要的“范式转型”时期——夏志清先生和韩南先生所论述的李渔作品的反讽性转变已证明了这一点。十八世纪早期的文人已经失去了昔

① 夏志清：《夏志清论中国文学》，第19、21页。

日的荣耀与辉煌，只能享受一点中华文明没落的余晖了。我认为，这种“情感结构”(structure of feeling) 在《红楼梦》中得到了艺术上的再现。小说的多情是否降低了它社会批评的功能，这还是颇有争议的问题，但是，正如余国藩（Anthony Yu）的近作所指出的，《红楼梦》并没有滥情的缺陷。当然，也不可否认，小说潜藏的不是各种罪恶而是一种凄美，这非常像马勒(Mahler)的《大地之歌》(Das liedvon der erde，其创作灵感正来源于唐诗)的最后部分。我们都知道，中国儒家传统中的一系列应加纠正的罪恶——比如缠足——并没有在小说中得到充分表现，饶大卫(David Roy)认为这反过来也说明了《金瓶梅》的重要性。

我无意为被夏志清先生批评过的某些美国学者的观点辩护，相反，我只是想充实一些观点以支持他的立场，他的立场如此“开通”以致对整个中华文化似乎都持否定态度。如今的专家们总是躲进自己狭小的研究领域，只有夏志清先生具有足够的勇气跨出专业领域，超越专业领域。不管是否同意他的观点，这显然是最好的文化批评和文化反思。我们会想如果鲁迅仍然活着并坚持只读西方的书而绝不要读中国书，那么在如今的状况之下，他又会怎样呢？相比而言，夏先生的立场听起来确实够温和的了。某种意义上，我认为夏先生的学术研究体现了五四传统的批评精神，而且更具创新意义——他深入研读文本，然后得出其他学者从未想到的洞见。夏志清先生作为一个经验丰富的读者和理性的学者，既有创造力又比年轻的挑战者更为成熟，只有他才能在最近的一次访谈中宣称：“天堂是不存在的，知道吗？”① 这句话对我来说，是一个最大胆、最深刻的道德判断，读到这句话，立即使我对文学、对人生有了恍然大悟的感觉。

也许，我已经写了太多的废话。总之，最后请允许我再创造一个词组（这一次是引用夏氏兄弟的话）：就像《说唐》中的那个巨人一样，夏济安先生扛起了“黑暗的闸门”，让我们得以看到鲁迅内心的痛苦和中国“左派”的黑暗内幕；而夏志清先生则高擎一盏明灯（他曾如此评价西方小说经典），不，实际上是一盏盏的灯，指引我们通过同一个中国文化之门。这样，夏氏兄弟的著作一起建立起了一个基准，以后所有的中国现代文学研究都必须以此为衡量标准。

《当代作家评论》二〇〇七年第二期

---

① 季进：《对优美作品的发现与批评，永远是我的首要工作——夏志清先生访谈录》，《当代作家评论》2005年第4期，第35页。

夏济安、《文学杂志》与台湾大学

——兼论台湾“学院派”文学杂志及其与“文化场域”和“教育空间”的互涉[①]

梅家玲

一九五〇年，时年三十四岁的夏济安辗转由香港赴台，开始了他在台湾大学外文系的教学生活。

夏济安名澍元，以字行。一九一六年生于江苏省吴县，一九四〇年毕业于上海光华大学英文系。此后，曾分别任教于光华大学、中央军校第七分校、西南联大、北京大学、新亚书院等校，但都为时甚短。在台大担任教职的时期，同样不长：一九五〇年到职，一九五九年离校，中间还曾由台北美国新闻处安排，前往美国印第安纳大学研究院深造半年，专攻小说习作。留驻台湾、任教台大的时间，总计不到十年。然而，或许连他自己都意想不到的是，正是这十年不到的时间，让他成就了“近人无出其右”的文化志业，对于战后台湾的文学研究和创作，产生深远影响[②]。

诚如刘绍铭所言，“先生对中国文学之影响，当然是来自他所创办的《文学杂

① 本文初稿曾宣读于2005年10月28—29日于纽约哥伦比亚大学所举行的“夏氏兄弟与中国文学”国际学术研讨会上。会中承夏志清提供修订意见，谨此致谢。（编者按：限于篇幅，此处只选发了论文的第二个部分，并略有删节。特此说明并致歉意。）

② 1959年，夏济安以美国洛氏基金会资助，再度离台赴美，进行教学研究，从此留驻美国，未曾返台。六年后，突发脑溢血，病逝加州。

志》”；借着它“保持中国文学命脉”，“栽培中国新作家”。近年来，夏济安先生及《文学杂志》在台湾文学发展过程中所开展出的各方面意义，已不断引起研究者注意[①]；各派文学史家评论一九五〇年代台湾文学时，尽管持论不一，但对夏及《文学杂志》的高度肯定，却是不约而同的。

这些肯定论述所着眼的，主要不外乎两方面：一是在官方以强势政策主导文艺发展的一九五〇年代里，《文学杂志》能以忠于“文学”的坚持，突破意识形态圈限，严肃地进行文学研究、翻译与创作；二是发掘培养了白先勇、王文兴、陈若曦等一批优秀青年作家，而这批年轻人，不仅合作创办一九六〇年代最重要的文学杂志《现代文学》，并且以其优异的创作成果，共同缔造了台湾现代主义文学的辉煌时代。换言之，《文学杂志》的贡献，乃是“风气的树立”和“人才的栽培”[②]。

然而，综观一九五〇年代的台湾文化界，原也有若干风格自具、不与官方政策合辙的刊物，如《野风》、《自由中国》、《文星》等。当时这些杂志的读者人数，较《文学杂志》尤有过之，它们在“风气的树立”方面，未必没有建树；但若论及“人才的栽培”，便多有未逮；对台湾文学界及学术界的影响，因此更不及《文学杂志》远矣。个中关键何在？很显然的，主要因为《文学杂志》乃是以“台湾大学”——这所汇聚了当时全台湾最优秀的教授与学生、并且一直是台湾最具指标性意义的大学——为主要基地，而发展出的一份“学院派”文学杂志。借由此一杂志，不仅成功地会通了一九五〇年代台湾的“文化场域”与“教育空间”，使二者所累积的成果得以相互转化，彼此生发；同时，

---

① 褚昱志：《一九五〇年代的〈文学杂志〉与夏济安》，《台湾文学观察杂志》第4期，1991；杨宗翰：《〈文学杂志〉与台湾现代诗史〉》，《台湾文学学报》第2期，2001；陈芳明：《台湾现代文学与一九五〇年代自由主义传统的关系——以〈文学杂志〉为中心》，收入陈芳明《后殖民台湾》，第173—196页，台北，麦田，2002；许俊雅：《回首话当年——论夏济安与〈文学杂志〉》（上）、（下），《华文文学》2002、2003；柯庆明：《学院的坚持与局限——试论与台大文学院相关的三个文学杂志》，“文学传媒与文化视界”国际学术研讨会，2003年11月8—9日；徐筱薇：《台湾现代主义思潮之出发——以〈自由中国〉、〈文学杂志〉为分析场域》，台南，成功大学台文所硕士论文，2004；等。

② 这是刘绍铭论及《文学杂志》贡献时所做的总结：“《文学杂志》于今已停办多年，若对它的贡献来个总结，相信没有人会反对是风气的树立和人才的栽培。”见《怀济安先生》，原载于《现代文学》第25期，后收入刘绍铭《吃马铃薯的日子》，第145—160页，台北，晨钟，1970。

也为其后另外两份深具影响力的学院派文学杂志：《现代文学》及《中外文学》，导其先路。

所谓“学院派”文学杂志，乃是由学院中的教授文人所创办，以学者及青年学生为编辑及写作主力，并且力图将学院中的研究与教学成果，转化为出版文化产品，走出学院，进入一般阅读市场，刊物因此多具理想性与学术性。《文学杂志》、《现代文学》与《中外文学》，堪称是半世纪以来，台湾最重要的三份学院派文学杂志；这三份杂志，又全数都与台湾大学文学院深有渊源。此一现象，绝非偶然。也因此，这篇文章所进行的，便是扩大观照视野，试图由“文化场域”与“教育空间”互涉的角度切入，探讨夏济安及其所创办的《文学杂志》，是如何因为善用了“台湾大学”——此一负有人才培育与学术研究双重重任的教育空间——所提供的特殊资源与支持，促成当时文化场域的改变；而它又如何回馈到学院教育，为日后文化场域与教育空间的互动互涉再添动力，彼此对话交融，相生相成。

一

夏济安是一九五〇年来到台大的。在那个动荡的年代里，他所进入的，究竟是一个什么样的教育空间？

台湾大学的前身，原是“台北帝国大学”，一九二八年由日本政府在台北设立。一九四五年台湾光复，国民政府接收台北帝大，遂改名为“国立台湾大学”。当时，台大刚由傅斯年接掌校长一职不久，各项校务改革，经纬万端，方兴未艾；不仅制度上已由原先日式三年制的讲座大学，改为美式四年的学院制大学，办学的宗旨与理念，也与过去迥然不同。傅斯年出身北大文科，早年曾与罗家伦等人共组“新潮社”，引领新文化运动。一九一九年五月四日，他作为三千学生爱国大游行的总指挥，震惊中外，早就是引人注目的学生领袖。赴英留学归国后，历任中山大学文学院院长、北大教授、中研院史语所创所所长、北大代理校长等职。受命接掌台大之后，以其个人风范及在学术界的声望地位，戮力兴废，在台大校务及教学研究方面，均多有改革；除倡议学术独立、引进北大自由校风外，其中最重要的作为之一，即是加强帝大时期曾被刻意压抑的人文教育。

过去，帝大在自然科学方面卓有成就，但人文教育始终素质不高。除因殖民政策考虑，有意压抑外，师资匮乏，也是主要原因。因此文史、哲学及社会科学方面之研究成果有限，且欠缺自由思想的风气。为此，当时舆论还特别吁请台大应训练学生之国文、英文阅读能力，使其有机会接受新思想及新的思考方法，并养成自由思想风气[①]。对此，傅斯年的具体做法是，一方面设法使台大和已经迁台的“中央研究院”合作，展开学术研究工作；另一方面，则多方延聘优秀的人文学科师资，如历史学系的余又荪、方豪、李济、姚从吾、刘崇鋐、劳干、傅乐成、陈奇禄，中文系的董作宾、伍俶、毛子水、孙云遐，外文系的英千里、沈亦珍、张肖松等，都是在一九四九年春，应傅校长之聘而至者[②]。

傅斯年深受自由主义影响，注重以“人”为本的教育。落实在教学实践上，首先便是“充实学校文理两院的通习科目（即今‘共同科目’及‘通识科目’）”，务使学生“一进大门，便得到第一流的教授教他们的普通课”[③]。语文与文学是人文教育的重要基础，大一国文与英文共同科目的设置及教学情形，因此特别受到关注。如一九四九年学年开始，傅校长即亲自召集大一课程有关各学系教授副教授讲师聚谈，明订大一国文之目的为：（一）使大一学生因能读古书，可以接受中国文化；（二）训练写作能力。并且选定《孟子》、《史记》两书为课本，另选宋以前诗为补充教材，选印《白话文示范》为课外读物。英文方面，则分授文法与读本，“务使大一新生，在一年之内，将第一种外国语打定一坚实基础”[④]。

傅斯年虽在一九五〇年底即猝然弃世，但他任内所揭橥的理想及订定的制度，却影响深远。特别是文学院，“国内硕彦咸集本校·风云际会盛极一时”，当年许多北大名师，都来此任教，并且亲自担任大一国文与大一英文的授课工作。此外，文学院学生规定还有其他若干共同必修科目，授课者同样都是一流教授。如中、外文系“世界通史”皆由沈刚伯讲授；“理则学”老师是陈大齐；中文系“中国通史”老师为劳干；外文系“哲学概论”老师是方东美等。

也就是在这样一种强调学术自由独立、看重人文教育的学术环境与教学氛围中，夏济安来到了台大外文系。

---

①《谈本省教育》，《公论报》1948年7月6日。

②《国内硕彦咸集本校·风云际会盛极一时·新聘教授近四十名》，《台大校刊》1949年第25期。

③《傅斯年先生传》，《“国立”台湾大学校史稿》，第454—455页，2005。

④《台大校刊》1949年第38期、45期。

第一年，他被指派担任两班共同科的英文课程；第二年起，则陆续为外文系开授专业科目，包括翻译、小说选读、英国文学史等。外文系的前身，原是台北帝大“文政学部文学科”中的“西洋文学讲座”，一九四七年，始独立成为“外国文学系”。一九五五年，更名为“外国语文学系”。一九五〇年代的台大外文系课程，实以“学英文”为主。李欧梵曾回忆当时的学习情况：

> 作为主修西方文学的我们，主要的外国语文是英文……在台大，我们四年的课程都在学英文——大一英文，大二会话与文法，以及英国文学史的课程，大三英国散文与小说，大四戏剧与翻译——我们被引导以英美文学为主要研究对象。并且课堂上指定阅读的文本主要是十八、十九世纪的作品，上起课来不免无聊（比如，仔细阅读的Thackeray的《浮华世界》〔*Vanity Fair*〕及哈代的《故里人归》〔*The Return of the Native*〕）。①

不过，这里的“学英文”，其实仍多是由文学作品的解读入手。综观当时的外文系，四年中必修课程除“英语语音学”、“演说与辩论”属于应用语文性课程外，其他如英国文学史、英文散文选读及习作、小说选读、戏剧选读、英诗选读、西洋文学名著选读等，都是文学性课程，只不过“主要是十八、十九世纪的作品”，欠缺对西方现当代文学作品的引介。然而值得注意的是，在这一以“学英文”为主要目标的教学设计中，外文系却从三十八学年度（一九四九年秋）开始，便商请中文系主任台静农先生，为大二学生开授一学年六学分的必修课程“中国文学史”（与中文系大二合班）；而素来重视文字、声韵等小学训练的中文系，也在四十学年度（一九五一年秋），将全年六学分的“英国文学史”列为大三大四生的必修课程，并由外文系主任英千里先生授课。两系互以对方“文学史”课程为必修课的规定，前后持续长达十年之久，恰恰纵贯了整个一九五〇年代。

此一情形，显示早年台大中文、外文两系在课程安排上，实有相辅相成，彼此交流

---

① 李欧梵著，林秀玲译：《在台湾发现卡夫卡：一段个人回忆》，《中外文学》第30卷第6期（2001），第177页。

会通的用心，并且意味了所谓“文学”的教育，原就需要兼摄中西，相互映照。经由前述课程安排，不仅两系学生都能分别得到相对完整的中西文学训练，两系师生，也因此多有互动。而这一切，正为日后《文学杂志》兼重中西文学传统的论述特色，奠立良好基础。

二

《文学杂志》系由夏济安、刘守宜、吴鲁芹三人共同创办；夏任主编，刘为经理，海外稿件由宋淇负责，吴则帮忙筹募经费。一九五六年九月创刊，一九六〇年八月停刊。前后发行四年共四十八期。从一开始，它便强调“让我们说老实话”，并且希望：“读者读完本期本刊之后，能够认为这本杂志还称得上是一本《文学杂志》”[①]。这些诉求，在反共文学当道的一九五〇年代里，确乎独树一帜，赢得各方肯定，自非偶然。

不过，在既有的相关研究中，论者多会强调它与《自由中国》——特别是其中由聂华苓主编之“文艺栏”的密切关系，进而据此申言台湾一九五〇年代“自由主义传统”与一九六〇年代“现代主义文学”之间的关联与转折。此说由朱双一首开端绪，其后论者，大多踵武其说[②]。证诸聂华苓、彭歌等人的回忆文章，朱说应属持之有故[③]。

不过，仔细玩味，虽然聂、彭两人都提到《自由中国》与《文学杂志》成员间的交往状况，聂华苓并以“春台小集”串联起两刊物间的密切关联，然而彭歌的叙述，并不强调《自由中国》，反以《文学杂志》为中心，勾勒出一九五〇年代台湾某一文学群体的交游图貌。这一叙述重点的转移，或许有助我们从“文坛”，或者说，“文学场域”的角

① 关于创办原委及刊行过程，参见吴鲁芹《琐忆〈文学杂志〉的创刊和夭折》，《传记文学》第30卷第6期，第63—66页。

② 朱双一：《〈自由中国〉与台湾自由人文主义文学脉流》，收入何寄澎编《文化・认同・社会变迁：战后五十年台湾文学国际学术研讨会论文集》第95页，台北，文建会，2000。其后陈芳明、许俊雅、徐筱薇等人的研究，皆从此。

③ 见聂华苓《炉边漫谈》，收入柏杨编《对话战场》，第31—32页，台北，林白，1990；彭歌：《夏济安的四封信》，《中外文学》1972年1卷1期，第109页。

度，重新检讨两份杂志间的必然关系——在时处“文化沙漠”的一九五〇年代，能自由发表纯文艺创作的刊物本来为数不多，无论是聂华苓所称的“春台小集”，抑或是彭歌所说的“台北文友”，其实都是活跃于当时艺文界的、具有高度自由创作意识的主力写作群，他们是“文坛”的中坚分子，作品原就散见于各文艺刊物；而各（性质相类似的）刊物之间，也就很自然地分享着相近的作者群，彼此纵横交错，共同形构出“文化场域”的各色图景。对这些理念接近的文人而言，《自由中国》和《文学杂志》固然是重要的发表园地，但并不以此自限。特别是，若检视当时另一份始终宣称“不按牌理出牌”、具有强烈自主意识的杂志《文星》，便会发现：经常为它供稿的文艺作者，无非就是聂华苓、何凡、林海音、余光中、夏菁等人；其他以非艺文性稿件而与《自由中国》或《文学杂志》重叠的作者，也所在多有。此一现象，适所以提醒我们：若一味着眼于《自由中国》和《文学杂志》作者之“同”，从而认定“《文学杂志》乃《自由中国》的纯文学版，《自由中国》为《文学杂志》开了先河”，未免失之于见树不见林，并且窄化了《文学杂志》的重要性和开创性意义。

正是如此，本文无意否认《自由中国》与《文学杂志》之间的深厚渊源，但所关注的，无宁是二者之“异”——也就是在重叠的作者群之外，《文学杂志》是如何引进不同于《自由中国》，以及其他文艺杂志的异质成分，从而开展自我独特的走向，并循此完成它的文学史意义。显然，这些异质成分，正是源生于当时最具影响力的人文、文学教育空间——台湾大学文学院；它的引进者，就是夏济安。

三

夏济安先生乡音颇重，讲学不畅，虽然满腹经纶，但作为台大教师，课堂上正式授课并不十分成功。入台大不久，甚至还有学生联名写信给外文系主任英千里，表示不满。可是他平易近人，博学风趣，尤其批改学生英文作文，每每点石成金，令人折服不已，因此不多时，便深受学生爱戴。尽管如此，他一生最大成就，毕竟不在现实的杏坛，而是借由《文学杂志》，将学院中的研究与教学成果，成功地转化为阅读市场中的文化产品，让大学人文、文学教育突破学院门墙的局限，面向社会大众，产生开放性的位移。

此一位移，首先反映在稿件取向及撰稿者的教授身份上。《文学杂志》兼收文学评论、翻译与创作，但征用稿件，显然特重论著：

> 本刊欢迎投稿。各种体裁的文学创作与翻译，希望海内外作家译家，源源赐寄，共观厥成。
>
> 文学理论和有关中西文学的论著，可以激发研究的兴趣；它们本身不是文学创作，但是可以诱导出更好的文学创作。这一类的稿件，我们特别欢迎。①

检视六卷凡四十八期《文学杂志》所刊登的篇章，篇数固然还是以各类创作居多，但每一期，必然会选择一篇极有分量的"有关中西文学的论著"，作为全刊开篇之作。如创刊号首排，便是劳干的论文《李商隐燕台诗评述》。之后二、三期，首篇分别是梁实秋《文学的境界》、Robert Penn Warren原作，张爱玲译《海明威论》。第四期的首排之作，则是台大中文系主任台静农以"白简"为笔名撰写的《魏晋文学思想的述论》。同期，还有劳干《论文章传统的道路与现在的方向》、叶庆炳《赚蒯通杂剧》。《文学杂志》大量刊登台大中文系教师的古典文学论文，便是自此期开始。

除首排论文外，其他没有编排在首篇，同样极具重要性的论文，当然还所在多有。包括：夏济安援用西方文学批评方法评论本地作品的重量级论文《评彭歌的"落月"兼论现代小说》（一卷二期）、《白话文与新诗》（二卷一期）、《一则故事·两种写法》（五卷五期）、白简（台静农）《关于李白》（四卷三期）、叶嘉莹《从义山嫦娥诗谈起》（三卷四期）、Stephen Spender著，朱乃长译《论亨利詹姆士的早期作品》（四卷五期）等。这些论述或作或译，全数出自名家手笔，其中又以台大中、外文两系教师，占了绝大多数。如隶属外文系者，有夏济安、吴鲁芹、黄琼玖、张沅长、英千里、朱立民、侯健、朱乃长等；中文系有台静农、郑骞、叶庆炳、林文月、许世瑛、廖蔚卿、叶嘉莹、王贵苓等。此外，劳干、沈刚伯时为台大历史系教授，梁实秋、余光中任教于师大、东吴，再加上任教于美国纽约州立大学的夏志清、柏克莱大学的陈世骧、西雅图华盛顿大学的高格（Jacoborg），学界硕彦，可谓尽萃于斯。

---

①《致读者》，《文学杂志》1956年第1卷，第1期，第70页。

事实上，能够拥有如此坚实众多的学界精英作者群，正是《文学杂志》与当时其他文学杂志最大的不同处。而值得注意的是，无论是自著，抑或翻译，出自这些学院教授之手的篇章，多数与个人当时的任教课程有关，间或有个人学术研究所得者。以中文系教师为例，台静农长年开授“中国文学史”，郑骞开授“词曲选”、“小说戏剧选”、“宋诗选”，所发表的古典文学评论，都是当时所授科目中的讲授课题。外文系方面，夏济安、吴鲁芹、侯健三人先后都开授过“翻译”、“翻译与写作”、“小说选读”等课程，黎烈文多年来一直是“法文”、“法国文学”、“法国文学名著选读”的专任教师，黄琼玖开授“戏剧选读”，朱立民开授“美国文学”。他们在《文学杂志》发表的译作及评论，几乎都是以自己任教的课程为中心，衍生而出者。特别是夏济安，其英文译笔优美流畅，向为众所公认，创刊号以齐文瑜笔名，亲自操觚，翻译霍桑《古屋杂忆》，不啻现身说法，为所开授的“翻译”课程，做出最佳的示范性操作。

此外，还特别值得一提的是陈世骧。他的力作《中国诗之分析与鉴赏示例》，将中西文学相互对照，不仅援引西方“静态悲剧”的观念来诠释杜诗，并以“新批评”的方法与文类观念分析《八阵图》，为中国古典文学研究开拓新视野，《文学杂志》四卷四期刊出之后，影响深远。但事实上，这篇论述，乃是陈世骧当年在台大文学院的演讲稿——陈教授于一九五八年五月返台，两周之内，在台大文学院做了一系列关于中国诗学的密集讲座，六月七日第二场，演讲的题目正是“中国诗之分析与鉴赏示例”。

因此，当陈世骧的演讲以文稿形式，刊载于《文学杂志》时，其实正是以更具体的行动过程，呼应了前述中、外文系教师为该杂志撰稿的意义：大学中，无论是常设课程，抑或是特邀的学者讲座，只是作为特定学院教育的一环，所面对的，原本仅仅是该院校中的学生；然而一旦将它文字化，并以出版品的形式进入阅读市场，遂无形中将学院的教育空间开放、位移至社会文化场域，使之产生更具延扩性的效应，如此，“诱导出更好的文学创作”，庶几可期。

与此同时，学院中年轻同仁及学生们的研习成果，也得以借由这一经过位移后的开放性空间，公开体现。前曾述及，一九五〇年代台大的“文学”教育，原就以兼摄中西为理想。中、外文系互相必修对方的文学史课程，合班上课，是为两系互动提供良好基础。夏济安主编《文学杂志》，更增添双方合作机会。更何况，对于《文学杂志》，夏先生自始便期待“真正有现代的眼光，能融合中西，论评中国旧文学的人”。创刊号起，便多有讨论中国古典文学的论文，这当然需要中文学界大力支持。对此，台大中文系台静农、郑骞、许世瑛等资深教授都以身作则，共襄盛举；年轻讲师以叶庆炳先生最为热心，除不时自己提交论文外，还鼓励系内研究生投稿，发表读书心得。如林文月，当年仍是台大硕士生，她的古典文学研究论文，所以频频在《文学杂志》刊出，叶庆炳先生，实功不可没[①]。

此外，由于当年外文系大一国文课程，恰巧由叶庆炳担任，叶同时借此帮忙发掘优秀的创作。现今的成名作家陈秀美（若曦）、白先勇、王文兴等，当年都是外文系学生，他们的小说，原先不过是当年的课堂习作，经叶推荐给夏济安先生，精心删修之后，才逐一于《文学杂志》发表。

当然，夏之审慎处理来稿，并不限于台大自己的学生，如名家林海音，同样对此感佩不已。然而对于学生，他总是格外用心，这当与夏对《文学杂志》的理念有关。与夏有师友之情的刘绍铭先生，曾为文引述夏的说法：

> 我办《文学杂志》非为名，更非为利，因此作为编辑的最大安慰是登载一些优秀的稿子。同学投稿，稿子太坏，退稿时双方不会伤感情。如果稿子还可以，那么我可以替他动手术修改。我是台大讲师，责任是改同学的文章，因此即使在必要时删去一大半，他也不能怀恨在心……

因此，“《文学杂志》内容虽常参差，然每期中总有一两篇上好的短篇小说，而好的短篇小说，常来自台大的同学”[②]。至于因为阅读《文学杂志》而毅然重考大学，进入外文系的白先勇，更生动地记下他主动找夏先生投稿的经过[③]。

由此可见，从课堂讲授到研习成果，从学术论文到文学创作，以台大文学院为主的师生们，便是如此这般地经由《文学杂志》，将原先学院中的所教所学，推移到开放性的出版市场之中，为当时的文化场域，经营出深具学院性格的教育空间。在那个风声鹤

---

① 郭琼森、林慧娥整理：《〈文学杂志〉、〈现代文学〉、〈中外文学〉——对台湾文学深具影响的文学杂志》，台湾《“中央日报”·副刊》1988年11月17日。

② 刘绍铭：《怀济安先生》，《吃马铃薯的日子》，台北，晨钟，1970。

③ 见白先勇《蓦然回首》，《蓦然回首》，第65—78页，台北，尔雅，1978。

嗅，一切文艺以反共国策为依归的一九五〇年代里，这一批来自学院的作者及其相关书写，无疑具有相当的异质性——而也正是这样的异质性，成就了《文学杂志》不同于其他艺文杂志的特色。它为贫瘠森严的文化场域引进新血，注入清流，不仅与当时的艺文界进行多方对话，树立了以严肃态度讨论文学的风气，流风所及，更对其后《现代文学》与《中外文学》的发刊，产生深远影响。

四

如前所述，艺文界的自由创作者，以及学院中的教授与学生，共同构成了《文学杂志》的主要作者群。而当这些来自学院的教授学生，把他们的教学所得，移置到公开出版发行的文学性杂志之后，不仅《文学杂志》本身，已因兼括“教育空间”与“文化场域”二者，产生自我交融会通的特色，并且以此一特色，与当时其他的文化社群进行对话。其中，尤以对于“现代诗”及“小说”的各类论述，以及相应而生的种种创作实践，最为可观。

现代诗方面，关于诗之语言、格律，以及所涉及的“浪漫”、“现代”美典之争，是为关注重点。此一系列的讨论始于《文学杂志》一卷四期梁文星（吴兴华）《现在的新诗》一文。他从诗之形式规律着眼，表达对台湾新诗创作之质疑与批判，随即引发不少回响，除了《文学杂志》自身持续关注外，《自由中国》与《笔汇》也相继出现响应文章。其作者群，来自文化界者，有周弃子、覃子豪、严明、言曦等；学术界者，则以余光中、夏济安为主力。如《文学杂志》一卷六期，即同时有周弃子发表《说诗赘语》，及余光中翻译艾略特《论自由诗》。前者指出，现代的诗固然应表现“现代的生活与情感”，而它必得要借由一“固定的形式”来体现。后者则说明，所谓“自由诗”并非以没有体裁、不押韵或没有音步来作定义；且只有以“人为的限制”为背景而出现的自由，才算真正的自由。这些讨论，显然对夏济安颇有触发。《文学杂志》二卷一期，他发表《白话文与新诗》，随即又在《自由中国》发表《对于新诗的一点意见》，主张诗人应重视白话文，并善用现代人的口语以创造新的节奏。此后，严明在《自由中国》发表《试谈新诗形式上的问题》，覃子豪在《笔汇》发表《论新诗的发展》，余光中在《文学杂志》发表《文化沙漠中多刺的仙人掌》等，都是延续前述论题而做出的不同回应；而它的指向，正是在兼顾既有文化与语文特性的同时，追求具有“现代”特质的新诗美典。

此一指向，在《文学杂志》看重文学理论的编辑理念，以及强烈的“学院派”特质主导下，落实为作品实践与理论阐析的相互生发。四卷六期，《文学杂志》同时刊出夏济安仿艾略特《荒原》的一首诗作《香港——一九五〇》，以及陈世骧针对该诗而发的论述《关于传统·创作·模仿——从〈香港——一九五〇〉一诗说起》，正是最典型的实例。夏诗借香港摹写离散荒凉的现代情境，并且糅合“古文和旧诗里的句子，以及北平人和上海人所说的话”，和“欧化的句法”等所可能涵具的表现潜力，在语言上进行“集古今中外于一堂”的实验。陈文则出之以理论意识，对此进行多方解读。

以理论与方法意识去创作、解读具体文本，既是学院教师讲解示范性格的彰显，同时也再次呼应了《文学杂志》一贯的编辑理念：“文学理论和有关中西文学的论著，可以激发研究的兴趣；它们本身不是文学创作，但是可以诱导出更好的文学创作。”如此做法，对当时艺文界其他作者的影响如何，或未可确知；但至少，日后《现代文学》诸多青年创作者有意识地参据现代主义文学理论和大师作品以进行自我创作，以及欧阳子以新批评方法解读《台北人》，都可在此一示范性操作中，找到渊源。

然则，若论及夏济安先生的文学兴趣，以及《文学杂志》对其后文学发展的影响，毕竟是小说重于诗歌，因此，《文学杂志》对于“小说”及因之衍生出的社会文化的论述，或许更值得注意。大体而言，这些讨论包括学界对于中国社会与文学之关系的各方探讨、学界与文化界因《红楼梦》而引发的对话，以及为了藉理论“诱导出更好的文学创作”，学者援用西方文学批评方法评论台湾当代作家作品等。

其中，关乎中国社会与文学之关系的讨论，系由二卷三期居浩然《说爱情》一文首开端绪。之后，夏志清针对居文而发的《爱情·社会·小说》，于二卷五期刊出，二卷六期，并有劳干《中国的社会与文学》，都就此多所延伸发挥。而三卷一期夏济安《旧文化与新小说》一文，则可视为此一系列讨论的初步总结：“我们的新小说，在这个意义上说来，必然是中西文化激荡后的产物。”因而，除了重新认识“旧文化”，参酌儒家思想之外，他对小说家的建议是“所需要培养的，是小说艺术”；而乔治·艾略特、亨利·詹姆斯、康拉德、珍·奥斯汀、D.H.劳伦斯、托尔斯泰和陀思妥耶夫斯基等人，正是所以取法的对象。如此，“旧文化”与“新小说”，遂不仅不再对立，反而相辅相成，成为构成现代文学创作不可或缺的一体两面。

此外，三卷三期刊出刘守宜以“石堂”为笔名所撰写的《红楼梦的对话》，则意外引发学界与文化界的另一重对话。石堂文章的重点，原在论析《红楼梦》，但因文中以徐訏小说为例，引申出若干讨论，徐不以为然，故随即撰写《红楼梦的艺术价值与小说里的对白》，于《自由中国》十八卷四期刊出。该文并引起夏志清注意，据此再撰写《文学·思想·智慧》一文，予以回应。

不过，由于《文学杂志》所关注的，主要还是中国文学——尤其是近现代的中国文学，因此特别期待这方面的论述。然而，“以一个编辑论，这一类的文章最棘手。困难第一是台湾根本就没有几个够资格的批评家。第二，台湾没有产生过几本值得批评的好小说”[①]。也因此，夏济安遂在吴鲁芹建议下，亲自撰写《评彭歌的〈落月〉兼论现代小说》一文，于一卷二期刊出。该文援用西方文学批评方法，就彭歌的小说《落月》做出极其细致深刻的评论，其重点或许并不在评《落月》，反而是以此为例，以“论现代小说”为名，提供给年轻的写作者，符合“现代”美感的基本创作要领与琢磨求精的写作方向。为此，彭歌甚至亲自致函夏济安表示：“自今而后数年间，《落月》或将月落无痕，然以弟意度之，大作则为必传之文。”[②]

也因此，夏济安先生逝世之后，《现代文学》与《幼狮月刊》两刊物曾先后为他制作纪念专辑，编辑焦点不约而同地落在“小说”之上。《现代文学》的“纪念专辑”前言，多方申言济安先生对于中国近现代小说创作及文学研究的意见外，文末并且再次强调：

> 小说一科，其说不小，里面有最深渊的人生道理，最高度的艺术成就。世界各国首轮学府的中文系早将《红楼梦》、《水浒》、《三国》奉为中国文学的经典，成百成千的外国学子都孜孜不息地在研究这几本中国文学名著，而我国大学的国文系，小说一科，尚付缺如。曹雪芹、施耐庵、罗贯中尚且徜徉台湾大学门外，不得登堂入室。凭此一点，西洋学术界有理由讥评我国人文教育落后。本刊藉发行此专辑之

---

① 刘绍铭：《怀济安先生》。

② 彭歌：《夏济安的四封信》，《中外文学》1972年第1卷，第1期，第109—110页。

际，重申夏济安先生生前对中国小说前途之关切，并要求我国学术界对中国小说之重视。[①]

《现代文学》为夏济安在台大外文系任教时之子弟兵白先勇、王文兴等创办，原以引介西方现代主义文学及小说创作为主，但夏对中国小说高度重视的理念，显然也在此得到延续。“纪念专辑”之后，《现代文学》连续两期刊出夏志清《〈水浒传〉的再评价》及《〈红楼梦〉里的爱与怜悯》等讨论中国古典小说的论文。此后，夏志清先生英文版的《中国古典小说》，乃由《现代文学》逐篇译完刊出；三十三、三十五两期，并由台大中文系师生合作推出“中国古典文学研究专号”，即可视为以具体行动，响应夏济安的文学理念。“中国古典文学研究专号”的研究论文，虽然不少出自年轻研究生之手，未必尽能掷地有声，但不可否认的是，这些篇章都为日后学院中古典文学的教学与研究，提供了重要参考。而《现代文学》借出刊“纪念专辑”呼吁学界“重视中国小说”，并且身体力行，出版学界的文学研究专号，亦未尝不是标识着“文化场域”与“教育空间”辨证交融的发展进程：经由学院教育养成的文化工作者，进入文化场域后，返身再对学院教育提出建言，并以实际成果，反馈学院教育——而它的后续成果，亦可得见于九年后《幼狮月刊》所制作的“夏济安先生追思特辑”。该期出版于一九七四年九月，以Franz H. Michael的《怀念夏济安——吾友兼同事》为首排，继而选译夏济安《〈西游补〉：一本探讨梦境的小说》作为发端，之后所刊各篇，皆是来自于海内外学界研析中国古典小说的论文。内容方面，从《镜花缘》到《儿女英雄传》，从《三国演义》到《隋唐演义》、《封神演义》和《水浒后传》，无不包罗；撰文者则从资深学者夏志清、冯承基到年轻一辈的黄美序、董挽华等，众人同襄盛举[②]。

《幼狮月刊》是“幼狮公司”旗下所属的刊物之一，与当时的“青年（反共）救国团”深有渊源。自一九五〇年代创刊以来，编辑路线每每依违于政治、文化、学术之间，屡经转折。一九七〇年代中期，它的“编辑委员”组成者虽然多为来自学界的青年，刊物内容也以学术性论述居多，但涵盖面广泛，刊载者未必尽属文学性篇章。该期

---

①《现代文学》25期（1965），第2—3页。

②《幼狮月刊》40卷3期（1974），第2页。

以“特辑”方式，全幅刊载中国古典小说的研究论文，并明言以此“怀念夏济安先生”，堪称以另一形式，体现了夏济安与《文学杂志》之所以促发“文化场域”与“教育空间”往来互动的影响及贡献。

从《文学杂志》到《现代文学》，以迄于《中外文学》，所标识出的，正是台湾学院派杂志新传统的开创与传承——在对“文学”的坚持、善用学院人才资源以充实篇幅、提升杂志内容，以及重视中国文学研究等方面，夏济安的《文学杂志》诚然是赓续了先前朱光潜《文学杂志》的传统；但是，夏编《文学杂志》高度重视西方文学作品及理论翻译的做法，却使它为台湾建树了一个与过去迥然有别的新传统。这个新传统，不只是学院资源由台湾大学取代了过去的北京大学，也不只是创作上由“京派”品味转向体现台湾自身的文学风貌；更重要的是，长久以来，它充分运用了学院中的师生资源，借由译介国外最新进的文学作品及理论以激发优秀创作，深化中、外文学界的学术研究。凡此种种，皆为学术界与文化界激荡出无比的潜力与活力，并无形中左右了战后台湾文学与文化的发展走向——而这一点，也正是夏济安、《文学杂志》和台湾大学，在战后台湾文学与文化史上共同缔造的重大意义。

《当代作家评论》二〇〇七年第二期

重读夏志清教授《中国现代小说史》

王德威

在二十世纪中国文学研究的领域里，夏志清教授无疑是最具影响力的人物之一。一九六一年，夏出版了第一本英文专著《中国现代小说史》，从而为西方学院内现代中国文学的研究，奠定基础。这本专著综论一九一七年文学革命至一九五七年反右运动的半世纪间，中国小说的流变与传承。全书体制恢宏、见解独到，对任何有志现代中国文学文化研究的学者及学生，都是不可或缺的参考资料。也因为这本书所展现的批评视野，使夏志清得以跻身当年欧美著名评家之列，而毫不逊色。更重要的，在《中国现代小说史》初版问世近四十年后的今天，此书仍与当代的批评议题息息相关。世纪末的学者治现代中国文学时，也许碰触许多夏当年无从预见的理论及材料，但少有人能在另起炉灶前，不参照、辩难、或反思夏著的观点。由于像《中国现代小说史》这样的论述，使我们对中国文学现代化的看法，有了典范性的改变；后之来者必须在充分吸收、辩驳夏氏的观点后，才能推陈出新，另创不同的典范。

《中国现代小说史》的诞生，是夏志清教授十年研究的成果，这段经历颇可值得我们在此回顾①。一九五一年春，夏仍为耶鲁大学英文系的博士候选人，因缘际会，应聘参与了政治系饶大卫（David N. Rowe）教授所主持的一项计划。此一计划由美国政府资助，

① 见夏著，台北中文版《现代中国小说史》序，刘绍铭等译（台北，传记文学，1979），第2—3页。

夏的任务是协助编辑一本名为《中国：地区导览》（China：An Area Manual）的手册。往后一年，并写出了手册中中国思想、文学及共产中国中的大众传播等篇章。但夏对这项工作的兴趣很快消失一空，并在约满后离职。与此同时，夏已有意着手撰写一部论现代中国文学的专书，此一计划旋即获得洛克菲勒基金会的支持。在基金会的协助下，夏自一九五二至五五年间，在耶鲁英文系任研究员，实则专心研读现代中国文学。一九五五年在他离开耶鲁至他校担任教职前，已完成《小说史》主要部分的写作[①]。

当夏从事《小说史》的计划时，美国各大学图书馆只有极少数拥有完整的现代中国文学图书，批评资料更是少之又少。夏为了搜集、查阅资料所费的工夫，不难想象。然而，资料的缺乏也可能给予夏相当意外的自由，使他得以作出自己的发展与判断。的确，彼时“影响的焦虑”之类的理论尚未兴起，夏也显然乐得一抒自己的洞见或“偏见”。而他行文所显露的自信与权威性，后之来者无人能出其右。

不仅此也，这也是个唯西方“现代”精神马首是瞻的年代；非西方的学者难免要以西方文学现代性的特质，作为放诸四海而皆准的标的。夏选择小说作为研究的重点，因为他相信小说代表了中国文学现代化最丰富、最细致的面向。但反讽的是，他也认为中国现代文学的总体成就，难以超越同期西方作品所树立的标杆。五十年代末期，由于教书及转换工作等原因，《小说史》的写作因而慢了下来，但全书终于在一九六一年大功告成，由耶鲁大学出版。一九七一年，耶鲁又应读者的热烈要求，推出增订版。

一直到不久以前，《小说史》仍不时被冠以“反共”之名，受到攻击；有些评者甚至视此书为冷战文化政治的产品，并将夏打为极右派学者。夏与“左派”文学间的关系，下文将再论及。这里所要强调的是，如果《小说史》今天仍然有引人议论之处，浮面的政治宗派问题应非原因之一。像《小说史》所经历的政治性解读再一次提醒我们，贴标签、戴帽子之举，无非是老套的命名游戏。

我以为《小说史》的写成可以引导我们思考一系列更广义的文化及历史问题。这本书代表了五十年代一位年轻的、专治西学的中国学者，如何因为战乱羁留海外，转而关注自己的文学传统，并思考文学、历史与国家间的关系。这本书也述说了一名浸润在西方理论——包括当时最前卫的“大传统”、“新批评”等理论——的批评家，如何亟思将

---

① 见夏著，台北中文版《现代中国小说史》，第4页。

一己所学，验证于一极不同的文脉上。这本书更象征了世变之下，一个知识分子所作的现实决定：既然离家去国，他在异乡反而成为自己国家文化的代言人，并为母国文化添加了一层世界向度。最后，《小说史》的写成见证了离散及漂流（diaspora）的年代里，知识分子与作家共同的命运；历史的残暴不可避免地改变了文学以及文学批评的经验。

二

《中国现代小说史》共有十九章，其中的十章都以重要作家的姓名为标题，如鲁迅、茅盾、老舍、沈从文、张爱玲等。对夏而言，这些作家是现代小说的佼佼者。其他各章处理了分量稍轻的作家，同时凸显了形成文学史的其他重要题目。如第一及第十三章讨论现代史两个关键时刻——五四时期及抗战之后——小说创作与文学、文化政治的复杂关联；第三及第四章分别描述了两大文学社团——文学研究会及创造社——的组成原委、创作方向及风格；第五、十一及十八章则评论左翼文学从萌芽到茁壮的各阶段表现。除此，《小说史》还有一章结论，综论中共文学在反右运动后到“文革”前夕的风风雨雨。另有三篇附录，分别论五十年代后期的大陆文学（附录一），现代中国小说反映的时代精神（附录二），台湾作家姜贵的两篇小说(附录三)。第二篇附录《现代中国文学感时忧国的精神》曾受到广泛的征引及讨论,堪称是文学批评界过去三十年来最重要的论述之一。原英文标题中“Obsession with China”(感时忧国)一辞由夏首先创用,现早已成为批评界的常见辞汇了。

我这样不厌其烦地介绍《小说史》的结构及文脉，因为这关系到全书的批评视野及方法学。《小说史》受到四五十年代欧美两大批评重镇——利维斯（F.R.Leavis）的理论及新批评（New Criticism）学派——的影响，已是老生常谈的事实。夏在耶鲁攻读博士时，曾受教于波特(Frederick A.Pottle)及布鲁克斯(Cleanth Brooks)等著名教授,布鲁克斯无疑是新批评的大将之一。夏对新批评观点的浸润,可在《小说史》初版序言中得见一斑:“本书当然无意成为政治、经济、社会学研究的附庸。文学史家的首要任务是发掘、品评杰作。如果他仅视文学为一个时代文化、政治的反映,他其实已放弃了对文学及其他领域的学者的义务。”①

① C. T. Hsia, *A History of Modern Chinese Fiction* (New Haven: Yale University Press, 1971), p.x.

夏推崇文学本身的美学质素及修辞精髓。他在《小说史》中不遗余力的批判那些或政治挂帅或耽于滥情的作者，认为他们失去了对文学真谛的鉴别力。在这一尺度下，许多“左派”作家自然首当其冲，因为对他们而言，文学与政治、教化、革命的目的密不可分，甚至可以为其所用。

但夏的野心并不止于“细读文本”这类新批评的基本功夫。如前所引的序言所示，夏对“旧”批评的法则颇不以为然，因为旧批评把文学仅仅当为反映现时政治、人生的工具。十九世纪的批评家揭橥将文本历史化的重要性，却不能掌握文学“如何”将历史、政治虚构化的妙窍。借着新批评的方法，夏希望重探国家论述与文学论述间的关系；这一强烈的历史情怀使他不能视文学为“一只精致的瓮瓶”[①]——新批评最为人所津津乐道的美学意象之一。事实上，一反传统理论的反映论，新批评暗含了一套文学的社会学，企图自文本的小宇宙与文本外的大世界间，建立一种既相似又相异的吊诡秩序。夏将新批评这一面的法则发扬光大，因而强调《小说史》企求“从现代文学混沌的流变里，清理出个样式与秩序；并且参照曾经影响现代中国文学的西方观念、模式，思考其间的挑战与范式”[②]。夏一再强调小说家惟有把握艺术尺度，才能细剖生命百态，而这也正是向人生负责的态度。这当然呼应了布鲁克斯的名言：“文学处理特别的道德题材，但文学的目的却不必是传道或说教。”[③]

夏对文学形式内蕴道德意涵的强调，引领我们注意他另一理论传承，即利维斯的批评论述。利维斯认为一个作家除非先浸润于生命的实相中，否则难以成其大。对他而言，最动人的文学作品无非来自于对生命完整而深切的拥抱。因此批评家的责任在于钻研“具体的批判与个案的分析”[④]。在实际批评方面，利维斯以建构英国小说的“大传统”而知名；这一“大传统”起自珍·奥斯丁（Jane Austin），止于D.H.劳伦斯（D.H. Lawrence）。利维斯认为，这些作家既能发挥对生命的好奇，又能将其付诸坚实的文字表

---

① “精致的瓮瓶”一观念由布鲁克斯（Cleanth Brooks）所发扬光大。

② Hsia，*A History*，p.x.

③ Cleanth Brooks，“The Fomalist Critic，” *The Kenyon Review*，13（1951），72—81.

④ F.R.Leavis，“Literary Criticism and Philosophy，” *The Common Pursuit*（London，1962），pp.211—216；引自 K.M.Newton，*Twentieth-Century Literary Theory：A Reader*（New York：St Martin，1988），p.68.

征。在《小说史》一书中，夏也本着类似精神，筛选能够结合文字与生命的作家，他此举无疑是为中国建立现代文学的“大传统”。

夏志清在批评方法学上的谱系还可以加以延伸，包括二十世纪中叶前后的名家，如艾略特（T.S.Eliot）、屈灵（Linoel Trilling）、拉夫（Philip Rahv）、豪尔（Irving Howe）、泰特（Allen Tate），以及史坦纳（George Steiner）。这些批评家从各自不同角度提倡文学的教化机能，并向往文字与世界间更紧密的连锁。在这一前提下，他们其实都呼应了十九世纪中期英国批评家阿诺德（Matthew Arnold）的立论。夏志清接受过正统英美文学训练，对西方道德及美学“大传统”的菁华可谓念兹在兹。当他建议批评家的责任是“发现及鉴赏杰作”时，他必定同意阿诺德的说法，认为文学应当诚中形外，传达真理。而且用阿诺德的话来说，“如要发掘真正盖世的杰作，没有任何方法比铭记以往大师的警句名言，并用来作为试探新作的试金石，来得更为有效的了。”[①] 职是，我们可说，尽管新批评或其他现代流派的评者立意要摆脱传统“反映论”及“道德论”的影响，这些影响毕竟是祛之不去。

在我们这个世代，自诩为理论先驱的新贵批判世纪中叶的理论先驱——艾略特、布鲁克斯、屈灵、利维斯等人——已是习以为常的现象。凭借着当今的理论，他们细数前辈的缺陷及矛盾，一如当年夏志清及布鲁克斯也曾攻击前之来者的缺陷及矛盾。《小说史》因此成为众家新进汉学研究者一试身手的好材料。比方说，性别主义者可以指陈夏书对女性、性别议题辩证不足，解构学派专家可以强调夏书对立论内蕴的盲点，缺乏自觉。后殖民主义者可以就着全书依赖“第一世界”的批评论述，大作文章，而文化多元论者也可攻击夏对西方典律毫无保留的推崇。

作为《小说史》的作者，夏志清对这些批评可能颇有感触，甚而不无莞尔之情。长江后浪推前浪，原是常理，但何以许多新理论居然颇有似曾相识之处？早在当今学者正义凛然的“干预”（intervene）文化政治，大谈“重写”文学史，或“重新协商”（renegotiate）中西小说观前的几十年，夏已经凭一己之力“干预”、“重写”，及“重新协商”现代中国文学了。夏因为引用当年西方激进理论来重读中国作品，招来他被文化、思想

① Matthew Arnold, *Essays in Criticism*；引自Vernon Hall, *A Short History of Literary Criticism* (New York: New York University Press, 1963), p.110.

殖民主义所“收编”的批评。但我们必须记得，就算夏的立论不无可议之处，他已借此避免了更早他一代文学评论——如反映论、印象论——的局限。不仅此也，多数批夏的人其实未必自夏学到任何教训，因为他（她）们自己不也对西方理论趋之若鹜，对当代大师奉命惟谨？如果他（她）们对夏的批评有任何道理，他（她）们同时更应反躬自省。“现代”的观念与实践，本来就基于跨文化、语境的不断交流或碰撞。他（她）们理应看穿学术殖民主义的把戏，而欲一仍故我。他（她）们舞弄西方理论批评中国小说，批评小说评论，以及其他引用西方理论批评中国小说的批评者，却把自己“包括在外”。

以上多数对夏的批评，当然不值一哂。不论如何，当年夏志清熟读西方理论，并将之印证到非西方的文本批评上，而且精彩之处不亚于李维斯或布鲁克斯，已经可记一功。更何况他并未将西方理论照单全收，《中国现代小说史》毕竟推出中西文学颇有不同的结论。由于夏的开路工夫，我们今天得以名正言顺的看待中国文学的现代性贡献，这在半世纪以前的西方学界是不可想象的事。如果我们今天想要继续强调（后）现代中国文学的新与异，我们需要夏特立独行的眼界，才好证明作家的成就超乎西方典范的窠臼。但就我所见，太多批评止于摹仿或批判夏志清的批评方法或结论，而少有人关注夏志清的批评精神与信念。

我如此为夏辩护，并非厚古薄今，暗示《小说史》之后的理论一无可取。恰恰相反，我愿指出，在夏的开路之作后，我们不再需要亦步亦趋。过去廿年批评理论的蓬勃，有如雨后春笋，使我们得以采取多种不同策略看待中国文学，这在夏的时代是难以企及的。也因此，夏所揭橥的“大传统”在在要引起我们的思辨。不论如何，我们如果只回过头去对夏当年的立论斤斤计较，而忽略他所处历史、文化环境的限制，未免有见树不见林之嫌。我倒觉得，在努力划清界限之余，有许多年轻的批评者其实与夏的关怀颇有契合之处，这才使两者间的对话显得更为曲折有趣，也为现代中国文学批评传统的变与不变写下新章。

在《小说史》出版近四十年后的今天，我们处于一个较以往任何一刻更为有利的位置，审视夏的洞见与不见；借此我们也可了解美国汉学研究的特色与不足。我们要问：如果“现代”总已隐含跨文化、跨国界的知识及想象基础，夏在什么层次上既批判了中国追求现代的得失现象，也验证了自己就是这现象的一部分？我们如何分殊如下的吊诡：虽然夏被视为西方文学文化的拥护者，他对中国文学的“盲点”却往往滋生了他同侪所不及的“洞见”？夏尽管浸润在西方人文主义的传统中，如何显示了他与中国本土思维的渊源？最重要的，夏的国际观强调普遍性及真理价值，与流行的解构、性别、族群、文化生产等分殊主义的前提似乎格格不入。我们有可能在两者之间找到共同的对话的场域么？

二

对首次阅读《中国现代小说史》的读者，印象最深的莫非夏志清的论断：比起西方传统，现代中国小说在行文运事、思想辩难，以及心理深度方面，均远有不逮。就算夏可称之为现代小说评论的宗师，他这番议论也引来不少民族主义者或多元文化论者的侧目，谓其有自贬身价之虞。

在有名的《现代中国文学感时忧国的精神》一文中，夏写道：“现代的中国作家，不像陀思妥耶夫斯基、康拉德、托尔斯泰，和托马斯曼一样，热切的去探索现代文明的病源，但他们非常关怀中国的问题，无情的刻画国内的黑暗和腐败。”[①]

追根究底，夏的立论受到屈灵的启发。对屈灵而言，现代文学的特征之一在于“西方文化对文化本身的失望”，这一幻灭感促使作者对当代文明产生仇视，并划清界限[②]。但夏注意到中国现代作家的不同之处。那就是，正因现代中国作家对家国的命运如此关切，他们反而不能，或不愿深思中国人的命运与现代世界中“人”的命运间，道德与政治的关联性。夏认为中国作家在他们作品最好的时候，展现一种强烈的道德警醒，这在西方作家中是少见的。但另一方面，他们为这一“感时忧国”的精神，付出代价：“这种‘姑息’的心理，慢慢变质，流为一种狭窄的爱国主义。而另一方面，他们目睹其他国家的富裕，养成了‘月亮是外国的圆’的天真想法。”[③]

夏依据西方典范，对现代中国文学的总体表现颇有保留，因此处处强调国际视野的必要。但我们不禁要问，夏本人是否也显出了一种“感时忧国”的心态？他和他所评介的作者其实分享了同样的焦虑：在“现代”文学的竞争上，中国作家已经落后许多，如

①②③ Hsia，*A History*，p.536、535、536.

何积极迎上前去，是刻不容缓的挑战。但夏与这些作者不同的是，一反后者专注家国一时一地的困境，他亟欲从西方先进的模式找寻刺激。中国作家视“感时忧国”为文学（及社会）革命的前提，夏却认为那是自我设限的藩篱。夏与他评介的作家间的争议，可以视为现代文学“是什么”、“能作什么”等问题的最佳例证之一，而这些问题今天依然是学界关注的焦点。

虽然夏认为“感时忧国”的精神，对现代中国小说的创作颇有局限，他还是看出有些作家能够展现个人风格及独特视野，因此出落得与众不同。在《中国现代小说史》的结论里，他列举张爱玲、张天翼、钱钟书、沈从文四人为其中佼佼者，因为他们的作品展现“特有的性格和对道德问题的热情，创造出一个与众不同的世界。”[①] 从这四位出列的作者，我们也不难明白何以在传统评者眼中，夏书是如此离经叛道。最受争议的当是夏独排众议，竟贬低鲁迅这位现代文学教父的地位。他承认鲁迅的抗议精神使后之来者深受启发，但却遗憾鲁迅的温情主义以及对“粗暴和非理性势力”的默认[②]。由此类推，夏对新文学的名家如茅盾、巴金、丁玲等，也吝于给予过高评价。

夏所推荐的四位作家中，张爱玲与钱钟书在五十年代的文学史里，皆是默默无闻之辈。张崛起于抗战时期的上海，原被视为通俗作家。但夏独排众议，盛赞张对人性弱点的细密临摹，以及她“苍凉”的历史及美学观。夏认为，张对人无常无奈的生存情境的感喟，与彼时主流作家的史诗视野大相径庭；他并推崇《金锁记》为“中国从古以来最伟大的中篇小说”[③]。另一方面夏欣赏钱钟书的讽刺艺术，视其为《儒林外史》的吴敬梓以降最有力的讽刺小说家。职是，钱的《围城》“是中国近代文学中最有趣和最用心经营的小说，可能亦是最伟大的一部”[④]。

我以为夏对三十年代两位作家张天翼及沈从文的解读，尤应引起注意。这两位作者的政治立场、个人特性，以及创作风格的差距，可谓南辕北辙。张是左翼作家，以辛辣讽刺的浮世绘取胜，沈则是和平主义者，以描述中国乡土的抒情境界见长。对夏而言，尽管二人颇有不同，他们却共享一强烈的道德热情，而且这一种道德热情并未限制他们对于艺术的琢磨。当沈从文在描写人性善良面，或张天翼揭露人性邪恶时，他们表现了相同的勇气与文采。两人都不愿让眼下的政治考量减损他们对人性各层面——哪怕是最

①②③④ Hsia, *A Histoy*, p.506、54、398、441.

不受欢迎的层面——的探察。用夏的话来说：张天翼在“同期作家当中，很少有人像他那样，对于人性心理的偏拗乖误，以及邪恶的倾向，有如此清楚冷静的掌握。”[①]而沈从文显示“这世界，尽管怎样堕落，怎样丑恶，却是他写作取材的唯一世界，除非我们坚持同情与悲悯之心，中国，或整个世界，终将越来越野蛮。”[②]

由于夏的推荐，张爱玲及钱钟书的声名在六十年代急涨直上。过去三十年来张爱玲在台港及海外尤其大受欢迎，声势之盛，直追人民共和国前期治下的鲁迅；而八十年代以来，“张爱玲热”也席卷了大陆文坛。但如上所述，有鉴于五十年代中共文艺气氛，夏对沈从文及张天翼的诠释，才更耐人寻味。夏虽然坚守反共立场，却能欣赏张对国民党时期社会的挞伐。如果他只是五十年代美国政治风向的追随者，他大可不必如此煞费周章地推崇一位左翼作家，尤其是一位卓有文名的左翼作家。沈从文的例子亦复如此。大陆解放之后，沈被目为反动作家，并因此一度企图自杀；之后沈放弃写作事业，以为无言的抗议。在沈被两岸史家评者刻意忽略、湮没的年月里，夏是少数记得他并赋予极高的评价的知音。

从传统眼光来看，夏所从事的是文学典律的重新定义。在我们这个多元论及边缘论大行其道的年代，夏重写文学的过去尽管颇有洞见，乃难免贻人口实。许多评者立志要摒除文本、种族、性别、政治的“中心”论，迫不及待的奔向“边缘”，以致今天边缘人满为患。夏的大传统既是以普遍的人性及不朽的杰作为立论基点，《中国现代小说史》似乎与时下理论背道而驰。然而夏书也许并不如此简单；相反，在理论与实践间他总能另辟蹊径，一抒创见。话说从头，当年《小说史》的写作不正是要把边缘作家推向中心，并重新思考主流杰作的意义？果如此，我们今天能从此书学到什么？

再以夏所推崇的四位作者为例。夏发现，在表面的“感时忧国”之下，这些作家的写作之道错综交会，所以能为彼时盛行的写实主义创造无数可能。他将张爱玲的颓废都市风貌与沈从文的抒情原乡视景等量齐观。他注意张的悲观人生观照与她讽刺佻脱的呈现手法，颇呈拉锯；另一方面，他提醒我们，“除非我们留心（沈从文）用讽刺手法表露出来的愤怒，他对情感和心智轻佻不负责态度的憎恨，否则我们不会欣赏到小说牧歌性的一面。”[③]虽然钱钟书与张天翼都以讽刺见长，钱的冷隽机智与张的嬉笑怒骂其实颇有不

---

①②③ Hsia，*A History*，p.206、191、206.

同。不仅此也，夏也提及张爱玲及钱钟书都以贵族的立场俯视人生琐碎，而沈从文及张天翼则能深入生命底层，多闻鄙事。张爱玲继承了《红楼梦》的传统，钱钟书则沿袭了《儒林外史》的精神。

面对《小说史》内其他作者的取材、风格及意识形态立场，夏也采取了同中求异的策略。他绝少附和现成观点。比如说，他赞美“左派”评家奉为经典的茅盾小说《农村三部曲》(《春蚕》、《秋收》、《残冬》)，但他的焦点不在茅盾左翼思想的微言大义，而在茅盾所不经意流露的人道关怀。对夏而言，这一关怀不能用党派立场来划分。夏对三十年代写《激流三部曲》的巴金颇有保留，但巴金在中日战争后的作品如《寒夜》等，却颇赢得他的青睐。至于女性作家，凌叔华以她精妙的女性心理白描深获夏的好评；相对的，当时大为走红的冰心却因其感伤滥情，不能更上层楼。

在“感时忧国”论更深的一层，夏触及了当代批评论述重新炒热的话题，即，我们如何分殊个人才具与国族想象间的界限？如何定义国家文学及跨国文化政治的分野？夏认为中国作家深怀道德使命；在这样的前提下，“好”的作家应该既能深入挖掘中国社会病根，又能同时体现艺术自制及永恒人生视野。夏的观点内涵一二律悖反的现象，恰恰呼应了新批评对文本“张力”、“反讽”的诉求。而实际操作上，夏更能随机应变，衍生种种诠释。

八十年代以来，本尼迪克特·安德森（Benedict Anderson）将国家视为一“想象群聚”（imagined community）的说法受到广泛重视[①]。我们不妨重审夏的“感时忧国”说，视其为中国作家想象“现代中国”的一种表征。在革命与启蒙的感召下，中国作家急于重理家国的命运，而文学成为一个有效的辩证管道。透过文学，诸种议题如从国民性到国家的未来，都得以付诸对话。这种将国家论述及文学论述相印证的风气其实可以溯至晚清。我们都还记得梁启超的名言，“欲新一国之民，不可不新一国之小说”[②]。这一文学/国家论述在五四以后变本加厉，从文学革命到革命文学的一段历史，

---

① Benedict Anderson，*Imagined Communities*：*Reflection of the Origin and Spread of Nationalism*（lthaca：Cornell University Press，1983.）

② 见夏的文章：“*Yen Fu and Liang Chi'-ch'ao as Advocates of New Fiction*，”收于*Chinese Approaches to Literature from Confucius to Liang Chi'-ch'ao*，ed.Adele Austin Rickett（Princeton：Princeton University Press，1978），pp.221—257.

正可作如是观。

夏的“感时忧国”论还可以与杰姆逊（Fredric Jameson）的“国家寓言”（national allegory）论相提并论[①]。乍看之下，这也许有点匪夷所思，因为两者的理念基础极不相同。对杰姆逊和他的从者而言，第三世界的文学由于历史情境的因素，倾向凸显叙述（narration）与国家（nation）间的“不自然”关系。此一关系在文学表达上引申一种寓言的向度，而与第一世界的文学遥遥相对。第一世界的文学标榜形式与意义相辅相成的象征（symbolic）关系。象征望似浑然天成，却总已暗藏霸权的底蕴。比起第一世界文学，“国族寓言”式的文学也许看来粗糙，但此一形式特征在在点出其久被压抑的政治、文化潜意识，公、私领域皆然。

杰姆逊的理论自谓激进，其实也泄漏了再现论（representationism）的迷思。比诸夏志清的“感时忧国”论，并未见有真正突破。更吊诡的，夏视之为感时忧国论的缺点——如笔锋粗糙、缺乏“象征”密度——很可成为杰姆逊“国族寓言”论歌之颂之的对象。两人对鲁迅作品如《狂人日记》、《阿Q正传》等的解读，恰恰可见端倪。

夏应会同意中国现代小说含有一种“国族寓言式”冲动，此一冲动督促作者与读者发泄他们政治欲望与叙事力量；但夏也应会强调国家文学必须包括别具心思的作者——不仅是那些刻意与“国族寓言”式文学唱反调作者，更及于那些对各种明火执仗的政治议题漠然无视的作者。在操作实际批评时，夏显示没有任何一种文学理论可以总括（文学）历史的种种变数。以“寓言”来看待一个国家文学，不论定义如何，终难免画地自限之虞。国族的想象不必总与历史情境发生一目了然的连锁。夏的优势在于尽管他抱持（保守的）新批评与李维斯主义，他毕竟尊重文学实践过程里“始”料未及、多元创造的可能。他显然相信一个不肯从众、拒为“寓言”的作者，有时反更能表达一个社会被压

① Fredric Jameson, “Third World Literature in the Era of Multinational Capitalism,” *Social Text*, 15（1986）：65—87。批判文字可见AijazAhmad，“*Jameson's Rhetoric of Otherness and the 'National Allegory'*,” *Social Text*, 17（1987）：3—25。亦见Christo' pher Lupke观点不同的讨论：“*(En) gendering the Nation in Pai Hsien-yung's' Wandering in the Garden, Waking from a Dream'*,” *Modern Chinese Literature*, 6, 1&2（1992）：157—177；“*Wang Wenxing and the' Loss' of China*,” *Boundary*, 2, 25.3（1998）：9—128.

抑的政治潜意识。职是，张爱玲或沈从文，而非鲁迅或巴金，反而更能写出中国民族面对历史变迁时的希望与怅惘。

除此，一个现代的国家文学尽管致力于落实本土想象，若缺乏与其他文学对话的机会，仍不足以显现自身的特色。当夏提出“感时忧国”一说时，意在指出中国作家如果无视西方文学的成绩，就只能陷于狭隘的爱国主义。就如杰姆逊一样，他相信中西文学发展的轨迹迥然不同。但夏会认为我们一定能找出一条可以相互沟通、验证的门径。所以为了要“验证现代中国文学的形式”，夏认为我们必须借鉴西方传统，因为“现代中国文学从中取得风格与方向”。[①]

夏书所透露的欧洲中心主义已迭遭异议，无须在此重复。但如果我们转而注视他切切要将中国文学推向国际场域的用心，未尝不无可观，而这也正显示他自己“感时忧国”的意识之一端。换个角度来看，如果创作永远都是取决于文本以外的多重因素（overdetermined），那么中国作家的潜能就不应受限于政治现状，更不提一厢情愿的风格、主题发展时间表了。中国作家一旦摆脱“感时忧国论”后，实在无须臣服于“国族寓言”论的紧箍咒。毕竟两者都不能跳出第三世界“迟来的现代性”（belated modernity）一说的窠臼。

在《中国现代小说史》里夏志清经常比较中西作家，也因此常使读者不以为然。比方说，沈从文的田园视景引申出与华兹华斯（William Wordsworth）、福克纳（William Faulkner）、叶慈（W.B.Yeats）的比较，鲁迅的讽刺使夏联想到霍雷斯（Horace）、班·强森（Ben Jonson）及赫胥黎（Aldous Huxley）等的技巧。老舍《二马》中的马氏父子与乔伊斯（James Joyce）的布鲁姆（Leopold Bloom）与戴德拉斯（Stephen Dedalus）相互照映，张爱玲的作品则与陀思妥耶夫斯基（Fedor Dostoevsky）形成对比。夏发展他自己的比较文学法则，所提及的西方大师恰好像要用来弥补中国作家的不足。他自不同西方的国家文学大量征引作者、作品、文类，招来“散漫无章”或“不够科学”之讥，却至少显示其人的博学多闻。与其说夏对西方文学情有独钟，倒不如说他更向往一种世故精致的文学大同世界。假如夏当年有机会读到川端康成或加西亚·马尔克斯（Gabriel Garcia Marquez）的作品，我相信他会乐于扩展他的文学地图，以一样的热情拥抱这些

---

① Hsia, *A History*, p.535.

作家[①]。

夏的方法学因此促使我们重新思考文学跨国语境与个别特色间的张力。近年来多元文化论者，或出自政治正确性的使命感，或出自理论的自觉，致力于强调在地的、区域的文学。势力之大，一时沛然莫之能御。相较之下，夏追求世界文学的立场恰与此针锋相对。他的欧洲中心主义当然有立论的弱点；但另一方面，他对回归"在地"文学呼声下的畛域倾向（ghettoism）及招牌主义（tokenism）的弊病，应算有先见之明。夏的观点毕竟体现了我们追求文学现代性的症结。如上所述，夏认为现代中国文学既受西潮冲击而产生，我们在谈论其国家代表性时，又怎能不先想及其跨国的特色？他因此相信文学现代性不应是独一封闭的表征，而必须涉及跨文化的范畴。托马斯·曼（Thomas Mann）乔伊斯出现在他的评论里，不仅因为他们是优秀的西方作家，而更因为即使在欧洲境内的跨国、跨文化语境中，他们已经各自显现了文学现代性的新与变。夏明白期望这样的文学现代性竞争中，中国作家应占有一席之地。但纵观《小说史》全书,少有作家能入他的法眼。话虽如此,他的高标准并未成为一种借口,使他忽视一般作家的作品。现代评者中,很少有如夏般孜孜矻矻的涉诸千百优劣作品后才下笔为评,多数人只是就着几个台面上的名字,不断炒作而已。

三

在对《中国现代小说史》的批评里，最激烈的声音往往来自那些没有详读此书、或根本心怀成见的评者。这些评者或持（狭义的）"左派"立场，或是强调阶级、族群、性

① 见 Naomi Sakai："Particularism and universalism do not form antinomy but mutually reinforce each other…Precisely because both are closed off to the individual who can never be transformed into the subject or what infininely transcends the wniversal, neither universalism nor particularism is able to come across the Other; otherness is always reduced to the Other, and thus repressed, excluded, and eliminated in them both.And after all, what we normally call universalism is a particulatism thinking inself as universalism, and it is worthwhile doubting whether universalism could ever exist otherwise." "Modernity and Its Critique: The Problem of Universalism and Particularism," "Modernity and Its Critique: The Problem of Universalism and Particularism," in *Postmodernism and Japan*, eds.Masao Miyoshi and J.D.Harootunian (Dutham: Duke University Press, 1989), p.98.

别决定论。由于夏从不避谈他的立场，要攻击他的意识形态，其实并非难事。夏在《小说史》序里开宗明义便提及全书目的之一即在检讨“现代中国文学传统中的共产理念”。而他对“左倾”作者的态度，在书中第二章，对新文学之父鲁迅语带尊敬，却不无保留的论证，已可见端倪。夏对那些立场鲜明的拥共作家如郭沫若、蒋光慈、丁玲等殊乏好感，更不提延安时期及以后的毛派追随者如赵树理、周立波、杨朔等人。在《小说史》的结语中，夏认为一九四九年后左翼作家的创作水准一落千丈，成为一种传声筒。夏的挞伐如此不留情面，难怪引来捷克汉学大师普实克（Prusek）的反击。普基于对共产文艺理论的信仰，对夏的立论据理力争[①]。两人的交锋早在一九六二年，而达至一九八九年后，仍有不少“左派”评者视《小说史》为最佳反面教材。

左翼评者攻击夏忽略了文学、历史，及政治间的细密连锁。他（她）们认为夏对中国文学由封建至革命的进程视而不见；对文学、革命及文化生产的辩证关系也一无所知。用普实克的话来说，夏不能了解文学的“社会功能”，而且不能采用“系统而科学”的方法来纵观文学发展[②]。一九六三年夏对普实克的批评施以反击，一再申言文学的观照不能为伪科学定论或革命时间表所限定。他更强调“左派”凭着先入为主的观念形成之“客观”理论，其实未必比他的“主观”立场更为高明[③]。自此以后夏对任何“左派”评者的叫骂不再回应，而他的立场也一样不动如山。

传统评者早就教导我们文学的研究脱不了历史的观照。这几年来“总要历史化”（always historicize）的呼声重新又被炒热。首当其冲的就是专注文本分析的新批评主义。如果我们真要将夏书“历史化”，我们就该记得五十年代当国共两党汲汲于重修国史与文学史时，夏是少数不为表面政治口号所动，专心文脉考察的评者之一。六十年代初《小说史》出版后，大部分夏所论及的作者或遭整肃或自动停笔，而“文化大革命”的风潮仍方兴未艾。在台湾，《小说史》不妨被视为禁书索引，因为除了少数例外，多半作者的作

---

① Jarslav Prusek，“*Basic Prblems of the History of Modern Chinese Literature and C.T.Hsia, A History of Modern Chinese Fiction*，” Toung Pao，49（1962），pp.357—404；收于 *The Lyrical and the Epic*，*ed.Leo Ou-fan Lee*（Bloomington：Indiana University Press，1980），pp.195—230.

② 同上注，p.203。

③ C.T.Hsia，“*On the ‘Scientific’ Study of Modern Chinese Literature-A Reply to Professor Prusek*”，见appendix 1，*The Lyrical*，pp.23—66.

品都因意识形态之故而被查禁。国民党政权迟至一九八七年才解除戒严令，准予三十年代文学的流通。六七十年代海外拥共崇毛的热潮一度如火如荼，夏成了踽踽独行的局外者，但他对自己立场的坚持，却一如既往。直到“文革”结束，毛治下作者所经历的“历史必然”（?）进程才逐步公之于世：查禁、整风、斗争、清算、下放、监禁、自杀、疯狂或迫害致死。或更糟的，作者及读者志愿加入这邪恶的嘉年华会中，协助查禁、整风、斗争、清算、下放、监禁、迫害前此的同道或同事。夏“武断偏颇”的历史观察成了不可思议的先见之明。

归根究底，夏对共产文学及反共文学的批评，其实有他一贯的标准。就像他讥讽左翼口号文学一样，夏对国民党操控的反共八股并不假辞色。他所推崇的两位作家，张爱玲与姜贵，从来不为国民党文宣机器所重视。极右派评者批评张将反共大业写成琐碎家常，对姜贵讥诮冷酷的笔锋更视为离经叛道。夏却认为张较多数反共作家更能捕捉乱世浮生的悲怆与残暴；张凸显了“普通人如何在暴政胁迫下，还努力保持人性的尊严和人类关系的忠诚”[1]。姜贵虽是国民党员，却对政治的愚昧与狂热，不分左右，都有深刻感怀。在他的《旋风》里，没有几个角色逃得出他的冷嘲热讽。夏更将姜贵与陀思妥耶夫斯基相比：两人同为保守主义的信徒，却都无碍他们艺术创作上的激进实验。

当夏论左翼作家时，他并不随俗称许鲁迅或茅盾，反而对张天翼及吴组缃提出极高评价。他指出，这两位作者都能将意识形态融入他们对人性的观察中；因此他们的作品超越了千篇一律的教条成规。夏的关怀也延伸到丁玲《太阳照在桑干河上》及杨朔的《三千里江山》等作品上。夏认为即使在最公式化的情境里，一个共产楷模片刻的浪漫梦想可以使他成为更有世俗人味的角色；一个封建恶霸的困兽之斗，不管多么可卑可耻，也依然可以赢得我们的同情。夏这样的批判角度常被诟病为温情的个人主义；或被认为以“普遍人性关怀”为障眼法，抹消阶级、性别及族群上的差别。

夏的训练也许不乏所谓西方中产阶级温情主义的包袱。话虽如此，夏行文议事，其实并未显出定于一尊（中产式）“占有欲”。更不像性别、族群、或多元文化论者切切挖掘、拥有特定的话题或形式的专卖权。他的史观视现代中国文学的发展为一共产与反共论述间的斗争，但《小说史》实际论述则远较此为复杂，而他也不预设黑白分明的结

① Hsia, *A History*, p.417.

论。夏视钱钟书及张爱玲为一九四九年以前文坛的最高峰，其时正值左翼评者、作家欢迎革命文学新时期的到来。而在写实主义的大范畴下，夏强调作家各显所长的不同处，而非一个命令、一个动作的相同处。我们有理由猜测：当年如有更多材料，夏应会仔细讨论萧红、端木蕻良、路翎等曾被忽略的作家，而他（她）们与“左派”都有极深的渊源[①]。最反讽的，夏书中有关左翼文学的数章，泛论从革命文学到反右运动，迄今仍是英语世界中研究中共文学史的重要材料。夏的反对者批评他虽不遗余力，却竟少有人愿意花同等时间研读他们心目中的杰作，遑论重写翻案文章了。

最后，对抨击夏缺乏“正确”历史感的批评者，夏最有力的反击可能不在于他在《小说史》中独树一帜的史观，而在于他在书出版后所从事研究的方向。《小说史》仅代表夏学术事业的起点。以后数年间，他越发理解如要更细腻处理现代中国小说以及广义的文学、文化史，就不能不对古典小说的来龙去脉多作了解；易言之，作更深、更广的“历史化”的解读。这也是夏对西方学者将世界文学史单向化的一种回应。一九六八年，夏出版了《中国古典小说》，集中讨论明清六大白话小说（《三国演义》、《水浒传》、《西游记》、《金瓶梅》、《儒林外史》、《红楼梦》）；这又是欧美汉学界首屈一指之举。通过他细腻的解读及精妙的翻译，夏引领西方读者进入一个截然不同的叙事传说及人文情境。在书中西方文学于夏的影响仍然不时可见，但他发为议论时却显得较前此更为自信。与《中国现代小说史》相比，夏对文学的历史脉络、道德承担、修辞特征，及人物情节铺陈也有更深刻的思考。仿佛之间，他摆脱了布鲁克斯及利维斯等大师的影子，从事一项他可独当一面的文学研究。中国文学的独特性，于焉亦在他笔下凸显。

七十年代以来，夏又出版了极多专论，内容从晚清文人小说（《镜花缘》）到现代国家史诗巨作（《端木蕻良的作品》），从明代戏剧的情教与生命辩证（《牡丹亭》），到世纪初鸳鸯蝴蝶派的爱情与死亡（《玉梨魂》），从晚清政治小说（《老残游记》）到世纪初文学批评（《论严复与梁启超》），几乎每篇论文都代表夏开发现代中国文学传说的新方向。我们也必须知道，英文著作以外，夏又出版了五册中文专著，纵论中西文学、文化与电影。所有这些成绩反映一位学者浸润在文学流变中，勤勤恳恳，无时或已。而这不正是夏不尚空谈，将（文学）历史“历史化”的最好见证？

---

① 夏著，台北中文版《现代中国小说史》序，第17页。

由于夏志清当年的开创之力，我们今天或许不能，也不必，再写出像《小说史》如此规模的文学史论。过去二十年的史学及文学理论在在告诉我们，任何单一全权的叙述，总已埋藏自我设限及自我解构的因子。尤其因为如博铎（Pierre Bourdieu）及布鲁姆（Harold Bloom）等的理论风行，我们对典律（canon）、典范（paradigm）等话题，重又产生兴趣。有关典律的辩论，一方面提醒我们“大传统”之下文化、象征资本的运用、周转，无时或已；另一方面也彰显名家、杰作、经典的武断及权威性，未必能被一两套理论所厘清。《小说史》之后，现代中国文学的研究日新又新，方法上也是五花八门，从鸳鸯蝴蝶到新感觉主义，从晚清“被压抑的现代性”到世纪末的“后现代性”，不一而足。二十一世纪已经开始，现代中国文学的研究也绿树成荫，较以往任何一个时候都更成为一门显学。作为欧美中国现代文学掌门人的夏志清，大概终可以一秉他闻名友朋间的幽默感，开怀畅笑了吧？

《当代作家评论》二○○五年第四期

李欧梵的浪漫与现代探索

廖炳惠

一九三九年，李欧梵生于河南省太康县，一九四七年随父母来台，定居于新竹。新竹中学毕业之后，考进台湾大学外文系就读，当时正好是“现代文学”的萌芽期，他与白先勇、王文兴以及陈若曦等“现代文学”的健将旗手，都是同班同学。一九六一年，赴美国芝加哥大学修读“国际关系”，之后再转到哈佛大学东亚语言与文明学系，攻读“现代中国文化史”。在哈佛大学就学期间，受费正清、史华慈（Benjamin Schwartz）两位老师的启蒙颇多；尤其是史华慈，对李欧梵的思想形成影响甚深。目前，他是哈佛大学东亚系教授，即将赴香港科技大学客座之前，他也曾执教于普林斯顿、印第安纳、芝加哥、加州大学洛杉矶分校等大学。

浪漫主义与鲁迅研究

一九七〇年，李欧梵在哈佛大学取得博士学位，之后，他发表了不少与“浪漫主义”相关的专著，有《中国现代作家浪漫的一代》（一九七三）、《鲁迅及其遗产》（一九八五），乃至一九八七年出版的《铁屋中的呐喊：鲁迅研究》。在这个阶段，李欧梵侧重的是：由五四时期至三十年代，中国的“浪漫主义”、“写实主义”乃至“现代主义”，如何在“白话文运动”等新文学运动的过程当中，和传统产生一种辩证的关系。鲁迅企图透过欧洲（尤其是俄国）及日本的现代文学思潮与经验，为中国新文学寻找一条出路。另外，他也同时对中国自身的文化传统作出批评，一方面抱持着现代化与批判的精神，另一方面则由文学形式（特别是由短篇至长篇小说）的发展与变化着手，企图找出文学创作的新方向。而在批判精神与文学创新两个面向上，鲁迅都可说是极度具有代表性的人物，因此李欧梵在七十至八十年代间，有许多著作都针对鲁迅及其同时代的小说、诗作乃至文学史的课题，来讨论中国“浪漫主义”、“写实主义”乃至“现代主义”的历史传承与流变。

据李欧梵自述，他始终认为自己是一个历史学家，在他的理论建构中，思想史的成分特别浓厚，反而比较欠缺文本深入分析的面向。在他对鲁迅的研究专著，尤其是《铁屋中的呐喊：鲁迅研究》一书中，我们可以看到李欧梵由鲁迅的家庭与教育，以及鲁迅成长过程中对社会现实感的认知着手，旁及《中国小说史略》中所反映的“传统”与“抗传统”的思想精神，和鲁迅诸多批判现实的杂文。他从这些零零琐琐的文字当中，形构出鲁迅作为一个“讽刺与感伤的厌世者”，其创作背后的“清醒的孤独”，也述及鲁迅在希望与失望的双重摆荡间，如何面对文学与革命的困顿情境，将社会现实的种种感受写入自己的短篇小说当中。

如《狂人日记》、《呐喊》与《彷徨》这几个特别着墨于心灵面向的短篇小说，鲁迅都在叙事的过程当中，呈现出象征的社会意义，除了突显“单一的独立个体”与“群众”间的张力，也进一步铺陈在现代化的中国，若要了解新中国的黑暗面，基本上要保持着相当程度的清醒。李欧梵对鲁迅的评述，是利用文本及历史所在时空的具体脉络，分析鲁迅的遗产在“现代化”意识中的定位。李欧梵对中国何以特别对鲁迅加以吹捧，有相当不同的看法，他主张对鲁迅的历史定位加以重构，将鲁迅置放回原初的时空与论述脉络之下，以便重新发现鲁迅，观看他的写作形式如何突破传统的框架，而在现代化的写作技法当中，突显生活、心灵与社会现实的种种观感。“浪漫主义”和“鲁迅研究”相关的专著，是李欧梵在八十年代初期比较受文学与文化界重视的代表性论述，同时也奠定了鲁迅在欧美文学研究中的重要地位，李欧梵在这个面向上居功厥伟，其贡献可谓有目共睹。

上海与都市电影研究

在八十至九十年代，是李欧梵的双城（也就是上海、香港）故事期。他于一九九九年出版《上海摩登：一种新都市文化在中国（一九三〇～一九四五）》一书，对上海的《申报》传统及印刷媒体多方论述，作了最深入的整理，同时他也透过其旅居香港的在地经验，对香港的媒体与电影提出批判与关注。在这期间，世界局势诡谲万变，同时也经历了所谓的“苏东波”（苏联、东欧的解体），这个政治上的大幅度转型，促使李欧梵开始研究大陆、港台与海外华人的问题与纠葛。他的文化评论在香港的报章媒体以及“美国之音”定期发表。这些评论收录结集为《狐狸洞话语》，以“狐狸”和“刺猬”间的对比，表达出他企图透过狡猾、不受常规约制的方式，来探索文化与社会议题。在这类型的文化评论书写当中，他不仅继承了鲁迅的批判精神，也同时在上海《申报》的传统中，找到了归依与寄托。也是在“双城期”这个阶段中，我们可以看出李欧梵对张爱玲长期以来的兴趣，终于开花结果植根生叶，他甚至假借《倾城之恋》中范柳原的名义，透过《范柳原忏情录》这部创作小说的发表，进一步为张爱玲小说人物的命运谱写续篇。

我们可以看出李欧梵在“双城期”所作出的重大转折，即是他开始关注公共文化与报章媒体所表彰呈显的“印刷资本主义”（print capitalism），如何与国家的想象与形构产生辩证的互动。在这方面，他受惠于安德森（Benedict Anderson）《想象的社群》（*Imagined Communities Reflectionson the Origin and Spread of Nationalism*）以及哈贝马斯（Jurgen Habermas）《公共领域的结构转变》（*The Structure Transformation of the Public Sphere*）。这两本书对他的理论架构与书写实践都具有相当大的影响力，也因为这样，他开始对第三世界、东欧文学乃至香港电影产生极大的兴趣。除此之外，张爱玲与香港电影、上海的消费文化与公共空间，以及早期的杂志、电影、文学作品与电影海报等，也都成为他这个阶段的研究重点。

李欧梵在《上海摩登：一种新都市文化在中国（一九三〇～一九四五）》一书中，不仅只抒发其对上海的热爱之情，我们也可以在他的行文与书写当中，轻易看出他对上海这个城市公共文化空间的憧憬之情。在这本重要而影响深远的著作中，李欧梵将殖民时期的上海，与其在现代化时程中的定位，以新的中国媒体文化、电影文化、新杂志的产生与“印刷资本主义”为中介，呈显上海的“都会视觉文化”，再现新的上海都会想象。他借由许多第一手的研究资料，来观看“新女性”的想象如何在电影海报中被型塑诞生；新的身体、新的国家观念以及新的文化敏感度，又是如何透过公共空间、媒体、小说，以及新的视觉文化（如广告、海报、杂志与电影）等媒介，在上海这个都会空间中，结合欧洲殖民文化所带来的冲击，引发新的都会文化与想象（cosmopolitanism）。这本书在许多面向上，都将上海研究与都市电影研究，带至另一个新的高峰，因此对东亚研究与中国研究而言，此书可说是必读的经典。

强调多元、边缘论述

同时，李欧梵也开始以笔名创作，在许多报章杂志上登载他的随笔，这些随笔中也包括其对音乐与政治的相关探索与讨论。他的父母亲都是音乐家，因此李欧梵从小就以不能身任指挥家为憾，所以他在许多文章中，都提到他对马勒（Gustav Mahler）、肖斯塔科维奇（Dmitri Shostakovich）以及诸多欧美音乐家的偏爱，在CD的赏析与音乐的随笔当中，他也对“音乐”与“文化”两种表现形式相互交荡的繁复面貌加以剖析。这些相关的音乐评论与随笔，结集成《音乐的往事追忆》一书，李欧梵在书中，不管是借由他对音乐节、杜兰朵公主、捷克音乐与马勒的侃侃而谈，或对自己所私心偏爱之音乐家的掌故分析，都可以看出他对音乐长远以来的喜爱之情。在电影相关论述中，他则是对早期电影由上海到香港的传承与转变加以阐释；更重要的是他的文化与政治评论，虽然他并不是以非常政治的方式来讨论中国未来的前途与命运，但借由他对许多电影和时事批判与解析当中，我们都可以看到他十分强调多元、边缘的分散观点，也就是希望“抗传统”、“抗中心”的文化论述，可以在全球华人圈中开枝散叶。他反对过于严肃正统的视华人文化为单一中心，将各种差异的文化想象排除在已被良好巩固的单一正统之外，而抑制多元论述的自主性及发言空间。对他而言，中国当前强烈的民族主义与排外思想，是和鲁迅、张爱玲的文学作品以及徐克的影像所呈显的世界完全无法相容的，因此他提倡以狐狸般四处奔窜、怀疑好奇且圆滑世故的方式，来形成一个多元主体位置。

我和李欧梵的认识是一九九二年才正式开始的，近年来，不管他置身波士顿、台北或香港，我们成了每年固定要见面数次的“发烧友”，一起买CD、DVD。在他的文化和都会空间论述，抑或音乐鉴赏与政治随笔当中，我们都可以看到他对“边缘论述”的侧重，乃至于他对文化品位的执着。他的学思历程，可见于他的学生陈建华为他所整理出的访谈《徘徊在现代和后现代之间》一书。在这本访谈录中，我们也同时可以看到李欧梵对“原典”的重视，以及如何透过资料的搜整与评析，找出一个新的论述隙缝与空间。在他由台湾到美国的漫长移居岁月中，他穿梭回环在好莱坞与香港电影、现代文学、第三世界文学的嗜好当中，反复于现代和传统、嬉皮与理想、城市到乡土、现代与后现代的二重奏之间，在不断摆荡的过程中，以他作为一个国际人的身份，形成某种对公共空间的理念。

浪漫有余的知识分子

就我对他的了解，我发现即使是他早期将研究重点，由“浪漫主义”转移到“现代主义”，或在《上海摩登：一种新都市文化在中国（一九三〇～一九四五）》一书中，强调殖民与现代性之间的关联，无论在热情、感性的情感生活抑或形诸文字的书写氛围当中，他基本上都是一个浪漫有余的知识分子。他的著作与论述，也经常被视为过度浪漫且跌宕、耽溺于都会文化与颓废生活当中，对上海怀抱着一种憧憬式的乡愁，而没有具体谈论并涉及置身于殖民文化压迫中的底层阶级。这同时处于上海新都会想象中的劳工，漂泊、离散且流浪于上海这个城市当中，其实受到种种的歧视与压榨，除了有钱有势的上层阶级之外，并不是每个上海人，都能享受李欧梵笔下所呈现出来的优雅都会文化。李欧梵不将阶级的议题纳入他的研究架构当中，或许基本上也与他浪漫有余的情感与思想性格有关，因为阶级议题的冷酷与现实，基本上和他的个性并不相容。

但这些并无损于他在作品中所意图表现的思想力度与锋芒，不管是他随性拈来的文化随笔或苦心经营的《上海摩登》一书，我们都可以在文字间看到他的执着与力道，这股力道除了呈现出他一贯的浪漫情怀之外，在浪漫的情怀当中也展现出他性情的随和与思想的自由。李欧梵始终强调由正面积极的宽广视野来鸟瞰世界，他在文化批判的相关论述当中，也希望“华人文学”除了可以在世界文学的舞台上崭露头角之外，同时还可以吸收“传统”与“反传统”的各种面向，对多元与边缘论述的形构有所省思，使“华人文化圈”不再是封闭的一言堂想象，而是一个开放自由的公共空间，得以在传统文化的孳乳与传承当中，开拓出既具“浪漫主义”情怀，又摆渡于“现代”和“后现代”之间的公共空间。

《当代作家评论》二〇〇四年第二期

魂兮归来

王德威

"鬼之为言归也。"①

晚明文人冯梦龙（一五七四～一六四六）的话本小说集《喻世明言》里，有一则《杨思温燕山逢故人》的故事。这个故事发生在北宋亡于金人后的第三年（一一二九）。那年的元宵灯节的晚上，落籍于燕山（即北京）的杨思温偶遇一似曾相识的女子。就像许多宋亡后未能即时南渡的北人一样，杨思温臣服异族统治，苟且偷生。杨在灯会上所遇的女子竟是他结拜兄弟韩思寿的妻子郑意娘。从意娘处杨得知她和她的丈夫在东京

① 鬼的观念在中国传统里有复杂的渊源。见如沈兼士早年的研究《鬼字原始意义之试探》，《国学季刊》五卷三号（1935），第45—46页。传统中国的死亡观的讨论，见余英时《中国古代死后世界观的演变》，《中国思想传统的现代诠释》（台北，联经出版公司，1987），第123—143页；杜正胜《形体、精气与魂魄：中国传统对"人"认识的形成》，《新史学》二卷三期（1991年9月），第1—65页；Arthur Wolf，"*Gods*，*Ghosts*，*Ancestors*，" in ide m，ed.，Religion and Ritualin Chinese Society（Stanford：Stanford University Press，1974），pp. 131—182. 对死亡、丧葬的社会意义探讨，见James Watson and Eve-lyn Rawski，eds.，*Death Ritual in Late Imperi al and Modern China*（Berkeley：University of California Press，1988）；C. K. Yang，*Reli-gionin Chinese Society*（Berkeley：University of California Press，1970），pp. 28—57；郭于华《死的困扰与生的执著：中国民间丧葬仪礼与传统生死观》（北京，中国人民大学出版社，1992）；林富士《孤魂与鬼雄的世界：北台湾的厉鬼信仰》（台北，北县文化中心，1995）。对台湾地区及中国传统的神鬼观念发展，我特别受益于林富士博士，谨此致谢。

（汴梁）失陷时被乱军驱散，而她如今独在燕京韩国夫人府室中权充女婢。恰当其时，已经南迁的韩思寿随南方朝廷的议和者重回故土。杨思温向兄弟韩思寿提及与意娘相遇，才大吃一惊地发现，意娘其实早已死了。

故事自此急转直下。原来意娘落入金人之手后即自杀以明志，然而她却不能忘却人世情缘。意娘与夫韩思寿重逢一景，成为小说的高潮。即使化为冤鬼，意娘也要还魂与夫一诉前缘。杨思温问起与意娘一起出没的其他丽人，究竟是人是鬼，意娘叹道：

> 太平之世，人鬼相分；
> 今日之世，人鬼相杂。

郑意娘的故事可视为中国古典鬼魅传奇中的重要母题：生当乱世，社会及天地的秩序荡然无存，种种逾越情理的力量四下蔓延。死生交错，人鬼同途。《杨思温燕山逢故人》源出于宋代话本《灰骨匣》，而《灰骨匣》又承自洪迈《夷坚志》的记载[①]。学者已经指出，这个故事对北宋覆亡后的民间实况，有相当生动的记录[②]。而通过对当年东京人情景物的追述，小说弥漫着故国不堪回首的悼亡伤逝情怀[③]。引人深思的是，小说之所以显得如此真实动人，竟是有赖于对鬼魅异端的渲染。所谓真实与幻魅的区分，因此变得问题重重。

意娘的鬼魂回到阳世，反而使仍健在的杨思温与韩思寿猛然惊觉，逝者已矣，生命的缺憾再难弥补。国破家亡，他们的处境可谓虽生犹死，有如彷徨鬼魅。而他们的追逝悼亡之举无疑是魍魉问影、虚空的虚空。《杨思温燕山逢故人》的“故”人因此不妨有一新解：故人一方面意味故旧，一方面也指的是逝者。

---

① 《夷坚志》为《太平广记》后又一叙事说部集成，包括420卷，2700条故事；但现存200余卷。这些故事为洪迈于1161至1198年所作，有关梦境、世俗及传奇事件、诗词探源等。见William H. Nien-hauser, Jr.（倪士豪），ed., *The Indiana Companion to Traditional Chinese Literature*（Bloomington：Indiana University Press，1986），p. 457.

② 胡士莹：《话本小说概论》，第223页。

③ 有关北宋南迁士人对故国及故都汴梁风物的追思，见Peiyi Wu，“*Me mories of Kal-feng*，” *New Literary History*，25，1（1994），pp. 47—60. 此文以孟元老《东京梦华录》为例，讨论汴京当年的繁华衰落及记忆。

有鉴于意娘对乱世中“人鬼相杂”的说法，我们发现古典中国叙事史中一个相当反讽的现象。古典说部中充斥着怪力乱神的描写，无时或已。这似乎暗示历史上“太平之世，人鬼相分”的时代难得一见，反倒是“人鬼相杂”成为常态。鬼魅流窜于人间，提醒我们历史的裂变创伤，总是未有尽时。跨越肉身及时空的界限，消逝的记忆及破毁的人间关系去而复返，正有如鬼魅的幽幽归来。鬼在死与生、真实与虚幻、“不可思议”与“信而有征”的知识边缘上，留下暧昧痕迹。正因如此，传统的鬼怪故事不仅止于见证迷信虚构，而更直指古典叙事中写实观念游离流变的特征。

鬼魅叙述早在六朝时代即达到第一次高峰①，以后数百年间屡有创新②。迄至明清时代，市井业者及风雅之人对谈玄道怪有共同的兴趣。文言传统中的“剪灯三话”——《剪灯新话》（一三七八）、《剪灯余话》（一四二〇）、《明灯因话》（一五九二）——和《聊斋志异》（一六七九）、《子不语》（一七八一）、《阅微草堂笔记》（一七九八）及《夜雨秋灯录》（一八九五），仅是其中荦荦大者。俗文学传统中的例子更为丰富，“三言”及“二拍”还有神魔小说都有佳作。历来学者注意，尽管这些例子在文类、主题、风格、世界观等方面，彼此极有不同，但越近现代，鬼魅小说越显示其探讨人鬼、虚实关系的复杂特色。诚如鲁迅所言，明代神魔小说流行之际，世情小说——描写现实人生点滴的小说——也大行其道。晚明与清初的中篇小说颇多以糅合神怪与世俗为能事③；鲁迅更认为清代讽刺小说的源头之一，即在于此④。

然而时至现代，此一传统戛然而止。五四运动以科学民主、革命启蒙为号召，文学的任务首在“反映人生”。放诸文学，此一摩登话语以欧洲十九世纪的写实主义为模式，

---

① 对中国古典小说的奇幻叙事的研究，可参见杨义《中国古典小说史论》（北京，中国社会科学出版社，1995），四、八章；李剑国编《唐前志怪小说辑释》（台北，文史出版社，1987）；亦见Karl Kao（高辛勇），“*Introduction*”，*Classical Chinese Tales of the Supernatural and the Fantastic*（Bloomington：Indiana University Press，1985）；Kenneth De Woskin，“*The Six Dynasties Chih-kuai and the Birth of Fiction*，” in Andrew Plaks，ed. Chinese Narrative：Critical and Theoretical Essays（Princeton：Princeton University Press，1977），pp. 21—52。

② 见杨义《中国古典小说史论》，四、八、十二、二十章；陈平原《中国小说史论》，收于《陈平原小说史论集》（石家庄，河北人民出版社，1996），第1495—1506、1533—1541，1533—1541页；程择中《神怪情侠的艺术世界》（北京，中央党校出版社，1994）。

③④ 鲁迅：《中国小说史略》（香港，青文书屋，1972），第230页。

传统的怪力乱神自然难有一席之地[①]。鬼魅被视为封建迷信，颓废想象，与“现代”的知识论和意识形态扞格不入。一九一五年，留美的胡适赠梅光迪赴哈佛的诗里，已将文学革命的构想喻为打鬼：“且复号召二三子，革命军前杖马棰，鞭笞驱除一车鬼，再拜迎入新世纪。”[②]一九二〇年，留日的郭沫若致宗白华的信中亦写道：“我过去的生活不过是地狱里的鬼，今后的生活当做为人而在光明世界里生。”[③]郭沫若此语可能受到易卜生的影响，后者的名剧《群鬼》恰在前一年译成中文。

但五四诸子中应以周作人最能道出时代的心声。他提倡《人的文学》，力陈《无鬼论》[④]，更问道：“我们的敌人是什么？乃是野兽与死鬼，附在许多活人身上的野兽与死鬼。”[⑤]而当胡适整理国故，自诩为“捉妖打鬼”的健将时，传统的神鬼观无所遁形：“我披肝沥胆地奉告人们：只为了十分相信‘烂纸堆’里有无数无数的老鬼，能吃人，能迷人，害人的厉害胜过柏斯德（Pasteur）发现的种种病菌。只为了我自己自信，虽然不能杀菌，却颇能‘捉妖’‘打鬼’。”[⑥]到了三十年代，胡适提出了“五鬼论”，即贫穷，疾病，愚昧，贪污，扰乱。五四理性精神的表现，莫此为甚[⑦]。

现代知识分子及革命者念念以驱鬼为职志，而此一姿态更在左翼政治、文学话语中大显身手。三十年代曹禺、巴金各在《雷雨》及《家》中控诉，传统家庭制度制造无数冤魂怨鬼。四十年代延安文学有名的《白毛女》号称“旧社会把人变成鬼，新社会把鬼变成人”[⑧]。五十年代何其芳编写“不怕鬼的故事”，而六十年代初孟超的新编京剧《李慧

① 事实上十九世纪的欧美现实/写实小说包罗各种题材，及于梦境和超自然现象。作家凭借文化、宗教、风俗或意识形态定义的“真实”标准书写这些令人信以为真的事物，构成“逼真”（verisimilitude）的准则，像福楼拜（Flaubert）的《圣安东尼的诱惑》（The Temptation of St. Anthony）即为一例。

② 引自丸尾常喜《“人”与“鬼”的纠葛：鲁迅小说论析》，秦弓译（北京，人民文学出版社，1995），第214页。

③⑤⑦ 丸尾常喜：《“人”与“鬼”的纠葛：鲁迅小说论析》，第213页，第215页。

④ 周作人亦称不相信灵魂的存在，见《瓜豆集》（上海，宇宙风社，1937），第21页。

⑥ 胡适：《整理国故与“打鬼”》，《胡适文存》第三集第一、二卷，《治学的方法与材料》（台北，远流出版公司，1986），第160页。五四及五四后学者文人对鬼魂的态度，见曾羽编《聊侃鬼与神》（长春，吉林人民出版社，1996）。

⑧ 贺敬之等所改写《白毛女》的名句。见孟悦的讨论《白毛女演变的启示——论延安文艺的历史多释性》，唐小兵编《再解读》（香港，牛津大学出版社，1993），第68—89页。

娘》见罪当局，罪状正是提倡“有鬼无害论”[①]。“文化大革命”爆发，凡是有待斗争的坏分子俱被冠以“牛鬼蛇神”的称号，岂仅偶然。

这一驱妖赶鬼的语境强调理性及强健的身体/国体的想象，不在话下。然而时至八十年代，不论雅俗文学及文化，妖魔鬼怪突然卷土重来，而且声势更盛以往，在台湾及香港地区，有关灵异及超自然的题材早已享有广大市场，司马中原或倪匡等作家的声势也水涨船高[②]。其他媒体，从电视剧到电影，从广播到报刊，演述阴阳感应、五行八卦、神鬼传奇，无不大受欢迎。更值得注意的是，这股阴风也逐渐吹向内地，连主流作家也趋之若骛。残雪及韩少功早期即擅处理幽深暧昧的人生情境，其他如苏童、莫言、贾平凹、林白、王安忆及余华，也都曾搬神弄鬼。新中国的土地自诩无神也无鬼，何以魑魅魍魉总是挥之不去？当代作家热衷写作灵异事件，其实引人深思。《杨思温燕山逢故人》里郑意娘的话又回到耳边：“太平之世，人鬼相分；今日之世，人鬼相杂。”我们还是生在乱世里么？

识者或谓最近这股鬼魅写作其实受到西方从志异小说（Gothic novel）到魔幻写实主义的影响；更推而广之，后现代风潮对历史及人文的许多看法，也不无推波助澜之功。但我仍要强调，传统中国神魔玄怪的想象已在这个世纪末卷土重来。作家们向“三言”、“二拍”、《聊斋志异》藉镜，故事新编，发展宜属自己时代情境的灵异叙述。我尤其关心的是，如果二十世纪文学的大宗是写实主义，晚近的鬼魅故事对我们的“真实”、“真理”等观念，带来什么样的冲击？如前所述，如果鬼魂多出现于乱世，为何它们在二十世纪前八十年的文学文化实践中，销声匿迹？这八十年可真是充满太多人为及自然的灾难，是不折不扣的乱世。难道中国的土地是如此怨厉暴虐，甚至连神鬼也避而远之？

一、书写即招魂

就字源学考证而言，“鬼”在远古与“归”字可以互训，是故《尔雅》有言，“鬼之为言归也。”[③]“归”意味“返其家也”。但这“返回”与“家”的意思与一般常人的想法

① 戴嘉枋：《样板戏的风风雨雨》（北京，知识出版社，1995），第7、8页。

② 从通俗文学角度，两位作家都有值得注意之处。

③《尔雅·释训第三》（上海，上海古籍出版社，1977），第61页。

有所不同。归是离开尘世，归向大化。死亡亦即回到人所来之处。《礼记》：“众生必死，死必归土：此之谓鬼。”《左传·昭公七年》：“鬼有所归，乃不为厉，吾为之归也。”[①] 如果归指归去（大化），那么潜藏的另一意应是离开——离开红尘人间。通俗的诠释则往往颠倒了此一鬼与归的意涵。鬼之所以有如此魅惑力量，因为它代表了我们对大去与回归间，一股徘徊悬宕的欲念。我以为此中有深义存焉。有生必有死固然是人世的定律，但好生惧死也是人之常情。鬼魅不断回到（或未曾离开）人间，因为不能忘情人间的喜怒哀乐。鬼的“有无”因此点出了我们生命情境的矛盾；它成为生命中超自然或不自然的一面。惟其如此，鬼魅反而衬托出生命想象更幽缈深邃的层面，仍有待探勘。

以《杨思温燕山逢故人》为例，郑意娘回到世间，因为念念不忘夫君韩思寿，以及他们当年在汴京共享的岁月。但意娘的“回来”却陡然提醒我们阴阳永隔，人鬼殊途。“故”人与“故”国再也不能唤回。所谓的夫妻团圆变成一场虚空的招魂仪式，一种迷离幻境。因此意娘的魂兮归来与其说是欲念或相思的完成，不如说是凸显欲念与相思的缺憾。生与死被一层神秘的时空缝隙隔开，是在此一缝隙间，不可思议、言传的大裂变——国破、家亡、夫妻永诀——发生了。此生的纷乱无明与他生的神秘幽远何其不同，而在两个境界间，但见新魂旧鬼穿梭徘徊，不忍归去，不能归来。在二十世纪末期，“魂兮归来”的古老主题有了什么新的面貌？以韩少功（一九五三～ ）著名的小说《归去来》（一九八五）为例，这篇小说叙述“文革”期间下乡的知青在“文革”后重游故地的“神秘”经验。主人翁来到一个村落，其中一景一物都似乎印证他当年下乡处的所闻所见，更不提所有似曾相识的村人。但主人翁却无从确认这到底是他阴错阳差的幻觉，还真是他其来有自的经历——毕竟所有村人都用另外一个人的名字称呼他。小说高潮，主人翁巧遇据说是他当年“心上人”的妹妹，从而得知他的心上人已死去多时。《归去来》常被当作伤痕文学或寻根文学来讨论。但此作也大可以放在鬼魅叙事的框架中观之。《归去来》的题目当然遥指陶渊明（三六五～四二七）《归去来兮》的名作。但二十世纪末中国作者的归家返乡渴望，不以回到故园为高潮；恰相反的，它是一种梦魇式的漫游，以回到一个既陌生又极熟悉的所在为反高潮。如果运用弗洛伊德式说法，我们可

① 《左传·昭公七年》（台北，广文书局，1963），第1291页。《礼记·祭义》（台北，学生书局，1981），第757页。

说这一回归引发一种诡秘（uncanny）的征候，“家”及“非家”的感受混淆不清，因此引起回归者最深层的不安[①]，韩少功的故事为此类诠释再加一变量。新中国社会的“家”曾以集体生活为能事，不只背离弗洛伊德式的中产核心家庭观，也与传统中国的家族结构相去甚远。韩少功的《归去来》到底“归”向何处，语意因此更为含混。韩少功以寻根意识见知文坛。《归去来》尽管充满乡愁[②]，韩少功的归属感却终必化作幻影。“鬼之为言归也”，作为叙述者，韩少功所散发的鬼气，何曾小于他笔下的人物？失落在历史与记忆的轨道中，他岂止是无家——那生命意义的源头——可归！

跨过台湾海峡，朱天心（一九五八～ ）在一九九七年写出了中篇小说《古都》。在其中一位貌似朱本人的中年女作家自日本回来，发现如果以一个伪东洋客的眼光重新审视台北，她所生长于斯的城市居然出落得如此陌生，乃至恐怖。凭着一张日据时期的地图，她漫游世纪末台北的大街小巷，所见种种景观无不是寒碜丑陋如废墟。台北是一座忘怀历史、背弃记忆的城市，以致连孤魂野鬼都无栖身之地。朱的回乡之旅，俨若直捣一代台北人的“黑暗之心”。

朱天心近年以创造一系列“老灵魂”角色知名。她笔下的老灵魂太早看透世事，以致长怀千岁之忧；他们游荡前世今生，不再能天真地过日子。朱本人就是个老灵魂，而她的焦虑有其历史因缘。作为外省第二代作家，朱面对气焰日盛的本土主义，有不能已于言者的疏离抑郁。而昔日所信奉的伟人已逝，主义不再，也使她怅然若失。她苟安于台北，实则有若游魂，在失忆与妄想的边缘游走，找寻历史的渣滓。与台北相对比的是小说中不断提及的桃花源。但桃花源既然自外于历史，不知有汉，无论魏晋，不也是一座虚假的所在？朱天心于是也成为原乡神话里的异乡人[③]。

不论是《归去来》或是《古都》都没有正面触及鬼魂人物，但读者不会错过故事中

---

① 譬如参见 Anthony Vidler，*The Architectural Uncanny*：*Essays in the Modern Unhomely*（Cambridge，Mass：MITPress，1992）.

② 我曾以“想象的乡愁”一词讨论沈从文的小说，见 *Fictional Realism in Twentieth-Century China*：*Mao Dun*，*Lao She*，*Shen Congwen*（New York：Columbia University Press，1992），chapter 7.

③ 王德威：《老灵魂前世今生——朱天心论》，《跨世纪风华：当代小说二十家》（台北，麦田出版，2002），第113—134页。

阴惨黯淡的背景。我们所遭遇的一切都恍若隔世。迷离恍惚中，主人翁陷入对往事的追忆，但见事物影影绰绰，阴阳难辨。两部作品都一再强调视线不清（或伪装）所造成的双重或多重视野，这一视象的暧昧感，加上主人翁无所不在的命名渴望及命名错误，更显示全文再现、指涉系统的崩溃。而也就在感官及认知功能的错乱中，幻想与现实交投错综、互为因果——造成鬼影憧憧。

以上的观察引领我们再思二十世纪末“书写即招魂”的现象。以余华（一九六〇～ ）的《古典爱情》（一九八八）为例[①]。这篇小说顾名思义，灵感来自传统才子佳人的主题，像是书生赴京赶考，偶遇绝色佳人，一见钟情，共结鸳誓等。但小说中段情节急转直下，当书生自京归来、再访佳人时，但见一片荒烟蔓草，佳人已缈。数年后书生又来，斯地早成鬼蜮，饥荒蔓延，人人相食。书生最后见到了佳人，竟是在餐厅的饭桌上——佳人已被卖为“菜人”，成了不折不扣的俎上肉。

余华如此残暴地改写传统，也许意在指出历史的非理性力量，随时蓄势待发，人为的救赎难以企及。才子最后救了佳人，但四肢不全、奄奄一息的佳人只求速死。故事的高潮是才子杀了佳人。余华自承对巴他以（George Bataille）的色情与暴力观着迷不已[②]。但他小说中的暴力相衍相生，最终变成一种定律，反让我们见怪不怪。在《古典爱情》的后半部里，我们看到书生旧情难忘，在佳人的墓畔筑屋忏情。然后某夜佳人翩然而至，自荐枕席，遂再成好事。书生疑幻疑真，终于掘墓观察佳人生死下落，但见枯骨生肉，几如生人。然而书生的莽撞，难使佳人还阳投生的过程克竟全功，一场人鬼恋因此不了了之。

对熟知传统小说的读者，这一结局并不陌生。它让我们想到了陶潜《搜神后记》的故事《李仲闻女》[③]，而《李仲闻女》正是汤显祖《牡丹亭》的源头之一[④]。《牡丹亭》一向被奉为古典艳情想象的经典，余华的《古典爱情》将这一传统由内翻转颠覆，自然要

---

① 王德威：《伤痕即景，暴力奇观》，《跨世纪风华》第161—184页。

② 余华对《眼之色》（*Eros of Eyes / Les larmes d'Eros*）有极大的好奇。Xiaobin Yang（杨小滨），*The Postmodern / Post-Mao-Dao-Deng History and Rhetoric in Chinese Avant-garde Fiction*, Ph. D. Diss.（New Haven：Yale University，1996），p. 205.

③ 陶潜：《李仲闻女》，《搜神后记》，收于李剑国编《唐前志怪小说辑释》，第429页。

④ 汤显祖：《牡丹亭题记》，收于李剑国编《唐前志怪小说辑释》，第433页。

让当代读者侧目。他重复古人不仅是拟仿（parody），简直是有意的造假搞鬼（ghosting）。

诚如杨小滨所言，余华世界中，“所有往事都分崩离析，如废墟、如裂片。时间消逝，历史理性退位，每一事件都仅在现实里昙花一现”①。余华小说中最令人可怖之处不是人吃人的兽行，而是不论血泪创痕如何深切，人生的苦难难以引起任何（伦理）反应与结局。在此“叙事”已完全与重复机制，甚或死亡冲动，融合为一。这令我们想到精神分析学里视叙事行为为死亡冲动的预演一说；借着叙述，我们企图预知死亡，先行纪事，以俟大限②。这里有一个时序错乱问题：一反传统“不知生，焉知死”的教训，作家们暗示不知死，焉知生？在这一层次上，写作不再是对生命的肯定，而是一种悼亡之举：不只面向过去悼亡，也面向未来悼亡。

然而谈到“写作即招魂”，台湾和大陆的作家又哪里比得上他们的香港同行在上个世纪末书写“大限”、叙述“回归”的心情？在知名通俗作家李碧华的作品里，“回归”既是历史必然，也是前世宿命。李的畅销小说中以《胭脂扣》最能搬演鬼事，而且古意盎然。《胭脂扣》中的女鬼如花曾为三十年代名妓，她幽幽回到世纪末的香港找寻当年爱人十二少③。两人曾相约殉情，十二少却死里逃生。赶在一九九七前，如花还魂了却情债，却终于了解人事早已全非。她的痴情及彷徨让我们想起了八百年前的郑意娘，她的结局却让人更无言以对。她找到了垂垂老矣的十二少，但即便如是，又能奈何？一切终归徒然。

如花以她的寻死和还魂，见证时光消逝，人间情爱与恩义只能是想象中的美德，如幻似魅的寄托。八十年代末的香港人心浮动，中国政府“五十年不变”的承诺是不是一样当不得“真”？《胭脂扣》因此引生了政治的解读，香港租界的一向繁华，在大历史中却是妾身未明，一朝回返到充满阳光的祖国，真值得么？李碧华对历史记忆的反思亦可

---

① Yang，op. cit.，p. 90.

② 见 Peter Brooks 的讨论，*Reading for the Plot*：*Design and Intention in Narrative*（Cambridge，Mass.：Harvard University Press，1992）.

③ 对《胭脂扣》的评论，见 Ackbar Abbas，*Hong Kong*：*Culture and the politics of Disappearance*（Minneapolis：University of Minnesota Press，1997），pp. 40—47；Rey Chow（周蕾），*Ethics after Idealism*：*Theory*，*Culture*，*Ethnicity*，*Reading*（Bloomington：Indiana University Press，1998），pp. 133—148；李小良《稳定与不稳定：李碧华三部小说中的文化认同与性别意识》，《现代中文文学讨论》四（1995），第113—132页；也斯《香港文化》（香港，香港艺术中心，1995），第六章。

见诸像《潘金莲之前世今生》（一九八九）这样的小说。她改写《金瓶梅》的高潮情节，想象潘金莲生在二十世纪末的香港，将会有何下场。与其他《金瓶梅》续貂之作不同，李的重心不在潘的生前，而在她的死后。故事开始，潘金莲已来到地狱门口，她拒绝喝下可以忘却前生的孟婆汤，一心一意要转世还阳，重续孽缘——尤其是和武松的一段情。如此，其他人物如张大户、西门庆，与武松、武大，都陪着她堕入轮回。香港潘金莲于是旧戏重演，而且用李碧华的话说，把悲剧演成了荒谬的喜剧[①]。

而香港在穿过九七大限，“后事”是如何？陈冠中（一九五二～ ）的《什么都没有发生》（一九九九）最能道破个中端倪。在香港回归的一周年，我们的主角回忆前半生他的商场及情场冒险，悚然明白抛开声色繁华，其实“什么也没有发生”。他没有告诉我们的是在叙述开始时，他已经为人狙击，奄奄一息，而在他的故事说完以前，他已经一命呜呼了。整部小说因此是一个香港死人在回归周年所留给我们的一席鬼话。所谓回归，果然就是大限。黄碧云（一九六一～ ）的鬼魅叙事又以另一种面貌出现。黄耽溺暴力，玩弄施虐与受虐想象，每每让我们想起余华。在她有关回归的写作里，各种不同时期、文类、国家的文学轮番被她改写操演，毫无顾忌可言。鲁迅与张爱玲，费里尼与萨特都借尸还魂，权充黄的素材。尤其是她塑造的同一人物竟能投胎转世到不同的作品中，经历不同的命运。以此黄碧云不只是写回归，而是写永劫回归，循环的循环，虚空的虚空[②]。前面我讨论韩少功与朱天心作品里“似曾相识”（dja vu）的荒谬感；李碧华等香港作家则另辟蹊径，处理“尚未发生，已成过去”（deja disparu）的时间鬼魅性。用维理欧（Paul Virilio）的话说：“任何新鲜式特殊的事物总已在尚未发生之前就已成明日黄花。我们总是面对还来不及发生的记忆或陈腔滥调。”[③]果如此，历史原来就是鬼魅的渊薮，那么回归与不回归竟然没有什么两样。

二、现实主义中的幽灵

二十世纪末文学里魂兮归来的现象，让我们重思曾凌驾整个世纪文学论述的写实主

① 李碧华：《潘金莲之前世今生》（香港，天地图书公司，1993），第218页。

② 见我的讨论，《暴烈的温柔——黄碧云论》，《跨世纪风华》，第327—348页。

③ 引自Abbas，op. cit.，p. 25。

义。写实主义曾被奉为唤起国魂，通透人生的法门，也是中国文学进入“现代”之林的要素。我在他处已一再说明写实主义的兴盛，不仅代表一种叙述模式典范性的变迁，也更意味一代学者文人以“文化、思想方式”解决中国问题的文学例证。这一思维方式名为革新，但在面对中国现代化千丝万缕的问题时，仍坚持以全盘的文化、思想重整作为改革的起步，其内烁一统的逻辑其实去古未远。准此，不论是修辞上或观念上，写实主义的出现都被视为反映并改造现实的妙著。用巴特（Roland Barthes）的话说，仿佛有了写实主义，一种历史的向心力就能经书写而达成[①]。

写实主义论述的核心之一就是驱妖赶鬼。胡适“捉妖打鬼”的例子，足以代表时代的症结。但我们如果仔细探究这些妖与鬼究竟何所指，立刻会发现歧义丛生。事实上，为了维持自己的清明立场，启蒙、革命文人必须要不断指认妖魔鬼怪，并驱之除之；传统封建制度、俚俗迷信固然首当其冲，敌对意识形态、知识体系、政教机构，甚至异性，也都可附会为不像人，倒像鬼。鬼的存在很吊诡地成了必要之恶。

这个藉想象鬼蜮以厘清现实的写实法则，可以上溯至清代或更早。以叙事学而论，晚明清初一系列的喜剧鬼怪小说，像是《平妖传》[②]、《斩鬼传》（一六八八）、《平鬼传》（一七八五）及《何典》（一八二〇），都可资参考。这些小说多半篇幅不长，它们延续了晚明神魔小说的传统，敷衍怪力乱神。但与《西游记》或《封神传》相比，喜剧鬼怪小说无论在人物、情节或主题上，都显示以往庞大的奇幻想象已经下滑，而沾染了越来越多的人间色彩。取而代之的，是对种种世态人情的尖刻嘲弄，每多黑色幽默[③]，鲁迅因此将其纳入讽刺小说的项下。

喜剧性鬼怪小说浮游神魔与讽刺、虚幻与世情的边际，确是名分飘忽不定的文学。这类小说视人间如鬼蜮，嬉笑怒骂的写作形式，对晚清小说的写实观影响深远。我在专书讨论晚清小说时，曾指出像李伯元（一八六七～一九〇六）与吴趼人（一八六六～一九一〇）等作家写尽人间怪恶丑态，他们的灵感有可能来自早期的喜剧鬼怪小说。尽管作家的着眼点是现实，他们却明白除非诉诸魑魅魍魉的想象，否则不足以表达他们心目

① Roland Barthes, *Writing Degree Zero*, *trans. Annette Lavers and Colin Smith*（New York: Hill and Wang, 1978）, p. 14.

② 见胡万川《钟馗神话与小说之研究》（台北，文史哲出版社，1980），第127—155页。

③ 见我的讨论，*Fin-de-siecle Splendor*, pp. 191—209。

中的怪现状于万一。吴趼人《二十年目睹之怪现状》(一九一〇)开篇即点明叙述者历尽人生妖孽，只能自诩为“九死一生”[1]。小说的另一题名，《人间魍魉传》，也就令人会心微笑了。

晚清的谴责小说以夸张扭曲、人鬼不分为能事。作者似乎明白，在一个价值体系——不论是本源论、知识论、意识形态或感官回应——四分五裂的时代，任何写实的努力终必让人质疑现实的可信性。小说中充斥骗徒郎中、假冒伪善的角色，尔虞我诈，此消彼长。但无论如何精力无穷，这些人不能算是巴赫汀(Mikhail Bakhtin)笔下以“身体原则”颠覆礼教的嘉年华狂欢者[2]。他们气体虚浮，在魅幻的价值空间游走，似假还真，以假乱真。他们最多算得上是果戈理(Nikolay Gogol)“死魂灵”(dead souls)的中国翻版。

五四文人一向贬斥晚清谴责小说作者，谓之言不及义，难以针砭现实病源。事实上，我以为晚清谴责小说融神魔、世情、讽刺于一炉，其极端放肆处，为前所仅见。作者所创造的叙述模式不仅质诘传统小说虚实的分界，也更对行将兴起的五四写实主义，预作批判。谴责作家惟其没有坚定信念，缺乏道德自持，对社会的罪恶“本质”，人性善恶分野，就有更模棱两可的看法。他们的写实观中，因此有更邪恶且不可知的黑洞要钻研，而他们对正必胜邪的信念也殊少信心。五四文人对社会堕落的挞伐虽然较晚清前辈有过之而无不及，但他们的极端批评总是坐实了改造国是的信念，以及对掌握“真理”、“真实”的自得。晚清作家“目睹”“怪现状”之余，终颓然承认在所“见”与所“信”之间，总有太多变数。他们的写实观最终指向一种价值的虚无主义；看得到的人间恶行只是这一虚无的一部分。

五四主流作家以启蒙革命是尚，发之为身体美学，他们强调耳聪目明，以洞悉所有人间病态。不仅此也，(鲁迅式)“呐喊”与“革命”成为写作必然的立场——仿佛真理的获得，在此一举。写实主义小说容不下不清不楚的鬼魅；即便是有，也多权充为反面教材。例如王鲁彦(一九〇一～一九四四)《菊英的出嫁》写冥婚；彭家煌的(一八九八～一九三三)《活鬼》暴露寡妇偷情的丑闻。同样吴组缃(一九〇八～二〇〇三)的

---

① Ibid., p. 200.

② Ibid., pp. 200—209.

《lu竹山房》也写了个寡妇面对性禁忌的荒凉孤寂，而罗淑（一九〇三～一九三八）的《人鬼和他底妻的故事》明白控诉下层社会生活的苦况，人不如鬼。

正因写实小说以驱鬼为能事，强调光天化日之下没有不能合理化的人生，我们对偶见的实验性小说，如徐讦（一九〇八～一九八〇）的《鬼恋》写一浪漫作家与一装鬼女子的颓废勾搭；沈从文（一九〇二～一九八八）的《山鬼》写湘西迷离凄恻的超自然风习；钱钟书（一九一〇～一九九八）的《灵感》写一二流作家死后被打入地狱的闹剧，就更能引起会心的微笑。尽管成绩有限，这些作家显然不以创造有血有肉的角色为满足，立志要与鬼打交道。

相形之下，戏剧界也有一二作品可资一提：洪深（一八九四～一九五五）的《赵阎王》糅合表现主义剧场及传统鬼戏方式，挖掘人的“黑暗之心”。白薇（一八九四～一九八七）的《打出幽灵塔》揭露父权垄断的家庭，无异是鬼气冲天的世界。乱伦、疯狂、死亡充斥其中，主要角色多半不得好死。此剧多不为人所知，但日后曹禺（一九一〇～一九九六）情节相似的《雷雨》，亦安排了闹鬼的情节（似乎也得自易卜生《群鬼》的影响），则成了经典名作。

在启蒙的光芒照映下，鬼怪看来无处肆虐。但新文学的背后，似乎仍偶闻鬼声啾啾。事实上我们注意到一个吊诡：五四文人最迷人之处，是赶鬼之余，却也无时不在招魂。最可注目的例子是鲁迅（一八八一～一九三六），现代文学的号手。评者自夏济安至李欧梵已一再指出，虽然鲁迅极力抵制传统，他的作品有其“黑暗面”。丧葬坟茔，砍头闹鬼，还有死亡的蛊惑，成为他挥之不去的梦魇。一九二四年他就写道，“我自己总觉得我的灵魂里有毒气和鬼气，我极憎恶他，想除去他，而不能”[①]。鲁迅对那神秘阴森世界的迷恋与戒惧，形成他作品的一大特色，这一特色可自《狂人日记》的吃人盛宴、《白光》中的秘密致命的白光、《孤独者》死后露齿冷笑的尸体中，可见端倪。“一个人死了之后，究竟有没有魂灵的？”鲁迅的祥林嫂（《祝福》）问着。而鲁迅的魅异想象在散文诗集《野草》达到高峰。

在《坟》的后记里，鲁迅写道：“总之：逝去，逝去，一切一切，和光阴一同早逝去，在逝去，要逝去了。——不过如此，但也为我所十分甘愿的。”“我有时也想就此驱

① 丸尾常喜：《“人”与“鬼”的纠葛：鲁迅小说论析》，第222页。

除旁人，到那时还不唾弃我的，即使是枭蛇鬼怪，也是我的朋友……”[①]在他清明的政治、思想宣言之后，鲁迅不能，可能也不愿，摆脱那非理性世界的引诱。他逾越明白浅显的“现代”界限，执意回到古老的记忆中，啃啮自身所负载的原罪。他因而充满鬼气。

夏济安特别提醒我们鲁迅对故乡目连戏的兴趣。目连戏的源头可溯至宋代或更早[②]。融合了佛家道理及地狱轮回想象，目连戏有其宗教意义，但表达的方式则集“恐怖与幽默”于一炉[③]。夏注意到尽管目连戏内容荒诞不经，鲁迅对其抱持相当包容的态度。戏里的鬼怪神佛就算无中生有，但其所透露的死亡神秘之美及生命的艳异风景，却让鲁迅难以坐视。在他的笔下那些“千百年来阴魂不散的幽灵，又有了新的生命”[④]。但鲁迅不是新文学里唯一与鬼为邻的作者。站在光谱的另一端是张爱玲，四十年代上海“颓废风”的代言人。半因家庭背景，半因个人秉性，张在描写死气沉沉的封建世家，或虚矫文饰的惨绿男女时，特别得心应手。这些故事虽然架构于写实观点之上，却显得阴气袭人。张爱玲有言：“人们只是感觉日常的一切都有点儿不对，不对到恐怖的程度。人是生活于一个时代里的，可是这时代却在影子似地沉没下去，人觉得自己是被抛弃了。为要证实自己的存在……不能不求助于古老的记忆……这比了望将来要更明晰、亲切。于是他对于周围的现实发生了一种奇异的感觉，疑心这是个荒唐的，古代的世界，阴暗而明亮的。”[⑤]

在张的第一篇小说《沉香屑——第一炉香》里，少女葛薇龙初访她姑母的巨宅，仿佛进入古代的皇陵[⑥]。小说以香港为背景，写葛薇龙的天真与堕落。但已故的唐文标直接

---

① 鲁迅：《写在〈坟〉后面》，《坟》，《鲁迅作品全集》六（台北，风云时代，1989），第324—325页。

② 目连戏的背景与发展，如见陈芳英《目连救母故事之演进及其有关文学之研究》（台北，台湾大学，1983）；亦见湖南省戏剧研究所及中国艺术研究院戏曲研究编辑部编《目连戏学术座谈会论文集》（湖南：湖南印刷，1985）。

③ T. A. Hsia，*The Gate of Darkness*（Seattle：University of Washington Press，1968），p. 160.

④ Ibid.，p. 162.

⑤ 张爱玲：《自己的文章》，《流言》，《张爱玲全集》三（台北，皇冠出版社，1992），第19—20页。

⑥ 张爱玲：《第一炉香》，《第一炉香：张爱玲短小说集之二》，《张爱玲全集》六（台北，皇冠出版社，1991），第44页。

了当地指出，此作根本是篇鬼话，“说一个少女，如何走进‘鬼屋’里，被吸血鬼迷上了，做了新鬼。‘鬼’只和‘鬼’交往，因为这世界既丰富又自足的，不能和外界正常人互通有无的。”①

张爱玲的鬼魅想象更由下列作品发扬光大：《金锁记》中的曹七巧由怨妇变成如吸血鬼般的泼妇；《秧歌》中受制于共产党的村民以一场扭秧歌——跳得像活见鬼的秧歌——作为高潮；而《赤地之恋》更将此一想象发挥到极致，将上海这样的花花世界写成一个失魂落魄的鬼城②。鲁迅的“鬼话”撇不去感时忧国的焦虑，张爱玲则似安之若素，夷然预言你我一起向下沉沦的宿命；她成了早熟的末世纪（eschatology）的见证。

但张爱玲面对死亡及鬼魅登峰造极的演出，应是她在一九九三年所出版的家庭相簿《对照记》。在隐居将近三十年后，她突然将自己和家人的影像曝光，俨然有深意存焉。《对照记》不只刊出张自孩提至暮年的写真，也包括她的父母甚至祖父母的造像。她写道，“他们只静静地躺在我的血液里，等我死的时候再死一次。”③ 浮光掠影，参差对照，张排比这些已逝的生命印象，追忆似水年华，正是无限的华丽与苍凉。由照片观看死亡的风景，张的做法让我们想到了巴特的话：“不论相片中的人物是否已经死去，每张相片都是一场已经发生了的劫数。”“我自己的死亡已经铭刻在其中，而在死亡到来前，我所能做的只有等待。”④ 鲁迅曾被他生命及作品中的鬼魅诱惑，搅扰得惴惴不安。张爱玲则反其道而行，以几乎病态的欢喜等待末世，参看死亡。五十、六十年代，鲁迅式的鬼魅题材人物在大陆文学中横被压抑，张爱玲的所思所见却在海外大受欢迎。我们甚至可以归纳一系列张派的“女”“鬼”作家。我在一九八八年的专论里，提出像李昂（一九五二～ ）、施叔青（一九四五～ ）、苏伟贞（一九五四～ ）、李黎（一九四八～ ）、钟晓阳（一九六二～ ）等人的作品都可据此观之。她们的才情感喟唯有在书写幽灵般的人事，得以凸显。而我也问道：“‘鬼’到底是什么呢？是被镇魇住的回忆或欲望？是被摒

---

① 唐文标：《张爱玲研究》（台北，联经出版公司，1976），第56页。

② 见王德威《重读〈赤地之恋〉》，《如何现代，怎样文学？》（台北，麦田出版，1998），第337—362页。

③ 张爱玲：《对照记》，《张爱玲全集》十五（台北，皇冠出版社，1994），第52页。

④ Roland Barthes, *Camera Lucida*: *Reflections on Photography*, *trans.* *Richard Howard*（New York：Hill and Wang，1981），p. 96.

弃于‘理性’门墙之外的禁忌、疯狂与黑暗的总称？是男性为中心礼教社会的女性象征？是女作家对一己地位的自嘲？是邪恶与死亡的代表？……但正如巴他以（Bataille）所谓‘好’的言谈，它们形成了叙述之外的‘恶’声，搔弄、侵扰、逾越了寻常规矩。”[①] 九十年代以来的鬼声方兴未艾，这一列作家尚可加入钟玲（一九四五～，《生死冤家》）、袁琼琼（一九五〇～，《恐怖时代》）、林白（一九五八～，《一个人的战争》）、黎紫书（一九七二～，《蛆魇》），以及前所提及的黄碧云和李碧华。[②]

三、体魄的美学

有鉴于现实主义已逐渐丧失其在现代中国文学的主导位置，我们可以探问鬼魅的叙事法则如何提供一种不同的方式，描摹现实。我所谓的鬼魅叙事除了中国古典的传承外，也有借镜晚近西方的“幻魅”（phantasmagoric）想象之处。此一魅幻想象可以上溯至十九世纪初的幻术灯影表演（phantasmagoria）；借着灯光折射的效应，表演者在舞台投射不可思议的影像，而使观众疑幻疑真[③]。法兰克福学派的评者如阿多诺、本雅明借此魅幻现象，批评一八五〇年以后市侩失真的社会表意系统。如本雅明指出第二帝国的巴黎已经沦为奇观的展览场；都市的文明的罗列有若鬼魅排挞而来，意义流窜，虚实不分，不啻就是一场幻术灯影表演[④]。另一方面，阿多诺以瓦格纳为例，批判这位作曲家“将商品世界的梦想写成神话”，与玩弄幻术无异。当商品形式全面渗入日常生活，所有美学表征

---

① 见王德威《“女”作家的现代“鬼”话》，《众声喧哗》（台北，远流出版公司，1988），第237—238页。

② 见《女作家的后现代鬼话》，《联合报·读书人专刊》（1998年10月18日）。

③ See Jonathan Crary, *Techniques of the Observer: On Vision and Modernity in the Nineteenth Century* (Cambridge, Mass.: MIT Press, 1992), pp. 132—134. Also see Terry Castle, "*Phantasmagoria: Spectral Technology and the Metamorphosis of Modern Reverie*," in Critical Inquiry 15, 1 (1988): 26—61.

④ Walter Benjamin, *Charles Baudelaire: A Lyric Poet in the Era of High Capitalism, trans. Harry Zohn* (London: Verso, 1983), pp. 67—101. 亦见 Christina Britzolakis, "*Phanta smagoria: Walter Benjamin and the Poetics of Urban Modernism*," in Peter Buse and Andrew Stott, eds., Ghosts: Deconstruction, Psycho-analysis, History (London: St. Martin, 1999), pp. 72—91.

都为“弄假成真”的附庸①。

本雅明、阿多诺的评判尽管各有特点，也都呼应了西方马克思主义内蕴的“志异”（gothic）传统一端。这一志异传统“专注社会过程中非理性的现象；尤其视鬼魅幽灵为社会文化生产中有意义的现象而非幻象”，不可等闲视之②。二十世纪九十年代初，德希达据此探讨西方马克思主义式微后，“马克思的幽灵”阴魂不散的问题。德希达认为以往的思想界对鬼神保持本体论的态度，因此规避了历史的幽微层面。然而“幽灵总是已在历史之中……但它难以捉摸，不会轻易地按照时序而有先来后到之别”③。换句话说，幽灵不只来自于过去，也预告了在未来的不断出现。在后马克思的时代，我们其实并不能摆脱马克思，而必须学习与他的幽灵共存。德里达因此将传统的本体存在论（Ontology）抽空，而代之以魂在论（hauntology）④。

以上对幻魅想象、志异论述，以及魂在论的讨论，使我对现代中国文学“魂兮归来”现象的观察更为丰富。借此我希望对一个世纪的写实主义所暗藏的幻魅现象，再作省思。以往写实主义在如何重塑中国的“身体政治”（body politics）上，占有举足轻重的位置。五四以来的文人以写实为职志，因为他们希求从观察社会百态，搜集感官、知性材料入手，重建“国体”、唤起国魂。历史的实践正在于现实完满的呈现。随着此一写实信条而起的，是我所谓“体魄的美学”（aesthetics of corporeality）。坚实强壮的身体是充实国家民族想象的重要依归。尤其在中国的革命论述及实践里，自毛泽东的《体育之研

---

① Theodor Adorno, *In Search of Wagner*, *trans.* *Rodney Living stone* (New York: Verso Books, 1991), p. 85.

② Margaret Cohen, *Profane Illumination: Walter Benjamin and the Paris of Surrealist Revolution* (Berkeley: University of California Press, 1993), pp. 2, 12.

③ Jacques Derrida, *Specters of Marx: The State of the Debt, the Work of Mourning, and the New International*, *trans.* *PeggyKamuf* (London and New York: Routledge, 1994), p. 4.

④ 见 Peggy Kamuf, "*Violence, Identity, Self-Determi nationand the Question of Justice: On Specters of Marx*," in Violence, Identity, and Self-Determination, eds., Hent de Vries and Samuel-Weber (Stanford: Stanford University Press, 1997), pp. 271—283; Nigel Mapp, "*Specter and Impurity: History and the Transcendentalin Derrida and Adorno*," in Buse and Stott, eds., op. cit., pp. 92—124。对德里达的批评，见 Michael Sprinker, ed., *Ghostly De marcations: A Symposiumon Jacques Derrida s Specters of Marx* (London: Verso, 1999).

究》到“文革”时期的集体劳动改造，我们可以不断看见意识形态的正确往往需由身体的锻炼来证明。右派政权在改造身体的政治上，极端处也不遑多让。我们还记得一九三四年蒋介石推行新生活运动，首在打倒不健康的、不够军事化的、没有生产力的“鬼生活”[①]。反讽的是，革命论述每每暗自移形换位，将体魄的建构化为语意的符号的建构：锻炼“身体”的动机与目标，毕竟是为了“精神”的重整。所以有了鲁迅在《呐喊》自序中有名的宣言：“凡是愚弱的国民，即使体格如何健全，如何茁壮，也只能做毫无意义的示众的材料和看客，病死多少是不必以为不幸的。所以我们的第一要者，是在改变他们的精神，而善于改变精神的是，我那时以为当然要推文艺……”[②]

学者王斑描写此一将体魄形上化的冲动，名之为“雄浑”符号（figure of sublime）的追求。这一雄浑寓意指的是“一套论述过程，一种心理机制，一个令人叹为观止的符号，一个‘身体’的堂皇意象，或是一个刺激人心的经验，足以让人脱胎换骨”。经由“雄浑”的机制运作，“任何太有人味的关联——食欲、感觉、感性、肉欲、想象、恐惧激情、色欲、自我的兴趣等——都被压抑或清除殆尽；所有人性的因素都被以暴力方式升华成超人，甚至非人的境地”[③]。

正是在对应这种雄浑叙事观的前提下，幻魅的写实手法可被视为一种批判，也是一种谑仿。作为文学方法，现实主义不论如何贴近现实，总不能规避虚构、想象之必要。观诸五四以来的种种写实/现实流派，已可见一斑。二十世纪末的幻魅现实手法则一反前此“文学反映人生”的模拟信念，重新启动现实主义中的鬼魅。这样的辩论仍嫌太附会形式主义（formalism）的窠臼。我以为当代华文作家所经营的幻魅观是将现实主义置诸“非实体的物质性中”[④]，这正是福柯“鬼影论”（phantom）的看法。对福柯而言，“鬼影

① 见黄金麟的讨论，《历史·身体·国家：近代中国的身体形成（1895—1937）》（台北，联经出版公司，2001），第二章。

② 鲁迅：《呐喊·自序》。

③ Ban Wang, *The Sublime Figure of History: Aesthetics and Politics in Twentieth-Century China* (Stanford: Stanford University Press, 1977), p. 1.

④ Michel Foucault, "*Theatrum Philosophicum*," Language, Counter-Memory, Pratice: *Selected Essays and Interviews, trans. Donald Bouchard and Sherry Simon* (Ithaca: Cornell University Press, 1981), p. 170.

必须被允许在身体边界范畴活动。鬼影反抗身体，因为它附着身体，自其延伸，但也因为鬼影接触身体、割裂它，将其粉碎而予畛域化，将其表面多数化。鬼影同样在身体之外活动，若即若离，产生不同的距离法则”①。

“雄浑”的传统今非昔比，世纪末华文作家在历史的废墟上漫步。他们“归去来兮”的渴望——回返到已经丧失的革命、真理、真实的源头的渴望——已经堕落为一趟疑幻疑真的幽冥之旅，就像韩少功《归去来》一作所示。这些作家也来到了当年让鲁迅进退维谷的“黑暗的闸门”前，但不像鲁迅，他们执意要开启闸门，走了进去。跨过门槛，他们发现了什么？可能是张爱玲式的“荒唐的，古代的世界，阴暗而明亮的”？古老的记忆比未来的瞭望更明晰、亲切。面对那个世界，这些作家更可能为之目眩神迷，而以为自己从来没离开过。以这样的姿态回顾过去，这些作家顾不得“模拟（写真）的律令”（order to mimesis），转而臣服于拟像（simulacrum）的虚拟诱惑②。

当代作家一方面揭穿现实主义的述作，却也难免自外于非现实因素的“污染”，同时他们也必须思考古典神魔作品中所隐含的现实因素。我们可以询问，在二十世纪末写作鬼魅，是否仍可能导生古典说部中的说服力？他们又如何营建一套属于自己历史情境的、能让人宁可信其有的虚构叙事方法？换句话说，就算作家把古典的怪力乱神搬到现实环境里，他们仍必须辨别哪些因素可以让今天的读者“信以为真”，或哪些会被斥为无中生有。诚如我以“幻魅写实”一词所示，古典与现代、人间与鬼蜮，相互交错琢磨，互为幻影，使现实的工作较以往更具挑战性。

在台湾作家林宜云的《捉鬼大队》里，一个小城因谣传鬼来了而人心惶惶。目击者是一个跳脱衣舞的舞娘，某夜中场时分她正在方便，猛地瞧见一张白脸，外加一尺长的舌头，正在窗上偷窥，吓得跌进粪坑里。她活见鬼的消息立刻传遍全市，警察也忙着成立了捉鬼大队。民众热心检举他们认为有嫌疑的鬼：精神病患、“匪谍”、江湖郎中、弃妇、不良少年、无业游民，甚至梦游症患者都一网打尽。同时社会文化批评家与群众的捉鬼热相辉映，藉媒体发表专论，大谈鬼之有无。他们的论点自“父系社会受压迫的女

---

① Ibid., pp. 169—170.

② 我引用Christopher Prendergast的立论，见*The Order of Mimesis*：*Balzac*，*Stendhal*，*Nerval*，*Flaubert*（Cambridge，Eng：Cambridge University Press，1986），chapters 1—2.

性”到“集体潜意识的投射”，无所不包，好不热闹。

小说至此看得出林意在讽刺社会假“鬼”之名，奉行其图腾与禁忌之实。他也必然预见（如本文般）连篇谈神道鬼的学术“鬼话”，干脆先发制人，予以解构。而故事进行至中段更有一逆转：原来“真”的有鬼。“真鬼”来到小城，深对全城热衷自行想象的鬼不以为然；它要一展身手，显现正牌的鬼才。但事与愿违，没人怕它。我们最后看到全城为捉到鬼而盛大游行。但这鬼其实是装鬼；而且是警察捉鬼大队为了交差而出的鬼点子。

我们可视林宜云意在揶揄一个社会自以为是的理性力量。但更有趣的是小说的人物、布局大有晚明、晚清喜剧鬼魅小说的影子。而林别有用心，他要点出在我们这个诸神退位的时代，就算没有鬼，也得“装”个鬼。而既然鬼原已是个迷魅“装”鬼其实是鬼上加鬼，越加不可捉摸。但就在这疑神疑鬼的过程中，所谓的社会“真实”的论述得以向前挺进。

类似的辩论可以运用到内地作者苏童的《仪式的完成》（一九八八）上。在这个短篇里，一个民俗学家来到一个小村中，找寻已经失传的赶鬼仪式。这个仪式的高潮里，村民抽签选出一个鬼王；选中鬼王的被其他人乱棒打死。民俗学家请求村民为他重演此一仪式，殊不料自己抽中鬼王签。神秘事故由此一发不可收拾。村民假戏真做，几乎要把人类学家打死；后者侥幸逃过乱棒，却在离村的途中被机车撞死。民俗学家的死也许纯属意外，但也许是他触动天机，真把一个古老的仪式唤了回来。他的学术追求其实为的是后见之明，而且不无作戏成分，然而他却好似命中注定，在劫难逃。他原本意在重现一个已逝的场景，结果惹鬼上身。他既是死亡仪式的执行者，也是受害人。

这两个故事为我们提供相关的角度，审视“幻魅现实”主义如何颠覆以往的写实观。林宜云的故事加插了一个奇幻的成分——“真鬼”，却能见怪不怪，把它视为现实里的当然。我们因此必须再思“现实”的多重可能。另一方面，苏童的小说中的鬼则仅止于一种迷信或风俗。小说叙述的表面毫无不可知或不可思议的现象或角色，但是每每投射了现实的对应面，产生鬼影。民俗学家是抱着致知求真的心情审理赶鬼风俗；他是否弄假成真，引鬼上身，始终是个谜团。作为散布鬼话者，苏童总栖居在一个鬼影互为牵引的迷离世界中。林宜云及苏童两种看待幻魅现实的角度，都威胁到前述“体魄的美学”，也再次解构了仿真现实主义念兹在兹的政治动能性。一片恍惚中，现实 / 写实典范中的两大知觉反应，“说”（呐喊）及“看”（见证），都必然受到冲击[1]。

在杨炼的《鬼话》（一九九〇）里，一个孤独的声音在一幢空荡荡的屋子里喃喃自语，唯一的响应是自己的回声。这是谁的声音？杨炼曾是八十年代大陆诗界新秀，八十年代末期远走他乡。他的故事也许是人在海外，有感而发，但小说没有、也并不需要明白的历史表述。生存在后现代（postmodern）的时代里，后“摩登”与后“毛邓”岂真是意随音转，夸夸真言都要分崩离析，成为鬼话。

朱天心的《漫游者》（二〇〇〇）更是变本加厉。此作继承了前已讨论的《古都》姿态，惟悼亡伤逝的对象自一座城市（台北）转为作者的至亲（父亲）。在父亲大去后的空虚里，朱天心一任自己悠游在时间鸿蒙的边缘，幻想死亡的种种感觉，悲从中来，不能自已。朱天心的悲伤及死亡想象不可等闲视之。她让我想起米歇·德色妥（Michel de Certeau）所述，在一个“现代的符号的社会里”，找寻“丧失的幽灵声音”真是难上加难[2]。朱的故事，或杨炼的故事亦然，企图运用一种旁敲侧击的边缘声音或身影，拼凑现实碎片，清理历史残骸。而此举正印证了中国后现代性的“异声”、“异形”特色。

与上述现实主义实基础相对抗，我们又在苏童、莫言等人的作品得见更多的例子。苏童的《菩萨蛮》写一个父亲眼见子女堕落，亟施援手，却忘了自己已经死了。莫言《怀抱鲜花的女人》写一个军人的浪漫邂逅，未料对方非我族类，穷追他至死而后已。两作都可以附会于心理学中看与被看、幻想与象征、爱欲与死亡的辩证[3]。

更进一步，黎紫书、王安忆等作家也有意的把鬼魅与历史——个人的、家族的、国家的历史——作细腻连锁。马来西亚的黎紫书以《蛆魇》（一九九六）赢得评者注意。故事中的叙述者娓娓追述家中三代的爱欲纠缠，令人惊心动魄，而叙述者洞悉一切、无所顾忌的灵魂来自于她的身份——她已是自沉的女鬼。王安忆的《天仙配》（一九九八）以

---

① 见如惹内（Grard Genette）的研究，对惹内而言十九世纪写实主义小说特重声音与视角（观点），Narrati ve Discourse：*An Essay in Method*，*trans. Jane E. Le win*（Ithaca：Cornell University Press，980），pp. 212—214.

② Michel de Certeau，*Luce Giard and Pierre Mayol*，*The Practice of Everyday Life*，*trans. Timothy J. To masik*（Minneapolis：University of Minnesota Press，1998），pp. 131—132.

③ Jacques Lacan，“*The Mirror Stage as Formative of the Function of the I as Revealed in Psychoanalytic Experience*，”*Ecrits*：*A Selection*，*trans. Alan Seridan*（New York：Norton，1977）.

一九四九年以前，中国一个村落的冥婚为背景。一次国共血战后，一个共产党的小女兵重伤死在村中。村人不忍见她成为孤魂野鬼，为她找了个地下冥配。多年后，女兵当年的情人，如今垂老的高干，找上坟来，要开棺移尸，永远纪念。

两造对小女兵遗骸的争执正触及了两种记忆历史与悼亡方式的冲突。尽管小女兵为“革命”而死，村人却坚持以“封建”方法安顿她，甚至为此又发明一套新神话。小女兵的旧情人却要挪走她的骨骸，由国家来奉祀。毕竟共和国的基础由她这样的先烈以血肉筑成。王安忆描写双方的谈判之余，似乎有意提醒我们，小女兵的冥婚也许是荒唐之举，但把她摆到革命历史殿堂中接受香火，就算合情合理么？在村里迷信及国家建国神话间，故旧情人及“地下”丈夫间，小“女”兵的骨头突然变得重要起来。但她的“魂”归何处，岂能如其所愿？王安忆因此不写杰姆逊（Fredric Jameson）式“国族寓言”的发现，而写它的失落。幽灵徘徊在历史断层的积淀间，每一出现就提醒我们历史的不连贯性[①]。

到了莫言的《战友重逢》（一九九一），国家与鬼魂的辩证，更充满反讽性。小说中的第一人称叙述者在返乡过河途中，突遇大水，攀树逃生。在树上他遇到昔时中越战争的同胞，聊起往事，不胜唏嘘。一个接一个当年战友加入谈话，直到叙述者心里发毛，暗忖莫不是见到了鬼。但如果别人是鬼，他自己呢？先前他在大水中见到一个军官的浮尸，现在想来，原来那个浮尸就是自己！

莫言的英雄角色们为国捐躯，正所谓“生当为人杰，死亦为鬼雄”。但殉国后的日子阴森惨淡，漫漫无际。还有的战友战争后死于琐碎意外，更为不值。在群鬼的对话中，我们的感慨是深远的。大历史不记载这些鬼声，唯有小说差堪拟之。叙事者自己原是鬼魂，他对同僚的哀悼竟也及于自身，而他因意外而死，死得真是有如鸿毛。小说的写实架构终因此一连串的鬼话嫁接，而显出自身的虚幻。失去的再难企及，语言的拟真及历史“实相”的追记形成一种不断循环的悼亡辩证[②]。

---

① Fredric Jameson，“*Third World Literature in the Era of Multi national Capitalism*，” Social Text 15（1986），pp. 65—87。对此文的批评，见 Aijaz Ahmad，“*Jamesons Rhetoric of Otherness and the ‘National Allegory’*，” Social Text 17（1987），pp. 3—25.

② 见 Eric L. Santner，*Stranded Objects*：*Mourning*，*Memory*，*and Filmin Post war Germany*（Ithaca：Cornell University Press，1990），chapter 1.

四、我写，故我，在

回到首节的引言，“鬼之为言归也”。我提及“鬼”及“归”二字所隐含的复杂意义；“鬼”/“归”是古字源学中的归“去”，也是通俗观念中的归“来”。鬼在中国文化想象中浮动位置，由此可见。在本节里，我再以数篇当代小说作为例证，说明传统文学里的“鬼话”经过一世纪“捉妖打鬼”、启蒙维新的冲击后，如何悄悄渗入世纪末小说的字里行间。在永恒的忘却以及偶存的记忆间，鬼魅扮演了媒介的角色，提醒我们欲望与记忆若有似无的牵引。

以台湾作家钟玲的中篇小说《生死冤家》（一九九一）为例。此作的源头是宋代话本《碾玉观音》[①]；明代冯梦龙改写的《崔待诏生死冤家》的本子，尤其脍炙人口。原作中玉匠崔宁以手工精巧、擅雕观音见知咸安王，并蒙其赐婢秀秀为妻。某夜王府着火，崔宁为秀秀鼓动逃走。两人于澶州另立门户，但不久即为亲王侍卫所执。崔宁于流放途中与秀秀重逢，日后获释回京重拾旧业。两人又被前此缉捕他们的侍卫撞见，后者大惊，因为秀秀早已在崔宁流放之前被亲王处死。

冯梦龙版的崔宁故事虽忠于宋作，但已将焦点大幅移至市井男女的恩怨动机上。此由故事题名的改变——从《碾玉观音》到《崔待诏生死冤家》——可以得见。两作中的叙事者都擅长控制情节，创造悬疑。因此，当秀秀是鬼的真相曝光，现实呈现，我们惊觉生与死、人与鬼间的穿梭来往，是如此在意料之外，又发展得在情理之中。

在钟玲的处理下，传统作为叙事者的说话人不见了，取而代之的是秀秀的声音。女性主义者可以说这一安排凸显了女性——即使作了鬼的女性——强韧的立场[②]。但另一方面，秀秀的话毕竟只是“鬼”话，不能当真。但我对钟玲处理爱情与死亡的方式更有兴趣，而其媒介点正是玉匠崔宁碾玉的功夫。与宋明版本相较，钟玲在描写崔宁与秀秀的要命关系时，因此多了一份情色魅力，而这样激烈的爱情只能以死为高潮。所以在原作中崔宁被秀秀强索共赴黄泉，钟玲的崔宁则是被秀秀色诱而死，作鬼也风流。秀秀的还

---

① 小说出处与发展，见胡士莹，前引书，页200—201。

② 见陈炳良为《生死冤家》写的序（台北，洪范，1992），第1—15页。

魂了结了一段孽缘。然而钟玲的用心仍不止于此。她尤其强调崔宁与秀秀都是技巧精致的手艺人。秀秀的刺绣府内知名，她之所以倾慕崔宁，主要因为他的玉雕功夫了得。

钟玲自己是有名的玉石赏玩家。她不会不知道王国维把“玉”与“欲”等量齐观的论述[①]；另一方面，玉与死亡殡葬的关联自古有之。随着故事发展，玉的象征愈益复杂，崔宁与秀秀的生死恋成了有关“玉”与“欲”的寓言。如果秀秀爱恋崔宁的原初动机是爱玉/爱欲，那么这个故事也不只是恋人，也是个恋物故事。而什么又是恋物？恋物无非是欲望对象的无限挪移置换，以物件暂代鬼影般不可捉摸的原欲[②]。此一替换原则正是一种幻魅的机制。当宋代的女鬼进入钟玲的世界，她已沾染了这一个世纪末的颓废风习。

我们也可在贾平凹（一九五二～ ）的小说《白夜》（一九九五）看到当代作家如何自古典戏曲与仪式汲取灵感，使之起死回生。贾平凹在八十年代崭露头角，以乡土寻根式作品得到好评。一九九三年他因《废都》的性描写成了话题人物，而小说记述世情方面的成绩，反而为读者所忽略。《白夜》延续了贾对俗世庶民风采的好奇，在架构上则另抒新机。如贾所言，《白夜》的灵感得自一九九三年他在四川观看目连戏的经历。他为目连戏贯穿死人与活人、历史与真实、演出与观众、舞台与人生的戏剧形式感动不已[③]，因有《白夜》一作。

目连戏是中国最古老的剧种之一，其渊源及丰富面貌，我们当然不能在此尽述[④]。但不分时代、区域及演出形式，此戏以目连僧下地狱救母为主题，发展出繁复的诠释形式。《白夜》的主人翁夜郎是个文人兼目连戏演员。通过他的四处演出，他见识到了社会众生相，无奇不有，同时他的感情历险也有了出生入死、恍若隔世的颠仆。小说以一神秘的“再生人”出现，自称为街坊齐奶奶的前世丈夫而起，一股宿命气息即挥之不去。随后重心移向夜郎的演出及爱情经验，其间贾平凹并加插种种民间艺术。这些艺术体现了日益消失的民间风情，有如“活化石”[⑤]，而目连戏正是集其大成者。如贾平凹所述，目连戏之所以可观，不只因为它的故事穿越阴阳两界，更因它的形式本身已是（死去的

① 我指的当然是王国维《红楼梦评论》中有名的辩论。

② Sigmund Freud, “*Three Essays on the Theory of Sexuality*,” in Peter Gay, ed., The Freud Reader（New York: Norton, 1989）, pp.249—250.

③⑤ 贾平凹：《白夜》（台北，风云时代，1995），第3页。

④ 见陈芳英《目连救母故事之演进及其有关文学之研究》。

艺术）起死回生的见证。它渗入到中国庶民潜意识的底层，以其“恐怖及幽默”迷倒观众。而夜郎如此入戏，他的生命与爱情也必成为不断变形转生的目连戏的一部分。

就此我们不能不记起鲁迅七十年前对目连鬼戏的执恋。对大师而言，目连戏阴森幽魅，鬼气迷离，但他却难以割舍。九十年代的中国，目连戏居然卷土重来，以其光怪陆离、匪夷所思的形式又倾倒一批后摩登/后毛邓的读者。何以故？目连戏百无禁忌，人鬼不分，岂不正符合了我们这个时代的精神①？小说横跨昼与夜、现在与过去，正对照了一个世代昏昏然似假还真的（鬼魅）风情。

当然，世纪末作家的搜神志怪不能不回到《聊斋志异》。《聊斋》堪称古典鬼狐说部登峰造极之作，自十八世纪以来即成为日后作家效法的对象。诚如学者所谓，《聊斋》的魅力不仅及于描述玄异世界而已，而更能藉谈狐说鬼的异端论述，投射“异”之所以若是的“常”态规范，人间道理②。蒲松龄自命为异史氏，其实明白他的《聊斋》所从事的是“另类”的历史（history of alterity）。借着狐鬼魑魅，蒲松龄记起了一个异样的过去，因此成就正史之外的异史。

世纪末的作家里，莫言的《神聊》（一九九三）显然是踵事《聊斋》的有心之作。莫言以《红高粱家族》等作享誉，自承好谈“鬼怪神魔”。这样的风格也许其来有自；莫言的老家山东高密与蒲松龄故里淄博同属一境之内③，而他对蒲氏影响也一向念兹在兹。当我们读到像捕鱼人夜晚与女鬼的艳遇（《夜渔》）、专吃铁器的铁孩（《铁孩》）这类故事，蒲松龄的身影幽然得见。但我以为莫言是类小说也许太有刻意为之的意图，因此成绩不能超过他前此的作品。

相形之下，《聊斋》对香港作家李碧华的新作《烟花三月》（二〇〇一）的影响就更引人入胜。此书号称是根据真人实事所作的报道文学，记录一位抗战时期的慰安妇如何在解放初期与一前国民党警察共组家庭，两人如何因政治原因被拆散，又如何在大跃进

---

① 贾平凹：《白夜》（台北，风云时代，1995），第7页。

② Judith Zeitlin, *Historian of the Strange: Pu Songline and the Chinese Classical Tale* (Stanford: Stanford University Press, 1993), chapter 1.

③ 莫言：《好谈鬼怪神魔》，杨泽编：《从四十年代到九十年代》（台北，时报出版，1994），第345页。

期间被迫离婚。三十八年后，垂垂老矣的妇人一心要找到下落不明的前夫，重叙离情。在李碧华的协助下，世纪末的香港竟然掀起了寻人热潮，而且延伸到国际华人圈内。李碧华的寻人行动既借助最时新的国际网络科技，也借助最古老的易经卜卦术数，结果天从人愿，老两口终于重逢。而重逢的地点竟是淄博，蒲松龄的故乡！用李碧华的话来说："如果一个传奇，可自《易经》开始，以《聊斋》作结，就很圆满。"①

我对《烟花三月》更有兴趣之处，是李碧华自己在书中的角色。李自谓深为这对老夫妇的经历所感动，不辞辛苦，促成他们的团圆。她动员科技，占问休咎，几乎像是个后现代的灵媒。在全书高潮，李甚至陪同老妇人到淄博认亲。但作为"中国现代史上最惆怅的重逢"的报导人，李的位置却恍若幽灵。这不仅是因为她刻意强调全书无我的临场感，也更因为这本来就是别人的罗曼史，容不下第三者。在《烟花三月》的后记，李碧华如是写道："我的第一个小说唤《胭脂扣》。是女鬼如花五十年后上阳间寻找她最心爱的十二少的故事。——回头一看，有很多虚构的情节，竟与今天寻人过程有诡异的巧合。《烟花三月》便是血淋淋的《胭脂扣》。它成书了，也流传开去，冥冥中是否一些亡魂在'借用'寄意呢？"②

在《烟花三月》里，《胭脂扣》那虚无缥缈的人鬼情突然落实到现代中国史的血泪中，而莽莽大陆，陡然提供了一个新的言情述爱的空间。"回归"后的李碧华，"再世为人"，毕竟显现不同面貌。一九九七前后，香港文化界开始谈论"北进想象"。但少有像李碧华这样将"北进想象"的实相与虚相发挥得如此淋漓尽致。

马华作者黄锦树的实验就更为可观。《新柳》（一九九二）中黄锦树讲述了个迷离曲折的《聊斋》式故事：书生鞠药如梦中来到一神秘境界，受托于一位瞎眼老者探究人生命运。鞠惊醒，却发觉自己名叫刘子固，娶妻阿绣；但他也证得在别的前世中他曾名唤彭玉桂、宫梦弼、陈弼教、韩光禄、马子才等。熟悉《聊斋》的读者当然会体认出来，这都是蒲松龄笔下的人物③。黄锦树积累这些不同故事中的人物，创造了一个无限延伸的虚构中的虚构，啼笑恩怨，纠缠不已。小说最后，刘子固又跌入鞠药如的现实里，而他

①② 李碧华：《烟花三月》，（台北，脸谱，2000），第285、404页。

③ 见《聊斋志异》卷十二《鞠药如》；刘子固出现于卷九《阿绣》中。

又遇到一位名叫蒲松龄的老者。

《新柳》出虚入实，既似向《聊斋》致敬，也似对前人的谐仿。黄锦树安排鞠药如与蒲松龄相见，也托出自己的创作心事。他的蒲松龄力陈笔下角色虽然玄奇，却也无非是历史人物的反照，他几乎像是呼应卡尔维诺（Calvino）或波赫士（Borges）的创作观。真正令人感动的是，（黄的）蒲松龄自述创作动机有如鬼神相寻，不能自已，而且他的创作前有来者。溯源而上，蒲松龄其实刻画了一个"异史"的谱系学。这一异史谱系与正史相互对应："披萝带荔，三闾氏感而为骚；牛鬼蛇神，长爪郎吟而成癖。自鸣天籁，不择好音，有由然矣……才非干宝，雅爱搜神；情类黄州，喜人谈鬼……集腋为裘，妄续幽冥之录；浮白载笔，仅成孤愤之书，寄托如此，亦足悲矣！"[①] 小说终了，蒲松龄递给鞠药如一枝笔，嘱他"以你独特的笔迹，填满剩下的所有空白"[②]。

我们可以看出黄锦树的用心所在。抛开令人目眩的后设小说技巧，他有意重开幻魅历史的叙事学，作为赓续"异史"的最新传人。而在二十世纪末写异史，他发现真正令人魂牵梦萦的题材不在内地或台湾，而在他的故乡，东南亚的华人群聚处。这些早期华人移民的子孙注定是正统中土以外的漂流者。尽管他们心向故土，在海外遥拟唐山丰采，竟至今古不分，但他们毕竟去国离家日久，渐成化外之人。时空的乖违，使这些华族后裔宛若流荡的孤魂。当他们落籍的新祖国厉行归化认同政策时，他们非彼非此的暧昧身份更二度凸显出来。

因此在他得到大奖的短篇小说《鱼骸》里[③]，黄叙述了一个年轻旅台马华学者寻根的奇诡故事。这位马华主人翁来到台湾，一心要追求华族文化的源头。然而从马来西亚到台湾地区，从一个（中华政治地理）的边缘到另一个边缘，他岂能实践他的情怀？这位学者专治上古甲骨文字学，治学之余，他自己居然效法殷商祖先，杀龟食肉取甲，焚炙以窥休咎。他甚至考证出四千年以前，仅出产于马来半岛的一种大龟即已进贡中土。当"深更人定之时，他就可以如嗜毒者那般独自享用私密的乐趣，食龟，静聆龟语，暗自为熟识者卜，以验证这一门神秘的方术。刻画甲骨文，追上古之体验"[④]。

---

① 见Zeitli ns，op. cit.，chapter 2。

② 黄锦树：《新柳》，《乌暗暝》（台北，九歌出版，1997），第157页。

③ ④《鱼骸》为1995年时报短篇小说类奖首奖作品，收入杨泽主编《鱼骸：第十八届时报文学奖得奖作品集》（台北，时报出版，1995），第18—46页，第34—35页。

我们还记得，现代中文里的“龟”音同“归”。如果“鬼之为言归也”，那么黄锦树的“归”去之鬼已化成归去唐山的“龟”。如此，主人翁寅夜杀龟卜巫之举在在令人深思。在焚炙龟甲的缕缕青烟中，他重演殷人召唤亡灵的仪式。而他最难忘怀的是他哥哥的鬼魅；多年前在马共起义中，哥哥为了遥远的唐山“祖国”牺牲一切，最后在围剿中失踪死亡。故事中的主角抚摸鱼骸——也是余骸——之际，可曾有如下之叹：世纪末在台湾的马籍华裔可仍在梦想那无从归去的故土？如果如前所述，韩少功等内地作家写《归去来》，已把寻根归乡化为此路不通的鬼魅之行，像黄锦树这样的海外游子孤魂，又能如之何？黄的主人翁企图重演三千年前的招魂式，其时光错乱处，岂正如苏童《仪式的完成》中，那个召请鬼王的民俗学家？但弄假可以成真，请鬼容易送鬼难。黄的主角刻画龟甲，徒然地追求神秘的天启神谕。而黄自己呢？客居台湾，写作一个回想故土不再、神谕消失的故事，他对自己的离散身份，能不有所感触？这一铭刻龟甲 / 书写小说的努力，最后会变成一种恋物仪式——就像钟玲《生死冤家》中的两个角色那般；或是一种超越的幻想——就像黄的《新柳》中的蒲松龄一样？中原与海外，文化命脉与历史流变，千百年来的华族精魄何去何从？

回到本文的开始，郑意娘的鬼故事还没说完，她的魂魄依然没有归宿。意娘与丈夫韩思寿重逢后，韩答应把她的骨灰匣带到南方，朝夕供奉永不忘怀。韩后来遇到个还俗的女尼，她的丈夫也在靖康难中被金人所杀。两人一拍即合，旋即成婚。婚后一个月异象即出现，不断侵扰他们。为了驱鬼，一个道士建议韩思寿把意娘的骨灰从坟中挖出，倒于扬子江中。韩照办之后，鬼祟乃平。数年后，韩及妻子泛舟扬子江上，突然之间，两个厉鬼，一男一女，从江心窜起，各捉拿韩氏夫妇，掷入水中溺死。人的记忆有时而穷，鬼的记忆天长地久。魂兮归来！

《当代作家评论》二〇〇四年第一期

文学谱系·意识形态·文本解读

——王德威的学术路向

季　进

说起台湾大学外文系，不由得人不心生敬佩，海外文坛一批呼风唤雨的人物，像李欧梵、余光中、白先勇、王文兴、陈若曦、刘绍铭等等，竟然都出自台大外文系。台大外文系可真是秉天地之灵气了。与这些前辈相比，同是台大外文系毕业的王德威是年轻了些，但更有冲劲，更见锋芒。

王德威台大外文系毕业后，即赴美留学。在威斯康星大学麦迪逊校区获得比较文学博士学位，曾经任教于台湾大学和哈佛大学。现在是哥伦比亚大学东亚系教授，也是美国中国现代文学研究界继夏志清、李欧梵之后的第三代领军人物。他的一些中英文著作在海外影响广泛。目前大陆仅出过他的两本选集，即《想象中国的方法》（生活·读书·新知三联书店，一九九八）和《现代中国小说十讲》（复旦大学出版社，二〇〇三）。据称，明年三联书店和北京大学出版社将会推出《跨世纪风华》和《被压抑的现代性》的大陆版，相信一定会产生相当的反响。

因为协助王德威编选《现代中国小说十讲》，我有机会系统地重读了他的主要著作。我认为，王德威的学术路向呈现出三大特征：一是重整汉语文学谱系，二是着重叙事修辞与意识形态的互动，三是理论穿透与文本解读的完美融合。

一九九六年春天，王德威开始为台湾麦田出版公司策划、编选一套新的书系，名为“当代小说家”，希望借此推荐汉语写作各个社群的杰作，促进彼此之间的对话，最真实地呈现汉语写作的文学版图。这套书系先后出版了二十位小说家（朱天文、王安忆、钟晓阳、苏伟贞、平路、朱天心、苏童、余华、李昂、李锐、叶兆言、莫言、施叔青、舞鹤、黄碧云、阿城、张贵兴、李渝、黄锦树、骆以军）的选集。在每卷的卷首，都有王德威的一篇序论，既介绍作家个别的特色，也把他们纳入文学史的脉络里加以观照。这些序论写得才华横溢，汪洋恣肆，与所选作品遥相呼应，相得益彰，与其说是评论，不如说是美文。不少人不先读作品，却抢着把序论先睹为快，倒也是一景。二〇〇一年，王德威还出版过一本《众声喧哗以后》，收了九十三篇作家作品评论，分为三辑：第一辑着重台湾作家；第二辑则涵盖内地、香港与马来西亚、美、英、法、德等地的华文作家；第三辑综论九十年代值得注意的文学现象。这两本著作集中体现了王德威“反思中文小说的版图与坐标”[①]，重整汉语文学谱系的学术路向。

王德威曾以“众声喧哗”来描述二十世纪八十年代以来海峡两岸多姿多彩的文学状态，“感时忧国”之外，性别、情色、族群、生态等议题，无不引发种种笔下交锋，更不提文字、形式实验本身所隐含的颉颃玩忽姿态。王德威认为这与其说是“新时期”的乱象，不妨称之为“世纪末的华丽”[②]。“当代小说二十家”和“当代中文小说评点”就展示了这种众声喧哗的世纪末华丽，而展示的基础则是王德威所谓的“知识地理”的勘探[③]。与我们习以为常的大陆文学、港台文学、海外华文文学等判别有序的划分不同，这些作家作品包括了内地、台湾、香港与大马，其中又不乏越界迁徙（如平路、钟晓阳、施叔青、阿城等）的背景。它越过的绝不止于空间与国界，更整合了所有以中文叙事构成的意义空间，既构成了历时性的上下文关系，又构成了平行的交互文关系，构成了王德威特有的批评视界“中文小说语境”。

这些评论既是他批评成果的结集，也是对世纪末文学的一次重要“盘点”，而盘点的目的正是重新描绘整个汉语文学谱系与文学版图。他将一般人认为难以相提并论的九十年代中文小说作一统整观。说它难，是因为除了都用中文写作以外，九十年代的各个批评对象间既没有过大一统的历史，也没有试图建立乌托邦的努力，大陆学界对港台文学、海外华文文学的划分，背后甚至隐含着某种中心论的价值判断。而对于王德威来说，内地、台湾、香港与大马及全世界其他各社群中的“中文小说”，具有平等且重要的

① 王德威：《众声喧哗以后：点评当代中文小说》，第21页，台北，麦田，2001。

② 王德威：《跨世纪风华：当代小说二十家》，第13页，台北，麦田，2002。

③ 见徐德明《“华文语境”中的当代小说批评视界》，感谢德明兄赐阅手稿。

研究价值，它们共同构成了一个汉语写作的有机整体。王德威在美国大学任教，可他的身份却是本土的，这些“中文小说”、汉语写作恰恰代表了一种本土想象。他希望把汉语写作置于世界文学语境下加以考察，寻求中文小说自身可以充分发展的依据，而不是仅仅以现成的西方理论作为中文小说的发展规范。所以，他愿意在张大春的小说中勾勒“新台湾人”的素描；他从诸多作品来描摹现代中国的国族想象，既承认“从大中国的观点来看”，《来自热带的行旅者》马华作家“心向祖国的深情”，也肯定其地方经验的独特性；他既在“一九九六年保钓风云再起时”怀念“当年的战将安在”？也热情地关注当代大陆小说家。被王德威所包容的汉语文学内部，也呈现出无所不在的对话关系。张爱玲与朱天文、朱天心、白先勇、王安忆、叶兆言串联起从“海派”到“张派”的渊源与传承；沈从文、宋泽莱、莫言、李永平不断激荡着我们原乡神话的想象；从世纪初的《新中国》、《新纪元》到世纪末的《迷园》、《泥河》、《酒国》、《废都》，形成了一种乌托邦想象的崩解……。其中“此岸与彼岸、通俗与高蹈、边缘与中心的互动往返”[①]，个中“众声喧哗”的复杂性、丰富性，正是“中文小说语境”深邃广阔的内涵，其中的辩证正显示了王德威折冲群己、出入众声、重整汉语文学谱系的立场与印记。

王德威曾经提出，“众声喧哗”之后，我们所要思考的是“喧哗的伦理向度”，试图从自己开始一个“后众声喧哗”的文学批评实践的新起点，细腻描述“喧哗”与“伦理”间的张力与意义循环。他所谓的“伦理”，“因时因地，定义、协商，甚至质疑道德、信仰，乃至意识形态的内烁特质”，“它带来包容妥协，但更带来紧张反弹”。正是小说创作将种种可惊可诧的现象全盘体现，从而引发了层层的反思、批判、嘲弄与对话的可能[②]。“现代与文学间微妙而复杂的对话关系，大自国家神话的形成与意识形态图腾的描摹，小至文类秩序的重组与象征体系的搬演，在在可见端倪。”[③]王德威认为，这一百多年来，由文学所铭刻、体现的各种现代及后现代经验，值得我们深入反思，《小说中国》、《如何现代，怎样文学?》、《被压抑的现代性》等著作不妨视作王德威梳理文学叙事与意识形态互动关系的重要成果。

①② 王德威：《众声喧哗以后：点评当代中文小说》，第19页，第20—21页。

③ 王德威：《如何现代，怎样文学：十九、二十世纪中文小说新论》，第11页，台北，麦田，1998。

王德威认为，自从清末以来，小说成为文学现代化最重要的表征，不仅形式实验推陈出新，更凭叙事虚构见证与介入现代中国公私领域的蜕变。《如何现代，怎样文学?》一书，通过研读十九、二十世纪的一些中文小说，讨论了文学与历史的辩证，国家及个人主体论述在现代文学中的表征，“现代”、“现代性”、“现代化”、“现代主义”的中国化进程，流派、典律及典范之间的互动关系等。其中最为重要的是“文学”与“历史”的紧张关系。王德威曾经在不同场合多次论述过小说的虚构性想象与历史（现实）的关系。无论小说还是历史都要用文字来表现，文字意义的真实并不因叙述标示的文类而定。历史叙事的可信度与小说想象的真实性，孰优孰劣真不好一概而论。他通过对莫言等人小说的阐释告诉我们：“当历史不能满足我们诠释现实的欲望时，寓言升起”，又说“在历史的尽头，小说升起”，他强调“如何把历史变为寓言甚至预言的努力，才是我们的用心所在”[①]。

“文学”与“历史”之间的紧张关系，“牵涉到我们想象、界定知识空间的问题”；而“现代”与“历史”之间的对话，“则引领我们重审知识时间的问题”。时间与空间，成为王德威论述文学与历史关系的两个维度。比如“中国现代文学史”的编撰就与国家叙述有着极为密切的联系。从这个角度来说，台湾文学尤其值得深思。自从一八九五年以来，台湾与母国的数度割裂与重合，无不映照现代中国经历及叙述历史的种种波折。我们审视大文学史的现代性危机时，台湾正可成为一个极佳的坐标。王德威认为，“徘徊在历史分合的必然与偶然，叙述的可能与不可能，意义的恒久与涣散等种种挑战间，台湾文学史的建构，将前述‘中国’、‘现代’、‘文学’、‘史’的合法或合理性漏洞，表露无遗”[②] 这种审视现代文学史的切入视角，无疑是令人惊醒的。此外，王德威孜孜于处理现代小说与政治的对话，从政权、国族、法治等角度，评价小说表现的得失；分辨国体与身体、政治与情色、公领域与私领域的错综互动等等，都为我们反思文学叙事与意识形态的互动，提供了不同的向度。比如他的《三个饥饿的女人》就以路翎的《饥饿的郭素娥》、张爱玲的《秧歌》和陈映真的《山路》中的女主人公为例，将共产论述中女性身

① 见王德威《千言万语，何若莫言——莫言论》，《跨世纪风华》，第251—267页，台北，麦田，2002。

② 王德威：《如何现代，怎样文学：十九、二十世纪中文小说新论》，第14页。

体、意识形态象征及物质消费的复杂辩证关系剖析得淋漓尽致①。

王德威最近刚刚出版了《被压抑的现代性》的中译本，那篇很有名的《没有晚清，何来五四?》就是这本书的导论。它所论述的晚清现代性的问题，我以为最为典型而集中地体现了文学叙事与意识形态之间的互动关系。

在中国叙事文学的研究里，晚清小说一向不受重视。近年来，随着李欧梵、王德威、陈平原等学者的倡导与重审，晚清小说研究渐成学界热点。王德威认为，“不论从历史、美学、意识形态及文化生产的角度来看，此一时期的小说所显现的活力及复杂面向，都足以让人大开眼界。尤其对治现代文学者而言，晚清小说岂止仅代表一个从传统到现代过渡阶段；它的出现，还有它的被忽视，本身就已经见证了中国文学现代性的一端。”因此，他打破以往“四大小说”或“新小说”式的僵化论述，将晚清小说视为一个新兴文化场域，“在其中世变与维新、历史与想象、国族意识与主体情操、文学生产技术与日常生活实践等议题，展开激烈对话”。全书共分六章，除第一章总论及第六章外，中间四章专论狎邪小说、侠义公案、谴责黑幕、科幻奇谭四大文类。对于王德威来说，它们不仅仅是代表了某种文类，而是直接指向了四种相互交错的话语，即欲望、正义、价值和真理（知识)。王德威认为，“这四种话语的重新定义与辩难，适足以呈现二十世纪中国文学及文化建构的主要关怀。”②

尤其重要的是，王德威在该书的最后一章，从晚清小说的多重现代性，转向当代文坛，通过对八十年代以来大陆、台湾、香港、海外代表作品的考察，试图表明“中国文学已然重拾晚清即已开始、至今尚未完成的‘发明’现代的工作”。作者所要深思的是，晚清小说所包含的被压抑的多重现代性，是不是在二十世纪末的中文小说里重新浮出历史地表？如果是这样，那么将晚清说部与二十世纪末的小说接合一处，重新解读，会对五四现代性的解读产生怎样的冲击③？王德威认为，中国当代小说的四种路向，在晚清时代已可见端倪。一是中国当代作家通过探究欲望与情色的疆界，发展出新的一套狎邪话

---

① 见王德威《三个饥饿的女人》，《如何现代，怎样文学?》，第205—250页。

② 王德威：《被压抑的现代性·中文版序》，宋伟杰译，第9页，台北，麦田，2003。

③ 王德威：《被压抑的现代性：晚清小说新论》，宋伟杰译，第407页，第435—437页，台北，麦田，2003。

语。它们在描写纸醉金迷的社会以及一个奢华糜烂的文明时，固然回应了晚清的狎邪话语，但它突显了传统欲望及其压抑机制的范畴，同时也刻画出一个新的、更为宽广的社会与文学空间，欲望的政治与政治的欲望在其中你来我往。二是中国当代作家藉小说的形式探究正义与秩序，重新开启了与晚清侠义公案小说间的对话联系。晚清的侠义公案小说虽然肯定既存的权威，但它同样包含一个潜在文本，这一潜在文本质疑公与私、罪与罚的适切性，从而瓦解正义论述。而当代作家看出政治与诗学正义的虚妄，再次触及文学与正义的辩证问题，因此突显了晚清潜文本中那晦暗却也更为激进的维度。三是在力图全面演义现实的努力中，中国当代作家必须面对一个吊诡——他们摹拟再现的意图只有以怪世奇谈的方式，才能充分展现。四是在“后历史”时代从事书写行为，中国当代作家通过对历史本身的狂想，来尝试理解历史。这一倾向把我们重新带回了一个世纪前的起点。晚清小说借助乌托邦与恶托邦的构造，想象着新中国未来，而当代作家则通过解构政治与科学上的先见之明，试着将新中国的未来设计得多彩多姿。王德威认为，所有这种四种向度都指向以五四为典范的中国现代文学传统，并暴露其束缚：“一种以摹仿为旨归的写实主义典律，一种将墨完全等同于血的渴望，一种将利比多原欲意识转向狂热意识形态的冲动，一种写作与革命的结合，还有一种以牺牲个人的梦与幻想为代表的，对历史与真理的强求。”[①] 显然，作者的这种洞见，是此前的晚清小说研究或当代文学研究闻所未闻、见所未见的，其现实启示与深远意义不言而喻。

应该说王德威的这些识见，并不是凭空想象的产物，而是建立在大量文本细读的基础上。不仅大量的作家论作品论是如此，而且大量的理论论文也无一不与文本细读紧密相连。他虽然出身于正宗的比较文学专业，对欧美各种新理论十分熟悉，但他从不生硬套用某种理论或方法，恰如他所言，“我们对任何方法学不应只是人云亦云的推崇或贬斥；它的合法性（legitimacy）应建立在其是否能增进我们对某一文学现象的了解之上”[②]）一些西方理论（比如福柯的话语理论、布厄迪尔的文化生产理论、巴赫金的对话理论、热奈特的叙事理论等等）之于他，恰如水中之盐，渗透于文章之中，却又无迹可寻。理

① 王德威：《被压抑的现代性：晚清小说新论》，宋伟杰译，第407页，第435—437页。

② 王德威：《“说话”与中国白话小说叙事模式的关系》，《想象中国的方法》，第81页，北京，生活·读书·新知三联书店，1998。

论穿透与文本细读的完美融合，赋予王德威著作一种特殊的魅力。魅力之一就是他往往能从大家习焉不察的文学现象中，发掘出别具意味的话题，总结出令人深思的理论命题。

王德威论述晚清现代性的一个重要切入角度，就是“翻译”，他甚至直接称之为“翻译‘现代性’”。他着力探讨的是翻译和晚清“现代”话语之间的种种关系，“翻译怎样‘再’（不是‘改’）造出晚清作者和读者对现实的憧憬，从而构成了中国追寻‘现代’过程中最有趣的一面”[①]他通过细读梁启超的《新中国未来记》，发现晚清社会的“大叙述”（master narrative）在时序上的蜕变，可由小说叙述方法中得到有力的证明。尤其是科幻说部提供了一个重新理解时间方向和时间性（timing）的文类。但是晚清作家有关未来的观点，只不过是“昔日”或现时情怀的重现而已，因此出现了一种新的修辞语法——未来完成式叙述。它让作者不去处理未来可能会发生的事，而直接假设未来已经发生的事。这种叙述方式在梁启超之后一直流行不辍，甚至盛行于政治话语中。五四以后，各种不同的意识形态，都为中国的未来铭刻了一片美好的前景。不仅一九四二年到一九七七年的中共文学以一种“未来完成式”的乌托邦形式写成，而且渗透于社会每个阶层的国家叙述，其实都是按照这一时式执行的[②]。类似的理论、修辞、文本的完美融合，在王德威的著作几乎随处可见。比如《未被伸张的正义》重新解读晚清小说，思考“正义”观念的微妙转换；《罪抑罚》勾勒晚清到四十年代末，小说如何成为辩证暴力与正义、血水与墨水的媒介。在法制正义分崩离析的时代，“文学正义”如何显现它的力量与局限；《叫父亲，太沉重》追踪半个世纪父权论述的消长起落；《文学的上海——一九三一》、《香港——一座城市的故事》则以上海和香港这两大都市为中心，处理城市写作、文学生产、历史的空间想象等问题；鲁迅与沈从文一向被公认为五四传统的两大巨擘，但王德威的《从头谈起》从两人有关砍头的故事中，引导我们重新认识他们政治及写作姿态的另一面。身体与象征、刑罚与权威等主题，在两人作品中相互激荡，引人思辨。而长篇论文《魂兮归来》则成为王德威对当代中文文学中历史迷魅与文学记忆的一次总结，相对于现代文学彼端的“除魅”工程，当下文学所关注的是“招魂”。魂兮归来，“正是以此，我们终于能铺成现代及现代性的洞见及不见，也为下一轮的历史、记忆的建构或拆

① 王德威：《翻译“现代性”——论晚清小说的翻译》，《想象中国的方法》，第103页。

② 见王德威《翻译“现代性”》及《被压抑的现代性》，第384—389页。

解，预留（自我）批评的空间。”[①]……

王德威的这些话题与命题，都是所谓正统文学史所没有、却未必是可以被忽略的；相反，它们往往提供了我们切入文学史的全新视角与路向，通过这些视角与路向，我们触摸到的将是一个全新的文学空间。在这个空间中，王德威所说的众声喧哗的伦理向度得到生动的体现。“它不仅预留对方的立场，并不断与自我对话。”“我们学者诉说他人的意见，倾听自己的心声，更交代不由自主的杂音。以此类推，人我对话衍生的繁复异同，使我们警醒意义生产过程中，永无休止的交会错失。”[②]这是王德威作为一个杰出学者的清醒意识，其实，这不也是当下文化语境中我们所应该秉持的基本立场吗？

《当代作家评论》二〇〇四年第一期

---

① 王德威：《现代中国小说十讲·序》，第5页，上海，复旦大学出版社，2003。提及的这几篇论文见《如何现代，怎样文学?》；《小说中国》，台北，麦田，1993；《现代中国小说十讲》。

② 王德威：《众声喧哗以后：点评当代中文小说》，第20页。